王译文

国画

王跃文 著

湖南文艺出版社

图书在版编目（CIP）数据

国画 / 王跃文著. -- 长沙：湖南文艺出版社，2023.6（2024.8重印）

ISBN 978-7-5726-1041-7

Ⅰ.①国… Ⅱ.①王… Ⅲ.①长篇小说-中国-当代 Ⅳ.①I247.5

中国国家版本馆CIP数据核字（2023）第019062号

国画
GUOHUA

作　　者：	王跃文
出 版 人：	陈新文
责任编辑：	谢迪南　张潇格　王　琦
装帧设计：	Mitaliaume
内文排版：	刘晓霞
出版发行：	湖南文艺出版社
	（长沙市雨花区东二环一段508号　邮编：410014）
印　　刷：	长沙超峰印刷有限公司
开　　本：	880 mm×1230 mm　1/32
印　　张：	21.5
字　　数：	520千字
版　　次：	2023年6月第1版
印　　次：	2024年8月第2次印刷
书　　号：	ISBN 978-7-5726-1041-7
定　　价：	69.80元

（如有印装质量问题，请直接与本社出版科联系调换）

画家李明溪看球赛的时候突然大笑起来，怎么也止不住。朱怀镜以为他疯了。平时李明溪在朱怀镜眼里跟疯子也没什么两样。当时朱怀镜并没有想到，就是李明溪这狂放的笑声，无意间改变了他的命运。

那是国家女子篮球队来荆都市举行的一次表演赛，并不怎么隆重，门票却难得到手。李明溪也不是球迷，总是成天躲在美术学院那间小小画室里涂涂抹抹。那天他突然想起很久没见到朱怀镜了，就挂了电话去。朱怀镜接电话总是有气无力的样子："怎么？又有什么大作问世？你要快点出名才是。你出了名，发财了，我也跟着沾光啊。"

李明溪知道这位老兄困在深宅大院里的无奈，笑道："我哪里发财去？倒是你这政府官员有什么好事了别忘了我。"

朱怀镜骂道："别取笑我了，你不知道我是有职无权？你老这样拿我开心，让我很痛苦哩！"

李明溪越发大笑了。"你别只顾傻笑了，"朱怀镜说，"这样吧，我手头有两张球赛票，你看不看？看的话我俩一块儿去。"

1

李明溪一时拿不准去还是不去，只说："球赛？球赛？"

朱怀镜急了："你莫要不识抬举了。别人想看还弄不到票哩！你到底看还是不看？"

李明溪也想见见老朋友，什么球赛也没问，就说："好吧。哪里的票？"

朱怀镜告诉说："南天体育馆，晚上七点半。南天西门见吧。"

他知道李明溪懒得往市政府跑。李明溪的艺术家派头太足，长发披肩，总是被大门口的武警拦住，不出示证件不让进。他又是从来不带任何证件的。我就是我，有必要向别人证明我是谁吗？他觉得证件这玩意儿简直莫名其妙。也许只有朱怀镜喜欢他这股疯劲儿。

朱怀镜吃了晚饭，对老婆陈香妹说声晚上要开会，就奔南天而去。李明溪疲沓，晚到一步。朱怀镜早已站在体育馆西门口了，双手插进皮夹克兜里，四处张望。李明溪很显眼，朱怀镜很快就发现了他，忙举手招呼。李明溪也挥挥手，从人群中匆匆挤了过来，引来一片怪异的目光。

"你像个领导哩，好大的架子！"朱怀镜说着就伸出手来。

李明溪却用手挡了一下，说："你这才是领导派头哩！见面就握手，简直是恶习。你们官场的握手，大概同好莱坞影星的飞吻差不多，反正没有感情含量，只是习惯动作。我见了就心烦。"

朱怀镜就势拍了他一板，手仍旧插进衣兜，说："当然啦，我们都是俗人，哪像你们艺术家那么卓尔不群？不过如今当艺术家说难也不难，头发留长一点儿就是了。"

"你以为我喜欢留这么长的头发？懒得出门！不过要说容易，还是你们当官容易些。人家都说，这人没什么本事，就只好让他去当领导了。"

两人开着玩笑，转身进场，找到了座位。朱怀镜微微发福了，坐下之后，扭了一会儿才觉熨帖。李明溪就取笑他："你才是副处长，肚子就开始大了，这怎么行？你们处长不会有意见？要为今后提拔留有余地才是。怎么搞的？为什么官越大，肚子就越大？是胸怀全球吧？"

"你说够了没有？都要像你这么仙风道骨就好了？"朱怀镜说着就捏了捏他那瘦骨嶙峋的肩。

李明溪仍不罢休，又取笑道："你肚子比处长大，两人一道出去，不认得的总以为你是处长，总先同你握手，你处长不恨死你才怪。"

朱怀镜笑笑，不说什么。李明溪讲的还真有其事。不光肚子，有人说他在风度上、器宇上，也更像处长。他知道这是人家当面说的奉承话，但至少也半真半假。处长刘仲夏同他一道出过一次差，再也不同他一起出去了。走在外面，好像他无形之中在风头上总盖过了刘仲夏。他也隐隐感觉到刘仲夏总是忌讳着他。

两人闲扯着，开幕式开始了。主持人高声宣布，请市委常委、常务副市长皮德求同志致开幕词。正式宣布官员职务，正就是正，副就是副。但口头称呼，副字都省去了。皮市长便腆着肚子，面带微笑，轻轻拍着手，走向主席台发言席。"各位来宾，"皮市长朗声致词，"我怀着不亦乐乎的心情，这个……有朋自远方来，不亦乐乎嘛，欢迎国家女子篮球队来荆都市传经送宝……"

方才听了这么一句，李明溪就偏过头来朝朱怀镜笑道："你们市长大人水平不错哩，开口就是之乎者也。我不太通文墨，见识也少。姓皮的，除了眼前这位皮大人，我就只知道古时候还有一位皮日休了。这不亦乐乎是什么意思？我平日只是见到有人弄得焦头烂额、难以招架了，就说搞得不亦乐乎了。"

朱怀镜万难才忍住不笑。他不便同李明溪议论领导，就说：

"别钻牛角尖了，谁没有失言的时候？看球吧，看球吧。"却想皮市长这话虽然讲得牛头不对马嘴，但的确也是真话。他们成天疲于应酬，也真是不亦乐乎了。

李明溪却还在笑，说："要命的是他并不认为自己失言，反倒蛮得意哩。你看他那神采飞扬的样子。"

朱怀镜任他一个人讲去，不去理他。运动员进场了，绕场慢跑，向观众挥手致意。掌声如雷。

"妈呀，这哪像女人？"李明溪摇着头，"一个个简直是庞然大物啊！"

朱怀镜骂道："你无聊不无聊！是看球啊，不是看女人！"

不一会儿，球赛正式开始。因为是表演赛，红队对蓝队，阵营很抽象，观众没有心理倾向。过了一会儿，红队渐居优势，观众就同情蓝队。但不论哪边进了球，都会赢得喝彩。

这时，朱怀镜见一位身段极好的女记者，正扛着摄影机，猫着腰扫来扫去。模样儿看不真切，但他猜得出一定是陈雁。只有她才有这韵味无穷的身段。陈雁是市电视台的王牌记者，号称记者之花，他最喜欢了。他在家看电视，只要陈雁一露脸，香妹就会开玩笑，说快看快看，别让你的雁飞了。今天陈雁穿的只是一套牛仔服，但他仍可感觉出她的身段袅娜如水，柔媚如柳。

朱怀镜似乎有些心旌飘摇了，却突然听见李明溪哈哈大笑起来。朱怀镜胸口猛地跳了一下，好像内心的隐秘叫这位仁兄看破了。他忙把目光从陈雁腰肢上收回，转头看看李明溪："你有什么好笑的嘛！"李明溪却仍笑个不停。四周观众都朝这边奇怪地张望。朱怀镜脸都发热了，捏了捏李明溪，低声喊道："别发神经了，省得大家把我们当疯子哩。"李明溪还是只顾自个儿笑，埋头忍了半天才止住。

朱怀镜再往赛场望一眼，却不知陈雁什么时候已经离开了。

他心里竟有些怅然。又想起他自己刚才的目光就像舞台上的追灯，跟着陈雁跑，李明溪一定是发觉了，便问："你刚才发什么神经？"不料这一问，李明溪又忍俊不禁，连连摆手道："你就别问了，一问我又要笑了。"

朱怀镜早没了看球的兴致。好不容易挨到球赛结束，两人一同坐的士回家。朱怀镜又问："你到底笑什么？"李明溪像是怀着天大的秘密，摇头晃脑，笑个不止。朱怀镜骂了声神经病，不再问他了。

的士先送李明溪到美院，再送朱怀镜回家。朱怀镜在市政府大门口下了车，寒风迎面而来。他本想将头缩进衣领里的，但怕显得鼠头鼠脑的让武警盘问，落得麻烦，就只好硬着脖子，昂首挺胸地进了大门。

快到家门口，手无意间摸到了衣兜里的的士票和球场门票，忙揉作一团丢了。他明明说晚上开会，要是让老婆发现上街去了，难得解释。他陪李明溪去看球赛，本没什么好隐瞒的，可他不习惯什么话都同老婆交底。他多年习惯如此，不经意就会在老婆面前撒谎。

香妹早已睡了。朱怀镜蹑手蹑脚进了屋，在卫生间里草草洗了一下，就上床了。妻脸朝里睡着。他猜想妻子刚才也许醒了，只是懒得搭话。他也不去撩她，背靠着女人躺下了。

一时却睡不着。今天晚上真是荒唐。说是去看球，李明溪只是傻笑，自己却望着陈雁回不了眼。一想到陈雁，他立即感觉到了背膛上香妹的体温。这是一种叫人万般依恋的体温，却又平常得像自家窗户上夜夜亮着的灯光，他每次夜归都能远远地望见。自己太不应该了，陈雁这女人同我有什么相干？夜已很深了，空空的胃囊在作怪，鼓捣得他不太好受。是美国有位医生说的？说是人在饥饿的时候，性欲就旺盛。可是他又想到陈雁了，顿时感到一种冲动，胸口有个东西晃悠了一下。那种惯常的冲动可以持续，而胸口的那阵晃悠却稍纵即逝。那一霎时，身子云一样要飘起来，妙不可言。他禁不住又试着去琢磨那种晃悠。那女人，眉眼自是无可挑剔，可她的天然风韵却全在腰段。他的胸口又晃悠了。真是妙不可言，只要想起那腰段，他的胸口就晃悠，身子就要云一样飘起来。

"怎么还没有睡？"香妹翻过身来，声音黏黏的。

"睡不着，不知怎么有些失眠。"朱怀镜说着就开了床头灯。

香妹眯着眼睛揉了一会儿，目光清澈起来，爱怜地望着男人："好好睡吧，你总是这么辛苦。"她像呵护孩子一样，伸手蒙着男人的眼睛，轻轻摩挲。

朱怀镜合上眼睛，浮现在他面前的竟是风情万种的陈雁。他暗自为自己灵魂出窍吓了一跳，忙拿开妻子的手，将她抱了起来，眼睁睁地望着她，心里乞求妻子用她那双妩媚的眼睛，驱赶他脑海中那个不相干的女人。

香妹感觉到的却是他的激情，便略显羞涩，说："你昨天才要的，今天好好休息吧。"

朱怀镜本来没那意思，但女人这么一说，他反而搂紧了她，说："睡不着，干脆让我玩疲倦了，好入睡。"

女人目光渐渐迷离，像烟波浩渺的海面。这是朱怀镜最熟稔的目光，一种无数次让他化作滚滚海浪的目光。他总是要捉摸到女人这种目光，才能真正地满怀激情，不然过后他会沮丧。每次，他都醉心品尝女人那种无以言表的情绪变化。女人的目光迷离了，他知道这是美妙乐章的序曲，轻柔而幽远。迷离的目光越来越蒙眬，越来越混沌，慢慢地成了浓浓的雾霭，低低地飘浮在海面。

女人的眼睛轻轻地合上了，她的胸脯开始起伏，起伏。最激越的乐章奏起了。海面掀起了风暴。他只是被风暴卷起的浪头，在海面上疯狂地奔腾，涌过去、涌过去，没有了方向，也没有了时间，似乎这滔滔白浪要翻滚到天荒地老。

天要塌了，海要漏了。飓风卷着浪头轰隆隆冲向海滩，重重地摔了下来……

女人柔柔地躺着，像一湾松软的海滩……

他闭上眼睛，身子懒懒的，像有了倦意。他真想就这么睡去。可只一会儿，他又鬼使神差地想起了陈雁。妻子睡去了，几乎像个甜蜜的婴儿。他是爱自己女人的。这女人真好。他尽量去想女人的好处，免得又心猿意马。在老家乌县，他女人是那小县城里的一枝花。女人让他一见就怦然心动的是她右嘴角上的那颗小黑痣。他说她的脸蛋儿这么俊俏，多半搭帮那颗小黑痣。恋爱那会儿，他们多次玩过一个游戏：他让女人用粉脂把嘴角上的小黑痣涂了，俊俏的脸蛋似乎立即呆板起来。他便凑上去舔掉她嘴角的粉脂，女人的脸蛋一下子就生动了。就像是魔术。

乌县县城很小但很美丽，他们在那里工作了整整十年。他们结婚，生子，有很多的朋友。后来那几年，朱怀镜当上了副县长，事事也都顺心。女人是人人尊重的县长夫人，总是满面春风的样子，人也就特别漂亮。后来因为偶然的机遇，他调到了市政府办公厅。他本是不怎么愿意往外面调的，他喜欢小地方生活的随意与平和。只因为有人为他看了相，料定他离土离乡会有大出息。起初他不太相信，可有次他到外省考察，遇了一位高人，他就深信不疑了。那位先生看相、测字无所不精。他先是随手写了一个"由"字。先生说"由"乃"田"字出头，想你定非等闲之辈，必将出人头地，显亲扬名。但必须离土而去，远走高飞，方有作为。先生又看了他的面相，说他眉间有痣，是聪敏阔绰之相，定会富贵。他听了很觉玄妙，禁不住笑了。先生是个随和人，问他为何哂笑？想是以为老夫胡言乱语吧？信与不信，不由老夫。但命相之说，也是不由人不相信的。我说个趣事，你别说我粗俗。你注意那些女人，凡外眼角上翘的，一定风流无比。男人遇着这种女人，自是艳福不浅。但她们多半红杏出墙，男人要费尽心机才可管住她们。有的女人嘴角有痣，下面一定有痣。这种女人大多阴冷，对房事不感兴趣。娶了这种女人，难得销魂一回。但她们规矩，男人大可放心。不过她们的丈夫就难说了，一般都有拈花惹草的毛病。当时听了，朱怀镜就想自己女人下面有没有痣他不曾在意，但阴冷他是领教过的。刚结婚那会儿，他们为这事不知吵过多少回。女人说他无聊，一天到晚只想着那事，没出息。他说你要我成天想什么事？时刻想着远大的革命理想？时刻想着为什么牺牲自己的宝贵生命？我是人！是个活生生的男人！是人就有七情六欲！你知道什么是男人吗？男人除了拼命地干事业，还要拼命地干女人！不知多少次的争吵和说服，女人才成了现在这样的女人。

　　那次他出差一回家，把老婆放倒在床，掰开就细细看了起来。果然发现女人下面有一黑痣。这就奇了。难道命相之说真的如此奇妙吗？女人觉得他有些不对头，说你今天怎么了？平日回家总是心急火燎的，今天半天不来？他说我看看，我看看。女人说你还没看见过是不是？难道十来天没见，那里就长了朵花？这么好看？他便满腹狐疑，爬到女人身上。女人说你今天不高兴是吗？他说没有哩。那回他玩得很不尽兴，但怕女人多心，还是装模作样地狂暴了一会儿。完事了，他让女人坐在床上。女人不解何意，但还是顺从地坐了起来。男人目不转睛地望着她。她以为男人好久不见她了，想欣赏她的裸体，便显出娇态可人的样子。他其实在细细地观察她的外眼角。这女人眼睛平视的时候，外眼角是平的；俯视的时候，外眼角就上翘了。他就拿不准女人的眼角是不是上翘了。看着女人这将倾欲倾的坐姿,真叫人爱得心头发痛。管他哩!我宁可她是个风流女人,也不要她阴冷。不怕她风流,只要能治住她就得了。何况那时他是副县长,不怕女人怎么样。但从此他真的相信命相之说了。不过只是放在心里。他毕竟是领导干部,不能把这迷信的一套挂在嘴上。但是那位高人的话他牢牢记住了。后来碰上机会,他认定是老天照应,就调到市政府来了。

但不知是哪根筋出了毛病,他调到市政府三年多了,还没有见到发达的迹象。他在下面干过三年多副县长,如今又过了三年多,他仍只是个副处长。处长刘仲夏的资历不及他,却是蒸蒸日上的势头。更要命的是他同刘仲夏的关系说不出的微妙。两人在一起总是客客气气、彬彬有礼,可朱怀镜总感觉像有个饱嗝打不出来,堵在喉头闷得难受。香妹单位也不太如意,他们那公司效益一年不如一年,快成特困企业了。女人多次同他吵,要他想办法替她换个单位。他只说慢慢来。他知道凭自己现在的身份,要给女人换单位,真比登天还难。他不想同女人说出自己的无能,怕让女人看扁了他。如今这世道,女人一旦瞧不起自己男人了,什么事情就来了。他还有说不出口的隐衷。他发现如今效益好些的公司,大小老总多半花花肠子,养情妇已是时尚。女人模样儿这么俏,难免叫人眼馋。自己又只是个小小副处长,谁会忌着你?人家占了你的女人,你还得忍气吞声。香妹现在的公司效益不好,头儿们人却老实。也许就因为老实,生意也就做不好。管他哩,钱少几个就少用几个吧,图个安全。可女人像在公司一天也待不下去了。男人没本事替她想办法,她就靠自己了。有个大老板看上了她,她半推半就,就跟了人家。所有人都知道了这事,只有朱怀镜一个人蒙在鼓里。他回到家里,撞见女人正同那男人在床上龙腾虎跃。他跑到厨房取了菜刀,愤怒地砍去。可他

9

用力过猛,没有砍着别人,却把自己大腿砍了一刀。他痛得跳了起来,大声叫喊,却出不了声。原来做了个噩梦。

朱怀镜醒来,背上黏黏糊糊的,出了大汗。香妹早已起床了,正在厨房忙做早餐。他没有睡好,头有些重。又不能再睡,怕上班迟到。

起了床,眼睛仍是涩涩的。这个样子去上班,只怕要打瞌睡的。他便去卫生间洗澡。怕热水器开大了太耗气,冷得直哆嗦。老婆听到他在里面嗬嗬地叫,就说你不要命了?冻病了钱还花得多些!她说着就把水温调高了。他感觉一下子舒服多了。但他只冲了一会儿,就关水穿了衣服。心想这女人真好,自己却还做那样的梦,太不应该了。

儿子琪琪嫌馒头不好吃,噘着嘴巴要小性子。朱怀镜训道:"还不快吃,上学要迟到了。我们小时候哪有这种好东西吃?餐餐吃红薯!"

琪琪才上小学一年级,哪懂得这中间的道理?说:"红薯还好吃些,我也可以餐餐吃。"

香妹哭笑不得,说:"你怕是街上那种烤红薯?你想哩!"

朱怀镜威严起来,说:"吃就吃,不吃就不吃,先饿他三天,看他吃不吃。"

琪琪这就怕起来了,才憋着气,吃药似的吃了起来。一家人吃了早饭,上班的去上班,上学的去上学。琪琪还得爸爸用单车驮着去学校,一来要赶时间,二来这会儿路上车太多了不安全。

寒风飕飕,琪琪坐在单车上冻得打颤。到了大门口,却见许多男女围在门口要进来,同武警战士推推搡搡。

"爸爸,这是干什么?"琪琪感到奇怪。

朱怀镜信口说:"他们是工厂里的工人。工厂发不出工资,他们没有饭吃,来找政府要饭吃。琪琪要好好读书,不然长大了

10

当工人，就是这样的。你知道吗？"

　　琪琪还听不懂，却早已习惯了在大人面前说是，就含含糊糊答应了。朱怀镜又问："琪琪长大了想干什么？"

　　琪琪想了想，说："不知道。妈妈说长大了不要当干部，没钱。"听了这话，朱怀镜就笑了，心里不知是酸溜溜的还是幽默。

　　送了琪琪回来，门口围着的工人没有了，却见五颜六色的三角旗满地都是。几个武警战士在飞快地打扫。想必刚才一定发生过冲突。这些工人也的确可怜，他们只是要一口饭吃，可自己还同儿子那么说，真是罪过。

　　走到办公室，先上了厕所，对着镜子整理了发型。外面风大，头发给吹乱了。原先在下面工作，要是成天把头发弄得油光水亮，别人肯定说你脱离群众。可到了这大机关，头就要一丝不苟了，不然人家说你没修养。可他的头发不太熨帖，稍不留意就乱了。这真为他平添了许多烦恼。他刚调来时不识深浅，口无遮拦，有次开玩笑说自己头发总是乱糟糟的，烦死人了，真是满头烦恼丝啊！可这话不知怎么就传到了秘书长谷正清耳朵里去了，让谷秘书长很不高兴。这里的领导也许都以为自己的层次很高，有话不屑于当面同你说，只在一边说。谷秘书长在背后嘁他："他烦恼什么？组织上对不起他还是怎么的？"谷秘书长这话又七弯八拐转到了朱怀镜耳朵里，让他着实吓了一大跳。他想肯定有人抓住这话做文章，添油加醋地告到了谷秘书长那里，让谷秘书长对他有看法了。他知道中国最大的法不是宪法，而是看法。上司对你有看法了，你就完了。有本事你就马上换地方，别等着人家来修理你。不然你想赖着不动，就只好死牛任剥。从此朱怀镜讲话更加谨慎了。还得时刻注意谷秘书长的脸色，看他对自己的看法坏到了什么程度。但风度照样还是马虎不得的，朱怀镜只好坚持用摩丝维持发型。可如今冒牌货多，难得碰上好摩丝，只得时常往头上抹些水上去。

朱怀镜整理好发型，做出精神抖擞的样子，去了办公室。打扫卫生是早上要做的第一道功课。于是打开水、拖地板、抹桌子和柜子。柜子一溜儿摆了五个，占了整整一面墙。他一个人坐这间办公室，可属于他的柜子只有一个，其他四个是前任几位秘书长占着的。有个柜子顶上放着一个印花瓷瓶，他天天打扫卫生，都得把它拿下来抹一下，很费事。放在那里也有碍观瞻。有回朱怀镜就把这瓷瓶取下来，放在桌上当笔筒用。却让谷秘书长看见了，狠狠骂了他一顿："你这是怎么回事？老同志的东西，怎么可以随便动？这些老同志，都是老一辈革命家，严格讲来，他们用过的东西都算革命文物，得进博物馆！你知道吗？这个瓷瓶，是老秘书长第一次进京，从中南海带回来的，老人家最心爱的。"朱怀镜想不到这事竟让谷秘书长发这么大的火。说的那位什么老秘书长不知是姓庞还是姓盘，反正现今在办公厅工作的人从来没有人见过他，是不是早已作古也未可知。他只好恭恭敬敬把瓷瓶放回原处，像供奉释迦牟尼舍利一样。这几个深蓝色的铁皮柜也从来没见人来打开过，他却要天天把它们抹得一尘不染。

看样子谷秘书长对他的看法已经定格了，要改变也难了。他在荆都还玩得不怎么开，就只好在这里死挨了。他越来越意识到自己陷入了死牛任剥的境地。

可朱怀镜却总认为谷秘书长犯不着为那瓷瓶如此光火。也许他给谷正清的印象太恶劣了，人家就借题发挥吧。也许谷正清是借着尊重老领导，树立自己的威信。用老人压新人，甚至用死人压活人，这在中国官场似乎是老套路了。

洒扫完毕，就坐下来看材料。年底了，又要起草《政府工作报告》。目前的任务就是看资料。成天面对一堆死气沉沉的材料，也真是无聊。便翻开一沓国际内参。什么海湾战争、波黑局势、石油危机，等等等等。关我屁事！又去翻那材料。可翻了一会儿，便冷得直哆嗦。机关暖气管道九月份就开始维修的，原来说两个月完工，现在三个月了，还没有弄好。这时，刘仲夏从隔壁打电话过来，说有事叫他过去一下。他便过去了。扯完了事情，刘仲夏问："你昨天看球去了？"

"对，我去了。你怎么知道？"

刘仲夏说："我正在你后面。见你有朋友在一起，我也就不招呼你了。"

朱怀镜马上想起了李明溪昨天晚上那股疯劲，真是丢人现眼。不知道的，一见那样子，都会以为他是不三不四的人。不知刘仲夏怎么看？他便即兴搪塞："我那位朋友，谁见了都会以为他是二流子。他们艺术家都这样。别看他其貌不扬，在中国画坛，他还是有影响的人物哩！日本前首相田中角荣、中曾根康弘都收藏过他的作品。"

刘仲夏一下子肃然起敬了："真的？看不出嘛。老朱交的朋友还够层次嘛。"

"哪里哪里，朋友就是朋友。他也别在我面前充什么艺术家。艺术家怎么样？不照样打嗝放屁？"

刘仲夏也就谈了一会儿绘画艺术，说了凡·高、达·芬奇等几个外国画家的名字，很内行的样子。然后试探道："你可以给我帮个忙吗？你知道的，我这次搬房子后一直没怎么布置。你可以请你朋友给我作幅画吗？"

朱怀镜没想到刘仲夏会开这个口。这就叫他为难了。他太了解李明溪了。要是说让他替某某大人作幅画，他不骂死人才怪。最要紧的是他刚才扯的是弥天大谎，如果当做真事儿做起来只怕要露马脚的。那样的话，刘仲夏就会说他是在愚弄人。见他有些为难，刘仲夏就说："当然要付报酬的，不能剥削别人的劳动嘛。

13

不过太多了我也付不起，意思意思吧。"

反正谎言已经出笼，朱怀镜只得顺势胡说下去了："报酬你就别提了。你知道他画作的价格吗？通常行情是一平方尺三万到五万，这还得看他的心情。心情好呢要价便宜些，心情坏呢那就贵了。是朋友，白送也白送了。说不准，我去试试。他们这种人，都有些怪。不是我们这些朋友，还真受不了他。"

"那就拜托你了。"刘仲夏客气地说。

朱怀镜回到自己办公室，不及细想这事怎么同李明溪说，先给他挂了电话去："明溪吗？你昨天晚上是什么名堂？疯了？"

李明溪还没答话，先笑了起来，说："我是看见观众席上大家一会儿又伸出双手啪啪地拍着，突然觉得很滑稽，像群泼猴。当时我感到自己灵魂出窍了，飘浮在半空中。又好像自己分成了两半，一半在空中飘飘荡荡，可以望见座位上的自己，坐在一群泼猴当中发呆。我想抓回自己的灵魂，怎么抓也抓不回。我忽然觉得脑子嗡地一响，怎么也忍不住要笑了。"

朱怀镜觉得莫名其妙，说："这并不怎么好笑呀！你怕是神经有问题了吧？你不要疯了才好哩！你要是疯了，孤身一人，没有照料，不要害死我？"

李明溪却真如疯了一般，说："你还别说疯子哩。我想疯子都是些智力超常聪明绝顶的人。你说为什么总见狗发疯，而不是其他动物发疯？因为狗是动物中最聪明的。当狗的智力超过了极限，同人一样聪明时，就成了疯狗。又因为狗对人最了解，所以狗一疯了就咬人。"

朱怀镜不明白这人怎么一下子脑子里钻出这么多稀奇古怪的想法，便说："我不同你讲疯话了。你只说中午有空出来一下吗？我有事同你讲。"

李明溪不太情愿出来，说什么事这么神秘，电话里说说不就得了？朱怀镜说你这是讲废话，好说我不说了？于是两人约好，中午十二点在市政府对面东方大厦一楼咖啡屋见。

说好之后，朱怀镜再来细想这事。管他个鬼哩！反正话也说出去了，只好将计就计，假戏真做了。再说刘仲夏对画坛也一无所知，能哄就哄吧。这时突然停电了。市政府也常停电，事先也不打招呼。他原先在下面工作，县政府的电是不敢随便停的。偶尔停了一回，政府办一个电话过去，电力公司的头儿会吓得忙做解释。也不知现在下面的情况怎么样了。从这里的迹象看，似乎市政府的威信是一天不如一天了。本来就冷，停了电，室内阴沉沉的，更觉寒气森森。窗外的树木在寒风中摇曳。冬越来越深了。

朱怀镜中午下了班，径直去了东方大厦。李明溪不会那么准时的，他便找了个位子坐下来。小姐过来问他要点什么，他看了一下单子，发现咖啡要十块钱一杯了。两个月前他来过一次，是六块的价。却不好说什么，就要了一杯咖啡。这地方静得好，间或来坐坐，也蛮有情致的。等了半天，李明溪才偏了进来。他穿了件宽大的羽绒中褛，人便有些滑稽。

咖啡屋备有快餐，有些不伦不类，却也是这里的创举。生意倒还好些。他俩各要了一份快餐，再是一些饮料。一边吃着，朱怀镜说："也没什么事，只是想请你替我作幅画。"

李明溪觉得奇怪，眼睛睁得老大望着朱怀镜，说："你不也神经了？你平时不是总说我的画臭，送给你作揩屁纸都嫌有墨吗？今天出鬼了！"

朱怀镜不好意思起来，说："你就别小心眼了。我那么说你，是见你太狂了，有意压压你的锋芒。你就当回事了？说实在的，你的画并不差，只是你没出名。你该知道毕加索的笑话。这位大师后期画风越来越怪诞，几乎到了不可理喻的地步。据他晚年私下透露，他自己都不明白怎么画出这么一些莫名其妙的东西。只是他的名气太大了，不论怎么画，都得到世人的喝彩。人们越是欣赏他的怪，他就越画越怪。这其实是另一种意义上的媚俗。也不知当时人们争相购画和收藏毕加索画作的时候，那些自命高明的美术评论家为他的作品大吹大擂的时候，毕加索老头儿躲在一边是怎么想的，说不定暗自发笑吧。"

李明溪听了只是笑，并没有知音之感。他反正一直在笑。过了一会儿，他说道："你反正不懂画。"

朱怀镜说："那么你是只给懂画的人作画了？这样的话，你们当画家的只有饿死一条路。不过真正要饿死的也只是你这些不成名的。那些大家，落笔千金！国画不是讲究留白吗？人家画面上留出一大块白宣纸，也是好几万块钱一平尺！"

李明溪这下收住了笑容，只把饭菜嚼得嘎吱响。朱怀镜说："你别同我这样了。我这也是有苦衷哩！"他便把缘由说了，只是没有说到日本前首相收藏李明溪画作的事。

李明溪这就抬了眼睛，目光怪怪地望着朱怀镜，像望着一个陌生人。又是笑。好半天才说："你要去拍马，拿我的画作当拍子？开始我还想给你画，现在你就是打死我也不画了。"

朱怀镜急了，说："我拍他的马屁干什么？他只是处长，我也是副处长。我要拍马屁也会去拍秘书长，拍市长。只是我们一道共事，人家提出来，我怎么好驳人家的面子？"

李明溪是个糊涂人，没有去想刘仲夏怎么会知道这世上还有个李明溪。朱怀镜当然也没说起上午即兴说谎的事。他只是说他单位的人事关系，当然也说得遮掩。他说官场这正副之间，有时是天壤之别。就说市长，不仅带着秘书，还有警卫，出门就是警车开道。到了这个位置，说不定哪天往北京一调，就是国家领导人了。至少也是部长什么的。级别虽然不变，却是京官。但副市长们，弄不好一辈子就只是这个样儿了。正职要是一手遮天，你就没有希望出头。

刘仲夏就是这种人，他不让任何下属有接触上级领导的机会，好像怕谁同他争宠似的。碰上这么一位正职，你纵有满腹经纶，也只是沤在肚子里发酵。他没有权力提拔你，甚至也并不给你穿小鞋，但就是不在领导面前给你一个字的评价，哪怕坏的评价也没有。那么你就只有在他刘处长的正确领导下好好干了。干出的所有成绩，都是因为他领导有方。你还不能生气。你没有理由生气，别人并没有对你怎么样呀，你要是沉不住气，跑到上级领导那里去诉苦，就是自找麻烦了。领导反而会认为你这人品行有问题。人家刘仲夏同志可是从来没有说你半个不字，你倒跑来告人家状了。所以你只好忍耐和等待。

朱怀镜就这么要死不活地熬了三年了，市长换了两位，他同市长话都没有搭过一句。市长他倒是常看见，但这同老百姓天天在电视里看见没有什么两样。在电视里还可以看见市长的头部特写，连市长伸出来的鼻毛都看得清清楚楚。而他通常是在办公楼的走廊里碰上市长。现任市长姓向，一位瘦高的老头儿。向市长从走廊里走过，背后总是跟着三两个蹑手蹑脚的人。这些人都是办公厅的同事，都是熟人。可他们只要一跟在向市长背后，就一个个陌生着脸，眼睛一律望着向市长的后脑勺。似乎向市长的后脑勺上安着荧光屏，上面正演着令人兴奋的色情片。前面的人就忙让着路，就像在医院急救室的走道上遇上了手术车。朱怀镜碰上这种情形，总会情不自禁地叫声"向市长好"。向市长多半像是没听见，面无表情地只管往前走。有时也会笑容可掬地应声"好"。但即使这样每天碰上十次市长，市长也不会知道你是谁。可市长偶尔回应的笑容，却令朱怀镜印象深刻。他有时在外面同别人吃饭，人家把他当市长身边的人看，总会怀着好奇心问起向市长。这时他就会想起向市长的笑容,感慨说:"向市长很平易近人。"他心里清楚,这与其说是在摆向市长的好,倒不如说是在为自己护面子。如今这世道,不怕你吹牛说自己同领导关系如何的好,甚至不怕暴露你如何在领导面前拍马,就怕让人知道你没后台。朱怀镜缺的就是后台!

朱怀镜一时也不说话了,只机械地嚼着饭,不知什么味道。这本是一个清静的所在,但他俩的清静有些叫人发闷。吃完饭,两人又各要了一杯咖啡。

"明溪,"朱怀镜语气有些沉重,"你是槛外人,自然可以潇潇洒洒,无所顾忌。但官场况味,你是无法体会的。不亲临其境,谁也想象不出那种味道。一切都是说不出的微妙。比你创作的苦闷更甚百倍千倍。你可以躲进小楼成一统,不管春夏与秋冬。我就太难做到了。"

朱怀镜说了许多,无限感慨。他从来没有这么同人推心置腹讲过自己的境遇。他知道现在这世道,你同人家诉苦,除了遭人看不起,连一点廉价的同情都捞不着。所以现在人们不管弄得怎么焦头烂额,却总是打肿了脸充胖子,牛皮喧天。有些人屁本事没有,居然就凭吹牛,转眼间大富大贵了。你今天还在笑话这人瞎吹,明天你就不敢笑话别人了。人家早已真的人模人样了。

朱怀镜说话的时候,李明溪一直埋着头。他脸上的笑容越来越怪异。等朱怀镜说完,长叹一声,他才似笑非笑地说:"如此说来你还真的很痛苦?我原来只以为你有些无聊哩!好吧,我画吧。你说,他有何兴趣?我没有激情,只好搞命题作文了。"

朱怀镜想了想,说:"那也一时说不上。不过人家不是你想象的那样只会说几句官话,他还是经济学博士哩。"

李明溪听了马上笑了起来,说:"经济博士?据我所知,如今官场上有些人的文凭来得可并不经济哩。"

"人家可是出过几本书的哩。"朱怀镜说,"他那几本书将是他在政界过关斩将的重要资本。"朱怀镜说是这么说,他怎么不知道李明溪说的是事实,花钱买硕士、博士文凭的领导干部太多了。

"有了。"李明溪突然眼睛亮了一下,随之掩嘴而笑。

朱怀镜原以为他得到灵感了,可是见他的样子像是恶作剧,就说:"画什么东西就随你,只要不像纪晓岚羞辱和珅,搞他什么'竹苞松茂'之类的东西去骂人家就行了。他也是文化人,你的那些小聪明,人家懂!"

说好了,时间也就差不多,付了账走人。朱怀镜径直去了办公室。本想去刘仲夏那里说说索画的事,估计他这会儿可能还没有来上班,就先翻翻报纸。看到一则笑话,说是第比利斯一幢高层建筑停电停水一个多星期了,有人却贴出一张通知:请冬后幸存者于星期一上午在大楼前集合,拍照留念。朱怀镜立即想象着俄罗斯的冬天,寒冷而漫长。他不禁打了个寒战。俄罗斯人真是幽默,快要冻死了还有心思开玩笑。记得西方有个说法,说人在最无奈的时候就只有笑了。朱怀镜心想,暖气要是还不修好,这里只怕也要拍冬后幸存者纪念照了。只是没有人敢开这种玩笑罢了。

想给刘仲夏打个电话,又觉得不太好,就跑过去看了看。仍不见他来上班。已是三点半了,要来也该来了。只怕是开会去了,去开会也该打个招呼。正副职之间工作不通气,论公是不合组织原则,论私是不尊重人。朱怀镜便有些不快了。又一想,何必想这么多呢?自寻烦恼。也有可能人家有紧急事情出去了,来不及打招呼。

他一个下午没事,只在装模作样地看资料。冷又冷得要命,久坐一会儿就透心凉,只好起身到各间办公室走走。手下同志们是两人一间办公室。同事们见他去了,忙招呼朱处长好,手便下意识地抚弄摊开的文件,好像要告诉他,他们正在认真阅读资料。一见这样子,朱怀镜就知道他们是在海阔天空地聊天了,却故意装糊涂,说:"都在看吗?时间越来越紧了,要好好看一看资料。不光是看,还要琢磨一下观点。"同事们点头称是。他当然明白手下人最烦的就是成天傻坐着看资料,却仍是故作正经,强调吃透材料的重要性。他讲得好像很认真,手下人听得也好像很认真。真是有意思,官场上的很多事情,大家都知道很无聊,但都心照不宣,仍是认认真真的样子。似乎上下级之间就靠这种心照不宣,维护着一种太平气象。

好不容易挨到了下班,朱怀镜步态从容地回到家里。一进门,就嚯嚯地搓手。真冷得有些受不了啦。他估计这会儿刘仲夏即使开会去了也该回来了,就准备挂个电话过去。他刚拿起电话,又放下了。还是明天上班时没事似的告诉他吧,不然显得太巴结了。香妹在厨房里忙,说道:"你这么冷,不知道开电暖器?"朱怀镜开了电暖器,身上慢慢暖和些了。琪琪小孩子不怕冷,坐在一边看电视。电视里正演着卡通片。

听到有人敲门,开门一看,是香妹的表弟四毛来了。四毛提了个尼龙编织袋,站在门口半天不晓得进来。朱怀镜说你快进屋呀!四毛擦着鞋问要脱鞋吗?朱怀镜说着不要脱哩,却又取了双拖鞋给他。

"快叫舅舅,琪琪。"朱怀镜说。

琪琪喊了舅舅,却头也没抬,望着电视不回眼。香妹听见了,摊着双手出来招呼:"四毛来了?快坐快坐。我在做饭,你姐夫陪你说话吧。"

"今天从乌县来的?"朱怀镜问。

"是。清早上的车。"四毛答道。

20

"姨夫姨姨身体好吗?"朱怀镜又问。

四毛回道:"我爸爸身体还行,做得事。妈妈身体不行,一年有半年在床上。"

"家里收入怎么样?"朱怀镜问。

"一年到头找不到几个钱。"四毛说。

两人说了这几句,就没有话说了。朱怀镜因为在老家当过副县长,四毛在他面前总有些畏畏缩缩。朱怀镜就很客气地对他说:"看电视吧。"

吃饭了,香妹摆了碗筷,说:"琪琪用公筷,怎么又忘了?"琪琪望望妈妈,又望望爸爸,这才另外拿了双筷子夹菜。朱怀镜知道香妹这是说给四毛听的。他们家平时并不用公筷。

吃过晚饭,香妹陪四毛说话。四毛同表姐就随便多了,话也多起来。却仍是不敢太抬眼,像是自言自语。他说爸爸妈妈身体都不太好,身体最差的是妈妈,一年有半年在床上。医院她又不肯上,药也不肯吃,只心疼钱。哪来的钱?就几亩田,橘子也卖不起价。上缴还年年增加。今年上面说要减轻农民负担,县里给每户都发了个减负卡。那哪里是减负卡,是加重卡。原来还没有的上缴项目,这回印到卡上,成了合法的了。姐夫不调到市里来,只怕还好些。现在不像以前了,县里大小官儿都发财了。张天奇这几年县长一当,不知发了多少!县里大大小小建筑工程,全是他老弟张天雄一个人揽了。大工程呢他自己搞,小工程呢他就转包给小包头。县里的大小包头都在他手里讨饭吃。王老八,姐夫是知道的,他原来在乌县包工程是老大。我原先是在王老八那里做小工。现在王老八不行了。他不要那么多人,我就没事做了。

朱怀镜这就知道四毛的来意了。他望了香妹一眼。香妹明白男人的意思,就说:"现在出来打工也不容易。荆都又不是沿海,工作不好找。城里人还直喊下岗哩。你来了就不要急,我同你姐

21

夫想想办法。要是有合适的事呢你就留下来做，要不呢你就玩几天先回去，我们找到事了再写信叫你来。"

四毛听了，脸上有些失望，口上却说："让姐夫姐姐多费心了。"

看看没什么电视，香妹就说早点睡吧。

睡在床上，朱怀镜两口子商量这事怎么办。朱怀镜说："我是没有办法，有职无权，找得什么事到手？我说，就让他玩几天，打发他路费，让他回去算了。"

香妹生气了，说："我刚才说万一找不到事做就让他先回去，是想我俩有个退路。你倒好，连办法都不想一下，就要人家回去了。我家的亲戚你就是看不起。"

"你怎么这么说呢？"朱怀镜说，"我还不怕人家脏哩！吃饭时你嫌人家脏，用什么公筷。这会儿又这么菩萨心肠了。"

香妹说："我这只是讲卫生，我没有嫌贫爱富的毛病。你们家亲戚，不论谁来，我不都是客客气气？"

朱怀镜笑道："我说你这卫生讲究得有些无知。事实上，乡里人看起来不卫生，其实比城里人还干净些。乡里人最多身上有些泥土。泥土有什么脏的？我们城里人不天天呼吸着泥土吗？城里人身上的脏病乡里人就很少有。性病就是城里人比乡里人多，乙肝病毒携带者也是城里人比乡里人多。"

"我不是要你给我上课，你只说有办法没有？"香妹开始玩蛮法了。

朱怀镜知道不答应她，今天晚上是睡不好的，就说："明天看看再说吧。"两人这才不说话，熄灯睡觉，朱怀镜却不知今晚是否又会失眠。

今天还是寒风萧萧。朱怀镜一进办公室，立即觉得暖和了。原来是有了暖气。

他照样先是打扫卫生。在走廊碰到刘仲夏，他也只是点头笑了一下，不急于告诉他索画的事。忙完洒扫，又去蹲厕所，却听见谁在同别人说暖气的事儿。这人站在那里小便，朱怀镜只能透过百叶窗看见他的皮鞋，不知是谁。他说这暖气管道维修快半年了，总是完不了工，快把人冻死了。还搭帮昨天停电。一停电，向市长办公室的空调当然也就停了，冷得向市长打了个喷嚏。向市长一市之长，要管的事多着哩，当然不计较这种小事，只是掏出手帕擦了一下鼻子，一句话没说。却让谷秘书长看见了。谷秘书长立即叫来行政处处长韩长兴，骂得韩长兴眼睛都睁不开。怎么搞的？维修个暖气管道要这么久？这么久原子弹都造出来了！这是什么工作效率？韩长兴挨了骂，当即表态，明天一定供暖！从昨天下午起，韩长兴就亲自督阵，加班加点，晚上也干了一个通宵。今天真的就供暖了。你看，原先大家意见喧天，屁用没有，结果市长一个喷嚏，问题就解决了。群众呼声再怎么强烈，抵不上市长一个喷嚏！

说话的小便完就走了。朱怀镜到底不知这人是谁。听声音也听不出来。办公厅人太多了，没有谁能认得全。不过敢这么放肆说话的肯定不会是干部，十有八九就是行政处的工人。一来他们知道内情，二来他们被领导阶级反正当不了领导，无所顾忌。不像干部们，大家都踮着脚尖望前程，生怕说了什么让领导有看法了。不过这人说得这么有枝有叶，难说没有演绎成分。不可不信，也不可全信。想起第比利斯人的幽默，朱怀镜感叹中国人的幽默同任何民族相比都不逊色。我们能把自己的可怜用几句玩笑话就打发了。

朱怀镜对着镜子收拾一下发型，回到办公室。过了一会儿，再去了刘仲夏那里,说:"刘处长,我同李先生说好了。他说是我的朋友,就只好从命了。不过时间上就要宽限些,他是个疲沓人。"

"好好,谢谢你了。"刘仲夏微微笑了一下,表情平淡,全不像昨天那样子。

朱怀镜见刘仲夏不多说什么,就说声你忙吧,回到自己办公室。他坐在办公桌前,心神不宁。是不是刘仲夏看出他昨天是在扯谎了?要是这样,自己就难堪了。他一时不知要发生什么事了。眼前那排深蓝色的铁皮柜似乎散发着逼人的寒气。后来一想,刘仲夏没有机会同文化圈子打交道,不可能知道李明溪的底细。一定是他昨天表现得太有兴趣了,事后觉得有失体面。今天就有意平淡一些,算是挽回昨天的面子吧。想想刘仲夏平日也是这么阴阳不定,朱怀镜也就安心了。

中午快下班的时候,香妹火急火燎打来电话,说四毛被人打了,叫他快到龙兴大酒店去,她已等在那里了。

电话里说不清到底发生了什么事,朱怀镜吓了一跳。他飞快地赶了去,找了半天才在酒店东侧的一间小屋子里找到他们。听见香妹在大吵大闹。朱怀镜进去一看,见四毛躺在长沙发上,脸上青是青,紫是紫,嘴角流着血。"怎么回事?把人打成这样?"朱怀镜一边厉声质问,一边环视四周。见了两个保安模样的人,就再问一声:"这是怎么回事?"

保安人员很不客气,说:"你问他自己。"

朱怀镜见这两个人如此不讲理,就说:"把你们经理叫来,我是市政府的。"

"哪怕你是国务院的呢?我们依法办事。不用叫经理,经理还有空来管这小偷小摸的事儿?"保安人员并不在乎朱怀镜打出市政府的牌子。

听了这话，朱怀镜就显得底气不足了，不知四毛到底做了什么事，就问他："你说是怎么回事？"

香妹说："你就莫再问他，他伤得怎么样还不知道，痛得不得了。我早问过他几次了。他说清早一个人出来，到了劳务市场，想看看自己能不能找到个事做。就有四个年轻人问他是不是找事做的。他说是的。那几个人又问他会做什么。他说会做泥工。他们说正好要找泥工，就把他带到这里，说先吃了饭再走。他们点了许多菜，拿了十条云烟。服务员问了几次，可不可以上菜了。他们只说等等，还有几位朋友没来。过了一会儿，他们说到门口去等人，叫四毛坐着莫动，莫让人占了桌子。四毛就一个人死死坐着。快过十二点了，服务员又过来问可不可以上菜了，四毛说不知道。原来那四个人早提着十条云烟溜了。酒家就抓住四毛，硬说他们是一伙的。四毛说不认识那几个人。他们硬是不信，把人打成这样。"

"不认识？不认识还请你吃饭？笑话！"保安人员冷笑道。

香妹见四毛脸色不好，开始发抖，就说："怀镜，同他们这种人是说不清的。我们先把人送医院再说。"

保安蛮不讲理："怎么？想溜？把十条云烟钱给了再走。"

朱怀镜火了，吼道："他妈的，人死了你们负责！"说着就把工作证摔给他们，背起四毛，出来拦了一辆的士。

看了医生，身上有明伤五十多处。好在还没有伤筋动骨。香妹说要住院，朱怀镜说只要问题不大，就开点药，院就不要住了。两人都上班，哪有人来医院打招呼？香妹想想也是，就开了点药。朱怀镜其实另有一番心思。他不知道这事到底如何了结，硬是治不了龙兴大酒店，住院费不要自己出？

的士不可以进机关大院，他们就在大门口下了车。站岗的武警见朱怀镜背着个血糊糊的人，就要他出示证件。朱怀镜腾出一只手，掏了半天不见证件在哪里。这才想起是摔在龙兴大酒店了。就解释说忘了带了，对不起。没证件就得到传达室去登记。武警战士半天说不通。香妹怕朱怀镜发火，就讲好话。好半天，武警才让他们进去，却又教训他们今后注意点。回到家里，把四毛放在床上。朱怀镜还在生武警的气，说真是狗眼看人低！香妹就笑他小心眼，逗他说，你要重温一下列宁与卫兵的故事哩。

　　下午，朱怀镜坐在办公室一筹莫展。不便请秘书长们出面帮忙。这事在你个人是天大的事，在他们那里就是芝麻大的小事了。你去求他们，他们反而觉得你无能。一个副处长，这么小的事都办不好，还要麻烦领导。上面的人是体会不了下面人的无奈的。他自己去打政府的牌子，别人又不怎么买账。找公安部门，那些人又不好打交道。除非在公安部门有熟人，打个招呼，马上可以摆平。他来荆都时间不长，没有什么人缘。他也想过，在办公厅工作时间长的，或荆都本地人，在公安部门肯定有熟人。但他不愿去找他们。这里找不到古道热肠的人。你没有人缘，人家就说你没本事，混不开，更加小看你了。这地方，人人都在窥视别人，琢磨别人。你从走廊里走过，背上突然痒痒了，你都不能反过手去抓一下，说不定就有人在背后注意你的形象。人人都是在表演。

　　他正苦苦寻思，派出所来了电话，说要找朱怀镜。口气不怎么友好。他便变了一下声音，说："你找朱处长？有什么事？哦哦。他现在没空，正在给向市长汇报工作。你半个小时之后再打电话过来好吗？"听得那边的口气一下子客气多了。朱怀镜放下电话，为自己刚才的小聪明感到好笑。一个副处长，有什么资格向市长汇报工作？市长认都认不得你！不过刚才对方的口气变化，说明他这一招还是有效了。他知道下面派出所不清楚市政府的领导层次。

看看半个小时快到了，朱怀镜做了几下深呼吸，准备好好摆一下领导派头。电话铃准时响了。他不急着接，等电话响了好几声，才从容地拿起了话筒。

"哪里？"朱怀镜把声音拖得长长的。

"我是红桥派出所，您是朱处长吗？"

"对，我是老朱。"

"朱处长，您表弟的案子，我们想向您汇报一下，您方便吗？"

朱怀镜有意沉吟一会儿，再说："我正要找你们。不过我现在走不开，麻烦你们过来一下吧。我在二办公楼116办公室。门卫问你就说找我吧。"

不一会儿，来了两位民警。一位介绍："这是我们宋所长。我姓马。"彼此握手，客套了一番。

朱怀镜一边倒茶，一边很有态度地说："龙兴大酒店的做法太不像话了。我中午急着送我表弟上医院，还没空同他们去说这事。"

宋所长忙说："朱处长，据我们初步了解，你表弟完全是无辜的。这是一伙偷窃惯犯所为，手法都是这样，随便找个乡下人做替死鬼。这在荆都市发生好多次了。我们想找你表弟了解下情况。"

听这么一说，朱怀镜心里有底了。他想四毛吃了这么大的亏，自己在龙兴大酒店也受了气，不能随便了事。就说："这样吧，我们知道情况时也已很晚了。我下午有紧急事情，刚才从市长那里下来。所以我没有时间送他上医院，让我爱人送去了。我刚才同我爱人单位联系了一下，她还没上单位去。也就不知道到底是去了哪家医院。但基本情况我是清楚的，我可以向你们介绍一下。有必要的话，你们明天再上医院去，行吗？"

27

宋所长说这也行。朱怀镜就把四毛说过的过程陈述了一遍。末了说："我这表弟也是自讨苦吃，我说给他随便找个事做，他偏要自己去找泥工活。"朱怀镜怕显出自己没能耐，让人小瞧了。

案情很简单，几句话就完了。可宋所长却没有马上走的意思，还扯着朱怀镜闲谈。朱怀镜立即看出这人有巴结的意思，就有意要派头了。他拿出名片递给宋所长，说："今天就这样好吗？很对不起，五点钟我还要上楼去，向市长那里事情还没完哩。有事打我的电话。我这人好交朋友，今后多联系吧。"

宋所长和小马也忙递上名片，说："对不起，耽误您的时间了。"

朱怀镜笑道："没事的没事的。小马，我的名片用完了，就不给你名片了。"小马忙摇头说哪里哪里。其实他印了一百张名片，两年都还没用完。

宋所长同小马拱手而去。朱怀镜这才看了名片，才知这二人是宋达清、马明友。

朱怀镜马上打电话给香妹，说要赶快把四毛送医院去。香妹不明白是怎么回事。朱怀镜说电话里不好说，你就别问了。只差个把小时就下班了，你干脆请假先回来算了。

香妹马上回了家，两口子叫辆的士送四毛去了医院。四毛在家躺几个小时，自己能走动了。他们又找了位熟医生，私下关照了一下。

次日上午，宋达清在医院了解完了情况，打电话给朱怀镜，请他赏脸吃顿饭。朱怀镜故意端架子，说："不要这么客气嘛。"宋达清就一定要他赏脸，说："我们相识也是缘分。"朱怀镜说："那怎么办呢？我今天安排不过来。明天再约好吗？"宋达清豪气道："还约什么？明天你就把所有应酬都推了。晚饭怎么样？我派车来接你。"朱怀镜笑道："那就恭敬不如从命。不过也莫说死了。我明天要是没有特殊情况,一定遵命。我不像你们啊,不自由啊!市长一句话下来,自己天大的事也得让路。"宋达清说:"那就这样了。朱处长可是干大事的人啊!"

晚饭时,朱怀镜突然想起自己上午同宋达清卖关子的事,忍不住喷饭而笑,说:"我现在是在外面应酬哩!"

香妹不知何意,圆睁了眼睛望着男人:"你这是什么疯话?没头没脑的。"

他便把宋达清请他吃饭的事说了。香妹也觉得好笑,说:"这人真的把你当个人物了。我记得只怕有一年没人请你吃饭了吧。上次还是你们几个同学做东,到外面吃了一顿。"

朱怀镜说:"管他哩,先借他把四毛的事了啦。酒店没有不怕派出所的,要好好治一下龙兴,他们真的太不像话了。我记得前几年四毛在王老八那里做事,不是从脚手架上摔下来吗?好像还摔断了哪里的骨头。到时候照个片。你明白我的意思吗?"

香妹想了想,说:"这可以吗?新伤旧伤片子上看得出。再说医生肯帮忙吗?"

"怎么不可以?可以找熟医生,再给点好处就是了。搞个几级残废,不让他们出几万块钱我是不放手的。"朱怀镜的脸色有些得意。

次日下午快下班时,宋达清身着便服,开了辆奔驰来接朱怀镜。本来已到下班时间了,但朱怀镜仍跑去同刘处长说了声:"我先走一步,有朋友约出去一下。"

刘处长就笑着说:"怎么?又潇洒去?"

朱怀镜便谦虚道:"哪里哪里,朋友叙叙。"

说话间,刘处长夹了公文包也要走了,就同朱怀镜一道出了办公室。朱怀镜见来的是一辆奔驰,便面带微笑,缓步走了过去。宋达清忙替他开了车门。朱怀镜刚准备用力拉上车门,猛然想到这不是吉普车,用不着这么大的力气。力气用大了就是老土了。宋达清却顺手将车门轻轻关上了。他这一辈子都还没有享受过这种礼遇。原来在县政府当副县长,哪有这等讲究?他想这会儿刘处长也许正望着他的背影,心里不免有些得意。私下又想,市长都不敢配奔驰车,小小派出所长居然这么大的胆子!

轿车出了市政府大院,宋达清说:"到龙兴怎么样?"

"龙兴?"朱怀镜自然想起四毛被打的事了。

宋达清看出他的心思,就说:"我正好也约了龙兴的老总雷老板。雷老板人很不错,你表弟的事,我同他初步谈了,他说我们见面扯一下。"

朱怀镜想这样也好。这会儿正是下班高峰,车在路上堵住了。一时无话可说,朱怀镜就开玩笑说:"宋老兄你比我们市长的派头还足哩!我们市长才坐皇冠3.0,你就坐上奔驰了。"

宋达清也玩笑道:"是呀,当领导的就是要吃苦在前,享受在后。他们领导坐车上面有规定,不准超标。我们老百姓就不一样了,想坐什么标准就坐什么标准。我们所里还有两辆奥迪、三辆桑塔纳。我总不能开桑塔纳来接你吧?这不有失你朱处长的身份?"

朱怀镜也笑了,说:"我朱某人有什么身份?为政府打工啊!"

开着玩笑,路慢慢通了。坐车去龙兴大酒店很近,不一会儿就到了。下了车,宋达清拿出手机给雷总打电话:"雷总吗?我们在大厅了。你安排在哪里?兰亭是吗?"

宋达清便一路礼让,招呼朱怀镜乘电梯上了三楼。到了这里,朱怀镜才知兰亭是个包厢。四位佳丽早已候在那里了,向他俩鞠躬道好。有位小姐还说宋先生好。朱怀镜就看了这小姐一眼。真是一位美人儿,那脸蛋儿嫩得要滴出水来。他觉得背上有些发热,禁不住松了下领带。宋达清眼快心细,忙说空调温度太高了吧，调一调。立即就有小姐去调了空调。这里的小姐几乎都认得宋达清，他便觉得极有光彩似的，更加大大咧咧支使起小姐来。

二人刚落座，一位胖胖的先生就连说失礼失礼，伸着双手进来了。他身后随了一位很有风韵的女士。胖先生径直握了朱怀镜的手说："这位一定是朱处长了吧？久仰久仰！"

朱怀镜知道这位肯定就是雷老总了，却故意脸朝宋达清探问道："这位……"

"这位是雷老总，也是荆都走得开的人物啊！"宋达清介绍说。

雷老总忙摆手说："什么老总？托朋友们的福，混碗饭吃。"说着就掏出名片递了上来。

朱怀镜双手接了名片，看了看雷老总的大名：雷拂尘。心想这名字还有点意思，便说："久仰久仰。我忘了带名片了，老宋有我的电话。雷老总的大名真儒雅，有意思有意思。"

雷拂尘又摆着手说："俗人俗人。'拂尘'二字说白了就是抹桌子的意思。我老父亲还真有眼力，料定我这辈子是抹桌子的命。不过能为你们这些朋友抹桌子也是我的福气啊！"

雷老总又忙介绍身后的女士："我们酒店的副老总，梅玉琴梅小姐。"

刚才同雷老总客套时，朱怀镜一直不敢抬眼看前面这位梅小姐。他总觉得眼皮涩涩的，似乎这女人身上释放着炫目的光芒。梅小姐微笑着伸出手来。同这女人握手的那一刹那，朱怀镜身上哄地热了一下。他同女人握手，从未有过这种感觉。

"很高兴认识梅小姐！"他显得很有涵养，身子往前微微倾了一下。

梅玉琴妩媚一笑，说："能认识你们政府领导，真是三生有幸。今后可要你朱处长多多关照啰！"

31

朱怀镜听这女人的声音沙沙的，仿佛熟透了的哈密瓜，叫人满嘴生津。客套完了，大家才分宾主坐下。

雷拂尘招呼小姐上菜，又对朱怀镜说："我这里条件不好。朱处长是见过大世面的人，就请你包涵了。"

朱怀镜哪是见过什么大世面的人？这里的豪华气派早让他在心里喊天啦。只是故作大气，满不在乎的样子，说："随便随便，我这人很随便的。"

梅小姐说："早就听人说朱处长的大名，说是市长面前的红人。只是无缘结识。我们雷老总也早同我商量，要请朱处长过来坐坐。"

"是的是的。"雷老总马上附和，"这次要感谢宋所长，是宋所长的面子才把朱处长请来的。要不然，你工作那么忙，应酬又多，哪肯赏脸？"

朱怀镜知道雷梅二人说的是临场发挥的客气话，也只好说："哪里哪里，我这人哪有那么大的架子？今后我们交往多了，你们就会知道，我这人是最好交朋友的。现在啊，就靠朋友。"

宋达清忙说："是的是的。雷老总和梅老总都是知道的，我这人也不是随便交朋友的。可朱处长我同他一打交道，就觉得这位领导够朋友。不说别的，没有架子呀！"

朱怀镜很随和地笑笑。心想这真有意思，要不是他前几天有意摆一下架子，哪有今天的排场？他明白宋达清并不是真的说他没有架子。当领导的，你越是有架子，人家当面就越说你没有架子。一般人想在领导面前讨个好脸色，都是这样做的。就像大人哄小孩，明明这小孩不听话，却偏要说好宝宝最听话了。

小姐开始斟酒，正是刚才朱怀镜注意了的那位。问先生要点什么？朱怀镜回眼一看，见小姐盘里托着茅台、王朝干白和矿泉水，就说来点矿泉水吧。几位都劝他，今天是初次相叙，一定要喝点白酒。朱怀镜就用手优雅地捂了杯子，说大家随意吧。随意二字说得平淡，却有一种叫人不好违拗的气度，别人就不便再劝了。小姐一抬手，送过微微幽香。幽香过后，他面前就有了一杯晶莹的矿泉水。雷老总和宋达清喝白酒，梅小姐喝王朝白。朱怀镜喝白酒其实是海量，从前在县政府，他天天都在酒里泡着，真像苏东坡说的，是掉进了酒肉地狱。到市里以后，凭他的位置和交际，喝酒的机会不多。刚来那阵子，还真有些馋，只想有人拉他出去畅饮一顿。后来慢慢也习惯了。今天见有茅台，他的酒瘾几乎要发了。但他知道市里一般有身份的人物，酒都喝得含蓄，总显出不胜酒力的样子，他也只得忍了。

头道菜上来了，小姐柔声报了菜名。朱怀镜不曾听清，只见椭圆形的盘子上一大份黄灿灿热腾腾的玩意儿。雷老总让了让，朱怀镜就尝了一点儿。味道还真不错，只是不知是什么东西。

四个人的席，菜却都是大份的，每样吃不了一半就撤下了，再上新的。朱怀镜心里真是不舍。但他不好说什么，只是每样都斯文地尝一点儿。

雷老总频频举杯，宋达清豪爽地应和，梅小姐却总是拉着朱怀镜搭腔。朱怀镜发现这女人的目光很是特别，仿佛是一种水一样的东西向你无声无息地流泻而来。朱怀镜心里就有些发毛，总是想躲过这目光。可即使他埋头吃菜的时候，似乎也感觉到有一种温柔的水一样的东西向他悄悄地漫过来。他心里又开始打鼓，身子微微发热。猛然想起有关外眼角的说法，他就装作很自然的样子同梅小姐搭话，却眼睁睁地望着这女人的眼角。果然是一双翘翘的外眼角！那外眼角向上轻轻一挑，这双本来不算大的眼睛就飞扬着一种迷人的气息。梅小姐像是感觉到了什么，嫣然一笑。女人已喝了几杯王朝白，脸上飞起了红云。朱怀镜看不出这女人的年龄，大约三十来岁。再年轻几岁也像。

"朱处长,我一定要敬你一杯,不知你赏脸吗?"梅小姐眼梢往上一扬,举杯望着他。

朱怀镜心里是很乐意同这女人喝一杯的,口上却说:"我是不喝酒的,免了吧,你们几位尽兴就是了。"

雷宋二位就连忙劝道:"不行不行,我们俩都还没有敬你哩!梅小姐打头了,这杯酒是一定要喝的。小姐敬酒不好推辞啊!"

朱怀镜笑笑,无可奈何的样子,说:"我真的不喝酒的。既然梅小姐这么看得起,我也只好破例了。不过我提议,既然要喝,你也就不喝王朝白,我俩都喝茅台。"

梅小姐看看雷宋二位,说:"也好,难得朱处长这么爽快。小姐,先给朱先生满上!"

小姐过来为朱怀镜斟上了茅台。梅小姐一边示意小姐为自己斟酒,一边玩笑说:"我冒昧地叫你朱先生,朱处长不介意吧?"

朱怀镜无所谓的样子,说:"哪里哪里,我这处长在市政府算个什么官?我说,叫我先生都还嫌见外了。要是各位看得起,今后你们就直呼其名,叫我怀镜吧。"

雷老总忙说:"那不行,领导就是领导,这个规矩还是要的。宋所长你说是不是?"

宋达清刚才听了梅小姐那意思,本来也想就势把他同朱怀镜的称呼弄得近一些,但雷老总这么问他,他也不好怎么讲了,只说当然当然。

梅小姐却说:"我这人喝酒喝得怪,讲究个气氛。要是大家相投呢,喝几杯就喝几杯。要不然,一杯下去我就醉了。我不管你们怎么称呼,我是连朱先生都不叫了,就叫怀镜。这样关系近一些,才是喝酒的气氛。来,怀镜,我敬你一杯!"说罢同朱怀镜碰了杯,自己先一仰脖子喝了。

一声怀镜叫得他几乎乱了方寸,忙说:"不叫敬吧,同饮同饮！"也一口干了。雷宋二人就说好好，爽快爽快。酒的口感极佳，朱怀镜感到全身经脉都舒展了。但他却闭了下眼睛，似乎很难受的样子。刚才他提出来要喝茅台，别人只以为他是激梅小姐，不像是他馋酒的样子。

雷宋二人接下来也要敬，说每人一杯是起码的。朱怀镜说那我仍旧喝矿泉水？雷宋二人不依，一定要一视同仁。于是各人都敬了他一杯。

这时，雷拂尘说："朱处长，这次也是阴差阳错，让你表弟冤里冤枉吃了苦。我们很不好意思。不过事情发生了，也是没有办法的事了。您叫表弟安心养伤，医药费、营养费、误工费等我们都按规矩办。"雷拂尘说罢，就望着朱怀镜的反应。老宋和玉琴也都把脸转向他。

朱怀镜放下筷子，扯了餐巾纸，慢慢揩着嘴巴，半天才说："今天我们头次相叙，本不该提别的事情。这事一来是雷老总手下人干的，不能怪你雷总；二来说起败兴。所以我一直回避着。既然雷老总提起了，我就有几句话要说。你们几位都是场面上走的人，我说出来你们别在意。我再怎么着，也是市政府的一个处级干部。我表弟专门从乡下来找我，平白无故地被人打了个半死。不说别的，我这面子还要不要？家乡人还都说我在市里当大官哩！什么大官？一个表弟去找他，叫人打了一顿回来！就说我这面子不要，我那表弟他冤不冤？他躺在医院怎么想这事？又退一万步讲，要是他不是我表弟，只是一个没有任何靠山的老百姓，他碰上这事又怎么办？我们这些人在社会上混得风风光光的，老百姓遇事怎么办？可以说是喊天天不应，喊地地不灵哩！人心都是肉长的，我们还是要多想想老百姓哩！"

雷拂尘忙说："朱处长说的是，领导就是领导。"

这回朱怀镜也顾不上谦虚，也不望谁，只说："就算是抓了小偷，保安也不可以随便打人呀！这事怎么办？"

宋达清望了雷拂尘一眼，说："这一块的治安是我管的。雷老总对保安人员要求一直很严，这我知道。不过这回这两个保安怎么这么混账？雷老总，他们这么做是违法的啊！"

雷老总问："宋所长的意思？"

"依我，关了他们！"宋达清说，"不过他们是你的职工，我就不好下手了。"

老宋这分明是在同雷老总将军。朱怀镜看出了雷拂尘很为难的样子，就说："也不要让雷老总太为难了。我看，要是他们俩是雷老总的亲戚或者熟人什么的，就不要太认真了。不然的话，让雷老总为难，我面子上也不好过。"

雷拂尘一听这话，看上去是为他解围，事实上让他更加不好退了，就说："也不是我的什么人，只是从社会上招聘的，素质是差了点。好！我马上解聘了他们！"说罢就拿出手机，叫人事部经理去找一下保安部经理通个气，把那两个人解雇了。

宋达清一拍大腿，说："好！办事痛快！既然雷总解雇了他们，我也就不存在打狗欺主的事了。我马上叫小马带两个兄弟把那两个小子抓了！"说着就打手机叫了小马。

朱怀镜心里倒有些过意不去了，说："他们多半是从乡下来打工的，也不容易。本不该太同他们计较的，只是他们还太年轻，就这么胡来，不让他们吸取些教训，今后不得了的。达清，交代兄弟们，也不要太难为他们了。重在教育啊！"

宋达清说："这个自然，我们办事有分寸的。"

梅小姐说："既然事情都说好了，还是喝酒吧。我看了，朱处长绝对是喝白酒的人，他是深藏不露啊。"

"怎么又叫我朱处长了？这是犯规，先罚你一杯再说。"朱怀镜笑道。

雷宋二人也都说该罚。梅小姐没办法，只得喝了一杯王朝白。朱怀镜看着她仰着脖子喝完。灯光下，梅玉琴那嫩白的脖子似乎凝着一层柔滑的膏脂。朱怀镜背上有些发汗，就脱了西装。服务小姐刚要过来接衣服，梅小姐忙起身接了。朱怀镜说："怎么好让你亲自来？"梅小姐抱了他的衣服，挂到衣架上去，一边又玩笑似的说："能为你挂衣服，是我的荣幸啊！"

朱怀镜见梅小姐不是随便提着他的衣服，而是放在她胸前抱着，他便莫名其妙地感到有点心旌飘摇。等梅小姐一落座，他便兴奋起来，说："今天我很高兴。各位看得起我朱怀镜，我也不枉同各位相识。我借花献佛，敬你们三位！"

梅小姐说："怀镜这个提议好。但我就放宽一些，你们喝满杯，我就喝半杯吧。"

朱怀镜说："那只怕不行。梅小姐是女中豪杰，同先生们不分上下，要一样的才是。"

梅小姐却微显娇态，说："先不说这酒怎么喝。我是口口声声叫你怀镜，你却只管叫我梅小姐，倒显得我自作多情似的。这多叫人伤心！我是忍了好久才说你的哩！"说罢抿嘴一笑。

雷老总就说："这也是的。我同她同事这么多年，还从未见她喊我一声拂尘。我说，朱处长还是叫她玉琴好了。"

"好好，叫玉琴叫玉琴。"朱怀镜望着眼前这女人。真是奇怪，不论什么话从她的嘴里出来，都显得那么自然得体，又那么富有感染力。这伤心不伤心的话，在这种场合，要是别的什么女人说出来，不要酸掉大牙才怪。可她这么一说，你无心呢，只当是玩笑话；你有心呢，就心领神会了。朱怀镜发现，自己对这女人竟有些上心了。这是怎么了？对她并不了解呀？一时无人说话，他便疑心自己刚才的走神是不是让人察觉了，就索性慢条斯理地舀了一勺汤，从容地喝完，才举起杯子敬各位。

雷拂尘却不肯举杯,说:"要敬就单个地敬。说句冒犯的话,你一杯酒敬三个人是不成的。"

朱怀镜见自己拗不过三个人,再估计一下自己的酒量,只怕还对付得了,就说:"好吧,我只得舍命陪君子了。女士优先,我就先敬玉琴了。来,玉琴,祝你永远年轻漂亮!"

玉琴见他满面春风,也就美目盼兮了。两人举杯轻轻一碰,朱怀镜说声先干为敬,仰头喝了。玉琴唯恐朱怀镜独自先干了,怕失了礼貌,也忙干了杯。

几个人只顾喝酒,菜怎么样也不去管它。再说酒喝到这时候,舌头都发麻了,也尝不出什么山珍海味。于是小姐们添菜只是上了撤,撤了上。这时,小姐又来为朱怀镜斟酒。朱怀镜抬手掠头发,不经意间碰着了小姐的乳房,顿时心惊肉跳,忙缩回了手。小姐似乎不在意,仍站在他身边慢慢为他斟酒。小姐替他斟完酒,又走到雷拂尘身边。她见雷拂尘酒杯还是满的,就退身侍立在后面。朱怀镜举了酒杯:"再敬雷老总。"他很想抬眼看看雷拂尘身后那位小姐,眼皮却重如千钧。朱雷两人喝完,小姐便又来斟酒。刚准备给雷拂尘斟,他说:"先给客人添嘛。"小姐轻声说声对不起,就走了过来。朱怀镜便就势望了小姐一眼,说:"没事的。"他发现仍是原先注意了的那位最漂亮的小姐。

"这位小姐不错!"朱怀镜的语气就像平常领导表扬部下。

玉琴就说:"怀镜最有眼力了。这一位可是我们龙兴最漂亮的小姐哩。"

朱怀镜发现玉琴的目光意味深长,马上补充道:"人当然长得不错。我是说她的服务很规范。"

大家都说的确不错。朱怀镜却见各位的笑容都有些异样,就觉得自己的补白有些此地无银三百两,也不好做什么解释了,这事是解释不得的。于是故作坦荡,侧过脸问小姐:"小姑娘贵姓?"

"免贵姓赵。谢谢先生!"小姐的脸微微红了一下。

朱怀镜点点头,含含糊糊地哦哦好好。他极有风度地沉吟一会儿,再举了杯子,对宋所长说:"达清,最后一个敬你,得罪得罪!"

宋达清一手举杯,一手豪爽地摆了摆,说:"我们俩还讲这一套干吗?我同你认识才几天,就像认识很久了。投缘啊!你敬我我是担不起的。来,就算我老弟敬你了。"说罢一口干了。

朱怀镜道声同饮,也干了。

眼看着两瓶茅台快完了,朱怀镜说:"酒就算了吧。我真的是分不清东南西北了。"

雷拂尘说:"要来个一醉方休,再开一瓶!"

说着就叫小姐开酒。朱怀镜忙起身止住。雷老总佯作生气,对小姐说:"你是听我的还是听谁的?我是你的老总哩!"

朱怀镜就上前捉住小姐的手,回头望着雷老总说:"还是听我的吧。这酒真的不能开了。再一瓶下去,不倒人才怪。也可能你们倒不了,我是必倒无疑了。"见雷拂尘不依,朱怀镜又望着玉琴,说:"玉琴你说句话,我们都听你的。"

玉琴似嗔非嗔地瞟着朱怀镜说:"你还是先听我的,把小姐的手放了再说吧。"

朱怀镜忙放了小姐,朝玉琴笑笑,回到座位上。他抿着嘴巴望了玉琴一眼,玉琴也在瞟他。他想这女人未必是吃醋了?

玉琴说:"初次相叙,还是留一点余地吧。怀镜,你们当领导的就是含蓄,不太显山显水。不过我们之间就不要见外了。下次相叙,我不放倒你就不算我的本事!"

"好吧好吧,下次下次。"朱怀镜琢磨玉琴说的放倒二字,心里有些怦怦跳。酒壮人胆,他接着她的话说:"都说好男不和女斗。我看玉琴不是一般人物,下次我也不怕人家笑话,专门同玉琴对着干！"

　　玉琴笑吟吟地应道："那就约好了，我俩对着干，分个上下。"

　　宋达清说："我不是说朱处长酒量怎么样，要说你同梅总对着干，只怕难分上下。"

　　"对对，只怕还真的难分上下。"雷拂尘也说道。

　　朱怀镜正说自己不该夸下海口，宋达清突然扑哧笑了。朱怀镜意识到他是听出什么名堂来了，不好说什么，只作没听见，光是埋头喝汤。玉琴却把眼睛睁得老大，问："笑什么嘛！你有什么好笑的话儿，不要一个人闷在肚子里独享哩！"

　　宋达清说："你们刚才说不分上下，我就想起一个笑话了。我们有个同事的小孩才三岁，最有意思了。别人逗他，问他晚上睡觉爸爸妈妈谁在上面。这小孩也认真，睁大眼睛想了半天，说他不知道到底谁在上面，因为爸爸在妈妈上面，可妈妈的手在最上面。"

　　玉琴手指着宋达清，笑得发喘，半天才说出一句话来："你真是狗嘴里吐不出象牙！"

　　"你呀，有领导在场，也要注意一下呀！"雷拂尘笑道。

　　朱怀镜说："无伤大雅，无伤大雅。就是市长们，有时也开些痞玩笑。我看这痞话有雅痞、粗痞之别，老宋说的还算是雅痞吧。"

　　"痞居然雅了。领导就是金口玉牙，说雅就雅。"玉琴揶揄道。

　　朱怀镜看看表，说："也不早了，耽误各位时间了。没有不散的筵席，是不是就到这里？"

　　雷老总说："朱处长要是有事呢，我们就不好留了。要是晚上没有要事呢，不妨玩一会儿。我这里的桑拿还是不错的哩。"

　　一听说桑拿，朱怀镜就心动了。但也不好就说行，只说事倒没什么事了，就是头有些重，想回去休息了。宋达清说，头重的话，正好桑拿一下，保证你清清醒醒出来。雷老总又再三相邀。朱怀镜就望了望玉琴。玉琴伸手同他握了一下，说："我还有个事要处理，就先走一步，失陪了。"

玉琴走了，朱怀镜觉得刚才没有同她好好道个别，心里歉歉的。雷拂尘却拉着他说："去吧去吧，别客气，潇洒些嘛。"他便表示盛情难却的样子，随他二人去了。

朱怀镜只管跟着他们两人走，也不知到了几楼。三人一路上又是拉手，又是拍肩，说今后有事彼此关照。雷拂尘说："朱处长，以后，这个……以后，当然公事应酬你用不着我。要是你有个什么私人应酬，尽管带来，用不着你自己买单。买什么单是不是？我交朋友有个规矩，凡是国家公务员，一律不许自己买单。一个月多少工资？还自己买什么单？这是不对的啊！朱处长你别误会，我不是财大气粗，我说的是实话。你说是不是实话？宋所长你说说，实话吗？实话吗？"

朱怀镜看得出雷拂尘的酒性有些发作了，但相信他买单的承诺还是兑得了现的，便说："今后免不了要麻烦你了。"

"什么麻烦不麻烦的？难得兄弟一场是不是？哦……对对，是兄弟一场。朱处长，我说兄弟一场，不以为我高攀吧？"雷拂尘又用力拍了拍朱怀镜的肩膀。

朱怀镜重重握了握雷老总的手，说："你这是什么话？我有你这样的好朋友，是我的造化哩！"

宋达清说："雷老总很够朋友的，以后朱处长就随便。你也可以找我。我宋某人穷是穷了点，但买单的朋友还是有的。不就是吃餐饭吗？什么大不了的事？人长了嘴巴就是要吃饭的嘛！人到哪里不要吃饭是不是？"

说话间就到了桑拿室。朱怀镜不太适应这里的香味，感觉有些窒息。再走进一间，像是休息室，灯光幽微，却不显昏暗，似乎飘悠着一种虚幻的雾霭。朱怀镜这会儿也有些醉眼蒙眬了,只见四壁摆了些是沙发又不像沙发的玩意儿,有些女人懒懒地弯在那里。一位小姐走过来,招呼三位先坐下。雷拂尘问朱怀镜:"先按摩一下呢,还是先去桑拿?"

这种场合他是头一次来,不懂里面的套路,怕弄不好就出丑了。他心想按摩无非就是按摩吧,该简单些。还是先从简单的开始,摸着石头过河吧。他就说:"先按摩吧,头昏脑涨的。"雷拂尘就叫过领班小姐交代了几句。小姐就请朱怀镜随她去。宋达清在他身后叫他不要着急,尽管放松,还早着哩。

小姐一路请请,也不知拐了多少弯,引他到了一扇门前。小姐一推门,门就开了。小姐再说请,朱怀镜就径自进去了。里面竟空无一人,只有一张床,一对沙发,一套桌椅,简单却不失雅致。这里温度又高些,叫人想脱衣服。他回头一看,小姐已拉上门出去了。正疑惑着,就见一位小姐轻轻推开门,飘然而至。又是一位美人儿!有些像在兰亭见过的那位赵小姐,细看却不是。这女人穿的是一套黑色羊毛裙,领子开得很低,露出一片迷人的雪白。小姐莞尔一笑,说先生请坐呀!朱怀镜想,是坐在床上还是坐在沙发上呢?照说按摩应是躺着的,他就坐在了床上。小姐也就紧紧挨着他坐下,手搭在了他肩上。他顿时有些口干,使劲咽了下口水。小姐的眼睛一直没有离开他,见他这样子,一定是渴了,就问:"先生渴了是不是?我给你倒杯茶?"

"不渴不渴,真的不渴。"他尽量不让自己语无伦次。

小姐的双手开始在他身上摩挲,凑在他耳边柔声问道:"先生来过荆都吗?"

一听小姐把他当成外地人了,不知怎么他心里就踏实些了,说:"是的是的,头一次来。这地方不错。小姐贵姓?"

小姐不停地摩挲着,说:"我们是没有姓的,大哥就叫我小姐吧。大哥要是看得起我，就叫我小妹，我会很高兴的。"

"好吧，小妹，小妹妹！"朱怀镜叫道。

小姐做了个媚眼，娇生生地应了声嗯，又颤着声儿叫了一声大哥。小姐的手却径直往他下面伸去。

他顿时心晃神摇，忙捉住小姐的手。他想说不要这样，又怕人家笑他老土，就握着小姐的手捏了起来。小姐的手很嫩，很有质感。小姐却更加风情了，说："我的手就像没有骨头样的，你说是吗？"

他只知口中哦哦着。这会儿女人移了移身子，正面向着他。女人眼中似乎有一种油光光的东西在流溢。这目光叫他心慌意乱。他知道这意味着什么了。不可以，绝对不可以的！他在心里叫自己赶快离开这里。可女人的手却摸到他那地方了，用力捏着。他喉头像快要燃火了。女人的目光忽明忽暗，在他脸上扫来扫去。他受不了这目光啦，忙低了头。一低头，却看见了那片炫目的雪白。他刚才一直不敢看这地方，现在是躲都躲不及了。深深的乳沟，高耸的酥胸。

女人腾出一只手来，抓住他的手往自己胸脯间插进去。

我的天哪！世界上真有这么大的乳房？他浑身颤抖不止。平时他总同香妹开玩笑，说她的乳房太小了，你看电影里的那些女人！香妹却说，你真是傻，那些哪是真的乳房？外国有些女人还用一种塑料垫乳房哩。他想如果往这个美妙的地方塞进一些塑料，的确是煞风景的事。可这女人的乳房真的这么丰满啊！这会儿他捏着揉着的可是真真实实的乳房啊！

"你的乳房怎么会有这么大？"他仍不敢望这女人。

"它自己要长这么大呀！先生不喜欢这么大的奶子？"女人说着就把嘴唇贴了过来，将舌头送进他的嘴里。

女人不说乳房说奶子，听起来粗鲁，却更加刺激。他衔着女人温润的舌头，含含混混道："喜……欢，喜欢欢……"

"来吧，喜欢就来吧……"女人一边喘着粗气，一边为他脱衣。他猜得出这女人的喘气有些夸张，但仍是说不出的兴奋。女人把他一脱光，他突然害怕起来。这个时候若是一下子冲进几个彪形大汉，他这一辈子就完了。这时，他猛然想起今天的招待好像不正常。他们凭什么给我如此高的礼遇？这是不是一个阴谋？他想赶快穿好衣服走了算了，但又起不了身，就说："你怎么不脱？"女人说："看你急的，我马上就让你痛快个够。我在给你拿套子哩。"女人取出避孕套给他戴上。他只催她快点脱了。女人开始脱衣服，他就放心了。

他扑上去，捧着女人硕大的乳房揉呀，亲呀，把一对乳房拨弄得像两只活蹦乱跳的大白兔。女人嘁嘁地欢叫，他便觉得五脏六腑叫人掏空了。这对可爱的大白兔真叫他爱不释手，可他知道此地不可久留，就想快点完事算了。

他本来早就被这女人撩得兴冲冲的了，这会儿却突然软绵绵起来。他从来没有这么不中用过，就越加着急。越是着急就越是起不来。女人就笑着逗他，问他是不是刚在哪里玩过了。他说没有，真的没有。女人便来撩他，一边揉他，一边喃喃道："我真的好想好想你玩我。"女人的呢喃只是让他眼前发花，并没有让他挺起来。自己怎么如此差火了？这女人最让他动心的是这对大乳房，便又去拨弄。女人只不停地揉着他，揉着揉着，就逗小孩似的，说："你看你看，起来了起来了。"

他这才上去了。女人脆生生地啊了一声，浑身一颤，紧紧地抱了他的腰。他知道这女人的样子八成是做出来的，却仍感到格外刺激。可是，不承想刚刚到位，他就憋不住了。只好一脸痛苦地动了几下，就山崩水泻了。女人哼哼哈哈地叫了几声我还要我还要，就睁开了眼睛，问道："你怎么这么快？"

他仿佛一下子清醒了。快点走！他交代自己不要再贪恋那对可爱的大白兔。女人却抢着他的衣服，不让他走。"陪我再玩一会儿吧，你刚才是太紧张了。我看出你是个正经男人，从来没有出来玩过的。来吧，我抱着你躺一会儿，过会儿我再把你慢慢舔起来。我会让你一辈子都忘不了我的！"

　　他也不好意思太生硬了，就拍拍女人的脸蛋儿，说："我今天状态不好，明天吧，明天我一定满足你。"说明天当然是推托话，他想这一辈子再也不会来这种地方了。

　　女人赤裸着身子坐了起来，目光幽幽的，说："你不高兴是吗？"

　　"没有。"他一边穿衣服一边说。

　　"你的脸色不好，是怪我没有陪好你是吗？"女人双手抱着乳房，自怜自爱地抚摸着。

　　"没有哩。"他仍埋头理着衣服，不去看她。他知道那对大白兔又在招惹他了。他发誓不再去碰它们。去他妈的，不就是两团肉吗？一样的碳水化合物！

　　才要离开，他又怕太失礼了，就端起女人的下巴，说："我忘不了你的。"

　　女人弯着头，做了一个娇态。

　　出了门，一时不知要往哪里去。估摸片刻，才弄清了方向。走到休息间，不见雷宋二人。他们两人这会儿也许正在销魂，他就顾不上再等，一个人径自出来了。就像转迷宫一样七弯八拐，才到了电梯口。钻进电梯才知这是九楼。电梯却是上楼去的，里面已有一男一女，黏在一起说悄悄话儿。男的只怕快六十岁了，女的不过十七八岁。电梯直到十六楼才下来。只剩他一个人了，他突然忍不住，"啊"地大喊了一阵儿。他心里闷得慌，可这个世界找不到一个可以任他叫喊的地方，只好躲在这里喊几声。哪知一叫喊，鼻子竟有些发酸。他忙摇了摇头，长长叹了一口。不可以这么脆弱，早不是哭泣的年龄了。

到了一楼，电梯门一开，就见玉琴站在大厅里。她已换了一袭浅酱色呢外套，下摆处露出一线米黄色长裙。刚才吃晚饭时她穿的是什么衣服？好像是那种职业女性的西装。一见玉琴，他不由得心虚。想躲她是躲不了啦。玉琴马上就看见他了，朝他微微笑了一下，却没有迎过来。他感觉她的笑容里有一种冷漠或者傲慢。这女人怎么一下子变了一副脸孔？一起吃饭时那么热情呀？难道像她这样在场面上走动的人，注定都是逢场作戏吗？从电梯口走到玉琴跟前不过二十来步，却似万里之遥。他几乎不会走路了，脚杆儿僵直，腿弯儿却在发软，双手也左右不是地方。

玉琴伸手同他轻轻带了一下，问："不玩了？还不到二十分钟哩。他们两位呢？"

他说："他们还没有下来。老雷拉着我说了一会儿话。我又不太习惯去那些地方，头也有些痛，还是回去算了。"

玉琴笑着问："是吗？我送送你吧。"

朱怀镜没想到玉琴会提出来送他，忙说："不劳你了吧，你正忙着哩。"

玉琴说："我下班了。你到门口等等我，我去开车。"

也不由他说什么，玉琴就开车去了。一会儿，一辆白色本田轿车开到他面前。玉琴摇下车窗，请他上车。

朱怀镜上了车，说："玉琴你开慢些，你喝了酒哩。"

玉琴偏头朝他笑笑，说："我会小心的，要是让你这个大处长有什么闪失，我就担当不起了。"

"不是这意思。我的命又值几何？我是担心你。"朱怀镜说过之后，又补了一句，"真的哩，你不相信？"

玉琴便侧过头望他一眼。他感觉玉琴在望他，却不回过头去，只是面无表情地望着前面闪烁的车灯。玉琴开了音乐，曲子缠绵而忧伤。

两人都不说话了。车开得很慢，朱怀镜微微闭着眼睛，心里说不出的空虚。想起桑拿室里的事情，他心里羞愧难当。这是他这辈子做过的最不是人的事情了。从今往后，在别人眼里他仍然还是有脸有面，说不定以后发达了还会是个人物。可他自己知道自己不是东西！

到了市政府大门口，他才开腔，说："谢谢你玉琴。车就不进去了，要查验证件，好麻烦的。"才要下车，他又回过头说，"玉琴你今天酒也喝得不少，一个人开车回去小心一点儿。这样吧，二十分钟之后我打电话给你。我要知道你安全到家了才放心。"

玉琴回过头来望了他一会儿，才淡淡一笑，说："你真的这么担心我？"

"真的呀，是真的呀！你不相信吗？"朱怀镜很恳切的样子。

玉琴说："其实现在还早，不到十点钟。你真的这么担心我，我们找个地方，你陪我醒醒酒怎么样？"

他只好又把车门拉上，说："很愿意奉陪。"

玉琴把车开到蓝月亮夜总会，朱怀镜心里就有些打鼓。他口袋里只有三百多块钱，怕买单不下出了丑。下了车，他只得硬着头皮说你等等，我去买票。玉琴说不用。她挽了他的手，在门口拿出贵宾卡亮了一下。

玉琴问他是要包厢还是散座。他说就散座吧，也好感受感受气氛。两人找了一个散座坐下，一位小姐过来问二位要些什么。玉琴把单子递给朱怀镜，他看都没看，说："就来两杯茶吧，茶是醒酒的。我俩在一起就不要什么排场了。"玉琴就交代小姐两杯茶。小姐刚要走，玉琴又叫回她，请她把这里多余的两张椅子撤了。朱怀镜暗暗佩服玉琴的细心。只留两张椅子，就免得有人坐过来打搅他俩了。

舞池里正跳着快三，朱怀镜跳不好，只坐着不动。玉琴凑过来说话，可音乐太高了，听不清楚，她便移了椅子，同他挨到一起。玉琴说："我今天的心情只适合慢四，我俩只跳慢四好吗？"这正是他求之不得的，当然说好。心想这女人只怕是个感情极细腻的人。他现在的心情特别灰。本是他自己做了不该做的事，却有一种被伤害的感觉。不论什么曲子，激越的也好，婉约的也好，在他的耳朵里仿佛都是幽幽咽咽的，如同哀乐。他猜想女人被人强暴之后，也许就是这个状态了。

这是一曲慢四了，玉琴问怎么样？他便携着玉琴进了舞池。玉琴在他耳边轻轻说："同人家跳舞，最怕的是找不到话说。不说些什么呢，又很拘谨；要说些什么呢，又得搜肠刮肚。说来说去无非是先生哪里高就，先生的舞跳得很好。这才叫难受！我俩就破个例。有话说呢，就随便说说；没话说呢，就不做声，只是慢慢走走，听听音乐。你说呢？"

"好好，好好，我最喜欢这样了。玉琴，我以前总是想，要是能同谁跳舞时自自在在，无拘无束，也不顾及什么舞姿，想跳就散步样地走一走，要么就只是站在舞池里说话也无所谓，那就好了。我想要是真能碰上这样的女士，肯定就是我的知音。却就是碰不上。今天算是碰上了。"说完了，朱怀镜才惊奇自己刚才这么一套怎么说得这么顺溜。

玉琴便眼睁睁望着他，一句话也不说，只是搭在他肩头的手微微抖动了一下。他似乎感觉到了什么，却有意装糊涂，问她："你不相信我的话是吗？"

玉琴点头说声相信，忙把目光移开了。她的目光越过他的肩头，显得特别悠远。

又是快节奏的曲子,他俩就坐下来听音乐。朱怀镜不知道玉琴的心情怎么会坏的。他当然不好去问她。他自己的心情却是怎么也好不起来。哭泣在他早已陌生了,可今天想哭的感觉却好几次撞击他的心头。他想现在要是能只身站在荒无人烟的深山里,大声地叫喊一阵,痛痛快快地大哭一场,那就畅快了。可这世界找不到一个哭泣的地方。

几曲过后,灯光全部暗了下来,他连玉琴的人影都看不清了。这是情调舞时间,通常是情人之间跳的,他不好意思请玉琴。可一只温润的手轻轻地放在了他的手背上。他心头不由一跳,牵着玉琴站了起来。

玉琴身子一悠,轻轻地贴了上来,把头依在他的肩上。他便不紧不松地搂着她,脸贴着她的头发。怀里的女人是那么自自然然,随随便便,不显一丝狂野或做作。男歌手在极抒情地唱着:"我们跳啊,我们摇啊……我愿和你永远开心到老,哪怕明天风雨难料……"朱怀镜本是从来不在乎流行歌的,可今天这歌声的字字句句都深深地震撼着他,叫他歔欷不已。两人就这么相依相偎,默默无语。一曲终了,朱怀镜还不知道下来。玉琴拉了他一下,他才怔怔地下来了。

两人坐下来喝茶,谁也不说话。到了来宾点唱时间,玉琴柔声说:"怀镜,我想为你点首歌,我自己去唱。你要听吗?"

"当然要听。我想我听了一辈子都忘不了的。"朱怀镜说。

玉琴在他肩头捏了一下,就去点了歌。过了一会儿,主持人宣布说,下面,有请我们的来宾,漂亮的梅小姐演唱一首《枉凝眉》!

她要唱的是《枉凝眉》!朱怀镜不及听歌,早已心神恍惚了。玉琴款步上台,深深地鞠了一躬,说了句开场白:"这首歌献给我最亲爱的朋友,希望各位喜欢。"这种场合,玉琴这话来得去

49

得，朱怀镜听来却是别有一番滋味。

　　一个是阆苑仙葩，一个是美玉无瑕。若说没奇缘，今生偏又遇着他；若说有奇缘，如何心事终虚化？一个枉自嗟呀，一个空劳牵挂。一个是水中月，一个是镜中花。想眼中能有多少泪珠儿，怎禁得秋流到冬，春流到夏！

　　歌声显得那么悠远、缥缈，而又凄婉动人。朱怀镜沉醉了。一个多么清纯、多么甜蜜的女人！同这样一位女人相知，也不算枉然一世。可是，就算玉琴还是阆苑仙葩，我朱某人也早不是美玉无瑕了。天底下最肮脏的事我居然也做了！从今天起，我朱怀镜再也不是一个好人了！

　　玉琴的歌声博得满堂喝彩。朱怀镜却忘了鼓掌，只是坐在那里发呆。玉琴下来，也不坐下，就说怀镜我俩走好吗？说着就拿出一张百元钞票压在杯子下面。

　　玉琴挽着朱怀镜，低着头一声不响往外走。朱怀镜被弄得没头没脑，上了车才无话找话，问："玉琴是否醒酒了。"

　　玉琴双手扶着方向盘，仰着头摇了摇说："我只怕永远醒不了啦！"

　　朱怀镜的心猛然一沉，身子反而轻飘飘起来。他一把抓住玉琴的手，又说不出一句话。玉琴闭上了眼睛，身子懒懒地靠着。朱怀镜胸口狂跳不已，却尽量镇静自己，从容地搂起玉琴。两人紧紧拥抱在一起了，摩挲着，亲吻着。玉琴圆润的肩膀止不住颤抖。他便爱怜地抚摸着她的肩，慢慢变化了姿势，把玉琴平放着揽在怀里，忘情地爱抚。玉琴静静地躺着，睡美人一般。过了好一会儿，她才慢慢睁开眼睛，长叹一声，说："怀镜，我们回去吧，好吗？"

夜已深沉，车流稀了，玉琴却仍然把车开得很慢。两人一路上都不说话。

车到市政府门口，朱怀镜凑过嘴去亲玉琴，却亲到一张湿漉漉的泪脸儿。

朱怀镜下了车，站在那儿不动，想望着玉琴把车开走。却只见车灯熄了，车却一动不动。他就挥手示意，让她快走。仍是不见动静。他想玉琴一定是要看着他先走，他就挥挥手往大门里面走。他一边走一边回头，仍只见那辆白色本田似动非动。

朱怀镜昨晚不怎么睡，清早起来头有些重。香妹只知道他昨晚回来得很晚，本要他再睡一会儿的，他却早早就起来了。

他心里总像有什么事，睡不安稳。吃早饭的时候，香妹问昨天谈得怎么样。他说还可以吧，也不说具体细节。香妹说她昨天下午已到医院去了一趟，把事情都办妥了。主治医生已按我们的意思做了病历，但他说药费肯定也要随着提高，不然就不像了。我想药费反正不是我们出，也就随他们了。

朱怀镜却说："别这么搞，多没意思。"

香妹就摸不着头脑了，问道："这是怎么回事？是你要这么干的呀！我当初还说这样不好哩！我是想你没空，才专门请假去医院忙了一个下午，反而落得怨了。"

朱怀镜知道自己失态了，忙解释说："我是说龙兴大酒店的老板也很客气，我们太那个了，面子上不好过。这事也只是聘请的保安人员干的，而且他们把保安也解雇了，老宋还把那两个人抓了。我这人就是心软。"

香妹想了想，说："这事就不好办了。我叫人把病历做了，现在又去叫人改过来怎么行？还说我们反复无常哩。既然病历这

51

么做了，不叫他们按致残赔偿，又显得我们是傻瓜了。我傻一点就傻一点，别人会说你无能哩。"

他想也是这么回事，只好说："那就只有这样了。"

吃过早饭，仍是先送琪琪上学。到办公室刚打扫完卫生，刘仲夏过来说，处里开个短会，有几个事情要说一下。按说处里开会之前，刘仲夏应先同他通一下气，商量一下讲些什么。可刘仲夏却常常是即兴发挥，想开就开，总不同他打招呼。他心里便有些不快。一开会，他发现也没有什么实质性内容，只是刘处长传达他这几天参加的几次会议的精神。他便有些心不在焉，总担心会不会有谁打电话来。可刘处长讲话啰嗦，很简单的事情总要翻来覆去讲。刘处长有那种学问人的毛病，思维是多层的，想问题时逻辑缜密，但表达起来却层次混乱，反而叫人觉得冗烦，不得要领。

好不容易开完了会，朱怀镜第一个离开了会议室。一看手表，发现这会竟开了两个多小时。要是按他的工作习惯，这会最多四十分钟。一坐下，就响起了电话。他的心猛然跳了起来。一接电话，却是宋达清打来的。他不免有些失望。宋达清说一上班就打了电话，没人接。他说刚才在开一个紧急会议，才回办公室。宋达清说昨天没赶上送他，太对不起了。他说："哪里哪里。昨天我本也想桑拿一下的，但我这人就是土，闻不得里面的香水味，只觉头昏，连按摩也没做就出来了。再说我对那里的水也不放心。出来没看见你们，也就不打搅了。也不远，打个的士一下就到家了。"宋达清再客气了几句，两人就挂了电话。

他不知宋达清会不会知道昨天晚上按摩的事。这种把柄不论让谁抓在手里都不是好事。昨晚回家以后，他先是焦急万分地挂着玉琴的电话，总不见人接，心里就不断涌现恐怖的猜测，生怕她出了什么事。最后挂通了，玉琴却冷冰冰的，似乎刚才发生过的事，只是他一个人的幻觉。他脑子都发蒙了。难道这女人这么叫人捉摸不透吗？后来又想到按摩的事。人在深夜里的思维通常会被放大，恐惧和懊悔就不断地膨胀，像两条冰冷的蛇死死缠住他不放。便又想起平日里对别的女人心猿意马，觉得自己无比卑劣。自己还时时刻刻以体面人自居，骨子里却是衣冠禽兽！这事要是摆到光天化日之下，他将何以为人？因为爬上那女人的身体，他的良心终生不会安宁了。可这么自责着太难受了，他不得不找个说法来安慰自己。于是他想，如果自己从前对这等明知做不得的丑事还心怀某种邪念的话，那么，今天胆大包天地做了，发现就那么回事，无聊透顶。今后就再也不会做这种事了。自己毕竟是有学问有身份的人，就要活得有层次有格调。

现在，他独自坐在办公室里，脑子里须臾不忘的是玉琴。可不敢挂电话过去。昨天她突然那么冷漠，真不知她是怎么想的。是不是怪他太造次了？好像也不是。他还是挂了过去。电话通了，玉琴接了电话："谁呀？"见是朱怀镜，玉琴不做声了。他忙说："玉琴，你好吗？你好吗？你说话呀！"玉琴仍是不做声。朱怀镜说不准是急是气，连声叫了起来："你到底怎么了玉琴？你到底怎么了，怎么了，怎么了……"他还在忙忙地问，玉琴却放了电话。朱怀镜仍听着电话的嗡嗡声，半天才罢。

朱怀镜做不成什么事了，在办公室来回走动。同事们进来，以为他在考虑什么重要事情，就不打搅他了。一会儿，香妹来电话，问四毛的事什么时候有结果。他心里正不好受，很想发火，却万难忍住了，只说现在很忙，到时候再说吧。他放下电话，仍是来回走动。又想到为四毛的事去做手脚，真是没意思。自己怎么这么俗气？玉琴要是知道他是这么个人，会怎么看？玉琴为什么一下子又不理人了呢？难道桑拿室的事她知道了？要是这样，他真是无脸做人了。天下女人多的是，怎么可以去玩妓女？妓女不是我们这种人玩的呀!

　　中午下班,他不想回家去。一时又想不起要到哪里去。心里只想着玉琴。可显然这会儿不可冒冒失失地去她那里。一来真弄不清她是什么意思,去了怕落个没趣;二来她这会儿正忙,也没空招呼他;三来白天去那里太招眼了,说不定就生出什么话来。反正不想回去,只管一个人往外走。

　　外面很冷,他便梗了下脖子抖擞起来。在街上没头没脑地走了一会儿,就想到了李明溪。只怕有一年没到他那里去了,干脆去看看。他望了望四周,想先打个电话去,看李明溪在不在家。才要打电话,他又住了手。打个鬼电话,他不在回来就是,反正是混时间。就上了去美院方向的公共汽车。

　　下了公共汽车,就有人力车师傅招揽生意。去美院还有一段岔路,公共汽车到不了,得坐人力车。朱怀镜神色木然,不搭理人家。他想独自走进去。朱怀镜一直坚持不坐人力车,不让别人擦皮鞋。他想今后也要把这些教给儿子。记得在哪里看到一位西方大财佬的家训,就只列举那么十几条,教育孩子们什么事自己做,什么事不能做,很简单很实在。不像我们国家流传下来的那种家训,通篇大道理,满纸道学气。大家在外面成天听人讲大道理,回到家里还要听大道理,真够受的。朱怀镜想古人写的那些家训,只怕压根儿就是为了流传的,与其说是为了训示后代,不如说是为自己留名。这就免不了要装腔作势。

　　朱怀镜这么胡思乱想着,就到了美院了。美院的林子很好,林间小径曲直,落叶满地。有些学生在那儿站着蹲着,捧着画板写生。朱怀镜想这些搞艺术的就是神不隆咚,这么天寒地冻,却跑到这里来玩深沉。

　　朱怀镜是个不认方向的人,又有一年多没来这里了,转了几圈就不分南北了。正发着蒙,就见一个长发披肩的男生蹲在林子里不知干什么。朱怀镜好奇,走了过去。却见这男生找了些落叶,往一张白纸上随便一拼,就成了一幅绝妙的画。朱怀镜心里正惊奇着,又见年轻人拿笔在旁边题上一行字:采菊东篱下,悠然见南山。配上这题款,更加来神了。只见菊攀竹篱,一翁如仙,天高云淡,远山依稀。"妙妙!"朱怀镜失口叫了起来。那男生抬头一看,见是陌生人,就什么也不说,仍低头做自己的事去了。朱怀镜看着他挑了一片叶子,放在手心摊了摊,就像是着了魔,忙在地上胡乱地扒了一会儿,又挑出几片叶子。朱怀镜却看不出这些叶子有什么特别处。他便想看看这年轻人怎样拼摆它们。只三两下,就有一竹笠棕蓑的老者垂钓江渚,旁边横着一只小船。朱怀镜正拟着这意境,就见那男生题上了"独钓寒江雪"。朱怀镜想看清这男生题的名字,那字却太细太草,只隐约看清了一个向字。朱怀镜又忍不住叹了起来:"真是不错!"这回男生头也不抬,只顾自己入神。朱怀镜感到没趣,就讪着脸问:"请问你知道李明溪先生住哪里吗?"男生手头没空,只用嘴巴努了一下。

朱怀镜顺着男生指的方向走了一会儿,见了那栋两层楼的教师宿舍,慢慢才有了印象。上了二楼,估摸了半天,不知敲哪一扇门。这时来了一个女人,他忙客气地问道:"请问小姐,李明溪先生住哪一间?"女人望都不望他,只把手含含糊糊地抬了一下。朱怀镜没反应过来,女人下楼去了。他便随便敲了一个门。好半天,门才慢慢开了。一个披头散发的人鼓着眼睛瞪着他,他吓了一大跳。这人却一龇牙,笑了起来。原来正是李明溪。

朱怀镜进门说:"到这里好不容易看见一个会笑的人了,却笑得这么恐怖。"李明溪便又龇了下牙齿,露出奇怪的笑容。

"你这里怎么越来越像疯人院?我一进来,不是见了神经兮兮的,就是见了木里木气的。"朱怀镜仍在谈着自己的观感。

李明溪说:"我天天在这里,觉得很自然呀!或许因为这里同你那里是两个世界吧。这里人与人之间冷是冷了些,却是该怎样就怎样。当然不像你们那里一见面就握手,好亲热啊。"

　　朱怀镜听了这些,就不接着话头说下去了。他知道说下去,又是毫无意思的相互挖苦。他抬头望了望四壁乱七八糟挂的些个字画。几副对联倒写得落拓:"有兴只喝酒,无聊才作画""只写花鸟虫鱼,不管秋冬春夏"。朱怀镜隐约记得"花鸟虫鱼"这联,好像周作人也有类似的,就问:"你喜欢周作人的文章?"

　　李明溪却说:"我是个不学无术的,最不喜欢读书了。什么周作人?好像听说过。"

　　朱怀镜知道李明溪故意这么说的,便道:"你这么个清逸出俗的人,也这么俗气起来了。现在一般人都以不学无术为时髦,你也赶这时髦了。"

　　李明溪睁大了眼睛问:"这我就不懂了。以往都是人们不懂装懂,现在怎么又以不学无术为时髦了?这世界我是不明白了。"

　　朱怀镜说:"你真好像是在天外生活。你不记得,从前人们总说,我的水平有限。这事实上只是一句客气的话,说这话的人其实是认为自己很有学问。因为那时候人们还是尊重学问人的。后来票子更重要了,学问不值钱了,人人都说自己是大老粗。因为有学问的人是多半没有票子的。"

　　李明溪说:"我才不管时髦不时髦哩。我是不太读书的。没有几本书值得读。"

　　朱怀镜就笑了起来,说:"你也太狂了吧,就没有一本书值得你一读?不过你这副花鸟虫鱼的对联,要是没有见过周作人写的,你还真有两手。周作人有些文章的境界,真是超脱得出奇。想你也是个超俗的人。"朱怀镜说罢就直勾勾望着李明溪,觉得这人的脑子里尽是些匪夷所思,非常人能比。

也不知什么时候了。朱怀镜是不戴手表的。李明溪根本就是个与时间无关的人，他这里找不到钟。估计是上班时间了，朱怀镜挂了刘仲夏办公室的电话，只说家里来了个亲戚在医院看病，他要打一下招呼，请个假吧。

李明溪要是常人一样，准会问问他怎么有空来玩？有什么事吗？不要上班？但他全然没有这些概念。只一味同朱怀镜嬉笑。这会儿见朱怀镜在给刘处长挂电话，就问："你那刘处长叫什么名字？画是画好了，还没题款呢。"

说着就指指墙上的一幅山水。画面近处一角是极具野韵的茅屋，竹篱环拱，柴扉轻掩。茅屋旁边是竹林，只露出一隅，却见新笋数点，颇有春意。又有老桑一枝，嫩叶数片，两只肥嘟嘟的虫子爬行其上。而远处则山淡云低，仿佛才下过一场春雨，透着清新的晴光。画面虽满，却不嫌壅塞，反因远近相衬，层次分明，色调明快，使场景开阔舒展，气象不凡。朱怀镜忙说："画得好画得好。刘处长叫刘仲夏。不知你怎么题款？不要隐含讥诮才是。"

李明溪也不说什么，提笔在左上方题道：竹篱茅舍，底是藏春处。刘仲夏先生雅正。又在右下方题道：野人李明溪，某年冬月。

朱怀镜却说："你下次要题疯人李明溪了。"说着，又觉得画上的两只虫子有些怪怪的。细看似乎是蚕。蚕宝宝倒是可爱，只是有违常识。蚕哪有自己爬上桑树的？

李明溪看出了他的疑惑，笑道："我原只画了桑叶，不想过一夜就爬上蚕宝宝了。"

朱怀镜觉得这话极幽默，又极机智，就说："你也真牛气。再过几天，桑叶不叫蚕给吃掉了？你还是快捉了这蚕吧。我说你要真的成了大家，今天这话说不定会成典故的，就同什么画龙点睛一样。"

开了一会儿玩笑，朱怀镜说起在林子里见了一位用枯叶拼画的男生。怕李明溪讲他没见识，只是随便说了一下。李明溪说："你一定是说向可夫。这是个怪才，我教过他。要说疯子，他才是真正的疯子。你莫说枯叶，什么东西到了他的手里，他都可以让它变得灵光四射。只是不肯作画，总一天到晚在野地里跑。学校头儿不喜欢他，几次要开除他。"

李明溪问这画是他拿去裱，还是朱怀镜自己送去裱。朱怀镜怕时间耽搁太久，就说我去找个地方算了。李明溪便拿了张报纸，将画稀里哗啦包了。朱怀镜看着李明溪动作毛毛草草，生怕把画弄坏了。天有些黑了，朱怀镜才记起自己中饭都还没吃过，顿时饥肠辘辘的了，便邀了李明溪，到外面找了家店子，两人喝了几杯。

朱怀镜回到家里已经很晚，香妹已上床睡了。朱怀镜有事不回来，从不同家里打招呼。这是他在县里工作就养成了的习惯，香妹早不把这当回事了。当初县里电话不怎么方便，他又是吃着早饭不知中饭在哪里吃的人，就索性叫家里人不要等他。这样他倒还自由些，少了许多拘束。

朱怀镜草草洗了一下，就来睡觉。香妹说："今天怪不怪，总有电话打来，我一接，又不听人说话。"

朱怀镜心里就明白八九分了，却说："一定是谁打错电话了。这事常有。"他想下床去给玉琴挂个电话，香妹却在解他的衣扣了，便不好说什么了。

香妹伏身过来枕着他的肩头，说："你这几天好忙是吗？要注意休息啊！"

"忙什么忙？不就是天天这里会那里会吗？只是无聊，累倒不怎么累。"朱怀镜敷衍道。

香妹说："不累就好，我就怕你太累了。家里的事情我尽量让你少操心，这我做得到。可你在单位要是太忙了，我就帮不上了。要你自己注意调节才好。"

听香妹这么一说，朱怀镜真有些感动，禁不住吻了一下女人。香妹就伸出舌头热烈地响应了。两人越吻越动情，香妹的手在男人身上抚摸了起来。朱怀镜领会女人的意思，身子却软绵绵的起不来。香妹竟微微喘了起来，咬着男人的耳朵说："怀镜，我们有几天没来了？你想吗？"

朱怀镜脑子一团糨糊，想不起这几天是怎么浑浑噩噩过来的。嘴上却说着想。香妹就脱了下身。又要脱衣，朱怀镜就止住她，说衣就不脱了，天太冷了。女人就用脚去蹬男人的裤子。朱怀镜怕女人碰着下面那软了吧唧的东西，弄得她扫兴，就说自己来。朱怀镜脱了裤子，搂起女人，说先让我们好好温存温存吧。香妹就甜甜地笑了起来。她懂得男人做爱是极讲究情趣的，从不直奔主题，总是先要烘云托月，铺陈气氛。她也很醉心全部的过程，享受每个细节的欢愉。

朱怀镜把女人揽在怀里吻着，摩挲着她的脸蛋。女人脸作桃色，眼睛微闭着。可今天朱怀镜在女人身上找不到那种山渺水淼的浪漫感觉。他便闭上眼睛去想那玉琴。一会儿闪入他脑海的又是陈雁。这两个女人的脸蛋在他的眼前不停地变幻着。可这也刺激不了他。他便想象是在同玉琴拥抱，又尽量不想这是抱着陈雁。他想他是爱上玉琴了，想着拥抱玉琴他心里就安慰些。可玉琴也不能让他挺起来。他便悬揣玉琴的裸体，冰肌如雪，柔滑如脂。可怎么也想象不真切，玉琴在他的怀里总是穿着呢外套。那呢外套的质地很好，柔软挺括，暗香袭人。

香妹在轻声啊啊着。朱怀镜猛然想到了桑拿室里的那个女人，心口怦然跳了起来。他一下子睁开了眼睛，像是突然清醒了。他感到心脏像是被什么揪了一下，阵阵隐痛。还来不及弄清这种反应是追悔还是刺激,却见那女人硕大的乳房在他的眼前拨弄了。他捧着女人的乳房,忘情地揉着、亲着。不一会儿,下面就赳赳然了。

香妹钻进被窝里,亲了亲男人那个小调皮。朱怀镜便感到浑身热血都涌向了胸口,海潮一般撞击着。一股逼人的火辣辣的滋味从他胸腔里迸出,直蹿喉头。香妹从被窝里爬了出来,像个要死的人,头耷拉在男人肩头,有气无力地说:"让我先在上面玩一会儿吧……"

朱怀镜似乎这下才清醒过来,望着一脸醉意的女人,说:"你上来吧,你好好玩吧。"他闭上眼睛,感到鼻腔有些发酸,好像怀着一腔悲壮,却拼命地挺着下身。

香妹半眯着眼睛,在男人身上如风摆柳,舌头儿情不自禁地吐了出来,来回舔着自己的嘴角。一双手不知要放在哪里才好,一会儿搂着男人,一会又在自己身上唏唏嘀嘀地抚摸着。

这时,朱怀镜突然浑身一颤,一把搂紧了女人,粗声粗气地说:"我要你脱脱脱了衣,脱了衣,我要你一丝不挂,一丝不挂,我要个精光的心肝儿,不要一丝异物,什么也不要,什么也不要……"他就这么语无伦次地嚷着,三下五除二脱光了女人。朱怀镜才要翻身上来,女人又慌手慌脚地来脱他的睡衣。衣没脱完,朱怀镜憋不住了,自己飞快地掀掉衣服。刚到上面,就山崩水泻了。他不行了,可女人还在那里美,他也只得勉强勇武一会儿。直感到浑身骨架子都要散了,他才停了下来。

香妹爱怜地搂着男人,心花怒放。她还舍不得睁开眼睛,仍在回味着。手却不停地在男人身上抚摸。见男人背上微微沁出汗来,就拿了干毛巾轻轻地揩着。男人侧过身子,把脸紧紧地偎在她的双乳间。一阵甜蜜而又痛快的感觉便像潮水一般,再一次涌向他的心头,顿时觉得胸口被什么掏空了,身子像要飞起来。

香妹很满足，长长地舒着气。女人越是感到甜蜜，朱怀镜越是羞愧不已。他不敢面对这么单纯而痴心的妻子，又把脸埋进了女人的胸口。女人的乳房本来就是小小巧巧的，哺育过孩子以后，就显得疲疲沓沓了。他用嘴在女人乳间轻轻揉着，尽量去想象妻子作为母亲的伟大。一定要好好爱这个女人啊！她养育了我们的儿子，她给了我无限的爱和温暖！她是一个多么美丽、善良而又忠贞的女人！

可是，那桑拿女郎的硕大乳房又在他的眼前晃荡起来了，像两只不安分的大白兔。他脑子嗡嗡作响，头似乎在慢慢胀大，意象中的一切事物也越来越大。那桑拿女郎的乳房在不断地膨胀，像两个巨大的热气球，逼得他透不过气来。他猛然睁开眼睛，驱赶这可怖的幻觉。

"怎么了？又睡不着了是吗？"香妹刚才开始入睡了，声音有些黏黏的。她说罢又搂紧男人，手在男人背上轻轻拍打，像哄着一个孩子。她拍着拍着，手就滑了下来。她睡去了。

女人在均匀地呼吸，胸脯缓缓起伏，那么安然，那么温馨。在这么一个女人怀里酣然入睡，是多么美的事情啊。但他怎么也睡不着，鼻腔发酸，总有一种想哭泣的感觉。一个大男人怎么这么没出息了？

次日一上班，玉琴来了电话。朱怀镜喜不自禁。他早想了一肚子的话要说，可玉琴先说话了，一副公事公办的口气："朱处长吗？你的工作证，我们保安部交给我了。不好意思，我马上给你送过来，你这会儿不出去吗？"他一时说不出别的话，只说好的好的。本想说不劳你送，自己来取，却又怕显得失身份。

放下电话，朱怀镜总觉得哪里不对劲。怎么就叫我朱处长了？她真是这么反复无常的人吗？既是如此，何必她自己来送还？随便派一个人来不就得了？不光觉得玉琴不对劲，自己也好像不对劲。本来与这女人几个小时之内走过了几万年的路程，却一下子又考虑自己的身份了。

一会儿，玉琴来了。玉琴微笑着，伸过手来同他握了一下，就掏出他的工作证给他。他请她坐，忙去倒茶。心想玉琴明显地瘦了，脸色很憔悴。他正拿着茶杯，只听得玉琴说你这里忙，就不坐了吧。他说着不忙不忙，玉琴却伸过手来同他告辞了。他不好勉强，放下茶杯说："那真不好意思呀。"

朱怀镜怅然若失，又不好表露。突然想起要去雅致堂裱画，就说："我想去雅致堂有个事情，同你一道去好吗？"

玉琴说："正好顺路，我很乐意为你效劳。"

朱怀镜便给刘处长打了电话，说出去一下，马上就回。他从柜子里取出李明溪画的那幅藏春图，随玉琴一道出来。上了车，才知玉琴仍是自己开车来的。两人坐在车里，似乎就有了某种氛围。他想找些话说，却半天想不出一句得体的话。玉琴却侧过脸来，望他一眼，说："你这两天瘦了。"

朱怀镜也望望玉琴，说："你也瘦了。"

玉琴的脸就红了一下，不说什么了。一会儿就到雅致堂了，朱怀镜开门下车，说："谢谢了。你好走，我打的士回去就是。"玉琴不做声，只望着他。

雅致堂是字画装裱的百年老店，在清代就名播海内。听说主堂的是大名鼎鼎的卜未之老先生。朱怀镜原想随便找家店子裱一下算了，但怕糟蹋了画，才特选了雅致堂。可雅致堂的师傅是见多了上乘画作的，他拿不准李明溪的画到底如何，这会儿便有些心虚了，怕人家笑话。进了门，接洽生意的是一位小姐。小姐很客气地招呼他，并不多说什么，只指着墙上的价格表同他讲着价钱。他看了看价格表,问价格是按画面大小算还是怎么算。小姐说是按裱好之后的大小算。正说着,一位白髯童颜的老先生从里面出来,从柜台边走过,不经意看了一眼朱怀镜手中的画。老先生才要走开,又回过头来,接过画细细看了起来。朱怀镜想这位无疑就是卜老先生,他心里就打起鼓来。不想老先生端详半天,却啧啧道:"好画好画!不知这位是不是就是李先生?"

朱怀镜忙说:"不不,我姓朱。李先生是我一位朋友。您一定就是卜老先生,久仰了。"

老先生伸手同他握了握,道:"哪里哪里,只是痴长了几十年。这真的是好画啊!我是多年没见到这样的好画了。我只是个裱画的匠人,见识浅薄。但当年在北京学徒,好画还是见过些。往远了不敢说,张大千、徐悲鸿、齐白石等各位先生的墨宝我有幸裱过。要说前朝先贤的墨宝,我也曾随师傅修补过石涛、八大山人的宝画。所以画的好丑还是识得的。"

朱怀镜对卜老先生便肃然起敬了,说:"老先生真是见多识广,以后少不得要请教些事情了。"

卜老先生忙摇手道:"哪里,不过是个匠人。"老先生说着又凑近了细细看画,突然眉头一皱,说:"我见识也少,只知诗有诗料,画有画材。据我所见,蚕是不太入画的,而把蚕画在野外桑树上更是奇了。我倒有些不明白。也许这位李先生另有高情雅意吧,我这老头子不敢妄自揣度。这画我亲自来裱,价格先别说,一定优惠。多年没见这样的好画了,不收钱也值啊。倒想见见这位先生。"

朱怀镜就说:"这好说,我哪天带他来叙叙。"

说好了,朱怀镜便告辞。本想留下名片的,但想同这样一位老先生打交道,递上名片,怕有显牌子的意思,未免太俗,就只拿笔写下了办公室和家里的电话。卜老先生也并不问他在哪里高就之类的话，只同他握手再三，像是遇着了知音。可见这卜老先生的确是个超逸之人。

出了雅致堂，却见玉琴的车仍停在那里。朱怀镜便心头一热。才走到车子跟前，玉琴在里面打开了门。他上了车，说："叫你别等呀，我以为你走了，就同卜老先生聊了一会儿。一位好儒雅的老人啊。这种老人如今也不多见了。"

玉琴却望也不望他，只一边发动汽车，一边说："我这种荒唐的女人也不多见了吧？"

朱怀镜想不到玉琴会这么说，就侧过脸望着她，低沉着声音，说："玉琴，你把我弄糊涂了。遇上你是我最快活的事情。我也不知为什么，对你这么上心。说起来我们俩都不是年轻人了，早不是浪漫的时候了。但自从前天晚上起，我觉得我自己变了。变成怎样一个人了，我说不清。我只觉得我自己比以前敏感了，比以前神经质了。说了你会笑话，我不知是脆弱了，还是容易激动了，我现在总有一种想哭的感觉。玉琴，现在荒唐的男人多，荒唐的女人也多，但你这样的女人找不到……"

这时，朱怀镜见玉琴掏出手绢在擦着眼睛，他就不说了。玉琴在流泪。路上车子太多了，他怕她的泪眼模糊了视线。车到市政府门口，他说不进去算了，可玉琴只顾往里开。门口的武警招了招手，朱怀镜便掏出工作证亮了一下。玉琴一直把他送到办公楼前，说："怀镜，老雷说，你表弟医疗费什么的，等他出院的时候再商量一下。要不要我们先预付一些？我想等你表弟伤好之后，他想做事的话，到我们那里找个事做也可以的。"

朱怀镜说："这些事情到时候再说吧。我只想说，你要情绪好些才是。我好想同你单独在一起多待一会儿。"

玉琴淡然一笑，说："我们都冷静一段好吗？"说着就伸过手来。但她抓着他的手并不是握，而是捏了捏。朱怀镜便伸出另一只手，把玉琴的手团在里面轻轻揉了一下。

朱怀镜回到办公室，半天理不清自己的思绪。也许玉琴并不是那种变化无常的女人。她也许真的痛苦，她的痛苦可能出自女人的某种本能。或许她的内心有更丰富的东西他并没有参破。表弟四毛的事显得不那么重要了。而原先打算敲龙兴一下，现在看来是那么卑劣。

很长一段日子，朱怀镜念念不忘的是玉琴，可这女人像是突然从这个世界上消失了。她办公室的电话没有人接，挂手机虽是通了，也不见她接。他便猜想玉琴可能有意避着他，因为她熟悉他的电话号码。越是找不到玉琴，他便越是着了魔，想尽快同她联系上。几次想到干脆自己上龙兴跑一趟，可又顾忌这顾忌那。这天，他待在办公室坐立不安，想了个主意，去外面打公用电话。果然，玉琴接了电话。可她一听是朱怀镜，语气就公事公办了："哦，朱处长，你好！"

朱怀镜心里顿时像是让什么堵住了，呼吸都不太顺畅了。他本想也叫她梅总算了，可出口的仍是玉琴："玉琴，你好吗？"

"我很好，谢谢。朱处长没事吗？有空就过来坐坐嘛。"玉琴说道。

纯粹的客套，没意思。朱怀镜只好说："没事，打电话问个好。再见啊。"

放下电话，朱怀镜心里恨恨的，似乎自己被人耍了。细想又觉得不是这么回事，他同玉琴也说不上发生了什么。这世上，一次性消费的感情太多，自己也该换个脑子了。

朱怀镜呆坐半天，电话又响了。老家乌县县长张天奇打来的，说他来荆都了，想见见皮市长，汇报一下高阳水电站的项目，问他可不可以帮忙联系一下。朱怀镜说可以，但要看皮市长有没有空。他便记下张天奇的手机号码，等会儿再联系。话是这么说，他心里是没有底的。凭他的关系，联系皮市长，并不容易。

皮市长秘书方明远，人还好打交道，朱怀镜才答应了张天奇。要是找别的市领导，他就会搪塞掉。只因那些领导秘书多半有点耀武扬威的意思。他刚调市里不久，县里的书记周在光托他找过几次向市长，他都借故推了。向市长的秘书龚永胜牌子天大，莫说处一级同事，就说秘书长们他也只听一两个人的。朱怀镜不喜欢那个人，就只在周在光面前敷衍一下。可周在光是个势利的人，回去就说朱怀镜在市里混得不怎么样，托他联系个人都办不到。乌县后来再也没人为这些事找他了。他倒省了许多麻烦，不过有时回到县里去，也觉得很没有面子。县里那些头儿，对他也就只是面子上热乎了，他一看心里就有谱。

只有张天奇对他总像往常一样。只要他回家去，张天奇少不了要亲自陪他吃一顿饭，灌酒灌得他云里雾里。他也不去多想张天奇这人到底怎么样，他知道这是一个极聪明的人，事情总是做得左右逢源。就说这张天奇刚任县长时，县里财政紧张，县委、县政府要求全县上下勒紧裤带过紧日子。可不管财政怎么紧，张天奇还是千方百计挤出经费，将县委书记、人大主任、政协主席的座车换成了崭新的奥迪。他自己却仍坐那辆前任县长留下来的旧桑塔纳。政府办的同志多次提意见，要他也换一辆车，他总说这车还可以，等财政状况好些再说吧。县里那些有钱的单位想换车，但碍着县委、县政府的纪律不敢换，就有意见了。说什么县里头儿可以换车，下面怎么就不可以了？张天奇听了，在县直部门负责人会议上严肃地说，县委周书记的车十多年了，车况极差，经常抛锚，换一辆多大的事？再一个，说得那个一点，周书记的车是县里的门面。周书记跑市里汇报工作，经常在门口被门卫截了，就是因为车况太差了。同志们，这说起来是我们县里没面子的事啊。当然话说回来，我们当领导的有面子没面子，不在车子的好坏，而在工作的好坏，在群众是不是都富裕了。所以说，我们给周书记换了车，请大家理解。至于人大和政协的领导，多是老同志，让他们工作条件好一些，你们有什么话说呢？"张天奇这么一说，下面就不敢多讲什么了。再说他自己坐的也是旧车。这事在社会上一传，群众还都说这位县长廉洁。其实朱怀镜清楚，张天奇那辆桑塔纳一年下来早脱胎换骨了，几乎只有外壳和牌照是现成的。当时朱怀镜管着财政，光经他手批的汽车大修经费就有近二十万元。不过这事朱怀镜从来没有同任何人说起过。当时他只是心里暗暗佩服张天奇，认定此人可为大用。

方明远正好在办公室，很客气地招呼朱怀镜坐。朱怀镜说："你正忙哩，就不坐了吧。我老家乌县县长张天奇同志想找皮市长，汇报一下高阳水电站的事，看皮市长安排得了不？"

方明远想了想，说："皮市长今天下午在开会，明天一天的活动也安排了。这样吧，我先向皮市长汇报一下，看后天安排得过来不。我随时同你联系。朱处长是乌县人？乌县是个好地方。"

朱怀镜谦虚道："地方倒不错，出产也可以，就是三年两头发水灾。"

方明远笑了笑，说："每年水灾一发，你们县都说百年不遇。有人开玩笑，说你们县是发水灾财哩。"

朱怀镜也笑了笑，说："你是常随皮市长下去视察的，该了解真实情况吧。这些人说话，真是不凭良心。我们那里不光水灾多，大水灾过后，一般又有大旱灾，真可以说是水深火热哩。要从根本上解决乌县水旱问题，只有尽快上马高阳水电站，发挥高阳水库的蓄洪调洪作用。"

"好吧，我一定同皮市长联系好。"方明远说。

方明远这么好办事，朱怀镜也觉得很有面子，信口就说："你晚上有安排吗？张县长托我请一请你，晚上一块儿叙一下。"

方明远似乎面有难色，说："那就不客气了吧。"

朱怀镜见方明远嘴上不怎么推，就玩笑道："人家基层来的同志，很不容易，你就放下架子，联系一下群众吧。"

方明远便笑道："恭敬不如从命！"

朱怀镜便同方明远握手告辞，说下班时来邀他。

回到办公室，朱怀镜马上挂通了张天奇电话。接电话的问是哪一位，听上去不像张天奇。他便说找张县长。我姓朱。那人忙说，哦哦，是朱处长。我是张书记的秘书小唐，请稍等一会儿，张书记在卫生间。朱怀镜这才知道张天奇原来已经当书记了。便想自己消息如此闭塞，这都是混得不好的表现。心里便不免有些感慨。

一会儿张天奇接了电话，朱怀镜说问题不大，具体时间还要衔接，可能要后天去了。张天奇谢了朱怀镜，又笑话道："那只有住下来静候圣旨了。"

闲聊了一会儿，朱怀镜就说："张书记，我们只怕也有一段时间不在一起叙了吧，今天我请客，一起喝几杯。我还请了皮市长的秘书方处长……"

张天奇马上打断了他的话，说："哪里哪里，怎么能要你老弟请呢？我早就做了计划，叫你先说了。不行不行，一定我来请。你把方处长请来是最好不过了。你老弟想得周到、周到。"

两人在电话里客气一阵儿，还是定下来由张天奇请客。张天奇便又客气说："我是乡巴佬进城，不识荆都的深浅，朱处长点个地方吧。"朱怀镜也客气一下，说："就放在龙兴大酒店如何？"

真像中了邪，朱怀镜几乎没来得及细想，就说定在龙兴大酒店。可是放下电话，又有些后悔了。荆都大小酒店上万家，为什么他就像条件反射似的立即就想到了龙兴大酒店呢？看来他心里怎么也放不下玉琴了。可他不想再挂玉琴的电话，怕落得没趣。雷拂尘说过，让他有客就带去，便挂了电话去，说带几个客人来吃晚饭。雷拂尘很是豪爽，忙说好的好的。

朱怀镜再处理一些事情，就快到下班时间了。张天奇打了电话来，说车在办公楼外面了。他便挂了方明远的电话。

方明远下来了，朱怀镜就同他边走边说："张天奇同志已是我们的县委书记了，我喊他县长喊顺口了，总忘了。"

二人一出办公楼，张天奇就从小车里出来了，伸出手来一握了。此处不便过久寒暄，几个人都心领神会，挨次上了车。上车时免不了又让了一下位置。张天奇便坐了前面座位，玩笑道："市里的规矩与县里不同。县里是领导坐前面，市里是秘书坐前面。我们基层来的就老是在这个问题上犯错误。今天我就给两位市里领导当秘书吧。"大家就笑了起来。

张天奇又回头对方明远说："我是久仰方处长大名，没想到你还这么年轻呀！"

方明远忙谦虚地摆了摆手，一脸和气。说笑着很快就到龙兴了。朱怀镜眼睛一亮，远远地就见玉琴站在门厅外面，正是那天晚上去蓝月亮夜总会的装束，一袭浅酱色呢外套，下摆处露出一线米黄色长裙。他想这会儿玉琴本该穿她那种职业女性的西装，系着领带或者一条碎花丝巾，怎么会是这个装扮呢？

车到玉琴跟前停下，她却没在意这辆车，正朝远处张望。朱怀镜猜想她一定是在等什么客人。他从车里钻了出来，大方地喊了声："玉琴！"

玉琴忙回过头来，微微一笑，脸飞红云。她伸过手来放在朱怀镜手里，说："哦，我还没看见是这辆车哩。老雷还有客人，让我来恭候几位。"

朱怀镜本想同她握一下手就放开的,却感觉放不下,便牵着她一一介绍张天奇和方明远。她抽出手同两位客人握了一下,说道欢迎欢迎。门厅里面就出来几个人,喊道:"朱县长你好。"

朱怀镜回头一看,见是县计委、财政局、水电局的几位头儿,算是老部下,仍叫他朱县长。原来他们早等在这里了。还有一位年轻人在一边望着他客气地笑,他想这可能就是张天奇的秘书小唐,便伸过手去。年轻人双手握过来,俯着身子摇了一阵儿,说:"朱处长好朱处长好。"

客气完了,玉琴请各位上楼。大家又客气着让了让。进了电梯,朱怀镜忍不住望了一会儿玉琴。玉琴又笑了笑,说:"还是安排在兰亭。"她说着便望着朱怀镜微笑。这微笑在场的人看了没觉得有什么,朱怀镜却感到五脏六腑顿时舒展开了,止不住深深吸了一口气。玉琴专门强调兰亭,他觉得意味深长。他一时不能明白这意味到底是什么,只是隐约觉得兰亭似乎有某种特殊意义。朱怀镜好像又捉摸到了那天晚上在蓝月亮的感觉了。他刚才本来同张天奇并肩走在前面的,等电梯停了,就让让别的人,自己留在后面了。玉琴像是明白他的意思,也让客人先出去,又叫过一位服务小姐,让她领客人去兰亭。

两人走在后面,朱怀镜问:"这几天好吗?"

玉琴笑了笑,望一眼朱怀镜,说:"我不好,你能怎么样?"

朱怀镜就大胆起来,说:"你真的不好,我就来陪你。"

玉琴见前面的人转弯了,就捏了捏朱怀镜的手,说:"不说这个了,就到了。是你请还是谁请?"

朱怀镜懂得玉琴的用意,只说:"是张书记请,你只管替我安排好就是了。"

大家刚入座,雷拂尘拱手进来了。朱怀镜忙起身同他握手,一一介绍客人。雷拂尘连说贵客贵客，又说只要是朱处长的朋友来了，就是我的朋友。朱怀镜听雷拂尘这么一说，自然觉得很有面子。马上又觉得有冷落了方明远的意思，就再次向雷拂尘介绍方明远，说："这位方处长是皮市长的秘书，也是我的好兄弟啊。"

雷拂尘便再次同方明远握手，又是久仰，又是请多关照。同客人豪气喧天一阵，雷拂尘说："这边就请梅总好好招呼。我那边还有好几桌客人要打招呼，都是市委、市政府和一些市直部门的宴请，也是怠慢不得的啊。请各位尽兴尽兴！"

服务小姐便上茶，递热毛巾，一应如仪。上茶的正是上次斟酒的那位赵小姐。朱怀镜望她一眼，也不打招呼，怕玉琴讲他好记性。玉琴坐在他的身边，暗香阵阵。眼前这些服务小姐也不像上次那样刺眼了。他如今只是心仪着玉琴，便为上次对赵小姐心猿意马而羞愧，暗地里骂自己好没见识。可今天不想对玉琴太那个了，他到底弄不清她是怎么回事。

赵小姐端了酒水过来，朱怀镜就望望张天奇。张天奇本是个什么场合都放得开的人，今天见玉琴在座，倒显得有些拘谨了，竟忘了招呼大家喝什么酒。朱怀镜见他没有反应，就问："是不是大家随意？"

张天奇这才有了状态，忙说："一律白酒，一律白酒。"

朱怀镜望望玉琴，说："女士就自便吧。"

玉琴说："我喝矿泉水。"

朱怀镜就轻轻问玉琴："王朝白也不来一点儿？"

玉琴脚便在下面轻轻踢了一下他，轻声道："傻瓜！"

这声傻瓜叫得朱怀镜很是舒服，立即兴奋起来，说道："玉琴就不喝白酒了，我们不能为难女士是不是？"

开始上菜了，张天奇举杯站了起来，说："非常高兴能同各位聚在一起。我代表我们乌县县委、县政府,感谢各位过去对我们县里工作的大力支持,敬大家一杯。"大家一齐起立,觥筹交错。

一杯已尽,朱怀镜说:"按荆都规矩,下面大家就不站了吧。"各位都说是是。

张天奇仍不太放得开,方明远同大家不太熟,其他各位或许见少了世面,气氛便不太热烈。张天奇马上意识到了,便又站了起来。朱怀镜就说要罚酒。张天奇只好坐下来,举杯说:"还望各位今后继续关心支持乌县的工作,我再敬大家一杯!"

这样仍是机械,朱怀镜便设法营造气氛。他举了杯对方明远说:"我俩兄弟等会儿再说,我先敬远道来的客人。来,张书记,你是我的老上级,感谢你长期以来对我的关心,敬你一杯。"张天奇说着哪里哪里,就同朱怀镜碰了杯。

几位县里部门的头儿就开腔了,说朱县长是我们的老上级,这杯怎么喝?朱怀镜摆了摆手,说:"各位,我比你们都年轻些,冤里冤枉当了你们几年领导,一定有不少得罪处。我敬大家一杯!"那几位就说,要喝就一个一个地喝,你一杯酒敬我们几个是不成的。朱怀镜说有例在先,刚才张书记不是一杯酒敬了一桌人?不想小唐说:"朱处长莫怪我多嘴。张书记是代表县委、县政府,也可以说是代表家乡一百万父老乡亲,这酒不能喝?"朱怀镜就看看小唐,觉得这小伙子人还机灵。可这称赞的话,却又是对着张天奇说的:"张书记,你真会选人,选了这么一位聪明的小伙子当秘书。不错不错。好好,我挨个儿敬!"

敬完县里的人,朱怀镜就要敬方明远。方明远说:"不叫敬,不叫敬,我兄弟俩同饮一杯吧。"

方明远就举杯敬张天奇和县里几位。玉琴见大家都只注意他们敬酒去了,就轻轻对朱怀镜说:"你少喝点儿。"朱怀镜听了心头一热。心想说这种体贴话的,只有自己的女人。

方明远敬完了县里几位,回头当然要敬朱怀镜了。朱怀镜只说不行了不行了。其实他的酒量还远远不到,只因刚才听了玉琴的话,不好多喝了。方明远哪里肯依?朱怀镜望望玉琴,摇摇头只得喝了。酒一进口,却发现是一杯矿泉水。原来玉琴早吩咐小姐,偷偷为他一个人上矿泉水。

这时,玉琴举了杯说:"各位,我是在这里为大家服务的,不周之处,只管提出来。原谅我不会喝酒,但假酒真情,我敬大家一杯。"她虽喝的是矿泉水,但她那敬酒的姿态不容人不领情,大家只得一片感谢声,仰头喝了。

朱怀镜有这样一位女人坐在身边护着自己,说不出的快意。便要再敬大家的酒。他喝的是矿泉水,挨个儿又敬一轮。大家都有醉意了,只有朱怀镜和玉琴清醒。方明远酒量本来不错的,今天却也差不多了,便说:"我们放慢节拍,抽抽烟,扯扯谈吧。我常与县里的同志一块吃饭,发现县里同志很能说笑话的,今天怎么不见各位说笑?"

张天奇便笑道:"这些同志,个个一肚子杂碎。只是今天见各位都是市里领导,又在这样一个很有格调的地方,尤其有梅总在场,不敢放肆了。"

方明远说:"但说无妨。都是凡人啊!怀镜知道的,市里这些头儿有时在一起也说说笑话。都还说得很有水平哩。"

张天奇就对几位下属说:"你们每人说一个,这是任务!"

气氛马上热烈起来了。计委主任就先说了:"我们那里有位老太太,一天带着小孙子出去玩,碰上几个老伙伴,就坐下来说白话。那小孙子老是要奶奶抱,奶奶就说,你不听话,奶奶抱你不动。小孙子就噘起个嘴巴说,爷爷比我还重些,你怎么老是抱他呢?"

73

大家便哄然而笑。财政局长说:"说起老太太的笑话,我倒有一个。有个老太太最喜欢放屁,可能是肠胃不好吧。一天,老太太要去做客,又怕老是放屁不好意思,就带了个小孙子去。交代好了,奶奶放屁,由孙子认账。吃饭的时候,奶奶就屁声不断,孙子就老挨骂。这小家伙是个放屁精哩!奶奶吃饭慢些,又要同人家应酬。孙子三两下就吃完了,坐不住,想去玩去了,就问奶奶,你还放屁吗?不放屁我就玩去了。"

　　又是哄堂大笑。张天奇笑了一会儿,说:"笑是好笑,不过这饭桌上就不要再讲这种屁话了。"

　　水电局长说:"这两个笑话都是我们那地方流传多年的笑话,也算是经典。我就讲一个新的。现在下面计划生育抓得紧,真是年年讲,月月讲。但也有些地方讲得很多,落实不够。有位县领导在乡镇党委书记会议上就发脾气了,说你们一年到头只讲上环上环,就上在你们嘴巴上!"

　　方明远说:"这个笑话有点水平。小唐也来一个?"

　　小唐说:"这哪是我说话的地方?不过方处长点了,我就说一个吧。我是听别人说的,也是计划生育的笑话。有个乡的计划生育专干是位未婚女青年。有一天,她搞计划生育知识讲座,介绍避孕套的用法。她说,先吹一口气,看是不是漏气,再这么套上。说着就示范起来,但一个未婚女子,就不好怎么比画,便把避孕套套在大拇指上。偏偏听讲座的有个男的是个憨憨,回去对老婆说,今天学了个新鲜名堂,只要把这个东西往大拇指上一套,就不会怀小孩了,省得你吃药。过了几个月,这男的就跑到乡里找麻烦了,说他按照政府说的办,还是怀了,这就不是他自己的责任了,硬要生下来。"

　　大家又是一笑。朱怀镜说:"小唐只怕还没结婚吧,就有这么高的水平了。"

小唐便不好意思了。

张天奇说:"去年才大学毕业。现在年轻人,还是我们那会儿?"

朱怀镜便说起一个笑话:"我有回碰上一个年轻人,没结婚的,我就说不错不错,你还是黄花崽呀?不想那小伙子一听生气了,说你才是黄花崽哩。"

大家说笑的时候,玉琴便要么叫小姐上茶,要么叫小姐为客人点烟。大家哄然大笑了,她就喝茶,埋头遮了脸。张天奇就说:"我们说这些粗痞的笑话,梅女士不好意思吧?"

玉琴就笑笑,说:"我的耳朵接触不良,有些话听得见,有些话听不见。"

张天奇便说:"梅小姐说话很有艺术,比哪一个笑话都好。"

雷拂尘免不了也过来敬了一轮酒,完了再拱手而去。朱怀镜就问玉琴,是不是也该到他们那边去应酬一下。玉琴侧过身子轻声说:"懒得去。要是以往,是该去一下的,这也是场面上的规矩。但现在是哪里也懒得去了。"

朱怀镜听了这话耳根直发热,不由得望了一眼玉琴。玉琴脸作桃色,低着头喝汤。朱怀镜的心叫玉琴撩得滚烫滚烫像要着火,却又满心疑窦。心想不必过早欢喜,暂且静观局势,相机行事吧。

再喝了一会儿酒,方明远说:"大家都尽兴了吧?我是不行了。"

张天奇看看大家,说:"再来一瓶?我看朱处长只怕还不够量。我原来也知道你能喝,没想到调市里以后,水平越来越高了。市里水平就是市里水平啊。"

大家便说谢谢了。玉琴问要不要活动一下,说这里歌舞厅的档次还是不错的。张天奇说晚上还有事要办,来一次不容易,多走个地方是一个地方,下次再来吧。张天奇叫他的人先等一会儿,要亲自送朱方二位回去。朱方二位说不用送,可张天奇说一定要送。朱怀镜本不想就走的,他便望了望玉琴。玉琴笑笑,可朱怀镜感觉这笑容有些凄然,就有意高声招呼玉琴过去有个事要说。玉琴上前去,他却有些胆怯了,麻着喉咙轻轻说:"我去应付一下就回来。"玉琴不做声,只是飞快地瞟他一眼。

车进了市政府大院,朱怀镜坚持先送方明远到家。快到方明远家了,张天奇说:"方处长,我们县里的皮衣厂得到皮市长的关怀,这几年办得不错。我们只是牌子还没打响,但皮衣从选料、款式到工艺,都不错的,至少不比雪豹牌的差。我给皮市长和你一人带了一件来。"

方明远说:"张书记你太客气了。算了吧。"

张天奇说:"那不行啊,这是我们工人阶级的一份心意哩。还要拜托领导多为我们宣传啊。"

见两人老在一来一去讲客气,朱怀镜就说:"方处长你就莫讲客气了,这是张书记的情意,就莫让他为难了。"

方明远就说:"那只好谢谢了。"

车在方明远楼下停了下来,司机打开后箱,张天奇亲自拿出一件皮衣来,说:"这是皮市长的。方处长是穿大号还是中号?是中号吧。"便又亲自挑了一件。握手而别。

上了车,张天奇说:"朱处长也是穿中号吧。只怕中号加大。"

朱怀镜说:"我的就算了。"

张天奇说:"你怎么可以算了呢?皮衣厂有你的贡献哩。我看你这件皮夹克也该淘汰了,影响领导形象啊。这衣还是原来在县里那会儿产的吧。今年流行中褛,老板式的。"

朱怀镜就说谢了,又问:"皮市长的衣服尺码你们怎么也知道呢?"

张天奇笑道："自有办法啊。"

张天奇不细说，朱怀镜也不好多问，只在心里纳闷。原来县里驻荆都办事处的几个人神通广大，市里一些关键领导和要害部门头头的衣服尺寸，鞋的码数，谁喜欢打保龄球，谁喜欢洗桑拿，谁喜欢钓鱼等等，大多摸得清清楚楚。

车到了，仍是张天奇亲自选了一件中号加大的皮衣。朱怀镜问是不是进屋里坐一会儿。张天奇说下次吧。

朱怀镜把衣送上楼，对香妹说，是张天奇来了，还要去陪他们一下。香妹不说什么，只说别太晚了。

朱怀镜匆匆喝了一杯水，洗了一下脸，就飞跑着下楼。走到大门口，就见一辆白色本田轿车停在边上。正是玉琴。他便跑了过去。车灯熄着，门却静静地开了。他钻了进去，一把抱起玉琴，狂乱地亲吻起来。玉琴浑身不停地哆嗦着，手在朱怀镜的背上使劲地抠。好一会儿，玉琴轻轻说："我们走吧，别老在这里。"

车启动了，朱怀镜问："我们去哪里？"

玉琴问："你愿意去哪里？"

朱怀镜说："随便哪里，只要没有别人，就我们俩。哪怕是荒郊野岭都行。"

玉琴不做声了，只顾开车。见车是往龙兴大酒店开，朱怀镜再一次心跳。他预感到今晚会发生些什么事情。这正是他最近这些日子天天想着的事，却没有想到像夏天的暴雨一样说来就来了。一会儿，就到了龙兴大酒店，从东边角上进了一片宿舍区。下了车，玉琴领朱怀镜上了三楼。一进门，玉琴就双目紧闭，靠着门发软。朱怀镜忙把她搂了起来，无限爱怜地亲吻着。玉琴让他亲了一会儿，说："你先坐一会儿吧，我去放了车就来。"

朱怀镜在客厅坐下，又站起来看了看这房子。一套三室一

77

厅，有两间房子的门是锁了的。厅和卧室装修、布置都很雅致。

一会儿，听到锁匙响，知道玉琴回来了。朱怀镜便走到门后。等玉琴一进门，他就把她搂了起来。玉琴顺手开了空调。

两人坐在沙发上亲吻一阵儿，玉琴说："我们洗澡吧。你先去洗。"

玉琴进浴室开了水出来，说："用我的浴巾，行吗？"

朱怀镜本来三下两下就洗完了，但怕玉琴笑话，就在里面久挨了一会儿才出来。

玉琴早削好了一个苹果，递给他，说："我去洗去了。"

这本是上好的红富士苹果，可今天朱怀镜吃起来却不知是什么味道。他只感到肠胃发胀，喉头发热。只巴望玉琴快点出来。

朱怀镜从来没有像现在这样感到一分一秒都这么过得慢。浴室里面的水哗哗响个不停。本来听着不响了，可过一会儿又响起来了。

里面终于没有一丝声音了。朱怀镜紧张得心脏都要跳出来。可玉琴还是不出来。

过了好久，玉琴才穿着束腰睡衣出来了。可不知怎么的，朱怀镜却不敢伸手去抱她了。玉琴好像也极不自然，不敢正眼望他，只一边用毛巾搓着头发，一边走了过来，在他身边坐下。可一坐下，身子禁不住倾了过来。

朱怀镜重重出了一口气，猛地搂起玉琴，往卧室去。毛巾便掉到了地上。

两人在床上滚成一团。

朱怀镜掀开玉琴的睡衣，惊得他几乎要晕过去。这女人白得令他双眼发花。丰满的乳房高高耸起，而乳头却小巧而浑圆，就像少女。下腹光洁而平滑，脐眼圆圆的像一轮满月。他胸口发慌，浑身支持不住了，慢慢趴了上去。玉琴却是美目紧合，微微张开嘴，紧张地呼吸。

　　朱怀镜在上面轻轻试探。玉琴先是双手无力地摊着，突然，朱怀镜一用力，她便啊地叫了一声，全身都绷紧了，颤抖个不停。朱怀镜不知如何是好，只感到天摇地动。

　　像是过了几万年，朱怀镜终于停了下来。但他舍不得松手，仍抱着玉琴，就势一滚就把她抱在了上面。他不停地抚摸着玉琴的背，拍打着她的屁股。可玉琴还是不睁眼，像已深深睡去。

　　也不知过了多久，玉琴才轻轻说："抱我去浴室吧……"

　　朱怀镜抱起玉琴去了浴室，放了水。玉琴躺在浴池里，仍闭着眼睛，似乎沉醉在梦里。朱怀镜站在那里欣赏一会儿自己的美人儿，也进了浴池。他搂起玉琴，把她放在自己身上趴着。他为她擦身子，轻轻地擦着每一块皮肉。

　　擦了一会儿，朱怀镜又来事了，咬着玉琴耳朵说："琴，我我又要了……"玉琴却不做声，只是闭着眼睛，很平静地趴在他的身上。他等不及上床去，就在这里甜蜜起来。他把玉琴放下来，让她躺在浴缸里，拿浴巾枕在她的头下。可是这样体位不行。他四处看了看，准备想个办法。发现浴缸外边有个脸盆，他将脸盆倒扣再塞到玉琴屁股下面。于是浴缸里便波涛翻滚起来。玉琴的脸似乎痛苦地变着形，呼吸却是兴奋而甜蜜的。

　　朱怀镜细心地擦干了玉琴，抱她回床上。可一进卧室，朱怀镜傻眼了，不禁啊了一声。床单上鲜红一片。他刚才一直没注意。玉琴睁开了眼睛，皱着眉头问："怎么了？"

　　朱怀镜忙说："没什么，没什么。"

　　玉琴从朱怀镜身上下来，打开柜子取出一床干净床单换了。她自己爬进被窝里，也不喊朱怀镜上床，任他赤身裸体站在那里。朱怀镜弄不清自己刚才怎么让玉琴生气了，不知如何是好。见被子在微微耸动，知道玉琴可能在哭，忙上床去问怎么了。玉琴也不理他。他便着急了，说了许多不着边际的话。

半天，玉琴才哭着说："算我看错人了。我只当你同平常人不一样，不会以为我是个随便的女人。可你也是这么看我的。你以为我还是个处女，就吃惊了。放心吧，我有过去的生活。你原以为我早同无数男人睡过觉了是吗？你想你是碰上了个风流女人，乐得同她逢场作戏是吗？"

朱怀镜忙说："不是不是呀！我是爱你的，我也不是见一个爱一个的人。我说过我不知怎么对你这么上心，真的放不下你呀。你叫我怎么说呢？我真不知该怎么说才好。反正今生今世你是我的命根子。你哪天想置我于死地，你就不理我好了。"

"那你吃什么惊？"玉琴逼视着他，"你放心吧，我只是快做好事了。说这个真恶心！我是有过去的人，只是不想提起。我这么明白告诉你了，你就放心了。是吗？是吗？"

朱怀镜说："我说不清楚。我只知道爱你爱得发疯，从来就没有想过你有没有过去。过去我不关心，我只看重现在和将来。我要你永远是我的爱人……"

玉琴说："那你就是怕担责任了。你以为一个女人把自己最珍贵的东西给了你，你就怕了是吗？"

朱怀镜说："琴，你别揪住不放好不好？我不让你说话了。"

他说着就吻住她，不停地吻，堵住她的嘴巴。玉琴先是不太响应，但他吻了一阵，她也咬着他的嘴吮了起来。两人什么也不说，只是拥抱着不停地亲吻。朱怀镜舍不得回去，玉琴也不问他，两人就那么无声无息地依偎在一起。

次日凌晨五时刚过，朱怀镜就醒来了。玉琴还睡着。他舍不得就这么离去，静静地望着这睡美人儿，望着女人那弯弯的秀眉、修长的睫毛、小巧的鼻子、微微撮起的红唇、圆润而泛红的脸庞。他禁不住伸出舌头，舔着女人的眉毛、鼻子、嘴唇、脸庞。玉琴慢慢醒来，睁眼望了他一眼，又往他怀里钻。他便放肆地吻起女人来。吻着吻着，他便慢慢钻进被窝，顺着女人的下巴、脖子一路吻下去。吻遍了胸乳腹股，又把女人身子翻过来，从她的脚跟、双腿、背脊直吻到后脑勺。再把女人翻过来时，发现女人早已泪流满面了。他说："琴，你身上每一寸皮肉每一个角落都有我的吻了。"

玉琴微喘着说："还有我的双臂哩，你快吻个遍吧。"

他便忙拿起女人的手臂，从指尖、手背、手心直吻到腋下。女人的腋窝雪白而粉嫩，他便舔了起来。"琴，你怎么没有腋毛？拔掉了？"

玉琴递过另一只手，笑着说："天生没有的。你还是读书人哪，真正的美人，腋下是不长毛的。"他又忙去吻另一条手臂，只嫌长少了嘴巴。

已是六点多了，他必须马上动身。"我去了，琴……"玉琴不说话，只把自己蒙进被窝里。他只得起床匆匆梳洗了一下，就要出门。可走到门口又跑回来吻一下玉琴。这样三番五次了几回。他终于下决心要开门了，玉琴又叫了他。他又忙跑回来，紧紧搂起她。玉琴说："床头柜上有把钥匙，你拿着吧。你快去，不然……你快去。"她手推着朱怀镜，眼睛却依然闭着。他便说："琴，你望我一眼，朝我笑一笑，我才走得安心啊。"玉琴这才睁开眼睛，微微笑了一下。朱怀镜觉得这笑容有些凄婉。

朱怀镜下了楼，外面还是黑咕隆咚的。他走到大街上，就小跑起来。抄着小巷子，一会儿就到市政府门口了。他把步子放从容些，免得门卫盘问。回到家里，香妹已经起床，在厨房里忙着。香妹也不怎么怪他，只说晚上不回来，也该打个电话。他便

81

说，本想回来的，但他们硬要扯着我打牌。人家也难得来一次，又是老同事，怎么好不给面子呢？

吃了早饭，送了儿子回来，仍去办公室上班。一会儿刘处长过来说，熊副秘书长交代，过几天就进荆园去，请大家这几天把有关资料搜集一下。熊副秘书长是分管朱怀镜这个处的副秘书长。原来，每年的《政府工作报告》都要住进荆园宾馆去起草，一住就是个把月。荆园同龙兴紧挨着，走路只五分钟就到。朱怀镜巴不得今天晚上就进去。

上午快下班时，方明远打电话来说，他同皮市长汇报了。皮市长意思，明天下午三点半听取汇报。皮市长很忙，明天的日程早排好了，他说县里同志好不容易来一次，还是挤时间听一下。朱怀镜便表示感谢，说负责通知张天奇他们准时到会。

朱怀镜挂通张天奇的电话，告诉他们已联系好了。又把皮市长如何忙，如何让皮市长在百忙之中挤时间听取汇报的话渲染一番。张天奇表示十分感谢。朱怀镜又交代，最好由张书记你一个人亲自汇报，简明扼要。皮市长的指示要详细记录，要尽量记录原话，不要只记大意。

挂完电话，朱怀镜私下却想，市里这些领导看上去那么忙，也不知他们一天到晚忙些什么。他们好像比美国总统都还要忙些，美国总统每年还要照常度假，可市里这些头头脑脑，就从来不见他们休过一天假。

又想起卜未之老先生想见见李明溪的事，就挂了李明溪的电话。一说，李明溪却知道卜老先生，只是从未见过面，见见也好。朱怀镜没想到李明溪这回如此爽快。可见人以意气而相投。他便又挂了卜老先生电话，说晚上同李明溪一道去拜访他老人家。卜老先生很高兴，说晚上在家恭候。

晚上，朱怀镜和李明溪如约去了雅致堂。这里晚上不营业，一敲门,却听得边门开了。出来的正是上次接待朱怀镜的那位小姐,问是不是朱先生和李先生二位,我爷爷正等着二位哩。原来这是卜老先生的孙女。正说着,卜老先生迎了出来,将二位往里面让。穿过门面,再经过一个过道,就到客厅。他们家人正在看电视。卜老先生说:"我们到里面去坐,免得他们吵我们。"

进了一间房子,像是卜老先生的卧室兼书房。朱怀镜一进屋就看见了书桌上方的一副对联:

平生只堪壁上观
千秋不老画中人

那字也极有风骨。朱怀镜便说:"好联,好字。这字真可以说是笔挟元气,风骨苍润。"

这时卜老孙女儿送了两杯茶来,又出去了。卜老先生招呼一声喝茶,就朗声笑道:"老朽涂鸦,见笑了。"

李明溪也说:"的确好。"

卜老先生又笑道:"这对联啊,往日还真让我吃了些苦头啊。一帮年轻学生揪住我,质问我这是什么意思。我说,我平生别无他长,只知裱字裱画,作些个壁上景观。至于下一句,并无实际意义,只是作对子嘛,反正要凑一句,就这么凑上了。硬要说意思呢,也可敷衍上来。画中的人,画多少岁就是多少岁,怎么会老?可那些年轻人不听,硬说那观字是什么动词,不是名词。说我作壁上观就是坐山观虎斗,想收渔人之利。还说后一句更反动。只有毛主席万岁万岁万万岁,还会有谁千秋不老?这我就有口难辩了。我一个粗人,哪知道什么动词名词,只是望文生义而已。"

李明溪又说:"老先生若说是粗人,我们就俗不可耐了。我也喜欢作作对子,但总作不好。"

卜老先生笑道:"李先生这么说,我真的脸红了。这对联是我年轻时写的,平仄对仗都不太懂得。这'平'字是个平声字,按规矩应用仄声字。'观'也是平声,这里也该用仄声。"

卜老先生说自己没读过书,朱怀镜相信。有些人靠的是天才。正像苏东坡说的,书到今生读已迟。卜老先生说得那么平淡,而他的超俗气度就在这平淡之中。他说起这些不愉快的事,竟无一丝怨尤,反而像在说笑。他说起自己对联的毛病,也是坦荡自如。卜老先生也像李明溪,没有时间概念,又不问世事的人。他说起那段人人都刻骨铭心的历史,只用"往日"二字淡淡带过。朱怀镜便在心里惭愧起自己的平庸和俗气来。

李明溪谈书法是谈得出一些道道来的,就同卜老切磋起来了。李明溪说很不满意自己的字,一定要卜老指点一下。卜老却只是谦虚。李明溪是个不受拘束的人,自己就取了笔纸,说写几个字,让卜老点化一下。只见他写的是几句七言打油:

不管西北与东南
只写山水换酒钱
欲结草庐荆山下
种得老梅半亩寒

朱怀镜就玩笑道:"李明溪你装什么隐士,你这歪诗根本说不通。第一你现在是拿政府薪水,不是靠你写什么山水糊口;第二荆山下面是寸土寸金,神通不大的房地产老板还难得挤进去,哪有空地让你去搭个破茅屋,还要种上半亩梅花?"

卜老就拈须而笑,说:"两位都是妙语。"

李明溪就说:"我又不是在写诗,只是在写字。"

朱怀镜说:"论字论画我都是外行。但卜老这对联我却是非常喜欢。我觉得妙就妙在一语双关上。作为终身从事装裱行业的自况,这当然是贴切不过了。而卜老是个超凡脱俗的人,不管世事风云如何变幻,只是冷眼看世界,岂不是'平生只堪壁上观'?您老一年到头不问俗事,只在画中,又是位寿星,岂不是'千秋不老画中人'?"

卜老笑道:"朱先生过奖了。老朽终究是个俗人啊。"说罢又仔细看了看李明溪的字,说:"李先生真是谦虚,这字蛮不错嘛。但恕老朽直言,细看你这字,就知你是没有专心学过书法的,你这手字全凭天赋。依你的个性,就是这个字了。有这字,也可以交代了。依我愚见,你的字与画比,字是中流,画是上乘。"

说着两人便又论起画来。李明溪说:"我大学学的是西洋画,但后来自己喜欢的却是中国画。不过中西绘画共通之处不少,若能融会贯通,会自有心得,别出心裁。譬如中国文人画的写意风格同西洋画中的印象派,创作精神是一致的,就是都要求打破传统手法,注重主观感受。再比如,中国画讲究线,西洋画讲究色,可中国画中的泼墨画也有讲究色的意思。我的观点是根在传统而又要超越传统。我总觉得以往中国职业画家大多有些匠气,文人画又多少有些酸气,我就不太喜欢。但说到底,作画作到一定境界,技法都是其次的,重在气、神、韵、致。这个时候,一切绘画符号,仅仅只是符号,画的灵魂在画外,似乎也不在画家或欣赏者的心里,而在宇宙万物之间。"

朱怀镜见李明溪越说越狂放,越说越玄乎,就想堵他几句。但是见卜老却在点头称是,他就不好怎么讲了。

眼看时候不早了,朱怀镜就说:"卜老要休息了吧,我们改天再聊。"卜老还要相留,朱怀镜就说李先生住得远,太晚了就没有车了。他知道李明溪其实谈兴正酣,你不说走,让他吹一个通宵都行。

两人便告辞出来。卜老一定要送到门外。

等卜老一进屋,朱怀镜就说:"我今天才知道你原来这么狂。中国画几千年的历史,叫你'匠气酸气'四个字就说完了。你是什么气?傻气吧?"

李明溪只说:"你只配写你的'同志们'去,这个你又不懂,瞎说什么?"

两人不顺路,朱怀镜让李明溪先打的士走,自己径直去了玉琴那里。

开门进去,见玉琴一个人坐在床头看着一本杂志。两人便靠在床头温存起来。玉琴说:"今天没想到你会来。"听那口气像是有些惊喜。

朱怀镜便说:"我是天天都想来啊。刚才陪一位画家朋友去雅致堂卜老那里说话,我回来就往你这里来了。"玉琴问是不是他上次说起的那位老先生。朱怀镜说:"是的,那天你同我一起去送画的。"便细细说起卜老先生脱俗的气度来。

玉琴听了很是感慨,说:"人能像卜老这样,不管世事,淡泊自处多好。"

朱怀镜却说:"好怎么不好,但是你得潇洒得起啊。卜老是有这门手艺,钱进得不少,又不要去求人,不乐得清逸出俗?说来我这种人也可怜,讲本事没有一样本事,不当干部的话,只怕饭都进不了口。怎么去不问世事?"

玉琴就说:"好了好了,怎么越说越不高兴了。我们不说这个话了。"

朱怀镜笑道:"那我们说什么呢?"

玉琴伏在他的肩头,说:"我们来说我爱你呀!"

朱怀镜一下就激动了,立即把玉琴搂了起来,嘴巴吻着她的脸蛋,手却伸进她的怀里抚摸。他很想做爱,但今天晚上得回去。做了爱就回去,怕玉琴怪他只是为了这事来的。他便交代自己今天一定要克制。两人温存了好一阵子,朱怀镜说:"过几天,我天天晚上可以来陪你,你高兴吗?"

玉琴睁了眼睛,望着他问:"是真的吗?"

"真的。但是我今天晚上得走。"朱怀镜说。

玉琴说:"走吧,你再抱我一会儿就走吧。"

朱怀镜便又是亲吻她,拥抱她。玉琴撒着娇儿说:"我要你抱,抱着我在房里转三圈再走。"朱怀镜像抱小孩似的抱起玉琴,在房里转圈儿。玉琴就在他的怀里美美地笑。看着她这高兴的样子,转过三圈了,他说还转三圈好不好。玉琴说好好,我要。他便又转了三圈。玉琴却说:"干脆还转三圈,凑个九圈,天长地久吧。"朱怀镜又接着转。转完了,朱怀镜把玉琴放在床上,替她脱了衣服,盖上被子。

朱怀镜回到家里,香妹早上床睡了。他洗了脸也上了床。香妹转过身来搂着他。他的脑子里却总想着玉琴那开心的样子。不想那女人那么会撒娇,真叫人爱怜不尽。想着想着,就激动起来了,憋得难受。心想刚才同玉琴甜蜜一回就好了。香妹手碰着了他的下身,就搂着他风情起来,问他是不是想要了。他突然感到有些内疚,就说要。于是,他心里想着玉琴,同香妹痛快了一次。香妹觉得今天男人特别有力,乐得欢欢地叫了起来。

张天奇按时到了,朱怀镜带他去了楼上会议室。副秘书长柳子风和市计委、水电局、财政局等部门的负责人已经坐在那里了。柳副秘书长是协助皮市长管计划这一摊的。自然,人们都喊他柳秘书长。一会儿,皮市长就进来了,张天奇便迎上去握手。

大家一一见过，先是闲聊几句。张天奇说："你们这位朱处长是我的老同事，从我们那里调来的。"

皮市长便说："小朱不错，小朱不错。"

柳秘书长也朝朱怀镜笑笑。朱怀镜就一一点头致意。皮市长红光满面，头发油光水亮。汇报会开始，朱怀镜就同皮市长和柳秘书长打了招呼，下楼来了。

朱怀镜想这位皮市长是个很会做顺水人情的人。他从来没有同皮市长小范围接触过，皮市长根本就不认识他。市长办公会他倒参加过不少，但他都只有听会的份儿，皮市长也不可能注意到他。可今天这位市长大人，却说他不错。朱怀镜平日很注意观察一些官员的细微之处，觉得蛮有意思。这位皮市长的手指总是自然叉开，似乎不具备五指并拢的功能。走起路来，总是手掌向后，就像划船。后来再看看别的领导，发现多半都是如此。私下便想这也许就是大福大贵之相。又见皮市长走路也有讲究之处。走廊地毯中间有一道红线，皮市长总是踩着这红线走，不偏不倚。便想皮市长是不是迷信着什么。

香妹打电话来，说四毛在医院很着急，想出院了。他便说："伤说得那么重，这么快就出院了，说得过去吗？"他嘱咐香妹，劝劝四毛，再忍一段。刚交代完香妹，宋达清来电话，问他晚上有没有别的安排，想请他一起叙一下。他便说，这几天老在外面泡，是不是改天？宋达清说，哪里吃饭不是吃饭？今天想介绍一位朋友给他。朱怀镜问是谁。宋达清却有意卖关子，说见面就知道了。他故作沉吟，好半天才答应了。又说，我带一个人来好吗？宋达清问是谁，他也有意装神秘，只说到时候就知道了。便说好了，约在豪客饭庄见面。朱怀镜说不用来接，他自己去。

朱怀镜想带玉琴去吃饭，却不知她肯不肯去。斟酌了半天，才打电话过去。玉琴便笑他，说："你也充老板了，请小姐下馆子？算了吧，还是我请你吧。"

他说："我哪请得起？这是羊毛出在猪身上哩。"

玉琴便问："谁这么背时，叫你宰了还说人家是猪？"

他说："这会儿不告诉你。"

下班时间一到，玉琴就来电话了，说她已在办公楼外。朱怀镜稀里哗啦收拾一下桌上的东西，锁门出来了。一上车就要亲玉琴。玉琴躲开了说："你也不分个地方，叫你们同事看见了，有你的好处。"

他便涎着脸皮笑。出了政府大院，玉琴问是谁请。他说是宋达清。玉琴就不高兴了，说："你早说是他请客，我就不来了。"

朱怀镜觉得奇怪，就问："怎么？"

玉琴说："他倒不是猪，而是一条狗，一条恶狗。我说你同他这种人，最好少打交道。"

朱怀镜说："这我就不明白了。我以为他同你们关系不错。"

玉琴说："这你还看不出来？我们只是不想得罪他。"

朱怀镜说："好了好了，我记住你的话就是了。既然来了，就做做样子吧。"

到了豪客饭庄，宋达清早站在门口迎候。一见朱怀镜二位，忙笑着伸过手来："原来带的是梅小姐啊。"

玉琴就嗔怪道："别老没大没小的，是你梅大姐。"说着便只用手尖同他轻轻碰了一下。

进了一间包厢，见几个人已坐在里面了。朱怀镜略略一惊，见了一位漂亮女子，很是眼熟，却想不起是谁了。宋达清一一介绍："先介绍小姐。这位漂亮的小姐，你们其实都认得，市电视台著名大记者陈雁女士。"

原来是陈雁！朱怀镜伸手同她握了一下。心想这女人的确漂亮，那眉眼显得那么高贵，腰段显得那么袅娜。

89

"这位是荆都科技报社的副社长兼主编崔浩先生。这位是著名作家鲁夫先生，近几年他的报告文学名动荆都。"

朱怀镜和玉琴又分别同他们握了手。

最后，宋达清指着那位瘦高的中年男子说："这位就是我们今天请来的特别朋友，神功大师袁小奇先生。"

袁小奇拱手道："幸会幸会。有幸同各位领导、大记者、大作家坐在一起，袁某三生有幸！"

大家客气着，就开始上菜了。说好男士喝白的，女士自便。通例三杯酒之后，话题自然就到袁小奇身上。崔浩说："对袁先生，我也是由不信到信的。他身上的确有许多令目前科学界无法说清的东西。我们前不久用整版篇幅登载了有关他的文章。就是这位鲁夫先生的大作。各位有兴趣的话，可以看看我们的报纸。"说着从包里取出报纸给每人送了一张。鲁夫欠了欠身子，表示谦虚。

朱怀镜接过报纸一看，见文章的标题是《南国奇人袁小奇》。想这不过是文人附会之作，猎奇而已。嘴上却说，回去一定拜读。鲁夫谦虚道："文章倒并不怎么样，只是袁先生的功夫奇。"

陈雁笑道："我所认识的作家们多半很狂的，难得鲁夫先生这么谦虚。也许就因为袁先生真的太神了吧。"

朱怀镜趁这女人说话的时候，放肆望着她。他发现陈雁说话时喜欢抬手，那动作似乎很优雅。但她不管笑与不笑，眉头好像总是凝着股冷气。便想她也许是个极傲慢的人。他心里却想引起陈雁的注意，便说："为了证实陈女士说的，袁先生可不可给我们露几手，也让我们饱一饱眼福？"朱怀镜说着就望了望陈雁，可这女人只是低头喝饮料，没有望他。他心里就隐隐有些梗梗的。

袁小奇谦虚道："不敢献丑，不敢献丑。"

宋达清说:"袁先生不妨来一个吧。"

袁小奇就问服务小姐:"刚才给各位先生都上了白酒了吧?"小姐回说是的。袁小奇神秘一笑,说:"你们各位现在尝尝,看味道如何?"

大家一尝,却发现杯中之物淡淡的,全无一丝酒气,像是矿泉水。便问小姐是不是斟错了,把矿泉水当做白酒斟上了。小姐说明明斟的是白酒呀。袁小奇又是一笑,对小姐说:"再给他们斟上矿泉水吧。"小姐便又拿来矿泉水斟上。大家伸出舌头舔了一下,的确是矿泉水。袁小奇望着朱怀镜说了几句话,再做了一个请的姿势。朱怀镜会意,尝了下杯中矿泉水,竟是白酒了。他惊诧不已。袁小奇又招呼各位尝尝。立即就一片啧啧声。

崔浩显得有些得意,像是通过他的某种发明似的,说:"袁先生平常真人不露相。我是见过多次的。他不光有意念移物、穿墙入室、飞檐走壁等多种神功,就是替人预测未来也是神机妙算。"

朱怀镜有些将信将疑了,说:"那么就请袁先生给我算算如何?"

袁小奇又是谦虚,说还是不算吧。天机不可泄露啊。可大家都说让他算算。他便说:"朱先生,那么我就直言了。从你面相上看,你正运交桃花啊。"

大家便笑了起来。朱怀镜两耳一热,不敢看玉琴是怎么个样子。却听得玉琴没事样地问:"那么袁先生,他这桃花运是交得还是交不得呢?"

袁小奇说:"这就不是交得交不得的事了。命该如何,就是如何啊。"

朱怀镜怕玉琴这么问起来让别人看破,就拿话岔开,说:"那么你看我这人,今后还有点出息吗?"

袁小奇说:"这个嘛,预测方法很多。最简便的就是测字。你说个字试试?"

朱怀镜随口说了一个"王"字。袁小奇闭目片刻,笑道:"恭喜你朱先生。你当是成大器的人啊。"

"怎么个说法?"朱怀镜问。

袁小奇解释道:"'王'字上有皇天,下有后土,中间一竖是顶天立地,一横是众人相助。这是大器之象啊!"

宋达清就说:"我说过嘛,朱处长是干大事的人,对了吧。来,我提议为朱处长今后飞黄腾达,干一杯!"

朱怀镜连连摆手说:"话不是这么说的。"可大家都同他碰杯来了。他也只得同大家一起干了这杯酒。陈雁却只在对面举着杯子,朝他意思一下就算了。他心里越发恨恨的。心想这女人真是不识抬举,今后真有那么一天让你求到老子门上,才知道老子的厉害!他这么微笑着在心里恨恨一想,似乎就安慰了许多。转念又笑自己太小心眼了,大可不必为此挂怀。他很有气度地抹了下头发,说:"袁先生若能够把我过去的事说得对,我就真服你了。"

袁小奇闭上眼睛,口中却是念念有词。好一会儿,便睁开眼睛说了起来。却把朱怀镜出生以来经过的大事,家里有几兄妹,老家房子的坐向等等,讲了个一清二楚。朱怀镜忙站了起来,硬要同袁小奇单喝一杯。

崔浩说他早请袁先生看过,真的准。鲁夫和宋达清也说看过,确实准。陈雁没看过的,一定要请袁先生看看。袁小奇便说给她看骨相,抬手在她身上来回捏了起来。捏了好半天,才说:"陈女士,你是极富极贵之相啊。"陈雁便问富贵到哪种程度,他只说日后便知。

说得玉琴动了心,也想看看。袁小奇便要玉琴伸过手掌。可他看了半天，却不说话。玉琴就有些紧张了，回头望了望朱怀镜。朱怀镜便问："袁先生，怎么了？"袁小奇这才说："初看你的面相，是个富贵人。细细一看手相，可见你的命并不好。你是父母俱亡，无兄无妹，孤身一人。但你的运比命好，衣食是不愁的。你一辈子是只见开花，不见结果。"

朱怀镜问："只见开花，不见结果，什么意思？"

袁小奇只说："以后慢慢领悟就知道了。"

玉琴便伤心起来，脸上不好过了。朱怀镜手在下面摸了摸玉琴的腿，轻轻说道："信则有，不信则无。"

宋达清看出玉琴不高兴了，又不好明劝，就高声让大家喝酒，想造造气氛。鲁夫说到神秘科学的话题。他容易激动，说有些人笼统地把自己不明白的事，就说成是迷信，真是太无知了。陈雁被袁小奇算得很舒服，就说她也算是读过书，见过些世面的人，可对袁先生这种现象，不敢随便怀疑。她倒想在电视上给袁先生做个节目。只是电视把关严格些，没有领导的支持，只怕通不过。崔浩就对朱怀镜说："皮市长对科技工作很重视。我记得前年市里出了个会用耳朵认字的神童，我们报纸作了报道。当时就有不少人指责我们为迷信张目，弄得我很有压力。最后还是皮市长出来为我们说了话。他说对未知世界既要勇于探索，又要允许探索的失败。要是能通过朱处长，得到皮市长的重视就好办了。"

朱怀镜少不了要说说皮市长的好话："皮市长思想是很解放的，但他的工作很忙，一般性的事情，进入不了他的决策视野。不过我倒可以找机会汇报一下这事。"

崔浩就说："思想是要解放一些才好。北京就出过几位类似的奇人，他们那里领导就很重视。不少领导都是那些奇人的好朋友哩。"

吃完饭，大家还有聊一下的意思。朱怀镜见玉琴总是强作欢颜，就说："没有不散的筵席，怎么样，散了吧？"

各位就说今后多联系，准备分手。宋达清将朱怀镜和玉琴送至车边，说："朱处长你表弟伤很重哩，我后来又去看了一回，见他还断了几根肋骨。既然这样，那两个小子我就不能只拘留他几天了事。这已构成刑事犯罪，得让他们进去坐两年。"

朱怀镜说："只要教训一下就得了，不要太难为他们了，放他们一马吧。"

宋达清说："你当领导的是爱民如子啊。不过我干这工作，不整人就不整人，要整就整得他见了我背影都怕。不是我吹的，这荆都的混混，只要他们听了宋猴子的名字，就会吓得屁滚尿流！我这点威风都没有，这碗饭怎么吃？这是我的事，你就不用管了。"

朱怀镜便不说什么了，心想老宋这模样真的像只猴子。同玉琴上了车，回头见袁小奇、鲁夫和崔浩都站在那里打拱致意，却不见陈雁。

见玉琴往市政府方向开，朱怀镜就说，往你那里去吧。玉琴不肯回头，径直往市政府而去。车到了，朱怀镜却不肯下车，说不放心玉琴，一定要同她一道回去。玉琴说今天不想同他在一起，要一个人待一下。朱怀镜说什么也不下车。玉琴拗不过他，只得往回开。

进了屋，玉琴往沙发上一躺，闭着眼睛不说话。朱怀镜过去搂她，她却总想挣脱。朱怀镜就说："你去洗个澡，清醒一下。"他也不等玉琴答应，就进去开了水，再回来抱起玉琴往浴室去。他脱了她的衣服，把她放进浴池里，说："你一个人洗吧，好好静一静，我出去了。"

朱怀镜走进卧室，给香妹挂了电话，说已进荆园了，晚上不回来了。香妹说："你不是讲明天才进去吗？"他说："任务很紧，提前进来了。"

朱怀镜在客厅里坐了半天,仍不见玉琴出来。他便进了浴室。却见玉琴还是原先他抱她进去的那个姿势,躺在那里一动不动,像个死人。他心疼起来,俯下身子为她擦洗。玉琴任朱怀镜摆弄,像是失去了知觉的人。洗完了,他替她细细揩干了,再抱到床上去。他自己是洗也顾不得洗,就脱衣上床。他斜靠在床上,让玉琴枕在身上。也不说话,只是不停地抚摸她。好半天,玉琴深深地呼吸了一下,说:"其实,他不算我自己也清清楚楚。我这一辈子,唉……"

朱怀镜说:"那么我们就一辈子开花。我们要的只是花,花就是果了。"

玉琴也不顾回答朱怀镜的话,自言自语地说了起来:"没有见到你之前,根本不知道这个世界上有你这么一个人。我当时说久仰大名,只是场面上的客气话。一切来得这么突然,又这么偶然。"

"这就是缘分啊!"朱怀镜说。

玉琴仍只顾自己说道:"老雷说要请个人吃饭,要我也陪一下。我问谁这么大的面子,要两个老总来陪。一问,听说是宋达清带来的人,我越加不想去陪了。可雷总硬要我去陪。一见面,觉得你这个人倒还清爽,也有些器宇。只是有些拘谨,连正眼望我都不敢。这反而让我对你印象好些了。"

朱怀镜说:"我当时只是觉得这女人漂亮,叫自己眼睛都睁不开了。这么说,幸好当时不是直勾勾地望着你,不然就没有你这么一个美人儿在我怀里了。"

"当时我对你也没有什么特别感觉。不过我搞这工作的,见过的轻浮男子多了,也真难得碰上这么个君子的人。所以,我倒想多同你说说话了。不为别的,当时想多认识一个政府官员也好，说不定有事可以让你帮忙呢。可你的眼光老是躲我。"

"我哪是躲着你，我眼睛的余光是时刻围着你转啊。"朱怀镜说起有些得意。

玉琴不管他的话，只说："我当时注意琢磨了一下你们三个男人。老雷显得聪明老练，却嫌狡猾，叫人心里没底。宋达清根本不屑说，纯粹只是一个卑琐的钻营之徒。只有你显得沉着，优雅，严谨，又不失风趣。你就是一言不发，也有一种天然风度。女人就是这样，不喜欢男人老是看着你，叫人讨厌死了。可你有好感的男人连望也没望你，反而叫人很失望了。"

朱怀镜搂着玉琴亲了亲，说："我现在眼睛眨也不眨，一刻不停地望着你，好不好？"

"后来，你突然望了我一眼，那目光那么特别，我感觉自己的脸发热了，一定是红了。我觉得叫你什么朱处长好别扭，就叫你怀镜。可我第一次这么叫你的时候，感到自己的心脏都紧了一下。我去为你挂衣服那会儿，你的体温叫我心里直跳。我想我是有毛病了。"玉琴说到这里，深深地叹息一声。

朱怀镜想起来了，他当时仔细望望她，其实是看她外眼角是否上翘。他这会儿也不敢说出这话来，只道："我当时也是实在控制不了，才敢望了你啊。"

玉琴接着说："可是，后来老雷请你洗桑拿去了，我心里就酸溜溜的。我问自己这是怎么了？人家去洗桑拿关你什么事？我当然知道这里桑拿是什么玩意儿。我想是不是天下所有男人都是这样的？我回到家里，心神不宁。头有些重，本想上床睡了的，可又莫名其妙地换了衣服出来了。也不知要去哪里，就去了大厅。可没想到你一下子竟从电梯里出来了。一问，你没有去洗桑拿。我好像一下子就放心了。见你从电梯里出来有些摇晃，一定是酒性发作了。我就想一定送你回去。我发现，自己隐隐约约在做着一个梦了。我叫自己千万要克制。可是，同你一起跳舞的时候，再也控制不住自己了。我伏到了你的肩头。我知道自己做了最愚蠢的事，可我管不住自己了。我唱《枉凝眉》的时候，感到自己在慢慢垮下来。"

玉琴说得有些气喘，停了会儿，又说："我不知怎么回到家里的。一进屋，第一次感受到这空调的热气太不真实了，几乎叫人窒息。我便关了空调。一个人脸都没洗，就往床上一扑，忍不住哭了起来。"

朱怀镜觉得怀里这个美人儿可怜见的，忙一把搂紧了，深深地亲吻起来。玉琴却还想说，她似乎要把整个心都掏出来，给朱怀镜看个明白。她说："我当时想，自己今晚的事情多么可笑。他最多不过把我当成偶尔碰上的艳遇罢了。我发誓一辈子再也不见这个人了。我也不知哭了多久，最后泪水都没有了。空调被我关了，被褥冷得像冰。我也不想去开空调，任自己冻得发抖。我在床上趴了好久才起来。也不知是要睡了，还是要去做什么。我往厨房走走，又往浴室走走。这套房子有两间是长年锁着的。我一个人住，难得打扫卫生。可那天我神经兮兮地，总好像里面装着什么，就一一打开看了看。我就这么手不是脚不是地转了好几圈，才上了床。我房里电话经常是拔了线的。我平日喜欢一个人在这里享受孤独。可我那天不知为什么，想起要插上电话线。一插上，你的电话就来了。知道你两个小时一直在挂我的电话，我又忍不住流泪了。但我不那么难受了。"

朱怀镜说："难怪我老是挂不通。我当时心里好恐惧，生怕你路上出什么事了。"

玉琴长叹一声，说："我的命运自己早就知道，从来就是平平淡淡地看。可是今天叫人一说破，还是受不了。我这一辈子，唉……"

"玉琴,"朱怀镜安慰道,"我会一辈子守着你的。你明白我说的一辈子的意思吗?我是说,要是你永远不离开我,我是绝不会离开你的;要是你哪天厌烦我了,我这一辈子也就是哪天为止了,肯定多一天也过不下去的。这一辈子的长短在于你了。"

玉琴便笑了,说:"你还这么会说话?这都是到时候才知道的事情。女人可能都喜欢听些甜言蜜语,所以我还是很高兴的。"

朱怀镜紧紧搂起女人,说:"来吧,我今晚要让你真正高兴起来!让你的每一个毛孔、每一个细胞都高兴起来!"

可今晚朱怀镜自己感到不怎么有力,完事后心里梗梗的。这几天他没有间断过这事,有些力不从心。他也越来越觉得玉琴软绵绵的,不懂得配合。她是个没有性经验的女人,只知温柔地躺在那里,一任他龙腾虎跃。当初他为此无比动心,这么一位妩媚如水的女人,多美妙的事情啊。但他渐渐觉得这样很不过瘾了。他需要她随着他的节奏起伏,需要她最后进入一种癫狂状态。

玉琴见他瘫在床上,望着天花板出神,问他:"你是不是哪里不舒服?"

他忙说:"没什么,只是在想那袁小奇装神弄鬼的,一定是把我们耍了,哪有这么神的事?"其实他很想告诉她该怎样风情,但又不敢说出口,怕玉琴疑心他将她同谁在比较。便想只好今后慢慢地去引导她。这是一块埋藏多年的璞玉啊,得由他来精雕细琢!这么一想,心里反倒很畅快了。

玉琴默然一会儿,说:"可在座的没有一个是蠢人呀,未必大家都让他耍了?作家的作家,主编的主编,特别那个陈雁,看上去好聪明的。"

"陈雁怎么见得就聪明?当记者的,口齿伶俐一点!"朱怀镜不屑地说道。

玉琴却说:"那女的人倒漂亮。"

朱怀镜捧起玉琴的脸蛋儿亲了亲，说："谁也比不上我这位美人儿漂亮！"

玉琴在朱怀镜脸上轻轻拍了一板，说："你就别哄人了。我这点自知之明还是有的。人家比我年轻，又显得有知识，职业又体面，哪样都在我之上……"

朱怀镜没等玉琴说完，就封了她的嘴，说："你怎么不相信我呢？自从有了你，我眼中就再没美人了，可以说是目中无人，目空天下。"

玉琴粲然一笑，不说什么了。朱怀镜却突然觉得自己很可笑。平日总是莫名其妙地认为自己算个男人，似乎所有女人都该对自己垂青。今天陈雁对自己就不以为然。

朱怀镜对同事说自己有个挑床的毛病，睡不惯宾馆的床，晚上回去睡。他便每晚都在玉琴那里过夜。玉琴本是每月要轮上几天值夜班的，也同人家对换了，都推到下个月。她把房间布置得如洞房一般，两人自然是风情不断。

这天朱怀镜同卜老先生一联系，见画已裱好，便取了来。卜老说不收钱算了，难得一幅好画。朱怀镜却硬要给，说这样以后就再不好上门来了。卜老就说既然这样，就收一百块钱，意思一下算了。朱怀镜想这一百块钱，无论如何是拿不出手的，就硬塞了两百块去。

刘仲夏将画打开一看，连连叫好。他一说好，在场的同事也都说好画好画，只问是谁画的。朱怀镜就笑而不答。刘仲夏也故作神秘，只说可谓珍品。同事们便争看落款，不知是谁，又不好显得无知，只好说大家手笔。

几天以后，刘仲夏将朱怀镜叫到一边，说："昨天晚上我回去，在家门口碰上柳秘书长，就请他进屋坐坐。柳秘书长进屋，一眼就见了那幅画，赞不绝口，只问是谁的手笔。我说是你一位画家朋友的。他在我家坐了几分钟，一直在赞那幅画。"

朱怀镜听出刘仲夏的意思了。柳秘书长平日喜欢写几笔字，爱收藏些字画古玩，算得上领导干部中的风雅之士。朱怀镜看得出刘仲夏不好明说，他便主动说："我明天请示一下柳秘书长，问问他是不是也有兴趣要一幅。"刘仲夏觉得自己给朱怀镜添了麻烦，就笑了笑。

朱怀镜说的是明天，可当天下午就回办公室，去了柳秘书长那里。柳秘书长果然很欣赏那画，问了这人是谁。朱怀镜不敢像在刘仲夏面前一样吹牛，但有卜老先生的评价在心里垫了底，相信李明溪的画也不会差到哪里去，就说："李明溪是墙内开花墙外香。他在本市不怎么有名，但在外面还是有点名气的。"

柳秘书长显得很内行的样子，说："这种情况在艺术界不奇怪哩。莫说墙内开花墙外香，还有不少艺术家是人亡而业显哩。凡·高不是死后多年才让人认识到他的价值？"

朱怀镜便说："柳秘书长这么看重，我替我那位朋友感谢你了。柳秘书长不嫌弃的话，我要他给您献上一幅？"

柳秘书长却客气道："那是人家的劳动，怎么说献？他愿意的话，我买一幅吧。"

朱怀镜说："柳秘书长不用讲客气，他是我的朋友，不是别人。"

柳秘书长又说："我们对他重视不够啊。我们市里能多出一些这样的艺术家，也是市里的光荣啊。要加强扶植才是。"

朱怀镜就说："有柳秘书长的扶植就行了。"

柳秘书长谦虚道："哪里哪里，不过明年五月份市里准备搞个招商会，有个想法就是文化搭台，经济唱戏。可以考虑给他办个画展嘛。你问他有没有这个兴趣吧。"

朱怀镜心想，荆都画坛名家荟萃，李明溪分量怎么样？弄不好就露馅了。但事已至此，退是不能退了。再说他也想帮帮李明溪，就先发制人："李明溪早同我说过，想搞一次个人画展。但是那得自己筹资，他就搞不起。再说，尽管他在外面有名，市里有些老一些的画家总有些压他。"

柳秘书长就义愤起来，说："文化圈里有些人就是这个毛病，自己没本事，还要压别人。市里那些老画家有谁在外面叫得响？我们在艺术领域也要讲究个竞争。招商会期间为几个画家办画展，我原来就有这打算的。既然这样，我们就多拉几个画家出来，李明溪算一个，再来几位老画家，看谁的作品走俏。这样也好平衡关系。"

柳秘书长这么一说，朱怀镜就放心了。柳子风在正副秘书长中只排在一把手谷正清后面，他定的事基本上是算数的。

次日中午，朱怀镜专门约了李明溪到荆园宾馆，告诉他办画展的事。不料，李明溪听了大摇其头。

"你摇什么头呀？你不可以说话？"朱怀镜说。

"办画展？这么容易就办画展？"李明溪笑笑，又摇头不已。那表情似乎在笑话朱怀镜天真。

朱怀镜就来气了，说："我在一心一意为你着想，你却是这个派头。你这个人，也只有我受得了！"

李明溪只是使劲搔着头，就像那头上长满了虱子。朱怀镜急了，说："你是怎么想的，可以同我说说呀？"

李明溪望着朱怀镜，目光怪怪的，半天才说："办画展要钱，钱从哪里来？向你借，你也是穷光蛋。"

朱怀镜说："是嘛！你有这个顾虑你就说嘛！钱我可以保证不要你出一分，可以拉企业赞助。说是说不要一分钱，但裱画的钱还是要你自己出的。我估计你的画差不多都还只是宣纸一堆。"

"既然这样，我就听你的了。"李明溪说。

朱怀镜却笑了起来，说："你呀，就是个书呆子。一听说办得成了，就只顾高兴了。难道你只是想找这么个机会，把自己的画拿出来挂几天，让人家看看，你自己满足一下，完了你又一幅不剩卷回去？"

"那你还想怎样？"李明溪问。

朱怀镜说："你得争取有人买你的画！"

"我就站在那里推销？像街上的贩子一样？"李明溪似乎觉得这很好笑。

朱怀镜说："说你蠢呢，你又是个才情不凡的画家；说你聪明呢，你的脑瓜子真的抵不上街上的小贩。有那么多名字响当当的画家是你的老师，你就不可以靠靠他们？现在快放寒假了，你把画往雅致堂一送，就去北京跑一趟，请你那些老师为你的画写几句好话。市内的圈子里你总有几个好朋友吧，请他们也美言美言。到时候，你把谁谁怎么评价你的画，往什么画家简介里一写，你的身价就有了。加上你的画的确不俗，人家一看，说不定又想买了呢？要是碰上外宾一买，你又可以就势宣传了。"

李明溪把眼睛睁得天大，说："啊呀呀，朱怀镜，你这是在说书啊！事情有这么巧的？你以为大家都是傻瓜？"

凭朱怀镜怎么劝，李明溪都不想这么干。他说这是昧着良心做事，既骗自己，又骗别人。真的这么搞一次，今后不要成为中国画坛的大笑话？朱怀镜心想，不这么搞，李明溪的画展肯定就不会有效果，那么他在柳秘书长和刘仲夏面前说的话就是吹牛了，这两位领导就会觉得自己墙上挂的是废纸一张。可李明溪这么死板，他也有些冷心了。但画展不搞成又不行，显得他在柳秘书长面前不领情似的。他只好反复劝李明溪别太傻气了，你自己不推销自己，你也许一辈子默默无闻。世风如此，你没办法。李明溪却说他并不怪世风怎样，他只是有兴就画，画了就了，名也不求，利也不争。朱怀镜就骂他真的是疯子。

李明溪任朱怀镜怎么骂，他只是怪里怪气地笑。朱怀镜一心要搞成这个画展，说："这种好事，人家想有还轮不到哩！我说你只要还有一根筋正常，就应听我的。你只依你的个性，想画就画，画了就了，百事不理。你就不懂现在那些名人是怎么成名人的！得有人抬你！你想人家抬你，首先你得自己吹吹自己。你不吹吹，谁知道你？"

李明溪这下说话了："我的确不明白外面的世界了，但廉耻总是懂得的。我自己这么吹下去，今后见了熟人怎么办？这脸还要不要？我的头发是很长，但到底遮不了脸啊！"

"我只问你，你想不想做名人？"朱怀镜问。

李明溪觉得这话问得有些意思，望了朱怀镜一会儿，才说："要真的说不想做名人呢，只怕又是假话。"

朱怀镜就笑了，说："这就是嘛！你知道什么是名人吗？名人是陌生人心目中的幻影！你说怕见熟人，你有多少熟人？就算你们学院所有人都认识你，也只有一万多人。事实上还不可能有这么多人认识你。我猜想，凭你的个性，真正可以称得上你熟人的，只怕不上一千人。而你做了名人呢？熟悉你的何止一千一万？你在熟人圈子里是怎么个样儿并不重要，重要的是你在无数陌生人心目中的形象。熟人眼里，谁又怎么样呢？谁都是凡夫俗子，谁都照样打嗝放屁打喷嚏。名人就是靠众多陌生人的崇拜而存在的，没有这些陌生人名人就一文不值！所以我说你想做名人的话，完全不用在乎熟人如何如何看你。就算有些议论，也是正常的。如今有些名人，特别是明星什么的，半年没有他们的新闻报道心里就发慌，就总要弄出些个新闻来炒炒。没有好新闻，丑闻都得来一段。说白了，就是不让你忘了他们。"

"你是说这样做名人？那我不想做了。"李明溪眼睛睁得老大。

朱怀镜说："你真是朽木不可雕！做名人就是这样！名人就得在追灯下生活。你喜欢吃什么穿什么，清早起来是先上厕所还是先洗漱，别人都有兴趣知道。很多人想有这个派只恨做不到。不过你们画家成名了也不至于让人这么关心，只有歌星影星什么的，才经常逗得有些人神经兮兮的。"

"真要像明星也可怕。"李明溪说。

朱怀镜在他的肩头重重拍了一板，说："你呀！就是不开窍！得名就得利啊！没有名，你的画废纸一张；有了名，你的画片值千金。我只想说到这里了，你自己想想。"

"虚名浮利！"李明溪狠狠地说。

朱怀镜笑笑，说："算你说对了。有了虚名，才有浮利。利是浮利，实惠多多。在你面前，我不想假充君子。现在不论你说什么，做什么，首先你得有钱啊。你光说你有才，别人不一定在乎你。人家不管你学问如何如何，只问你钱财几多几多。你腰包鼓了，你说你有本事，人家才佩服你，不然你有登天的本事也枉然了。但在你还没有钱之前，你先得让自己出名。靠虚名图浮利，靠浮利撑虚名。这也是辩证法啊。万一你不听我的呢？我也不再勉强你了。那么你就依你的性子过吧。如果你真的具备凡·高那样的天才，你就不用管外面的世界如何，你只顾让自己的艺术生命去发光。但可以注定，你将终生一贫如洗，最后在贫穷、孤独和沉疴中了却残生。如果你也有凡·高那样的疯狂和勇气，你也不妨在孤独中自杀。但你没有名气的话，你的自杀不具备新闻价值，不会见报，只可能来两个警察，看看你是自杀还是他杀。我想警察很快就会得出结论，说你是自杀，因为你引不起别人谋杀的兴趣。你是穷光蛋。也许你不一定有凡·高那样身死业显的运气。这个原因嘛，要么可能你的天才不如他，要么可能没有人赏识你的天才。不等你运往火葬场，先把你的终身心血当废纸烧了。"

李明溪不笑了，摇头叹息良久，说："好吧好吧，这么恐怖？我就依你的。可我不是被你吓的，我知道不答应你是过不了关的。"

"依我的，你就得听我的。你先给柳秘书长作幅画。这次不是我求你，是给你自己做人情。为你办画展是他提出来的，到时候要拉个企业赞助你，也得求他帮忙。"朱怀镜样子认真起来。

李明溪无可奈何，说："好吧，我就作吧。"

谈妥了，李明溪就说走，既不同朱怀镜握手，也不说声谢。朱怀镜也没感到这有什么不正常，只在他出门的时候，朝他背上狠狠擂了一拳。李明溪回过头来，歪着嘴巴，那样子不知是哭是笑。

下午香妹打电话到荆园宾馆，同朱怀镜商量四毛的事。她说四毛躺在医院难受，只想出院算了。不然，他会急出病来的。朱怀镜想先得同龙兴大酒店把赔偿的事了断才可出院，就说晚饭后抽时间回来一下。

这时有人敲门，开门一看，见是方明远。朱怀镜玩笑说："啊呀呀，方领导来看望我们来了？"

方明远握着朱怀镜的手，使劲捏了一下，弄得朱怀镜喊哎哟。方明远也打趣说："您才是大领导，忙大事啊！《政府工作报告》，非同儿戏！"

两人玩笑几句，方明远就说："皮市长在四楼开会，我懒得陪会。知道你在这里写报告，就过来坐坐。不妨碍你吧？"

朱怀镜说："说什么话？《政府工作报告》，你又不是不知道。

不到开会那天，是出不来的。"

朱怀镜猛然想起前几天会过的那奇人袁小奇。荆都科技报社那位副社长崔浩说皮市长很重视科研工作，思想也很解放。他猜想他们的意思，就是想让皮市长重视一下袁小奇。他平时仔细观察过，发现皮市长有一些怪癖。这位领导从办公楼走过，总是不偏不倚踩着地毯中间的红道道；开会时只要一把手向市长不在场，他总要坐北边最中间那张椅子。朱怀镜就猜想，皮市长也许是个很迷信的人。如果袁小奇真有两下子，说不定皮市长会很乐意见见这个人的。于是他就同方明远如此如此，说起了袁小奇。

方明远一听，很有兴趣，说："这么神？真的吗？"

方明远说着，就拉朱怀镜去阳台上说话。同房间的小向见这场合，就说："两位处长进来坐吧，我要出去一下。"

方明远说声谢谢，仍去了阳台上，说："皮市长见过不少高人，他对这类人物很有兴趣。皮市长同我说过，他还在下面的时候，有位高人给他看相，说他不出一年就会飞黄腾达。他当时不相信。可才过八个月，他就升了副市长。"

朱怀镜心中窃喜，没想到方明远主动说起这事了，就说："你的意思，是不是请皮市长见见这人？"

方明远沉吟一会儿，说："不知这人嘴巴紧不紧？我可以替他引见一下，但他出去不要乱说才是。"

朱怀镜就说："这人很有城府，不会乱说的。我想大凡真有本事的高人，涵养都是不错的。"

"好吧，看哪天皮市长有空，我同他说说这事。"方明远说。两人闲话一会儿，方明远突然问起张天奇这人怎么样。朱怀镜一时弄不清方明远的意图，只说不错，这人不错。方明远哦了声，不再说什么。朱怀镜就猜想，张天奇托他搭上皮市长这根线，一定单独活动多次了。这时，方明远看看手表，一拍大腿，说：

"哟哟哟，要误事了。皮市长只怕快完了，我得去了。"

朱怀镜听他说皮市长只怕快完了，就做了个鬼脸笑了。方明远也意识到自己这话经不得推敲，也笑了笑。

送走方明远，见小向还未回来，朱怀镜就打了宋达清的电话，说："老宋吗？你上次介绍的那位姓袁的朋友，我向皮市长汇报了。皮市长很重视生命科学，说哪天有空见见他。你知道这事就行了，不要同别人说。你是知道的，人的认识水平有差异，这种事情别人不一定能理解，会说怪话的。这个影响就不好了。你只同袁小奇吹个风，也同他讲讲这意思。让他见了市长，他反而到处去吹牛，如何如何，这就不行。"

宋达清忙说："好好，好好。这个道理我明白。我一定交代袁小奇。谢谢你啊，朱处长！喂，你今天有空出来一下吗？我俩也有好长时间不叙了吧，喝一杯好吗？"

朱怀镜叹了一声，很无奈的样子，说："不行啊，老宋！改天吧。市领导对这次《政府工作报告》的起草工作很重视。明年是我市发展最关键的一年，抓好明年的工作，意义非常重大。这就苦了我们这些人啊，天天晚上得加班。市领导时不时来起草组作指示。"

"您这是忙大事啊，那我们就改天吧。等您报告起草完了，我请您放松放松。"宋达清说。

朱怀镜想起四毛的事，又说："老宋，我表弟的事还要拜托你。我老婆前几天打电话给我，说我表弟勉强可以出院了。我又一直没有空。这样吧，我叫我老婆明天去龙兴大酒店，同他们把事情了断一下算了。你有空的话，还请你出面做个中间人。情况也只有你最清楚啊。"

宋达清很爽快，说："这个没问题。但你表弟不要急着出院吧，要等伤养好了才行啊。一旦出了院再有问题，就不好说了。"

朱怀镜说:"我表弟啊,乡下人,老实。身上不疼了,就躺不住了,只想出去算了。我想出去也好。雷总、梅总都是你的朋友,我同他们见面也不错,就不计较那么多了。都是面子上的人,不好意思啊。你说是不是?"

宋达清就说:"你们当领导的,觉悟就是高些。这事碰到一般人身上,龙兴就要倒大霉。我说朱处长,这赔偿的事,您想过吗?我是说,要他们赔多少?"

朱怀镜试探道:"这事我还真没想过。我想这该有个规矩吧。你一定处理过这种事,你说呢?"

宋达清笑了起来,说:"朱处长,我说您是干大事的,真是一点儿不假。您是大事不糊涂,小事尽糊涂。这种情况,哪有什么规矩?说得不好听,就是强有理,弱不是。没有过硬的人呢,三五千块钱就把你打发了。有过硬的人呢,您要他个十万八万他也得出!"

朱怀镜很吃惊的样子,说:"是吗?难道是这样办?那么普通群众落上这事怎么办?这不行啊!"

宋达清又笑道:"朱处长,您的群众观点真令我佩服。您是领导,可您表弟也是群众哩。这样吧,您没空就不用您出面了,耽误了您的大事也不行是不是?您只叫您夫人明天同我联系,我同她先商量个对策,再去同龙兴谈。总不能让您表弟白白地挨了打是不是?"

朱怀镜会意,说:"好吧,那就拜托你了。"

在宾馆吃了晚饭,朱怀镜往家里赶。到楼下大厅里,他给玉琴挂了个电话,说今晚会稍晚些回来,要加一会儿班。玉琴说好吧,你尽量早些回来,免得我等急了。他一听玉琴说叫他早些回去,才意识到刚才自己说的是会晚些回来。他俩都把那个温柔的窝当成他们的家了。他胸口便猛然跳了一下,觉得有些发闷。

叫辆的士，不到十分钟就回家了。一敲门，香妹开了门。老婆和儿子正在吃晚饭。香妹粲然一笑，问他吃了不，又放了碗为他倒茶。儿子就喊爸爸。他拍拍儿子脸蛋，对香妹说吃了。胸口又是猛然一跳，闷得发慌，同刚才在宾馆大厅里的感觉一样。

香妹又坐下来吃饭，眼睛却望着男人。朱怀镜便觉背上有些发汗，脸上的肌肉不自然了。香妹望了一会儿，才说："你脸色不太好，人也瘦了。是太忙了，还是那里伙食不好？"

朱怀镜说："伙食还可以，就是太累了，加上我又挑床，在外面总是睡得不太好。"

朱怀镜喝着茶，看见矮柜上堆了几个大包，就问："谁来了？"

"没有。"香妹见男人望着那些包，就说，"哦，那是我从医院拿回来的。我下午去看了四毛，他说他急死了，只想早点出来。医生给他开了很多补品，都是些什么口服液、药酒之类的。主治医生把我叫到一边说，不多开些药，就不像。看我们熟人的面子，开些营养滋补类的药，我们拿回来还用得着。不然真开些个跌打损伤的药，我们只好扔垃圾堆了。"

朱怀镜听这话，觉得不好意思，就只当没听见，仍慢悠悠地喝茶。等他们娘儿俩吃完了饭，朱怀镜就对儿子说："琪琪快洗了脸做作业去。"

儿子就去洗了脸，回自己房间做作业去了。香妹碗也没洗，只洗了下手，过来投进男人怀里，娇娇地噘起嘴巴，说："你呀，这么多天都不回来看我一眼！"

他心里愧疚起来，忙抱了香妹使劲亲吻，手在女人全身抚摸着。他手伸到了下面，香妹玩笑道："还不快看看它，都快长草了。"他就激动起来了，说："我们进去吧。"他抱起了女人，要往卧室去。女人却下来了，去儿子房间交代说："我和爸爸在房里说话。你认真做作业，不懂的等会儿妈妈再告诉你。"

香妹一回房间，立即风情万种。朱怀镜见女人袅袅娜娜地走过来，感觉女人的两腿在微微发抖。被窝里太凉了，两人脱了衣服，冻得哆哆嗦嗦。两人抱在一起揉了一阵，也许把这哆嗦理解成了激动，就愈加疯了起来。

女人忍不住嗬嗬地叫。朱怀镜怕儿子听见，用亲吻堵住了女人的嘴。女人不叫了，脸上五官却像全部挪了位置，如同一朵撕碎了的玫瑰花。

完事了，香妹仍在男人身上回味着。朱怀镜把他同宋达清商量好的事说了。

香妹有些不悦，但两人才疯过，不好马上就生气，她只是说："这种事，我们女人去行吗？"

朱怀镜说："怎么不行？这种事女人家出面，话还好说些。我们又不是敲他们竹杠，他们打伤了人就得负责。再一个，有老宋做中，依法办事。我实在脱不了身。今晚还得回宾馆去，八点半得赶到那里。"

香妹听说他还得走，就偏头看看床头柜上的钟，已快八点半了。她很失望似的，软软地瘫在男人身上。朱怀镜感觉到了女人的不高兴，心里不是味道。他抱着软绵绵的女人，就像揉着一团面筋。

时间差不多了，香妹叹了口气，坐起来想穿衣起床。朱怀镜胸口突突地跳得慌，几乎想呕吐。他便把女人抱进被窝里，说："我就迟会儿到吧，再陪你躺一会儿。"两人又合面躺着。亲吻不再狂乱，只像和煦的风。

朱怀镜心头慢慢平缓下来，手在女人胸乳间抚摸着。香妹微合双眼，很陶醉的样子。他从来没有想过要冷落怀中这个女人，这是他相濡以沫十几年的妻子，他们共同拥有一个可爱的孩子。可是，他几乎毫无准备，玉琴成了他的另一方天地。

香妹睁开眼睛，莞尔一笑，说："你还是去吧，免得人家说你。"

朱怀镜感觉香妹的笑容有些落寞。他不愿再多想，起身穿了衣服。香妹说："你走吧，我想再躺一会儿。"她仍是笑笑的样子。朱怀镜越加感觉香妹心里一定不好过。他心头一硬，出了卧室。

儿子的房间虚掩着，朱怀镜忍了忍，还是进去拍了儿子脸蛋儿。琪琪见是爸爸，就缠住问作业。朱怀镜教了几道题，就说爸爸还要出去有事，等会儿妈妈来教你。说着这话，他就觉得喉头有什么哽着。他在儿子面前，心里更不是滋味。

从大门出去到龙兴大酒店只要二十来分钟。可他同玉琴说过，会晚些回去。现在还早，他就从侧门走。走侧门要绕一些小巷子，再经火车站广场，远了一些。

小巷子没有路灯，只从人家的窗户里透出些昏暗的光，路面坑坑洼洼，满是垃圾。朱怀镜低头小心地走着，生怕踩着地上的脏水。心想这才是真实的城市。

"兄弟，你掉了东西！"朱怀镜听到有人大声叫喊，知道不是叫他，就不答理。可有人在他肩头拍了一板。他回头一看，见是一位小伙子，精瘦马面，手中晃着个黄灿灿的链子，说："兄弟，你掉了一条金手链。"

朱怀镜立即明白这是什么把戏了。荆都当地人叫这种骗术为杀猪，骗子手中拿的本是条假金链子，你要是贪便宜说是你的，他就问你要钱，说这金链子至少值两千元，你就给我一千元吧。你要是识破了，不想给钱，那你也别想走，马上会有一伙人围上来，将你全身搜光，说不定还会挨一顿死揍。朱怀镜平时只是常听人说起这事，说是骗子专拣那些不太清通的外地人下套，不想今天自己碰上了。他想完了，如果不老练一点，今天会很麻烦的。他突然想起这一块正是宋达清的辖区，就故作镇定，笑笑说："小兄弟，这个你拿着发财吧。我告诉你，我还有很多金手镯，在宋猴子那里存着，你想要吗？你叫你那边的几个兄弟一同去，我保证送你们一人一副。"

小伙子一听，忙嬉皮笑脸起来，双手拱拳，说："对不起，对不起，没想到是自己兄弟，对不起对不起。"说完一溜烟跑了。

朱怀镜松了口气，发现自己早出了一身冷汗。心想自己平时走在外面气宇轩昂的，今天怎么叫人当二百五来钓呢？八成是自己刚才低着头想事情，形容猥琐，才叫他们盯上了。这么一想，心里就很不舒服，觉得这些人狗眼看人低，刚才应教训他们一下才是。他捏起了拳头，牙齿咬得吱吱响。

一路愤愤着，很快就到了龙兴大酒店。却见很多人围着观看墙上贴着的什么。他凑近一看，见是一张通知，叫二塑全体退休工人明天早上八点整在市政府门口集合，呼吁领导重视困难企业退休职工的合法权益。二塑就是市第二塑料厂，就在龙兴大酒店隔壁，已停产几年了，他们工人三天两头在市政府门口请愿。

朱怀镜溜了一眼通知，低着头从人群中出来了，去了玉琴那里。玉琴见他呼吸急促，玩笑说："你同人打架去了是吗？这么气喘吁吁的。"

朱怀镜平静一下自己，说："你还别说，真让你猜对了。就在你们酒店旁边，二塑那地方，有几个小伙子喝多了马尿，调戏一位姑娘。过路上下的人都有，就没有人出来说句话。我过来一看，气了，讲了几句。那些小混混就冲我来了。我也就什么都不顾，挥起老拳就揍人。他们个个都醉得东倒西歪了，哪经得起我的拳头，全都趴下了。"

玉琴眼睛睁得老大，说："啊呀呀，好危险呀！幸得那些人喝醉了，不然你又要吃亏了，你呀，今后干这些英雄救美人的事,还是要先量量自己的能耐。你伤着没有?"

他只说没有没有。玉琴全身打量着他,见他的皮鞋脏了,就让他脱下来。一边擦着鞋上的泥巴,一边说:"这块地方,就二塑那里最脏了。一到夜里,那一块也黑咕隆咚,常有人躲在那里抢东西。这也影响我们的生意。我们想把那个地方征了,搞些新项目,可就是做不好工作。"

玉琴擦了皮鞋,又给他倒了茶。他喝着茶,慢慢又想起刚才在车站广场被人当猪杀的事了,心里再次激愤起来,忍不住握起拳头,在沙发上狠狠擂了一下。玉琴就抚摸他的胸膛,说:"你还在想那事?你消消气,消消气。这世道是这个样子了,怎么可能谁都像你这么正义凛然?"

他长长地叹了口气,忧心忡忡地说:"我就不相信,一个社会可以长期是这个样子。"

玉琴说:"我知道,现在早不是讲大话空话的年代了。但我懂得,一个男人只知计较个人得失,心里不想大事,是没有出息的。"

朱怀镜听了这话,爱怜地拍了拍玉琴的脸蛋,却又忍不住深深地叹息。玉琴不再说什么了,只是依偎着他,不停地抚摸着他的胸膛,似乎这个胸膛里装满了天下大事。

第二天上午十一点多钟,宋达清打电话告诉朱怀镜,说事情还算顺利,龙兴同意付给四毛致残赔偿费、营养费、误工费八万五千元,医药费另付。

朱怀镜听了心头一喜,口上却平淡地说:"让你费心了,老宋。不是你的面子,这事不会这么好办,我表弟不白白挨了打?"

"哪里哪里,都是兄弟,不见外了。再说这也是您朱处长自己的脸面,雷总和梅总都还很看您的面子。那个梅玉琴您不知道,平日心眼最多,办事最抠了,这回她也不说什么,只说由老

113

雷做主。"宋达清说。

放了电话，朱怀镜马上挂家里电话，没有人接。他便火急火燎跑去同刘仲夏说家里有急事，回去打个转，中饭就不在这里吃了。刘仲夏说："好好。你去吧，事情急就不用急着赶回来，办好再来吧。"

朱怀镜从刘仲夏房间出来，忍不住想笑。到了大厅，老远就见门口站着两位礼仪小姐，满面春风。两位小姐见了他，相互对视一下，脸就板了起来。他马上想到自己嬉皮笑脸的，一定被两位小姐看做色鬼了。他忙正经起来，收起笑容，一脸庄严地从小姐身边走过。正好有一辆的士，他坐了上去。很快就到家了，却不见香妹。心想她是不是去了医院？正要出门赶医院去，香妹开门进来了，手中提着一个大包。

"哟，你今天中午怎么回来了？"香妹笑着问。

朱怀镜只当没看见她那包，嬉笑道："你不欢迎我回来？"

香妹就笑，拿眼睛瞟他。

朱怀镜说："来办公室取资料，也快到中午了，就不去宾馆算了。事情怎么样？"

香妹拍拍包，说："全搭帮老宋说话，老宋这人也真够朋友。说真的，要人家赔这么多钱，我的确说不出口。你看，钱拿到手了，一共八万五。医药费他们下午去人结。"

朱怀镜只瞟一眼香妹拉开的包，说："你刚才是直接从龙兴回来的吗？"

香妹觉得男人问得奇怪，说："是呀！我提着这么一大包钱，敢到处跑？怎么了？"

朱怀镜担心她刚才去了医院，不能让四毛知道赔了多少钱。香妹总觉得他的神情不对，望了他一会儿，就问："你好像有什么话要说？"

朱怀镜说："没有什么说的。哎，我问你，这钱你打算怎么处理？"

香妹说："我想同你商量。这钱是人家赔给四毛的，四毛的确也吃了苦。我想还是全给他。当然这事我们出了力，不然赔不了这么多钱。我们就有话说在明处，拿他一万。你说呢？"

朱怀镜笑笑，说："这一万块钱你不能拿，拿了我们反而一世欠他的人情了。"

香妹想想，觉得也是这样，就说："那就干脆不要他的，给他做个全人情。我们手头紧是紧，一万块钱也顶不了事。唉，我俩苦心经营这么多年，手头还从来没有上过三万块钱。四毛倒好，挨了一顿打，赚了八万五！"

朱怀镜仍是笑，说："你听我说，老宋同我讲过，像四毛这种事，他经手过好多。老实巴交的，挨了打就挨了打，连医药费都得自己出。有人说话的呢，也有给三五千块钱打发了的，也有赔三五万的，也有赔十万八万的，就看你的本事了。这次四毛的事，要不是我们出面，最多有个三五千块钱赔他，弄得不好他一分钱捞不到手。我说，不是我们心黑，你给他五千块钱算了。"

香妹眼睛鼓得老大，半天才说："啊呀呀！你的手指甲也太长了吧！你一伸手就拿了人家八万？"

朱怀镜使劲摇了几下头，说："你这人呀，我什么时候贪心过？我说只给他五千块钱，自然是有道理的。说实在的，四毛这次也只是受了点皮肉伤，给他赔五千块钱就差不多了。再说，不是我们出力，他连五千块钱都得不到。为什么赔这么多钱，只要我俩知道了就行了。四毛又只有这么多见识，你一下子给他这么多钱，他哪有不去外面吹牛的？一吹牛，说不定就会出事！就是给他五千，他也会喜得不得了。他这辈子哪里一下子得过这么多钱？又不让他费力，他只在医院睡了两个月，就收入五千块，比市长的工资还高几倍哩。"

香妹那样子不知是好气还是好笑，说："你呀，拿了人家的钱，倒像给了人家天大的恩似的。"

朱怀镜说："还正是你说的。你拿了他一万块，就成了他对你有恩了；你拿了他八万块，就是你对他有恩了。"

"你这是真正的强盗逻辑啊！"香妹说。

朱怀镜笑了起来，说："不是什么强盗逻辑，事情就是这样的。你说把话说在明处，明拿他一万，他一辈子都不会想到这些钱是搭帮我们他才到手的，他只会想到我们拿了他一万块钱，我们欠了他人情。反过来我们只说人家赔了五千块钱，全给了他，他也没有不信的，还会对我们感激不尽。那我们为什么不讨个人情，偏偏要欠个人情呢？"

香妹摸摸桌上的包，低眉片刻，说："那只好依你的。别的不说，怕他钱多了到外面去吹牛倒是实话。他一吹牛，事情露馅了，我们的面子不就全没了？"

朱怀镜听了这话不舒服，他觉得香妹不该把话说得这么透，就说："好了好了，商量好了就不要多说了。这样吧，我俩中饭就不要做了。我在家等儿子回来，带他到外面吃盒饭。你就快去医院，让四毛中午就出院了，免得下午龙兴去结账的人同他碰面。他们一碰面，说不定闲扯就扯到赔钱的事了。下午你再去一下医院，陪他们结账，把我们垫的医药费拿回来。你也在路上买点吃的算了。"

香妹叹了口气，说："唉，没办法，你是大忙人，靠你是靠不住的，只好我去跑了。这钱怎么办？"

朱怀镜笑道："你真是的，有钱还不知怎么办。你数出五千放在一边，另外八万就顺路去存了。"

两人数好钱，一同出门。朱怀镜在大门口等儿子，香妹就去对街的银行存钱。望着香妹穿街而去，进了银行大门，朱怀镜下意识地咬了咬牙齿。他们存折上原有两万块钱，这是他们积累多年才凑上的。加上这八万块，他们就有十万块了。十万块啊，他的胸口禁不住狂跳了几下。

半天不见儿子回来。一会儿香妹从银行出来了，远远地同他招手。他发现香妹的脸色红红的，想必是激动的原因。她平生第一次怀揣十万块钱的存折，哪有不耳热心跳的？他想现在再反过来要香妹退四毛这八万块钱，只怕她也不愿意了。

朱怀镜突然想到另外一节，不觉有些害怕。万一让人知道他们做了假病历，讹了龙兴大酒店八万五的赔偿，可是构成了诈骗罪啊！如此想来，不把这么多钱给在四毛手上，肯定是做对了。怕他出去吹牛啊！朱怀镜心想不能把这么严重的后果告诉香妹，怕吓着她。

香妹拦了辆的士，同他招招手，钻了进去。香妹平时都舍不得坐的士，今天大方起来了。他知道也不是她发了财马上就摆阔，而是担心包里的五千块钱和那张存折。公共汽车上，扒手太多了。

香妹走了不久，就见儿子一跳一跳地来了。小鬼东张西望，全没有正经走路的意思。朱怀镜连喊了好几声琪琪，儿子才看见他，飞也似的跑了过来。

他俯身搂一下儿子，说："今天跟爸爸吃快餐去好吗？"琪琪听了，高兴地跳了起来。小孩子爱的是新鲜，平日妈妈买的都只是四块钱一盒的经济盒饭，琪琪也吃得津津有味。朱怀镜今天见儿子这么高兴，心里突然有些内疚。他最近同孩子在一起的时间太少了。平日要是不去宾馆起草大报告，他也只是清早送送孩子，中午孩子自己回来吃中饭。晚上孩子的作业基本上是香妹辅导，他总是有事。

朱怀镜取下儿子的书包，放在自己肩上背着，说："今天跟爸爸去个好地方，好吗？"

琪琪牵着爸爸的手，跳着走，说："好好，什么好地方？"

"你跟爸爸走吧，就到了。"

朱怀镜带琪琪来到了东方咖啡屋。琪琪说："这是吃咖啡的地方呀。"朱怀镜说："也有饭吃，爸爸保证让你吃好。"父子俩坐下，小姐递来了单子。朱怀镜溜了一眼，见最好的快餐是二十五块钱一份的套餐，就叫了两份。一会儿小姐就端来了套餐，每份米饭一碗，炒菜三荤一素一汤，还有一只鸡腿。琪琪见了鸡腿，就拍了拍手掌。

朱怀镜吃了几口，觉得味道还不错，大概是换了口味的缘故。可他是心里装不得事的人，不论好事歹事，只要心里有事，胃就发胀，吃不下饭。他今天总是喜滋滋的，只觉肚子里被什么东西塞得满满的，饭没吃到一半就饱了。他把自己盘中的鸡腿夹给儿子，说爸爸不想吃。

琪琪吃饭很慢，平日在家吃饭老是要大人催。今天朱怀镜不想催他，让他慢慢地吃，只要下午上课不迟到就行了。朱怀镜坐着没事，就想要一杯咖啡。拿单子一看，咖啡已是十二块钱一杯了。记得两个月前他同李明溪来这里还是十块钱一杯。真是有人说的，除了工资不涨，什么价格都在涨。他本想算了，可小姐见他看单子，就走了过来，客气地问他要什么。他只好硬着头皮说来一杯咖啡。儿子听了，就说要一杯花生奶。他知道儿子肯定吃不下这么多，却不想让儿子扫兴，就依了儿子。

琪琪吃了两只鸡腿，再来吃饭，却望着爸爸，拿筷子在碗里慢慢地挑着。朱怀镜知道他是吃不下了，就问他："吃得下吗？吃不下就不要蛮吃了。"儿子忙摇摇头，不好意思地笑了笑。

付了钱，父子俩牵着手出来了。琪琪捧着花生奶边走边喝，朱怀镜交代他今后买东西吃,能吃多少就叫多少,不许浪费。浪费不是好孩子。琪琪点头说好好。

朱怀镜把儿子送过马路,让他自己去学校。他就一个人慢慢往宾馆去。

走到宾馆门口,朱怀镜碰上行政处处长韩长兴。朱怀镜问:"什么大事劳你亲自过来了?"

韩长兴喝酒很上脸,面色红成了酱色。他马上握了下朱怀镜的手说:"我能有什么大事?大事都叫你做了。我这事说不是大事也算是大事。毛主席说过嘛,吃饭是第一件大事。"

朱怀镜就说:"你莫太谦虚了。"

韩长兴笑笑,便正经说:"北京来了客人,招呼他们。"

两人握了下手,都说你忙你忙,准备再见。朱怀镜说了你忙,又说了声还请您多关照。韩长兴才要走,又停下来摇摇手,说:"你朱处长还用得着我关照?"

朱怀镜就说:"我说正经的,您只当开玩笑。这厅里的乌县老乡就我们俩,我不要您关照要谁关照?"

韩长兴这就认真起来,轻声道:"这个当然,相互关照。"两人神秘地递了个眼色,这才分手了。

朱怀镜上楼进了房里,见小向正从卫生间出来。小向告诉他:"朱处长,中午有个人给你打了几次电话。"

朱怀镜首先猜到的是玉琴,本想问问是男的还是女的,却只问:"他说是谁了吗?"

小向说:"是个男的,没说是谁。"

朱怀镜想想,猜不出是谁,就说:"没关系,有事他再打吧。"

这时电话又响了,小向一接,就把电话交给了朱怀镜。朱怀镜拿起话筒一听,见是李明溪,就问中午是不是他挂的电话。李明溪说不是他。李明溪说他已把送柳秘书长的画画好了，只是不知柳秘书长叫什么名字，不好题款。

朱怀镜就玩笑道："你可能连中央领导的名字都说不上几个吧，你也太不注意政治学习了。"

李明溪就说："难道要十二亿中国人都一脑子政治？这就不是好事哩。"

朱怀镜发现这人今天倒说了句不是很疯的话，就说："没想到你也这么有思想了。"

朱怀镜说着，就望了一眼小向。小向意识到了什么，就出去了。小向一出去，朱怀镜就说："我告诉你，柳秘书长大名叫柳子风。但你题款就不要发神经，题什么柳子风先生雅正之类的屁话，人家是领导，不跟你先生不先生的。领导就是领导。你称刘仲夏为先生，还勉强情有可原，叫柳秘书长就不能叫先生了，只能称他的职务。"

李明溪啧啧几声，说："你们官场就是名堂多。我偶尔看新闻，见领导们出场，职务不嫌多，都要一一列出来。这柳大人除了市政府副秘书长职务，还有其他职务吗？"

朱怀镜笑了起来，说："说你神经，你真是神经。人家是副秘书长，你就不要老老实实这么题了，只题柳秘书长就行了，副字就省了。我们平时叫副职领导，从来都是省去副字的。人家不想听那个副字，可你还用你那狂放的李明溪体把那副字写出来，天天挂在人家客厅里，多刺眼呀！"

李明溪大笑了几声，说："好吧好吧，就柳秘书长雅正吧。我就自己拿到雅致堂去找卜老先生裱了。哎，刘仲夏对我那画还满意吗？"

朱怀镜说："都说你的画不错，你得意了吧？"

李明溪只在电话里嘿嘿地笑，不说什么。朱怀镜见他又发神经了,就说:"不跟你啰唆了,我正忙哩。"两人就放了电话。

朱怀镜突然觉得李明溪刚才的笑声不对劲。这人对自己的画很自信,平时从不在乎别人对他作品的看法。今天这疯子却专门问起来,还怪里怪气地笑。越想越觉得这笑声意味深长。是不是正像他当时担心的,那幅藏春图暗含了某种捉弄人的意思?那画的确不错,只是那画上的两只肥嘟嘟的蚕宝宝让人觉得怪怪的。朱怀镜闭眼一想,眼前就有两只白白嫩嫩的蚕,很是可爱。似乎这蚕真的不像是画上去的,而是那葱绿的桑叶招惹去的。这时,朱怀镜猛然悟到了什么,一拍大腿,睁开了眼睛。这个疯子,果然在捉弄人家!这藏春图其实是个画谜!整幅画暗含一个"春"字,却无端地画上两只蚕。"春"字下面两个"虫",岂不是一个"蠢"字?

他忙拨了李明溪电话,那边半天才接了。李明溪问是谁。朱怀镜开口就骂了起来,说:"李疯子你别跟我耍小聪明了。你那藏春图是什么意思,我猜到了。我刚才一听你怪怪地笑,就觉得你肚子里有鬼。别人都蠢,就你聪明。"

李明溪笑笑,说:"大人息怒!只要你不说破,这世上再没第二个人猜得出,没事的没事的。"

朱怀镜说:"你意思是说,这世上你第一聪明,我第二聪明了?感谢你的抬举。不过你自以为聪明,我说你其实很蠢。你自以为超脱,我说你其实很俗。你玩的这些个小把戏,别人反正不懂,你不白玩了?只是让你一个人闷在肚子里得意而已。可你又生怕别人不知道你聪明,忍不住向我暗示一下。我猜了出来,你就更得意了。幸得我不算太蠢,不然你这么苦心孤诣,就彻底白玩了。"

李明溪连连叫饶,说:"再也不敢在你面前玩把戏了,我算服了你了。"这时小向探着头进来了。朱怀镜就说:"好吧,就这样吧。你抓紧上北京去，能拜访的人都要拜访一下。好，就这样吧。"这话小向听了，只当是他在同谁说工作上的事。

电话刚放下，铃声又响了起来。朱怀镜一接，就听一位男士问："请问朱怀镜先生在吗？"

他没听出是谁，疑惑道："请问你是……"

"我是他的一位朋友，姓曾。"

朱怀镜这下听出来了，原来是曾俚。"啊呀呀，你是曾俚呀！你什么时候来的？"

曾俚也叫了起来，说："你就是怀镜？声音有些变了。我已调来荆都了，在市政协的荆都民声报。已来了几天了，一来就找过你，你们厅里人说你们去荆园宾馆写报告去了。这几天忙，就没同你联系。今天有空，中午给你打了好几个电话。"

"原来是你打电话！我同事跟我说了。你把你的电话告诉我，我们约时间见个面好吗？好久没有你的消息了。你这么多年又没有个准地方，总是满世界跑。"朱怀镜说。

曾俚叹了一声，自嘲道："我与你不同啊，我是惶惶如丧家之犬啊！好吧，见面再说吧。"

挂了电话，朱怀镜禁不住摇了摇头。曾俚是他小学到高中的同学，两人玩得最铁。那时曾俚性子很好，事事听朱怀镜的。直到上大学两人才分手，曾俚上的是北京大学中文系，朱怀镜上的是荆都财经学院。从第一个寒假开始，朱怀镜就发现曾俚像变了一个人，总是慷慨激昂，指点江山的样子。乌县的冬天很冷，曾俚同他在呼呼寒风里低头散步。朱怀镜见曾俚这么深沉而激愤，笑他倒真像五四时代的青年。曾俚却正经说，五四运动的使命并没有完结。朱怀镜认真看了看曾俚的表情，不见一丝做戏的成分。当时社会上早已不再流行严肃的话题，但那天朱怀镜却真的感到自己在曾俚面前显得很平庸。曾俚毕业后，先是分在北京一家报社,后来就常换地方。他不知去过多少家报社和杂志社,但每到一家都干不了多久,就待不下去了。他不太与同学联系,只像个流浪汉,在各个城市之间孤独地游荡。关于他的传闻却是同学们最感兴趣的话题。同学们只要聚到一起,自然就会说起曾俚。一会儿说他的文章得罪了什么恶势力,叫人雇杀手谋杀了;一会儿又说他不听领导打招呼,文章捅出了什么娄子,被开除了;一会儿又有更离奇的说法,讲他因叛国罪被判了无期徒刑,正在北京秦城监狱服刑。可就在大伙儿弄不清他到底怎么了的时候,他突然给你打了个电话来,告诉你他现在在哪里做事,给你留下电话号码。下次你想起他了,按这号码挂了电话去,接电话的人会很不客气地说早没这个人了。其实朱怀镜并不很清楚曾俚这些年在外面都做了些什么,内心却越来越敬重这位老同学。他也多年没见到曾俚了,可他想象中的曾俚似乎总是落魄不堪的样子。

　　这个下午朱怀镜做不成什么事。那十万块钱的存折撩得他很兴奋,加上不断有电话打进来。后来他又想着香妹去医院结账的事,生怕节外生枝。好不容易到了下班时间,他顾不上在宾馆吃晚饭,急急忙忙回了家。

　　开门的正是四毛。四毛在医院睡了两个月,倒还白了许多,脸上也长了些肉。香妹在厨房做饭,儿子琪琪自个儿在玩。香妹见朱怀镜回家了,有些不高兴。他问怎么了?香妹高声说:"还问哩!我今天是受尽了气。龙兴来结账的是个女会计,见面就给我脸色看。她总是说个不停,说是他们宾馆上了大当,花了这么多医药费,还赔了那么多钱。"

　　"多少医药费?"朱怀镜问。

　　香妹说:"一万五。"

　　"呀,这么多?医院也真会赚!"朱怀镜以为香妹是有意嚷给四毛听的，又挤了挤眼睛，轻声问，"那女的真的嚷？"

香妹没好气，说："不是真的还是假的？我想反正以后再也不会跟她打交道了，得忍就忍，也就算了。不然，我对她就不客气。"

朱怀镜知道香妹的脾气，她不高兴你就让她自个儿消消气，过会儿就好了。他便出了厨房，到客厅来。四毛低着头，好像自己给表姐和姐夫添了麻烦，很难为情。朱怀镜就说："四毛，这回你吃了苦，但这是谁也没料到的，好比飞来横祸。要说呢，你也并不怎么吃亏，花了人家这么多医药费，还赔了这么多钱。我和你表姐没有本事，只是多有几个朋友。这回不是朋友帮忙，没钱赔你不说，只怕还会冤里冤枉关你几天，让你自己花钱治伤。你也二十四五岁的人了，道理不说你也清楚，反正你拿着这五千块钱就不要在外面说什么了。"

四毛说："我知道。让你和姐姐受累了。"

朱怀镜本想点到为止算了，可又怕四毛还不明白，就索性敞开说了："你千万别去外面吹牛，说我这次本没有什么伤，霸蛮在医院睡了两个月，睡掉了龙兴宾馆一万五千块钱的医药费，还白赚了五千块钱，比做什么事都划得来。你的确划得来，这比我们市长的工资还高几倍哩。可你只要这么一吹牛，就会出事，你就成了诈骗犯，我和你姐姐也成了你的同党，人家认真一追究，麻烦就大了。"

四毛忙说："我知道我知道。这事我今后好丑不说就是了。家里没人知道这事，荆都又再没人认得我。"

饭菜好了，四毛忙去厨房帮着端菜取碗。开始吃饭了，香妹的脸色就好些了。朱怀镜讨香妹好，对四毛说："我一天忙到晚，没有时间。你的事全搭帮你表姐，是她到处求朋友帮忙。"

香妹佯作生气，说："这事你就全赖在我身上？今后万一出事了，就全是我的责任！"

朱怀镜就笑。四毛的脸却红了，说："姐姐你放心，我不会乱说的。只要我不乱说，龙兴酒店就不会知道这中间的名堂。"

朱怀镜说："你姐姐其实是担心你出事。万一事情露出来了，我和你姐姐只是面子上不好过，没有什么责任的，责任只在你本人身上。"

四毛那样子就有些恐惧起来，口上只说："我反正不说这事就是了。"

吃完晚饭，香妹问朱怀镜："你还要过去？"

朱怀镜叹了声，无可奈何的样子，说："没有办法，还得过去。"

香妹说："你要去，就没时间同你商量。四毛同我说，他还是想在这里找个事做，你看是不是想得了办法？"

朱怀镜心里怪香妹当着四毛的面同他说这事，他回旋的余地都没有。却碍着四毛的面子，只好说："想想办法吧。四毛先别急，愿意呢就在家休息几天，等我找找人。反正你也不亏，你这五千块钱，原来在家里一年都挣不来。"

四毛就说："是挣不来。我跟王老八做，十五块钱一天，还不是天天有事做。一年挣个三四千块钱就红天了。"

朱怀镜再闲话了几句，看了看手表，急急忙忙的样子，说："我得走了。"

朱怀镜径直去了玉琴那里。他开门进去，不见玉琴，只听得浴室流水哗哗。他推开浴室门，见玉琴闭着眼睛，躺在浴池里，一动不动。他走过去刮了下玉琴的鼻子，玉琴仍不睁开眼睛。他便又去吻她，可她的嘴唇动也没动一下。朱怀镜不知她为什么又不舒服他了，一个人退了出来。

朱怀镜坐在客厅里，不知如何是好。心想她是不是为四毛赔偿费的事而看扁了他呢？他最怕玉琴把他看做一个俗人。可宋达清告诉他，玉琴并没有在这事上多说什么，只由老雷做主。

朱怀镜一个人呆坐了好久，玉琴才出了浴室。他忙起身扶着玉琴坐在自己身边。玉琴不躲他，也不热乎，只是懒懒地靠着他。

"怎么了？哪里不舒服，还是怎么了？"朱怀镜把玉琴揽进怀里，一手摸着她的额头。

玉琴却闭了眼睛，什么也不说。朱怀镜就急起来，说："玉琴你这样我最怕了，我不知是你真的不舒服，还是我哪里做错了。你好歹说句话呀？"

朱怀镜玉琴玉琴地叫了好一会儿，玉琴才微微睁开眼睛，轻声说："你没有做错什么，我也没有哪里出毛病。我只是心里不畅快。"

朱怀镜说："你怎么不畅快了？为什么？总有原因呀？"

玉琴说："你别问了，没有原因。"

"怎么可能没有原因呢？是我让你不开心吗？你说，你要我做什么，你说呀？"朱怀镜摇着玉琴的肩头说。

玉琴晃了晃头，缓缓说："你别问了，真的别问了。你只让我在你怀里清清静静躺一会儿吧。"

朱怀镜就搂紧了玉琴，动情地抚摸着她。玉琴却挣脱了他的手，只是枕着他的大腿，闭着眼睛，平躺在沙发上。朱怀镜不敢再抚摸她，只眼睁睁地望着她。玉琴的胸脯均匀地起伏着，但她的心头一定梗着什么，并不平静。朱怀镜猜测着玉琴的心情，却一筹莫展。

过了好久，玉琴一动不动了，像是睡着了。朱怀镜怕玉琴着凉，想抱她进卧室去，或是为她盖上毛毯，却又怕弄醒了她。他也不敢动一下，手脚都有些僵疼了。这时，玉琴长长地叹了一声，说："我早就猜到了……"

朱怀镜觉得没头没脑，问："你猜到了什么？"

玉琴仍不睁开眼睛，说："她那么漂亮，那么年轻。"

"谁呀？"朱怀镜还是不懂。

玉琴睁了眼，望着他冷冷地说："你的夫人。"

朱怀镜顿时感到玉琴的目光火辣辣的，灼得他的脸发热了。他很窘迫，不知说什么才好。玉琴望了他一会儿，起身说："累了，想上床休息了。"

玉琴一个人去了卧室，也不喊他进去。他忽然觉得自己留在这里很可笑。他想进去说声今晚去宾馆睡。他进去了，见玉琴已上床了，用被子蒙着头，一头秀发水一样流在枕头上。他摸摸玉琴的头发，胸口柔软起来。他想今晚万万不能走了。这一走，说不定就再也回不到这里来。他掀开被子，脱衣上了床，但不想马上躺下，斜靠在床头。

玉琴趴在床上，将脸伏在他的小腹处。朱怀镜想说点什么，却又找不到一句话，只是不停地抚弄着她的脊背。

玉琴伏了一会儿，说话了："我只是不愿去想这事，其实早就猜到了。我想你的夫人一定很不错的，你的婚姻也一定很美满的。我一直在内心逃避这个问题。可她今天来了，我们见了面。她是那么小巧、水灵，那么落落大方。我在她面前，觉得自己只是一堆肉，一堆无机组合的肉，俗不可耐，没有一点儿生气。她的目光那么生动，当她望着我微笑时，我觉得很心虚，觉得她的微笑越来越像一种嘲弄。"

朱怀镜想不出什么话来开导，只说："她是她，你是你。你没有任何必要同她作什么比较。我现在要来说你如何如何漂亮，可能很滑稽，很荒唐。你只要相信，我是真的很爱你就行了。"

玉琴说："是吗？爱啊，是的爱啊。这个爱字让人说了何止千万次，亿万次，都发馊了，有股酸腐味了。我为你终日牵肠挂肚，但就是说不出这个字。不过你说出来，我还是愿意听。在我面前说过这话的不止你一个，可只有听你说起，我不觉得肉麻。"

朱怀镜听了玉琴这话，很是感慨，说："玉琴，这说明你也是爱我的，所以你听我这疯话才不觉得肉麻。你不用对我说什么，我明白你的心思。"

"都是命啊！"玉琴说，"我妈妈是这个命，我又走了她的路。这么多年来，我没有一天不在告诉自己，千万不要再重复妈妈的命运，但还是这样了。"

玉琴从来没有向朱怀镜说起过自己的身世，他也不便问她。他只是从未听说过她有亲人，似乎她一来到这世上就是孤零零一人。上次袁小奇为她看相，说起她父母双亡，无亲无故。事后他想问她，却怕引她伤心，就忍住了。今天玉琴又提起这话题，他很想让她说下去，但她只叹了一声，又不说了。这叹息声让朱怀镜对女人更加爱怜起来，躺下去搂着她温存。

玉琴把脸贴在他的胸膛上，像是自言自语地说："这龙兴大酒店是近十几年才发展到这么大的规模的，原来只是个小旅社，我妈妈是这里的会计。我妈妈是个很平常很善良的女人，她比我长得漂亮。我妈妈是个孤儿。那时的荆都也并不怎么大，通城都知道这个小旅社有个漂亮女人，晚上这旅社外面就经常有人打吆喝，吹口哨，叫我妈妈的名字。这就弄得我妈妈名声很不好，人家以为我妈妈喜欢在外招惹人。不然人家怎么只叫你的名字，不叫别人的名字呢？这旅社又不止你一个女人！后来我妈妈怀了我。黄花闺女怀孕了，这又成了荆都城里最大的新闻。招惹她的人就更多了。妈妈生下了我，一个人把我养大，我从来没有过父亲。我妈妈也从来不说我的父亲是谁。我稍稍懂事了，就觉得这满世界的人都是我和妈妈的仇人。别人骂我爹多娘少，晚上我家的窗户老是被人砸烂。"

说到这里,玉琴伤心起来,泪水止不住滚滚而出。朱怀镜为她擦着泪,安慰她。玉琴哭了一会儿,又说了起来:"我妈妈死的时候才四十岁。她是积郁成疾,慢慢气死的。我是望着我妈妈死的,我伏在妈妈身上,感觉她的手慢慢凉起来。那年我才十六岁,高中还没有毕业。妈妈好像知道自己很快就会离开我,总把我当做大人,交代一些我不明白的事情。她说不能轻信任何男人,不要轻易把自己交给男人。妈妈死了,我勉强念到高中毕业,不再上学了,就在这个小旅社招了工,算是顶妈妈的班。我开始明白妈妈讲的话了。我觉得世上男人没有一个好东西。成天有男人惹我。我的性子不像妈妈那么柔弱,谁惹得我烦了,我什么都做得出。有个男人叫我拿啤酒瓶子砸破了头。别人就说我还不是同娘一样,只是假正经。这些年我就是这么同男人斗过来的。现在想来,毫无意义,只是让自己的性子都有些变态了。慢慢地,凡是知道我的,再没有人在我身上打主意了。我知道这大酒店有人背后叫我老尼姑。是啊,老尼姑,我的确老了。女人一接近三十岁,就一年不如一年了。"

朱怀镜端起玉琴的脸,吻着她的泪,说:"不老不老。你不要想这些,反正我喜欢。"

玉琴像是没听见朱怀镜的话,只沉浸在自己的情绪里,说:"我原以为我这辈子不会有正常女人的感情和生活的。再没有男人睬我,我也不稀罕男人。我告诉过你,我的确有些古怪了。我家里的电话,原先常常是扯断了的。晚上回来,总一个人忧郁地坐着,心情灰得很恐怖。我总想这会儿要我干天底下的任何坏事我都敢干。很长一段时间,我几乎把沉溺于这种可怕的心情当作一种享受。我想象自己是一个令人可怕的幽灵,在天昏地暗寒风呼啸的荒原上飘荡。可是一到白天,我又得换上一副笑吟吟的面孔，同人逢场作戏。没有人知道我的孤独和痛苦，我想我会疯的，有朝一日会疯的。"

朱怀镜搂紧了这个可怜的人儿，说："不会的，你再也不孤独了。我会永远守着你，让你开心，让你快乐，让你……"

玉琴不等朱怀镜说下去，用手封了他的嘴，又说："见到了你，我就开始做梦了。我克制不了自己，就成这样了。我一边走向你，一边问自己，这是为什么？我找不到能说服自己的理由，只是感到自己太荒唐，太荒唐。直到自己夜里不再孤独，不再恐惧，直到自己对你有了思念，胸口有了一阵一阵的痛，我才知道，也许我这是出于一种求生的本能。原来我怕自己真的变疯。可当我明白了这一点，同时又知道自己这辈子只能在梦里了。那天袁小奇只是把我心里不愿想、口上不愿讲的事说破了。"

朱怀镜心里很尴尬。对怀里的女人，他不可能有太多许诺。他只能说说爱她守着她之类的话，而这些话有时候会很空洞。他不可能失去他的家庭，这家庭不仅有他的爱妻、爱子，这家庭还支撑着他的名誉、体面、地位，这家庭还牵扯着复杂的社会关系。同玉琴在一起的这些日子，他不让自己去想清楚这些事情，他愿意这么醉醺醺地过。偶尔想起这事了，他也会心里发慌。但他只是抬着头，使劲晃几下就了事啦。

玉琴说："今天见了她以后，真的勾起了我的痛苦。这使我不得不想想这事了。可这事是个死结，要我想通是不可能的。我平时也不是没想过，但没有今天这么想得真切。平时，我们两人很开心的时候，我会突然感到一股死冷死冷的感觉直蹿我的胸膛，让我胸闷气塞。只是怕败了我们的兴致，我一直没有流露。怀镜，你说这事怎么办？"

玉琴这一问，朱怀镜感到害怕了。能怎么办？他不可能怎么办啊！他没有话回答她，只是不停地吻她。玉琴也响应起来，一会儿使劲吮着他的嘴,一会儿吐出舌头让他衔着。吻着吻着,玉琴又流起泪来。朱怀镜受了感染,也泪如泉涌了。近来他常常萌生想哭泣的感觉,今天终于流泪了。两个泪人儿在床上翻来覆去,吻得气喘了。玉琴突然狂野起来,爬到朱怀镜身上,发疯似的吻着他,一边吻一边呜呜地哭。

"玉琴,玉琴,别哭了,我永远是你的爱人!"朱怀镜轻轻拍着玉琴。

玉琴停止了亲吻,说:"怀镜,别说得那么远了。人同谁开玩笑都行,就是不能同时间开玩笑。时间可以验证一切,也可以改变一切。就算你现在离开我,我也不再觉得枉此一生了。"

朱怀镜忙说:"玉琴你别这么说,我不会离开你的。"

玉琴叹道:"我问你这事怎么办,你答不上来。我不怪你,也不指望你有什么回答。其实我问你也只是想问问而已,这同问天问地一个意思,不希望有答案。人在无可奈何的时候都会这样的。记得你开导我的话吗?如果我们求的只是花,花就是果。怀镜,我真的放不下你了,你是我生命中唯一的男人,我也把你当作唯一的亲人了。只要你心里真的装着我,我不在乎天天同你厮守在一起,也不在乎有没有肌肤之亲。我只要想着有你这么个男人,爱着我,疼着我,我就不再孤独了。"

听了玉琴这话,朱怀镜满心羞愧。玉琴刚才问他这事怎么办,他生怕她提出非分的要求来。没想到玉琴竟是一个如此不寻常的女人!也许就连她自己都没有意识到,她这么些年一直拒绝着男人,到头来却成了一个真正的情种!朱怀镜在心里谴责自己,发誓今生今世一定要善待这个女人。

吃了晚饭,朱怀镜回房间看看新闻,见天色黑了下来,就起身准备去玉琴那里。刘仲夏正好来他房间闲聊，就同他开玩笑，说他一天也舍不得老婆，天天晚上回去。他就笑笑，说："哪里哪里，只是挑床，在外面睡不好。"刘仲夏就说："是啊，在老婆肚皮上睡是要安稳些啊。"

朱怀镜下了楼，走到大厅外面，无意间看见有辆小车是乌县牌照。再一细看，见是张天奇的车。心想张天奇原先来市里办事都会找他的，这回怎么不见他找呢？他想起那天方明远问起张天奇这人怎么样，就猜想这张天奇同方明远搭上线之后，可能就直接找方明远同皮市长联系了。便想这张天奇也有些过河拆桥的味道了。他想了想，就回到大厅，去总服务台查了下，果然是张天奇来了，昨天到的。

他径直上楼，去了张天奇那里。心想你不找我，我偏要找你。一敲门，张天奇问声哪一位，就开了门。

"啊呀呀，是朱处长！请进请进。"张天奇忙双手迎了过来，拉着朱怀镜往里面请。

朱怀镜说："我刚从政府院子过来，在外面看见您的座车，想必一定是您来了。知道父母官来了，不来看看，不行啊！这段时间我们在这里搞《政府工作报告》，已进来快两个月了。"

张天奇说："是我失礼啊！我一来就找您，找不到。原来您躲到这里写大报告来了。"

朱怀镜疑心张天奇讲的是推托话，说不定他根本就没有找过他。张天奇很是客气，倒茶递烟忙个不停。朱怀镜喝着茶，笑容可掬，含蓄地说："张书记，皮市长对您印象很深哩，多次问起我。"朱怀镜没有明说皮市长对他印象怎么样，也不说皮市长问了他些什么。其实皮市长什么也没问。

张天奇忙说："还靠您老弟在皮市长面前多说话呀！"他说着身子就朝朱怀镜靠了靠，两人显得亲近多了。张天奇也老练，并不问皮市长对他的印象到底怎么样。

朱怀镜问:"这回张书记来是办什么大事?"

张天奇说:"还是高阳水电站的事。托您帮忙,市里这边是差不多了,还得赶北京去,要争取进明年国家计划笼子。"

朱怀镜叹道:"唉,现在跑个项目,不容易啊!什么时候动身去北京?"

张天奇说:"打算明天走,中午的飞机。上面多有些您这样从基层来的同志就好了,知道下面办事的困难,多为下面着些想。也不是我们说的,现在上面有些人办事,不像话啊!"

两人感叹会儿,张天奇说:"你今天就是不来,我也要想办法找到您的。还有事要您帮忙哩。"

朱怀镜问:"什么事?只要做得到的,乌县的事,不就是我自己的事?"

张天奇说:"是这样的,我们学习外地经验,选了一批各方面素质都不错的女孩子,作为我们县里的信息员,派她们到上级机关一些领导同志家里做家庭服务员。信息员的工资我们县里发,领导同志愿意再补贴一点也行,不补也无所谓。她们一边为领导服务,一边为我们县里联系项目、资金什么的。她们在领导身边,联系起来方便些。"

朱怀镜听了,总觉得这一招有些旁门左道的意思,却不好说什么,只问:"外地采取这个办法,效果如何?"

张天奇显得兴致勃勃起来,说:"好得很啊!外地有叫她们联络员的,有叫情报员的。我们就叫信息员。天地这么大,到了上级机关,特别是到了北京,哪个还晓得天底下有个乌县?人都是有感情的,你自己有个人在领导身边,情况就是不一样。所以我们下决心学习外地这个成功经验。外地派的联络员还有这种情况,有些领导的夫人不幸过世了,这些联络员常在他们身边,有

133

了感情，最后就嫁给领导做夫人了。这样一来，对本地的支持就更大了。当然这是个别情况。"

朱怀镜见张天奇很得意这个举措，只好附和说："这个办法的确不错。你张书记是敢作敢为，尽是新点子啊。"

张天奇谦虚道："哪里哪里，都是学人家的经验啊。还要麻烦你。我这次带了些信息员来，在市里安排了一些，现只有皮市长和柳秘书长家的还没有送去。这两位领导出差了，一两天回不来。我这里又不能再等，明天一定要赶北京。给北京也带了一些去。正好这次县里驻荆都办事处新换一个主任小熊，情况还不太熟悉。我想到时候这两位领导回来了，还请你带着小熊一起去送一下信息员。"

朱怀镜见只是帮这个忙，马上爽快地答应了。这时张天奇的秘书小唐敲门进来了，见了朱怀镜，恭敬地握手问好。又说两位领导说话，我就不打搅了。张天奇交代说："你去叫小熊，让他带皮市长和柳秘书长的家庭服务员来，见见朱处长。"

一会儿，小唐就带着他们来了。小熊像是见了老熟人似的握着朱怀镜的手，叫朱处长好，以后请多关照。两位姑娘年纪不大，都很水灵，显得有些害羞。张天奇对两位姑娘说："这是朱处长，是自己家乡调来的领导。今后你们有什么困难，可以直接找他。你们到了领导身边，就要听领导的话，服从领导的安排。希望你们努力工作，做出成绩，为家乡建设做出自己的贡献。"

两位姑娘不太敢抬头，只是点头称是。交代完两位姑娘，张天奇又对小熊说，要他随时同朱处长联系。

朱怀镜看看手表，对小熊说了声我们随时联系，就起身要走。张天奇让小熊和两位姑娘先去，再对小唐说："你去叫司机，取一箱秦宫春，给朱处长送去。"

朱怀镜忙说："别客气，算了吧。"

张天奇说："是你在讲客气呀！家乡又没有别的好东西带给你，就只有这秦宫春还稍稍可以拿得出手。特别是你搞材料的，服用一下秦宫春，可以提神，蛮好哩！"

不一会儿，小唐同司机小李就来了，问是不是下去，朱怀镜就同张天奇握手。张天奇就说："对不起，我不送了，等会儿还有人来。"

下了楼，朱怀镜说："你把车开到龙兴大酒店去吧。我做个人情，把这秦宫春送给我一位朋友算了，我不服这个。"小李就笑笑，说："朱处长年轻啊。"

朱怀镜只淡淡地说声哪里，没有笑。秦宫春口服液是乌县制药厂依古方开发的营养药，这几年正热销。其实大家心里都清楚，这实际上就是一种春药。心想张天奇给人家送春药可以做得一本正经，这样的人在官场上必定大有出息。

车到玉琴楼下，朱怀镜下了车。小唐从后备箱取了一箱秦宫春，说让他来搬进去。朱怀镜说谢谢了，还是他自己来。他让小李和小唐回去算了，他过会儿自己去宾馆，反正不远。

朱怀镜搂着一箱秦宫春，不好开门。本想敲门的，又怕惊动对门单元的人出来看，只好一脚将纸箱倚在门上，一手去开门。开了会儿锁还没打开，玉琴拉开了门。朱怀镜就吐了舌头做鬼脸。进了门，玉琴问是什么好东西，朱怀镜一脸神秘，说："张天奇送的，秦宫春。"玉琴把脸一红，抿着嘴巴笑了。朱怀镜见玉琴这样子，就料得她也听人说起过秦宫春。她在饭桌上的应酬多，如今饭桌上的话题，除了男女之事没有说的。他就有些不好意思，腼腆而笑，说："张天奇硬要送，我就只好拿了。其实，其实我哪用这个？"

玉琴脸越加红了，说："你当然啦，你雄壮得很哩！"

玉琴见朱怀镜真的不好意思，只把秦宫春往角落一放就不管了。她便说:"你拿来我喝?这可是男人喝的啊!"她说着就去开了箱子,拿出一盒,启开一支送到朱怀镜手上。朱怀镜鬼里鬼气地瞟了玉琴一眼,拿着秦宫春吸了起来。

玉琴问起朱怀镜四毛打工的事,是不是就让他来龙兴,做保安或是做服务员都行。朱怀镜想想,说还是算了,他不是做这事的料。玉琴见这样,也就不多说了。朱怀镜其实有所顾虑。心想要是让四毛来龙兴做事,他又常来这里,难免没有碰上的时候。再说让四毛在龙兴做事,说不定哪天他就知道获赔了多少钱。他想还是让行政处处长韩长兴帮个忙算了,他那里要的是临时工。

他正凝着眉想这事,玉琴却说:"怀镜你别动!你这样子好深沉,我替你拍个照吧。"朱怀镜就忍不住笑了起来。心想自己满肚子鬼主意,却让玉琴看出深沉来了。可见所谓摄影艺术,其实很滑稽的。玉琴真的取了相机来,非要他摆出刚才的表情不可。朱怀镜只好依了她,靠在沙发上作深沉状。玉琴拍完了,又说:"我要把我俩在一起的生活记录下来,让我以后好好受用!"玉琴说罢兴致盎然,一定要这会儿同他一块照个合影。她便取了三脚架来,把相机架好,对着朱怀镜调镜头。调好了,她举手说别动,便飞跑过来,偎进他的怀里。相机就咔嚓一声自动拍摄了。玉琴后来便常这样即兴为两人拍照。朱怀镜便想女人再怎么着,都脱不了孩子气。

次日下午,朱怀镜打了方明远手机,知道皮市长回来了。他便把张天奇托的事大意说了。方明远说:"这会儿正忙,是不是等会儿再联系?"朱怀镜说:"我干脆过来一下。"

朱怀镜去刘仲夏房间,说:"我过政府去一下,方明远打电话来,说皮市长有什么事找我。"

听说皮市长找,刘仲夏重视起来,说:"好好,你去吧。你叫小陈送你吧。"小陈是处里的司机。朱怀镜就叫了小陈,开车回政府大院。到了办公楼,朱怀镜让小陈在车里等着。小陈是个只认一把手的人,让他在车里等,神色就有些不快。朱怀镜只当没看见。他先碰见行政处处长韩长兴,就说:"韩处长您好。您等会儿在办公室吗?我过会儿来看您,不打搅您吧?我到楼上去一下,皮市长有事找我。"

韩长兴笑笑,说:"朱处长莫客气莫客气,难得您有空来坐坐啊!我恭候!"

朱怀镜说声等会儿见,就上二楼去找方明远。一进门,方明远就朝他笑着点点头,又用嘴巴努一下里面。朱怀镜会意,知道皮市长正在里面,就笑着轻手轻脚进来了。方明远示意朱怀镜坐下,再轻声说道:"这事原来张天奇同志和我联系过,我请示了皮市长,皮市长同意了。他家原来那个保姆正好生病了,皮市长就让她回去了。"

朱怀镜就为张天奇卖个人情,说:"天奇同志本想等到皮市长回来的,但上北京的事也紧急,就托了我。"

方明远说:"那就麻烦你晚上在荆园等等我,我俩一起去一下皮市长家里。"

朱怀镜求之不得,却不想表现得太没见过世面,就说:"好吧。您晚上七点半就到那里行吗?我今晚还得加班。"

方明远说:"行行。唉,您也是太忙了。"

朱怀镜笑笑,说:"吃这口饭,没办法呀。"

事情说好了,两人一时找不到别的话题,只是相对着干笑。朱怀镜拿眼睛睨一下里面,就起身告辞。方明远点头会意。皮市长在里屋办公,两人不便多说什么。方明远起身送朱怀镜到门口,忽然记起奇人袁小奇的事,就说:"怀镜,你介绍的那个奇人,我向皮市长也汇报了,他说最近看有没有空,安排个时间见见他。"

朱怀镜就激将方明远，说："这都在于您安排。您安排好了，通知我，我马上带他来。"

方明远摆手笑笑，轻声说："哪里哪里，我怎么可以安排领导？"

两人这就握手而别。朱怀镜下楼，去了韩长兴办公室。韩长兴说声贵客，忙起身倒茶。朱怀镜说："别客气，坐坐就走，不喝茶了。打搅您办公不好哩。"韩长兴客套着，照样倒了茶。

朱怀镜端着茶抿了一小口，啧啧道："好茶好茶，您行政处就是不同，茶也高级多了。"

韩长兴只是谦虚，玩笑说："哪里哪里，不同您办公室一样的茶？我们行政处可不敢搞特殊化啊！"

两人客气一会儿，就说起了老乡间的体己话，语调自然而然低了下来。韩长兴说："皮市长很看得起您，您常在他身前左右，可要为兄弟多说说话呀！"

朱怀镜把身子往韩长兴这边一靠，轻声说："相互关照吧。这里乌县老乡，就我们俩，我们不相互关照行吗？"

韩长兴叹了声气，很是无奈的样子，说："明眼人心里都清楚，现在都是老乡帮老乡，同学帮同学，战友帮战友。各个单位，各个层次，都有不同的圈子。你进入不了人家的圈子，你就是有登天的本事也枉然了。不是我充资格老，我来办公厅的时间比您长，看得太多了。你有意见也好，有看法也好，都不可能让现实改变。有看法你还不能提，只能装傻子，装哑子。没有人同你摊在桌面上来讲道理。眼看着许多无德无能的人上去了，你还只能说领导慧眼识才。"

朱怀镜不想把这话题说得太深入了，就说："我俩心知肚明就行了。正是您说的，不要多说。我相信您我都不是等闲之辈，要紧的是沉住气，伺机而动。"

韩长兴敬佩道："朱处长高见。您到底是在下面当过领导的，这方面比我会处理些。"

两人说了一会儿，朱怀镜像是突然想起什么，说："韩处长，我还有个事情要请您帮忙哩。"

韩长兴豪爽道："什么帮忙不帮忙的，只要做得到的，您的事就是我的事！"

朱怀镜说："这事在您也不是个大事，在我就没有一点办法了。我有个表弟，是个泥工，手艺不错。他想到荆都来找个事做。我同这方面没联系，哪里去给他找事做？我想机关常年都有人搞维修，可不可以安排一下？"

韩长兴略加沉吟，说道："这个好办。不过跟你说实话，我这里临时工太多了，又都是关系户，只有进的，没有裁的。多也不多您表弟一个人，叫他来吧。"

朱怀镜就说："那就谢谢您了。我们改天再深聊吧。皮市长交代个事情，我得马上出去一下。时间也不早了。"

韩长兴不便问是什么大事，只拉着他的手，意味深长地紧紧握了一下，笑容也别有文章。

朱怀镜出来上了车，小陈笑着说："什么大事情，让皮首长做了这么久的指示？"

朱怀镜听得出，小陈虽是玩笑着，口上也只是烦皮市长啰唆，实际是等得不耐烦了。他觉得没有必要同小陈在面子上过不去，但也不能让他太放肆，就玩笑着说："小陈呀，你也在政府工作这么多年了，连起码的纪律都不懂？不该问的不问，不该说的不说呀。"

小陈毕竟碍着朱怀镜是副处长，忙赔笑道："对不起，领导批评得对。"

回到荆园，已快到晚饭时间了。朱怀镜给乌县驻荆办的小熊挂了电话，要他晚上七点半以前赶到荆园宾馆大厅等候。小熊说那两位姑娘还住在荆园，他到时候带她俩去朱处长房间。朱怀镜觉得不妥，就请他告诉了两位姑娘的房间号，再约好七点半大家在那里见面。

刚挂完电话，刘仲夏来了，随便问道："皮市长有什么事找你？"

朱怀镜只好含糊道："皮市长私人一件事。"

刘仲夏也就不好再问了，口上哦哦了两声。他看看表，时间差不多了，就同朱怀镜一同出来，并肩下楼去吃饭。朱怀镜想自己刚才无意间敷衍刘仲夏，倒是恰到好处。他说是皮市长的私事，既免除了支支吾吾的尴尬，又显得他同皮市长关系很近。

吃过晚饭，朱怀镜回房间等候方明远。刘仲夏去房间洗了把脸，就过来同朱怀镜闲扯。两人说的那些话当然都是无关紧要的，但朱怀镜感觉到的内容却很丰富，也耐人寻味。这次进荆园两个月了，刘仲夏很少过来闲扯，一般都是朱怀镜有事没事去他那里闲坐一会儿。可今天一个小时之内，刘仲夏就来他房间两趟了。朱怀镜猜想，肯定是他说给皮市长办私事，让刘仲夏对他刮目相看了。谁都清楚，领导能把他的私事交给你办，说明你在领导心目中的位置也就差不多了。

两人闲话着，就快七点半了，方明远敲门进来了。刘仲夏忙恭敬地起身握手。方明远也很客气，说："刘处长你们太辛苦了。"他同朱怀镜却只随便拉一下手，显得他俩的关系非同一般。方明远的到来，无意间照应了朱怀镜的谎言，刘仲夏确信皮市长真有私事托了他。

刘仲夏笑脸灿烂，向着方明远说："您天天随着领导东跑西跑，也辛苦了啊。"

方明远谦虚着，玩笑道："我只是体力上辛苦些，只能算是简单劳动。您刘处长这是动脑子，可是高级劳动啊！"

玩笑一会儿，方明远看看手表，对朱怀镜说："怎么样？"

朱怀镜说："我们走？"

刘仲夏见他两人说话神秘兮兮，像是黑话，只好莫名其妙地笑。方明远就说："皮老板有个事情，要我们俩去一下。"

刘仲夏听了，不由自主地望了朱怀镜一眼，笑着说："好好，你们去吧。"

三人一同出了房间，朱怀镜拉了门。方明远又同刘仲夏握别。刘仲夏关切道："要车吗？"

方明远说："有车，有车。谢谢，谢谢！"

刘仲夏就自嘲道："我自作多情啊，方首长哪会没有车？"

三个人在走廊里一齐笑了，挥手而别。

朱方二人去两位姑娘的房间，小熊和张天奇的司机已等在那里了。朱怀镜朝司机笑笑，司机就十分感激的样子，说："张书记让我专门留下来，为两位领导服务啊。"

小熊招呼朱方二位先坐一下，两位姑娘倒了茶。方明远示意把茶放在茶几上，就眼睁睁望着两位姑娘。姑娘们不好意思，手脚不自然了。小熊见两位姑娘很窘，就介绍说："这位是朱处长，你们见过的；这位是方处长，皮市长的秘书。"又指着两位姑娘，说："这位是小马，我们安排她为皮市长家服务。这位是小伍，我们安排她为柳秘书长家服务。"

方明远再仔细一看，说："好好，不错不错。"

这两位姑娘给朱怀镜的印象都不错，人很标致。今天再一细看，就见小马比小伍更俏一些，小伍的腰身略嫌粗了点。心想张天奇办事真有意思，给领导物色家庭服务员也来个三等九级。

朱方二位总是望着两位姑娘，惹得小熊和司机也来打量她们，一时竟没有人说话。两位姑娘把头埋得更低了。方明远见状,就说:"你们去了就放心大胆工作吧。皮市长和柳秘书长都很随和的。有什么不懂的,问问领导或是他们家里的人,都可以的。要是有什么不习惯,不适应的,或是有什么想法,可以同朱处长讲,也可以同我讲。只是不要同别人讲,这是纪律。你们不同,是你们县委、政府派来的,素质高些,就应在纪律上对你们有个约束。这个道理,我想你们是知道的。"

两位姑娘应道:"我们知道,谢谢方处长指点。"

朱怀镜听两位姑娘回话的样子有些生硬,就像不太熟练的演员在背台词。心想她们在县里一定接受过礼仪训练,只是还不太自如。

方明远说:"那我们就走?"两位姑娘就收拾行李。小马拿了件衣往卫生间去,朱怀镜觉得站在这里不便,就说:"你们快点下来吧,我和方处长在下面等。"

朱方两人出来,方明远开朱怀镜玩笑,说:"我看你望着两位姑娘,眼睛都不打转了。"

朱怀镜便回敬道:"你还说我?我发现你看着她们,嘴都张大了。"

方明远就朝朱怀镜肩上擂了一拳。

两人在下面等了一会儿,小马她们就下来了。小熊让司机打开小车后备箱,搬了四箱秦宫春,说是给皮市长、柳秘书长、方处长和皮市长司机的。方明远叫向师傅开了后箱。向师傅是皮市长的司机。朱怀镜对小熊说:"柳秘书长的先莫拿过去,还是放在你们车上吧。"小熊和司机搬着秦宫春的时候,小伍就把下巴抵在小马的肩上,很不好意思似的。小马老练些,只当没什么事。朱怀镜眼尖,一见她俩那样子,就明白她们也知道秦宫春是做什么用的了。

东西装好了,方明远说走吧。朱方二人坐皮市长的车,小熊带着两位姑娘坐他们自己的车。

一会儿就到市政府院子了,方明远说:"怀镜,你叫小熊他们就在外面等,我俩带小马进去就是了。"

朱怀镜说:"是不是让小熊也去一下?他刚当这个驻荆办主任,想熟悉一下领导同志。"

方明远说:"还是算了吧。这人我们还不太了解。他以后有事要找皮市长,你让他先同我联系吧。"

"好吧,我同他说。"朱怀镜说。

到了皮市长家门前,朱方二人下了车。小熊和两位姑娘也下了车。朱怀镜过去把小熊拉到一边,说:"小熊,你今天就不进去了算了,人去多了不太好。今后你有事要找皮市长,就先同我联系吧。"小熊点点头,表示感谢,又过去同方明远握握手,打个招呼说:"方处长,对不起,我就不进去了。"

朱方二位就领着小马去了。向师傅搂着一箱秦宫春走在后面。一敲门,门就开了。开门的是位小伙子,叫道:"方处长好。"方明远一边进屋,一边介绍说:"这是朱处长,这是皮市长二公子,皮勇。"皮勇就同朱怀镜握手道好。向师傅却不用皮勇招呼,搬着纸箱子就进里屋去了,像他自家的人。

皮勇招呼几位在客厅坐下,倒好了茶,就叫:"爸爸,方处长他们来了。"

皮市长应了声,一会儿就从书房里出来了。皮市长穿着睡衣,一看就是刚洗过澡,头发油光水亮。皮市长同大家一一握手,口上好好着。坐下之后,皮市长看了眼小马,说:"小姑娘蛮精神嘛!贵姓?"

"免贵姓马。请皮市长多批评。"小马红着脸说。

皮市长哈哈一笑,说:"这要不得,小马你这么客气,要不得。今后我们天天在一起生活,就是一家人了,这么客客气气怎

143

么行？我们不会把你当客，你也不要把自己当客啊！"

小马一时不知说什么好，低着头捏衣角。朱怀镜解围说："小马你就像在家里一样。刚才方处长同你说过的，皮市长最平易近人了。"

说着话，皮市长的夫人出来了，头上还包着浴巾。方明远欠欠身子，说："王姨好！"

朱怀镜也忙起一下身，说："王姨好！"

王姨笑着应了好好，却望着朱怀镜问："这位不太见过！"

方明远刚要介绍，皮市长说了："这位是我们办公厅综合处副处长小朱。小伙子在下面当过副县长，很不错的。"

朱怀镜忙感谢道："都是领导关心。"

朱怀镜当然知道，这位王姨就是大名鼎鼎的国运公司总裁王云仪。平时在电视里偶尔也看见过她，印象中她是个很高大的女人，今天见了真人，发现她其实也只是个中等个子，显得有些富态。也许是因为电视里的她总是特写镜头的缘故。国运公司是荆都最大的一家外贸公司，这几年效益很不错。王云仪的名气在荆都盖过一般的市级领导。当年她任市商业局局长时，皮市长还只是市经委的一位副处长。那时他不论走到哪里，人家一介绍，都说他是商业局王局长的爱人。皮市长近十来年却上得很快，几乎两三年就是一个台阶。

王姨同朱方二位客套完了，才打量起小马来，问小马多大了，读过多少书，家里都有哪些人，现在县里的经济条件还好吗，刚来荆都生活习惯吗。小马一一答了。王姨点点头，说："蛮好。小马你就随便吧。"

王姨再同朱方二位说了几句话，就说带小马去看看房间，收拾一下。

王姨带小马进去了。皮勇也进去，同司机在另一个屋子说话。皮市长一脸慈祥，笑眯眯地望着朱怀镜，却什么也不说，只是一手优雅地敲着皮沙发。朱怀镜迎着这种温暖的眼光，心里有些发毛了。他想找句什么话说说，可是越着急越不知说什么才好。好半天，皮市长缓声问道："小朱在下面是分管什么的？"

朱怀镜因为紧张，一时不知皮市长问的是他在哪里的情况。但他还算镇定，只迟疑一瞬，就明白这是问他在县里的工作，就说："管过一年教育，两年财贸。"

皮市长点点头，说："哦哦，好好。"皮市长又不说话了。

朱怀镜这时不便转眼过去望方明远，只感觉他也是这么笑眯眯地望着皮市长。他是皮市长多年的秘书了，也许早习惯这位领导的微笑。想象得出，他俩平时单独在一起，可能也没有什么话说，多数时候就这么毫无意义，又似乎很有内容地相互微笑着。

这时电话响了，皮市长接了，喂了一声，再说："哦哦，好好，我在家。"

朱怀镜知道有人要来了，就望望方明远。方明远也正转眼征询他的意思。方明远会意，转脸对皮市长说："皮市长，我们就告辞了，打搅您了。朱处长今晚还要加班，我硬拉他来的。"

皮市长起身，握着朱怀镜的手，说："这一段辛苦你们了。以后有空就来玩吧。小方，你要带小朱来啊。"

朱方二人点着头，口上连连说好。快到门口了，皮市长说："小朱，听说你有位朋友很有功夫，是个奇人？"

朱怀镜忙说："有这位朋友，但奇不奇，要首长您见过了才算数。哪天皮市长有空，我带他来见见？"

皮市长点点头，说："好吧。"

司机听得这边响动，也就出来了。三人一出门，就见上门的客人已到门口。来的是两个男人，手里提着个大包。他们好像认得方明远，但也只是相互点点头，不多说什么。

出门之后，朱怀镜问："认得？"

"认得。"方明远轻声答道。

见方明远低着头，朱怀镜意识到自己刚才不该问这话。但问了就问了，以后老练些吧。可他自己心里还是觉得别扭，就无话找话，问："皮市长有几个小孩？"

方明远说："两个，都是儿子。老大皮杰，自己开着公司。这是老二，倒是很爱读书的，马上要去美国留学去了。"

听方明远这口气，老大皮杰真的是个公子哥儿。朱怀镜早听说过，皮杰在荆都有些霸道，常弄出些让他老子脸上不好过的事情来。朱怀镜不再多问，只是哦了声。

方明远到了小车边，站住了，说："怀镜，柳秘书长那里，我就不去算了。"

"好吧，您请回吧。我也送去就回，还要加班。"朱怀镜便伸手同方明远握了握。这时一阵寒风吹来，朱怀镜感觉背膛冷飕飕的。他这才知道自己刚才叫皮市长那么慈祥地望了会儿，背上早汗湿了。

两人才分手，方明远又叫住朱怀镜，拉他到一边，轻声说："还有这个意思，你同小熊他们讲讲，请他们不要在外面说这事。领导家里请个家庭服务员，这本是最平常的事情。百姓能请，领导也能请，是不是？皮市长说了，他们家会比照社会上的标准，并且略高于外面的标准，发给她工资。至于县里怎么样给她发工资，那是县里的事情。请她们只有一条好处，素质高些，免得出问题。领导家的服务员不好请啊。拜托你一定同小熊他们讲清楚这个道理，不要到外面说这事。你想想，这事到外面一传，肯定就会出怪，到头来会有人说，送了女人，还要送秦宫春。"

灰暗的路灯下，朱怀镜见方明远的眼色意味深长。两人便相视而笑，握着手很理解地摇了摇。

朱怀镜上车看看手表，才八点多一点，不算太晚。柳秘书长也住在院子里，朱怀镜知道他的房子，却从未去过。又怕万一走错了门，弄得尴尬，就说去办公室打个电话。小熊说他有手机，打手机吧。

电话一打过去，正好柳秘书长接了，客气道："欢迎欢迎。"

朱怀镜问："柳秘书长您是住三楼吧？"

"对对，三楼。你来过吗？"柳秘书长说。

朱怀镜知道去他家的人很多，到底谁去过谁没去过，他不一定记得清，就说他去过的，但他有个坏毛病，不太记地方。朱怀镜心里清楚，领导平时也许并不在意你去没去过他家里，但一时想起你连他家门槛都没踏过，只怕心里对你就有折扣了。

小熊接过手机，说："朱处长，你连手机都不搞一部，太不方便了。"

朱怀镜笑笑，说："我们不同你下面啊，要求严得很哩！只有厅局领导以上才配手机，我没这个资格啊！"

小熊说："是啊，你们上级领导廉洁些。现在下面，就连乡里领导都配手机了。"

朱怀镜却转移了话题，说："这几年通信事业发展很快，是个好事啊！我在县里那会儿，还是摇把电话。直到我离开那年，才通上程控电话。你看这才几年，就开通手机了。"

小熊说："县里的通信事业有今天，同你那几年的工作也是分不开的啊！我回去向领导汇报，搞部大哥大你用。"

小熊到底是县里来的干部，喜欢把手机叫做大哥大。这都是广东人的叫法，有些土气。荆都人只说手机，或移动电话。朱怀镜听小熊说要给他弄部手机，心里自然欢喜，嘴上却说："这不行，这不行。"

小熊说："怎么不行？我当驻荆办主任，肯定经常有事要请

147

示您。您工作又忙，不可能时时刻刻坐在办公室，找您不好找。给您买一部手机，也是支持我的工作啊。我一定向领导汇报，就当是我驻荆办的工作电话。本来就是这个意思嘛！这事还望朱处长支持。"

朱怀镜口上仍是说这不行，心里却想这小熊当驻荆办主任只怕是把好手。小伙子能说会道，要你接受礼物，倒成了让你帮忙的事了。

说着话就到了柳秘书长楼下了。朱怀镜对司机说："麻烦你等一下，我们三个人进去算了。"

司机玩笑道："好好，又不是打架，不用去这么多人。"

朱怀镜敲了门，柳秘书长把门拉开了。三人点头微笑着进去了。朱怀镜进屋，就见客厅的沙发上蜷着一个中年女人，旁边有一辆轮椅。柳秘书长向那女人介绍说："这位是我们综合处的朱处长。"却不介绍那女人。朱怀镜见这情势，就猜到她肯定是柳秘书长的夫人。不知她姓什么，不好称呼，就点头道好。小熊把秦宫春放在角落里，过来寒暄。朱怀镜把他和小伍介绍给柳秘书长夫妇。大家这才坐下说话。

柳秘书长对小伍说："小伍，今后就会麻烦你了。余姨身体不太好，你会很辛苦的。"

小伍说："没关系的，领导多指教就是。"

朱怀镜说："小伍你在这里工作不是一天两天，就不要太客气了，莫要左领导，右领导的。"

柳秘书长笑着说："怀镜说的正是。小伍你就喊我们叔叔、姨姨就是了。"

这时，朱怀镜见余姨瞥一眼角落的秦宫春，脸色就不太好了。柳秘书长望了眼夫人，说："你是不是要去休息了？我陪他们说会儿话。"

朱怀镜见状，忙说："也不早了，我们改天再来看望你们吧。我们告辞了。小伍，你要安心工作啊！"

小伍应道："请朱处长放心。"

柳秘书长起身，同朱怀镜和小熊一一握手，送至门口，微笑着说声好走，拉开了门。朱怀镜出了门，又回头说道："再见，柳秘书长再见！"却见柳秘书长面无表情，一言不发，轻轻关了门。

朱怀镜一脑子糊涂，不明白柳秘书长为什么门里门外两副面孔，是不是自己哪个地方不得体？他同小熊在荆园宾馆大厅里分了手，佯装上楼。却只到二楼就打了转，步行去了玉琴那里。他轻轻拿出钥匙开门，怕惊动对门单元的人。这时，他猛然明白刚才柳秘书长为什么一下子脸色变了。原来自己出门后就不该再说话，应该一声不响地走了。

这天下午，朱怀镜打电话给香妹，说想回来吃晚饭。香妹半嗔着，说他是不是在宾馆吃得太油腻了，想回来换换胃口？朱怀镜喊冤，说人家好心好意想回来陪你吃餐饭，你还不领情。香妹就笑了起来，说你真的只是想回来陪我吃饭？没有你陪，我饭往鼻子里塞进去了？朱怀镜知道她这是说什么意思了，就只是对着电话打哈哈。

下了班，刘仲夏说要回去，朱怀镜正好也要回去，两人就一同坐车回政府大院。刘仲夏同朱怀镜开玩笑，说："怀镜，你毕竟是在下面当过副县长的，很懂得官场三昧，注定是当大领导的料子。"

朱怀镜不知刘仲夏今天怎么突然说起这种话来，忙摆手，说："刘处长，您这么说，我就钻地无缝了。我不知您这是表扬我呢，还是批评我？"

刘仲夏哈哈一笑，说："怎么是批评呢？我说的是真话啊！"

149

朱怀镜也就只好玩笑道："您这话我真的理解不透。越是领导的话，越是思想含量大，三言两语，往往抵过一本书。我说个笑话，我们县里原来有个南下干部，说话开口就是他妈的。刚解放那会儿，南下干部的威信很高，不论说句什么话，下面的人都觉得他说得很有水平。有次这位领导作报告，往台上一坐，一句话都没说，开腔就是京腔京韵的一句他妈的。台下听报告的马上就相互交流体会了，说这句他妈的骂得很有水平，骂得很及时，骂得很正确。"

刘仲夏听了，笑得摇头晃脑，半天才说："怀镜真有您的，您这才是骂了人还叫人半天摸不着门。"

很快就到了。先到朱怀镜楼下，刘仲夏玩笑道："您要注意资源的可持续利用，不要掠夺性开发啊。"

朱怀镜回敬说："您要细水长流才是，不然资源要枯竭的。"

香妹听得朱怀镜开门进来，笑着从厨房出来了，说："我们家老爷回来了？"

琪琪扑上来喊爸爸。朱怀镜亲亲儿子，问他在家是不是天天做寒假作业。琪琪说天天做。琪琪学校已放了寒假了。朱怀镜逗完孩子，就去厨房，问要不要帮忙。香妹说不要你来凑热闹了，你去洗手吧，饭菜都弄好了。香妹把菜端了上来，有香菇炖乌鸡、煎水豆腐，还有朱怀镜最喜欢吃的酸辣椒炒猪大肠，另有一盘炒菠菜。

朱怀镜见了酸辣椒炒猪大肠就来口水，忍不住用手先抓了一片吃。香妹拿筷子敲他的手，说："你也没有个当老子的相，琪琪就跟着你学坏了，也喜欢拿手抓菜吃。"

坐下来吃饭，朱怀镜半是玩笑，半是感叹地说："唉，余生也贱，山珍海味不爱吃，偏爱吃这上不得大雅之堂的猪大肠。就看这点，只怕是个没出息的人。"

香妹却说："你没有出息还好些。现在你还不算顶有出息，我三天两头都见不了你的影子，等你有了大出息，那更加不得了啦。"

朱怀镜望着香妹，嬉皮笑脸地说："你真的不希望我有出息？自古可是夫贵妻荣啊。"

香妹说："你有没有出息，又不是我说了算。我只是担心，你真成了大人物，成天这里视察，那里指示，怎好叫人家给你做酸辣椒炒大肠吃？你得装斯文啊！"

朱怀镜笑了起来，说："你莫真以为吃猪大肠就有辱斯文哩，猪大肠可是上过皇家菜谱的高贵菜哩。楚怀王有两好，一好细腰，二好猪大肠。广东有出地方名戏，唱的就是楚怀王，什么'楚怀王，餐餐芽菜煮大肠'。"

香妹就瞟着他说："你还想要细腰？"

朱怀镜笑着说："就让你钻空子了。我只说喜欢猪大肠，没说还要细腰啊！你的腰就够细了，我还哪里找去？"

香妹脸就红了，娇声娇气地说："我就不相信你们男人，男人没有不花心的。"

朱怀镜就有意逗她，说："是啊，自古有云，不嫖不赌，不算好手。"

香妹望望儿子，朝朱怀镜眨了眼睛，说："你多说些鬼话，又不顾谁在场。"

一家人刚吃完饭，四毛敲门进来了，点了头说："姐夫回来了？"

"嗯，坐吧，吃饭了吗？"朱怀镜问。

四毛说吃了吃了，就坐了下来。四毛在朱怀镜面前总有些拘谨，坐在那里就搓脚摸手的。四毛已在行政处的维修队上班，韩长兴还给他安排了一间房子，三餐都在机关食堂吃。香妹说让他在家里吃算了,他说还是在食堂吃,又不是一天两天。

朱怀镜见四毛那紧张的样子,就主动同他说话,问他在那里做事还行吗,工资怎么样。四毛就显得高兴了,说:"行,行,工资是做一天三十块,有紧急任务晚上加班就另加工资,还行。"

朱怀镜就说:"那不错嘛!你一个月就有一千多块钱工资了,比我的工资高多了。"

四毛低头笑了起来,说:"我给妈妈写信回去了,说姐姐、姐夫给我找的事很好,又轻松,又赚钱。"

朱怀镜懂四毛这话的意思。乡下人不习惯开口闭口就说谢谢你了,但他说写信回去摆你们的好,就是曲折地表示了谢意。

香妹去厨房洗刷了出来,陪四毛坐了一会儿,就望了望朱怀镜。朱怀镜一时不明白她的眼神,也望着她。香妹见男人不懂她的意思,就白他一眼。四毛说话眼珠子不太敢望人的,朱怀镜两口子打哑谜他懵然不知。香妹没法子,只得说:"四毛,你没事就看看电视,我和你姐夫有事还要出去一下。"

四毛忙抬起头,说:"没事没事,啊不不,我走了算了。"

香妹就说:"没事的,你坐吧……那你走?随便来玩啊。"

四毛走了,香妹关了门就抿着嘴巴笑了起来。琪琪在他自己房间做作业,他两人就搂着温存起来。朱怀镜见女人亲着亲着就喘了起来,他便抱了她往房里去。

两人亲热完了,躺在床上说话。朱怀镜说最近皮市长和柳秘书长对他不错,看样子自己也许会有出头之日了。香妹伏在他的肩头,半天不说什么,只听他一个人说。任朱怀镜说了好一会儿,香妹才说:"你来这里都三年多了,一直没有人在意你,就让你当个要死不活有职无权的副处长。这回他们怎么就一下子发善心了?"

"也许是运气来了吧。俗话说得好,阎王爷打发你一包糠,

152

不怕你半夜三更喊天光。相反呢，人的运气一来，门板挡都挡不了。"朱怀镜说着就有些得意起来。他想自己这份得意，也只有在老婆面前才可流露一下，而在外人面前是万万不可这样的。尤其在官场，更应表现出得而不喜，失而不忧，宠辱不惊。一得意就喜不自禁，人家一下就看扁你了。不过朱怀镜也清楚，他的这种被领导赏识的感受，实在是叫他自己放大了。但不管怎么样，他认定这是一次机遇，他应趁热打铁，让领导更加了解自己，或者说穿了就是同领导搞得更近乎一些。这么一个大机关，你能让高层领导的目光投向你，在你身上多注视一瞬，就是很不错的了。

香妹说还是起来吧，等会儿琪琪要问作业的。两人就穿衣服起床。香妹问："你今晚不去了吧。"

朱怀镜略一迟疑，说："不去了。"

两人仍去了客厅，坐在沙发上说话。香妹脸上还泅着潮红，很动人。朱怀镜忍不住捏了捏她的脸蛋儿。香妹娇媚一笑，说："我当然巴不得你能早一天出头。不说别的，回到乌县去，你脸上也好看些，你家里大人也觉得脸上有光些。"

朱怀镜颇为感叹，说："是啊，我们好像活来活去都是为了人家在活，都是活给人家看的。喂，我想同你商量件事。"

朱怀镜说到这里，却不马上说是什么事，只望着香妹。香妹圆着眼睛望了他，问："什么大事这么郑重其事？"

"当然是大事，非得你同意不可。"朱怀镜仍不说是什么事。

"你说呀！我平时什么事不是依你的？你是一家之主啊。"香妹说。

朱怀镜起身倒了杯茶，慢慢地喝了好半天，才说："皮市长的二儿子皮勇，马上要去美国留学，我想送个礼给他。"

香妹说："要送送就是，你说送什么呀？"

朱怀镜叹了声，说："照说，像这个层次的人物，送礼我们是送不起的。但我想必须花血本，送就送他个印象深刻，不然，钱就等于丢在水里了。"

香妹眼睁睁望着他，说："我们只有这么厚的底子，你说这礼要重到什么样子？"

朱怀镜低下头，躲过香妹的目光，说："我想过了，什么礼物都不合适，就送两万块钱算了。"

香妹嘴巴张得老大，半天合不拢，只知摇头。她摇了好一会儿头，才说："不行不行，绝对不行！我们有几个两万？不行不行，绝对不行。"

朱怀镜站了起来，在客厅里来回走着。他走了一会儿，站在客厅中间，滔滔不绝地说了起来，像是发表演说："不管你同意不同意，你先听我说说。我的为人，你是知道的。这么多年，我一直是靠自己的本事吃饭，从不曾在谁面前低三下四过，从没有去拍过谁的马屁。我刚三十岁就当上副县长，一是运气，二是自己的能耐。那会儿不同，那是在乌县那个小地方，正是俗话说的，山中无老虎，猴子充霸王。再说那是过去几年的事，可如今世风变化太快，你在官场上就不能再是全靠本事吃饭了。就是现在的乌县，也不再是那时的乌县了。我来这里三年多了，我忍耐了三年，等待了三年，观察了三年，也痛苦和矛盾了三年。三年啊，人一辈子有几个三年？这三年中我越看越清楚，再也不能抱着自己过去认定的那一套处世方法了，那样只能毁掉自己的一生。我也想过，不是自己没本事，而是没人在乎你的本事。我不去同领导套近乎，也不是我目无官长，而是长官无目。这三年中，我时时感到不平甚至愤慨的，就是认为长官无目，总幻想哪位有眼光的领导有一天慧眼识才，赏识我，重用我。我越是这样想，就越不愿主动同领导接近，心里带着一股气。这已近乎一种病态心理了。你是把自己的命运赌在他们的个人道德水平上,这是很危险的事情。你幻想他们道德完善,良心发现,太可笑了。我可以告诉你,这三年中你别看我成天笑呵呵的,我是有苦放在心里啊。越是在热闹的地方,我越是感到寂寞难耐;睡着了,在梦境里似乎还清醒些,一醒来就浑浑噩噩懵懵懂懂了。"

香妹本是很认真听他说话的,这会儿却扑哧一笑,说:"我起初越听越觉得你像个思想家。可刚才又听你说在热闹的地方就寂寞,醒来了就睡着了,我又觉得你快成哲学家了。"

朱怀镜苦脸一笑,说:"我没有心思同你开玩笑,我是认真同你探讨这个问题。"

听朱怀镜这么一说,香妹也认真起来,说:"你不是说皮市长和柳秘书长开始看重你了吗?这就行了嘛!"

朱怀镜说:"你不在官场,没法了解官场的微妙之处啊!这最多只能说明他们开始注意你了,这远远不够啊!说白了,你还得有投资。现在玩得活的,是那些手中有权支配国家钱财的人。他们用国家的钱,结私人的缘;靠私人的缘,挣手中的权;再又用手中的权,捞国家的钱。如此循环,权钱双丰。可我处于这个位置,就只好忍痛舍财,用自己的血本去投资了。"

香妹听了反倒害怕起来,说:"你说得这么惊险,我越加不敢让你去送了。你这么做,我宁可不让你当官。胆子太大了,总有一天会出事的。你莫怪我说晦气的话,你要是这么当了官,又是这么个心态去处世,万一翻了船,就倒霉了。"

朱怀镜忙说:"我今天是敞开了同你说这事,但你别把我看得太坏了。我就是当了个什么官,也不会像现在有些人那么忘乎所以,大捞一气的。我这人不管怎么样,做人还会把握一条底线的。不过你说到有些人捞得太多了,被抓了,就倒了霉。你这说法犯了个逻辑错误。他们不是被抓了就倒霉了,而是倒霉了才被抓了。人不倒霉，再怎么着，都平安无事。可是人一倒霉，你再怎么谨小慎微，都会出事。这就是俗话说的，人不行时盐生蛆。"

两人就这么争论了好久，也没有个结果。这时琪琪出来问作业，朱怀镜耐心教了他。琪琪问完作业进去了，香妹说："我想象不出，拿着两万块钱给人家送去，怎么进门？怎么开口？万一碰上个拒礼不收的，岂不落得没脸面？"

朱怀镜笑笑，说："你担心的也是我过去长期想不通的。我过去也常常想，就算送礼，也该合乎中国人的传统习惯，先要找个由头，譬如人家有什么红白喜事呀，或是人家帮了你什么忙呀，然后就是要考虑买个什么合适的礼品呀，再就是既然是送礼，就该有个礼尚往来呀！总不该老是你给人家送呀！可是现在你还守着这一套，就让人家笑话了。你按这个规矩去送礼，说不定就让人家义正辞严地批评一顿。'你这是干什么？上面三令五申要搞廉政建设，你这是干什么？'你这就等于给人家提供机会当廉政模范了。说到底现在送礼，一不需要理由。千条理万条理，送是硬道理。二不要送货物。这样货那样货，钱是硬通货。你到上面有些部门去办事，送钱是习以为常的事。他们办公桌的抽屉通常是半拉开着，你只用把票子往里一丢，什么话也不可以说，再把报告往桌上一放，走人就是了。"

香妹说："你说得这么玄乎？按你这意思，是天下乌鸦一般黑了？"

朱怀镜说："那也不能这么说，我刚才说了，好人一定有，而且好人硬比坏人多。但我不知道谁是坏人，也不能指望谁是好人。我只想让你同意，取两万块钱给我。"

香妹想了想，无可奈何的样子，叹道："好吧。我知道你的个性，不答应你是过不了关的。反正这钱也是取之于民，那就用之于官吧。不对，照说这是骗之于国，用之于官。"

朱怀镜看看门,似乎外面有人偷听似的,向香妹飞了个眼色,说:"别说那么多没用的话,听起来好不舒服的。你明天上午就取来给我吧。"

朱怀镜吃过早饭,出门赶到宾馆去。远远地就见大门口聚着许多人。他猜一定又是上访的群众了。走近一看,又见武警同一名中年男子在厮扭,抢着那人的照相机。朱怀镜一来见多了这种场面,再说他也不便围观,望了一眼就转身往外走。可他刚一转身,觉得这人好面熟。再回头一望,发现那位被武警扭住的人竟是曾俚。他傻眼了。这些武警不认识他,他无法上前帮曾俚解围。他心里急得不行,但他真的想不出办法,不如趁曾俚没有看见他赶快走了算了。这时,他看见了保卫处的魏处长正在那里说服群众,忙上前去把魏处长拉到一边说:"那个人是我的同学,荆都民声报的记者。请你帮个忙,把他交给我吧。"

魏处长让这事弄得焦头烂额,脸色自然不太好,说:"你这同学也真是的,拍什么照?好吧,你的同学,就不为难他了,你带他走吧。但他得把胶卷留下。"

魏处长过去一说,那位武警就放了曾俚,还了他的相机。朱怀镜忙上前拍了他的肩膀。曾俚一回头,有些吃惊。朱怀镜拉着他进了大院。魏处长过来,拿过曾俚的相机,取下胶卷,一言不发地走了。曾俚就又睁圆了眼睛,想嚷的样子。朱怀镜拉拉他,说:"算了算了,去我办公室消消气吧。"

两人进了办公室,相对着坐下来。朱怀镜这才注意打量一下这位老同学。曾俚穿的是件不太合体的西装,没系领带,面色有些发黑,显得憔悴。他朝朱怀镜苦笑一声,说:"唉,没想到我俩这么多年没见面,今天竟然这么见面了。真好像演戏啊。"

157

朱怀镜说："你呀，还是老脾气。今天这样的事，你凑什么热闹？你就是拍了照，国内哪家报刊敢发这样的新闻？"

曾俚神色凝重起来，说："发表什么新闻？谁还有这种发表欲？发个豆腐块新闻，不就一二十块钱的稿费吗？我可怜的是这些上访的群众，只是想拍下来，没想过要拿这照片怎么样。真是荒唐，哪本王法上规定不准拍这种照片？"

朱怀镜指着曾俚摇摇头，说："你呀！就是这样，什么法不法？你的毛病就是不切实际。现实就是现实，你早该明白这一点了，我的老同学呀！"

曾俚望着朱怀镜奇怪地笑着，说："你们啊，就知道讲现实。让我生气的也就是这种现实。"

听曾俚说到"你们"，朱怀镜感觉很不是味道，似乎两人中间隔着什么。毕竟又是同学，不必计较。他想说些轻松的话，让曾俚不再愤然，便以叙旧的口气说道："老同学好长时间没来荆都了吧？有什么感觉？"

"感觉很糟。"曾俚冷冷地说。

朱怀镜说："你指的是什么感觉？我倒觉得，最近十多年，荆都变化很大，越来越像座有品位的现代城市了。"

曾俚说："没错，高楼大厦多了，现代气息浓了。物质的进步我不否认，但我却感觉这座城市的精神在萎缩。城市的每个角落都充斥着腐败、虚荣、丑恶。"

朱怀镜笑道："曾俚，你太偏激了。"

曾俚说："说个例子。我记得我二十岁那年第一次来荆都，在几条旅游线路的公共车上，还可以听到乘务员用外语报站名，我们走到哪里都不敢随地吐痰。现在呢？公共车上只能听到鸟语一样的荆都话，你在大街上小便只怕都没人管你。"

朱怀镜说："曾俚你不觉得你在偷换概念吗？"

曾俚回答："不，我没有偷换概念。一个城市的文明程度，是它内在精神的反映。一个充满不良精神的城市，你不能指望那里的人们循规蹈矩。"

朱怀镜想曾俚也许是刚才受了刺激才如此偏激吧，他还得急着赶去宾馆，只好同曾俚分别，说下次约在一起好好叙叙。他见曾俚好像不想走大门，就同他从侧门出去。朱怀镜问他今天怎么这么早就在这里了。曾俚说他从外面采访回来，刚下火车，正好路过。

两人在外面分手时，说好过几天再聚一下。来了一辆的士，朱怀镜硬要让曾俚先走。曾俚也不客气，扬扬手先上车走了。朱怀镜等了一会儿，再拦了辆的士。

回到宾馆，大家已在集体讨论《政府工作报告》了。朱怀镜听着这干巴巴的文字，觉得很没有意思。他心里不太平静，脑海里总是曾俚那张脸，真诚而固执，沧桑而落魄。可是当时，眼看着这样一位老同学陷入困境，自己竟想一走了之！他想，尽管这个地球上有五十几亿人，却不会有任何一个人知道他心里冒出过这种自私的念头。可他自己知道，也够折磨人的了。类似的心灵隐秘多起来，他就不再是他，只是一张臭皮囊了。

朱怀镜靠在沙发上，突然注意起这些同事来。同事们在一起，面子上自然是很友好的。大家都受过高等教育，满腹学问，尽管时不时开些粗俗的玩笑，基本上还是温文尔雅的。他记得有位同事发过奇想，发明一种技术，可以洞穿人的心灵。他想如果有一天，真的出现了这么一种技术，人世间将会是无边的黑暗，世界的末日真的就到来了。

想到这些，朱怀镜很是感慨。可他感慨了一会儿，也就心头释然了。他想人心大抵如此，不必为些鸡毛蒜皮的事心存块垒。

吃过中饭，他想回家去取钱。心里又惦着玉琴，就在大厅里

159

挂了电话去。玉琴问他昨晚哪里去了,电话也不打一个。他说没办法,昨晚来了几位领导看望他们。完了之后,领导有兴趣留下来玩扑克,他就只好奉陪了。大家都在场,不好打电话。

朱怀镜回到家里,香妹和儿子已吃了中饭,坐在那里翻连环画。朱怀镜是一年四季都要午睡的,同她娘儿俩说了几句话,就去了卧室。香妹不说起钱的事,他就不好问。他想香妹也知道他是回来取钱的,但一进门就问钱也不太好。他刚脱了衣,香妹进来了,坐在床沿上,说:"钱取来了,在那柜里。"香妹说完就出去了,脸上不太好过。朱怀镜明白,香妹到底还是舍不得这两万块钱。

朱怀镜躺下,却眼睁睁地睡不着,就起来取了那两万块钱来。全是百元票子,拿在手上抛了抛,并不怎么沉。他把钱放进床头的皮夹克口袋里,也并不显得鼓鼓囊囊。

朱怀镜仔细想过,还是选个皮市长不在家的日子上他家去,把钱送到他夫人王姨手上妥当些。他想不出理由,只是总觉得把钱当面送到皮市长那里不太好。可这几天皮市长一直在家开会,没有出去。朱怀镜左胸边的口袋里就成天装着那两万块钱。这钱并不沉,却压得他一天也不得安宁。

终于等到皮市长下基层了,晚上朱怀镜就去了皮市长家里。只有王姨和小马在家。王姨很客气,忙叫小马倒茶。小马也不似刚来时那么拘束了,为他倒了茶,还知坐下来同他说话。三个人坐了一会儿,朱怀镜对小马说:"小马请你进去一下行吗?我同王姨有个话要说。"

王姨也说:"小马你去吧,你去看看衣服洗得怎么样了。"

小马一走,王姨便微笑着,很关切地问道:"小朱有什么大事?老皮不在家,你有事同我讲一样的。"

朱怀镜难免有些紧张,便镇定着笑笑,喝了口茶,似乎想用茶将胸口冲得舒缓些。茶水果然见效，他平静些了，就说："皮市长对我一向很关心，我非常感谢。小皮要去美国留学，这是大好事，值得庆贺啊！我想表示一下祝贺的意思，王姨您就千万别客气。"

朱怀镜说着就伸手掏了钱出来，往王姨手上放。王姨忙摆手，不肯接，只说："小朱你这么客气就不好了。算了算了，我们表示感谢了。"

朱怀镜就说："王姨，我只是想表示一下祝贺，您讲客气，我就不好出门了。"

王姨这才接了，说："小朱，您硬是这么蛮，我暂时收了。老皮回来要是骂人，就不怪我了。"

朱怀镜笑道："王姨，皮市长面前就请您多说几句话，他对我们要求很严的。这只是我的心意。"

王姨说声小朱先坐坐，就拿着钱进去了。一会儿再出来，同他说话。王姨很体贴人，问朱怀镜今年多大岁数了，爱人在哪里上班，小孩多大了，男孩还是女孩。朱怀镜一一答了。王姨便说："不错，小朱不错。老皮对年轻人是很关心的，你好好干吧。"

朱怀镜便点头不已。王姨毕竟是多年的领导干部了，说起话来一套一套的，很让人觉得熨帖。坐了一会儿，朱怀镜觉得应该走了，就起身告辞。王姨留他再坐坐，他说也不早了，下次再来看您吧。王姨叫他等一下，就进里屋去了。好一会儿，王姨提着个大塑料袋出来了，说："小朱，你这么客气，我很不好意思。这是一套新西装，也不怎么高档，金利来的，你莫嫌弃，拿去穿吧。"

朱怀镜忙双手往外推，说："不行，不行，我受不了这么重的礼啊！"

王姨就佯作生气，板起脸说："你这孩子，讲什么客气？拿着吧。"

听王姨说到你这孩子，朱怀镜心头怦然一动，觉得特别温暖。他不好再说什么，就千恩万谢地接了西装。

王姨就高兴起来，说："你就在这里试，看是不是合身，不合身的话，我明天叫人去换换。"

朱怀镜就脱下皮夹克，王姨替他取出西装。这是一套铁灰色西装，朱怀镜穿上正好不肥不瘦。王姨围着他扯扯衣角，提提领子，就像他自己的母亲。

"很好，很好，很标致嘛！"王姨很是满意。

朱怀镜脱下西装，王姨替他小心地叠好，放进塑料袋里，说："小朱今后要随便些，有空来玩就是。"

朱怀镜出来，先回到家里。香妹问他提着什么好东西，这么喜滋滋的。他就把塑料袋提得高高的，让香妹看看塑料袋上的金利来字样。

香妹知道他没钱买这么贵的西装，只问："哪来的？"

朱怀镜笑道："皮市长送的。"

香妹就问："你今天去了他家？"

"去了。"朱怀镜说。

香妹却重重叹了一声，说："两万块钱，换了这么套西装，你还这么兴高采烈。"

朱怀镜有些扫兴，说："你别老记着那两万块钱好不好？道理我都同你说了。再说人家皮市长夫妇还算讲礼的，知道礼尚往来。按说，他们这个层次的领导，谁同你礼尚往来？"

见他有些生气了，香妹就不说这事了。两人聊了些别的，朱怀镜起身，说要去宾馆。香妹也不说什么，只说你去吧。朱怀镜就提着西装站了起来。香妹笑了，说他买新衣服从来不过夜的，就像小孩子。他说衣服到了手上就穿嘛，还要放着干吗？

他出门直接去了玉琴那里。玉琴见他提了件高级西装，忙接过来，拿出来看了看。朱怀镜挨着玉琴坐下，这才发现塑料袋里还有一条领带，也是金利来的。玉琴不问这西装是哪来的，也不问是多少钱买的，只说很好。

朱怀镜忍不住，自己说了："我刚到皮市长家里有事，他夫人就拿了这套西装送我。不然我哪舍得买这么贵的衣服。"

玉琴说："这太贵重了，她怎么舍得送？"

朱怀镜笑道："你也傻了。他们哪会花钱去买这衣服？肯定也是人家送的。估计他们家没人穿得，就送我做了人情。但不管怎么说，也要人家肯送你做这人情啊！皮市长夫妇还是很讲感情、很有人情味的。"

玉琴说今天他们宾馆分了些柑橘，美国进口的，味道真的不错。她说着就起身去给他拿柑橘。玉琴穿着件粉红色睡衣，头发扭成一个松松的结垂着。见玉琴这模样，朱怀镜心里有什么辘辘地一滚，就激动了起来。也许是喝了秦宫春的缘故，这一段他特别容易来事。玉琴拿了柑橘来，还没坐下，就被他一把抱住，说："先让我吃吃你吧，什么进口水果，都没有我玉琴的味道好。"

第二天，朱怀镜穿着这套新西装去了宾馆。同事们见了，围着他看热闹，都说这西装不错。朱怀镜只是谦虚："哪里哪里，一般水平。"刘仲夏过后去他房间商量事情，又说起他的西装。朱怀镜就轻声道："皮市长送的，我哪舍得买这么贵的衣服。半年的工资，还要不吃不喝，才够买这套衣服啊！"

刘仲夏不太自然地笑了起来，说不出什么，口上只哦哦着。

朱怀镜又低声玩笑道："这也肯定是人家孝敬他老人家的。他送给我，可谓取之于民，用之于民啊！"

刘仲夏也就笑笑，又哦了几声，突然感到便急，捂着肚子说

163

想上厕所了。朱怀镜心里暗自发笑。心想这刘仲夏一定是见皮市长这么赏识他,便妒火攻心,分泌失调了。

刘仲夏走了不久,乌县驻荆办主任小熊来电话,说手机的事已弄好了,他马上送来。朱怀镜没办法的样子,只好说谢谢了。没多久,小熊就敲门进来了。小熊样子很殷勤,笑嘻嘻地从包里取出手机,递给朱怀镜。

小熊说:"这是目前最好的,摩托罗拉。手机换代快,您先用着吧,到时候有更好的,再换就是。电话费您不用管,我们按月结账。县里给了我政策,我用活就是了。"

朱怀镜赞赏道:"你们张书记会用人啊!派你任这个驻荆办主任,最合适不过了。小熊,好好干吧,你们张书记,我们是老同事了,我最了解他,他是最关心人的。"

小熊说:"还要靠您在张书记面前为我多美言啊。"

"这个自然。我这人也是很爱才的,像你这样的年轻人,我最喜欢了。"其实朱怀镜比小熊大不了几岁,可他说起话来却像个长者。没有办法,他在小熊面前是领导。

小熊坐了一会儿,说声不多打扰,就走了。朱怀镜这就拿起手机,同玉琴通了电话。他说:"朋友给我送了部手机,我想第一个电话应打给你。"

玉琴就笑了起来,说:"看你得意的样子,像个小孩子。"

朱怀镜佯作生气,说:"你真是麻木,人家这是时刻想着你啊!你却来取笑我!"

玉琴就轻声道:"傻瓜,我自然高兴啊!"

朱怀镜听玉琴这声音,便知道她身边有人,就不多说什么了,只告诉了他的手机号码。他想再挂一个电话,却一时想不起要给谁挂。想了半天想起了李明溪,就挂了过去。却半天没有人接。突然想起这疯子是不是去北京了,也不见他把给柳秘书长作的画送来。这么久电话也没打一个来，真是个疯子！一会儿心里又感叹起来：自己想起要打电话，却一时想不起几个人来。自己的朋友也太少了，活在这世上也太孤独了！原先只有李明溪，现在有了玉琴。对了，还有曾俚，也是可以说说真心话的。除此之外，就没有别人了。

这天上午，敲定《政府工作报告》初稿。谷秘书长和柳秘书长亲自到场。谷秘书长只是向大家表示了慰问，说大家这一段辛苦了。他说还有个会要参加，就不留下来同大家一块儿定稿子了。

柳秘书长留了下来，听刘仲夏一字一句念着报告。柳秘书长也是写材料出身的，文字上很内行，边听边提修改意见。刘仲夏就随时停下来，等两位科长按柳秘书长的意见修改了，他再接着念。这样，不到十一点，刘仲夏念完了，初稿也就定了。柳秘书长的所谓定稿也只是初步定稿，最后得向市长定了才算数。

定完稿，柳秘书长不马上走，同大家一块儿说话，气氛很好。大家少不了要恭维柳秘书长笔杆子过硬，文字经了他的手，就是不一样。柳秘书长只是摆手，说哪里哪里。

这时，服务员送来了今天的报纸，一份《人民日报》，一份《荆都日报》，柳秘书长和刘仲夏就各看一份。其他的人没有报纸看，又不好走开，就干巴巴地望着两位看报。报纸上正好刊登了全国人大会上的《政府工作报告》，柳秘书长浏览了一遍，说："这里开头说的是'请各位代表审议，请各位政协委员及其他列席人士提出意见'，我们也按照上面的提法，把'列席人员'改成'列席人士'吧。"

于是又把"人员"改作"人士"，这才最后定稿了。柳秘书长说辛苦各位了，就起身要走。刘仲夏请柳秘书长吃了中饭再走，他说还有应酬，谢谢了。

165

大家起身目送柳秘书长。刘仲夏送柳秘书长到门口，执手握别。朱怀镜不好越位，只站在刘仲夏身后微笑。柳秘书长在走廊里同大家挥挥手，转过身去。可他才走了几步，又回头叫朱怀镜，招了招手。朱怀镜就上前去，问柳秘书长有什么指示。柳秘书长一手搭在朱怀镜的肩上，继续朝前走了一会儿，才说："怀镜，上次你带去的秦宫春，效果不错。我原来不相信，都没用过。这次一用，真不错，精神好多了。"

朱怀镜会意，说："我再弄几箱来吧。"

柳秘书长说："那就拜托你。多少钱一箱？我得自己付钱啊。要不我先拿两百块钱给你？"

柳秘书长说着就掏口袋。朱怀镜忙拉着柳秘书长的手，说："不急不急，柳秘书长您莫太认真了。"柳秘书长就侧过脸望望他，随和地笑笑。该说的事说好了，没有别的话题。柳秘书长只顾昂首挺胸，不紧不慢地走着。朱怀镜停下来也不是，跟着走也不是，很是尴尬。他想干脆送到电梯口算了。可柳秘书长却不走电梯，而是走楼梯。朱怀镜又只好随他下楼梯。幸好只是在三楼，很快就下楼了。司机在大厅等着，见了柳秘书长，忙过来问是不是走。

朱怀镜便送柳秘书长到小车边，为他拉开了车门。柳秘书长样子斯文地钻了进去，不望朱怀镜，口上只含含糊糊，不知所云地好好着。朱怀镜替他关了车门，又不得不隔着车玻璃招手说再见。

电梯里只有朱怀镜一个人，他便忍不住自嘲地笑了起来。想着柳秘书长走路的步态，再联想他说的将"人员"改作"人士"，似乎有一种莫名的幽默。是不是走路不讲究步态的就是"人员"，而踱着方步的就是"人士"了呢？

朱怀镜上楼去了自己房间，不久刘仲夏过来说："报告初稿定了，人马是不是撤了？"

朱怀镜笑着说："这由您定啊。"

两人便商量，大家再在这里住一晚，明天一早就退房。他俩正说着，朱怀镜的手机响了，原来是方明远打来的。方明远说皮市长想今天晚上见见袁小奇。

朱怀镜有意问："皮市长回来了？几点钟？晚上九点，好好。八号楼见吧。"

刘仲夏耳朵竖得老长，却只当什么也没听见。等朱怀镜接完电话，他就没事似的说："开饭时间差不多了吧，下去吃饭去吗？走走，下去！"

朱怀镜同刘仲夏并肩下楼，边走边挂了宋达清的手机："喂，老宋吗？我朱怀镜，对对。上次讲的那个事，定在今天晚上。"

老宋说："是吗？好好！你有没有空？是不是出来我俩聚聚？我俩好长时间不在一起吃饭了。"

朱怀镜说："算了吧，我正往餐厅走哩，马上就吃饭了。"

老宋说："荆园的口味我清楚，天天在那里吃没什么味道，出来吧，我马上来接你。"

朱怀镜迟疑片刻，说："你硬要这么客气，那好吧。我在大厅等你。不过今天就不要请别人了，你明白我意思吗？"

朱怀镜收起手机，很抱歉又很难受的样子，朝刘仲夏摇摇头。刘仲夏玩笑道："有人请你吃饭还这么痛苦？"朱怀镜仍是无可奈何地摇头。

朱怀镜在大厅里等了一会儿，宋达清开着车来了，一下车，老远就伸出手来。朱怀镜却故作大气，手同他松松地握着，脸上却笑得很客气。手上是冷，脸上是热，让宋达清琢磨去吧。宋达清却是态度恭敬，握着他的手使劲摇了几下。

上了车，宋达清问去哪里。朱怀镜说随你找个地方吧，今天我请客。宋达清忙说哪有你请客的道理。朱怀镜说既然是朋友，就不要讲个你我了。

两人一路礼让着，就到了厦门海鲜楼。宋达清说："吃海鲜怎么样？"

"行行，就吃海鲜吧。"朱怀镜应道。他心里其实有些打鼓。荆都的海鲜贵得吓人，自己掏钱没有几个人光顾。但他心里确实想请请宋达清，因为四毛的事全搭帮他出面说话，才了结得那么好。

两人选了个位置坐下，小姐就递了菜谱来。这里的老板宋达清也不认识，他只请朱怀镜点菜。朱怀镜就谦让。两人推了一回，朱怀镜就说："我点就我点吧。反正说好了，今天我请。"他便点了基围虾、海蟹、香螺、牡蛎等。点罢又问宋达清："你吃海鲜喜欢怎么吃？按荆都的做法，不是辣就是麻，我不喜欢。不如就用清水煮了，只放少许盐。然后上些作料放在一边，喜欢怎么吃就蘸什么吃。"宋达清说这样也好。服务小姐却说他们从来没有这么做过海鲜，只怕大师傅做不出。宋达清就撑不住风度了，瞪了眼说："笨蛋！清水煮海鲜还要技术？你是怕不知怎么收费吧？我一身是肉，由你宰！"他说着就撸了撸袖子，露出瘦精精的膀子。

小姐见他是位警察，再不敢多说什么，只道对不起，脸上勉强挂着微笑。又问要什么酒水。宋达清就说："是不是喝点白酒？"朱怀镜说："啤酒吧，下午要上班哩。"小姐转身走开时，嘴巴动了几下。宋达清见了，就叫住小姐，问："你还嚷！你嚷什么？"

小姐忙回过身来低头赔不是，说没有嚷。朱怀镜就笑笑，说："老宋你温柔些啊，小姐嘛！"说罢就挥手让小姐进去。

宋达清低声说道："谁知道她是小姐还是什么姐！等老子哪

天抓住了就知道了。"

这时，一位小伙子过来，朝宋达清点头不止，说："哎呀，宋所长，您在这里啊。"

宋达清一抬头，脸上不怎么热乎，只是鼻子里唔了声。那小伙子却是递烟点火，奉承不迭。宋达清点着了烟，重重吸了口，说："你去吧，我和朋友聚聚。"

小伙子点点头，说："那我去了。我那边也还有几个朋友。"

朱怀镜见这场面有些怪，就问这人是谁。宋达清笑笑，说："我说了你别激动。是个烂仔，你表弟上次冤里冤枉挨了打，就怪他们这一伙。他们几个主要头儿还关着，刚才这家伙，还有那边的几个，情节轻些，只关了个把星期就放了。"

朱怀镜忍不住再回头看看他们，见中间有个精瘦马面的正是上次在火车站拿假金链诈他的那人。那人好像也认出了他，眼光躲躲闪闪。

过一会儿，小姐端了菜和啤酒上来，两人就对饮开了。朱怀镜有意暂时不提皮市长见袁小奇的事，宋达清也不好问起。喝了几杯啤酒，朱怀镜才说："不要让他带其他人去。"他只说这么一句，不再多吐一个字。

"行行！"宋达清答道。

再喝了几杯，朱怀镜又半天上一雷，说："叫他不要张扬。"

宋达清一时不知朱怀镜说的是什么，瞪着眼愣了半响，才反应过来，说："哦哦，对对。这我同他说过的。"

朱怀镜一直这么神秘着，宋达清觉得这事真的很严肃很重要了。见宋达清的脸色简直肃穆起来，朱怀镜才随和些，说："当领导有当领导的难处。我同你说个真实故事。前任市长时，下面有个中学新修了校舍，想请领导题个校名。有位教师就吹牛，说市长是他的什么亲戚，他可以去找市长。学校就委托他来找市

169

长。他不知怎么就混进了我们办公楼，一直躲在厕所里，心想你市长再怎么着总得出来解手吧？快下班了，好不容易等到市长去厕所小解，他便出来站在厕所门口等着。市长一出来，他就上前握着市长的手，说市长您好，我是某某县某某中学的校长，我们新修了校舍，请您题个校名。市长一时没反应过来，吓了一跳，连忙后退。后来见是一位中学校长，就很客气地让他留下学校名称、地址和姓名。全社会都该重视教育啊，何况一市之长？过后市长就为他题了校名，还写了封几句话的短信，嘱他为教育事业好好工作，一并寄给他。这下这位教师在县里就成了人物了，几年之内就从一位普通教师，当到中学校长、教育局长。可这人是小人得志，去年因经济问题，被判了刑。教育局清水衙门，也未见得就清。当初他们县里领导碍着他是市长的亲戚，不好下手。可民愤很大，县里不得不把案子报告上来。上面觉得奇怪，查处个县教育局长，还用得着这么大的功夫？后来真相大白，才知中间有这么个令人啼笑皆非的曲折。所以说，让领导见个什么人，是非常严肃的事情，一定要慎重。不然，让领导难堪，我们就有责任啊。"

　　宋达清听了这么个故事，本来觉得很好笑。但见朱怀镜笑了一下面色就严肃了，他也只是略略笑笑，就正儿八经起来。朱怀镜就这么一会儿玩笑几句，一会儿正经起来，于是两个人相叙的气氛也叫他拨弄得涛走云飞。

　　这时，那边几个烂仔过来打招呼，请二位慢用，他们先走了。宋达清照样不怎么答理。烂仔们却仍是嬉笑着，点头哈腰地出门了。

　　朱怀镜也就看看手表，见时间差不多了，就问："喝好了吗？是不是走？"他用的是做东人的口气，可宋达清好像没听出来，没说他去买单。朱怀镜只得说："你先坐坐吧，我去买了单。"宋达清就说:"朱处长硬是这么客气,就只好依你了。"这下朱怀镜有些紧张了。不是他不想买单,他的确真想请客,但怕口袋里的钱不够。他事先没想到会来吃海鲜。没有办法,他也只得硬着头皮去了吧台。他没叫小姐过来,去吧台好有退路。他问小姐多少钱,不料小姐却说,有人替他们买了单了。朱怀镜嘴巴张得天大,回头望望宋达清。宋达清就招手让他过去。他便同小姐说声谢了,回到座位边。宋达清就很气愤的样子,说:"这些无赖,让你连顿饭都吃不安宁。"

朱怀镜就明白是那伙烂仔替他们买了单,口上却不说。他不想同宋达清说破这事,说破了不太好。有些事情,分明大家都知道的,就是不便说破。

宋达清开车送朱怀镜到宾馆,两人握手而别。今天两人都没有掏钱,都不好说谢谢你,就相视而笑,说晚上九点在八号楼准时见。朱怀镜上楼时,猛然想起刚才宋达清一定早知道烂仔已买了单,就听凭他去做东家,也好由他做个人情。便想这宋达清也真是狡猾狡猾的!

晚上八点五十,朱怀镜赶到八号楼,听见宋达清叫他朱处长。他回头一看,就见宋达清和袁小奇已在大厅一角的沙发上坐着了。旁边还有个女的,他瞥了一眼,见是陈雁。他却故意装作没看见她。他们三位站了起来,朱怀镜就同他们一一握手。同陈雁握手时,他有意略作迟疑,把陈雁伸出的手僵在半路上,问宋达清:"这位……"

宋达清忙介绍说:"电视台的名记者陈雁,你们见过的啊。"

朱怀镜这才同她不紧不松地握了下,口上哦了声。

陈雁笑笑,说:"贵人多忘事啊。"

朱怀镜招呼大家先坐,掏出手机同方明远联系。方明远说他们这会儿还在应酬,快完了,马上就到。朱怀镜就同袁小奇说

171

话，问了些近况。袁小奇显得谦卑，一五一十说给朱怀镜听。朱怀镜那样子却不知是不是专心在听，只是口上间或唔那么一声。这时，宋达清将朱怀镜拍了一下，拉他到一边说话。两人就走到另一个角落。宋达清很难为情的样子，说："没想到陈雁会跟了来。"他说着就望着朱怀镜的表情。朱怀镜说："来了就算了吧，女士嘛，不便太认真了。"他的表情却很严肃。

两人正说着，就见四辆轿车在外面停了下来。朱怀镜看清了前面那辆正是皮市长的车，忙站到门口的一侧迎着，禁不住屏住了呼吸。方明远先从前面出来，开了后面车门，皮市长才慢慢地钻了出来。后面每辆车都钻出一个男人，挨次随在皮市长后面，自然形成了队形。方明远走在最后边。司机们有的在车里没出来，有的进大厅里休息。皮市长昂着头，目不斜视，却仍看见了朱怀镜，伸手同他淡淡握了下，继续朝前走。朱怀镜就原地站着，望着后边的方明远笑。其他的人见皮市长同朱怀镜握了手，也就同他颔首而笑。朱怀镜不认得他们，也只同他们笑笑。方明远过来说声上去吧，就拉着朱怀镜同他一道走。朱怀镜回头见宋达清他们三位早已站了起来，他就往身后压压手，示意他们在这里等候。

朱怀镜跟着皮市长一行上了二楼的一个大套房。他同方明远最后进门，见三个陌生男人坐在沙发里，却不见皮市长。大家只是点头干笑，不知说什么话，气氛很安静。听得卫生间里流水哗哗的，朱怀镜便猜皮市长已进了卫生间。大家僵坐了一会儿，方明远突然指着朱怀镜说："哦，对了，这位你们还不认识吧？我们办公厅综合处朱处长，皮市长很赏识的。"又向朱怀镜介绍他们三位，"这位是华风集团董事长、总经理吴运宏先生；这位是荆达证券公司总经理苟名高先生；这位是康成集团总经理舒杰先生。"朱怀镜便一一同他们握了手，彼此道了久仰。

一会儿皮市长出来了,大家忙起身礼让。皮市长摆摆手,叫大家坐。等皮市长坐下来,方明远就问:"是不是放松放松?"皮市长就说:"放松放松吧。"于是方明远三两下就摆好了麻将,动作十分麻利。皮市长笑着问朱怀镜:"是不是玩玩?"朱怀镜客气地说:"你们玩吧。"吴运宏望望朱方二位,说:"那我们就先玩?"苟名高问:"什么标准?"吴运宏说:"老规矩,五担水吧。"舒杰应道:"就五担水吧。"

皮市长却不做声,只是慢悠悠地吸烟。朱怀镜听着却吓了一跳。荆都人在有些场合说起钱来很含蓄,不叫钱而叫水。钱的数量单位也被人们隐晦起来,百千万成了担杆方。十块的票子人们根本不屑提起,只叫它一张兵。五担水就是五百块。朱怀镜想自己一个月的工资,才够在这里放一炮,不禁有些自惭形秽起来。方明远站在皮市长身后看牌,脸上总带着微笑。朱怀镜也跑到皮市长身后去,同方明远并排站着。皮市长的牌运很好,才抓了三轮牌,就开始钓将了,差的是个五条。方明远说,争取自摸吧。皮市长就说,观棋不语真君子,看牌也是这个规矩啊。再抓了几轮,吴运宏就放了一炮,打出一个五条来。皮市长手轻轻一摆,说:"我就不客气了。"于是和了牌。

大家就望着吴运宏,笑他是炮兵团长。吴运宏也笑笑,掏出五百块钱放在皮市长手边。皮市长只当没看见,笑道:"还是要手气啊,我一进来就去卫生间净了手。"

四人玩笑中洗了牌,又摆开一局。这回皮市长的手气却并不好,样样牌都有,光是风就抓了三块。皮市长苦笑道:"这下好,牛皮吹早了。"

舒杰说:"皮市长别谦虚,您的牌技我还领教少了?您总能力挽狂澜,化险为夷。"

皮市长深深地吸了一大口烟,缓缓吐出,说:"实践是检验真理的唯一标准。还是看结果吧。"

方明远任你们怎么玩笑，他只是微笑着，望着皮市长的牌不回眼，一门子心思在琢磨，那样子好像比皮市长自己还费心。

真是像魔术似的，皮市长面前看着一副烂牌，经他一番拨乱反正，居然自摸幺鸡，和了。于是便一片啧啧声，都说皮市长的牌技不得了。这一盘舒杰是庄家，付了一杆，吴苟二位各付五担。

皮市长抬手摸摸油光水亮的头发，说："得力于治理整顿啊！只要措施得力，再烂的摊子都能从根本上扭转。办法总比困难多嘛！"

朱怀镜看看手表，已是九点半了。他装作去厕所小解，给宋达清挂了电话，说皮市长还在开会，叫他们等一下。宋达清说没关系的，他们就在下面等吧。

他本来没有便意，但还是屙了几滴，然后把水冲得哗哗响。他想荆都人把钱叫做水真是耐人寻味，因为钱同水的共通之处还真不少。你活在世上缺不得水，也缺不得钱；如今钞票贬值得厉害，大家都说钱成了水了；钱多的人花起钱来就像流水，钱少的人把钱捏在手里也能捏出水来；有手段的赚起钱来，钱就像水一样往他口袋里流；没门路的想挣口吃饭的钱，就像走在沙漠里的人很难喝上一口水；你的钱太少了同水太少了一回事，不是渴死就是饿死；你的钱太多了，钱也可能像洪水一样给你带来灭顶之灾。

朱怀镜从厕所出来，见这一局刚完，又是皮市长赢了，水便哗哗流进他的口袋。朱怀镜猛然想到皮市长玩麻将并不避他，心里就有些感动。前几天他在刘仲夏面前故弄玄虚，说皮市长有私事让他办，已让刘仲夏对他刮目相看了。如果刘仲夏知道他已进入了皮市长私人生活的圈子，不知他又将如何。但他想这个是绝对不能让外人知道的,当然也不能向刘仲夏泄露。领导的生活机密,务必守口如瓶。不会有谁这么傻,面对领导的信任而去出卖领导。领导也是人,不是神仙,就不可以有些个人爱好?

皮市长见苟名高摇头晃脑,就边打牌边说:"小苟呀,你不要老是换牌,牌老是换,怎么赢得了?宏观形势固然要时刻把握,但你自己的任务还是搞活微观。手上的牌是你最基本的干部队伍,首先要发挥他们的积极性嘛。这又像我们治理国有企业,首先要着眼于搞活存量,依靠有活力的存量去带动增量。"皮市长就这么谈笑风生,他的那些溜熟的官话放在这麻将桌上一说,别有一番幽默。大家都被皮市长逗乐了,他更加来了兴致,滔滔不绝。大家还沉浸在皮市长的幽默里,皮市长却双手轻轻一推,摊了牌。他又和了。

吴运宏就连叫上当,说:"皮市长您同我们开玩笑,原来是在玩心理战术啊!我们只顾听您说得有滋有味,就分了心,又让您和了。"

皮市长却正经道:"你还别说哩,打麻将可以考验一个人的综合素质。日本有位企业家,他物色中层骨干,不用别的办法,就同他们打麻将。打几轮麻将下来,这些人的判断能力、应变能力、决策决断能力以及智商、性格等等,他就了解得差不多了。这位企业家靠这个办法选拔的干部真还不错!"

舒杰听了,玩笑道:"啊呀,皮市长今天该不是在考察干部吧?这样的话,我真该认真对待了。"

皮市长随和地笑笑。苟名高见皮市长笑了,就接着舒杰的话头说道:"麻将桌上考察干部,这个办法好。我建议我们市委组织部也借鉴这个办法,这也是利用人类文明进步的成果嘛。"

苟名高说罢,舒吴二位就望望皮市长。皮市长脸上没有表情,只缓缓地吐着烟雾。他俩就知道苟名高说的不太中耳了,不敢附和着笑。苟名高一个人干笑几声,觉出气味不对,脸上难堪起来。但他的脸只是略略红了一下,就故作自然,谈笑风生起来。

再打了几轮,四个人都各有输赢,但算总账,还是皮市长赢着。这时皮市长问朱怀镜:"小朱,你不是说带个朋友来吗?怎么不见他来?"

朱怀镜忙说:"来了哩,在楼下等着。"

皮市长就说:"是吗?你怎么不早说呢?叫他上来吧。"

朱怀镜应声好呢,就下楼去了。他看看手表,已是十一点多了。宋达清他们见他来了,都站了起来,向他投去询问的目光。他笑笑表示歉意,说:"对不起,皮市长很忙,才开完会,让你们久等了。"

袁小奇说哪里哪里。陈雁只是微笑着。

宋达清问:"现在可以了吗?"

朱怀镜知道宋达清是个顺着竿子往上爬的人,眼巴巴盼着同皮市长认识。他想把这种人介绍给皮市长不太好,便将宋达清拉向一边,轻声说:"那里已坐了很多人。方秘书的意思是,人不要上去太多了。是不是就你和袁小奇上去,让陈雁在下面等?"

宋达清沉吟片刻,说:"还是我在下面等吧,让女士留下来不太好。"

这正是朱怀镜的意思,他拍拍宋达清的肩膀,说:"这就委屈你了。下次我们再同皮市长单独聚吧。"

宋达清就过来同袁陈二位说:"你们俩上去吧,我就不上去了。人去多了不太好。"

陈雁却说:"还没那么严重吧?再大的领导我也采访过啊。"

朱怀镜笑道:"陈女士,问题是今天不是采访啊。"他这话说起来软,听起来硬,陈雁就不好意思了。朱怀镜心里有些得意,面子上却很客气，打着很优雅的手势请他们二位上楼。

进了门，皮市长他们还在搓麻将，桌子上的水没有了。皮市长并不抬眼望他们，只是方明远招呼各位坐。袁小奇和陈雁说声谢谢，却不坐下，都围在皮市长后面看牌。这一局皮市长的牌很不好，除了一对五万，一句话都没凑成，看样子是和不了啦。朱怀镜和方明远交换一下眼色，都摇了下头。袁小奇看了一会儿，见皮市长抓了个四万，就说："市长您拿着吧，打掉三索。"

皮市长手头已有了三、四索，想等个二索或五索就凑一句话。而四万抓上来是个独牌，他手头有两个五万，想拿着做将的，桌上谁早已打了个五万，况且三万桌上已出来三个了，需等一个独三万，一个独五万才成三四五万一句话。他回头望望袁小奇，有些迟疑。

朱怀镜就说："这位就是袁小奇，信他一回吧。"

皮市长略略点头，依了袁小奇。也怪，他留下四万，下一轮马上就抓了个三万。可是过会儿，他又抓了个二索，就叹道："哎呀！"意思是悔不该打掉那个三索。

袁小奇却说："留着这张，那张牌还会来的。"

皮市长就留下二索。却不知打哪张好。袁小奇说："打九饼吧。"

皮市长手上有两张九饼，老早就抓上来了，想再碰一张凑上一句话的，却一直不见谁打九饼出来。他听了袁小奇的，九饼一出手，他的上方吴运宏就碰掉了，打出一张三索。皮市长就吃了三索。他这才回头望一眼袁小奇，表示满意。吴运宏打出的不是别的，偏偏是张五万，正好又是皮市长需要的，就吃了。苟名高和舒杰都笑了起来，说："就让你俩打牌算了，没我俩的份了。"

皮市长接下来横竖听袁小奇的，居然真的和了。但不见有人出水，朱怀镜就知道皮市长显然交代有话了。皮市长哈哈大笑着站了起来，转身对袁小奇说："不错，你真是神机妙算啊！"

朱怀镜便向皮市长正式介绍了袁小奇。皮市长这才同他握了下手,说着好好。又转眼望着陈雁,问:"这位是谁?"

朱怀镜就介绍了。皮市长握着她的手,很亲切地摇着,说:"原来你就是陈雁啊!新闻我是每天必看的,你的大名早听得耳熟了,怎么从来没见过你人呢?"

陈雁那样子像是有些兴奋,脸微微红了,说:"市里的各位领导,我基本上都采访过,只是还没有这个荣幸采访您。下一次您作什么重要讲话,我一定向我们领导争取,专门来采访您。"

皮市长握着她的手再摇了几下,请她坐下,再笑着说:"那好啊,下次我有什么活动,我让办公厅向你领导点名请你来。"

皮市长兴致很高,同陈雁天南地北地说着。大家都注视着皮市长,他的手势,他的笑谈,似乎都显得那么有涵养。他一笑,大家都笑;他说对,大家都点头不已。皮市长说笑好一会儿,才记起袁小奇来,问:"他们都说你神得不得了,今天就让我们见识见识?"

袁小奇却谦虚道:"不敢说有什么本事。只是我长年走南闯北,见识过不少高人。我这人又天生重义,别人也就看得起我,有什么本事也肯教我。我学了点东西,从来不敢在人前卖弄。今天能在皮市长面前汇报,我三生有幸!还搭帮改革开放政策好,不然我这一套会被人看做封建迷信,我也早成牛鬼蛇神了。"

袁小奇说的既有江湖路数,又夹杂官场套话,听起来不伦不类的。皮市长靠在沙发上,和蔼地说:"是啊,你是该感谢改革开放的政策,要不然你长年在外,就不是说句走南闯北这么轻巧。过去这叫长年流窜,不务正业,游手好闲!"

皮市长的话听起来尽管像玩笑,袁小奇却有些拘谨了,搔耳搓手不已。朱怀镜见他很窘,就说:"皮市长让你显显功夫,你就显显吧。"

袁小奇望着皮市长说："有现成的麻将，不如让我同各位领导玩几盘麻将？"

"怎么个玩法？"皮市长问。

袁小奇说："这样吧，你们来三位，联合起来卡我的牌也没关系，只是不许说话，不许打手势。我保证要和什么牌就和什么牌。"

大家就彼此看看，不相信他真的这么神。于是吴运宏就让出位置，自己便同朱怀镜、陈雁一起站在袁小奇身后，想看他到底有什么神功。袁小奇却又说："你们各位可以站到三位领导身后去当参谋，我身后不可站人。"这样四人才开始抓牌。抓完了牌，袁小奇拍拍后脑，闭目片刻，说："我这次和清一色吧。但和哪一色，暂时保密。"

皮市长就说："没这么神吧。"

袁小奇忙做了个投降的姿势，笑道："恕我狂妄。要不是为领导表演助兴，我不敢这样啊。"

皮市长说："不妨不妨。"

抓了几圈牌，袁小奇敲着手中一个牌说："你们知道我想和清一色，你们就更好卡牌了。没办法，我就只好自摸了。"

方明远说："老袁你这话说得轻巧，却是更加牛皮了。自摸清一色，就是天天摸麻将的老牌客，也难得碰上几回啊。"

他说着就忍不住要过去看袁小奇的牌。袁小奇忙抬手做了个篮球裁判的暂停手势，说："不行不行，你不可以过来看我的牌，天机不可泄露。"

袁小奇才止住方明远，又抓了一张牌，手在空中一定，说："向各位领导汇报，我和了。"说罢轻轻摊了牌，原来和的是清一色饼子。

大家一齐望着皮市长，看他如何表态。皮市长只眼睁睁望着袁小奇摊开的牌，半天不说话。好一会儿，皮市长才说："哎呀，真的这么神？"大家这才啧啧起来。

"是不是再来几盘？"皮市长问。

袁小奇回道："听领导的。不过我不瞒领导说，我这就不是一般的打牌了，需要发功，促使桌上的牌根据我的意念悄悄发生变化，让我手中的牌能随心所欲。但连续发功次数多了，也伤身子。我再陪领导玩三盘吧。"

吴运宏怀疑是不是袁小奇洗牌时做了手脚，提出不让他动手洗牌。袁小奇笑道："看来人们的思维习惯总是大同小异的。我以往同别人玩，有很多人都提出过这个问题。好吧，就劳驾各位领导洗牌吧。"

皮市长和舒杰洗了几手就停了，吴运宏却仍将牌满桌子搓。洗了好一会儿，才由吴运宏一个人动手摆起了方城。袁小奇问行了吧？大家才开始抓牌。抓完牌，皮市长问袁小奇这回准备和什么牌。袁小奇却很恭敬地说："听市长的！您让我和什么，我就和什么。"

"你和个七巧对怎么样？"皮市长说。

"行啊，就七巧对吧。"袁小奇回道。

皮市长嘴里衔着烟，眼睛让烟一熏，眯了起来，偏着头对袁小奇说："这还了得？你要和就是大和。如果让你去赌博，你不要让别人输个精光？"

袁小奇又双手举起，又像是投降，说："向领导汇报，我平时同朋友们玩麻将，从不用功夫。人家没功夫，我却用功夫，这就不公平了。再一个，我同朋友们玩，都只是钻钻桌子，从不输钱。我这人的原则是，玩只归玩，违法乱纪的事不做。"

听了袁小奇的话，皮市长并不表态，别的人就不敢多说什么了。气氛好像一下子不对劲了。朱怀镜见皮市长的脸色微微阴了一下，就猜想刚才袁小奇的话可能不太中耳。他知道这时的皮市长，心里一定很尴尬。他也知道这尴尬的缘由，但只能一个人闷在肚子里。

没有一个人说话，只听得麻将牌脆脆地响，还有轻微的嗡嗡声，是空调器的声音。这场面就很不是味道了。朱怀镜很想说句什么，扭转一下气氛。但他想不出一个合适的话题。他不经意望望方明远，方明远也望望他，脸上没有表情。他便没事似的低头仍旧看牌。他想这会儿大家也许都在想办法找话说。这盘牌好像又打得特别久，眼看快到底牌了，仍不见有人和牌。只剩最后四个牌了，皮市长抓了个东风，往桌子上一摔，笑道："怎么？你的七巧对还没有凑齐？"

大家见皮市长说话了，才像松了一口气，都微笑着望着他。他们说笑着注视了皮市长一会儿，确认他的情绪真的很好了，这才调侃起袁小奇来："怎么了？是不是老革命碰上新问题了？"

袁小奇却不慌不忙，神态自如。皮市长就说："难道海底捞月不成？"

他话刚说完，袁小奇就抓住了最后一张牌，却不马上摊开，只望着皮市长，说："领导英明，高瞻远瞩。真的是海底捞月。"说罢将牌亮开，是个东风。方明远忙过去摊开他的牌，见缺的正是个东风。大家一齐啧啧起来。皮市长笑了起来，点头表示赞许，脸上却不太自然，抬手搔头。

袁小奇眼尖，见皮市长是这个表情，心里着了慌。他马上明白了，自己刚才不和皮市长的东风，明明是有意让了一着，皮市长觉得没有面子。他忙自嘲道："皮市长，我真该死！我就是再有天大的本事，也不敢和您的东风呀！不管怎么说，这个规矩还是要啊！"

皮市长却并没有计较他的意思，朗朗一笑，说："这你就错了。牌桌面前，人人平等啊！"

气氛又热烈起来了。袁小奇接下来说要和个一条龙，只三两下就和了，旁边观阵的几位还不觉得怎么过瘾。还剩最后一盘，袁小奇却说："这盘你们不要问我和什么，你们谁给我纸笔，我写个字条，先不要看，让皮市长把这纸条放在口袋里，等这盘牌完了，再拿出来看。"

大家不明白他要干什么，都望着皮市长。皮市长说由他吧。朱怀镜这就取了纸笔来。袁小奇神秘兮兮跑到一边写了，折好双手交给皮市长。皮市长遵守他的规矩，并不打开来看，将纸条放进了口袋。

朱怀镜、方明远和陈雁一直是站在皮市长身后看牌的。原先几盘，皮市长手中的牌，总是凑不来。有时看着看着要和了，到底就是和不了。这回皮市长的牌却来得很顺，大有和牌的希望。方明远用手在背后捏了捏朱怀镜。朱怀镜明白他的意思，也回他捏了捏。袁小奇的神话只怕要打破了。朱怀镜从一开始内心里是向着袁小奇的，因为这是他介绍来的活神仙，他得在皮市长面前挣面子。这回他却有些偏向皮市长了。

果然天助，皮市长真的和了。皮市长将面前的牌一摊开，满堂喝彩。皮市长很谦虚地笑了笑，眯着眼睛望了望袁小奇。

"袁神仙，这回失算了吧？"吴运宏那得意的样子像是他自己和了牌。

袁小奇却向皮市长双手打拱，说："请皮市长打开纸条。"大家这才记起那张纸条来，便急切地望着皮市长。皮市长也如大梦方醒，忙取出纸条打开。大家凑近一看，见那上面写的竟然是"敬请皮市长和牌"。

皮市长脸上的笑容顿时消失了。朱怀镜心想袁小奇这回又让皮市长难堪了，有些紧张起来。袁小奇也有些不知所措，张眼望着朱怀镜。

皮市长站了起来,背着手,低头踱了几步,又坐下来,若有所思的样子,说:"神秘,神秘啊!如果不是魔术,这就真的是一种神秘的生命现象了。前几年,出了个耳朵认字的神童,我亲自见过了,为他说了几句话,却招来一些人的非议,说我为封建迷信张目。现在你袁小奇,又让我见过了。我们是唯物论者,固然应该相信科学,但我认为,如果对一些目前尚不了解的神秘现象采取不承认的态度,甚至简单粗暴地指为封建迷信,也绝不是科学的精神。但是,人们认识水平的提高有一个过程。一个事物,在绝大多数群众尚未接受的时候,我们就要慎之又慎。所以,对袁小奇现象,我们暂时要保密。凡事我们都要从有利于社会稳定的高度来认识啊,切不可因为这事弄得人心惶惶。"

大家点头不已,都说皮市长的意见非常正确。现在社会上这种功那种功,都贴着科学的标签,神神秘秘,形形色色,真真假假,流派纷呈,的确很让人迷惑。是该慎重啊!

陈雁这么久一直不怎么插言,这会儿她出来岔开话题,说:"皮市长,我们今天有幸同您在一起,非常高兴。我们可不可以同您照个相?"她歪着头,笑起来嘴巴像一弯月亮。朱怀镜心想这女人真的漂亮!他原来一直心仪这个女人,这是他多年的内心秘密。但自从头一次同她接触后,他对她的感觉就不太好了。这女人可真的太漂亮了,那腰段,那脸蛋!朱怀镜望着皮市长,想看他怎么回答这女人的要求。皮市长的目光在陈雁脸上游移片刻,长者一样慈祥地笑道:"小陈呀,你的嘴巴可真甜哟!今天可不能让你采访我呀!要照相,当然可以。来吧来吧,我们照个相。"

大家就你望我,我望你,不知皮市长这是叫谁照相。陈雁从包里取出照相机,说:"老袁,你先同皮市长照个相吧。"皮市长仍坐在沙发里,袁小奇忙站到皮市长身后,一手扶着沙发。陈雁便咔嚓起来,闪光灯令人目眩。吴运宏、苟名高、舒杰、方明远、朱怀镜几人也依次同皮市长照了相。陈雁给大家照完,就高举着相机说:"请哪位给我照张?"朱怀镜本想替她照的,却一犹豫就忍住了。方明远便接过了相机。皮市长站了起来,微笑着四周望望,见那面墙上挂了幅山水,就说:"这里吧,高山流水,好背景啊!"

照完相,方明远就问皮市长:"市长,今天您忙了一天了,还没停过。是不是休息了?"

"是啊,休息了皮市长。"朱怀镜也说道。

皮市长这就打了哈欠,说:"好吧,休息。走吧!"

方明远进里屋取了皮市长的包提着,出来做了个请的手势,再跑去开了门。皮市长笑着扬扬手,出门而去。吴、苟、舒三位也夹了包,扬扬手,随在皮市长后面。方明远朝朱怀镜说声走,朱怀镜就招呼袁小奇和陈雁,说道走。一行八人鱼贯而行,神情严肃。楼梯转弯处,朱怀镜望望前面一溜儿微微后仰的背脑壳,猛然想起《政府工作报告》中说的"人士"。这些衣着考究、步态斯文的人可能就是人士吧。

下到大厅,方明远问朱怀镜是不是回机关,回去的话就一同坐车走。朱怀镜说明天一早退房,今天再在这里住一晚吧。于是朱怀镜同袁小奇、陈雁站在门口,目送皮市长他们上车而去。

这时,宋达清才跑过来,问:"怎么样?"

朱怀镜忙回头道歉:"对不起,让你一个人等在这里。皮市长今天很高兴。"

宋达清说:"没什么哩,我们有时执行任务,晚上在外面蹲点,一蹲就是大半夜哩。"

已是零点过了,宋达清还提议是不是找个地方玩玩去。朱怀镜念着玉琴，就说太晚了，改天吧。三人就分手了。朱怀镜转身才走了几步，袁小奇又叫住了他。他站住了，袁小奇跑了过来，附在他耳边说："我想了想，还是同你说说。我今天注意看了皮市长的脸相，他前程不可限量。可他说不信这一套，我就不敢当着他的面说了。"

朱怀镜笑笑，说："他已是这个级别的官了，前程已不错了。你这不等于白说？"

袁小奇却很是认真，说："我还预测了一下，他最近有大喜事，喜从天降。信不信由你，你先记住我这话，看到时候是不是应验了。"

宋达清和陈雁站在那里朝这边张望，不知他俩在这边说着什么神秘的事情。朱怀镜只好说："好吧，我记住你的话。不过你也记住我的话，你刚才这话只能对我说，不能同别的任何人讲，同他们俩也不可以讲。你答应吗？这事关领导的形象问题。"

袁小奇说道好吧，两人就分了手。朱怀镜一路上却总想着今晚不知皮市长是不是很高兴。袁小奇有意不和皮市长的东风，最后又有意让皮市长和了牌，这就玩得有些过分了，有自恃高明的味道。皮市长显然很敏感，好像觉得自己被人牵着鼻子在玩。朱怀镜注意到了皮市长那张保养极好的脸上隐隐露出的愠色。他想如果真的让皮市长不高兴，费了这么多手脚引见袁小奇，就是自作聪明弄巧成拙了。

玉琴早睡下了。朱怀镜进洗漱间洗了脸，还是有些放心不下，拨了方明远的手机："明远吧，对对，是我。您休息了吗？打搅您了。路上皮市长说什么了吗？"

方明远说："皮市长很高兴，对袁小奇很有兴趣。"

朱怀镜道："哦，高兴就好。我告诉您，我们分手后，袁小奇把我拖到一边，神秘兮兮地对我说，皮市长最近有大喜事，说

185

什么喜从天降。"

"他不要乱说啊!"方明远说。

朱怀镜说:"我已交代他了,不让他再同谁说这话。他答应了,我相信他做得到的。"

听说皮市长今晚真的很高兴,朱怀镜也就放心落意上床睡了。

朱怀镜回办公室上班几天了,好像不太习惯,坐了不久就想打瞌睡。《政府工作报告》发下去征求意见去了,这几天没有多少事。他随意浏览着《参考消息》,见上面登了一则奇闻,说是国外有一对夫妇,男的身上带有很强的辐射,女的身上带有很大的电流。这对夫妇走进商场,里面的电器会全部烧坏。他们无法正常地生活,只好被隔离在一家研究机构里。朱怀镜看完这则报道,自然就想起了袁小奇,说不定这人确实有特异功能。那天晚上打麻将,袁小奇真的很神。如果是道听途说的,他也许不会相信。

刘仲夏微笑着进来,将门轻轻虚掩了。朱怀镜猜到刘仲夏一定有什么神秘的事情同他讲,就客气地请他坐。刘仲夏在他对面隔桌而坐,身子尽量往前面倾着,轻声道:"怀镜,刚才人事处裴处长他们找我,主要是了解你的情况。"

刘仲夏说到这里,停了一下,意味深长地望着朱怀镜。朱怀镜就猜到是怎么回事了,心头不禁一喜,背膛上发起热来。却不好说什么,只是笑着哦哦,等待刘仲夏接着说下去。一边又拉开抽屉,拿出香烟,递给刘仲夏一支,自己也衔了一支。

刘仲夏将烟点了,深深吸了几口,说:"怎么你也抽上了?"朱怀镜笑笑,说:"只是偶尔抽抽。"刘仲夏这才说上正题:"怀镜,同你共事这几年,我对你很了解,也很佩服。裴处长他们了解得很细,我也就全面客观地介绍了你的情况。"

朱怀镜一脸真诚,说:"很感谢您,刘处长!说真的,这几年是我工作最愉快的几年,这主要是同您合得来。"他私下却想,自己这几年是度日如年!

刘仲夏谦虚了几句,又含蓄道:"今后不要忘记兄弟们啊!"

刘仲夏没说破,朱怀镜也只得装糊涂,含混道:"我俩永远是兄弟啊。"

刘仲夏笑笑,说:"当然当然。"两人就暂且避开这个话题,天南地北扯着谈。正扯着,电话响了。朱怀镜一接,竟是李明溪,他便笑着骂了起来,说:"你这疯子,这么久没有你的消息,我以为你失踪了呢!去北京了吗?哦哦,回来了?怎么样?"

李明溪显得很高兴,说:"很好,收获不错。你有空过来一下吗?我不太愿意去你那里。"

刘仲夏见他的电话一时完不了,就扬扬手告辞了。朱怀镜也扬扬手,再对着电话说:"你好大的架子!好吧,我下班过来吧。你要记住我会来,莫到时候又跑了。"朱怀镜感觉中,李明溪成天都是稀里糊涂的。

朱怀镜不便请处里车子去,只好麻烦玉琴。玉琴答应过会儿下班时来接他。朱怀镜看看手表,见离下班还有半个小时,心里便急得慌。他已有好几天没见着玉琴了。从荆园宾馆回来那天起,他再没有去过玉琴那里。那天凌晨,他俩早早就醒来了,再也没有睡意。玉琴知道他要回去了,情绪不怎么好。他不知怎么安慰她,只是抱着她亲吻个不停。玉琴的双臂和双腿紧紧缠着他,泪流满面。他便不停地舔着她的脸,不让泪水湿了她的脸蛋儿。天色渐渐明亮了,玉琴慢慢平静下来。她咬着他的耳朵,轻轻说:"我不是不知道会有这个时刻,我想我会坚强的。但刚才我真的受不了啦。痛痛快快流会儿泪,身子轻松了,脑子也清醒些了。怀镜,我俩完全没有必要回避现实。你我都应该清楚,我

187

俩的爱情是不正常的，不可能像正常人那么过。这是令我最伤心的，却又是不容回避的。我其实早想通了，我既然硬是要爱你，就该听凭你来去自由。只要你心里真的有我，纵然是你一去不复返了，我也心满意足了。"朱怀镜听了这番话，说不清是恨是悔是愧，只觉得五脏六腑搅在一起生生作痛。眼看着时间不早了，他起身离开。他想让自己轻松些，作出欢颜。她仍穿着睡衣，送他到门口。朱怀镜舍不得马上打开门，搂着玉琴又吻了起来。玉琴边吻边解开他的衣扣，在他的胸口深深地吻着。她的嘴唇很温润，叫他身架子快散了去。玉琴吻了一会儿，又伸手摸着他的胸口。她整个人儿就像飘浮着，神情有些恍惚，说："你把我放在这里面吧。这世界太喧嚣，这屋子太寂寞。我只有想着自己是装在你这个地方，才会安宁。"朱怀镜一把抱住她的头，使劲往胸口贴，像真的要把她塞进自己胸腔里去。他说："你在里面，时刻在里面。"他出了门，感觉眼睛里涩涩的，有了泪水。他忙擦了擦，挺直了腰板。下了楼，寒风一吹，似乎一切都真实了。

电话响了，原来是玉琴，她已在外面等着了。朱怀镜胸口止不住跳了起来，心里便笑自己这是怎么了。也许是玉琴总这么让他心动吧。他整理了一下头发，拉上门出来了。走出办公楼，见玉琴的车就停在不远处。他便招招手，也隐隐看见玉琴在里面向他招手。

玉琴从里面开了车门。他一低头就见了笑吟吟的玉琴，不禁浑身发热。他偏头望着玉琴，见她今天脸色比平时更加红润，很想捏捏，却又怕别人看见。玉琴只是笑，说："才几天不见，就不认识了？这么狠狠地望着人家？"

朱怀镜抿嘴一笑，伸手在下面摸摸玉琴的手，说："我真想你。"

玉琴不说什么，只是笑笑，抽出手开了车。车出了大院，朱怀镜说:"找个地方吃些东西吧。我那朋友是个疯子,我俩不自己吃了饭去,说不定会饿肚子的。"

玉琴从未见过李明溪,听了觉得奇怪,就问:"只听你说过他作画是个奇才。是不是艺术家都这样?"

朱怀镜笑道:"那也不一定。但大凡艺术大家,总有不太寻常的地方,非常人所能理解。"

玉琴就俏皮道:"我可是凡俗不过的常人啊,你那朋友我一定看不懂了。"

朱怀镜见路边有家快餐店,就说:"亲爱的常人,我俩先填饱肚子吧。"

玉琴停了车,觉得朱怀镜逗她作常人很好玩,就凑过去脸蛋儿让他亲亲,说:"好吧,两位常人吃饭去。"

两人随便吃了些东西。朱怀镜吃得快些,吃完了就望着玉琴。玉琴笑着白他一眼,说:"人家吃饭你有什么好看的嘛!"

朱怀镜说:"欣赏你的吃相啊。"

玉琴说:"吃饭有什么好看的?何况我只是个常人!"

朱怀镜说:"你不论哪种姿势,哪种情态,我都喜欢看。"

玉琴便又白他一眼,不再理他,只埋头吃饭。朱怀镜却忍不住笑了起来。玉琴猛然抬头,问:"你发什么神经?我这吃相难看?我只是个常人啊!"

玉琴吃完了,朱怀镜说:"常人,走吧?"

玉琴也说:"走,常人。"

开了车,玉琴又问:"你刚才笑什么?"

朱怀镜又笑了,说:"你在吃饭,我就不好讲。说真的,你不论哪种姿势,哪种情态,我都喜欢看。我刚才想,即便是你大小便的姿势,我都喜欢看哩!"

玉琴红了脸,在他腿上重重拍了一板,嗔道:"你好坏啊!

好啊,明天我吃些苏打,拉他几天肚子,让你天天服侍我,叫你看个饱!"

朱怀镜说:"我巴不得哩!"

两人一路玩笑着,你叫我常人,我叫你常人,觉得挺好玩。其实这话并不怎么幽默,可今天两人在一起总是挺有意思。

一会儿就到了美院,车停在李明溪那栋单身楼下。两人上了楼,一敲门,一头乱发的李明溪拉开门出来了。见是朱怀镜,他就笑了笑。玉琴望望朱怀镜,不好说什么话。朱怀镜明白玉琴是奇怪李明溪的笑脸,因为他的笑几乎有些恐怖。朱怀镜说:"玉琴,这位就是我向你多次说起的李明溪先生,著名画家。明溪,这是玉琴,我的朋友。"玉琴对李明溪说声你好,就伸过手去。李明溪却只点点头,没有握手的意思。玉琴的脸立即红了起来。朱怀镜忙笑道:"玉琴,你别同他握手。他那手脏兮兮的,别把你的玉手玷污了!他呀,这辈子根本没有同人家握手的意识。"朱怀镜这么一玩笑,玉琴就不再尴尬了,只文静地笑着。李明溪就看看自己的手,嘿嘿笑了笑。

李明溪也不叫人坐,朱怀镜就说:"玉琴你自己找块稍微干净些的地方坐吧,他不会请你坐的。这一套他还没学会。"玉琴左右看看,实在找不出一个可以坐的地方,就说没关系,依旧站在朱怀镜身旁。

李明溪说:"这回上北京,该见着的人差不多都见着了。"他说着就拿了些字画出来,都是当今中国画坛名家送他的,上面题了些褒扬或勉励李明溪的话。朱怀镜知道这些都是宝贝,不禁啧啧起来。等朱怀镜欣赏了一会儿,李明溪又取了一幅画来,说:"这是吴居一先生格外开恩,邀我合作的一幅画,又送给了我。"

听说吴居一,朱怀镜啊呀一声。吴居一可是当今中国画坛最响亮的名字啊!他的画在市场上是天价,还很难到手。见李明溪展开的画题为《寒林图》。画的是一片落了叶的寒林，林子近处，树木有挺直如宝塔的，有弯曲似虬龙的，有斜卧像醉汉的。或三五棵杂然丛生，或两三棵相对如闲士，或孤零零一棵背林而立，独显傲骨。远景则森然如墨，直达天际。画的虽是寒林，却并不显得萧索或落寞。旁有吴居一先生题款：寒林有佳木，树树风骨，枝枝冷峭。后生明溪君，画风卓然，性情怪异，憨态可爱。老夫奇之，邀与同作此寒林图共娱尔！一旁又有李明溪的几个字：学墨吴老先生。

朱怀镜边看边倒抽凉气，直说了不得了不得。李明溪也有些得意，说："正好碰上吴老先生高兴，不然我只怕望他的背影都望不见。我天生愚钝，这辈子再怎么玩，也不可能与吴先生比肩啊！不想却有幸同他共作一幅画了。"

朱怀镜见他这情态，就调侃起来："明溪君，看你这得意样儿，可见吴居一先生错看你了。你说得谦虚，实际上是忘乎所以。老先生以为你是这寒林中的某棵树，天性自然，其实你也是个俗人。"

玉琴不知道他俩总是这么你说我我说你的，就偷偷捏捏朱怀镜。朱怀镜却说："你别担心，我俩说话从来如此。你不知道，他这人整天像个梦游的，要我说说他才清醒。不然，说不定哪天他就真懵懂了。"

朱怀镜这么一说，玉琴倒红了脸。李明溪却只是笑，不还朱怀镜的嘴。两人接下来就聊画展的事，朱怀镜好像比李明溪还在行些，说出一套一套的策划意见。李明溪只是木然点头。朱怀镜突然问起："你为柳秘书长作的画怎么样了？"

李明溪说声弄好了，就取了来。展开一看，是幅山水。朱怀镜先不看画怎么样，只隐约觉得这幅画比送刘仲夏的画幅要小些，就问了李明溪。李明溪总是糊里糊涂，想了想，说："送刘仲夏那幅好像大些。"

朱怀镜说："你送刘仲夏的画比送柳秘书长的画还大一些，这就不行。"

李明溪听了这话，立即瞪圆了眼睛，那样子不知是生气还是吃惊，说："我说你是外行你就是不承认！欣赏画连个高下都不知分，只看画的大小。"

朱怀镜笑道："你说得太对了。欣赏画我是外行，但应付官场你是外行。一般的人哪知你的画水平高低？只看画幅大小。柳秘书长明明见过了你送刘仲夏的画，却见你送他的画还小些，肯定就不舒服。"

李明溪哭笑不得，说："官越大送的画就要越大，这么依次上去，送到联合国秘书长，不要送十张宣纸那么大？送到玉皇大帝那里，就只好用天幕作画了。这真滑稽，我今后再也不给当官的送画了。"

朱怀镜正经说："今后就不要管了，先送好这一次再说吧。拖太久了也不好，你有没有现成的，有现成的就随便挑一幅吧。"

李明溪无可奈何的样子，说："没办法，已到这一步了。我的老作品，都放在卜老先生那里裱，已裱好一部分，我取了来。来，由你挑好了。"他说罢就到角落的柜子里抱了一堆来。朱怀镜也不问好歹，只拣画幅大些的抽了几幅，展开来斟酌片刻，选了一幅，也是山水。李明溪就取笔在上面题了字：请柳秘书长雅正云云。题罢搁笔，李明溪笑道："选画只认大的，你是狗吃牛屎，只图多！"

朱怀镜不理他，只说："明天晚上八点钟，你到我办公室来，我俩一道去把这画送了。"

李明溪不想去，说："你一个人去算了吧。"

朱怀镜说："你别这个样子啊！我这是为你办事你知不知道？

你不去，人家说为你办画展，连你的面都没见着，还说你架子大哩！你有什么资格摆架子呢？你一定得去。还有，你明天把头发理了，我替你出钱都可以。你不可以这个样子去见领导啊！"

李明溪恐怖地笑笑，很为难地答应了。朱怀镜起身告辞。临走又想起什么，说："原来画的那幅，也一并送他算了，反正你题了字是送他的。"

李明溪就说："这下那姓柳的不赚了？"

朱怀镜便哼哼鼻子，说："别臭美了，你以为你的画很值钱是不是？人家赚了什么？一张脏兮兮的纸罢了。"

朱怀镜和玉琴出来下了楼，李明溪只站在楼上朝他俩笑，手也不知招一下。玉琴说："你这朋友也真有意思，不适应他的还真受不了。他虽说不懂世故，但我看同这种人打交道，一定很安全。"

朱怀镜很有感触，说："是啊，像这么率真可爱的人，如今真的难得了。"

玉琴问："你和他不是一个地方人，又不是同学，怎么同他认识的？他同你又完全是两种不同性格的人，很难想象你们能成为朋友。"

朱怀镜笑道："人生在世，有很多事是偶然的，人们不理解它，就说是命运。就说你我，是偶然还是命运？我说是命中注定我俩要相守在一起的。所以我俩谁也不要辜负了命运的安排。"

玉琴侧过脸望他一眼，笑着说："你真会借题发挥。我问你和李明溪的事，你就说到我们俩了。不过我爱听。什么命运之类，听来荒唐，有时却真的让你不得不信。我也愿意相信我俩的爱情是顺乎天意的，这样心里会踏实些，安慰些。"

朱怀镜说："说起我和李明溪的相识，是段传奇故事。我在乌县任副县长那会儿，有年暑假李明溪一个人去那里采风，在县

193

城附近随便找了几个年轻姑娘当模特儿,当路就画了起来。可这疯子,人家明明穿戴齐全,他画出的姑娘却全是裸体。乡下人哪管你艺术不艺术,就把他当做流氓,揪住他送公安局。他拿出工作证,反复说这是艺术。公安局的哪听你什么艺术,他就要求见县里管教育的副县长。当时我正管着教育,公安局打电话向我报告。我一听情况就急了。不管怎样,一个高校教师来你县里来采风,被公安局无辜关了,太不像话了。我马上赶到公安局,说服公安和群众,把他领了出来。晚上我还在县招待所宴请了他,为他压惊。后来一接触,发现这人神是神得可以,倒还很有才气,也很有个性,我俩就成了朋友。后来两年,他每年都要去乌县一次,当然听了我的话,再也不画人家的裸体了。"

玉琴听了笑得气喘,说:"李明溪真有意思!你说他不正经呢,我听你说过,他连女人都从未碰过,至今光棍一个;你说他对女人没意思呢,他眼睛能够透视,别人穿着衣服,他却画出了裸体。真的有意思,我们这些常人真的不理解。写生未必是这么写的,我是常人,不懂!"

朱怀镜见玉琴又说起常人来,也笑了,说:"是啊,我们大多数人都是常人,艺术家毕竟是极少数人。要不然,那些人体艺术照,在画家眼里是艺术,在常人眼里就是淫秽物了。"

两人说笑着就快到市政府附近了。朱怀镜说去玉琴那里,问欢迎不欢迎。玉琴笑笑,说:"你先等等吧,我去请了仪仗队来,鸣炮奏乐,夹道欢迎你。"朱怀镜揉揉玉琴的脸蛋,心里很畅快。

到了龙兴大酒店,玉琴没有让朱怀镜先下车,径直把车开去车库。放了车,玉琴便挽了朱怀镜。两人得走过酒店前面的停车场,这里灯光明亮。朱怀镜有些怕见熟人,但又不好挣脱玉琴,只得硬着头皮同她相依相偎地走。走过停车场,前面有两条路可以走,一条是大路,两边路灯很亮,一条是小路,从林间蜿蜒而过，幽暗僻静。朱怀镜想走小路，但玉琴却牵着他走大路。玉琴一路说着话，很高兴的样子。走过这段路，拐了个弯，就到玉琴屋子后面了。这里过路的人很少，朱怀镜心里就放下了，庆幸刚才没有碰上一个人。玉琴却突然停了下来，抱住朱怀镜，脸儿直往他的怀里钻。两人便拥抱着，亲热了一会儿。

上楼进了屋，玉琴又扑进他的怀里。朱怀镜凑嘴去亲她，玉琴却用手拦了，笑着问："你猜猜，我刚才在下面为什么突然想拥抱你？"她偏着头，样子有些调皮。

朱怀镜说："这还用猜？你想我啊！"

玉琴刮了下他的鼻子，说："你好得意，谁想你？我是奖赏你啊！"

朱怀镜一脸糊涂，问："奖赏我？我做出了什么重大贡献？"

玉琴把脸柔柔地贴了过来，偎在朱怀镜的胸膛里，动情而又认真地说："你不知道，我今天有意挽着你从灯火通亮的地方走过，就是想看你敢不敢随我走。你敢随我走，我就特别高兴。我今天是冒险试试你。"

朱怀镜抱起玉琴坐到沙发上去，端着她的脸蛋儿，说："你这傻孩子，我怎么不敢同你一起走？巴不得天天同你一起走啊！"

玉琴更加温情起来，说："怀镜，你知道吗？你刚才叫我傻孩子，我的心脏都叫什么扯了一下。我喜欢你叫我傻孩子！"

"好吧，傻孩子，我的傻孩子，傻孩子，我天天叫你傻孩子，我就喜欢你这个傻孩子！"朱怀镜一边说着，一边捏着玉琴的脸蛋蛋，很是爱怜。他想这个可爱的人儿，真的是个傻孩子，一个傻傻的情痴！玩这些女人们的小心计来试男人！

朱怀镜捏着玉琴的脸蛋，感觉很细润。他把沙发旁边的灯调亮了些，仔细欣赏了起来，说："玉琴，你自己注意过吗？近来你脸上光泽更加好了，更加红润了，皮肉也更加柔嫩了。"

玉琴就娇态可掬，撮起嘴巴要他亲，又嘟嘟哝哝地说："都是你滋润得好啊……"

朱怀镜胸口一阵发空，亲着玉琴说："我的傻孩子，今晚要我滋润吧？"

玉琴连连说了好几声要，手便吊在了朱怀镜的脖子上。朱怀镜一把抱起玉琴，进了卧室。

两人几日不见，这会儿便都颤抖不已。玉琴在下面忍不住哼哼哈哈起来，朱怀镜觉得胸腔里火烧火燎。两人正要死要活的，朱怀镜的手机突然响了。玉琴呻吟着说："不，不，不接，不接，天王老子的也不接。"

朱怀镜说："傻孩子，不接不行啊，怕万一有什么大事就不好了。你别担心，我革命生产两不误就是了。"

他继续动着身子，接了电话。玉琴怕自己出声，咬着朱怀镜的肩头。

电话原来是方明远打来的："怀镜吗？您在干什么？"

朱怀镜说："我在同朋友搓麻将。"

方明远问："手气好吗？"

朱怀镜说："托您的福，手气不错哩。您有什么指示？"

方明远说："不敢啊。我告诉您两个事，你那里不方便，就只听着，不要说话。一个是好事，您要请客。皮市长授意办公厅，让您去当财贸处的处长。"

朱怀镜忙说："感谢您老兄对我的关照。"其实今天下午听刘仲夏说起人事处来考察，他就猜到八九成了。但他同刘仲夏都心照不宣。

方明远说："哪里哪里。还有一个事，就不是好事了。向市长出事了，他去广西考察回来，飞机出事，遇难了。"

"啊？！"朱怀镜惊愕地叫了一声。玉琴感觉到了什么，身子软了下来，也不咬他的肩头了。朱怀镜便又动了起来。

方明远叹了声，说："真是想不到啊，生死有命，命运无常啊。"

朱怀镜一边叹息，一边勇武。玉琴又忍不住想叫唤了，又咬住了朱怀镜的肩头。他被咬痛了，止不住哎哟一声。方明远问怎么了。朱怀镜忙掩饰，说："同您说话，分了心，刚才放了一炮。"

方明远说："你的牌技不行吧，只怕是个炮手。喂，你记得袁小奇说皮市长喜从天降的话吗？一定要再交代他一次，千万别在外面乱说。您明白我的意思吗？"

"对对，我明白。我马上同他联系。"

"好吧，明天有空再说吧，不影响您放炮了。"

挂断了电话，玉琴就说："你好坏哟，说在放炮！"

朱怀镜忍不住笑了起来，说："不是在放炮？我的小钢炮火力大着哩。"

玉琴不再理会朱怀镜的玩笑，紧紧抱着他，眼睛白着一翻，又慢慢闭上，深深沉入了甜甜的幻境里。

滋润完了，两人搂着静静地躺了一会儿，去浴室洗澡。回到床上，朱怀镜深深叹了一声。玉琴爱怜地问："怀镜，是不是很累了？"

朱怀镜说："不是。刚才方明远来电话，说向市长遇空难，不幸那个了。"

"啊？！"玉琴吃了一惊。

两人一时无话。朱怀镜一脸戚容，好一会儿，才叹息道："难道袁小奇真的是个奇人？前几天他说皮市长最近会有大喜事，而且是喜从天降。现在向市长突然不幸了，说不定就是皮市长接任。向市长从天上掉下来了，在他来说是弥天大祸，在皮市长来

197

说就是喜从天降了。只是这话不好说破。"他想方明远显然也意识到这对皮市长是喜事了,才打电话来,特别交代不让袁小奇乱说。

玉琴问:"你同袁小奇又见过一回面?"

朱怀镜说:"对。"

玉琴说:"一定又是宋达清牵线的吧。你们男人结交上的事,我本不该说,但对宋达清我太了解了。他现在很巴结你,一定是有目的。那次他同你夫人来了断你表弟的事,你夫人倒不说什么,全是他一个人在那里说话,那个巴结劲儿,我就是看不过眼。他是个小人,无赖。你有可利用之处,他就拼命巴结你,也不怕在你面前低三下四。但你要是得罪了他,他又天不怕地不怕,想方设法会弄你。我们前任老总性子直,不买他的账,结果他处处找碴儿,硬是让那位老总干不下去了。雷老总就会处理关系些,他只要来龙兴,雷老总就同他像老朋友似的。其实雷老总吃得他下去!"

朱怀镜说:"我早就看出他是怎么样的人了。但他别想在我身上玩手段。我听你的话,会防着他的。"

刚说着向市长遇难的事,朱怀镜就不便告诉玉琴他马上要当财贸处处长的喜事。两人不再说话,依偎着睡下了。

次日上班,向市长遇难的噩耗已传开了。同时遭遇不幸的还有谷秘书长、财政局长、工商银行行长、向市长的秘书小龚以及其他随行人员,共十一人。遇难者的尸骨尚在广西的某个大山谷里,市里已连夜派出一个工作小组赶赴事故现场去了。带队的是市政府韦副秘书长。

事情的确太惨了,同事们见面都把笑容收敛起来,只是微微点头。大家议论这事也都小着声,轻易不敢露出笑脸。只要见哪位领导来了,马上就噤口不言了。朱怀镜知道同大家凑在一起说这事不太好，会让人觉得你在猎奇。他便坐在自己办公室，心不在焉地翻着文件。这时柳秘书长夹着包，低头匆匆走过他的门口，定了一脚，似乎犹豫了一下，还是进来了。朱怀镜忙站起来，请柳秘书长坐。柳秘书长摆摆手，说："不坐了，还要去开个紧急会。"柳秘书长只站着，不说话，眼睛红红的，一脸倦容。想象得出，昨晚柳秘书长一定忙着做遇难者家属的工作，通宵未眠。他站了片刻，就转身要走了，说："抽时候再专门同你扯吧。"

朱怀镜追在后面，小心道："秘书长，我朋友给您作的画弄好了，他说今晚送来，您有空吗？见他一面？"柳秘书长要的秦宫春，乌县驻荆办小熊也送来了，朱怀镜在这种气氛下就不便说了。

柳秘书长头也不回，说："你晚上再打我手机吧。"

朱怀镜便站着不动了，望着柳秘书长低头匆匆上楼。因为谷秘书长的遇难，只怕就是由这位柳秘书长接任那个位置。朱怀镜猜想柳秘书长想同他说的，就是方明远昨晚向他通报过的事，让他任财贸处处长。照说柳秘书长应面带微笑同他说这事的，可在这非常时刻，两个人都得灰着脸。朱怀镜回到办公室，给方明远挂了电话。方明远也正在办公室，问他是不是找过袁小奇了。他说找过了。其实他根本没有去找，一来昨天晚上太晚了，再说他怕弄巧成拙。因为找袁小奇只能通过宋达清，而袁小奇说皮市长最近会喜从天降，这话宋达清根本就不知道。这会儿神神秘秘去找袁小奇，说不定就让宋达清知道那句话了。多一人知道那句话，都是不太好的。宋达清这个人，朱怀镜不怎么敢相信。

方明远说皮市长正在开个紧急会，研究死难者善后事宜的处理，有关的部门领导都来了。朱怀镜想可能就是柳秘书长说的那个会。方明远语气也不像昨天晚上那么轻松，朱怀镜就不好说上

199

他那里去坐，就道了再见。放下电话，他猛然想起《礼记》上面好像有句"邻有丧，舂不相"的话。可自己昨晚一边听着噩耗，一边还在放浪形骸。他又琢磨这些同事，似乎人人脸上都有悲容，但这悲容是不是做出来的很难说。人到底怎么了？上古的先民，邻居有丧事，你这边连舂米都得轻点儿声。可现在真的很少有人能为别人的死而动容了。

中午下班，朱怀镜一出办公室就碰上皮市长，后面随着方明远。因为仓促，朱怀镜一时慌了神，不知怎么应对。皮市长却伸手同他握了一下，轻声说道："小朱不错！"皮市长步子并没有停下来，脸上也没有特别的表情，只这么轻声一句，就放了他的手，继续往前走。方明远就朝他神秘地望了一眼，似乎暗示着什么。整个过程只有短短两三秒钟，朱怀镜却立即明白皮市长的意思了。朱怀镜心里很感激，他知道皮市长的赏识意味着什么。

回到家里，香妹脸色不怎么好。他知道她是怪他昨天晚上没有回来。他也不解释什么，说了几句闲话就坐下来吃中饭。吃到半路，他告诉香妹，他将当财贸处处长。不料香妹只望了他一眼，就说："我还是原先说过的那句话，你不当官还好些。你现在只是个副处长，我就成天见不到你了。你要是当了处长，我不要天天去电视台登寻人启事？"

朱怀镜就没好气了，说："好好！我从今天起就天天守着你！天天守着老婆的男人才有出息呢！"

朱怀镜这么说，香妹争都懒得同他争了，只埋头吃饭。她今天好像特别生气。朱怀镜也不再说什么，匆匆吃完放了碗，蜷到床上午睡去了。刚睡下还有些迷迷糊糊的意思，可睡了一会儿就越来越清醒了。便想起现在要提拔干部了，大家都来讨人情，真是有意思。他知道刘仲夏一向对他不怎么样的，看到他现在得到皮市长和柳秘书长的赏识，他拦也拦不住了，就放肆做顺水人情，向他透露人事处考察的事，一再暗示自己为他说了好话。方明远只是得了信息，他不可能在用人的事上在皮市长面前说话，却也向他通风报信，讨个人情。最有理由找他谈话的是柳秘书长，却偏碰上出了这么大的事，让他抽不出身来。但柳秘书长却在万忙当中也要匆匆向他暗示一下，好像怕人家抢先做了人情。朱怀镜这个级别的干部根本就够不上皮市长管，但皮市长也得向他含蓄一下。皮市长尽管只说了句"小朱不错"，仅仅四个字，语气也轻，可分量就不可小视了。朱怀镜心里当然明白，到底是谁在他提拔的事上作用最大，但他必须对所有向他讨人情的人都表示谢意。多让一个人高兴，你就多了一份支持，对你总有好处的。

一会儿有人送来了报纸和信件。朱怀镜见自己有封信，信封是荆都民声报社，就猜到是曾俚寄来的。他拆开一看，果然是曾俚寄来的报纸。打开一浏览，见上面有曾俚的大作，是一篇新闻调查。他一看这题目，心里就想事情不怎么好了。这题目是："皇桃黄了，谁家赚了"，下面的副标题是："乌县五万农户两千万血汗钱付流水，三年来盼致富终成梦"。朱怀镜知道这是怎么回事。他还在乌县工作时，张天奇当县长，主张发展特色水果，引进外省优质皇桃。县里制定了皇桃发展规划，准备建成皇桃基地十万亩。这个规划太大了些，但干了三年，还是建成了五万亩的皇桃基地。那些按照县里统一号召，栽了皇桃的农户，天天精心侍候着果园，一年到头做着发财梦。县里头儿说得可好啦，皇桃价格是一般普通桃的五六倍，比柑橘价格还高出一倍。县里罐头厂还准备搞皇桃系列加工，保证收购全部鲜皇桃。可是谁也没有想到，果园该挂果了，才发现成片的桃园里，桃种五花八门，就是没有一棵皇桃。原来让人在桃种上做了手脚。农民被惹怒了，县政府大门口常有上百的农民在那里请愿。有一段，县政府的几个头儿三天两头被上访的农民缠得出不了门。可事情就这么拖下来了，一直没有个了结。

曾俚的文章介绍了事情的来龙去脉，最后发起议论来：

乌县有关领导向农民解释说，县里采购桃种的人员被外省人骗了，县里正在同外省有关单位打官司。可是事情过去两年多了，官司没有任何结果。农民不上访，就没有人会再提起这件事。这就不能不让人纳闷了。据记者了解，那位负责桃种采购的人是乌县有名的水果专家，高级农艺师，并不是个容易上当受骗的人。

农民们赔了投资，赔了心血，赔了那片土地上应有的收成，也赔了他们发财致富的希望。农民们赔了，可绝对有人赚了，而且肯定赚得不小。

朱怀镜知道，曾俚说的那位水果专家，就是乌县农业局局长刘玉龙。刘玉龙是张天奇中学同学，两人关系很好。张天奇一直有意让刘玉龙出任分管农业的副县长，他向地委推荐过很多次。但因为皇桃假种案，事情太大了，刘玉龙也就上不去。刘玉龙不上，但也不下，仍坐着农业局局长的位置。皇桃一案在县里闹得沸沸扬扬，但只是闷在里面闹，对外却叫人瞒得天紧。地委也只是几个领导知道这事，市里根本没人听说过。现在这类事情光是领导知道问题就不大，只要舆论上还过得去就行了。县里早就有人议论说，刘玉龙从采购皇桃树种中一定赚了不少，还说张天奇这么庇护他，不只是因为讲同学情面。这么大的事情，让张天奇一巴掌捂住，这太说明问题了。

曾俚这文章分明在暗示着什么。朱怀镜心想，这文章说不定会给张天奇惹麻烦的。曾俚就是这么个人，只认公理不讲人情。现在一般在外地工作的人，总想让自己脸面上光彩些，同家乡父母官搞得近乎些，大家凡事好有个照应。可曾俚好像不懂得这些。朱怀镜心里佩服曾俚的正直，却又认为他不太识时务。现在你只顾说真话，不怕得罪人，到头来不但没有谁说你是个好人，反而只会让你自己的形象滑稽起来。他想有机会还是说说曾俚，别老把自己逼到尴尬的境遇里去。

乌县驻荆办主任小熊敲门进来了，他忙招呼小熊坐。小熊并不马上坐下，掏出烟来请朱怀镜抽烟。朱怀镜客气一下，接了一支。小熊便俯身替他点上。

"小熊有什么事吗？"朱怀镜吸了几口烟，关切地问道。

小熊从包里掏出一张报纸，说："这么个事，向您汇报一下。荆都民声报有位记者，叫曾俚，写了篇文章，报道了我们县里皇桃的事。这事发生好几年了，还在处理之中，却叫他捅了出来。您知道的，这对我们县形象有影响。二十分钟之前，县里打电话来专门说这事。县领导的意思，要我去他们报社把这事摆平。他们报社我一个人也不认识，不好接触。我想您说不定在那里有熟人的，就来麻烦您。张书记也是这意思，叫我向您汇报一下。"

朱怀镜早猜到张天奇对这篇文章一定很敏感的，却没有想到他反应这么快。更没想到这么巧，他才看过报纸，小熊就找上门来了。《荆都民声报》只是市政协机关报，影响不是很大，下面县里领导一般不怎么看。一定是县政协有人见到了，报告给了张天奇。朱怀镜刚才同小熊客气时，不经意间就另外拿张报纸把桌上那张《荆都民声报》盖住了。这会儿他接过小熊递过的报纸，煞有介事地看了看，说："那里朋友我倒有几位。好吧，我试试吧。"他没有说曾俚是他的同学。

小熊便奉承道："我就知道，朱处长您就是门路宽，在荆都什么地方都有熟人，走得开。"

朱怀镜谦虚说："哪里啊，我只是广结善缘而已。"

小熊又说："张书记的意思，很感谢《荆都民声报》对乌县工作的关注和支持，同时要说明，乌县县委、县政府对皇桃假种案是很重视的，只是现在经济纠纷处理起来很麻烦，有个过程，请报社的同志理解。我想，《荆都民声报》发行范围不大，外面没有多少人看得到。发了就算了。张书记没有明说其他什么意思，但我理解，他只想请这位记者朋友，一来不要再向别的报刊投稿了，二来不要再在这事上做文章了。是不是请朱处长您约一下他们，我请客，大家聚一下，把事情说说。"

朱怀镜想想，说："没有必要。我同人家是很随便的朋友，专门请他们出来谈这事，不太方便。我的意思，你就不用参加了，我就这几天抽时间约他们出来玩玩，只当是顺便说说那事。这样顺当些，小熊看你的意见呢？"

小熊很是感激，忙说："那当然好。这样吧，您还是请他们吃顿便饭吧。不好意思，我给您三千块钱，由您做主怎么样？"小熊说着就拉开了手中的皮包。

朱怀镜忙摆手，不让小熊拿钱出来。他说："小熊你这就用不着了。我们朋友间，没事也要聚聚的，还用得着你破费？反正我好久没有同那帮朋友聚了，正想凑在一起说说话呢。算了吧，我自己解决吧。"

小熊走过去把门虚掩了，回头说："这怎么行？你们朋友平时聚是另一回事，这次是为县里的事找人家，当然不能由您自己买单呀！"

朱怀镜见小熊硬是要给钱，只好说："你坚持要这样，就给两千吧，用不着三千块钱。"

小熊仍数了三千块，递了过来，说："还是拿三千吧。我知道那些当记者的，嘴都吃油了，不上龙兴大酒店那样的档次，事情摆不平的。两千块钱怎么够？就三千块也只是马马虎虎。"

朱怀镜便难为情的样子，接了钱，说："那只好这样了。我请了之后拿发票给你吧。"

小熊忙挥手，说："朱处长您这样就见外了。发票您不用管，我自有办法的。"

事情说好了，两人再不提起这事，就说闲话。朱怀镜有意无意间问起乌县的一些人，听了一些人是人非。朱怀镜发现有些人原来并不怎么样的，这几年发达起来了。有些人前些年很行得开的，这几年却不声不响了。朱怀镜最感叹的是原任公安局长黄达洪，在县里很算个人物的，早就说他要当县委副书记，管政法。可因为嗜赌如命，被他的对手告了。张天奇亲自找他谈过几次话，他当面答应好好的，说一定改正错误，再不上牌桌。可下午才谈的话，晚上他又去赌博了。他还一边赌博一边开玩笑说："张书记才找我谈过话，我向他保证，再不上牌桌了。各位兄弟证明，我可没有上牌桌啊，我这是坐在凳子上哩！"这人也太狂妄了，张天奇一怒之下，就撤了他的职。朱怀镜早就看出这人有股流氓气，说话蛮横无理，办事心狠手辣。县里领导的话，他只听一、二把手的，其他的副职根本不放在眼里。黄达洪的职被撤了，果然本性就出来了。他班也不上了，当起了"鸡头"，带了一伙女的，下深圳做皮肉生意去了。真是有意思，黄达洪原本是专门抓流氓的，到头来自己却做流氓头子了。朱怀镜一向对黄达洪印象不怎么样，可今天知道这人倒霉了，堕落了，他心里并没有太多幸灾乐祸的意思，只是感叹命运无常。

见时间不早了，小熊起身告辞。朱怀镜留他去家里吃了中饭再走，小熊说谢了，改天再上门拜访吧。

小熊走了，还有几分钟才到下班时间，朱怀镜就出了办公室随便走走。他去刘仲夏办公室，见几个同事正在那里神秘地说着什么。他猜他们一定是在说向市长遇难的事。自己处里人，他也就不回避，凑了上去。果然如此，只听刘仲夏说道天有不测风

205

云，人有旦夕祸福。同事们便感叹唏嘘，摇头晃脑，脸色凝重。这时刘仲夏抬腕看看手表，大家忙说哦哦下班了，便各自散了。

朱怀镜低头回家，脑子里全是些宿命的感悟。人这一辈子，真是莫名其妙！

晚上，朱怀镜如约在办公室等候李明溪。不知李明溪什么时候才能来，他就不好先同柳秘书长联系。心想只好等李明溪来了再说。万一到时候柳秘书长没有空，就下次再约。只有就柳秘书长的时间，这是没办法的。

直到八点一刻，李明溪才偏着头进来了。一见李明溪，朱怀镜忍不住笑了起来。李明溪不问他笑什么，也只冲着他笑。朱怀镜发现今天李明溪还算听话，真的理了发。也许是平时看惯了他蓬头垢面的样子，今天见他理着这寸斤平头，怎么看怎么滑稽。最好笑的是那刮掉了胡子的嘴皮子，反而觉得厚了许多。朱怀镜总感觉李明溪是个糊涂人，不放心他办事的任何一个环节，仍叫他把画再打开看看。确认是他昨天看过的那两幅画，才算放心。却又不马上打电话同柳秘书长联系，只是反复交代李明溪："不要像平时那样发神经，人家领导同你握手，你死人一样不知道伸出手来。也不用你主动伸手，得人家领导伸手你才伸手。领导一般只伸一只手，你就得身子稍微往前倾些，伸出双手，握住他的手礼貌地摇几下。嘴巴也不要死憋着不出声，你得说感谢领导关照！你别笑，我这么交代你，在别人听起来也许有些滑稽，但你真的太不懂人情世故了，不这么交代，你就要误事。"

李明溪仍是哈哈笑了起来，说："你以为我是幼儿园小朋友，还是以为我是傻瓜？不是别的，我不习惯。我不习惯那一套，你教也教不会呀！"

朱怀镜却认真起来，说："那就不行！你这样子我的脸就没地方放！再说你让人家尴尬了，你的事也就黄了。"

李明溪一脸痛苦，摇摇头说："真不该上你的贼船！好吧，就依你的吧。"

　　朱怀镜看看手表，已是九点多钟了，这才打了柳秘书长的手机。柳秘书长说："才回家，欢迎两位。"

　　朱怀镜打开柜子，取了一箱秦宫春扛着。出了办公室，朱怀镜倒觉得胸口怦怦地跳。他看看李明溪，见这人却若无其事的样子。朱怀镜深深地呼吸，平息自己的心情。可肩上扛着东西，不好怎么调息。他便把秦宫春放了下来，同李明溪一人提着一头抬着。这样呼吸才顺畅些。他说不出这时的心情是激动还是慌乱。他知道自己既没有理由激动，也没有理由慌乱，却仍是感到心跳如鼓。

　　朱怀镜一路同李明溪闲聊起来。说说话，也就放松了。等到了柳秘书长家门口，基本上算是心平如镜了。他抬手敲了门，门马上开了。

　　开门的是小伍，笑吟吟地叫道朱处长好。小伍接过秦宫春，搬进了里屋。柳秘书长正在烫脚，不好起身，扬扬手招呼二位坐。朱怀镜见了这个场面，心里就笑自己刚才教李明溪如何如何同柳秘书长握手，纯属多此一举。坐下之后，他就介绍李明溪。柳秘书长靠在沙发上，双手含含糊糊打了个拱，笑道："久仰大名！"

　　李明溪笑着摇摇头，算是道了哪里哪里。朱怀镜见他谦虚话都不知说一句，背膛上就开始冒汗。他瞟了李明溪一眼，见这人仍是木人一般，就拿话岔开，问："今天柳秘书长忙得晕头转向了吧？"

　　柳秘书长苦脸一笑，说："事情都凑在一起了！偏在这时，你余姨又住院了。我下午开会开到六点过，又马上赶去医院。晚饭才吃了的。多亏了小伍，不然我真不知怎么办。"

"余姨哪里不好？"朱怀镜关切地问。

柳秘书长眉头略略一皱，叹道："她是一年有半年多在医院躺着的。"

朱怀镜就不好说什么了，只摇头而已。他原本不清楚柳秘书长家里事情的，后来听方明远说才知道些情况。柳秘书长同他夫人余姨结婚后不久，余姨就下肢瘫痪了，几十年来一直不见好转。两人便一直没有生育小孩。夫妻俩相濡以沫过了几十年，在干部当中很有口碑。

小伍过来倒了茶，又回屋里去了。一会儿又拿了干毛巾出来，站在一边。

柳秘书长望着李明溪，笑道："我原以为你这当画家的一定长发披肩，胡须满面呢！"

朱怀镜忙说："算您猜对了。他一直是这个样子，今天因为要见领导，才万难跑去理了个头发。不然啊，政府大门他都进不了。"

柳秘书长手朝朱怀镜点了点，说："怀镜，一定是你要他理发的吧？你这就不对了。艺术家要有艺术家自己的个性，头发长一点有什么关系？如果没有自己的个性，他们就没有创造性，就出不了好的作品。李先生，你说是不是？"

李明溪也只是嘿嘿一笑。这时柳秘书长洗完了脚，小伍为他揩干了，又弓身端走了洗脚水。柳秘书长便对朱怀镜笑笑，说："这小伍不错。"说罢又喊道："小伍，脚指甲长了。"小伍应了声，一会儿拿着指甲剪过来了。柳秘书长伸手接指甲剪，她却说："您弓腰太吃力了，还是我给您剪吧。"柳秘书长笑着指指小伍，又对朱怀镜说："你看你看，这小伍就是这么个乖孩子。"

小伍莞尔一笑，搬了小凳，在柳秘书长前面坐下，将柳秘书长的脚抱过来放在腿上搭着，小心剪了起来。一时没有人说话，柳秘书长抬手优雅地理着头发。朱怀镜想找句话说，却想不起合适的话来，心里很不是味道。他偏头偷偷看看李明溪，却见他没事似的，就像他一个人坐在这里。他真是佩服这疯子。朱怀镜感觉只有自己这么尴尬，就越发尴尬。他知道柳秘书长是不会尴尬的。朱怀镜见识过不少这样的领导，你同他单独在一起，他爱和你说话就说几句，不然他就一言不发，要么面无表情，要么似笑非笑，听凭你闷得发慌，背生虚汗。

这会儿的柳秘书长就这么靠在沙发上，双眼微微眯起，就像风雅之士在欣赏音乐。只有剪趾甲的声音咔咔脆响。小伍剪趾甲的样子看上去很专业，剪完之后又细心地打磨。好不容易等到剪完了，朱怀镜叫李明溪把画打开让柳秘书长批评批评。李明溪却不起身，只朝朱怀镜伸了伸手。原来画正好放在朱怀镜背后的矮柜上，离他近些。朱怀镜心里微微不快，只得抬手取了画。心想李明溪真不懂规矩。反过来一想，李明溪不讲世俗礼数，又正是他天真可爱的地方。要是在官场，这就是大忌了。官场里，人人都得按自己的职务、地位、身份，谨慎地守着些规矩，不敢轻易出格半步。事实上没有哪个文件规定了这些规矩，可它却比法律条文定了的还要根深蒂固。比方刚才李明溪朝朱怀镜伸了下手，本是正常不过的事，你离画近些，你取一下画是举手之劳，没什么大不了的。可按官场规矩就不行了。你李明溪好大架子，就来指挥我了？我还是处长哩！

朱怀镜拿着画站了起来，示意李明溪也站起来。李明溪不懂他的意思，仍坐着不动。他只好叫了声："来，明溪，我俩打开让柳秘书长看看。"

李明溪这才有气无力地站了起来，同朱怀镜把两幅画一一打开了。先打开的是那幅大的，柳秘书长仔细看了看，点头说好好！再打开那幅小的，柳秘书长又细细看了看，却站了起来，说:"好好!总的说来两幅都不错,但我更喜欢这一幅。"

李明溪就得意地望望朱怀镜,那意思朱怀镜立即明白了,就是说他的眼力不及柳秘书长。柳秘书长说着又凑近看看,再后退几步远观片刻,说:"不错,真的不错。特别是这一幅,构图、意境、用笔都很好。当然那幅大的也很好,挂在客厅里最好不过了。这幅小的我还舍不得挂出来哩!"

看完了画,柳秘书长就扯着李明溪说话。李明溪这下话就多一些了,但也只是一问一答,他并不主动说什么。柳秘书长同李明溪说了一会儿,就交代朱怀镜:"怀镜,李先生画展的事,你就多操些心。有困难你立即同我讲。这样的人才,我们荆都不是多了,而是少了。一个城市,没有几个一流的艺术家,文化品位就上不去。我有个观点,也许同一般人不相同。这就是说,我们固然要努力把经济搞上去,但如果忽视了文化建设,单纯地追求经济发展,那么经济的发展最终将失去活力。因为没有文化的支持,经济的发展是不会长久的。我还认为,经济可以在短时期内创造奇迹,而文化建设必须是一个长期的历史积累的结果。所以,我个人的意见是千万不能在文化建设上搞短期行为,一定要着眼于长远,着眼于未来,时时刻刻都把文化建设放在重要的位置。而这项工作又是非常具体的,说白了就是从艺术家抓起。抓了几个一流的艺术家,你这个城市就有品位了。我们说罗马的绘画与雕刻,说维也纳的音乐,说巴黎的文学,不就是因为那里诞生过几位鼎鼎大名的文学家、音乐家、画家吗?这个……当然啰,一方面也还要抓文化的普及工作,正确处理好普及与提高的关系,既要造就一批一流的艺术家,又要让文化艺术走进百姓的生活。我们什么时候也不能让艺术贵族化……"

柳秘书长滔滔不绝地说着,李明溪听来却像是天书,茫然不觉。他只是望着柳秘书长说话,笑也不笑,头也不点。朱怀镜知道李明溪听着这一套一套的官话就会晕头的,好在他那表情看上去还像在认真聆听教诲,不会让柳秘书长难堪。柳秘书长说完了,朱怀镜忙说:"柳秘书长的领导意识就是不一般,很有文化意识。不是我说得难听,现在有些领导,别看他们都是读过大学的,有的还搞了张硕士文凭、博士文凭,可就是缺乏文化意识。没有文化意识,就很难谈得上现代意识;而缺乏现代意识,就免谈开拓精神……"

柳秘书长抬手示意朱怀镜慢些说,他就不说了。柳秘书长接过他的话头,说起了朱怀镜的大事:"所以我就是一贯主张要大胆起用年轻的、有开拓意识的干部。怀镜哪,组织上准备给你压压担子啊。"

柳秘书长说到这里就停了片刻,也不看谁,只把头很舒服地枕在沙发上,望着天花板。朱怀镜没想到柳秘书长同他的谈话就这么开始了。他知道,柳秘书长说的是组织上要提拔他,而他要说的当然就不能说感谢组织信任,而要说感谢柳秘书长栽培。于是他便望着那双并不望他的眼睛,十分诚恳地说道:"非常感谢柳秘书长。我一定好好工作,绝不辜负您。"

柳秘书长这才偏过头来,望了朱怀镜一眼,又把目光移开了,接着说:"你在下面当副县长,管过教育,也管过财贸。我相信你干得好这个财贸处长的。我这几天很忙,就不再找你谈话了。今天算是正式谈话吧。财贸处处长的位置也空了很久了,你将这边的工作交一交,就马上上任吧。文件很快会发下来。我同人事处说说,安排个时间,我带你去与财贸处的同志见面。"

朱怀镜正继续说着感谢的话,柳秘书长抬头看了下墙上的挂钟。朱怀镜马上意识到应该走人了。但他没来得及掉转话头提及告辞,柳秘书长打断了他的话,望着李明溪说:"那就谢谢李先生,谢谢你们二位了?"

朱怀镜马上站了起来，弓着身子说："那我们就告辞了，秘书长您休息。"

小伍忙站起来，说："朱处长，二位好走。"

朱怀镜朝小伍笑笑，表示了谢意。他本想说句你在这里好好干的，可今天见这光景就觉得此话多余了。朱怀镜带着李明溪一边往外走，一边回头微笑。柳秘书长慢慢站了起来，朝他俩挥手。小伍跑在前面拉开了门。朱怀镜最后回头挥挥手，出门了。门便在后面轻轻掩上了。朱怀镜吸取上次的教训，出来了就没有再说什么，只低着头一声不响下楼。走了好长一段路，李明溪突然没头没脑地问："柳秘书长的夫人还这么年轻？"

朱怀镜一时没有反应过来，愣住了，说："他夫人？……哦哦，那是他家保姆哩！真是的，你这木鱼脑壳，我和他说话难道你一句也没听懂？"

"谁在意你俩说什么？我只听见你们这位领导好像说什么要抓几个艺术家，这口气就像'文化大革命'。"李明溪咕噜道。

朱怀镜知道李明溪在有意幽默，觉得又好气又好笑。他送李明溪到大门口，说："我才是自己找事做哩！你的画展，得由我负责筹划了。这是你的事，我也没办法。好吧，你只把画作准备好，经费我来筹，到时候你自己再参加布置就行了。"

李明溪嘿嘿一笑，转身走了。朱怀镜却习惯地伸出手来，可他的手只好就势在空中画了一个弧，演变成了搔头的姿势。他望着李明溪在寒风中一偏一偏地踽踽而行，心里竟莫名其妙地涌起一股暖意，胸口感动地跳了几下。他往回走了好一阵子，才隐约体味到自己刚才的感动是怎么回事。他禁不住长长地舒了一口气，心里颇为感慨。他想这也许就是朋友吧！是真正的没有任何利益关系的朋友。只有在这样的朋友面前，他朱怀镜才是真实的。叹只叹如今想遇上这样的朋友太难了！

他一时脑子里像有许多东西要想一想，没有马上回家去。他径直去了办公室。他在办公桌前坐下，首先想起的却是同玉琴通电话。他拨着电话，胸口就禁不住狂跳。这女人总给他这种感觉，实在是件很美的事。电话通了，玉琴平淡地喂了一声，听出是他，语气立即高兴起来，说："嘀，怀镜啊，你今天是不是很忙？一天都没给我电话。我今晚正好轮着值班。"朱怀镜今晚也不便过去，就说："有点忙。出了那么大的事，你知道的。我也正在办公室加班。告诉你，今天皮市长和柳秘书长都找我谈了，要我去财贸处当处长，过几天就要去财贸处那边了，这边的事得加紧交接。"玉琴默然一会儿，说："恭喜你！我怎么慰劳你呢？"朱怀镜就笑了起来，说："你说呢？"玉琴明白他的意思了，就说："你坏啊！不跟你说了，你好好加班吧。别太晚了，早点休息。"

放下电话，朱怀镜心里美了好一阵。想起身回去，又觉得还有什么事似的。想了好一会儿，才想起该是柳秘书长夫人住院的事。他想应该去医院看望一下。单是去看看没有什么可多想的，要紧的是怎么去看。谷秘书长遇难了，看这形势一定是柳秘书长坐第一把交椅。柳秘书长现在对他还真不错，对这样的人物应表示必要的尊重。怎么个尊重法儿，就看你自己的意思了。朱怀镜想，上次为祝贺皮市长二公子赴美国留学送了两万，按职论级，等而下之，看望柳秘书长夫人至少也应送上一万块。想到要送一万块，他心里突突地跳。这个数目对于他来说的确太大了，等于他两年的工资。再说加上上次的两万就是三万，这更让他不舍。唉！但没有办法，这个人情还是要做的。

朱怀镜拍拍脑袋，狠狠地咬了咬牙，出了办公室。一到走廊里，他立即恢复了平静，大步流星起来。楼厅口还有站岗的武警，他们永远没有表情。

回家的路上，他想还是送五千块算了吧，只是住个院，况且她是常住院的。再细细琢磨一下，觉得五千块也过得去了，就想：不再变了，就五千吧。

香妹还没有睡，一个人在看电视。见他回来了，她也不怎么热乎，只看了看墙上的钟。朱怀镜就明白她是怪他回来晚了，便随意说起向市长他们遇难的事，暗示他是忙这事儿去了。香妹问他吃了饭没有。他说这么晚没吃饭不早饿瘪了。香妹这就起身为他倒了水来洗脸洗脚。

上了床，两人闲话一阵，气氛好些了，朱怀镜就说起了去看望柳秘书长夫人的事。香妹听说又要破费五千块钱，一把坐了起来，任朱怀镜怎么说就是不答应。朱怀镜左劝右劝，摆的都是上次说过的那些道理。可这回不怎么灵了，香妹死活不依。朱怀镜就发火了。他一火，香妹就下了床，赌气取出存折，扔给朱怀镜，说："好好！都给你，任你怎么送，不关我的事！今后再不许在我面前说钱的事！"

香妹气呼呼地去了儿子房间睡。存折在朱怀镜的枕边，他也不去拿它。也难怪香妹生气，这么花钱真的让人心痛。父亲在乡下拱着屁股干了一辈子，手头还从来没有过二万五千块钱啊！朱怀镜平时再怎么大方，再怎么吃喝，也不敢太大手大脚。他总时不时会想起他熟悉的乡村。他买双皮鞋，买件衣服，或是下了顿馆子，总会突然想到花这些钱，父亲得辛辛苦苦做半年或是做一年。父亲口咬黄土背朝天，一年还挣不来他在外面吃的一顿饭钱。他太熟悉那些乡村了，太熟悉父亲一样的农民了！那仍然很贫穷的乡村，是他永远走不出的背景，是他心灵和情感的腹地。

但是，朱怀镜毕竟离开了乡村。离开乡村几乎是所有乡下人的愿望。父老乡亲巴望他有出息，大大地有出息。可出来这么些年，他越来越清楚地看到，一个乡下人所谓的大出息，得通过几代人的努力才能实现。他朱怀镜这一代只能走完从乡下人变成城里人这一步。他只能为儿子创造条件，让儿子比他再高贵些。以后孙子比儿子又更高贵些。只有这样，他的家族才会慢慢进入社会的高层。不管承认也罢，不承认也罢，社会事实上已存在了阶层。生活在下层的人，你可以傲骨铮铮地蔑视上层，可你休想轻易地接近和走向上层。所谓上层，向来都是指做了大官的人，可这些年上层行列里又增加了新的成分，那就是赚了大钱的人。在荆都，做大官的和赚大钱的都被人称作老板。这些老板，大概也就是柳秘书长在修改《政府工作报告》时说起的所谓"人士"。朱怀镜想，这"人士"二字的出笼，字面上也许没有多少特别的深意，但似乎中间隐约透露着一股气息：有些人真的越来越贵族化了。他想着这事，就起身开了灯，找来辞典，翻到"人"字。

【人士】有一定社会影响的人物：民主～｜各界～｜党外～｜爱国～。

【人员】担任某种职务的人：机关工作～｜武装～｜值班～｜配备～。

人士称得上人物，而人员只能是普通人而已。朱怀镜合上辞典，突然觉得自己很迂腐很可笑，居然正儿八经地翻着辞典，考证什么是人士，什么是人员。辞典是死的，语言是活的，而官场语言往往又是含蓄、隐晦和富有象征意义的，翻辞典有什么用？尽管做官的仍被称作公仆，尽管有钱的人仍尊你为上帝，可事实就是事实。下层人想快些进入上层，拿时兴的官话说，就是实现超常规发展，你就得有超常规的手段。朱怀镜伸手拿起存折，握在手里。存折冰凉的，一股寒气直蹿他的全身。他闭着眼睛，体验着一种近似悲壮的情绪。存折在他的手心被捏得发热了，他的心情也就平静了。

也不知有多晚了，他没有半点睡意，索性起床了。听听隔壁没有香妹任何声息,他便开了门出去了。户外很冷,路灯白得发青,这种灯光下的一切似乎都蒙上了一层魔幻色彩。朱怀镜知道自己这时的脸色也许很恐怖。他去了办公楼,站岗的武警奇怪地望着他。他装模作样地同人家招招手,像个日理万机的领导。进办公室坐了会儿,心想还是回去睡了。可一出了办公楼,却向大门的方向去了。

朱怀镜走在寒风中感到莫名其妙的悲壮,泪水模糊了双眼。他想这个时候有谁惹了他,谁就倒霉了,他一定将这人揍个半死!寒风迎面吹来,叫他不能呼吸。他便顶着风呜呜地怪叫,像一匹孤独的狼。

他这么叫喊着,就到了龙兴大酒店附近。望见酒店门厅外面通明的灯火,他不再叫喊了。可今天这红红绿绿的灯光让他感到从未有过的凄艳和伤感,又忍不住潸然泪下。

他沿着僻静的小道,去了玉琴屋子。开了门,他没有开客厅的灯,径直去了卧室。他开了床头的灯,却见床头摊着些照片,全是他同玉琴一块儿照的。原来他不在的时候,玉琴就依偎着这些照片入睡!

朱怀镜躺在床上,一张一张端详着这些照片。他想起同玉琴夜夜厮守的那些日子,每一张照片都有一个令他心旌飘摇的故事。像是幻觉,他拿手抚摸着照片上的玉琴,看着看着玉琴就从里面出来了,同他一起说话儿。一会儿又偎着他睡下了,伸出温润的舌头舔他的脸。他的脸被舔得痒痒的,伸手抓了一下。手一抬,他真的实实在在感觉到了玉琴的身体。他猛然睁开眼睛,玉琴真的睡在他的怀里!

见他醒了,玉琴噘起嘴巴说:"你真是坏呀!来了又不说一声,害得我一个人在那里值班冷冷清清。知道你来了,我也可以早点儿过来陪你。这下可好,天早亮了好半天了!"

朱怀镜摸摸玉琴的身子，还是冰凉的，就知道她才躺下没多久。他抬腕看看手表，却已是早上八点过了。"这下好了，上班也要迟到了。"朱怀镜说。

玉琴似乎有些难为情，笑笑说："我进来时已是七点五十了，想你怎么睡得这么死，一定是昨晚太累了。我想让你多睡一会，也就不叫醒你了。再说，我也想倚着你睡一会儿。"

朱怀镜搂紧玉琴，说："傻孩子，还怕我怪你不叫我？我也巴不得同你久待一会儿哩！迟到就迟到，我俩再睡一会儿吧。"他想这会儿正是人们进进出出的高峰期，索性等会儿再出去算了。他挂了刘仲夏电话，说有点事要办，迟一点再去。刘仲夏很客气，说："没有事的，您放心办事吧。"玉琴在他怀里甜甜地拱了一阵，逗他说："坏家伙，你说要办事，办什么事？"他早喉头起火了，喘着气儿说："办你！办你这个天下第一大事！"两人只隔了十几个小时不在一起，却像八辈子没见面似的。

朱怀镜出了龙兴大酒店已是十点多了。走了一会儿路，才觉得饥肠辘辘。他和玉琴都没吃早饭。玉琴说去弄饭来吃，他不让她离开半步，两人便只顾搂着温存。这会儿却真有点饿。可是怕再耽误时间，他只好忍住饥饿，拦了辆的士。

朱怀镜在政府大门口下了车，见了站岗的武警战士威风凛凛，他就抖擞了精神，似乎也不怎么觉得饥饿了。当他挺直腰板，甩着手臂，潇洒地走过大院里宽阔的大坪时，他已显得精力格外充沛了。刘仲夏听见了他开门的声音，过来跟着他进了办公室。"有事吗？"朱怀镜客气地问道，可他感觉自己这口气有些像在问一位下级，便马上谦恭地笑笑。他见刘仲夏没有什么特别的表情，心里就妥帖些。

刘仲夏在他对面坐下来，说："怀镜，同您商量个事。快到春节了，同志们都盼着早点发福利。我的意思是，今年物价涨得

217

快,大家都觉得手头紧,是不是比往年多发一点?我想法是每人发个六杆。估计厅里也会发个三四杆。每人一共有个近一方水,过年也差不多了。您看如何?"

朱怀镜说:"好好,就依您说的吧。同志们辛辛苦苦干一年,就盼着年头年尾有个响动。"

刘仲夏又说:"好吧,我俩就统一这个意见。不过我想多做几次发,免得太显眼了。今天先发两千吧。上面又发通知下来了,禁止年底滥发钱物,禁止年底突击花钱。通知是年年发,票子也年年发。我们办公厅倒是规规矩矩,发个几千块钱还做贼样的。"

朱怀镜感叹道:"是啊,我们是首脑机关,什么事情都讲究影响。外面那些单位,谁还讲影响不影响?只要是票子,就敢往腰包里塞!我就知道有几个部门,早在几年前春节就发几万块了!"

两人感慨一会儿政府首脑机关的形象问题,认为形象的确太重要了。谁叫你在首脑机关工作呢?在这里工作你就得舍得牺牲。

刘仲夏坐了一会儿,说声您忙吧,起身走了。朱怀镜从刘仲夏的语气里仿佛感觉到了什么。仔细一琢磨,发现刘仲夏对他比平时多了些客气。一个处的同事,进出办公室很随便的,不用说你忙不忙之类的客套话。刘仲夏又是站在处长的位置上,平时从不对哪位下级讲过客气。朱怀镜想,这一切都是因为自己即将去财贸处当处长了。

不一会儿工夫,小向笑眯眯地进来了。朱怀镜知道他是发钱来了。小向是处里小钱柜的出纳,他要发钱了就是这么个表情。果然,小向神秘兮兮地将门轻轻掩了,贼虚虚地从腋下取出一个大信封,拿出一张表来让朱怀镜签字。小向望着朱怀镜签了字,一五一十地数了两千元钱交给朱怀镜,说:"朱处长再数数?"

朱怀镜觉得小向这人死板得可爱,硬要望着你把字签好了才知回头数钱,好像生怕你写不好自己的名字。朱怀镜把钱往口袋里一揣,笑着说:"少给了不问你要了,多给了你就赔吧。"小向便嘿嘿一笑,又把大信封揣进腋下夹着,一声不响地出去了,就像个地下工作者。

小向一走,朱怀镜忍不住掏出钱夹,数数里面的票子。昨天小熊给的三千块还没有动,刚才发了两千,原来自己还有五百来块,一共有五千五百多块钱。朱怀镜觉得奇怪,刘仲夏这回怎么一下子大方起来了,他是个办事非常谨慎的人,以往春节发钱从来不敢超过三千块。朱怀镜总认为他不是自己不想多拿些钱,而是怕万一大手大脚,到时候小钱柜空了,一时没有财源,干部们就会意见纷纷。也好,就拿手头这五千块钱去看望余姨算了,懒得跟老婆闹得不畅快。

他见这会儿才十一点多钟,又没有什么事做,就想干脆去医院看一下余姨,了却这个心愿。他拉上门就出来了,也不同刘仲夏打招呼。才进办公室没多久,又说要出去有事,不太好,就干脆不说算了。

出了政府大院,才想起不知余姨住在哪家医院。按说应在第一人民医院,那里是政府机关指定的医疗单位。他便打的去了第一人民医院。到问讯处一问,知道余姨这类病人应住八病室。他跑去八病室护士值班室一查,见有个38床余娟。再问问护士,正是余姨。他不忙去病房,跑到大门外,花八十块钱在摊上买了个花篮。

余姨斜靠在床上坐着,显得很孤独。床头只有一个茶杯,没有鲜花。她没有马上认出朱怀镜,表情漠然。朱怀镜微笑着弓下身子,说:"余姨,您好!我才知道您住院了,今天才来看您。"

219

余姨眼睛一闪,笑道:"你们那么忙,不敢惊动你们啊。坐吧,坐吧。"余姨脸色苍白,就连笑起来都似乎很吃力。朱怀镜感觉余姨好像仍没有想起他是谁,就索性自我介绍:"余姨想不起来了吧?我是综合处的小朱啊。"

余姨忙摆摆手,说:"哪里啊,我记得你。"

说了一会儿闲话,余姨说:"小朱,请你帮个忙,扶我躺下。我刚才请别人帮忙坐起来的,等会儿又要麻烦人家帮我躺下去,不太好。"

朱怀镜忙起身来扶余姨。他手一触着余姨的身体,心里猛然一惊,几乎要打寒战。余姨的身体疲沓而冰凉,没有一丝生气。她显然很虚弱,就在躺下去这会儿工夫,额上就渗出了虚汗。朱怀镜心细,见床头有面巾纸,就扯了一张替余姨揩了汗。余姨像是被感动了,脸庞红了一下。她问了朱怀镜的年龄,就说她要是结婚早,儿子只怕也有朱怀镜这么大了。朱怀镜知道这是她伤心的地方,就只是笑笑,避开了这个话题。

余姨说:"小朱,你回去吧,快十二点了吧?"

朱怀镜点头说:"好吧。您中饭怎么吃?"

余姨脸微微一阴,说:"小伍会送来的。"

朱怀镜起身说:"余姨您就好好休息,不要着急,安心养病。我改天再来看你吧。"

朱怀镜从病房出来了。他终于没有掏出那五千块钱来。他就在刚才扶着余姨躺下那一瞬间,隐隐觉得这个女人在她丈夫心目中也许并不重要。那么带上一个花篮来看看也就行了。

朱怀镜出了医院大门,路过他刚才买花篮的摊子,无意间听见有个女人在讨价还价,最后用六十元钱买了他一样的花篮。他想自己吃了二十块钱的亏,心里不快。又想起自己原本要花五千块钱的,却只用八十块钱就交差了。这么一想,他心头就释然了，反而觉得自己赚了似的。

小熊拜托的事，朱怀镜一直还没有空去了结。今天好像没什么事，他就想晚上请曾俚聚一下，顺便也请一下李明溪，再要玉琴来作陪。下午一上班，他就打电话同玉琴商量这事。他觉得老是揩玉琴的油水不太好，再说曾俚和李明溪同他极随便的，只需找个稍微过得去的店子就行了。于是便说好放在龙兴大酒店斜对门的一个小饭店。

不料他刚通知了曾、李二位，方明远来电话说，向市长他们的骨灰下午四点钟到，皮市长去机场迎接，问他有没有空，一起去一下。

朱怀镜觉得既然要参加追悼会，马上又同朋友们聚在一起喝酒，就很不妥了。他只好打电话给玉琴他们三位，说改日再聚，并道了原委。玉琴和李明溪没说什么，曾俚却大为感叹，说朱怀镜还怀有古君子之心，这在如今官场是很难得的。

朱怀镜回完电话，上楼去皮市长办公室。方明远无声地笑笑，招手请他进去坐。见方明远这样子，朱怀镜就知道皮市长这会儿正在里面办公，就小心地进来坐下。方明远轻声说："就在这里坐一下吧，时间差不多了，等会儿我们一起下去。回来马上就接着开追悼会。还有一个活动要请你，等会儿再同你说。"

朱怀镜问："什么事？这么神秘？"

方明远嘴巴努一下里面，又摇摇头。朱怀镜就知道一定是这里不方便说的事，也就不问了。两人正轻声说着话，皮市长开门从里面出来了。朱怀镜忙站起来，说："皮市长好！"

皮市长和颜悦色，道："是小朱呀？坐吧坐吧。等会儿我们去机场接向市长，你也去一下吧。"朱怀镜忙点头说好好。皮市长将几个批示了的文件交给方明远，交代了几句，仍回里面去了。两人便接着闲扯。

不久柳秘书长进来，见朱怀镜在这里，朝他点头笑笑，就敲了皮市长里面的门，进去了。一会儿，皮市长同柳秘书长一道出来了。皮市长说："小朱，一起去吧。"

柳秘书长也就说："对对，怀镜一起去吧。"

下楼一看，就见坪里整齐地停了二十来辆轿车，每辆车旁都站着些表情肃穆的人。方明远上前替皮市长拉开了车门。皮市长不像平时那样热情地与同志们招手致意，而是低头缓缓钻进了轿车。其他的人也就不声不响地上了车。柳秘书长上了自己的车。方明远拉一把朱怀镜，叫他上皮市长的车。方明远自己坐到前面的位置上，朱怀镜就只能同皮市长并排坐在后面了。他心里觉得这样不妥，可来不及细想，就从车头绕过去。但当他走过车头时，突然很不自然了，似乎自己处在聚光灯下。他猛然意识到自己一紧张，就犯了个礼节错误。按规矩，他应从车尾绕过去，而不是从车头。他拉开车门，见皮市长端坐在沙发的一头，也不侧过脸来招呼他一声。他就有些后悔上这车了。

一路上皮市长一言不发，车上也就没有人说话。朱怀镜就想这些人也许都在暗暗笑他少见识。

到了机场，机场的负责人早迎候在那里了。大家只是握手，不多说话。寒暄完了，就有小姐过来，领着各位进了贵宾室。坐下不久，有人给每人发了一条黑纱。

一会儿班机到了，皮市长一行乘车去了停机坪。早有军乐队排着方阵候在那里了。先等其他客人下了飞机，军乐队才奏起了哀乐。韦副秘书长捧着骨灰盒缓缓出了机舱，却不见其他人出来。猛然听得一片哭声，朱怀镜回头一看，见是向市长夫人和他的儿女在哭。他就猜到这一定是向市长的骨灰了。皮市长同向市长的儿子一道扶着向市长夫人，上前接了骨灰盒。夫人抚摸着骨灰盒泣不成声。皮市长安慰着送她上了轿车。

这时，其他的人才捧着骨灰盒鱼贯而出。十几个人的家属一齐哭号，顿时哭声震天。最前面的是谷秘书长的骨灰，其次是财政局长的，再后面是工商银行行长的，最后才是向市长的秘书龚永胜的。先是厅局级干部，再是处级干部。厅局级干部又以资历为序论先后。

朱怀镜平生第一次见到一次死这么多人，很是震撼，一阵悲痛袭来心头，眼睛发起涩来。这时，方明远拉拉他的手，凑过头来说："皮市长二公子就要去美国了，皮市长想请身边几个人去家里聚一下。追悼会完了，我俩一起去吧。"

哭声很大，他俩说什么别人也就听不见。朱怀镜猜想这就是方明远原先在办公室里同他神秘地说了半截的什么活动了，就问："都年底了，他不干脆过了春节再走？"

方明远说："布朗先生正好要回美国去一趟，皮市长就想请他带着皮勇一道走算了，也好一路照应一下。"布朗先生是美资企业威茨公司总裁，同皮市长是很好的朋友。朱怀镜没有见过这个老外，只是听方明远说起过。

骨灰盒都交接完了，大家上车，车队直奔殡仪馆。

殡仪馆早安排好了灵堂，前来告别的领导同志和死者生前好友已分别候在各个灵堂。皮市长和柳秘书长参加了向市长的追悼会，市政府其他各位领导和秘书长分别参加其他各位死者的追悼会。朱怀镜和方明远随在皮市长身边。如今会开得多，而且开得长，很让人烦躁，只有追悼会倒常常是开得简短的。十一个追悼会同时开，不到四十分钟也就结束了。因为事先准备得妥当，会上没有太多的花絮。只是朱怀镜过后听人说起在灵堂的布置上有过小小插曲。原来殡仪馆的灵堂倒有三十来个，但大厅只有四个，中厅有八个，其余的是小厅。按长期形成的惯例，市级领导的追悼会才能放在大厅，厅局级干部和处级干部的追悼会只能放在中厅，一般百姓的追悼会当然放在小厅了。像这回一下子去世这么多高级别的干部，这在荆都历史上从没有过，中厅灵堂就安排不过来。但又不能把谁安排到小厅去，那样人家家属会有意见。经过反复研究，只得决定安排两位厅局级干部去大厅。这也像如今用干部的惯例，只能上不能下。可也不能随便安排谁谁去大厅，还得论资排辈。于是谷秘书长和财政局长的追悼会就破格安排在大厅了，这很让他们家属感到安慰。

大家出了灵堂，就有人收了黑纱。朱怀镜仍坐皮市长的车回机关。他吸取教训，从容地从车后绕过去上了车。皮市长仍不说话。几个人在车上一言不发坐了一阵，皮市长突然问道："小朱，你那姓袁的朋友同你说过一句什么话？"

朱怀镜知道一定是方明远把那话传给皮市长了，但他不清楚皮市长同司机是不是很随便，就不重复袁小奇那句话，只是隐晦道："是啊，那天您从荆园刚走，袁小奇就同我说了那句话。他说得很神秘，我觉得奇怪，就马上打电话同方明远说了。"

皮市长抬手摸摸油光发亮的头发，若有所思地说："是啊，神秘啊……"语气很轻，像是自言自语，落音几乎成了叹息。也许是刚才的对话过于隐晦，气氛感染了大家，谁也不便多说什么。朱怀镜觉得车内的空气似乎稀薄了，禁不住深深地呼吸几下。但他的深呼吸是在不动声色中完成的，免得别人以为他是紧张了，显得小家子气。他很不喜欢汽车空调制造出的温暖，就像他不喜欢女招待们用职业笑脸挤出的热情。

方明远很会来事，见大家不声不响，就说："放点音乐吧，轻松轻松。"

"哦，对对，放点音乐。"皮市长表示同意。

方明远随便拿了盒磁带，放了音乐。偏巧是电视剧《红楼梦》的那首插曲《枉凝眉》。这首歌在朱怀镜心中已有特殊意义了。他微眯着眼睛，似觉仙音袅袅。此时此刻他意念中玉琴的姿态，格外的曼妙。

车到办公楼前停了下来，方明远飞快地下车替皮市长开了车门。皮市长起身下车时说："小朱，同小方一块去玩啊！"皮市长说得很随意，像是忽然想起似的。朱怀镜忙说："好好，谢谢市长。"可他的话皮市长也许还未听清，因为这位领导边说话就边下了车。

方明远送皮市长上楼去了，朱怀镜进了自己办公室。一看手表，已快到下班时间。他正不知怎么去皮市长家，方明远下来了，进来问朱怀镜："您说怎么个去法？"

朱怀镜就说："您看呢？不怕你笑话，我是从来没有参加过这种规格的活动，不懂行情。"

方明远说："我知道还有几个人参加，可他们都是大老板，我俩同他们不能比。但起码得这个数。"他说罢就伸出右手，比画着五个指头。

朱怀镜问："五百块？"

方明远哑然而笑，说："五百？您真是少见识。我说的是至少五杆！"

朱怀镜吓了一跳，说："五千块钱？"

方明远说："您不想想这是什么档次？人家也不请别的人，只叫了平时同他很随便的几个人。"

朱怀镜当然明白方明远说的意思：你能得到皮市长的邀请，就是你的荣幸了。可他早已送去两万块了，这回再送五千，就是送冤枉钱了。但他又不好怎么说，只得笑道："好好，就按您说的，我俩每人五千块吧。"

方明远说："干脆我俩一起打个红包。我已准备了一万块钱，你要是现在手头没有钱的话，我就先垫着。"

225

方明远这么够朋友，朱怀镜很感激，忙说："谢谢您。我手头正好还有五千来块钱，就不劳您垫了吧。"

朱怀镜就找了张红纸，写上"方明远、朱怀镜敬贺"，再拿出五千块来一并交给方明远。方明远也数出五千块钱，凑在一起包了。方明远将红包往怀里一揣，朱怀镜就觉得胸口被什么扯了一下，生生作痛。这五千块钱他本打算拿去看望柳秘书长夫人的，后来他终于没有拿出手。省了这笔破费，他还只当是赚了五千块钱哩！哪知注定不属于他的，终究不属于他。他心里虽然不舍，可脸上却洋溢着笑容，像沉浸在莫大的幸福里。他望着方明远，眼光里似乎还充满着感激。的确，搭帮这位仁兄的关照，他才这么快就让皮市长如此欣赏了。

两人再说了一会儿话，等同事们下班走得差不多了，就一同去了皮市长家。一进门，王姨热情地迎了过来，说："欢迎欢迎。"皮勇便倒茶递烟。王姨让皮勇招呼客人，自己进厨房忙去了。她说小马一个人忙不过来。

已到了几位客人。有三位是见过的，华风集团老总吴运宏，荆达证券公司老总苟名高，康成集团老总舒杰。大家一一握了手。还有两位朱怀镜不认识，同方明远却都是熟人。方明远便替朱怀镜介绍："这位是公安局严局长。"又介绍朱怀镜："这位是政府办公厅财贸处处长朱怀镜同志。"

朱怀镜忙双手伸过去同严局长握了手，道了久仰。他对严局长的确可以说是久仰了。这位局长大名严尚明，常在电视里露脸，只是今天没有穿警服，少了些印象中的杀气，倒叫他一时没认出来。

方明远又介绍另一位："这位是飞人制衣公司老板……"

没等方明远介绍完，这位老板忙说："在下小姓贝，贝大年。请朱处长多关照。"说罢就递上名片。朱怀镜接过来一看，却见是：裴大年。这家制衣公司是荆都有名的私营企业，裴大年也算是荆都鼎鼎有名的人物。朱怀镜早就听人说过这位裴老板的掌故，今天一见面，他就猜到那些趣事一定是真的了。原来"裴"同"赔"同音，人家叫他裴老板，他听来总觉得是赔老板，专门赔钱的老板。他很忌讳别人这么叫他，自己就经常有意把这个字的音读错。关于他姓氏的笑话很多，说是有回一位大学生去他那里应聘，进门就说："裴老板好。"他脸色马上黑了下来，纠正道："本人姓贝。这字读宝贝的贝。"那位大学生觉得奇怪，心想哪有连自己姓氏都读不准的人呢？就疑惑道："对不起，也许裴先生老家方言裴读作贝吧，标准读法应是裴，同'赔偿'的'赔'一个音。"裴先生更加不高兴了，挥挥手说："好了好了，你愿意赔你回家赔去吧，我们公司是个很发财的公司，需要的是能为公司赚钱的人。"大学生这才恍然大悟，悻悻道："好吧，你就姓贝吧，'背时倒运'的'背'也读'背'哩！"大学生说罢甩门而去。朱怀镜觉得这个故事明显带有演义色彩，不完全可信。但裴先生不喜欢人们很标准地读他的姓氏，只怕是千真万确的。朱怀镜见方明远正朝他神秘地笑笑，他更加相信自己猜测是对的。

大家正寒暄着，苟名高说："我记得上回见面，朱处长好像是综合处处长？"

方明远接腔说道："名高老板好记性。这回他又高就了，去财贸处任处长。"

朱怀镜便连声谦虚着。苟名高说："那好啊，今后就要您朱处长多关照啊！我们证券公司可是归口您那里管哩。"

大家便都来奉承朱怀镜，请他多关照。他却连连摇头，笑着说："各位奉承我也不讲个地方。这是在哪里？这是在皮市长府上，大家都在皮市长领导之下啊！一切都得有皮市长的重视、关

227

心和支持才行！"

　　大家都说这话非常正确，皮市长对我们一贯是非常关心的。正摆着皮市长的好，王姨从里面出来，无可奈何的样子，说道："老皮怎么还没有回来呢？"

　　方明远说："皮市长太忙了。这几天那个事情一搞，很多文件都没时间看，他说看看文件再回来，要我们别等他。"几位就说哪能不等皮市长呢？当然要等他回来一块吃饭。太忙了，领导太忙了。美国总统都还正常度假哩，我们市长就如此之忙。我们的领导是人民公仆，就是不一样！哪能像西方国家官员那么悠游自在？

　　话题便越扯越远，从中国领导说到西方官员去了。严尚明不太说话，只是附和着大家笑笑。方明远朝朱怀镜使了个眼色，说："怀镜，我俩去里面看要不要帮忙。"

　　朱怀镜会意，站了起来。两人往厨房去，王姨回头看见了，说："你俩坐呀！"

　　方明远问："要不要我们帮忙？"

　　王姨走过来，站在厨房门口同方朱二人客套。方明远马上拿出红包，说："王姨，这是我和怀镜凑的一点意思，只是表示……"

　　王姨很生气的样子，连连摆手道："你这两个孩子，这么不懂事。勇勇去美国也实在太远了，就请几个随便的人来家里坐坐。你俩还这么客气，老皮不骂死你们才是。"

　　方明远硬把红包塞进王姨手中，说："王姨您这样我俩就不好意思了。皮勇去留学，这么大的事，我们当然得有所表示呀！"

　　王姨没办法，只得接了红包，说："你们这两个孩子，真是的。特别是小朱你，真不像话。你别跟小方学，他总这么见外。"

　　朱怀镜便傻乎乎地笑笑。他知道王姨是说他太客气了，心意都表示两回了。王姨这话方明远听了，也并不觉得见外。他反以为自己同皮市长关系近一层，表示一下意思是应该的。而朱怀镜同皮市长打交道还不多，还没有自己这么近，就讲这些礼尚往来了，似乎不合适。

王姨说没有什么忙要帮，请他俩回去喝茶。两人便欣欣然回到客厅。他俩依照各自的想法理解着王姨的意思，心情都很好。

这时有人敲门，大家只道是皮市长回来了，纷纷起身，准备迎接。皮勇去开了门，却见进来的是他的哥哥皮杰。皮杰身材魁梧，个头比皮勇高些。他进门就边取皮手套，边哈哈笑道："欢迎各位朋友，各位兄弟。"说罢就同各位握手，很用力。握着朱怀镜手时，就问方明远："方哥，这位一定就是朱处长吧。"朱怀镜忙笑道："姓朱姓朱。"方明远显然同皮杰随便惯了的，就说："叫他什么朱处长，叫朱哥就是了。"皮杰就说："是啊，我也是这么想啊，可又怕人家不认我这小老弟呀！我愿意大家都做我的兄弟，只是我没这个福气。"

王姨出来了，嗔怪皮杰道："我一听闹哄哄的，就知道是你回来了。也没有个规矩，谁同你是兄弟？严局长你要叫叔叔哩。"

皮杰双手朝他妈妈和严局长各打了个拱，说："严叔叔作证，我是从来不敢在您面前乱来啊，说真的，我对我老子都不那么怕，就怕严叔叔。"

严局长慈祥地笑道："王大姐，您别看皮杰是在外面自己闯天下的人，规矩可都懂啊，一向对我很尊重。"

王姨却很严肃，对皮杰说："你刚才的话就有问题。你规规矩矩，干吗怕严叔叔？严叔叔会吃人？"她又转过脸向着严尚明，说："老严，杰杰这孩子没有他弟弟听话，野得很。我可是早就同你说了，要你对他严些。要是发现他在外面干了什么见不得人的事，你就好好治他一下。"

皮杰嬉皮笑脸起来，玩笑道："妈妈你饶了我吧。在座的你们都是领导，就我一个人是老百姓，就别开我的批判会了。我可是守法公民啊，我们小老百姓日子不好过啊，就怕你们当官的不高兴了拿我们出气。"说得大家都笑了起来。

裴大年马上举手说："老弟，真正的老百姓是我啊！这里局长的局长，处长的处长，吴总他们三位也是国有企业老总。老弟你呢？好歹还是干部留职停薪。我可是工作单位都没有的人啊。最没地位的是我这种人。"

朱怀镜止住裴大年的话头，说："贝老板，您别小看自己了。其实在座的要论级别，您最高。您不记得去年中央电视台春节联欢晚会有个小品？村长上面是乡长，乡长上面是县长，县长上面是省长，省长上面是总理。所以总理比村长只大四级。您私营企业老板可以说级别要多大就有多大。放在全市来说，您的顶头上司就是皮市长，所以市长只比您大一级。要是放在全国来说，您是直属总理的，所以您只比总理矮一级。"

顿时哄堂大笑。裴大年搔头挠耳的，脸有些微微发红，却没事似的自嘲道："朱处长这是在笑话我了。"

方明远感觉到裴大年有些难堪，就正经说："怀镜虽说的是玩笑话，这中间却包含着深层次的大道理。我们国有企业改革的方向，就是要建立现代企业制度，政企要分开。企业就是企业，不应讲究什么级别，也不应有什么主管部门。比尔·盖茨，你说他是什么级别？可西方七国首脑会议得邀请他作为代表参加哩！要说级别，这不相当于国家元首级了？"

大家都说言之有理，都说政府办公厅的干部水平就是高。方明远谦虚道："哪里哪里。要说这方面的理论水平，还是怀镜的高。他搞了多年经济研究，肚子里一套一套的。刚才随便一句玩笑，就揭示了深刻的理论问题。真是嬉笑怒骂，皆成文章，快抵得上鲁迅先生了。"

朱怀镜就笑指着方明远说："明远啊,我刚才并没有得罪你啊,你这么臭我!"

王姨劝道："好好,都不错,现在年轻人都不错。"

裴大年早没了窘态,接过王姨话头,说："对对,都不错。皮市长赏识的,还有不中用的?都是栋梁之材,前途无量啊。"他奉承的是朱方二位,眼睛却瞅着王姨。其他人便附和裴大年,都说皮市长最关心人,最重用有才干的人。话题便自然转到皮市长慧眼识才,知人善任上来了。

大家正左皮市长右皮市长,皮市长敲门回来了。呼啦啦一片全都起了身,笑着向皮市长道了辛苦。皮市长便一一同各位握了手,道着欢迎。

王姨却佯作生气的样子,说："你说得好听,还欢迎哩!我说你是假欢迎啊!要不然干吗拖到这时才回来?你是想躲过同志们吧?"

大伙儿都被逗笑了。皮市长也玩笑道："你们都见到了吧?在外你们都听我的,回家我就得听她的。我的地位很低啊!世界妇女组织干吗不到我家来开现场会呢?"

电话响了,裴大年正好坐在电话旁边,就拿起电话,说请问找谁。可他听了一会儿就皱了眉头,转过脸疑惑说："不像是电信局催电话费的,是个说外语的男人声音,没有一句中国话。"他说罢就准备放电话。

皮勇忙说："别放电话,我来接。"

皮勇跑去一接,回头对他爸爸说："是布朗先生,爸爸。"

"你问他好。"

皮勇翻译过去,又回头说："布朗先生说谢谢你和你们的政府对他们公司所给予的一切帮助,他代表他们公司表示感谢。他还特别感谢你对他个人的关照,他和他的家人对你表示由衷的感谢。"

皮市长说:"你告诉布朗先生,我们对他将继续加大对荆都的投资表示赞赏。我们对外商的政策不会变,如果说有变化的话,我们的政策只会越来越好。"

皮勇翻译过去之后,听了一会儿,说:"布朗先生说他的行期最后定下来了,准备二十号动身去北京,二十一号从北京飞纽约。他专此告诉我们。"

皮勇接完电话,大家就有意拉到别的话题,谁也不好意思望裴大年一眼。裴大年知道自己刚才出了洋相,索性自我幽默起来,说:"唉,不学外语,还是不行啊。我是老把英语字母同波坡摸佛搞混了。我知道我常在公司出丑,可那些招聘来的大学生也不敢笑我。"

皮市长笑道:"小裴啊,莫说你啊!我是学过英语的,现在也说不上一句整话。我知道自己一说英语,肯定就像我们听日本人说'你的,什么的干活'。"

皮市长从来都叫他小裴而不叫他小贝。也许在领导面前该赔还是得赔吧,他似乎忘记了忌讳,显得很高兴,说:"皮市长的水平谁不清楚?您就是太谦虚了。"

谈笑间餐厅那边已摆好了饭菜,小马过来请大家就餐了。各位客气一番,按着尊卑讲究入了座。小马开了茅台,倒进一个玻璃壶里,再为各位一一斟上。皮市长举目一扫,随便问道:"都到了吧?"

"都到了。"方明远答道。

朱怀镜原以为柳秘书长会到的,却见皮市长并没有请他。这让朱怀镜心里更加熨帖,不禁暗自掂量自己在皮市长心目中的位置。便想那五千块钱没有送给柳秘书长夫人,完全正确。即便柳秘书长真的对自己不错,也只能送他到处长这个位置。而这个使命早已完成了。他再要上个台阶,弄个副局和局级,关键就靠皮市长了。柳秘书长只要不在中间作梗就得了。所以他想,今后对柳秘书长的基本政策应该是:不得罪,多接近,少送礼。

皮市长今天很高兴,微笑着频频举杯敬酒。他先敬了严尚明,再敬几位老总。平时都是大家敬皮市长,今天却倒了过来。大家便都有些受宠若惊的意思,恭恭敬敬双手捧着杯子同皮市长碰杯,然后一仰脖子喝了个底朝天。皮市长却只用嘴皮子沾沾酒杯,意思意思就算了。只有严尚明稍微平淡些,也许是他年长一些的缘故,并且是局长。

皮市长红光满面,笑声朗朗。朱怀镜平时注意过,皮市长要么笑容满面,要么黑着脸。那笑脸黑脸之间没有过渡,才笑容可掬的,突然就冷若冰霜了,就像小孩子搭的积木,五颜六色的非常漂亮,可刚搭好就哗然倒下了。下级们就总在他的笑脸和黑脸之间提心吊胆,不知所措。朱怀镜算是同皮市长亲近的人,只把那张经常黑着的脸理解为应有的威严,也就不怎么恐惧。但朱怀镜毕竟想多见到皮市长的笑脸,只要一见到皮市长,他总是先不遗余力地笑着。可皮市长却常常是很严肃地板着脸。朱怀镜便很怀恋那天晚上在荆园看皮市长搓麻将的情景。那回皮市长脸上总是堆着笑容,尽管时而也皱皱眉头,但那也许是在思考。领导们为什么总要黑着脸呢?多笑一笑,自己高兴,别人也高兴,有益健康啊!朱怀镜只是这么想想,知道自己不能给领导上课。人在领导面前不能自作聪明,只要多说几个"是"就行了。今天皮市长这么高兴,简直让朱怀镜感动。

"小朱,敬你一杯啊!"皮市长朝朱怀镜举起了杯子,目光里满是笑意。皮市长已敬了其他各位,只差朱怀镜和方明远没敬了。

哪有皮市长敬酒的道理?朱怀镜不知是惶恐还是激动,几乎

233

乱了方寸，忙说："岂敢岂敢！就算我敬市长您吧。"

皮市长笑着说："谁敬谁并不重要，重要是各位尽兴。你只把这杯酒干了。"

朱怀镜照例双手捧着酒杯同皮市长轻轻一碰，一仰而尽。方明远机灵，不等皮市长开口，忙双手捧着酒杯站了起来，恭敬道："皮市长，小方敬您一杯！"皮市长笑了起来，说："今天真是乱了规矩，平时都是小方救我的驾，替我同别人干杯。今天可好，向我开火了。"说罢就举杯喝酒。小方不敢让皮市长先干，匆匆说了两声得罪，抢在皮市长前面干了杯。

荆都风俗，大家只要一到酒桌上，斯文不了几下就痞话连天了。可这是在家里喝酒，况且大到市长，小到一般百姓，不是一个层次，大家也只好忌着口。可不能干喝酒不说话。今天是皮勇的喜事，少不了要说些祝贺和奉承的话。但说着说着，都来说皮市长的好了。

皮市长只是微笑着，谦虚地摆摆手，嘴上不多说什么。大家愈加奉承皮市长。朱怀镜本来就感激皮市长，今天在这种气氛中，又喝了几杯酒，更容易激动，也是满口的皮市长如何如何的英明。皮市长就专门拿手点点朱怀镜，笑着说："小朱你也凑热闹来了。"听着这话，朱怀镜更加兴奋了，身上发起热来。皮市长这话的意思很明白，就是说朱怀镜同他是不必见外的。朱怀镜便笑着，不再说奉承话了。只听着别的人在给皮市长戴高帽子。醉意蒙眬中，皮市长在他眼中的形象越来越高大，几乎需要仰视了。这一时刻，朱怀镜对皮市长简直很崇拜了。后来朱怀镜回想起自己这天在酒桌上的感受，猛然像哲学家一样顿悟起来：难怪中国容易产生个人崇拜！

皮市长敬了大家一圈，像是骂人又像是玩笑，望着皮杰说："你平时豪喝狂饮，今天就看看你的本事，把各位客人陪好！"

皮杰涎着脸皮笑笑，又望望他妈妈，说："好不公平！今天是老弟的好事，让我陪酒，却还要训我。"

皮勇忙拱手说："拜托老哥，我滴酒不沾啊！"

皮杰便开始一一敬酒。当然先敬严尚明。严尚明说不胜酒力，只喝半杯。皮杰不依，说要干就干一杯。皮市长就板起脸骂皮杰不懂规矩。严尚明见这光景，只好说干满杯吧，不过今晚就这杯酒了。其他几位就不好说只喝半杯了，都同皮杰干了满杯。看来皮杰真的是海量，敬了一轮之后，就说三位大人和皮勇除外，其他几个年轻人也不说谁敬谁，平起喝下去，喝到有人不能喝了就算了。反正明天是星期六，大不了睡他一天。裴大年说："这就不好说了，怎样才算不能喝了呢？"皮杰说："有人趴下去就算了。"皮市长对皮杰皱起了眉头，说："你别把你在外面闹酒的那一套带到家里来。这样吧，依我的，酒要喝好，但不能醉人。还喝两瓶，总量包干。"

几个年轻人闹酒，严尚明同皮市长头碰头在说话。一会儿，皮市长招呼大家尽兴，就同严尚明进里面说话去了。严尚明好像有些拿局长架子，也不同大家客气一句，只跟着皮市长进去了。王姨招呼一声，也进去了。皮勇当然不便离开，干干巴巴坐在这里看着大家热闹。小马仍是站在一边斟酒。朱怀镜觉得在这里待得太久了不太妥，就说："时间不早了，酒也差不多了。客走主安，是不是喝杯团圆酒算了？"

皮杰抬手在朱怀镜肩上重重拍了一板，说："朱哥你不够意思，我俩可是头一次在一起喝酒啊！"又玩笑道，"再说了，还喝两瓶酒，这可是老头子的指示啊！我是不怕违背他的指示，你们可得遵守啊！"说罢又在朱怀镜肩上重重拍了一板，豪气冲天的样子。朱怀镜肩头被拍得生痛，心头却很畅快。

皮杰越是喝酒，话就越多，嗓门也越高："兄弟们，我在外面自己闯天下，沾不了老头子的光，靠的就是些难兄难弟。搭帮兄弟们啊，老弟我才勉强混了碗饭吃。老头子，他不端掉我的饭碗就算开恩了。他廉他的政，我没意见，可也别端我的饭碗是不是？"

这时王姨出来了，朝皮杰使了眼色，压着嗓子骂道："你这是怎么搞的，一喝酒就拿你老子出气！他不该廉政？他是你两兄弟的爸爸，却是全市四千万人的市长！他当市长比当爸爸的责任更大！你喝酒就喝酒，不要左一句老头子，右一句老头子！"王姨说完，不好意思似的朝大家伙儿笑笑，又进去了。

可谁也不为这场面感到尴尬，只说皮市长的确是个难得的好领导，对自己要求严格，对家人要求也严格。皮杰却嘘了一声，调侃道："莫谈国事！我们喝酒吧。我说过大家平起喝，谁也不抵谁。可我刚才说到搭帮兄弟们，还是得表示下意思。莫笑话我贪杯，我就再敬各位一杯！"

皮杰便又挨个儿敬了一轮。真是海量啊！真是海量！一片赞叹声。

快九点了，两瓶酒总算喝完了。皮杰说："是不是还喝一瓶？"方明远玩笑说："不敢违背皮市长指示，还是算了吧。"大家都说算了，于是就算了。

都说谢谢了，准备走人。皮市长出来同大家握别。一个个站起来，都有些醉态了。严尚明最清醒，先同皮市长握一下手，再举手朝大家挥一下，就走了。几位老总拉着皮市长的手就半天不放，嘴里尽是醉话。朱怀镜知道自己也多喝了，却还能看出别人的醉相，便交代自己等会儿同皮市长握手千万干脆利落。没想到皮市长送走了他们几位，却说："小朱和小方也急着走？坐坐吧。"朱怀镜见皮市长不像是在说客套话，觉得应留下来坐一会儿。可他知道自己的酒性，这会儿不发作，过会儿就会来事的，便说:"您和王姨都忙了一天了,早点休息吧。"方明远也附和着,说:"皮市长和王姨早点休息吧。"皮杰靠在沙发上,已开始打鼾了。皮市长伸手同朱怀镜和方明远一一握了。朱怀镜感觉今天皮市长握他的手很用力,几乎叫他有些痛感。他深刻领会着皮市长的握手,觉得别有意味,心里顿时暖融融的。

朱怀镜和方明远刚要出门,皮杰却突然醒来,叫住了他们:"等等我,我们一块儿走。"皮市长回头骂道:"你今天还想走?走得成?"又对朱方二位说:"别理他,好走吧。"

出来让冷风一吹,朱怀镜觉得头愈加有些发晕了。可怕方明远看笑话,他拼命支持着。他猜方明远只怕也差不多了,也是在硬撑。朱怀镜说:"皮杰真是海量,今天他只怕喝了一斤半酒。"方明远说:"对对,我见识过多次了。他只是喝到这个样子就容易睡觉,并不怎么醉。说不定我俩一走,他就会出门的。他哪肯在家里过夜?"

两人得同一段路,就相依着走。朱怀镜听得方明远说话舌头有些打哆嗦,就知道自己给人可能也是这个感觉。他不想再说什么。方明远也不说话了。朱怀镜感觉似乎不对,又无话找话,说:"今天那位裴大年最有意思,硬要有意把裴字念作贝。他发了那么大的财了,要赔一点也赔得起啊,干吗这么迷信?"

方明远哈哈一笑,笑得有些夸张。这份夸张既显露了醉意,又在掩饰着醉意。笑过之后,他说:"裴大年的笑话,收拢来有八箩筐。他的公司原来叫飞人服装厂,后来赶时髦,改作飞人制衣公司。公司人事部门在设计职位方案时,设了个总裁。这总裁理所当然就是他裴大年了。裴大年一听说他将被称作总裁,大为光火。原来他是裁缝出身,最忌讳人家说他是裁缝。总裁不就是公司的总裁缝了吗?于是就称他董事长兼总经理。"

说罢,两人哈哈大笑,分手各自回家。朱怀镜想着总裁的笑话，越想越觉得幽默，忍不住想笑。可又不能笑出声。偶尔碰上个熟人，便就着这笑脸同人家热情打招呼。

敲了门，香妹开了门。"一听你这敲门的声音，就不对劲，就知道你喝醉了。"香妹有些不高兴。朱怀镜面带微笑，摇摇晃晃进了门。踉跄几步，往沙发里一倒，就哈哈大笑起来。香妹只得去拧了热毛巾，替他敷额头。朱怀镜却只是哈哈大笑，像肚子里藏着一千个笑话，就是不肯告诉别人。

香妹忙个不停，也嚷个不休。朱怀镜大笑一会儿，心头却莫名其妙忽生悲意，呜呜哭了起来，眼泪汪汪的。哭得那个伤心劲儿，叫香妹都不知所措了。

香妹说："人家家里死人了，你哭得这么伤心干吗？还一会儿笑，一会儿哭！"

朱怀镜突然收住了哭声，像是一下子清醒了，睁开眼睛，很吃惊的样子，问："啊？谁死了？"

香妹眼睛定定地望了朱怀镜一会儿，像是见了怪物。她半天才说："你不是疯了吧？死了那么多人！"

朱怀镜这下像是真的清醒了，木然地望着天花板，一句话也不说。

朱怀镜在家里昏昏沉沉睡了一天。醒来后，想起自己昨天晚上的哭，真有些莫名其妙。为什么要哭？眼看着自己越来越春风得意了，有什么好哭的呢？可是就在他这么疑惑的时候，一阵悲凉又袭过心头，令他鼻子酸酸的。他脑海里萌生小时候独自走夜路的感觉，背膛发凉发麻，却又不敢回头去看。怎么会有这种感觉？他不知道官场上那些志得意满的人，成天趾高气扬，是不是有时也会陷入他这样的心境？

晚饭后，他说出去走走。他想去玉琴那里。今天风很大，气温很低。心想说不定要下雪了。在家里躺了一天，神里神经地哭

238

泣过，莫名其妙地哀伤过，人弄得像块皱皱巴巴的塑料布。这会儿冷风一吹，人倒舒展多了，清醒多了。

他本想径直去玉琴屋里的，却老远就见酒店大厅里吧台边站着一个女人，背影好像玉琴。他就往大厅走去。果然是玉琴。他刚踏进大厅，玉琴无意间回过头来，看见他了，朝他笑笑。这笑容只在她的脸上飞快地闪了一下，立即就消失了。玉琴板起脸望着吧台里的小姐，嘴里却对朱怀镜轻声说："你先回家去吧。"朱怀镜顿时手足无措，搔头抓耳地回过身，出了大厅。心想今天玉琴怎么了？笑得那么勉强，脸色那么冰凉，朱怀镜便隐隐不快。转而想起玉琴叫他回家去，心头也就熨帖些了。他打开玉琴的家门，真的有一种回家的感觉。

一开灯，却见矮柜上新放了一大束玫瑰。朱怀镜上前嗅了嗅，满鼻清香。玉琴买了玫瑰，今天是什么日子？玫瑰插在高筒水晶瓶里，花枝高低错落，应该都是玉琴的用心。

一会儿玉琴开门进来，朱怀镜忙迎上去拥抱。两人站在门后，吻得气喘。他俩慢慢移到沙发里坐着，仍是拥在一起。朱怀镜问："今天是什么重要日子，还买了玫瑰？"

玉琴偏头一笑，有意卖关子，要朱怀镜猜。朱怀镜猜了好久却猜不中。玉琴噘起了嘴巴，说："你怎么就不知道猜我的生日呢？"

朱怀镜立马圆睁了眼睛，说："哎呀呀，你怎么不早同我说呢？你看你看，我什么表示也没有，这怎么得了？你这样不是陷我于不情不义吗？"

玉琴见朱怀镜这急样儿，很是可爱，抚摸着他的胸膛，说："看你急的！好了好了，我又不需要你送我什么。我是有意不同你说的。我早就想好了，要碰碰自己的运气。我想，要是我生日那天，你来陪我了，就说明我还有福气。可从昨天下午起，就一直没有你的消息。我本想打电话问问你今天在干什么的,还是忍住了。直等到晚饭时候还不见你来,我就不畅快了,连吃饭都没胃口。我很不高兴,就一个人出去随便走走。偏巧碰上吧台的服务员在嘻嘻哈哈打私人电话,我就批评了她。我正好心头有火哩!你来的时候,我正在骂人呢!"

朱怀镜这就想起了玉琴刚才那张冰冷的脸,就说:"原来梅老总在教训员工,我还以为是我哪里错了哩!你板起脸来还真能吓人哩!"

玉琴笑道:"我还没有那么恶劣吧?不过我能坐上副老总的位置,多半是凭我这个性。我自己干事认认真真,谁要是乱来,我决不留情面。这个性放在女人身上,看不惯的就说是泼,欣赏的就说是有魄力。好笑不好笑?"

朱怀镜笑着问:"是谁欣赏你?"

玉琴戳一下朱怀镜额头,说:"我知道你是往坏里猜我了。我在这里的地位,用你们官场的话说,是历史形成的,不存在要去要谁的巴结。这里大半以上是女职工,也只有我这样的女人才治得了她们。所以,谁来当老总,都得让我出来当副老总。不过一把手我也当不上。"

朱怀镜忙赔不是。他知道今天玉琴过生日,心里高兴,不然他这么问,她会很生气的。朱怀镜到底还是过意不去,就说:"玉琴,再怎么着,我俩不能这么冷冰冰地坐在家里为你过生日呀!你说,你想要什么生日礼物?你只说,我马上就去替你买。当然你说要一辆漂亮的跑车我就只有登天了。"

玉琴钻进他的怀里,手在他身上哈痒痒,说:"我的傻男人!有你在这里,就是我最好的生日礼物了!"

朱怀镜抱起玉琴,深情地亲吻着。玉琴的手不闹了,安静地躺在他的怀里。她那温润的嘴唇翕动着,散发着醇香的气息。朱怀镜闭着眼睛，吻着这心爱的女人，感觉这女人已幻化成雾或云，在他呼吸吐纳之间，同他融为一体。

不知过了多久，朱怀镜睁开了眼睛。玉琴却早已张大眼睛凝望着他了。她的目光水一样流泻着，他觉得自己沐浴在清澈的山泉里。他说："琴，我这礼物当然是你的。我俩还是莫干巴巴坐在屋里，今天的日子毕竟不同。我俩出去一下好吗？找个地方，好好玩玩。你不是没吃好晚饭吗？去吃一顿也行。"

玉琴问："去哪里？一时想不起个好地方。"

朱怀镜把玉琴扶起来，说："我俩先出去吧，看哪里合适去哪里。"

玉琴说声好吧，站起来去壁橱取衣服。朱怀镜说："今天外面很冷，你要穿上呢大衣才行。"他说着就上前取了玉琴的呢大衣，替她穿上。玉琴享受着男人的体贴，脸上泗着淡淡潮红。

朱怀镜说："不要自己开车。去的地方远就坐的士，近呢就散着步去。"

玉琴说："好吧。先不管远近，我俩走走吧。碰上什么地方就上什么地方。反正我今天不想上什么高档的地方，也不想去热闹的地方。"

正合朱怀镜的意。他从来就不太喜欢去那些嘈杂的娱乐场所，去了也是逢场作戏而已。这么久了他同玉琴还只上过一次舞厅，那是他俩刚相识那天晚上。那个舞厅在他俩是值得纪念的，可他俩谁也没想起应再去那里一次。

两人相依相偎走在林荫道下。梧桐树的叶子早已落尽，只有光溜溜的枝丫在寒风中抖索着，时而发出尖厉的怪叫。"冷吗？"朱怀镜把玉琴紧紧地搂了一下，问她。"不冷。有你这么搂着，再冷我也觉得温暖。"朱怀镜记起在哪里看过的一位医学专家关于恋爱的研究，就笑了起来，说："玉琴，我想不起在哪里看过

241

一个小资料,说是美国有位著名医学专家经过多年研究,证实人类恋爱实际上是一种精神病症状。这么说,我俩现在都是病人哩。"玉琴听了,钻进朱怀镜怀里大笑不已。笑过之后,她说:"美国人实在不聪明。凭这种研究成果就是专家的话,中国老百姓人人都是专家。中国人早就认为恋爱是病。相思病,不是让中国人说了千百年了吗?美国人到今天才弄清楚,居然还要通过科学研究哩!"

这个玉琴!朱怀镜爱意无限,忍不住去捏她的鼻子。

见路边有家茶屋,玉琴说:"这地方看样子清静,我俩进去坐坐好吗?"

"你还没吃晚饭啊!"朱怀镜说。

玉琴拉着朱怀镜往茶屋去,边走边说:"现在不饿。家里有点心,想吃回去吃就是。"

进去一看,果然是个清静的地方。大堂可容五六十张小桌,一面设有乐坛,几位琴师在那里演奏曲子,这会儿正好奏的是《二泉映月》。楼上有包厢,凭着栏杆可观赏演奏。大堂客人已满,两人就上了包厢。服务小姐递来单子,两人点了茶水、点心、水果等。一会儿,点的东西就上齐了。这地方真的不错,不见人声喧哗,只听丝竹悠悠。朱怀镜抿了一口茶,茶也不错。

演奏的全部是民族乐曲,就像这茶一样很对朱怀镜的脾胃。这会儿演奏的是《春江花月夜》。朱怀镜其实并不懂音乐,但他熟悉张若虚笔下的意境。听着这如泣如诉的曲子,他脑海里萦回着的是《春江花月夜》的诗句。那些灵光闪闪的诗句,零零碎碎的,在他的脑子里水珠般蹦着,滑着,淌着。"春江潮水连海平,海上明月共潮生。滟滟随波千万里,何处春江无月明!""江畔何人初见月?江月何年初照人?人生代代无穷已,江月年年望相似!""谁家今夜扁舟子?何处相思明月楼。""不知乘月几人归,落月摇情满江树。"

"怀镜!"玉琴轻轻推推他,他才知道自己眼睑有些湿润。他微叹一声,说:"这曲子真动人。"又摇头笑笑,说,"玉琴,这曲子就真的是从千千万万相思病人血里肉里魂里流出来的。"玉琴故意逗他:"这病有药吗?"朱怀镜揉着她的脸蛋蛋儿,长叹一声,说:"我愿这样长病不起啊!还要什么药?"玉琴懒懒靠在朱怀镜肩头,说:"我俩也许都病得不轻吧?大概病入膏肓了。"

小姐进来续茶,朱怀镜问这里营业到什么时候。小姐说到午夜一点停止营业,民乐演奏到十一点就结束了。

乐曲又起了。刚才朱怀镜同小姐说话去了,没听清曲目。他合目欣赏了一会儿,才知是《十面埋伏》。他微合双目:楚汉古战场,金戈铁马,血雨腥风,惨烈,悲壮,刘邦,韩信,彭越,楚霸王,绝望,万古遗恨,蓑草残阳,寒夜冷月……

朱怀镜正忘情着,一位中年男子进来,笑眯眯地打拱道:"欢迎光临。是头一次光顾吗?"这男子忙又递烟、递名片。朱怀镜接过名片眯眼一看,见是茶屋经理,大名刘志。朱怀镜只得客套,说:"对对,头次来。这里不错,很有特色。喝茶要听点什么,就只能听民乐。要是来点摇滚就不像了。"

刘志竟坐了下来,说:"还算可以吧。现在饭店、酒吧、咖啡厅之类太多了,我就不喜欢跟风。跟你说,荆都的咖啡厅最早就是我搞的。你问问荆都老搞生意的,没有谁不知道我刘志。我搞了咖啡厅,生意红火,马上就有人一窝蜂跟着搞了。我就不搞咖啡,改做鲜花生意。一做,生意又不错。人家又眼红了,又跟着我搞。你看现在街上哪里没有鲜花店?你搞吧,我不搞了,我开茶屋。现在看来茶屋还不错。我猜过不了多久,又是一窝蜂。现在已经有人跟着我搞了。哼!中国人!"

没想到这刘老板侃瘾这么足。朱怀镜想止住他,就打断他的话头，说："你的确不错，点子多。"

"哪里，兄弟过奖了。两位在哪里发财？"刘志意思是想交朋友了。

玉琴脚在下面轻轻踢了一下朱怀镜。他意会了，就玩笑道："发什么财？我没有认真在哪里做事，四处混日子。"

刘志马上对朱怀镜二位肃然起敬了，说："兄弟，我就佩服你这样的人。我一听你说话，就知道你是有学问的人。现在真正有学问的人，谁还死守着一个单位领那几百块钱薪水？不是我吹，那几百块钱，我抽烟都不够！"

朱怀镜越发听出这人的俗气来了，真有些不耐烦，却又下不了面子，只得说："刘老板谈吐不俗，是位儒商啊！"

刘志谦虚道："朋友们都说我是儒商，夸奖我了。不过我倒是喜欢把生意做得有些文化。你看这氛围，这情调，还算过得去吧？都是我自己策划的。我想啊，钱少赚点没关系，别把人搞俗了。还搭帮我这里不算太坏，生意很好。今天是天气太冷了，平日啊，全场爆满。跟你说，市里的头头脑脑，也爱到这里来喝喝茶。昨天晚上，皮市长就来了，带了十来个人，坐了个把钟头，花了五百来块钱。他硬要付钱，我也就收了。过后有员工说我不该收皮市长的钱。我想怎么不该？钱又不多，就五百多块。我不能让皮市长为这五百来块钱落个不干不净是不是？"

朱怀镜暗自觉得好笑，有意问道："当市长的那么忙，也有时间来这里喝茶？"

刘志说："他们领导可能的确忙。他昨晚八点钟到的，九点刚过就走了。"

看样子刘志侃兴太浓了，朱怀镜只好客气道："刘先生你忙你的吧，我们坐坐就走了。"

刘志忙拱手道歉，说是打搅了，欢迎多多光临。

这人一走，朱怀镜忍不住笑了起来。玉琴说这人很不懂做生意的礼貌，还硬充斯文人。《十面埋伏》早完了，整个节目也已结束。朱怀镜顿觉兴趣索然，但他不想败玉琴的兴，只问她是不是回去了？玉琴说好吧。

走到外面就觉得很冷了。朱怀镜紧紧拥着玉琴，说："明天会下雪的。"玉琴说："下就下吧，谁也管不了天老爷。"

朱怀镜说："这刘志很典型，荆都生意人当中，很有一层是他这个样子，好吹牛皮。从昨天下午起，直到晚上九点钟，我一直同皮市长在一块儿。可能皮市长有分身术，分出一个来这里喝茶了。"朱怀镜当然不便说他昨晚在皮市长家里喝酒。

玉琴听了就笑。朱怀镜又说："这些人，吹这种牛皮连常识都不懂。首先，皮市长根本不可能来这种地方喝茶，除非他神经出了毛病。第二，就算他神经出了毛病，来这里喝了回茶，也不可能由他亲自掏钱付账。"

两人默默走了一会儿，朱怀镜又说："本来听音乐听得好好的，这人蹦出来败兴致！不过也好，今天听的曲目，美则美矣，却都有些凄婉。他插在中间吹一通牛，倒也增添了幽默，乐得我俩好笑。"

玉琴笑笑，又佯作生气，说："我也是生意人，你眼里，我也是这号人吧？"

朱怀镜拍拍玉琴脸蛋儿，说："小宝贝，要说你的缺点，就是太真诚了。"

"那我哪天假给你看看。"玉琴说。

朱怀镜不在乎她的玩笑话，只说："你是本地人，我说这里的人大多喜欢吹牛，你不会生气吧？我刚调来那会儿，常听有些年轻人吹牛，说他妈的我昨天又输了五千块钱！六毛那小子，今晚我找他扳本，不输得他脱裤子，就不算我本事！我就觉得奇

245

怪,只听人吹牛说输了多少,从来没听人吹自己赢了多少。后来我才明白,如今赢得起的人未必算好汉,输得起才是好汉。这大概就是有钱人的气魄吧?但我不相信那些吹牛的人都是有钱的人。哪有那么多有钱人?难道这世上只剩我一个穷光蛋了?原来他们多半是在吹牛!"

玉琴笑道:"我看你完全当得作家,观察这么细致,感觉有这么敏锐。"

朱怀镜说:"你还别说,我原先是想过当作家。给你说很好玩的。我大学学的是财经,却偷偷地写小说。我睡上铺,常趴在上面偷偷写哩。当然一个字也没发表。后来我知道,作家不是谁想当就当的,得具备天赋。有些人,特别是自以为混得人模人样的,常藐视作家这样的文化人。我觉得他们很可笑。当然再后来我又庆幸自己幸好没有当作家。如果我真的当了作家,说不定有一天会喝西北风的。如今在中国当个真正的作家,注定是要受穷的。"

玉琴说:"只要是你,穷也好,富也好,我都要。"

朱怀镜微笑着,望望玉琴,没说什么。玉琴却已懂得他的意思了,头搭在他肩上厮磨着。朱怀镜还在想刚才的话题,说:"我敢断言,中国目前出不了世界级的大作家。这不是中国作家无能,而是别的原因。每年诺贝尔文学奖一评出,都会在中国文坛掀起一些波澜。这不完全是因为那一百万美元奖金诱人,而是这个奖项的确是中国文学长期的梦想。当然奖金的确也诱人。大多数一辈子生活在国内的中国人,都习惯把美元折算成人民币,再去衡量它的分量。那么一百万美元就相当于一千万人民币。这还不诱人?几乎让你想起它就气喘!但是,中国现在如果真的有人获了诺贝尔文学奖,可能并不会是一件皆大欢喜的事。"

玉琴睁大眼睛,望着朱怀镜说:"我发现你今天好深刻啊!

尽说些我平时从未想过也从未听说过的东西。不过我终于知道你对作家其实很敬重的，可是你对鲁夫好像不以为然？"

朱怀镜摇头哂笑道："鲁夫也能称作家？也难怪人们看不起作家，因为大家平时见到的就是这一类的作家。鲁夫不就是写过几篇《南国奇人袁小奇》之类的狗屁文章吗？要文采没文采，要内涵没内涵，纯粹猎奇，说不定还全是胡诌。"

玉琴突然想起什么似的，说："怀镜，给你说，最近关于袁小奇可是越传越神哩！我们酒店有人说起他，简直就是神仙了。你说你不相信，却又把他向领导那里引荐，我真弄不清你。"

朱怀镜叹了一声，说："如今的事情说不清啊！说不清就不说吧。我俩只说我俩，说我，说你，说你这个小东西！"其实听玉琴这么一说，朱怀镜内心有些尴尬。他原来是发现皮市长好像很迷信，就把神乎其神的袁小奇引荐给他，实在是投其所好。现在想来，自己真有些宫廷小丑的味道了。

朱怀镜内心别扭，嘴上却是轻松的。两人一路说说笑笑，一会儿就到家了。一进门，玉琴就偎进朱怀镜怀里，柔声说："怀镜，你老说我是小东西，你知道今天是我多少岁生日吗？过了今天，我就满二十九，上三十岁了。女人一过三十，再也小不了啦！"

朱怀镜从来不在乎玉琴的年龄，也就从没问过她。他见玉琴似乎有些伤感，便搂起她往沙发上去，一边脱去她的外套，一边说："你永远是我的小东西！小东西，你还要吃什么？今天我去为你做。"

玉琴妩媚一笑，说："有你这话我就够了。不要吃什么了，刚才吃了那么多糕点和水果，饱了。你还担心我不高兴？告诉你，这个生日是我这辈子过得最好的生日。今后都能这样就好。我可以不要鲜花，不要生日蛋糕，不要山珍海味，也不要别人来祝福，只要你。"

玉琴说着,眼睑微微湿润了,嘴唇轻轻努起。朱怀镜小心地张嘴迎过去,慢慢地吮吸着。今天这张小嘴唇格外柔软温暖。今晚两人都不显得狂热,只是咬着嘴儿黏在一起,柔情万般。

玉琴早早就醒来了。她今天本来很恋床,只想贴着男人好好儿睡,睡个一天、两天、三天,就这么睡,把这一辈子的瞌睡全睡完了才好!可她还得上班,只得轻轻舔了舔男人的耳朵,无可奈何起床了。

她怕吵醒朱怀镜,轻轻去洗漱间洗脸刷牙,然后打扫客厅的卫生。可当她猛一抬头,忍不住失声叫了起来。朱怀镜听见了,衣服都来不及穿,跑了出来。只见玉琴惊愕地呆站在客厅中央。

原来,昨天玉琴买的那束漂亮的玫瑰完全枯萎了,凋谢的花瓣落在地板上。

朱怀镜知道玉琴可能神经兮兮地想到别的什么了,便搂着她的肩头,安慰说:"没什么,不就是一束玫瑰吗?我等会儿就去买一束更漂亮的来,保证你喜欢。"

玉琴叹道:"我平日买的花,侍候得好,能放半个来月。这回只一个晚上就这样了。我想这只怕不是个好兆头。"

朱怀镜把玉琴重又搂回床上,拥在被窝里说:"你疑神疑鬼,太想多了。我想一定是昨晚我俩把空调开大了,里面温度太高,又干燥,哪有不枯萎的?要说这怪我,我该想到这一点。好了,小东西,你别太林妹妹了,花是花,人是人,两不相干。"

朱怀镜觉得窗帘亮得异常,下床拉开窗帘一看,果然下雪了。他连忙把玉琴抱到窗口,说:"你看,多漂亮!这是老天送给你的生日礼物,你该满意了吧?"

玉琴眼睛一亮,哇了一声。她发现朱怀镜这时还只穿着内衣裤,忙下来为他取了衣服。等朱怀镜穿好衣服,玉琴推开了窗户。寒风裹着雪花飘然而入,两人一阵激灵,透体清爽。雪已很厚了，天地一片银白。朱怀镜伸手想去抓窗台上的积雪，玉琴扯住了他，说："别动它，多漂亮！你知道吗？我从小就喜欢雪。每逢下雪，我都希望人们不要出门，不要去踩坏它。"

朱怀镜笑道："我的小宝贝是个爱幻想的傻孩子。我正好相反，我从小就喜欢在雪地里跑，最喜欢的就是在还没人去过的厚厚的雪地里踏上第一个脚印。我一路跑着，一边回头看自己新鲜的脚印，非常得意。"

"你是个破坏者！"玉琴噘起嘴巴说。

赏了一会儿雪，玉琴摇头说："真是身不由己！班是不能不上的。你去洗洗吧，我去下面条。"

朱怀镜去了洗漱间，小便时无意间望了一眼镜子里的自己，头发横七竖八，脸胀巴巴的像漏气的气球。心想自己怎么成了这个样子？这样一个男人却叫玉琴看做宝贝似的？真是莫名其妙！相爱的人也许真的是精神病吧！他洗了脸，仍觉得人不清醒，就干脆脱衣冲澡。他刚冲着，玉琴推门催他吃早饭。见他在洗澡，玉琴就把手比作手枪，眯起左眼朝他下面叭叭就是几枪。朱怀镜应声倒下，躺在浴池里一动不动。玉琴过来为他擦着身子，说："快点，别赖皮了，面条快成面糊糊了。"玉琴替他擦干了，又取了干净内衣裤来让他换上。

吃了面条，玉琴说："我上班去了。你在这里休息也好，有事去忙你的也好，由你吧。"

朱怀镜说："事也没事。我想去找一下曾俚。他调荆都这么久了，我还一直没时间去看他，太不像话了。前天本可在一起聚聚，却叫向市长的追悼会冲了。"

玉琴同朱怀镜温存一会儿，上班去了。朱怀镜一个人静坐片刻，下了楼。他去了酒店大堂门厅外，想在那里等的士。可等了老半天，不见一辆的士来。南方难得下一场大雪，一下雪就如临

249

大敌，出门也少了。过会儿玉琴来大堂巡视，见朱怀镜还在那里站着，走过来说："今天等的士可能难等，干脆我送送你？"朱怀镜说："算了吧，你正上班，不太好。我出去等算了。我打电话给你吧。"

朱怀镜走到外面，见街上的士倒是不少，却都载着客。好不容易等到一辆，司机开的是天价，正常收费之外得加五十块，朱怀镜说："哪有这个道理？"司机说："那你等个讲道理的吧！"不等他反应过来，的士门一关就开走了。他很气愤，心想这些人怎么一到关键时刻就乘人之危？他再等了好久，不见一辆空车。心里来气，就想老子今天就是不坐你的的士！不光是心痛多出那五十块钱，想着不舒服！这里去市政协约有公共汽车两站的路程，干脆走过去算了。正想看看雪景哩。

可街上的雪已被汽车碾碎，污秽不堪，走在上面却又打滑。朱怀镜双手插进衣兜里，小心地走着。想起刚才同玉琴说到踏雪的童趣，心里就生出别样的感慨。如今还能到哪里去找个僻静的地方踏雪？沿途见了几家鲜花店，他又想起还得替玉琴买束玫瑰。可家家花店都关着门。好不容易见了一家花店半开着门，就上前去问。花店老板却笑了笑，说："今天这天气买什么玫瑰？你看，花泥都结着冰哩。"

买不成花，就继续走路。边走边给玉琴打了电话，说了买玫瑰的事。玉琴说："既然这样就不用买了，难得你念着。"朱怀镜说："不念着你念谁呀？"两人说笑几句，就挂了电话。

到了政协，因是双休日，没人上班，找了半天才找到荆都民声报社。曾俚说过他还没分得住房，暂时住在办公楼的一间小杂屋里。朱怀镜弄不清到底是哪间，就一边敲门，一边叫喊。一会儿，最栋头的一间房子门开了，正是曾俚。朱怀镜走过去，却见曾俚上身穿着毛衣，下身只穿着长内裤，手中还拿着一本书。曾俚没想到朱怀镜会来，有些吃惊。他一边让着朱怀镜进去，一边啊呀呀。房间很小，大概七平方米，靠窗放着一张旧书桌，墙角是一张折叠床。见这场面，就知道曾俚刚才正蜷在被窝里看书。朱怀镜在书桌前坐下，曾俚仍坐进被窝里。

"什么好书？"朱怀镜问。曾俚把书递给朱怀镜，叹了一声，说："一本好书啊！只可惜……"曾俚没有说下去。朱怀镜拿着书看了看，见是《顾准文集》，就问："这顾准是什么人，让你如此感叹？"

曾俚神色严肃，说："至少我认为，顾准本可以成为二十世纪中国一位杰出的思想家的，却过早地被迫害致死了。他在信息最隔绝的状态，在最恶劣的生存环境里，冷静地分析，独立地思考。当时我们国家正上演着空前的悲剧，而却是万众欢腾。只有顾准预见了十年、乃至二十年后我国思想界才开始讨论的诸多热点。所以有人说他比那一代人整整超前了十年，我想着实在不是溢美之词。我赞同一位年轻学者的观点，他说真正的知识分子都是悲剧命运的承担者，他们要提前预言一个时代的真理，就必须承受时代落差造成的悲剧命运。"

朱怀镜见曾俚如此正儿八经，起初还觉得滑稽，可听他讲了一会儿，就自觉惭愧了。望着墙角被窝里缩着头的曾俚，他觉得自己的坐姿似乎有些居高临下，便放下二郎腿，斜斜地靠着凳子，做出一种懒散和随意。说实在的，他已很长时间没有正经看一本书了，而曾俚关心的如此严肃的问题，他根本不曾在意过。就连顾准何许人也，他都不知道。好在同曾俚一向很随便，也就不怎么尴尬，只问："我真是孤陋寡闻，还从未听说过顾准这个人哩。"

曾俚笑道："这不奇怪啊！你们如果真的关心顾准反倒奇怪了。现在学识界对顾准简直是集体膜拜，可是说实在的，最需要了解顾准的恰恰是你们。"

朱怀镜有了兴趣，问："我知道你是不轻易相信什么的人，对顾准却如此崇拜。他到底有多深刻？"

曾俚又是一叹，说："我刚才说，顾准本可以成为大思想家的，可由于他过早地夭折了，没有成为严格意义上的思想家。尽管如此，他的思想在诸多方面的开创意义是不容忽视的。更令我敬佩的是他的理论胆识。他当时生活在最屈辱的境遇里，他思考的问题都是足以把自己推向极刑的。可他没有畏惧。他说国家要有笔杆子，要有用鲜血作墨水的笔杆子。"

也许是话题太严肃了，朱怀镜不禁打了个寒战。曾俚说对不起，这里太冷了。的确太冷了。朱怀镜一阵寒战过后，似乎浑身上下的御寒防线都崩溃了，抖擞个不停。他也就不讲究什么，脱了皮鞋上床，把脚伸进被子里。却感觉屁股下面坐着了什么。好像是书。伸手一摸，果然是书，书名叫《绘图双百喻》，图文并茂。陈四益作文、丁聪作画。他随意翻到一篇，倒有点意思：

积习

　　无口国之民皆无口。相见成习，不以为奇。郝敏者，海客也，遇风漂泊至此，遂以面具覆脸，混迹国中凡四十年，渐忘己之有口，口之能言。

　　一日，沐浴罢，置面具于盆侧，出行市曹，人皆惊骇，四下奔窜，如见不祥。敏亟归。揽镜自照，亦骇异，不知鼻下之孔为何物，亦不复忆此孔之能言也。久思不解，乃复以面具罩脸。欣欣然庆己之又无口也。

　　杂史氏曰：积渐成习，泯其本性。本性之复，难矣哉。

曾俚说："这是一本奇书啊！我说目前可以传世的书只怕并

不多。顾准的书可以传世，这本《绘图双百喻》看起来像小玩意儿，我想它可以传世。同风格的还有这本黄永玉先生的《永玉三记》。"曾俚说着，又在床头翻出一本书，递给朱怀镜。朱怀镜翻开一看，也是有文有画。他翻到一篇《后遗症》：

　　悟空随唐僧西天取经后回原单位继续上班。一日，头痛如裂，翻滚于地，叫号震达天廷。众仙问曰："是否紧箍咒发作？"悟空哭道："反之，反之！久不听紧箍咒，瘾上来也！"

　　朱怀镜翻了这两本书，心里别有一番滋味，不禁莞尔。曾俚显然还沉溺在顾准的话题里，目光郁郁的，说："也许有思想的人，什么时候都有。中国如此之大，谁保证此时此刻，在哪个斗室里不蛰伏着一个顾准呢？不幸之处也许在于，我们只能等到一位哲人逝去之后，才发掘文物似的发现他们。而且这发现也正像考古一样，仅限于学识界。我们不可能因为一种深刻的思想，而引发一场深刻的变革，或者让社会的进程更加自觉一些，更加理性一些。所以我们只好一次又一次地为哲人和哲人的思想致哀。于是历史便永远在后悔。历史的后悔总是以历史的倒退为代价的。而历史倒退一步，是前进一百步都不能弥补的。因为历史永远不可弥补。"

　　曾俚说起来滔滔不绝，仍是朱怀镜往常熟悉的样子。这世界似乎谁都变了，只有曾俚没有变。朱怀镜本是来说乌县皇桃假种案的，想让曾俚不再报道此事。可一坐下来，就在听曾俚演说。他想先同曾俚说这些轻松的话题，再去说他要说的事情，就玩笑道："老同学，你总是这个样子，忧国忧民的！难道你就不可以放开些？"

朱怀镜这话并没有让曾俚的脸增添些温暖的颜色，仍是凝重而严肃。他浩然长叹道："梁漱溟先生把知识分子分为学问中人和问题中人两类。我想我属于问题中人。我也许真的冥顽不化，总让许多恼人的社会问题纠缠自己，让自己郁愤难平。前些年，我在系统地研究一些社会问题，我是心平气和地研究，尽量不夹杂个人的情绪。我想自己的研究对我们社会是绝对有益的。可是当我把一些思考形诸文字，却苦于找不到表达空间。很长一段时间，我不能理解，为什么连最真诚、最善意的话都不能畅畅快快说？后来，我听一位经历了噩梦时代而劫后余生的老教授说了一段话，让我得到了答案。他说，当年我仅仅只是主张'向着真实'，就遭弥天大祸。这样简单的道理本来是不言自明的，可我们却要日日夜夜大声疾呼，来为这样平凡的真理去说明，去申辩！这位老教授其实并没有直接解答我的困惑，可我好像领悟到了什么。于是我放弃了自己雄心勃勃的研究计划，试着做一些直接有助于社会的事。其实也就是换一种说话方式。我做的第一件事，就是搜集了大量见诸报刊的报道各类官员腐败的文章，我把它们原原本本辑录在一起，既不掺水，也不加盐，只加以精当的评点。我想这些都不是我捏造的，而是公开报道过的，该没有问题吧？事实证明我仍然太天真了。出版社说这本书很不错，肯定畅销。可是这本书到底还是被主管部门给毙了。我也因此有幸成了有关部门特别注意的人物。于是我只好走人。"

曾俚说完这段话，就沉默了，也不望朱怀镜，只低着头，就像这个屋子里没有第二个人。他似乎沉浸在自己的情绪里，或者思考着另一个世界的问题。朱怀镜却只想把他拉回现实。他弄不明白，为什么曾俚同现实如此隔膜。或者不应说隔膜，而是同现实格格不入。他默然一会儿，说："曾俚，我理解你的无奈和痛苦。一个不认同现实而又无法超脱的人是怎样的心境，我可以想象得了。我也特别敬重你的社会责任感。我是说真的,你别用那种眼光看我。但是,我还是劝你通达一些,别太迂了。就说现实吧,我没有必要同你讲什么大道理,我只是想说,你得相信生活总是向前的,而且社会总是在混沌状态中向前走的。我不知道自己是平日不经意接受了谁的观点,还是自己的天才发现,反正我是这么看的。所以你得学会宽容,学会理解,学会克制。总的一条,学会现实地生活。"

曾俚这回却笑了一下,又摇摇头,说:"怀镜,社会是会向前走的,谁想阻拦都阻拦不了。这一点我深信不疑。可是,在人们都汲汲于利的时候,总得有人想一想义。我知道自己无力担此重任,却想勉力为之。即便呐喊几声,也是尽了自己的本分。"

朱怀镜虽然劝导曾俚别太迂了,可他心里却真的无法笑话他的迂。如果是别人在他面前说这些恍如隔世的话,他也许会觉得这人是在惺惺作态。可是曾俚他相信。这个现实秩序中,曾俚是卑微的,或许任何一个坐在庄严的办公楼里的人都可以对他投以白眼,甚至笑他疯癫,甚至以最堂皇的说辞来诋毁他,甚至对他制造种种麻烦。但他比任何一个道貌岸然的君子都更富于社会良心。因此他又是高贵的。

两人都不说话,这场面却并不显得尴尬。朱怀镜怀着复杂得难以言说的心思,环视着曾俚的蜗居。一床一桌之外,只有另一个墙角放着的一个大拼皮袋,那里面也许就是曾俚的全部家当。朱怀镜想象得出,那里面不过就是几套很不入时的衣服而已。曾俚没有婚恋,没有家庭,身无长物。只有一脑子也许不该让他思考的问题。朱怀镜觉得曾俚或许不会是他自己说的哪个斗室里的又一个顾准,他也成就不了思想巨人,充其量只能是一个现代型号的堂·吉诃德。即便如此,朱怀镜也从内心里对他肃然起敬。

朱怀镜越发感到寒气逼人,身子一个劲地往里缩,整个人都

255

快钻进被窝里去了。曾俚似乎并不怎么觉得冷，端坐在床头。朱怀镜想自己这辈子也许再也过不了这种苦行僧的生活了。他同曾俚也许就是两种天地的人。想到这里，他并没有心情去得意，相反心里却是说不出的苍凉。

"怀镜，"曾俚打破了沉默，说，"当然你还是做你的官吧。这世道只有做官是最好不过的事。我相信你做官的话，坏不到哪里去，如果你还是我从前认识的怀镜的话。如今官场集聚了大批优秀分子，这是值得庆幸的。要紧的是这些人别蜕化了。费希特早就忧虑过这事，他说，如果出类拔萃的人都腐化了，那还到哪里去寻找道德善良呢？"

"你相信我会变坏吗？"朱怀镜笑问道。

曾俚笑而不答，只说："我不在官场，却知道官场对人的影响力是难以想象的。我有位同学，从前同我交往很密切。他现在已是某省的副省长了。我想他是我们这一辈人当中最早知道自觉适应官场的人。我不告诉你这人是谁，我得为他的形象考虑。他发迹的故事说起来很有趣。他很早就知道，仅凭自己勤奋工作，绝不可能有多大出息的。功夫在诗外。他夫人是电脑专家，他请夫人专门为他处理各种关系设计了一套软件，叫公共关系处理系统。他把需要利用的各种关键人物罗列出来，又据不同人物的身份、地位、作用等，为他们定了 ABCD 若干级。譬如，省级领导为 A 级，若干有联系的省级领导就编成代码 A1、A2、A3 等等，厅局级就相应编成代码 B1、B2、B3 等等。一年到头，哪一天该拜访什么人物，采取什么方法拜访，等等，都输入电脑。每天打开电脑，只需输入当天日期，再按回车键，电脑马上就告诉你今天要去拜访 A1 或 B3 或某某，采取什么方法拜访；同时提示你今天如果没有空，或者拜访不成功，必须在什么时间之前执行完此项指令。如果你今天有紧急事情，需提前拜访某一位人物，就在输入当天日期之后，再输入提前拜访谁的命令，电脑就会为你做出提前安排，同时提示你是否取消原定安排。你认为有必要取消，就按Y，否则就按N。最有趣的是，还设计了一个所谓的'关系函数'，大致意思是随着你自己'能量分数'的升降而确定网内关系人物的取舍。能量分数计分项目有好多项，我大概记得职务升降、权力大小、前景预测等几项。你的能量分数提高了，电脑就提示你得舍掉多少某某级的关系。这主要是保证关系的有效性，同时让你集中精力处理好有用的关系。相反，如果你不幸倒霉，能量分数下降了，电脑又提示你应增加多少某某级的关系。这套软件的功能很齐全，很科学，操作也方便，真让我佩服。我那同学刚刚开始运用这套软件时，还只是一个副处长，后来很快就青云直上了。我想那会儿他还不算很老练，或许他见我反正不在官场，又是同学，就在我去他家里喝酒时，向我泄露了天机。他向我当场演示过，真让我大吃一惊。我想他现在肯定后悔不该同我讲这个秘密了。"

朱怀镜听罢，暗暗叹服这位副省长。这几乎是谁也想象不到的锦囊妙计。可朱怀镜明里并不怎么显露自己的惊奇，只半真半假说："曾俚呀，但愿这位副省长别再升官了。不然，假如他今后官再大些，有了生杀予夺之权，你只怕有性命之虞。"

曾俚长舒一口气，说："这倒不至于吧？不过我同他现在关系是明显疏远了。这回我在原单位不想干了，试着跟他联系，被他很客气地回绝了。我想他回绝我是对的。同他联系也是我做的最蠢的一件事，事后想起自己都觉得可笑。你想，他在那里做着大官，我却时时会写些让他们感到头痛的文章，你说他拿我怎么办？"

"怎么办？该怎么办就怎么办。"朱怀镜笑道。他望着这会儿脸色开朗起来的曾俚，奇怪他描述那套公共关系处理软件，为什么那么绘声绘色,像是很欣赏。照说曾俚会很讨厌这种做法的。

曾俚似笑非笑的样子,说:"刚才你问我相信你会变坏不,我没有正面回答你。其实我是不知道怎么回答,才说了我这个同学的故事。我可以说,我这同学并不坏。我不喜欢他,这是另一码事。你一定知道管仲和鲍叔牙的故事。齐桓公能够九合诸侯,成就霸业,得力于管仲的辅佐。把管仲推荐给齐桓公的是鲍叔牙。可是管仲临死了,齐桓公问他可不可以让鲍叔牙接替他的相位,管仲说不可以。齐桓公问为什么,管仲说鲍叔牙太正派了。"

朱怀镜就有些捉摸不透曾俚了,就问:"那么你是希望我变好呢,还是希望我变坏呢?怎么你一下子就含蓄起来,不正面回答问题,总是打着迂回,搞得云遮雾罩、山重水复的!"

"我的希望,都是徒然的,你该怎样就会怎样。我也无意对官场人物作道德评判,只是面对种种不得不说的话题,我就得发言。"曾俚笑笑,复又认真起来。

很快就到中午了,朱怀镜早已饥肠辘辘。又因为饿,就更加寒冷,他禁不住哆嗦起来。曾俚就说:"你怎么这么不耐寒了,养尊处优惯了吧。"朱怀镜就说:"不光是冷,肚子也饿了。"曾俚笑着说:"我连早饭都还没吃哩!"朱怀镜就说:"出去找个地方,喝几杯吧。"他想等会儿到了酒桌上,一定不再让曾俚说这些外人听了莫名其妙的话。有几杯酒下肚,说说他想说的事,也会合适些的。曾俚说道好吧,就下床漱口、洗脸。曾俚把结着冰的毛巾捏得吱吱作响,再放进冰凉的水里揉了几下,就往脸上抹。朱怀镜见了,几乎毛骨悚然。

临出门,曾俚说:"这几本书,你要是有兴趣,拿去看看吧。"

朱怀镜接过来,见是《顾准日记》,还有刚才屁股下坐着的《绘图双百喻》《永玉三记》。他不及多想,拿来塞进包里。

两人出了政协大门，靠左就有几家小饭店。他俩选了一家有空调的店子，进去坐下。小姐递单子上来，朱怀镜就说："我请客，你点菜吧。"曾俚说："没这个道理，今天你是来我这里，理该是我做东。你点菜吧。"朱怀镜说："哪管什么东呀西呀，反正我请了，算是为你接风吧。当然这风也接得太迟了些。"曾俚就是不依，非得他请。朱怀镜知道曾俚的倔脾气，客气了一会儿，就只好听他的了。两个人吃不了多少，就随便点了些菜。

一会儿菜上来了。曾俚问："是不是该喝几杯？"

朱怀镜说："我俩同学多年，却从未在一起喝过酒，不知你酒量如何？"

曾俚说："我基本上可以算是不喝酒的人。不过今天是久别重逢，还是喝几杯吧。对酒我是外行，不知喝什么酒好？"

朱怀镜叫过小姐，问她这里有什么好酒。小姐说高档酒茅台、五粮液都有，还有中档的，低档的，都有。朱怀镜知道这种地方的名酒百分之百是假酒，就要了一瓶孔府宴酒。他本不喜欢喝这种酒，但这种地方只有这个档次，他也不想让曾俚出血太多，就只好将就了。

酒杯一端，曾俚就玩笑道："怀镜，你在政府部门这么多年，酒量一定操练到家了吧？"

朱怀镜就说："我的酒量不行。为什么人们心目中，干部形象就是吃吃喝喝呢？片面啊！话又说回来，现在吃几顿饭又是什么大不了的事呢？经常有应酬，还烦得很哩！就像谁愿意天天去外面吃饭似的。"

曾俚举杯同朱怀镜碰了碰，两人一饮而尽。曾俚抖着酒，说："有人说个笑话。两个人在一起争论干部作风问题。甲说，如今干部太腐败了。乙说，谁说干部腐败？他们天天拿酒泡着哩，怎么会腐败？"

这笑话并不新鲜，为了不让曾俚扫兴，朱怀镜只好响应着笑笑。他想自己事先想好了，不再让曾俚说这类话题的，怎么一开口又是这些话呢？真是奇怪，如今人们坐在一起，不是说干部作风问题，就是说些粗俗的笑话，再就是说哪里发了大案。几乎说不出任何美好的话题。到底是实在没有什么美好的事情可说，还是人们的心态都变得不可理喻了？

"曾俚，我拜读了你报道乌县皇桃假种案的文章。"朱怀镜像是随意说起这事。

曾俚很不经意的样子，缓声道："是吗？我是不把它当做单纯的文章写的，你难道觉得只是看了一篇文章吗？仅仅为了发表文章，我早觉得是件很无聊的事了。况且写这样的文章，我常常会愤怒得不能自已。这并不是一件很惬意的事情。"

没想到这话题一提起，又引发了曾俚愤然的情绪。朱怀镜只好暂时搁下这话，举杯邀曾俚共饮。曾俚喝下这第二杯酒，耳根就开始发红了。他果真没有酒量。可曾俚是个实在人，自己做东，就尽量舍命陪君子。再喝几杯，朱怀镜就叫曾俚别勉强了。他也不想让曾俚喝醉，要说的事还没说好。曾俚不好意思，说实在奉陪不起。朱怀镜正好也不想多喝这种低档酒，两人就最后各斟满一杯，放在嘴边慢慢沾着，说话而已。

两人海阔天空聊着，朱怀镜突然正经说："曾俚，乌县那事，你别再插手了。"

"为什么？"曾俚抬头皱着眉问。

朱怀镜说："当时我正是乌县副县长，事情的经过我很清楚。假种案给农民造成的损失的确很大。但这件事，只能算是经济诈骗案。因为涉及外省，处理起来就有难度。非要扯到县委、政府身上，最多只能是决策失误，加上有关部门办事不力。我想这与干部作风，甚至腐败问题，没有关系。"

曾俚十分惊诧的样子，说："什么？农民两千多万元的损失，你说起来如此轻描淡写？你既然当时在乌县工作，中间有没有问题，我相信你也清楚。报道这类事情，我向来是谨慎的。我经过了好多天的调查，材料十分翔实。"

朱怀镜答道："你的采访调查的确很细致，占有的材料也能说服人，而且我还看得出，你并没有抖出你所掌握的全部情况，你留有余地。但是，这么大的案子，况且又牵涉到外省，不是你几天的调查就可以弄清楚的。你问我是不是知道这中间有问题，我就是知道有问题也不能说。我知道的，也只是单方面掌握的情况，有些情况还只是我私下猜测。真的要对簿公堂，那是算不了数的。包括你了解的情况，也是这样。所以你写文章披露这事，只能算是在舆论上声援一下，对问题的解决，不一定有帮助。解决问题，还得依靠乌县县委、政府的重视。可你作这种报道，说不定就让乌县有关领导被动，反而不利于问题的解决。"

"这么说来，倒是我做了对不起乌县人民的事了？"曾俚面色难看起来。

朱怀镜笑笑，摇摇手，劝曾俚莫激动。他说："我当然不是这个意思。但你得承认，好心办坏事的情况不是没有。特别是这类牵涉很多群众的事情，弄不好就引发事件。你别误会，我不是说你引发群众性事件。你对这个案子作客观报道，这本身并没有什么不妥，问题是可能引发的后果就不一定以人的意志为转移了。一般性的群众事件，由于处置不当而酿成政治性事件的例子，并不鲜见。"

曾俚笑了起来，说："你们就这么怕群众？政府害怕群众，这没有道理啊！群众不会笼统地同政府过不去，他们只是要维护自己的利益而已。你政府只要按群众意愿把问题解决了，不就相安无事了？我不妨告诉你，我知道我们的报纸影响不大，不足以形成对有关方面的压力,我就向其他全国性报纸投了稿。《中国法制报》很快就会见报的。"

朱怀镜心里怦然一跳,着急起来,却又不能将他的情绪溢于言表。他沉默了片刻,也不正面说假种案的事,而是说了些看上去不着边际的话:"曾俚呀,政治这玩意儿,你按正常的逻辑去分析、处理,不一定正确。本来应往西走的,你往往不能马上往西走,说不定你得继续往东走一段,再折回来往西走,或者迂回着往西走。"

曾俚仍然很犟,说:"我不是搞政治的,所以就用不着考虑政治策略。我只知道依据事实,对这事作真实报道。如果我报道失实,我愿吃官司。"

道理硬是讲不通,朱怀镜心里火烧火燎。他慢慢舔着杯中的酒,越来越感觉出其中的苦涩来。他早没了喝酒的兴致。突然感觉到很冷,身上阵阵发寒。这里空调效果不行,刚进来时尚有暖意,坐久了就冷起来了。朱怀镜叹了一声,只得生出一计,谎称这案子同他自己有关。他说:"曾俚,你就当是帮我的忙吧。当时正是我抓皇桃工程。我可以保证我自己是干净的。如果别的人在中间得了好处,我相信总有真相大白的一天。只是请你暂时不要管这件事,免得在事情澄清之前,把我弄得不是人。"

朱怀镜说罢,就逼视着曾俚。曾俚眼睛早红了,不知在这双醉眼里朱怀镜是个什么形象。他只是红着眼睛,似笑非笑。两人对视良久,还是曾俚拗不过,收起了目光,长叹着低下了头。他埋着头默不吱声,过了好久才端起酒杯,把剩下的半杯酒一饮而尽,无可奈何的样子,说:"好吧,真没办法。"

朱怀镜隐隐懂他的意思了,就拿过酒瓶,说再干一杯,表示感谢。曾俚酒量早不行了,却也端起酒杯,同朱怀镜一碰,仰首干了。他头耷拉着,报了一个电话号码,让朱怀镜拨了手机。朱怀镜就拨了。电话一通，朱怀镜忙把手机交给曾俚。朱怀镜听他说了几句，就知这是打给《中国法制报》一位编辑的电话。曾俚请他撤了那篇文章，并道了歉。听得出曾俚同这编辑交情不一般。曾俚接着又打了三个长途电话，都是全国性报刊。

勉强支持着打完电话，曾俚就完全醉了。朱怀镜便叫小姐结账。曾俚胡乱地将手一挥，从口袋里掏出钱来，交给小姐。朱怀镜只好让曾俚付了账，再扶着他回去睡下。朱怀镜叫了几声曾俚，不见答应。

朱怀镜出了政协大院，见又下起了大雪。街中央汽车道上的雪花刚一落地，就被乌黑的雪水玷污了。人行道上有稀稀拉拉的行人。不知是因为他醉眼蒙眬，还是因为白雪的映衬，朱怀镜看见人们的脸色一律蜡黄，似乎满街都是病人。他没有想到要拦的士，只是小心走着，任雪花飞舞着往他怀里、脖子里钻。猛然想起要同小熊通通电话，就拨了过去："喂，小熊吗？对对，我是老朱。我这几天很忙，今天才有时间同《荆都民声报》的几位朋友聚。对对，刚散场。还好，没有误事。本来北京有四家报纸马上要见报的，现在都撤下来了。对对，他们当着我的面打的电话。没问题了。哪里哪里，谢什么，应该的啊！"

回家闲着没事，就翻看曾俚送他看的几本书。草草浏览了，觉得都没多大意思。便想曾俚满脑子古怪想法，却并没有太深厚的精神资源。又想曾俚专门送这些书，难道想让他换换脑子？免不了暗自嘲笑曾俚的天真。转眼又生惭愧，想自己太市侩了。也许曾俚并不是自己想象的那么浅薄。

朱怀镜早早地赶到办公室，打开水、拖地板、抹桌子。这段时间，他老在外面跑，也就没有认真打扫过办公室。他抹了桌子，再去抹柜子。这五个大铁皮柜，他只用着其中的一个，另外四个哑子一样伴他三年多了，从来不见人开启过，总让他感到神秘莫测。他想这也许是最后一次侍候它们了，就细心地抹着。柜子顶上那个瓷筒子好久没抹了，就取下来小心地抹着。不料他手一滑，瓷筒哐当一声掉在地上，摔了个稀烂。他顿时一身冷汗。这时柳秘书长正好进来，笑道："嘀，一大早就打发了？好啊，打发打发，碎碎（岁岁）平安啊。"朱怀镜本以为柳秘书长也会训人的，就像从前的谷秘书长一样。没想到柳秘书长只是开了个玩笑。朱怀镜到底还是拘束，说："唉，可惜了。"柳秘书长不再同他说这事，只说："我过会儿来叫你，带你去财贸处，与同志们见个面。你就正式过去工作了。任命文件下了，你看见了吗？"

朱怀镜还没有见到任命文件，却只好说："哦哦，看见了。"又说，"我那天去医院看了余姨，她精神很好哩。"

柳秘书长笑道："谢谢你啊。"

朱怀镜送柳秘书长到门口，再回来清扫地上的瓷片。稀里哗啦的瓷片声听起来居然很爽心，他觉得奇怪。也许是心情不一样了吧。过后多年，他仍常想起自己打碎这个瓷筒时的感觉，似乎这偶然的举动具有某种象征意义，标志着他一个时代的结束。

柳秘书长一时没有来，他什么事都做不下去。他想让自己尽量平静一点，但仍觉怀揣小鹿。他马上就要赴新的领导岗位，这事毕竟太重大了，他不可能不激动。人之常情啊！

做不成事，又不能干坐着。他突然想起曾俚说的公共关系处理软件，心想那的确是个绝招。他找了个干净本子，心里琢磨着皮市长和其他副市长，柳秘书长和其他副秘书长，在本子上写着A1、A2、A3、A4……B1、B2、B3、B4……C1、C2、C3、C4……他还没来得及想到所有关键人物，柳秘书长同副秘书长覃原、人事处处长揭世明进来了。朱怀镜忙同覃原、揭世明握手而笑。覃原是协助副市长司马天联系财贸的，今后是朱怀镜的顶头上司。朱怀镜早就想去拜访覃原的，但文件没下来，他觉得不方便。

柳秘书长说:"现在就去吧。"

财贸处在同一办公楼,走过去几分钟就到了。处里的同志早接到人事处电话通知,已坐在会议室等着了。柳秘书长他们四人一到,财贸处副处长邓才刚忙站起来迎接,一一握手。

"都在吗?"柳秘书长坐下来,环视一圈,问道。

邓才刚就说:"都到了,就五个人。当然加上朱处长,就六位了。"说罢就望着朱怀镜,客气地笑笑。朱怀镜忙拱手,表示了谦虚。

揭世明先说了几句,覃原接着说,柳秘书长再接着说。这类交接班子的会议,无非是几句根据组织安排,谁谁任什么职务的话,不可能有什么新意。朱怀镜看上去像在认真听着柳揭二位讲话,心里却在琢磨财贸处这些人。他很随意而又很客气地望望他们,揣度着他们的心思。尽管同在办公厅,但机关太大,他平时同这些人几乎没有什么交道。邓才刚是多年的副处长了,与他共过事的两位处长现在都是正局级或副局级干部,他却仍是副处长。朱怀镜从知道自己将去财贸处任职那天起,就时常想起邓才刚这个人。他想自己在财贸处干得顺不顺,只怕还要看邓才刚是否配合。

柳秘书长说完了,要朱怀镜再表个态。朱怀镜知道这是程序,说是要说的,但不必多说。他不了解财贸处的情况,不便说得太多。再说柳秘书长和覃原也没有时间听他发表就职演说。

会很快就开完了,柳秘书长同揭世明就告辞,同大家一一握手。朱怀镜也同大家握了手,很客气地对邓才刚说:"老邓,我今天就请假吧,回那边清理一下东西,明天正式过来上班吧。"邓才刚忙摆手道:"您是老一啊,哪有向我请假的道理?"两人再握一下手,非常客气。

朱怀镜回到办公室,并不想马上就清理东西。他坐下继续写着各类关键人物的代号。写了一个多小时，终于写好了。再认真检查了一遍，把个别漏掉的补上，又斟酌了那些可去可留的人物。覃原被他定为B2，在B级关系中紧排在柳秘书长后面。这覃原在秘书长中间排位并不是第二位，但在他这个关系谱中应该是第二位。因为覃原是主管财贸处的，这个关系不处理好，他干得再好也是白干。最后敲定，共有各个级别应该长期联系的关键人物二十八人。

有些人物虽不应纳入名单，却也应心里有数。比如宋达清、韩长兴这一类的人，当然不用他经常去拜访，但得同他们保持必要的联系。有些事情大人物往往还办不了，只能劳驾他们这些人帮忙。

明年的工作日志本早发下来了，朱怀镜就把哪天要拜访谁，全用代号记在日志上。先用铅笔写上，再作适当调整。最后认为安排合理了，再用钢笔填定。

做好这件事，他将日志本随意往桌上一丢，又拿起来随意翻开，就见每隔几天，就有个日期下面标有A1或B3或C2之类奇怪的代号。别人看到这些符号，会觉得莫名其妙。他不免有些得意，心想没有电脑，他照样可以拥有一个公共关系处理系统。

猛然间觉得这办公楼静得出奇。一看手表，原来早下班了。他便将日志本塞进抽屉，回家去。走在路上，脑子里就在默念：A1皮市长，B1柳秘书长……

过后几天，朱怀镜天天在应酬。先是综合处欢送他，全处人聚在一起喝了一顿，柳秘书长应邀到场。他同柳秘书长碰着杯，心里就自然而然想着B1，又想这次活动就冲销他安排中的一次拜访吧。什么代号代表什么人物，他早已记得滚瓜烂熟了。紧接着就是财贸处欢迎他到任，照例喝了一顿，覃原应邀到场。他当然也就想到这不妨算是拜访了一次B2吧。不一定每次都由他主动上门拜访这些人，像这类聚会，也可算作他的公关性"拜访"，权且称作准拜访吧。不过准拜访不宜太多，次数多了就得打折，就算三次准拜访折合一次正式拜访吧。

朱怀镜已去财贸处正式上班。这天下午，他一到办公室，就收到曾俚寄来的《荆都民声报》，上面有鲁夫的大作：《袁神仙行侠记》。他知道这无疑是写袁小奇。不及细看文章，却见报纸的空白处有曾俚写的一行字：每逢末世，必有妖言！曾俚的字很漂亮。再看看文章，简直神了：

……春再来酒家宰客是出了名的，去过的客人都很气愤。这天，袁先生带着几个兄弟去春再来用餐。要了几个菜，很快就上来了。菜价贵还不说，分量还特别少。袁先生有心要治他们，就叫过服务小姐，说刚才上的鱼是臭的。小姐觉得很奇怪，说明明是活鱼做的，怎么就臭了呢？袁先生就让她自己闻闻。小姐一闻，发现盘子里的鱼果然臭得闷头。

老板闻声赶来，叫骂袁先生他们故意刁难。袁先生不恼不火，很客气地请这位老板自己闻闻。老板一闻，立即傻了眼。这真是出鬼了，刚从水池里捉上来的活鱼，怎么一上桌就臭了呢？

这时，袁先生突然皱起眉头，掩着鼻子说，我还闻到你们厨房里的肉都臭了哩。酒店老板哪里肯信？说："我就不相信今天硬是出鬼了。"袁先生笑而不答，只是示意他自己进去看看。老板将信将疑，进厨房去了。不一会儿，老板跑了出来，朝袁先生拱手便拜："请问这位先生是哪里来的高人？兄弟我什么地方有所怠慢？"

袁先生抚掌而笑，说："你没有得罪我。兄弟只有一言相送：生意生意，半是情意。你只记住我这话，保证你今后生意兴隆，再不会出怪事。"

袁先生说罢，领着兄弟们大笑而去。老板领悟了袁先生的意思，从此正正经经做生意了。

朱怀镜看了这些，只是摇头。鲁夫的笔锋就像明清通俗小说，哪像是写真人真事？看了下面，还有更奇的：

一天，袁先生同几个徒弟在外面散步。忽然，一辆轿车呼啸而过，一位老太太被溅得满身泥水。袁先生见不得这种不可一世的轻狂人，不管这车是谁的，他都得惩罚一下他们。只见袁先生抬手轻轻一挥，那轿车立马就熄了火。徒弟们知道这是师傅在做手脚，都掩嘴而笑。袁先生却没事似的，说："笑什么？快去帮老太太把泥水擦干净了。"

等老太太千恩万谢地走了，袁先生又将手一扬，那轿车却自己动起来了。坐在车里的人也许永远也不会明白他们刚才碰上了什么神奇的事情，但愿他们有一天能够明白怎么尊重别人，哪怕是最平凡的人。

朱怀镜暗自发笑，想这鲁夫笔下的袁小奇，还真有些替天行道的意思。下面的一则故事，同样是匪夷所思：

……小明是个孝顺的孩子，除了读书，还得做小工挣钱，为他卧病在床的母亲治病。他母亲的病生得很怪，吃得睡得，不痛不痒，只是浑身无力，手不能提，肩不能挑，连站都站不稳。袁先生得知这娘儿俩可怜，亲自上门看望。原来袁先生身怀不名法术，常常替人祛病消灾。他为人治病招数很怪，一不用针灸，二不用药剂。他要么让你喝一碗清水，要么他只拍你几板，要么大叫几声。效果却神奇得很。他看了一眼小明的妈妈，没说别的，只说："放心放心，明日就好。"说罢就回来了。

有个徒弟不太相信，第二天跑去一看，果然见那妇人病好了，正在家里做家务哩！

这位徒弟问其缘故，袁先生笑道："这位妇人的病生得奇怪，我平素从未见过。我就在夜深人静的时候心神入定，为她遥发功力，让她康复。"

徒弟连连称奇，心想那妇人还不知道自己怎么就突然病好了哩！

朱怀镜没兴趣再看下去。他挂了曾俚的电话："喂，你们报纸怎么发这种屁文章？"

曾俚说："我又不是这里的领导，你问我，我问谁去？只要肯出钱，什么文章不可以发？"

朱怀镜见曾俚口没遮拦，就说："你轻点声吧，你那里没有同事在座？"

"我才不顾及这些哩！"曾俚说。

放下电话，朱怀镜再仔细想想袁小奇这个人，他自己也有些弄不明白。鲁夫的文章写得这么玄乎其玄，他不相信。但他又的确亲眼见识过袁小奇神秘表演。袁小奇徒手将酒变成水，又将水变成酒，他没有看出什么破绽。袁小奇陪皮市长打麻将，要和什么牌就和什么牌，要谁和牌谁就和牌，他也没看出其中的机巧。难道袁小奇真是个奇人？外地已有很多奇人了，最著名的当是张宝胜、严新、海灯法师。关于这些奇人的故事他也听过不少，就是不太相信。

电话铃响了。朱怀镜拿起电话筒一接,原来是韩长兴。"喂,朱处长吗?"韩长兴总是很客气地叫他朱处长,他也只得叫他韩处长:"你好啊,韩处长有什么指示?"

韩长兴忙说:"岂敢啊,谁敢指示你朱处长?祝贺你高升啊!我想请几个兄弟庆贺一下,怎么样?"

朱怀镜听了,几乎吓了一跳。他知道韩长兴是个欠含蓄的人,搞得这么张张扬扬的,影响不好。他便婉谢道:"感谢你啊,韩处长!这处长是你早当剩下的,还有什么值得庆贺的?免了罢。"

"哪里哪里,你这处长同我这处长不同啊!我只是为大家打打杂而已。你这处长就前程不可限量啊。"韩处长在电话里豪声说道。

朱怀镜不知韩长兴办公室是不是还有别人,也不知他这么高声大气地说话,别人是不是听得见。真让别的同事听了,至少会笑话他的。不就是当了个处长吗?搞得这么了不起似的。他想快些结束谈话,只好说:"那就谢谢韩处长了,听你安排。"

韩长兴高兴道:"好啊。我叫了几个乌县老乡,你不一定认得,都是很好的朋友。你说放在哪里好?"

朱怀镜不想多说,只道:"都听你的吧。"

韩长兴话却很多,说:"我不想放在荆园,那里菜总是老一套,变不了样儿。还是放在龙兴如何?"

朱怀镜当然也愿去龙兴,口上只作平淡,说:"一切听你安排啊。"

放了电话,朱怀镜马上就打了玉琴手机,说晚上有人请他去龙兴吃饭。他好几天没去玉琴那里了。她有些不悦,故意气他,说:"作为我们龙兴大酒店的客人,我表示真诚的欢迎。"

朱怀镜不说别的,只死皮赖脸地笑。玉琴听他笑了一会儿,说:"别傻笑了,对着电话笑得付钱哩。"

挂完电话,邓才刚敲门进来了。"哦哦,老邓,请坐请坐。"朱怀镜本想叫他邓处长的,可一出口就成老邓了。他想处长就是处长,副处长就是副处长,必要的层次还是要讲究的。可叫邓副处长太拗口,还是叫老邓好。叫老邓亲切、随便,也隐隐暗示了处长和副处长间的区别。

邓才刚在朱怀镜对面的桌子前坐下来,掏出烟盒来敬烟。那烟竟然是三块五一包的荆山红牌香烟。朱怀镜接过点上,闻着一股纸臭味。他已好久没抽这种烟了。荆都人早些年抽烟抽荆山红,喝酒喝荆水液。那会儿大家都觉得这烟和酒都还不错,供应紧张的时候想弄几条荆山红烟,或是弄几瓶荆水液酒,还得走后门搞票。现在就不同了,喝酒得喝贵州茅台、四川五粮液、湖南酒鬼,抽烟得抽云烟、大中华。当然荆山红也有人抽,荆水液也有人喝,只是叫人一眼就看出他的档次来,寒酸!

"朱处长,我想把处里的工作向您汇报一下。"邓才刚说。

朱怀镜知道邓才刚应向他介绍处里的工作了,但他想在心理上抓住主动,就谦虚道:"老邓,财贸处在我是新课题,我现在脑子里还是茫茫一片,不得要领。你先拿些文件、资料让我看看,过两天我再向你讨教如何?"朱怀镜说的是讨教,其实他是想自己什么时候要邓才刚汇报,再让他来汇报。

邓才刚笑道:"朱处长别谦虚嘛。您在县里是管过财贸的,这市里财贸同县里财贸,没有质的区别,只有量的不同。也好,我先找些文件送给您吧。不过有件事,要请您先定一下,就是处里福利费问题。年关了,大家都望着哩。"

"我定什么?我俩商量一下吧。现在账上有多少钱?"朱怀镜问。

邓才刚说:"不多了,只有八万多块了。"

朱怀镜想了想，问："往年你们都是发多少？"

"这几年，都是发两千。"邓才刚说。

"范围呢？"朱怀镜又问。

邓才刚一时没反应过来，顿了一会儿，说："您是说发放范围？处里全体同志，加上分管我们处的覃秘书长。"

朱怀镜建议道："老邓，我看是不是考虑柳秘书长也要算上？我们工作很多还得靠柳秘书长支持啊！"

邓才刚当然不好多说什么，只说："行吧。不过我们处多年都没有这样做过。"

朱怀镜笑了起来，说："老邓，这种事情，大家心里都清楚，还是这样办吧。"

邓才刚意识到自己刚才的话多余了，忙说："我不是说不发哩。那么，发多少？"

朱怀镜就觉得有些不好开口，嘴上这个这个了好一会儿，才说："我俩商量吧。今年物价涨幅高，大家都觉得手头紧。我想，今年就稍微突破一点，每人发五千，你看如何？"

邓才刚眼皮微微跳了一下，像是吃了一惊。但他也不怎么表露出来，只说："您定吧。处里每月都还得给干部补贴两三百，这个因素要考虑到。"

"找钱你有办法，我们再研究吧。"朱怀镜说。

邓才刚抓抓后脑勺，谦虚道："哪里啊……"

福利费的事就这么定了。邓才刚不多坐，说去找找有关文件，等会儿送来。朱怀镜就想邓才刚这人心眼也许太实了，同他自己原先差不多。难怪这老邓多年的副处长，就是上不了处长。

一会儿，邓才刚送了一沓文件过来，说："先看看这些吧，明天再找一些。"朱怀镜直说感谢了。他心里却想这老邓真的死板，也不知叫处里其他年轻人去找文件，硬是自己去找。

看了一会儿文件,韩长兴就来电话了,问是不是可以走了。朱怀镜一看手表,原来快到下班时间了。他却有意卖关子,说还等十分钟吧,正有个事情在办哩。

过了十分钟,韩长兴又打电话来。朱怀镜就说马上就来。他起身拉上门,往二办公楼去。韩长兴早等在那里了。两人上了车,直奔龙兴大酒店。

到了酒店门厅外面,韩长兴问司机:"是不是一起吃算了?"这语气分明不是留人。司机忙说:"谢谢了,我就不去了。等会儿你要车再打我 Call 机吧。"

朱怀镜早瞟见玉琴在大厅里望着他了,却只当没看见似的。两人进了大厅,韩长兴忙伸手同玉琴握手,说:"梅老总,好久没看见你了。我有几个朋友在这里聚聚,请你关照啊。"

玉琴说着欢迎欢迎,又同朱怀镜淡淡地握了手,说:"朱处长你好。"

韩长兴望了望朱怀镜和玉琴,惊讶道:"原来你们老相识了?我还想介绍你们认识哩。"

"荆都的漂亮女士只兴你认识,就不兴我认识?"朱怀镜玩笑道。

韩长兴哈哈一笑,说:"哪里啊,我哪有你朱处长的风度和身份?漂亮女士哪能对我怎么样?我要是你啊,保证'阅尽人间春色'!"

玉琴脸上似笑非笑,白了朱怀镜一眼。朱怀镜顿时红了脸,知道玉琴生气了。韩长兴的这番混账话,都是他的那句玩笑话带出来的。这等于把玉琴也比作那种女人了。朱怀镜抬手理了下头发,掩饰内心的尴尬,说:"玉琴,你忙你的去吧。"

不料此话一出,韩长兴越发轻佻起来,说:"嗬嗬,蛮亲热嘛,都叫上'玉琴'了。这可是爱称啊!"

玉琴只当没听见，微微一笑，说声二位自便，就走开了。这时，电梯里出来一位小伙子，左手拿着手机，派头有些招摇，笑嘻嘻地叫道韩处长好。韩长兴抬手招呼一声，嘴上却还在笑话朱怀镜。朱怀镜就正经说："你呀，别在玉琴面前乱说，她最不喜欢听那些话了。"

这时那位小伙子上前来了，韩长兴就介绍道："这位是朱处长。这位是小陈，陈清业陈老板，乌县老乡。"

陈清业忙握住朱怀镜的手，使劲摇晃，道："久仰了，朱处长。请请，楼上请。"

朱怀镜就明白今天一定是陈清业做东了。进了电梯，韩长兴又提起玉琴，问："这么说，梅老总你很了解？"朱怀镜只得搪塞道："她是我一位同学的表妹，我们早就认识了，也常在一起玩，还算了解吧。这是一位很不错的女人啊。"

韩长兴眼睛鬼里鬼气眨了一下，笑道："表妹？我给你说个笑话。有个男人读书不多，有次他给表妹写信，忘了'表'字怎么写了，就问一位读书人。这读书人捉弄他，就问他是写给表弟还是写给表妹。表弟是男的，就是表字加人旁；表妹是女的，就是表字加女旁。结果，那人就把表妹的'表'写成了婊子的'婊'。现在很多男人都介绍身边的女人是表妹，我想只怕是'婊妹'。"

三人大笑起来。很快到了三楼，出了电梯，陈清业一路请请，带着朱韩二位往前走。路过兰亭包厢，朱怀镜心里别是一番滋味。似乎就是在兰亭，他的生活发生了意想不到的变化。

陈清业到了兰亭斜对门的太白轩停下，俯身恭请二位。韩长兴礼让朱怀镜，朱怀镜却无意间瞥见玉琴从另一个电梯门出来了。他便说韩处长先请，他同玉琴有句话说。玉琴本要转身往别处去的，见朱怀镜朝她走来，就站在那里。朱怀镜几天没见她了,感觉她站在那里的样子很有仪态,胸腔里不禁一阵飘然。两人走近了,相视而笑,不知要说什么话。玉琴抬手扯扯他的衣领,又拍打一下他的肩头。朱怀镜知道这是女人特有的体贴动作,感觉很温暖。他轻声说:"今天全是我们乌县老乡,你不必管。"玉琴打量了他一会儿,说:"你今天气色不太好,这几天是不是很累?"朱怀镜笑笑,说:"工作倒不怎么忙,只是这几天应酬多。"玉琴又抬手在他肩头掸了掸,说:"酒还是少喝啊!"听着玉琴这体贴的嘱咐,朱怀镜感觉轻飘飘的好舒服。他忙点头说:"好的好的,我记住你的话。等会儿我回来,你闻闻我的嘴巴就知道我喝多少酒了。"玉琴一下子脸作愠色,说:"谁同你嬉皮笑脸?你回来等我整你的风吧。"朱怀镜知道,玉琴这是在怪他和韩长兴说的轻浮话,但他有意装糊涂,说:"好吧,看谁整谁的风。不整得你大呼小叫我不放手!"玉琴脸刷地红了,说:"你好坏,说话又不分个场合。你去吧,有人望着你哩。"

朱怀镜回过身来,原来是陈清业和乌县驻荆办小熊站在走廊里,笑吟吟地望着他。他走过去,小熊忙迎上来握手。进了包厢,见还有三位先生,都很面生。陈清业便一一介绍,都是乌县老乡,在荆都做生意的。介绍完了,陈清业坐下来,将手机往桌上一放。朱怀镜见陈清业放手机的动作很夸张,仍是那股招摇劲儿,私下对这人就打了折扣。

小姐递上菜谱。陈清业请朱怀镜点菜,朱怀镜说:"不好意思,我有个坏毛病,从不点菜。"大家都在谦让,韩长兴就说:"点菜是个麻烦事,我也不喜欢点菜。这样吧,干脆让小姐拣这里有特色的菜报,谁想吃就说声。"小姐便报菜谱。她自然就选最高档的菜报。每定下一个菜,陈清业就大声说好。他越是大声说好,朱怀镜就猜想他越是心疼。朱怀镜善解人意,忙拿过菜谱,说:"别总是上这些高档菜。我来选几个小菜。"他便做主定了几个蔬菜，减掉几个大菜。

菜点好了，就先喝茶。陈清业拿出名片盒，双手递给朱怀镜一张名片。朱怀镜很礼貌地看了一会儿陈清业的名片，说："不错嘛，通远贸易公司总经理，老板啊！"陈清业便谦虚说："哪里哪里，只是混口饭吃。还靠朱处长、韩处长多关照才是！"其他各位也都递上名片。朱怀镜也给各位递了名片。他没有给小熊名片，只说："小熊有我的名片，就不用给了！"听了这话，小熊便觉得自己是朱怀镜老朋友似的，反倒觉得特别有脸面。其实朱怀镜一直没有记清他的名字，便说："小熊，把你的名片还是给我一张吧。我昨天把电话号码簿掉了，朋友们的电话全在上面。"小熊忙掏出名片递上。朱怀镜说道谢谢，看了看名片，原来小熊叫熊克光。

大家说什么话都有些附和朱怀镜的意思，听他说电话号码簿丢了，他们都说这最麻烦了，那些电话号码，很多都是偶然收集的，可遇而不可求。见这场面，朱怀镜自然明白，他是今天的贵客了，韩长兴成了陪衬。

熊克光仍想表现自己同朱怀镜关系不一般，乘他们说电话号码簿的空儿，忙打断别人的话头，说："朱处长，上次那事，很感谢你啊！张书记专门打电话来，要我好好感谢你。"朱怀镜知道他说的是摆平皇桃假种案报道的事。这小伙子知道隐晦着说这事，还算老练。不过他说什么张书记电话，就是自作聪明了。别人听不出这话有什么毛病，朱怀镜听得出。张天奇绝不可能亲自给他熊克光打电话。他最多只配县政府办公室主任给他打电话。朱怀镜当然不会让熊克光没面子，便顺水推舟说："小事一桩，张书记太客气了。前几天，他给我来过电话了。"

两个人客套着，话题又神秘，陈清业他们听了就觉得高深莫测。他们虽然出来做生意了，到底还算乌县子民，太知道张书记有多大了。而这样一个人物,听朱怀镜口气,就像他的老兄弟!老朋友!朱怀镜在他们眼中,更加非同凡响了。

菜还没上,玉琴带着一个男人来了,介绍说:"这位是我们三楼的餐厅经理吴先生。"又吩咐吴经理:"这位是韩处长,这位是朱处长,其他各位都是二位处长的朋友。请你好好关照。"

玉琴客气几句走了。不一会儿,菜就上来了。陈清业就说:"还是二位处长的面子大。我们平时在这里吃饭,上菜没有这么快过。"

韩长兴说:"不见得吧?这里的服务还是不错的。我知道他们几个老总的分工,这一摊子是梅老总管的,井井有条。总是比荆园好多了。"

朱怀镜也有同感,说:"荆园是不行,服务水平不高,菜的口味也不好。"

韩长兴大摇其头,说:"现在啊,凡事只要沾上国营两个字,就没有好戏看。"

朱怀镜忙嘘了一声,玩笑道:"莫谈国事!"

酒喝的是酒鬼。酒鬼酒好是好,价也是价,太贵了,假冒的也特别多。朱怀镜笑问小姐:"小姐,这酒不会是假的吧?"

小姐说:"我们酒店没有假酒。酒鬼酒都是我们自己去湖南进的货。再说,你们是梅老总的朋友,我们敢拿假酒哄你们?"

朱怀镜大笑起来,说:"小姐你这话前后矛盾啊。不过好在诚实,到底承认你们这里有假酒了,只是不敢让我们喝而已。"

小姐面红耳赤,说:"先生聪明过人,我不敢多嘴了。"

陈清业举杯说:"感谢两位处长赏脸,特别是朱处长,我们几个兄弟祝贺您高升。来,这一杯就干了吧。"

朱怀镜记住玉琴的话,不想多喝酒,就说:"我是没有量的,就喝一小口吧。"

今天朱怀镜是贵客，况且他的气度早压过了韩长兴，大家也就不便勉强他了。接下来，自然是各位按次敬朱怀镜的酒，祝他官运亨通。敬酒的人干满杯，朱怀镜只干半杯。但韩长兴敬酒时，朱怀镜干了满杯，说这是破例。一则让韩长兴觉得有面子，二则让其他各位明白这中间的层次。同这些人打交道，怎么热情怎么客气都无妨，但必须时时不经意地向他们暗示一下层次，他们得明白有些界限毕竟是不可随便逾越的。只有这样，他们才会对你敬而仰之。这也是朱怀镜多年行走官场的心得之一。

朱怀镜同韩长兴原先打交道并不多，这是头一次在一块儿喝酒，不知他的酒量。喝了一会儿，就知道韩长兴的酒兴很高，挨次同别人碰杯，对着干。他喝酒又很上脸，早已面如赤炭了。话也多了起来："朱处长，你，你不错，好样的！皮市长赏识你，你，你，你前程无量！我们乌县，就靠你争面子了！"

大家便齐声附和。朱怀镜听着这话，内心很难堪，忙摇手说："哪里啊，各位都是人才。特别是韩处长，办公厅的资深处长，说话是很有分量的。"

朱怀镜这么说，有谦虚的意思，也有为韩长兴护面子的意思。但韩长兴却来了牢骚，说："有个屁分量！他妈的谷秘书长现在死了，我本不该说他。但这人也太没味道了。我在他面前是当牛做马，他家的什么事我不安排得好好的？他对我怎么样？就连他家弟媳，一个字都不认得的，我都为她安排了事做，让她在西区十栋宿舍开电梯。她只需每天清早六点钟把电梯咔嚓打开，凌晨一点半再把电梯咔嚓关上，一天工作时间不到一分钟，工资照拿。她的工作时间之短，劳动强度之轻，简直可以上吉尼斯世界纪录了！可他姓谷的对我如何？"

这些话太敏感了，朱怀镜便举杯说："算了算了，过去的事了。喝酒喝酒。"

大家便举杯碰了，一口干了。朱怀镜照样只喝半杯。韩长兴喝了酒，忍不住又说起这个话题："朱处长，你年轻，有文凭，有水平，有能力，有人赏识，大有前途啊！有人不是说吗？年龄是个宝，文凭不可少，能力当参考，关系最重要。你是样样具备啊！我们乌县，就靠你了！"

老乡在一起喝酒，免不了就是这一类话。而这些话，任何一个外人听了，都会觉得滑稽好笑的。这也就是朱怀镜不让玉琴到场的缘故。好在斟酒的小姐什么话都听过，同聋子差不多。朱怀镜心想这韩长兴真有意思，总爱在别人面前把自己弄得灰溜溜的。看看他这喝酒、说话的样子，也难怪领导不赏识。韩长兴话这么多，做东的陈清业只好望着各位傻笑而已。朱怀镜便主动同陈清业搭话，问他具体做些什么生意。陈清业说："除了白粉、军火和人口，什么赚钱就做什么。"

韩长兴插言道："这几位兄弟，生意都做得不错啊！陈老板除了开公司，最近又搞了家酒店。"

陈清业忙谦虚道："一家小酒店，没上档次，今天不敢请各位去哩。下次请各位屈尊，去指导指导吧。两位处长，我是个直爽人，说话不绕弯子。如今我们做生意，没有靠山，不行啊！你钱再多，没有几个上档次的朋友，别人就瞧不起你，你碰上麻烦就没有人救你。如果二位处长不嫌弃，我就投靠你们二位了。"

朱怀镜不习惯别人这么赤裸裸地说话，觉得脸上很不好过，就像少女第一次遇上男人大胆地求爱。他双手抱拳，朝陈清业连连打拱，说："兄弟言重了。都是乌县老乡，在外地工作，走到一起不容易，互相提携吧！"

大家齐声说是是，相互提携。越说越来兴头，其他几位也都说要请朱怀镜。他听着自然高兴。但对这些人他不识深浅，不好贸然答应。再说也该稍稍拿一下架子，就说："不要客气，免了吧。"可这几位硬是要请他的客,说乌县老乡在市里就你和韩处长最行得开,我们有事还要请你二位多关照哩!朱怀镜怕的正是这关照二字。自己现在虽说有些开始走运了,但官帽子毕竟太小,不是所有事情都办得了的。今后这些人要是有事无事找上门来,也是个麻烦。可在这场面上,话还是要应付到堂,就来了个不置可否,只说:"有空多联系吧,都是老乡!"于是大家都说多联系。又是敬酒不迭。

朱怀镜怕真的喝多了,玉琴会骂他的,就说:"你们几位兄弟别只顾同我和韩处长喝,你们自己几个也相互碰碰嘛。"大伙儿觉得这话说得有理,就相互敬酒。

这时,韩长兴拍拍朱怀镜的肩头,附在他耳边说:"你那老弟瞿林人很聪明,做事蛮不错的。我有个想法,同你商量一下。"

因为喝了酒,朱怀镜脑子开始发木,猛然听说瞿林,不知是说谁。但他猜想可能就是四毛。他真的一直不知四毛叫什么名字,倒是知道他姓瞿,便问:"什么好事,听你的吧。"

韩长兴把身子再贴过来一点,很神秘的样子,说:"我想让瞿林来负责维修队,现在的人马,我准备全下了他的,再让瞿林重新请人来。"

朱怀镜隐隐明白其中的意思了,心里难免窃喜,却淡淡地问:"这样合适吗?"他知道所谓让瞿林负责,其实就是让他当包头。

"怎么不合适?原来的人马,包括维修队长,全是谷秘书长的亲戚和关系。机关每年有维修、小改造等工程几百万元,中间赚头很大。我包你老弟干几年就发大财。我怕什么?我自己一不贪,二不占。瞿林又不是我的亲戚。当然也没有人知道他是你的亲戚。这几年谷秘书长不说别的,光是维修队给他送的,就不知多少!"韩长兴将头紧贴着朱怀镜,一副阴谋诡计的样子,其实他的话谁都听得见。他说话已识不了轻重，酒显然够量了。

朱怀镜怕在场的人听了这话不好，就轻轻说声谢谢，再有意高声说："好好，韩处长，我们不谈工作了，酒桌上不谈工作，喝酒吧！"为了表示谢意，他特地再敬韩长兴一杯。碰了杯之后，韩长兴却端着酒杯半天不喝，豪气喧天地说这说那，越发语无伦次了。朱怀镜怕他再说什么出格的话来，就抚着他的肩头，很亲热的样子，说："韩老大，这个这个，你长我几岁，叫你老大，没有错吧？我们来日方长，再多的话，都放在以后慢慢说。现在你只喝了这杯酒。对对，喝吧，千言万语，尽在杯中！"

韩长兴想再说句什么，嘴巴已管不住舌头，只好嘿嘿一笑，一仰脖子喝了这杯酒。朱怀镜见韩长兴的酒已不行了，就想算了。他心里也想着玉琴。不过也不好说韩长兴不行了，只说："大家酒都差不多了，今天很高兴，就到这里？"

韩长兴却耷拉着脑袋，说："不行，不行，再喝两瓶！"陈清业是做东的，不好就说算了，也问是不是再喝几杯。朱怀镜就使眼色，说："算了算了，今天已经很高兴了，还有量的，留待下次吧。来日方长，来日方长啊。"陈清业望望朱怀镜，又望望一塌糊涂的韩长兴，点头会意，说那就谢谢各位了。

朱怀镜知道韩长兴这光景，得有人送回去才是，就对熊克光说："小熊，是不是请你送一送韩处长？我还要同梅老总说个事情。"

陈清业说："我同熊主任一块送吧，我开了车来。"

韩长兴那样子就像睡着了，可别人说话他却听着，忙嘟哝着说："不用……啊啊不用，我自己回去！我还没有喝醉哩！"

熊克光灵活，忙说："不是说处长你喝醉了。依您韩处长的海量，谁能放倒您？可您就是不喝醉，我们也得送您啊。这是我们下面这些兄弟该讲的规矩哩。您就给我们这个面子吧。"熊克

281

光这么一说,韩长兴也就不说什么了。等陈清业买了单,朱怀镜就同他们一一握手致谢,再一同乘电梯,送韩长兴上了车。

朱怀镜在酒店外边有意兜了几圈,再去玉琴那里。开门进去,听得浴室里流水哗哗,知道玉琴正在洗澡。他自己动手倒了杯茶,坐下来慢慢喝。可浴室里的水声潺潺不绝,他便有些心跳了。他终于按捺不住,走过去轻轻推开了浴室门。只见浴室里云雾缭绕,朦朦胧胧的玉琴躺在浴缸里,雪白粉嫩。他上前蹲下身子,才见玉琴闭着眼睛。他知道玉琴有意逗人,便凑嘴去亲她。嘴才上去,却让玉琴拿手堵住了。"谁要你亲,满嘴酒臭!"玉琴睁开眼睛,瞟着他,娇态可掬。

朱怀镜越发要亲,用力扳着她的头说:"平日我俩都喝了酒,你怎么不嫌我臭?那是臭味相投吧!"

玉琴噘起嘴说:"谁同你臭味相投?"

朱怀镜硬是要亲,玉琴偏不让他亲。闹了一会儿,玉琴正经说:"算了算了,别捣乱了,你来洗澡吧。"

朱怀镜便跑出去飞快地脱了衣服,同玉琴双双泡在浴池里。玉琴趴到男人身上扭怩着,他却突然大笑起来。玉琴吃了一惊,瞪大眼睛问:"怎么了?"

朱怀镜稍作支吾,忙说:"我好福气啊!我刚才突然想起蒋介石同陈洁如结婚时,两人在洞房里正享燕尔之乐,蒋介石突然翻倒在床上大笑不止。陈洁如问他笑什么,蒋介石说,我平生有两大心愿,一是统一中国,二是娶你为妻。今天二愿已遂一愿,怎么不开心?我想我能碰上你这么个可爱的小家伙,怎么不开怀大笑?"其实他本是突然想起自己早先在家里洗澡,唯恐多费了液化气,尽量把水开得很小,常冻得牙齿敲梆。想如今,他任热水长流,还拥香怀玉的。可他哪敢说这些?怕俗了自己。

他正得意自己应付事情的老练,却见玉琴从他身上滑了下去,懒懒地沉在水里,头枕在浴池沿上,背着他。他不明白玉琴怎么又不高兴了,就去撩她。玉琴冷冷地说:"蒋介石可是休了陈洁如的啊!"

听了这话,朱怀镜吓了一跳,才知道自己刚才的遮掩是弄巧成拙。他只好说:"我的好孩子,我们别傻了,同谁比不可以,偏要同蒋介石比?他本不是平常的人,自然会有不平常的事。怪我打错了比方吧!我们都是凡人,还是像所有一般凡人一样,安安心心地相爱吧。"

玉琴仍不高兴,叹道:"是啊,你不该同蒋介石比,我也不该同陈洁如比。她好歹还做过人家的老婆,我呢?"

朱怀镜没想到玉琴会说这话。这是他俩平日都有意无意回避的话题。他俩都清楚,这是一个死结,打不开的。两人都不做声了,水声不再动听,有些令人心慌。此刻玉琴的心境一定说不出的凄楚,他猜测得了。也许为了解脱内心的尴尬,也许为了安慰玉琴,他说:"只要你愿意,我马上回去同她商量离婚。"

玉琴不回答他,只静静地躺在水里。她的手臂像是失去了知觉,半沉半浮地漂着。朱怀镜心疼了,侧身去搂玉琴。两人一动,浴缸的水便哗地溢了出去。这声音在朱怀镜听来很夸张,叫他两耳一阵轰鸣,顿时有种丧魂落魄之感。又似乎顷刻间意识模糊,不知身在何处。他听到自己的心跳,很急促。胸口有些发闷。他想抚慰玉琴,却胸闷得太难受。他说不出一句话,只好用手在玉琴背上轻轻摩挲着。

朱怀镜依稀感觉脖子边温温的,柔柔的。他心头一热,搂紧了玉琴。玉琴开始亲他了,先是亲他的脖子,再是他的脸,他的额,他的鼻,他的嘴。两张嘴咬在一起,使劲吮着。玉琴越吻越用力,双手捧着他的头,咬着他的嘴使劲摇了几下,放下了。玉琴像用完了所有力气,重新滑进水里。朱怀镜怕玉琴又伤心了,又把她搂了起来。她却长叹一声,说:"我俩再也不说这个话题了,毫无意义。就这样吧,我俩高高兴兴的,痛痛快快的,不好吗?"

朱怀镜坐了起来,望着玉琴。他弄不清玉琴此时到底是怎样的心情。玉琴却笑了起来,还淘气地捧着水朝他脸上浇。他疑心玉琴的笑是故意做给他看的。玉琴见他没动静,就笑得更灿烂了。他便只好笑了。玉琴又把嘴巴撮得老高,双手极抒情地朝他张开。他忙俯身衔住了那张湿漉漉的小嘴。

朱怀镜很想做那事了,说:"宝贝儿,我俩今晚就在这里泡一晚算了?"

玉琴捏了他的鼻子,说:"还泡三天三夜哩!快起来吧。我们这里保龄球馆搞好了,我同你一起去玩玩。"

朱怀镜还从来没有玩过保龄球,怕出丑,就揉着玉琴的乳房,故意逗她:"我最喜欢玩这个保龄球,你就让我在这里玩吧。"

玉琴拧了拧他的耳朵,说:"别油腔滑调了,老实点,起来吧。你今天同你们韩处长说了几句好话,我还没空整你的风哩!"

朱怀镜吐吐舌头,说:"好吧,等会儿回来,我让你整吧。"

两人就起来穿了衣服。朱怀镜拿来电吹风,先把玉琴的头发吹干,自己再吹了吹。他的头发不很熨帖,便稍稍打了点摩丝。玉琴手巧,对着镜子,用卷发棒将头发一扭,就做成了一个很贵气的发型。玉琴平时血色本来就好,这会儿刚洗过澡,更是光鲜可人。朱怀镜越发不舍得出去了,就说:"真的,我是老土,还从来没有打过保龄球,别去出丑了。"

玉琴硬是要去,说:"什么事没有个头一次?我的水平也不高。你真是傻,让我教教你,以后你也免得在别的地方去出丑呀!在我面前你也怕出丑了?"

朱怀镜想想也对，就说好吧。两人就下楼去酒店大楼。这时已快十点了。不巧在大厅里碰上老总雷拂尘。"啊呀呀，朱处长，怎么老是见不到你？"雷拂尘忙上前握手。

玉琴笑道："老总你还不知道吧？人家怀镜现在是财贸处处长了，正是管我们这一摊子的，我们今后就在他手上讨饭吃哩！"

朱怀镜笑着斜了玉琴一眼，说："玉琴你就别老是取笑我了。要说吃饭，还是我在你二位手上讨饭吃哩！"

雷拂尘忙摇手说："罪过罪过，这话说得我无地自容了。请你吃饭请都难请得到啊！朱处长又高升了，正好又是管我们的，我们更应该有所表示了。梅总你说是不是？请朱处长一定赏脸，为我们提供一个敬酒的机会。明天晚饭怎么样？"

朱怀镜说："多谢雷总，吃饭就免了吧。这哪是什么高升，换个岗位而已。我这人能力不行，得多去几个岗位学习啊！"

"哪里哪里，朱处长别谦虚啊。我是好几个月没见到你了，你也总不过来。我知道你工作忙，应酬也多。但请你明天一定拨冗赏脸。"雷拂尘说罢拉住朱怀镜的手，使劲摇了摇，表示他俩关系不一样，值得朱怀镜百忙之中抽时间来叙一下。

朱怀镜不知说什么好，无可奈何的样子，望着玉琴笑笑。雷拂尘笑道："你也别望梅总了，就这样定了。梅总，拜托你明天盯住他。"

玉琴就着雷拂尘的话玩笑道："那我明天就不上班了，搬张凳子坐到市政府大门口去？"三人便都大笑起来。玉琴又正经说："雷总，我今天是专门请怀镜来打保龄球的。是我私人请客，就不报告你了。你有兴趣玩一会儿吗？"

雷拂尘表示抱歉，还有别的事处理，就失陪了。但他说不必玉琴自己请客，公家请吧。握手而别。

保龄球馆在十楼。两人进了电梯，朱怀镜无可奈何的样子，叹道："唉，又是吃饭！太烦人了。"玉琴就逗他："有饭吃还不好？还有老百姓没饭吃哩！"朱怀镜捏捏玉琴的鼻子，说道："看你幸灾乐祸的样子！天天去外面喝酒，天天要在酒桌上同别人说许多没意思的话，难受啊！"两人正说着，电梯停了，进来了几个男女。他俩不说话了。抬头望着指示灯一格一格往上跳，很快就到了十楼。

　　两人刚进门，一位小伙子跑过来向玉琴问好，口口声声梅总，样子很恭敬。玉琴说："这位是我和雷总的朋友，朱先生。怀镜，这位是保龄球馆的经理，小李。"李经理忙伸出双手同朱怀镜握手，说："欢迎光临！请朱先生多指教。"朱怀镜说道哪里哪里。客套完了，小李问问玉琴意思，就带两位去最里面的一个球道。玉琴只让小李上两瓶饮料，叫他忙去。她知道朱怀镜也不想让小李老站在这里，看他出洋相。小李交代服务小姐好好招呼梅总和朱先生，再连连说道对不起，就自己忙去了。这里的服务小姐原来并不认得玉琴，一听说是梅总，十分客气。她们上饮料的上饮料，取球鞋的取球鞋，热情得有些巴结。玉琴却是很淡漠，也不正眼望她们。两人同时弓下腰换球鞋，头凑在一起，朱怀镜就轻声说："你好大架子！"玉琴说："不能让她们上脸了。"两人到座位上，朱怀镜又笑道："其实你应该从政哩！你很懂得装模作样，假充威风。大领导多是这样子。"玉琴反唇相讥："你平日就是这样？"朱怀镜摇头而笑，说："我算什么领导？"玉琴过去选了一个球，又坐下，说："别说白话了。来，我先教你拿球。我知道你好面子，我俩坐着说，免得太显眼了，让人家看我们。球的大小基本差不多，但有重有轻。最重的不超过十六磅。一磅大约零点九市斤，那么最重的球大约多少？大约……十四斤半吧。"

　　朱怀镜忍俊不禁，笑道："玉琴你别像个老师了。球的大小轻重你用不着说,反正有人甩得动我就甩得动。"

玉琴白了他一眼,说:"你不谦虚。什么'甩'得动?打保龄球就是一个'甩'字就说完了?我说球的重量,不是没来由的。球是越重的,力量越大,打起来成绩也可能越好。但初学的一般选轻的。像这个,十磅的。我力气不行,很少用十六磅的。看这里有三个孔,大拇指、中指、无名指这么插进去。插进去后感觉不要太松,也不要太紧,以手指能够转动为宜。"朱怀镜在玉琴腿上轻轻抠了一下,说:"放心,插孔我不是外行。"玉琴在下面偷偷踢了一下他,说:"同你说正经的,你就开玩笑。其实我也不太会打,只会打直线球。老雷球打得不错,还能打飞碟球。你看我先打一次。一局是十轮,一轮两次。"

玉琴抓起球,用左手轻轻将球托起,滑了几步,那球顺着她右手臂的摆动,悠地滚了出去。哗啦一阵脆响,倒了八个酒瓶子。朱怀镜不知道球道尽头竖着的那些玩意儿该叫什么,觉得它像酒瓶,就暗自叫他酒瓶。玉琴再抓起一个球,滚了过去。眼看着就要击倒那两个酒瓶,那球却紧挨着边儿擦了过去。玉琴摇摇头,很是遗憾。她回头说:"该你了,来吧。"朱怀镜有些紧张,很不自然地抓起球,提在手中反复悠了几下,猛地滚了出去。玉琴正笑他动作笨,却见他哗啦啦击倒了九个酒瓶。朱怀镜自知动作不优雅,内心尴尬,就故意以拙藏拙,自嘲道:"看见了吧,样子不一定要做得那么像回事啊!"玉琴就竖起大拇指表扬他。他再次抓起球,瞄准剩下的那个酒瓶打去。可那球偏不听话,滚出之后又弹了一下,竟然滚出了球道。

玉琴只是微微一笑,说:"你动作还是要规范些。抓起球的时候,球的重心主要在右手,左手只略略托着,左脚在这个中心圆点上。先是双手这么轻轻推出球,右脚向前自然跨出一步。接着左脚向前跨,球顺着右手的下垂动作往下摆、向后摆。摆到身后，手臂与肩平行的时候，再往前摆动。这时候，右脚向前自然迈出……其实脚怎么动也用不着讲，打了几次手脚就协调了。你看，当球这么往前摆到最低位置时，一个滑步，让球自然脱手。"玉琴说罢，就将球滚了出去，却只击中四个酒瓶。朱怀镜就笑她理论很光辉，实践很失败。玉琴自己也笑了。她笑罢却正经说："其实我刚才这球打得不好，也说明一个问题。打保龄球，并不在你扔出球那一下用多大的力气，主要是应身手协调，靠球自身的重量产生撞击力。从推球、摆球到最后投球，要求动作连贯、到位。我刚才边说边做，哪会有好成绩？你看我再来一次。"玉琴便又抓起球，屏息静气，打了一次。动作很优雅，朱怀镜胸口有个什么东西也随着她手中球的摆动而晃了一下，很是快意。这次果然不错，余下的六个酒瓶全部击倒。

朱怀镜刚才认真看了玉琴的打法，就学着规规矩矩打了一个球。果然感觉好些，第一次击倒了八个酒瓶，第二次击倒两个酒瓶。玉琴拍掌道："好！好！打了个小满贯。"朱怀镜问："什么小满贯？"玉琴告诉他："一次将十个木瓶打完，就是大满贯。分两次打完，就是小满贯。这是荆都的叫法。大满贯小满贯都会加分的。正规叫法，大满贯叫全中，或者叫全倒……"玉琴说着，又指着计分屏，告诉他怎么计分。朱怀镜却笑道："那玩意儿，我一直叫它酒瓶哩，原来叫木瓶。"玉琴觉得这话很好玩，笑了笑说："你只知道酒瓶。也差不多，都是瓶。叫球瓶、瓶子都行。这个无所谓的，我猜北京人省事，只怕瓶字后边轻轻拖个儿音就算了。"朱怀镜笑道："管他什么北京人，我们两个荆都人只管玩自己的吧。"

玉琴抓起球说："你别笑话我好为人师，别人我还不教哩！你还要注意，全身要自然放松，尤其是肩部不要僵硬。抓球之后，手腕要挺直，手背同手臂要始终保持在一条直线上。投球过程中,身体重心要慢慢前移,注意力要集中。"玉琴说完,捧着球静了片刻,再投了球。这回居然打了个大满贯。

朱怀镜拍手叫好。他抓起球,琢磨一下感觉,再像模像样地投了球,说这回一定是大满贯。那球似乎也很有力,不偏不倚顺着球道中心滚过去,却只击倒了九个木瓶。最后排左边的那个木瓶子好像被碰着了,却纹丝不动。朱怀镜很不甘心,再次抓起球,说不打大满贯,也要打个小满贯。可球却像让磁铁吸住似的,偏偏往右边滚去了。

玉琴一拍大腿,说:"怀镜,我看出你的毛病了。球不听话,是你收手动作太快了。放球之后,手臂不要马上弯曲,而应朝前上方自然扬起。这个动作对控制球路很重要。"

朱怀镜大惑不解,说:"这就怪了,你手上又没有线扯着球,扬手有什么用?"

玉琴笑道:"我也说不清。可你得相信我,我是专门教练教过的,这中间肯定有道理。我猜想,这扬手动作同投球动作是连贯的,是投球动作的继续。你收手动作太快了,说不定就在你弯手的一瞬间,就改变了球路。"

玉琴说罢,又示范了一次。她投球之后,左腿前弓,身子前倾,右手向前上方画了个漂亮的弧线,突然像个音符休止在半空中,而左手则舒展如天鹅的翅膀。这姿势在朱怀镜眼中,被诗意地夸张着,很是浪漫。

哗!大满贯!

玉琴下来,朱怀镜轻轻说:"宝贝儿,你刚才这动作太美了,我几乎忍不住要抱你了。"

玉琴噘着嘴,说:"你不为我好成绩鼓掌,只一肚子杂七杂八。这会儿专心打球,回去让你抱个够!一个晚上要你抱着我睡,看你受得了不!"

朱怀镜抓起球，站在那里仔细运了神，再投了一个球。成绩却不行，只中了三个。他却双腿左弓右箭，右手上扬，左手侧平，像尊雕像，半天才起来。玉琴笑得捂了嘴，向朱怀镜招招手，让他过来坐下。玉琴递给他饮料，说："你还说我是教师，其实我真当不得老师。我向你说了这么多，可基本常识都还没告诉你哩。没人正规指点的人打保龄球都是这样，以为朝中间那个木瓶笔直飞球过去，肯定大满贯。其实不是。正规打法，球走的是弧线。十个木瓶的摆法，坐在这里看不清。实际上是摆成四排，呈等边三角形。第一排一个，第二排两个，第三排三个，第四排四个。第一排那个球在最中间，叫作一号瓶，后面从左到右依次叫二号瓶到十号瓶。每次投球，都得选好目标瓶。想打大满贯，就把那个一号瓶当作目标瓶。但又不是直接瞄准目标瓶，而应瞄准第二个箭头。看见了吗？球道上有七个箭头，从右到左依次是第一到第七个箭头。你按正确打法打过去，球走的是第二箭头——号瓶—二号瓶—四号瓶—七号瓶这么一条弧线。如果正好是这么走的，就会全倒，大满贯。"玉琴怕朱怀镜一时弄不明白，边说边在手上比画着。

朱怀镜像是明白了，点了点头。可他站起来抓了球，却又不知怎么下手了。他回头一笑，说："你这么一说，我倒更加懵懂了，不知朝哪个球开炮了。"玉琴不站起来，仍招呼他坐下，对他说："这就叫打残留球。残留球的打法一句话说不清，不同的残局得选择不同的目标球。你这残局，一号瓶未倒，还是仍按全倒球打法，把一号球作目标球。对了，还有你手扬起之后，只要见球过了第二个箭头，就可收了。"

朱怀镜领会了，却又抓起球在手中悠了老半天，琢磨着球的轻重。他感觉旁边球道上有人抓起球也不投，只望着他。他便疑心自己是不是哪里又不得体了，不禁有些心慌。他镇定一下自己,按玉琴讲的规矩打法,瞄准第二个箭头,投了过去。这回果然不错,剩下的七个瓶全中了。朱怀镜回来朝玉琴一笑,有些得意。玉琴瞟他一眼,说:"值得表扬,但也要批评。"朱怀镜喝了口饮料,问:"又怎么了?你这位老师也太苛刻了。"玉琴笑道:"这就要说到打保龄球的礼仪了。这保龄球是进口的洋玩意儿,讲究多,真说起来,可谓繁文缛节了。按说,里面不准吸烟,不准喝酒,不准吃东西。可也得照顾中国特色,特别是荆都特色,就严格不得。这不,香烟不供应,但你自己带烟进来吸也行。"朱怀镜急了,说:"你说了半天,都不关我的事。我这会儿一不吸烟,二不喝酒呀!"玉琴扑哧一笑,说:"我还没说到起码的规矩哩。比如,在同一对球道上,得礼让左边;你得到右边的示意,你也可以先投。但要点头表示感谢。我们今天是在最里面的球道,又是右边,就不存在总是考虑礼让别人了。可你刚才抓起球放在手里晃悠了半天,又不马上投,这就太不得体了。我发现左边那几位先生很懂球规的,见你刚才抓起球晃了半天,总是不投,人家就很礼貌地望着你。"

朱怀镜摇摇头表示无奈:"好了!这么繁琐?这么说,从保龄球馆不要培养许多绅士出来?我得建议宣传部门把所有保龄球馆都当做精神文明建设基地哩!还有什么规矩?你全告诉我。"

玉琴笑笑,不答他的话,只抓起球来投球。这轮只击倒七个木瓶。玉琴回过头,又忍俊不禁笑了起来,接着刚才的话题说:"你别紧张嘛!这毕竟只是在荆都的保龄球馆,讲究不了那么多的。照规矩,人家打了好成绩,你可以轻轻鼓掌祝贺,但不得高声喧哗。人家要是投得不好,不可以笑话别人。可我老是笑话你,我也不得体哩!一句话,斯文一点,礼貌一点就行了。我有这方面的书,包括保龄球的起源,怎么投球,注意什么规矩,里面都有。你要是有兴趣,回去看看吧。"

朱怀镜有意幽默，文质彬彬起来，像个绅士，向玉琴微微颔首道："请小姐稍坐一会儿。"然后优雅地站起来，俨然斯文气象。可这回他样子做得像模像样，却只击倒六个。

终于投完了一局，玉琴得了一百五十二分，朱怀镜只得九十三分。玉琴有些兴奋，拍着手轻盈地跳了几下，说："怀镜，你给我带来了好运气。我的球技不行，从来还没有打过这么高的分啊。"朱怀镜见自己同玉琴的分数相差这么远，到底有些不好意思，抓耳挠腮的。玉琴看出了他的心思，就想到自己只顾高兴，会让他更不好意思的。却又不好故意掩饰自己的高兴劲儿，就没事似的随意说道："不错嘛！我第一次打保龄球你知道得了多少分？五十三分！你头次有这成绩，很不错了。"

朱怀镜就问："满分是多少分？"

玉琴说："满分是三百分，荆都还从未有人打过。我只无意间在报纸上见到北京有家保龄球馆的历史最高分是三百分。荆都最高纪录是天元大酒店的球馆，二百九十八分。这还是三年前有人创下的，还没有谁突破过。天元你知道的，是我市最早的保龄球馆，他们专门立下英雄榜，悬赏破纪录。我们这球馆才开张，来的高手不多，还没有很好的成绩。我刚讲的北京那家球馆，我都记死了，叫幻象阿波罗保龄娱乐城，在朝阳区。我俩要是有机会一道去北京，我想专门去找这家球馆玩玩。那里电话我都记下了，回去我翻给你看。"

朱怀镜听着就笑了起来，说："还在这里玩着哩，就想着北京了。"

玉琴问还玩不玩？朱怀镜有些上瘾了，说再玩一会儿吧。又是玉琴先投球。她身上发热了，脱了外面的衣服，穿着件紧身羊毛衫。她投足举手间，身上的线条魔幻般变化着，妙不可言。朱怀镜见着便似有恍惚，禁不住摸摸自己胸口。玉琴下来，他轻声说道:"宝贝儿,我俩快打完了回去吧,我想死你了!"玉琴掩嘴而笑,说:"好吧,我俩不说话了,只认真打完。"

两人就一声不响打球,只用眼睛说话。到底有些分心,玉琴略显紧张,朱怀镜表现潦草,两人都没打出好成绩。玉琴得了一百四十八分,朱怀镜只得了八十九分。

他俩刚站起来,球馆经理小李就迎过来了,说再玩玩吧。玉琴说算了,下次吧。球打不好,少在这里出丑了。小李就说哪里哪里。玉琴随小李去服务台签了单。

进了电梯,正好没人,朱怀镜早忍不住了,抱着玉琴亲了起来。可刚下一层楼,电梯停了,两人忙分开了。有几个男女进来了。这些人都是不认得的,他俩仍手拉着手。却听得一位男人在抱怨保龄球馆吵死人,其他几位就附和。原来这几位客人是住九楼的,因为怕保龄球馆吵人,就出去消夜,晚些再回来睡觉。

出了电梯,两人大大方方并肩而行。两位吧台小姐微笑着点头问好,玉琴只是朝她们略略偏了一下头。朱怀镜只当没看见她们,昂首而行。他不想让她们熟悉自己这张脸。

玉琴说:"我们保龄球馆设在十楼,的确不妥。但也没有更好的办法。看来九楼住人是不太好了,我们准备把它作为写字楼出租。酒店生意不好做啊。荆都什么事都是一窝蜂,前些年酒店没有桑拿浴不行,现在酒店光有桑拿浴,没有保龄球也不行,客人就说你这里没有档次,生意就不会好。"

朱怀镜说:"就没有别的办法?非得跟风不可?"

玉琴摇摇头说:"也许我们这些人智商不高吧,真的想不出别的好办法。我们只能顺着市场走,不能指望顾客随着我们的愿望走。做生意,来不得半点幻想。"说到这里,玉琴突然想起了什么,扯扯朱怀镜的袖子:"哎,怀镜,最近老雷和我商量,我们还是下决心把塑料厂的地征一块过来,专门搞个娱乐城。要不然，我们酒店前途成问题。你现在可真的是我们的领导了，要关心我们酒店哩。"

朱怀镜笑道："我俩还是公私分明吧。这个事，就由雷老总同我说，你可以向他这么建议。我先给你出个主意，你们以主管部门商业总公司的名义，就征地问题向市政府打个报告，我再帮你们找皮市长，找国土局、经委、城建局等有关部门。"

玉琴调皮道："那好，就这样吧。我俩不谈公事了，只谈我俩的私事。"她说到"私事"二字，声音就有些发沙，呼吸也异常起来。这时，两人走进了通往住宅的林间小路，玉琴把头靠过来了，在他肩头厮磨着。朱怀镜紧紧搂着玉琴的腰肢，他听不见林间沙沙飘落的寒叶声，只觉耳鼻间馨香温润。两人真舍不得林中的这份情调，却又巴不得马上回到房间里去。

爬上三楼，两人都有些气喘。玉琴拿钥匙开门，手微微颤抖着。这颤抖让朱怀镜爱怜不尽，忍不住在她的肩头爱抚起来。开门进去，玉琴嘴唇微张着长舒一声，身子就发起软来。朱怀镜一把抱起她，往卧室里去。顾不得那么多了，两人你掀我的衣服，我掀你的衣服，顷刻间床前地毯上就满是长衣短裈。

玉琴不再像原来那样总是安静地躺着，任朱怀镜一个人龙腾虎跃，她越来越懂得怎么样做一个床上的女人了。她双手紧紧抱着男人，整个身子随着男人的律动而轻盈地起伏，嘴却并不停歇，碰着男人什么地方就是火辣辣的一吻。朱怀镜感觉自己被温柔的海浪托着掀来掀去。

世界一下子缩小了，小得只像裹挟着他两人的那一会儿膨胀、一会儿收缩的某种感觉，某种意念，某种说不清的东西。慢慢地，玉琴的起伏由轻柔而激越，最后整个人儿简直腾了起来。朱怀镜感觉自己像家乡那种熟透了的柿子，皮儿薄薄的，里面的肉汁血红而清甜。玉琴双手捧着这柿子，咬破一点儿皮，用力一吮，那肉汁咝咝溜溜一声全进了她的小嘴里，甜得她张着嘴巴直哈气。

玉琴不让他马上下来，仍把他搂在身上抚摸着。谁也不忍心开口说话，两人静静搂在一起，享受着这喧嚣过后迷人的寂静，感觉彼此的心跳。

过了好一会儿，玉琴咬着朱怀镜的耳朵，柔声道："从来没有这么销魂过……"

朱怀镜睁开眼睛，望着玉琴，说："宝贝儿，我会让你永远这么销魂的！"

他说罢就抱着玉琴去了浴室。

回到床上，玉琴钻进朱怀镜怀里温存一会儿，就软软地瘫下了。她刚才太用功了，似乎耗尽了全部的力气。朱怀镜便让她背着他，选个舒服的体位躺着，再轻轻地搂着她，手捧着她的乳房。朱怀镜离不开她的乳房，不是让它贴着他的胸膛、脸庞、背脊，就是用手抚弄着它。他的眼中，这是玉琴身上最动人、最神奇的地方。

听着玉琴平缓的呼吸声，他知道这满怀甜蜜的女人睡着了，便抬手关了床头的灯。但他仍有些兴奋，想到了打保龄球。心想打保龄球也许容易上瘾，他打了一次就有些爱上了。真是怪，保龄球看上去很容易打的，可真打起来也难。那么大一个球滚过去，还就是难击中目标。他不由得琢磨起打球技巧来，恍惚间竟像亲临其境了，抓起球很标准地投了过去。却听得玉琴哎哟一声，醒了。原来他走火入魔，把手中的乳房当保龄球了。玉琴转过身来，伏进他的怀里，嘟囔着说睡吧乖乖。

清早一去办公室，朱怀镜就同邓才刚说："老邓，我俩商量一下工作吧。"说是商量，其实是让邓才刚来汇报。

不一会儿，邓才刚拿着个本子进了朱怀镜办公室，在他桌子

295

对面坐下。他便起身替邓才刚倒了杯茶,老邓连说谢谢了。朱怀镜半天不开口说话,只是递烟点烟。点着了烟他还不开口,只顾美美地吞云吐雾,望着邓才刚微笑。邓才刚见他不开言,嘴便嗫嚅起来。朱怀镜等他刚想开口,就把烟灰轻轻一弹,说话了:"老邓啊,你是财贸通了,今后处里,靠你多做工作啊。我这个人,最大的优点,可能就是虚心向别人学习。这样吧,请你把处里的工作概况、办事程序,特别是最近要抓的主要工作介绍一下,我俩共同研究吧。"

邓才刚说:"我早就向组织上建议,处里的班子快些定下来,好让工作正规起来。现在总算您来了,我就松口气了。"

邓才刚客套几句,就开始汇报。朱怀镜熟悉财贸工作,听起来感觉很轻松。也正因为熟悉,他听了一会儿就心不在焉了。他私下琢磨起邓才刚这个人来。心想老邓这人能力不错,为人也好,怎么就是上不去呢?财贸处处长位置空了一年多,就是不安排他就任。只怕中间别有文章。老邓一再要求组织上明确处长人选,说明他事实上也是瞄着这位置的。这也是人之常情。可最后终于从外处派了人来当处长,他心里自然不会很舒坦。可看上去,老邓好像没有半点情绪,诚心诚意同他谈工作。这模样,忠厚得有些木讷。朱怀镜原本就不太了解邓才刚,对他只有直观印象。凭直观印象看人,朱怀镜是有过很多教训的。他原先最大的性格弱点,就是"以君子之心度君子之腹",总以为这个人也不错,那个人也不错。可日子一久,发现很多人的脸色原来是常常变化的。他便一次一次后悔自己的天真,简直还有些自作多情。多次铭心刻骨的追悔之后,他不得不改变待人之道。他试着不妨先设想这个人也许很坏,戒备在先,静观后效。对邓才刚,他想也许同样只能这么对待了。谁知道这张憨厚的脸庞后面隐藏着什么。

邓才刚汇报的时候,好几次递过烟来,他都客气地挡回了,说:"抽我的吧。"便递上他的大中华。他实在忍受不了老邓那荆山红牌香烟的纸臭味。老邓汇报完了,朱怀镜心想工作上的事,处里反正没有多少自主权,得听主管副秘书长覃原的。他便就工作扼要说了几句,把话题转到处里福利上来,说:"处里工作能否做好,我看主要还是看同志们的积极性调动得怎么样。同志们都是有献身精神的,并不计较个人得失。这是我们思想政治工作的优势,我们要充分利用。但我们当领导的,还是得考虑大家的实际困难。说句实话,在荆都,靠我们工资册上那几百块钱,是过不下去的。也许我的观点不对,我想我们不能一味地要求我们的干部都做苦行僧。干部也是生活在现实之中啊,不是生活在真空里。所以说,干部的福利问题,我们得认真研究。得让同志们干起工作来有实实在在的想头。我们固然不能光靠这个调动同志们积极性,但不抓好这个工作显然是不行的。我们处里这方面工作,原来是抓得不错的,老邓你们有现成的门路,要继续发挥作用。是不是还可以考虑开辟一些新门路?我看可以研究。只要不违背法律,不违背政策,哪怕就是打一点擦边球,我看也是可以的。老邓,其实现在大家都在想办法创收,只是心照不宣而已。"

朱怀镜说到这里神秘一笑,停了下来,想听听邓才刚的意见。老邓像是有些不好意思,腼腆而笑,说道:"朱处长的意见很对。可我这人真的不中用,不善找钱。现在处里账上的钱,都是老底子。我也想过办法,就是没有实际收效。你关系多,门路广,我们听你的吧。"

朱怀镜搞不清邓才刚是真没办法,还是假没办法。说不定是老邓想把担子全部往他一个人身上推。哪种情况都有可能,也都在情理之中。不管怎么说,责任的确在他朱怀镜肩上了,他必须想出好的创收办法来。他好在早就想过这事,不然这会儿就卡壳了。"老邓，别客气了，这是我们俩的责任啊。"他吸了几口烟，略作迟疑，表示自己下面的意见不太成熟。邓才刚望着他，想知道他有什么高见。他像是猜透了老邓的心思，微微一笑，说道："老邓，我也想了一些办法，看是不是可行。我想单为创收而创收不太妥，得把创收同工作结合起来，才能不让人说什么。首先，为了便于工作联系，我们可以编一本全市财贸系统的电话号码簿，一直收到县一级管财贸的县领导和财委主任的电话号码。再就是，为了方便基层同志工作，我们将中央、国务院和市里有关财贸方面的文件汇编起来。电话号码每年都有变动，文件每年也都有新的，所以这两个项目可以作为我们处的经常性项目，每年都能搞一次。这两个项目，每年赚个十几万是不成问题的。钱虽不多，好在我们处里人也不多。我还想到一个点子：明年市里财贸工作的重点是加强财源建设，我们可以结合这项工作，在各级领导干部中开展财源建设理论与实践讨论征文活动。我们找几家企业出钱赞助，在《荆都日报》开辟专栏。从这里面我们可以拿一些赞助组织费。等征文活动搞完了，我们再把这些文章编成一本书印发，还可创些收。更重要的，是争取市领导支持这项活动，专门下个文件，在全市领导干部中发动一下。最后还要评比优秀论文，给予奖励。这样的话，我们还可以向财政要一笔经费。这经费由我们开支，事情也好办。"

  邓才刚听完他的意见，非常佩服的样子，说："我说您的点子多嘛！您随便这么一点，就是几个好门路了，况且都同工作紧密结合，怎么搞也说得过去。好啊，我跟着您干就是了。"

  朱怀镜不知老邓说的是不是真心话，也只好谦虚几句。既然这样，创收问题就点到为止，先抓抓再说吧。如今机关搞小钱柜建设，没人说出去什么事都没有，但真的摆到桌面上就不一定说得过去。因为这个问题而倒霉的人不是没有。有些单位领导，为了干部职工的利益,打了些政策上的擦边球,人人都得了好处。可有的人自己一边也捞着好处,一边就去上面告你去了。

扯得差不多了,朱怀镜提议,就在最近几天抽时间开个全处干部会,好好总结一下今年的工作,认真研究一下明年的工作。邓才刚说好的好的,你定吧。他客气地同朱怀镜招呼一声,起身去自己办公室了。

朱怀镜独自想着创收的事,到底还是有些得意自己的点子。他想自己还没有完全进入财贸处的工作,不然还会有更多的好点子。大家平时总是埋怨,说办公厅的干部是"三苦"干部:工作辛苦,条件艰苦,生活清苦。同有些好的行业比,的确是这么回事。如果不让同志们有些额外收入,怎么安定人心?多抓些收入,他有这个信心。只要老邓肯配合,不会有什么问题的。哪怕就是纯粹为了抓收入的事,只要把工作做得像模像样,神乎其神,谁也说不出什么话来的。就说财源建设理论与实践讨论征文,要是正儿八经下个文件,这项工作就成了重要工作了,谁敢不重视?最后汇编成书时,请一位领导写个序言,这本书就成了领导干部抓财源建设的必读之书了。序言当然是下面的人代为起草,请领导过目,批示同意。发行自然也不成问题,不仅因为这书本身已经很重要了,更因为各地领导都有大作在上面。再说了,各级领导的文章又不要自己动笔写,他们都有一个不错的秘书班子代为捉刀,他乐得扬个文名。不趁早多发些文章,日后官做大了,你要出文集怎么办?你各个时期都有文章,今后你真成了大人物,才便于专家们研究你各个时期的思想。所以只要是面向各级领导的征文活动,不愁搞不下去。

朱怀镜想应早点把自己的工作想法向覃秘书长汇报。照说,应等处里开了会,集中了大家的意见,再去汇报。可汇报太迟了又不好。汇报对于当下级的来说,太重要了。大多数领导都喜欢下级多汇报。并不一定在于汇报的实际内容，重要的是汇报所象征的姿态。多向领导汇报，说明你尊重领导。就是没有工作可谈，你找领导汇报思想也行。照说，你的思想当然是你自己的，可这很有必要向领导汇报。而且汇报思想最能讨巧，因为思想这玩意儿无形无色无声无响，你想怎么汇报就怎么汇报。说白了，你揣摸着领导喜欢什么思想，你就汇报什么思想。人们说官场上的人总有多副面孔，这说法其实不准确。一个人的面孔只有一副，他的眼睛、鼻子之类不可能有多种组合。面孔其实只是类似电视荧屏的东西，平板而机械。多姿多彩的是这荧屏上表演的思想。修炼到家的官场人物，就是成天脖子上顶着个电视机，你想看哪个频道，他就给你开哪个频道。

朱怀镜发现自己竟胡思乱想了，而且想出些很幽默的道道儿来了，不禁失声笑了起来。唉！不想这么多了，重要的是行动。他刚准备挂覃原电话，有人敲门。他来不及说请进，一位身着红呢外套的女士推门进来了。他眼睛一亮，见是陈雁。

"啊呀呀，陈大记者啊，你怎么屈尊下驾我这里了？请坐请坐。"朱怀镜的确没想到陈雁会到他这里来。

陈雁伸过手来同他握了下，笑道："您市政府是侯门似海，谁敢随便进？听说您荣升了，来祝贺您。"

"哪里啊，什么荣升呀！不过您能来这里坐坐，我真的非常感谢。"朱怀镜说着就起身倒茶。他当然知道陈雁不会是专门来祝贺他的，她一定是进来办什么事，顺便来坐坐。可是她从哪里知道他调财贸处了呢？这个女人对他一直不冷不热，甚至还有些傲慢，他曾经暗自忌恨过。如今这女人真的进了他的办公室，那忌恨的感觉又冰消雪化了。这女人的确太漂亮了！陈雁是艳也艳得，素也素得。她今天穿的是件裙式红呢外套，那张脸就被托得娇媚而华贵。她端起茶杯，撮起嘴儿吹了吹，再抿了一小口茶。

那嘴唇便更加水汪汪的了。朱怀镜牙齿暗地里一咬，私下想道：这女人，简直漂亮得……漂亮得一塌糊涂！不知道谁有艳福消受？他真想不起别的词来形容，心里只有一塌糊涂乱七八糟之类的感觉。真是莫名其妙！

　　两人说也说不上什么认真的话，无非就是玩笑着说些不关痛痒的事儿。朱怀镜尽管心里有锣也有鼓，但毕竟同这女人没有深交，他的热情也就只是外交式的。朱怀镜见陈雁茶大概喝到一半了，就想起身添水。陈雁却站了起来，说："谢谢了，不喝了，下次再喝吧。前几天随皮市长下去，给他照了几张相，我刚送了去。知道您荣升了，就来看看您。再见！"陈雁说着就微笑着伸过手来。朱怀镜见这女人握了手之后，在转身过去的那一刹那，她的脸上马上就蒙上一层冷冷的霜一样的东西了。朱怀镜不得不随在她背后相送，心里却陡然间不畅快起来，如鲠在喉。外面原来停着电视台的采访车，陈雁招招手就上车了。朱怀镜也就脸无表情地转过身，不理会那汽车的茶色玻璃后面是不是还有一只手在向他挥动。回到办公室，他动手收拾茶杯。可当他端起陈雁喝剩的半杯残茶时，心里猛然涌起一种异样的感觉，想也没想就喝了这半杯茶。

　　喝了这半杯残茶，他才想起那天晚上皮市长在荆园说过，今后他要是有什么重要活动，点名要陈雁随行报道。看样子皮市长当时说的好像是玩笑话，却是说到做到了。朱怀镜似乎隐隐约约意识到什么，暗自叫自己别再对陈雁白费心思了。这辈子只喝她的半杯残茶，就此为止吧！

　　朱怀镜抬腕看看手表，还有时间，便挂了覃原的电话："喂，覃秘书长吗？我小朱，对对，是我。您这会儿有空吗？我想把工作上的一些大致想法向您汇报一下。好的好的，我马上就来。"覃原客气地请他过去，他忙收拾起身。刚要出门，电话响了。他拿起电话一听，原来是宋达清。"朱处长吗？祝贺你啊！你有这么大的好事，怎么就没告诉我？我请客，敬你几杯吧！"宋达清在电话里一边哈哈，一边豪爽。

朱怀镜急着去覃原那里，怕人家难等。可他又不便草草打发宋达清，就说："这算什么好事啊！四十岁的人了，当个处长，还值得惊动大家？老宋，这样吧，我等会儿给你打电话，现在我得马上去司马市长那里。没办法啊，现在是他直管我，他寅时叫，我不敢卯时到！对不起啊！"朱怀镜同宋达清说话，就像自由市场的商贩，一张口总没个实价。

宋达清一听说司马市长，立即恭敬起来，说："是啊，您是干大事的啊，先忙您的吧。"

朱怀镜敲门进去，覃原正在看文件。他抬头望一眼朱怀镜，说道坐吧，又埋头看文件。朱怀镜便手足不自在了，不知该不该汇报。覃原拿起一支铅笔在文件上画画，头也不抬，说："怀镜你说吧。"

朱怀镜就说："好好。我现在只有个大致想法。这几天我们处里准备开个会，再过细研究一下。就看覃秘书长有什么具体指示。您是不是有空参加一下？……"

不等朱怀镜说完，覃原把文件夹一收，说："我带你去见见司马市长吧。"

司马市长办公室就在覃原对门，朱怀镜随他进去了。司马市长正在同人说话，那人好像是新任的工商银行行长，记不起名字了。原来那位行长上次同向市长一块遇难了。行长见了覃原，忙起身握手道好，又回头朝司马市长点点头，说："那我就走了？"司马市长说道好吧，就同他握了手。

覃原笑道："我来了你就走了？"

行长又同覃原握了手，说："哪里啊，我的事汇报完了，就不影响市长了,他这里忙得不得了。"

行长走了,覃原就向司马市长介绍道:"司马市长,我带小朱来见见您。"

司马市长握着朱怀镜的手,随和地笑道:"小伙子年轻,不错。"

朱怀镜忙说:"还望司马市长多指示,多批评。"

朱怀镜望着司马市长,想等他的指示。可司马市长不再望他,目光转向了覃原,说:"老覃,财政那个事,你有什么态度?"

覃原说:"我还是那个观点……"

朱怀镜不知两位领导要说什么事,只是意识到自己坐在这里似乎不太妥当,就先告辞了。出了司马市长办公室,朱怀镜只觉得迷迷糊糊,一脑子脑髓像是成了豆腐渣。刚才覃原在电话里很客气,可见了面他照旧看着文件,好像全不在乎别人的汇报。朱怀镜才说上几句开场白,覃原就打断了他的话头,带他去见司马市长。说覃原对他不以为然吗?人家又主动带他去见分管的副市长。真说不清覃原对他是个什么态度。司马市长样子好像也热情,可只同他握了下手,就同覃原说别的事去了。朱怀镜低头走着,竟下意识里勾了下手指,算算司马市长对他说的话,仅仅七个字。官当大了,就这么金口玉牙了?他感到气短心虚,胸口堵得难受,便缓缓地做深呼吸。他真想重重地叹几声,甚至大喊一阵。他有些拿不准自己这个处长今后是否能当得自在了。如果司马市长和覃秘书长不信任他,他再怎么努力都是枉然的。他原打算同这两位领导把关系弄近一点,时不时同他们联络一下感情。可是看今天这个场面,他那套自鸣得意的公共关系处理系统也帮不上忙了。A2和B2似乎对他不以为然。他蒙头蒙脑地下楼来,路过一个办公室的门,随意望了下里面,却见是韩长兴坐在里面。他脑子哄地一热,知道自己鬼使神差走错地方了。他原本要回自己办公室去的,却走过了头。韩长兴瞟见了他,忙伸出手站了起来。好在他也正要找韩长兴扯扯让四毛当维修队包头的事，便将错就错，说：“我一早就想过来看你，哪晓得一上班就让罩秘书长叫了去，后来司马市长又叫。直到这个时候才下得楼。”朱怀镜说着就抬腕看看手表，一副日理万机的样子。时间也真的不早了，十一点十五了。

韩长兴说朱处长是大忙人，目光里充满着钦羡。他要去倒茶，朱怀镜说：“别客气了，就要下班了。”两人就坐下说说闲话。说了一阵，朱怀镜就问：“韩处长，你说的四毛那事，怎么操作？”

韩长兴听了像是半天上响雷，茫然问道：“四毛？哪个四毛？什么事？”

朱怀镜马上反应过来了，忙笑道：“我是想问你昨天讲的瞿林的事。我们家里人都只叫他四毛，习惯了。”

韩长兴也笑了，说：“哦哦，是的是的。我一下子都搞蒙了。这样吧，你把我的想法同他自己说说，看看他有没有把握搞好。他有把握的话，我再同他谈一次。行的话，他马上回去物色人马，明年一开年，就上新人了。”

两人细细划算了一番，就到下班时间了。朱怀镜回到家里，刚坐下，香妹领着儿子琪琪开门进来了。琪琪叫了声爸爸，没有像往常那样跑过来同他亲热。香妹望了男人一眼，不冷不热，说："啊呀呀，稀客稀客，什么时候到的？"

朱怀镜见妻子嘴角上挂着嘲讽而怨艾的笑，心里发毛。他朝儿子招招手，儿子这才跑了过来。他问儿子寒假作业天天做吗？跟妈妈上班不调皮吗？香妹不再理他，进厨房忙做中饭去了。朱怀镜同儿子说说话，心里慢慢才不再慌乱。他这才过去，倚着厨房门，同香妹说起让四毛来当维修队包头的事。

说到正事，香妹也像没有气了，只问："四毛有这个本事吗？

我知道这是个好事，只要他吃得下，准会发财的。给他 Call 个机吧，让他来一下。"

朱怀镜笑问："四毛也买传呼机了？蛮洋气嘛！"

香妹揸揸手，去打传呼。朱怀镜猛然想起宋达清还等着他的电话。香妹放下电话，说："四毛回电话，你同他说吧。"

朱怀镜先挂了宋达清电话："喂，老宋吗？实在对不起。刚才向司马市长汇报完了之后，他正好有个应酬，要我一道作陪。我们再联系好吗？对不起对不起。哦，还有个事，你知道袁小奇现在哪里去了吗？下次我们会面把他也叫上吧。"

宋达清说："袁小奇现在是云游四方，仙踪不定。我找找他吧。"

朱怀镜故意高声大气，好让香妹在厨房里听得见。他刚放下电话，电话又响了。是四毛回机，朱怀镜让他马上过来一下。

朱怀镜又走到厨房门口，望着香妹做饭菜。香妹回头望望他，目光温存多了，嘴上却仍怪他，说："你现在扯谎不要起稿子了，张口就来。老宋也是帮了我们大忙的，你就这么哄人家。"

他知道香妹其实很高兴他中午没出去吃饭，便索性发挥起来："这一段应酬太多了。晚上龙兴大酒店的雷老总要请，中午宋达清要请。我只好扯谎推托老宋了。要不然，我回家你得问我贵姓了。"

香妹叹道："女人啊，嫁人不要嫁太窝囊的，也不要嫁太出色的。只需嫁个平平常常的，安安稳稳过日子，就最好了。"

朱怀镜嘿嘿一笑，问："我是窝囊的，还是出色的？"

香妹就笑他，叫他别得意忘形了。饭菜很快弄好了，四毛也来了。多日不见，朱怀镜发现四毛整个变了样，衣服讲究多了，头发也打摩丝了。人也大方些，却有些不是味道，坐下来就跷起二郎腿一弹一弹的。但毕竟是香妹的表弟，朱怀镜也不好说他什么,只是客气地请他坐。四毛说吃过饭了,也就不勉强了,由他一个人坐着看电视。

吃饭间,朱怀镜说起了韩处长让四毛当维修队包头的事。四毛听了眼睛一亮,脸都红了,人也拘谨起来。朱怀镜问他自己有没有把握搞好。四毛搓手摸脚一会儿,说:"没问题吧。我在别人手下干了这么多年,见也见得多了。"

香妹总是护着这位表弟的,说:"他几兄弟,就四毛读到高中,人也聪明。我见过那么多的包头,连个发票都开不好,却大把大把赚票子。我看四毛搞得好这个事。"

朱怀镜就对四毛说:"那好,这是个机会,你自己要好好珍惜。下午你去韩处长办公室,他要找你谈谈。你大方一点,都是乌县老乡,没关系的。你回去吧,中午好好想想,做个思想准备。"

四毛就告辞了。吃了中饭,时间不早了,朱怀镜想午睡,也睡不成了。一家人就坐在沙发上看电视。正好有琪琪喜欢看的动画片,就依了他。两口子说着闲话。取暖器红得夸张,还煽情地转动着,热气却并不怎么顶事。朱怀镜越坐越冷,浑身寒气阵阵。政府大院什么都讲等级,只有市级干部和厅局级干部楼的暖气二十四小时供应,处级干部楼只有晚上六点钟到十点钟才供暖。一般干部楼就只有自己想办法取暖了,你钻被窝也好,钻牛肚也好,都由你自己。你想活得舒服些,就拼命往上爬吧。朱怀镜发现屋里冷冷清清,缺乏生气。再看看香妹,眼角的鱼尾纹紊乱而深密,脸面很是憔悴。儿子是搬了个小凳坐在妈妈双膝间的,神情专注地看着电视。儿子面色略显苍白,头发似乎也有些发枯。朱怀镜好像第一次注意到妻儿是这般模样了,胸口隐隐作起痛来。他很内疚,心想晚上龙兴大酒店的应酬还是借故推掉吧。

过后几天,朱怀镜都没有时间同雷拂尘、玉琴聚会。玉琴却送了一个征用塑料厂土地的报告来。朱怀镜草草看了看报告。龙兴大酒店请求征用一亩地，征地费六百万元。

依照办公厅规定，报告应送秘书二处，再按工作程序送呈有关领导。但有的人与领导关系不一般，也直接送呈。朱怀镜觉得自己在皮市长面前说得上话，就准备直接去找皮市长汇报。

第二天上午，朱怀镜打听到皮市长正好在办公室批阅文件，就去了。方明远见了朱怀镜，点头而笑。朱怀镜蹑手蹑脚进来了，用手指指里面。方明远点点头，示意皮市长在里面。朱怀镜把报告让方明远浏览一下，示意一道进去。方明远敲敲门，再推开说："皮市长，怀镜有事找您汇报。"

皮市长笑道："小朱呀，多日不见你了，很忙吧？"

朱怀镜说："哪里啊，再怎么忙，哪有市长忙？正是见您太忙了，就不敢来打搅您。"

皮市长又笑着说："不敢打搅你这不来了？什么事？"

朱怀镜按早就想好了的话，尽量简洁地汇报了龙兴大酒店请求征用塑料厂土地、扩展服务设施的事。口头汇报完了，再递上报告。

皮市长马上说："学习外地经验，鼓励特别困难的工业企业出卖土地、厂房等，'退二进三'，异地开发，这是好事，我支持。报告放在这里吧，我同有关部门通一下气再说。"

皮市长这里不宜久坐，事情汇报完了，朱怀镜就告辞。心想有了皮市长这个态度，只怕问题不大。他回到办公室，马上打电话告诉了玉琴。玉琴自然高兴，说事成之后，一定奖励。朱怀镜就笑了起来，问是你们酒店奖励，还是你个人奖励？玉琴就说他满肚子坏水。

可是事后一直没有下文。朱怀镜自然不好老是去催问，就托方明远提醒皮市长。方明远问了一次，没有消息，也不好再问第二次了。朱怀镜只好让方明远留意那份报告，看最后皮市长怎么签字。

很快就是春节了。领导们格外忙起来，又是春节团拜会，又是军政座谈会，又是慰问困难企业职工，又是看望离退休老同志。雷老总和玉琴却很着急，只想早定下来就早动手上这个项目。朱怀镜就安慰他们，这么几年都等过来了，干脆就等过了这个春节吧。

过了春节，正月初八，市人大会正式开幕。大家知道肯定是皮德求出任市长。但在这之前，外界传闻照样很多，有的说这个会当市长，有的说那个会当市长。朱怀镜是知道内幕的人，但别人问他到底是谁当市长，他只是笑笑，说得由人大代表选举产生。别人只当他是保密，或开玩笑。

朱怀镜作为大会工作人员，参加若有地区代表团活动。这正好是他的家乡。张天奇是市人大代表，也参加了会议。工作人员的主要任务就是分发大会文件，记录大会发言，编发会议简报。

代表报到的头一天，朱怀镜就去看望了张天奇。两人说了些客套话，朱怀镜觉得应去看一下吴之人和葛建元。吴之人是若有地委书记，本代表团团长。葛建元是若有行署专员。张天奇会意，说："你去吧，都是老领导，应该去看看。我俩随便，你有空就来坐坐吧。"

朱怀镜敲门进去，吴之人和葛建元正好都在，两人站起来同他握手道好。朱怀镜同吴葛二人都没有深交，说的便都是些场面上的话。三人正客气着，有人敲门了。葛建元忙去开了门。进来的却是皮代市长和他的秘书方明远。皮市长很是热情，拱手说："两位路上辛苦了。哦，小朱也在？"——握手。大家忙请皮市长坐下来。

"路上还好走吗？"皮市长关切地问。

吴之人答道："好走好走。这几年市政府抓基础设施建设是卓有成效的，特别是公路交通的变化真可以说是翻天覆地。我们原来从若有到市里，起码得要六个小时，堵车还说不定要多久。现在最多两个小时就到了。这说明现在这套政府班子是实干的班子，是坚强有力的班子。"吴之人轻而易举地就把见面的客套话变成了奉承话。朱怀镜听得出他这是在向皮市长暗送秋波。

葛建元忙点头附和："对对。这也说明政府的权威得到增强，各方面的工作都抓得很顺手。"

皮市长谦虚道："还得接受人民代表的检阅啊。"

吴之人明白皮市长是在暗示什么，忙说："皮市长，我以党性担保，一定维护组织意图，投您一票。"

"是是，投您的票。"葛建元也说道。

皮市长就换上玩笑的口气，说："不光要保证你自己，还得保证你们这个代表团啊！"

吴葛二人忙说当然当然。就这样，由寒暄而暗送秋波，而公开摊牌，短短几分钟之内就完成了。皮市长放心了，再客气几句就走了。

不一会儿，司马副市长又敲门进来了。吴之人见了，忙拱手笑道："司马市长，我和葛专员保证投您的票。"看来吴之人同司马副市长很随便的。

司马副市长同吴葛二位握了手，笑道："人也难做。你们来了，我不来看看，你们说我这人架子大。来看看呢，又说我拉选票来了。"

吴之人忙认真起来，说："我刚才还同葛专员说起，现在这个政府班子，的确是坚强有力的，办事很硬，很实，不搞花架子。人民代表满意这样的班子啊。不是当面说得好听，自从您管财贸以来，对我们若有地区关心支持确实很大，我是到处摆您的

309

好哩！领导同志怎么样，代表们心里清楚。不投您的票，又投谁的票呢？"

司马副市长摇摇头，笑道："我接受人民代表的挑选。好，你们休息吧。"

司马副市长像是这会儿才看见朱怀镜，朝他扬扬手，走了。

朱怀镜觉得坐在这里有些尴尬，就告辞了。出了门，又见一位副市长在敲一个房间的门。朱怀镜本想再去看看几位老朋友的，却发现今天不是串门的日子，就只好回了自己房间。心想这几天市政府的领导们也够辛苦的。开人代会，为了防止有人串联，搞非组织活动，在住地安排上早做了文章。有意让代表们住得散，荆都的东南西北各大宾馆酒店都住了人。若有地区代表团住的飞马大酒店很偏僻，在城北荆山脚下。领导同志要看望代表，就得在荆都城内穿梭，也很辛苦的。朱怀镜不知今晚会不会有事，不敢离开这里。好几天没去玉琴那里了，真有些想她。他挂了电话去，同玉琴缠绵了一番。

这次人代会还算开得平静，选举皮德求当了市长，原来管农业的副市长成仁同志出任常务副市长。增选了一位副市长，其他几位副市长仍然当选。只是会间有代表团临时动议，提出司马副市长作为市长候选人，经组织做工作，司马自己声明放弃了。没有太多的花絮。因此说，这是一个团结的大会，胜利的大会。但自此皮市长同司马副市长之间的关系微妙起来，可人们感受到的却是司马对皮市长更加尊重了，皮市长对司马更加客气了。后来有好事之徒吃了饭没事干，说司马要是坚持接受人民代表挑选，说不定能取皮而代之。这话不知怎么传到了皮市长耳朵里，皮市长一笑了之。又有人把皮市长的笑声传到了司马那里，司马也就哼哼鼻子笑了。司马的笑七弯八拐又传到了皮市长那里，皮市长不高兴的是司马笑的时候还哼了鼻子，他便连笑也不笑了，只是轻轻地哼了哼鼻子。这都是以后的事。

这天下午是大会最后一次讨论,明天上午就要散会了。若有代表团主持讨论会的是吴之人,参加讨论的市领导是市人大副主任明匡正。讨论一开始,张天奇就抢先发言。官场上有经验的人,开这种会议,发言都会抢在前面。因为这种讨论没有实际意义,只是走走过场,表个态而已。表态的话说来说去都只是那么几句,迟说不如早说,免得拾人牙慧,而且可以显得积极些。张天奇说:"这次人大会开得很成功,主要表现在三个'好':选举产生了一个好的政府领导班子,审议通过了一个好的《政府工作报告》,会议开出了一个人大代表踊跃参政议政的好的会风。这个会议,我是越开心情越舒畅,越开热情越高涨,越开劲头越这个……这个劲头越足了。真有些坐不住了,只希望早些回去,把会议的精神带回去,向全县人民传达贯彻……"

张天奇发言的时候,吴之人在从容地吸着烟,明匡正在翻着手头的文件,看不出他们是不是在认真听。全场人员都懒懒地靠在沙发里,表情空洞。会议已开了八天,讨论会也进行了不下十次,好像大家都有些疲惫了。这时,电视台的记者进来了,大家下意识地提起了精神,坐正了姿势。吴之人马上放下二郎腿,直了直腰,把烟头往烟灰缸里一拧,抢过张天奇的话头,说:"天奇同志说得好。市人大决议了今后五年我市经济和社会发展的总体部署,那么我们若有地区怎么办?对今后五年的工作,地委已作了专门研究,重点是'三个一',即开发一片山,治好一片水,开拓一片市场。回去以后,我们要结合本次人大会的精神,丰富我们地委的意见,进一步研究工作思路。"吴之人说到这里,电视台的记者摄像结束了,他便客气道:"天奇同志接着说吧。"所有的人也都立即像卸了妆的演员,脸上便疲疲沓沓疙疙瘩瘩了。

朱怀镜见了这一幕,觉得特别好玩。领导同志抢镜头并不比影视演员客气。本来，在座的要上镜头首先应是明匡正，但他只是市人大的一位排在后面的副主任，吴之人就不那么客气了。吴之人抢过话头之后，朱怀镜见明匡正脸色不怎么好，耷着眼皮，朝吴之人不动声色地瞟了一下，再放下手头文件，拿出笔记本来，在上面写着什么。这样，今晚电视上明匡正亮相时，就只是在认真听取代表意见，而吴之人却在眉飞色舞，侃侃而谈。但明匡正到底在笔记本上写了什么，只有天知道。说不定他什么都没写，只是装模作样地比画着。朱怀镜心想，明匡正心里正有气，怪吴之人抢了镜头，还会记下他的发言？况且摄影灯光刺得他头晕目眩。

次日下午快下班时，朱怀镜接到张天奇电话，说有事要麻烦他。朱怀镜就去了张天奇住的房间。人大会已散，代表们基本上走了。张天奇房间就只剩下他一个人。他的秘书和司机原本就住在外面的宾馆。

"老是要麻烦您，过意不去啊！"张天奇握着朱怀镜的手说。

朱怀镜嘿嘿一笑，说："您说到哪里去了？您是我的父母官，我不为您效劳为谁效劳？您说，什么大事？"

张天奇为朱怀镜倒了茶，又递上烟，点上，再说："也不是什么大事，只是我自己的私事。我这两年在您的母校财经学院读硕士研究生，快结束了，现在正做论文。真人面前拜真佛，我的文章您是知道的，上不了档次。我马马虎虎搞了个初稿，我知道过不了关的，想拜托您点铁成金。"

张天奇说罢就从公文包里取出了论文。朱怀镜接过一看，见题目是《地方财源建设的现状及对策研究》。他随意浏览，文章翻得有些快。张天奇像心里没底，生怕朱怀镜看出什么不对劲，就在一边谦虚道："文章不像个样子，让您见笑了。好在财政您是内行，又是文墨高手，就拜托您了。"

朱怀镜粗粗翻了一会儿，见文章的素材倒很翔实，文字也干净。心想这恐怕还不是张天奇自己的手笔，他写不出这样的文章，一定是他的秘书班子代劳的。朱怀镜写了多年官样文章，对这类文章早烦透了。但碍着张天奇的面子，不好推托，就说："张书记您太谦虚了，这文章很不错嘛！您是直接从事经济工作的领导，掌握着丰富的实际情况，这样的文章学院派学者是望尘莫及的。我相信您提出的观点，在他们都是耳目一新的。我说就这样行了，您一定说我偷懒。那我就拿去学习一下吧。时间上有个要求吗？"

张天奇说："时间倒很充裕，七月份才答辩，只是要在五月份先交导师看。还有三四个月时间，不急。今天还要麻烦您同我一起去见见我的导师贺方儒教授。这次人大会前一天，我先去拜访了他，偶尔说起您，才知道他当年是您的老师。他对您印象很深刻，很赞赏您。我同他打了快两年的交道了，知道这位先生性格古怪，从不轻易说一个人的好。"

"好吧，我也正好想去看望一下贺教授。"朱怀镜说。他明白张天奇的意思。贺老师是财院的资深教授，现任副院长。凭贺教授治学的认真和为人的严谨，张天奇别想同他建立什么个人关系。可大凡在官场上混惯了的人，干什么事情都想靠某种关系讨个巧。这似乎已成官场人们的思维定势。越是手中有权的人，越不相信世上有摆不平的关系，因此越是有权的人也就越热衷于搞关系。朱怀镜知道贺教授对自己印象好，心里也有些感动。事实上，他调来荆都这些年，只是在刚来时去看望过他一次。要是在官场，你不常去人家那里走走，就说明你心怀二心了。

这时，张天奇的秘书小唐敲门进来了，同朱怀镜热情地招呼了一声，再问张天奇是不是下去吃饭。张天奇抬腕看看手表，说去吧。

朱张二人并肩走在前面，小唐走在后面，脚步显得拘谨。电梯里面，张天奇同朱怀镜说起县里的人是人非，话语含蓄隐晦，只是两人明白。小唐其实听懂了，就装傻。出了电梯，老远就见有人在打招呼。原来是乌县公安局局长李大根，县广播电视台记者杜述，驻荆办主任熊克光。都是老熟人，彼此握手道好。朱怀镜原是乌县领导，这些人免不了显出恭敬的样子。却还有一个人在旁微笑，朱怀镜觉得他面生。张天奇看出来了，忙介绍说："哦哦，对了对了，这位朱处长不认识吧？姜永富，乌县的先进私营企业主，人称将军。"

张天奇介绍姜老板的时候，面带微笑，可一介绍完，表情马上严肃起来。朱怀镜觉得张天奇脸上很有戏，耐人寻味。他也就不好太过热情，伸手过去同姜永富握了下，平淡说了你好你好，可心里佩服这人的能量。这几年在乌县你说起姜永富别人不一定知道，而说起将军就如雷贯耳了。他是近几年暴发起来的私营企业老板，搞建筑起的家，后来又经营建筑材料、饮食服务、娱乐行业。

大家寒暄完了，将军问："去哪里？"

张天奇背着手，望也不望将军，只问朱怀镜："看朱处长的意思？"

朱怀镜这就知道今天是将军做东了，只好说："客随主便吧。"

将军就说："去天元怎么样？"

大家都说去天元吧。于是一行十人分乘三辆小车奔天元大酒店而去。按如今时尚，领导干部外出公干，总有一帮人前呼后拥。如果领导是去开会，跟来的这些人不能住会议安排的宾馆，就在附近找宾馆住下，领导随叫随到。县里的领导们通常喜欢带的是三种人，老板、公安和记者。今天是三种人都全了。可今天这记者实在没有带的必要，又不是在县内活动，没有新闻可弄。

也许杜述跟书记跟得紧吧,找个由头也随来了。车上没有别人,张天奇又同朱怀镜说起读研究生的事:"我其实不想赶这个时髦的。但我只是个专科生,而如今在场面上走,起码得是个本科生才说得过去。我就想补一下文凭。后来一想,补本科也是两年,读硕士也是两年,那不干脆一步到位算了,后来真的读上了也觉得不亏。导师要求严,我这两年还真学了些东西哩!"

朱怀镜其实知道在职研究生是怎么回事,不过混个文凭,往脸上贴金而已,谁认真读书?可他见张天奇发着感慨,只好做个人情,说:"是啊,您张书记有这么些年的实际经验,再来学理论,是别人不可比的。想我们当年读书,从书本到书本,从概念到概念,死记硬背,苦不堪言。要是现在再回去读书,效果肯定不一样。"

到了天元大酒店,礼仪小姐微笑着引领他们上二楼。小姐个子太高,朱怀镜走在她后面有种压迫感,几乎觉得气促。心想酒店的礼仪小姐为什么都要招这么高个儿的?莫名其妙!说明经营者并不懂得顾客心理。

礼仪小姐领着他们进了一间叫丁香轩的包厢。大家先在一角的沙发上坐下。将军点头而笑,问:"各位领导想吃点什么?"他问的是各位,眼睛却只望着张天奇。

张天奇说:"小姜你安排吧。"说罢就同朱怀镜感叹点菜是件很麻烦的事。将军见张天奇顾着同朱怀镜说话去了,就叫点菜的服务员到桌子边,两人低声商量着。

将军安排好了饭菜,过来递烟。朱怀镜这才说:"老姜,不要太客气,随便吃点儿吧。"

将军忙说是是,随便随便。闲话一会儿,开始上菜了,大家客气着坐下。头道菜是几个冷盘。将军问喝什么酒。张天奇说:"看朱处长兴趣吧。"朱怀镜本是喜欢喝五粮液的,可他知道张天奇爱喝茅台,就点了茅台。

小姐就取了茅台来。才要开瓶,张天奇说慢点慢点,示意小姐拿过来看看。张天奇拿着酒瓶仔细一看,笑道:"小姐,玩不得假啊,这里有市里领导在场。"

小姐微笑着说:"先生,我们这里绝对没假酒。但您对这瓶酒有疑问的话,我们可以再换一瓶。您看行吗?"

小姐一走,张天奇就轻声笑道:"这瓶酒百分之百是假的。拿假酒来哄我们朱处长,太不给面子了。"

朱怀镜摇头说:"哪里啊!我朱某人算什么?只是他们在张书记面前耍花招,有眼不识泰山。"

不一会儿,小姐换了瓶酒进来了,她后面跟着一位西装革履的先生。那先生走过来拱手道:"欢迎各位!"说罢就递上名片。一看,才知是餐厅经理,郝迟。张天奇便介绍朱怀镜:"这位是市政府办公厅财贸处朱处长。"

朱怀镜忙介绍张天奇:"这位是乌县县委书记,张书记。"

彼此交换了名片。郝经理很客气,说有什么不周到之处请尽管提出来。他说了几句场面上的话,特地握着朱怀镜的手说:"请朱处长多指导啊!市政府我有很多朋友,他们常来玩。"他便说了几个人的名字和官职。也说到了方明远。有朱怀镜认识的,也有他不认识的。凡是朱怀镜认识的,郝经理不是讲不全单位名称,就是把他们的职务一律提拔一级。方明远就成了方秘书长。朱怀镜只是啊是啊是,微笑着点头。郝迟颇为得意,似乎市政府的人都是他的老朋友。说到那么多政府官员的名字,朱怀镜似乎都认识,郝迟就像是碰上了知音,也觉得自己很有脸面。

郝经理毕竟知道这场面他不便久留,再客气几句,就请各位慢慢用,又交代小姐好好招呼,拱手而去。

小姐斟上酒,朱怀镜问张天奇:"这酒没问题吧?"

316

张天奇见小姐退了一边去了，就轻声说："没问题。这郝经理我其实碰到过好几次了，只是他应酬过的人太多了，没记性。我早发现他们的一条规律，凡是假茅台糊弄不过的，郝经理就亲自出面招呼一下。"

朱怀镜笑道："这事不多想没什么，真的想起来，就很不是滋味了。你想，自己花了大价钱，请朋友们到这里来喝茅台酒，有滋有味的，却不知道自己被捉弄了。而这些面带微笑的小姐们却是知道内情的，她们看着这些自我感觉良好的先生们，兴高采烈地喝着假茅台，不在一旁冷笑？"

朱怀镜说罢，张天奇很有涵养地笑笑，再举起杯子，说："今天是小姜做东，我借花献佛，先敬朱处长一杯。"

朱怀镜说道不敢，提议大家一同举杯。于是大家一同举杯。头杯酒自然是一口干了。正菜便陆续上来了，有罐子鸡、武昌鱼、中华鳖、基围虾等高档大菜，也有各色时鲜小菜。敬酒的场面当然热闹。虽说今天主要是请朱怀镜，但在座的只象征性地敬了他一回，多半敬张天奇去了。只有熊克光看上去对朱怀镜真的很尊重，多次敬他的酒。张天奇似乎看出朱怀镜受到了冷落，就捂了自己的杯子，严肃地说："各位要进一步明确主题啊！今天是请朱处长，不要老敬我的酒。"

大家知道张天奇尽管表情认真，却是在开玩笑，也就笑了起来，说哪敢怠慢朱处长，于是又要敬朱怀镜。朱怀镜觉得这酒似乎是讨着人家来敬的，心里梗梗的，就不肯轻易端杯了。场面就僵了起来。朱怀镜也不想让人家看做小心眼，只道："各位喝好吧。我想今天我和张书记都不能太喝多，还有事哩。各位尽兴吧。"

张天奇明白了朱怀镜的意思，也说："是的是的，你们尽兴吧。我和朱处长自便。"他俩过会儿还得拜访贺方儒教授，酒喝多了,满嘴酒气地上门,不太好。

将军说:"两位领导讲的有道理。但朱处长的酒量,多多少少也不在一两杯上,还是给个面子,让我敬你一杯吧。"

朱怀镜故意面作难色,无可奈何地端起了酒杯。一杯尽了,将军忙说谢谢了。

张天奇偏过头同朱怀镜说话:"我在县里定了一条,凡是接待客人,自己人不准相互敬酒,要一致对外。不然客人没喝好,自己人先放倒了,这还了得?你看你看,这些人跟我一出来,家里的规矩就忘了。"

李大根端了杯子,说:"朱处长,您是我的老领导了,这杯酒我是一定要敬的。"

朱怀镜笑了起来,说:"刚才听张书记透漏了你们内部政策,酒桌上一致对外。我就想象不出你们是在敬我还是在整我了。简直是两军对垒了嘛。那我今天就是孤军作战了。我再怎么负隅顽抗,也会一败涂地了。"

朱怀镜说着这话的时候,马上意识到这玩笑过火了,会弄得张天奇难堪。但话已出口,覆水难收,而且还容不得半点支吾和含糊。他只得从容说完,再纵情大笑。他这一笑,气氛自然些了。张天奇只得说:"朱处长嘴巴就是厉害。"

李大根说:"玩笑归玩笑,酒还是要敬的。"

朱怀镜举起杯子,说:"有言在先,我只喝这一杯了。将军是做东的,他刚才敬的酒我不能不喝;老李长我几岁,算是老大,我也只好遵命了。其他各位都是小老弟,恕我无礼,我不同你们喝了。"说罢,同李大根碰了杯,干了。

这时朱怀镜想起应给贺教授打个电话,不然就太冒昧了。

"贺老师吗?您好您好!我是朱怀镜,我想来看看您老,方便吗?我同一位朋友一起来,他也是您的学生,就是我老家乌县县委书记张天奇同志呀!"看朱怀镜的表情就知道,贺教授对他的造访很欢迎。

张天奇和朱怀镜说不喝酒了,再怎么让各位自便,他们也自便不起来。他们听朱怀镜打了电话,更不敢多喝了。一会儿,也就散席了。

出了酒店大厅,张天奇只同朱怀镜并肩走着,准备一道上车去财经学院,也不同其他人打招呼。李大根他们无所适从的样子,站在一旁不知说什么好。朱怀镜见了有些过意不去,就上去同他们一一握手。他们便说不陪了,不陪了。朱怀镜说:"辛苦各位了,你们回宾馆休息吧。"心里却有些好笑。谁也没让你们陪呀!他同熊克光握手格外热情些,交代小熊有事尽管找他。他看出这些人当中恐怕只有小熊对他还真诚些,其他的人都是一脑子实用哲学,眼睛里只有张天奇。他们太懂得县官与现管的道理,知道同朱怀镜再怎么热乎,都是没有意义的。而张天奇一个微笑会让他们受宠若惊,一个喷嚏他们要吓出一身冷汗。

投靠是背叛的开始!

朱怀镜上了车,猛然想起了这么一句话。他记不清这是哪位名人的警句,还是他自己偶然间的灵感。可这句话的确是真理。既然是投靠,就不存在人格,仅仅是为了利益。那么谁今天为了利益而投靠,明天他照样会为了利益而背叛。朱怀镜想着这些,脑子里并不是抽象的逻辑推论,而是那一张张熟悉的面孔。就是这些面孔,天天在上演着投靠与背叛的喜剧。

"贺教授做人,很严谨的,同他做学问一样。这样的知识分子,就真正是鲁迅先生说的,是民族的脊梁。"张天奇感叹道。

朱怀镜知道张天奇这是无话找话,因为这个意思他说过多次了。他想也许是自己刚才耽于内心的感慨,一言不发,气氛有些闷吧。

"是啊,民族的脊梁。"朱怀镜附和着感叹一声,又想起了一个幽默的比方。他想,贺教授这种真正的知识分子是民族的脊梁,那我们这种人又算是什么呢?只怕是尾椎骨吧!尾椎骨这地方,原本是长着尾巴的。尾巴退化了,就留下这么个不硬不软没什么大用的东西。尾椎骨看上去是进化的标志,实际上是退化的烙印。这东西没什么大用先不说,要是稍微碰着它,就会痛得你眼冒金花。

财院有些偏,路上走了三十多分钟才到。一敲门,贺教授亲自开了门。

"欢迎欢迎!"贺教授伸出双手,同朱张二位握了手,请他们坐。贺教授满头白发,脸很瘦,身上的西装不太得样式。若是不知他的身份,这外相显得有几分潦倒。

师母李老师从里屋出来,满面春风,同张天奇招呼一声,就打量着朱怀镜,说:"胖了,胖了。"

"饱食终日,无所用心,哪有不胖的?学生惭愧啊!"朱怀镜玩笑道。

贺教授摇头说:"不会不会!怀镜你我算是了解的。你读书那么勤奋,工作也一定是敬业的,怎么可能无所用心呢?我相信现在像你这样的好干部只怕不多。"

张天奇一个人有些冷场,就附和道:"贺院长算是了解学生的。怀镜同我共事多年,我对他太了解了。他真是个好同志。都是贺院长教育得好啊!"

张天奇好像生怕显得不敬,硬要叫贺院长。可他同朱怀镜在一起时都是称人家贺教授的。贺教授哼着鼻子一笑,说:"我的学生,有的成了大官,有的成了大贪。谁不是老师教过的?那些杀人放火的,也是老师教导有方了?"

朱怀镜一听这话,知道贺教授还是那种改不了的怪脾气,忙打圆场，笑道："贺老师总是喜欢开玩笑。坐在你面前的这两位学生可都是大大的良民啊！"

张天奇也笑了起来，说："哪里啊，离贺院长的要求还差得远哩。"

贺教授却认真起来，说："其实啊，老百姓对官员们并没有过高的要求，只要他们真心实意地为群众办些事，不贪不占，就得了。现在条件允许了，有高级轿车，你就坐吧。有好房子，你就住吧。有好烟好酒，你就抽吧喝吧。领导同志自己总是说，要和群众同甘共苦，其实老百姓并不要求当干部的和他们一起挤公交车，一起住贫民窟，一起粗茶淡饭。让领导特别是高级领导天天泡在公交车上，也不近情理嘛。可我们当官的就是不知足！我带过一位研究生，是位相当级别的领导，他居然同我探讨他的待遇同西方国家公务员待遇的差距，总认为自己在中国当官不合算。我就不管他是不是领导，当面批驳了他。你不想想，西方国家公务员，工资的确高，年薪多少多少万美元。可是，人家是公开的收入，还得纳税，还得自己花钱买房子，买车子，自己花钱招待客人，自己花钱度假，旅游。总之他们一辈子吃喝拉撒都得靠自己的工资收入。我们的领导呢？房子是福利房，车子是公家的，就连出国旅游、应酬什么的也是公家出钱。养一个省市级领导，一年少说也得几百万元。养一个厅局级领导，一年只怕也得五十万元。一个县处级领导，一年没有个十来二十万元，只怕也养不得这么舒服。这还不算那些说不清的收入哩！我们国家还这么穷，群众还这么穷，当干部的有这个样子还不满足，更何况我们领导还说自己是为人民服务的呢？"

贺教授越说越激愤，朱怀镜和张天奇脸上却越来越不好过。不过朱怀镜知道贺教授是这么个性子，也知道他并不是这么看待他这个学生的，心里倒也不怎么尴尬。张天奇脸上却有些发汗，手脚不怎么自在。师母像是看出了张天奇的窘态，就说老头子嘴巴就是不上路，净说些不中听的话。贺教授这才不说了，表情却还恨恨的。张天奇忙故作轻松，很佩服的样子，说："哪里啊，贺院长说的都是金玉良言，只可惜很多人听不到这样的话。贺院长真不愧是搞经济研究的教授，很有见地，很有说服力。说真的，听了这番话，我深受启发，深受教育。"

贺教授也不谦虚一句，只望着朱怀镜说："怀镜，现在大家都在赶时髦，攻硕士，攻博士，你怎么不来？我很难收到你这样的好学生啊！"

听了这话，朱怀镜耳朵根都发红了。这话太伤张天奇的面子了。他一时语塞，竟不知怎么圆场了。倒是张天奇从容应对，说："怀镜的水平很高，不用再来学了。他有原来的底子，加上实践经验，博士的水平都够得上了。不像我这种人，没读多少书，再不抓紧补上，就要被时代淘汰了。"

贺教授似乎不在意张天奇的话，只沉浸在自己的情绪里，长叹一声，说："现在社会上流行顺口溜说，硕士博士满街走，专家学者不如狗。这就是那句话说的，假作真时真亦假。中国的事情就是怪，一说要尊重知识分子了，谁都成了知识分子了。一说评职称了，谁都可以评教授。一说文化，喝酒是酒文化，吃饭是饮食文化，穿衣是服饰文化，就连过去难以启齿的嫖娼狎妓听说也成了青楼文化。到头来只剩做学问的文化人没文化了。"

朱怀镜见今晚的谈话不太投机，不知贺教授还会说出什么难听的话来，就有意岔开话题，问他二老身体怎么样，要好好保重。又问起他们的孩子现在怎么样了。贺教授说："儿子和女儿都出国留学去了，儿子在美国，女儿在法国。他们都已在那里成家，只怕回不来了。"说到儿女远游不归，贺教授脸上有着淡淡的苍凉，心情却好多了。

朱怀镜就势渲染出国留学这个话题，想让贺教授高兴起来。不料贺教授却说："我的儿女，是靠自己本事考试取得出国留学资格的。他们有志出国深造，这是好事，我支持他们。不像有些当官的，口是心非。他们成天口口声声说社会主义好，却挖空心思把自己的子女往资本主义国家送。这就像我们过去看电影常看到的镜头，敌军抵挡不住了，那些当官的一边叫兄弟们给我顶住，自己一边逃跑。纨绔子弟，很少认真读书的，就靠他们老子走门子，削尖了脑袋往国外钻。"

贺教授话语有些幽默，又还绘声绘色，说到敌军逃跑他便把手比画成手枪，在空中舞了几下。朱怀镜和张天奇都禁不住笑了起来。场面本是难堪的，却叫这笑声冲淡了。

朱怀镜总担心张天奇受冷落，又担心贺教授再激愤，就有意同师母扯些家常话。师母在学院图书馆工作，也很喜欢朱怀镜这个学生。张天奇时不时很得体地插上几句，消解着自己的无聊。贺教授不太顾及别人，见这会儿没他说话的份儿，就独自微合双眼，手在沙发沿上悠然敲着。

朱怀镜见了贺教授这神态，正是抽身的托辞，就说："时候不早了，我们告辞了。贺老师也该休息了。"

"就走？好好好好！有空就来坐坐啊。"贺教授突然睁开眼睛，站起来同他们握手。

分手时，贺教授又对朱怀镜说："你有兴趣的话，还是来攻个学位吧。你要读就直接读博士，目前博士中间的假货毕竟还是少些。"

朱怀镜不知怎么回答，只好说谢谢贺老师器重。

一上车，张天奇就让司机开开音乐。车内马上就响起了李雪健沙哑的歌声：我们（呀）共产党人，好比那种（哇）子……

朱怀镜忍不住笑了起来，马上意识到自己的笑声会让张天奇多心的，就说："李雪健演戏不错，唱歌不敢恭维。"

张天奇似乎情绪不在这上面，他微叹一声，感慨说："怀镜呀，我总在思考这个问题，为什么我们共产党人总是费力不讨好呢？我们说要为人民服务，不是假话。绝大多数共产党人是这么做的。不争气的党员和领导干部确实有，但毕竟是少数。可我们的形象就是好不起来。像贺教授这样令人敬佩的专家学者，一般不会很意气地看问题的，他居然也是这个态度，就不能不叫人深思了。"

朱怀镜内心是不想谈这种严肃问题的，但张天奇提起了，他也只好应付说："是啊，只是真正意识到这一点的人只怕不多。上面就喜欢听好话。"

"像贺教授这样的高级知识分子的意见，上面就应该多听些。贺教授我真的很佩服。知识分子是有思想的，他们的信仰不会建立在盲从之上，而是建立在理性分析之上。我们说共产党人好比种子，就该在这些知识分子中间去播种，去生根，去开花结果。他们是民族的精英分子啊！"张天奇说得还真有些动情。

朱怀镜猜得出他的心思。今天在贺教授家里，的确很让张天奇折面子。张天奇本是想让朱怀镜陪他来拜访一下，好让自己在贺教授心目中有个好印象，日后论文答辩时好过关些。哪知贺老先生就是不吃这一套。今天的拜访就显得有些弄巧成拙了。也可见贺教授根本就不把学生中的官员放在眼里的，张天奇一定受过贺教授的冷遇。张天奇这种身份的人，平时哪受过这种委屈？要在过去，他们还会有上级领导批评一下，现在就连上级领导都很讲究所谓涵养了，不轻易对下级说句重话。可在贺教授面前，他只好忍气吞声。朱怀镜听得出，张天奇越是不停地赞叹贺教授，越说明他内心的尴尬和愤恨。

张天奇坚持要把朱怀镜送到宿舍楼下才回宾馆。因为今晚的活动有些不是味道,分手时朱怀镜不知说什么好,就问张天奇是不是还在荆都待几天,他得请一请,尽尽地主之谊。张天奇说:"还有几个事要办,还得活动几天。这几天就不麻烦你了,你忙你的吧。"

朱怀镜低头上楼,猛然想起张天奇前天在讨论会上的发言,不禁好笑。张天奇口口声声说,开了人大会,真的坐不住了,只想早点把会议精神带回去,带领全县人民大干。现在会开完了,他却不想走了。

最近朱怀镜很忙。五月份即将举办商品交易会。这是荆都市一年一度的,现在是第十四届。朱怀镜抽调在商交会筹备办公室,负责内贸系统参会单位的总联络。办公地点设在南国大厦。朱怀镜基本上就在南国大厦上班,处里日常工作交给副处长邓才刚负责。有什么重要事情,朱怀镜才临时回去一下。处里现在除了随时听从领导差遣,就是编录全市财贸系统常用电话号码,汇编上年度中央、国务院和市里财贸方面的文件,在全市领导干部中开展财源建设征文活动。

星期五下午,飞人制衣公司老板裴大年到南国大厦找朱怀镜,想托他弄个好点的展位。飞人制衣公司打算参加商品交易会。朱怀镜满口答应帮忙。事情说好后,他想起李明溪画展的事。朱怀镜得给李明溪的画展筹资,他找了几家企业老板,已经弄了五万多元。他咨询过,在荆都办个画展,两万来块钱也就够了。但裴大年既然上门来了,他想不妨说说这事。他就把文化搭台、经济唱戏的道理说了一通,再同裴大年商量,请他资助李明溪。朱怀镜知道裴大年忌讳人家标准地读他的姓,就总叫他贝老板,说:"贝老板,我们是朋友了,我说话就不绕弯子,也莫再说文化搭台、经济唱戏的大道理。这位画家李明溪先生是我一个朋友,皮市长最赏识他了。说得不好听,这人一肚子才气,就是缺钱。现在只要支持一把，让他红了，他也穷不到哪里去。"

既然说到这份儿上，裴大年也不好多说什么，只问："是您的朋友，也就是我的朋友。您说，要多少？"

朱怀镜说："我四处帮他化缘，已筹了一些了，还差万把块钱。"

裴大年豪爽一笑，说："万把块钱？好说好说。您说要现金还是开支票？"

他说着就要掏口袋。朱怀镜忙摆摆手，说："贝老板够朋友，谢谢你了。钱先别急着给我。我同你说，不是我这人装正经。我做事情，路是路，桥是桥。现在你把钱给了我，倒还说不清了。这样吧，哪天我约了李先生一道去你那里一趟，你把钱直接交给李先生自己。"

裴大年连连摇头，说："朱处长就是太认真、太见外了。"

朱怀镜说："哪里啊！不过说真的，这也是我的交友之道啊。我这人就是这样，自己有困难，不轻易向朋友开口。但朋友有困难，能说服大家帮帮就帮帮。万一我自己一时手头急了，要借个千儿八百，话就说在明处。你说是不是呢？"

裴大年点头不止，直说朱怀镜讲义气，这样的朋友值得交。他奉承了一会儿朱怀镜，突然凑过头来，神秘兮兮地说："我不知道您觉得方明远这人如何？"

朱怀镜不明白他的意思，但听这口气，像是有什么话说，就不置可否，只问："你同他交道多吗？"

裴大年大摇其头，长叹一声，然后说："我同他打交道也算多了。说实话，我对他也算不错了。但这人不太够朋友。"

裴大年说到这里，不说下文，只望着朱怀镜，那目光显得有些高深莫测，像他掌握着天大的秘密似的。朱怀镜想知道方明远到底如何不够朋友，就巧妙地启发他，说："你别看我们常在一起，其实我同他没有深交。官场上的交结，就这样！"

裴大年非常理解似的，苦笑一下，说："我对他真的不错，但我要他帮忙，总泡汤。我只对你说，上次皮市长儿子要出国留学，我们几个人去意思一下。他说手头紧，问我借一万块钱。我说万把块钱在我这里还说借，拿去吧。我马上给了他一万。朋友嘛，何必这么小气？可过不了几天，我有急事要找皮市长，请他帮忙联系一下。他说皮市长很忙，晚上开常务会。我想领导忙，就迟一天吧。第二天我听一位朋友讲，那天晚上皮市长根本就没开会，同我那位朋友他们几个人在荆园八号楼打麻将。他这就太不够朋友了嘛！我想，你就是邀我一起去打打麻将，不是我说得难听，你让我输个几万我也是输得起的嘛。我跟你说，我后来就不找他了，自己直接上皮市长家去了。皮市长夫人王姨真好，很热情，让我就在她家里等着，一直等到皮市长回家！"

朱怀镜不便说方明远什么，只得应付几句："皮市长两口子都很好，对我们不错。"他想方明远是个很老练的人，只怕早就看出裴大年嘴巴子不紧，怎敢带他去同皮市长搓麻将？想到这一层，他又玩笑道："贝兄，我话是说明了，这一万块钱是赞助，没有还的啊！"

裴大年忙摆手，说："朱处长说到哪里去了！"

朱怀镜毕竟怕裴大年这张嘴巴出去乱说，弄得他脸上不好过。于是他便委婉道："贝兄，我有句话讲了你别多心。方明远这人怎么样，我不想评论，大家心里有数就得了。但皮市长这人，正像你说的，的确不错。所以有些话，我们在外面当讲的讲，不当讲的不讲。说白了，皮市长没其他爱好，就爱忙里偷闲搓两盘麻将。都是人啊！是人就得讲究个人之常情是不是？顺口溜说，十亿人民两亿商，还有八亿搓麻将。可皮市长到底身份不同，别人搓麻将没人说，他搓麻将就会有人盯着。这么说，方明

327

远说皮市长有会，也可以理解。我是常年在市长身边工作的，市长的辛苦我是最有体会的。他加班加点为民操劳没有人看见，他搓麻将就有人看见了。当然我俩私下说说没问题。你说呢？"

裴大年的脸早红了，嘿嘿笑着很不自然，口上说着对对。朱怀镜只当没看出他的窘态，有意岔开话题，没事似的扯些别的。裴大年半天才恢复常态，起身告辞。

朱怀镜刚才那番话，虽说是为了堵裴大年的嘴，却也是他的肺腑之慨。在他眼里，皮市长的确是位非常敬业的领导。皮市长快六十岁的人了，一年到头没几天是闲着的，他手头总是有忙不完的工作。普通老百姓到了这个年纪，该是好好地安享晚年了。

送走了裴大年，朱怀镜看看手表，四点多钟了。因是周末，他想回处里看看。刚进办公室一会儿，方明远来了，对他说："怀镜兄，皮市长明天准备去荆山寺看看，没有别的人，只让我俩陪同。"因刚刚听裴大年说了方明远的那些话，朱怀镜心里有些不是味道。但他没有一丝表露，客气地请方明远坐。他也明白方明远处事自有道理。他猜想是方明远在皮市长面前说话，让他一道去玩玩，很感激这位兄弟。办公室没有别的人，方明远的语调不重不轻，而朱怀镜一听，就知道这事应该机密些。

"怀镜，您今晚有什么安排吗？"说完了大致意思，方明远又问。

朱怀镜今晚本想同玉琴一道去听音乐会的，现在不知方明远有什么好事，就试探道："您有什么好的安排？"

方明远说："是这样的。明天皮市长去荆山寺的话，我俩今晚还得去打个前站。您知道的，那种地方不是一个堂堂市长随便能去的，得注意影响。"

"是这样啊，那没有什么说的。这是压倒一切的任务啊。什么时候走，我等您电话吧。"

方明远走了，朱怀镜只得打电话告诉玉琴，说晚上开政府常务会，他得听会。他不能告诉玉琴是去荆山寺，解释起来太麻烦了。而玉琴呢，只要是工作上的原因，她从来是开通的，也就没多说什么。她只说："这是个高档次的音乐会，来的都是些全国一流的艺术家，二百多块钱一张的票，可惜了。"朱怀镜就玩笑说："可惜什么？反正是别人送的票。"

还有半个小时才下班，朱怀镜拿出张天奇的论文随意翻着。论文他早润色过了，还过得去。他却不想马上就寄给张天奇，免得人家说他不认真帮忙。张天奇对他还不错，他也就能帮就帮。官场上没有几个朋友不行，他朱怀镜如果没有方明远，只怕现在还不会出头。但裴大年说的话总是梗在他的心头，他对方明远的感觉又复杂起来。那次皮勇出国，方明远邀他一块去皮市长家吃饭，说让两人各凑五千块钱意思一下。哪知这方明远却是"羊毛出在猪身上"，找裴大年当了冤大头。他自己不掏钱还不说，还倒赚了五千块。天知道方明远当时怎么想起要邀他一道去？是不是方明远不想把到手的一万块钱全掏出来，要找个人凑齐一万块钱好看些？现在回忆不起当时的细节了，方明远这小子会不会临时调包，把那一万块钱当做他一个人的人情送了呢？想到这里，朱怀镜的情绪就坏起来了，没有心思再看张天奇的论文。他暗自叹道，官场上交朋友，到底还是要小着点儿心啊。

朱怀镜慢慢回到家里，妻子香妹和儿子琪琪已回来了。香妹正在做饭，儿子自个儿玩儿。他拍拍儿子的脸，就过去倚着厨房门同香妹说话，望着妻子忙碌。每次回到家都是这场景，日子就像复印的。见香妹多准备了几个菜，就问今天是什么日子。香妹告诉他，今晚喊了四毛吃饭。四毛现在带着二十来个人做事，也很忙的，好久没叫他过来吃饭了。朱怀镜怕太耽搁时间了，晚上还得去荆山寺，就说："我晚上还得开政府常务会哩。"

香妹回头望他一眼，说："你什么时候才有个闲？好吧，反正是自家人，也没弄多少菜，就好了。"

朱怀镜问："也不知四毛做得怎么样，钱肯定是有赚的。有些话我不好说，你做表姐的说吧。他现在事实上是在走江湖，要学会打点。俗话说，河里找钱河里用。他个人赚的钱只顾个人用，就做不了长久。我们当然不会要他的，外面他自己看着办吧。"

正说着，四毛敲门进来了。四毛穿着件藏青色西装，系着条淡雅的碎花领带。四毛叫声姐夫，就坐了下来，跷着二郎腿一弹一弹的。双手扣在一起，响亮地折着手指节。朱怀镜暗自想这四毛开始学斯文了，还有点酸不溜丢的味道。他同四毛客气一声，仍回厨房门口，想轻声同香妹说说自己的观感。可是他才要叫香妹，却感到跳到喉头的是玉琴，吓得脸上发热。香妹隐隐感觉到了什么，回头望望他。他便含混着笑笑，敷衍过去了。香妹也笑了一下，说就好了。

吃饭时，朱怀镜问了四毛维修队的事。四毛把酒杯喝得咝咝响，说还做得下，招来的人都是他自己选的，一切听他的。朱怀镜见四毛有些得意，看不顺眼，就说："你对那些人还是要管严些。乡里人进城，时间长了，就容易忘乎所以。这里是首脑机关，处处都要小心。不要到人家办公室乱窜，不要走到哪里都高声大气。特别是手脚要干净，小偷小摸的事是万万不可发生的。"

"是是，我常对他们说哩。"四毛说着就松了下领带，像是身上发热了。

朱怀镜见四毛有些不自在了，他反过来又很关切地问："这段在忙什么？"

四毛说："在搞二办公楼到四办公楼那段路，要挖掉重新铺水泥。还有三办公楼后面的花园，要把旧栏杆全拆了换新的；花园中间的小路也要重搞,换成卵石拼集的,就像八一公园的那种。下一步还有大工程,西门那一排围墙要全部打通,改作门面。"

"好好,你就好好干吧。"朱怀镜用了一种表扬的口气说。他想四毛说的这些工程,除了改门面,都是翻来覆去年年搞的,就愁钱没地方花似的。也好,事儿越多,四毛赚的也就越多。

吃完饭,朱怀镜刚开始洗脸,方明远电话来了,说车已到楼下了。朱怀镜说声不敢不敢,就放电话下楼。

下楼一看,并没有见到皮市长的车。他正东张西望着,就听得方明远在喊:"怀镜!"原来方明远站在不远处的树影下,身旁停着一辆三菱吉普。朱怀镜过去,看了车牌照,很陌生。方明远显然看出了他的心思,就说:"这是皮市长外甥自己的车。"朱怀镜这就明白其中奥妙了。

上了车,方明远说走吧,车就开动了。司机一声不响,只顾开车。方明远介绍这是小田,这位小田司机才回头朝朱怀镜笑笑。朱怀镜心想这小伙子这么小心,也许不是皮市长的外甥吧。

过了荆水大桥,就到城北了。从这里再往荆山寺方向走,车流渐渐稀了。闹市很快过尽,慢慢进入开阔的田垄。朱怀镜忽然发现车窗外面的油菜叶上闪着亮亮的清光,很是动人。原来今天是农历二月十五,月圆之夜啊!朱怀镜这么想着,似乎眼睛就格外亮堂起来,远远地就望见了荆山的黑影,在清寒的月光下,像幅美丽的木刻。

公路蛇行而上,两旁的路灯发着橘黄色光。沿着这公路,有一条小溪潺潺而流,终年不枯。小溪的源头便是荆山寺背后的佛影泉。相传东晋末年盛夏,高僧法缘大师芒鞋破衲,云游到此,见山崖下清泉无声而涌,汇成深潭,再涓涓成溪,心中暗喜。举目四顾,更见乱石峥嵘,荆棘遍地,古木参天,风光绝佳。天色渐暗,法缘大师不忍离去,山云当幕,夜月为钩,倚石枕泉而眠。夜里忽生一梦,只见泉出之处,白光闪闪,状如莲花。法缘大师忙双手合十,闭目念佛。这时,猛然听得有谁在半空中高声诵道:

"有泉无声,有形无性,四大空苦,五阴无我,生灭变异,虚伪无主,心是恶源,形为罪薮。"

法缘大师醒来,隐隐记得这么八句偈语,反复念诵,顿时觉悟。他便在泉边结一草庵,就地修行。从此,这无名之泉就叫佛影泉。后来历经一千五百多年,荆山寺香火日盛,出过不少高僧大德。这里便成了南方名刹,善男信女长年朝拜。

现在寺里的住持好像叫做圆真大师,听说还是哪家著名佛学院毕业的,是位高僧。朱怀镜记不清在哪本杂志上看过介绍圆真大师的文章,他好像还是市政协委员。

车只能开到荆山寺下,接着得爬九九八十一级石阶。方明远叫小田在这里等着,便同朱怀镜拾级而上。

"想不到皮市长还有这雅兴?"朱怀镜问。

方明远小心地望望后背,再笑道:"你看不出来?皮市长最信这一套了。他是每年都要来几次的,正月里是必来的。今年正月太忙了,就拖到今天。皮市长的老娘八十多岁了,住在女儿家里。她老人家是位受了戒的居士,长年吃斋念佛,总说皮市长能有今天,全搭帮她在菩萨面前保佑得好。今年正月皮市长没有空来荆山寺,老人家亲自来了一趟,替皮市长在菩萨面前请了假。"

朱怀镜听了忍不住笑了起来,说:"还可以在菩萨面前请假?新鲜。"

方明远也笑着说:"改革开放嘛。"

朱方二人吐吐舌头,相视而笑。

石级很陡,中间又没有歇脚的地方,等爬到荆山寺外,两个人都觉得背上汗津津的了。山门紧闭，那副熟悉的对联在月光下显得空幻而神秘：

东晋最初道场
南国第一福地

朱怀镜说站一会儿吧，气都喘不匀哩。两人就站在寺外小憩。朱怀镜突然有所悟，说："要是我真的信佛，我就会专门选今天这样的夜晚来拜佛。你看这氛围，月白风清，万物空灵，心身俱爽。这才叫入静入定，六根清净哩！"

方明远笑笑，不说话。两人站了一会儿，就去敲门。敲了半天，门才吱呀一声开了一条缝，一个小和尚伸出脑袋，很不耐烦地问："做什么的？"

方明远说："我们是圆真师傅的朋友。我姓方。"

小和尚望了两人一眼，说："你们等着吧。"

小和尚仍关了门。朱怀镜心里好笑，觉得这和尚并不是想象的那种，见了施主就双手合十，阿弥陀佛，而是俗眉俗眼，俗腔俗调，那做派同国营商店里的营业员没什么两样。

没多久，听得里面有人训那小和尚："你真是的，怎么让方处长站在外面呢？"又听得小和尚低声辩了一句。门开了，一位穿红袈裟的中年和尚伸出双手迎了过来，连说怠慢了。方明远介绍道："这位是朱处长。这位是圆真大师。"圆真大师忙拱手说了久仰，又同朱怀镜紧紧地握了手。客套完了，圆真大师请二位进山门说话。方明远同圆真大师并肩走在前面，朱怀镜走中间，小和尚随后。圆真大师同方明远有说有笑，真像老朋友。圆真时而回头朝朱怀镜笑笑，怕冷落了他。朱怀镜越发觉得有意思了。心想这圆真倒是恭而谨之，彬彬有礼，可又哪是出家人的味道？出家人讲究平等圆融，而这圆真却是太圆通了。

　　荆山寺是依山而建的，进了山门，迎面是天王殿。殿前的大岩石上建有小亭，亭上"佛影泉"三字清新灵秀，似暗藏禅机。汩汩清泉从岩底无声而涌，经山门右边暗渠流向寺外。一行人从天王殿左边穿过耳门，拾级而上，就望见了大雄宝殿。大雄宝殿前面是个大坪，左边是鼓楼，右边是钟楼。鼓楼和钟楼早已形同虚设，因那钟和鼓都被作为文物保护起来，荆都人已有好多年没有听到荆山寺的晨钟暮鼓了。再爬十来级石阶，又上一层，就是法堂殿了。沿山而上，后面依次是达摩亭和毗卢阁。僧寮在最后面的山脚下，灰暗的灯光下可见廊檐下书有"庄严"二字，左边尽头那间大僧房门楣上有"方丈"二字。回头往右边看，僧寮檐下却横了一堵墙，墙中一门如洞，门扉紧闭。那里面住的是尼姑。这荆山寺僧尼同庙。

　　到了方丈门口，圆真大师侧身站立，礼让朱方二位先进去。里面倒也简单，只是一床一桌，几张椅子，还有大大小小几个木盆。圆真大师很麻利地拿起一块抹布，将椅子抹了一下，请朱方二位坐。小和尚忙取了杯子倒茶。朱怀镜幽默地想，这便是书上常说的让入方丈，看座看茶吧？

　　圆真大师架了一下二郎腿，又觉得不妥似的，放了下来。他见朱方二位没有喝茶，就说："茶不好，多多包涵。"方明远说道哪里，就端起茶杯喝茶。朱怀镜自小就有种奇怪的感觉，似乎这些和尚很脏，就连闻到寺庙的香烟味儿心里都发腻。见这情势，也只好抿了一口。却发现这茶还真的不错，暗香绵绵，苦中带甘。

　　喝了一会儿茶，方明远说："圆真大师，皮市长今年一开年就忙得不得了，没来得及上山。他打算明天来一下，一早就来。"

　　圆真大师眼睛一闪，喜上眉梢，说："欢迎啊！他老人家太忙了，还总忘不了上山来看看，这是荆都僧俗的福气啊！谢谢领导关心啊！阿弥陀佛！"

圆真大师闭目合掌时，朱怀镜发现他左手的小指没了，只有九个指头，又觉得有意思。心想这位方丈就只能是双手合九，而不是双手合十了。

方明远说："还是老规矩，皮市长早些来，你们先不放人进来。等皮市长走了再许进人。"

圆真大师点头不已，说："自然自然，这个自然。"

方明远又交代："不用准备什么，只需烧些开水，准备些好茶叶，泡杯茶喝就行了。"

圆真大师说："惭愧，茶就只有这个茶了。"

朱怀镜说："这个茶我看很不错嘛。"

事情说好了，闲坐着说白话。方明远问："上次到日本感觉怎样？"

圆真大师说："感谢领导关心，还很不错。日本的佛教事业比我们要兴旺些。我拜会了一些日本高僧，彼此交流，很有心得。"

听了这些话，朱怀镜猜想圆真是刚从日本访问回来。方明远又叹道："佛教博大精深，奥妙无穷，我们这些凡夫俗子慧心不够啊！"

圆真摇头说："哪里啊！佛教多半是被世人误解了。佛只是佛教提倡的一种精神，一种境界，就是觉悟。人人都可以成佛。佛是觉悟的众生，众生是未觉悟的佛。佛教以为万物皆有佛性，只看你有没有佛缘，愿不愿觉悟。其实各大宗教在这方面都是相通的，比如基督教说'上帝无所不在'，我们佛教说'佛法无边'，'佛光普照'。佛教甚至同儒家学说也是相通的。儒家学说认为'为仁由己'，'人皆可以为尧舜'；佛教说'放下屠刀，立

335

地成佛'，'见性成佛'，就是共通之处。我们这些僧侣们，通俗地说，就是弘扬佛法的专门工作人员，职责是广结善缘，普度众生。可千百年来，这个路子大多走弯了，寺院成了一种僧侣们个人修心养性，求佛登仙的地方。所以，自从佛教传入中国，没有出过一个本土的佛，只出了几个菩萨。我们现在供奉的佛，全是进口货。"

圆真说到这里，大家都笑了。朱怀镜觉得圆真这番话倒有些见地，只是这人太圆通太入俗了，就没有了出家人高妙空灵的气象。倒越发觉得这圆真像是正在电影里扮演高僧的演员，这会儿未曾卸妆，同剧组的朋友们神侃。

朱怀镜微微一笑，说："圆真大师，您说的很有道理。佛教总得入俗才有生命力。我觉得像基督教之所以影响那么大，就在于它覆盖了全部世俗生活。可佛教呢，佛法是佛法，世俗是世俗。我时常有个奇怪的想法，说出来怕是对佛祖不敬。我想倘若按佛教提倡的，大家都来出家修行，人类不要绝后了？"

圆真纵声一笑，越发不像个僧人了，说："朱处长说的是个理。不过我想我们这些僧侣们自己弃绝尘缘，为的只是有个干净身子，这样在世人面前布道传教也好有个形象。就像你们国家公务员克勤克俭，严于律己。不准国家公务员办公司赚钱，不等于不准所有老百姓办公司赚钱。圣人的思想就像汪洋大海，无边无际，包容万物。可凡人的脑子只是个壶，是形状千差万别的壶。拿凡人的壶去装圣人的海，装不下还不说，即使装下一瓢半瓢，也因这壶的形状而扭曲了圣人的思想。相传佛祖释迦牟尼为了求得大彻大悟，苦行六年，摧残了自己的身体。他不得不接受牧女献奶调养，才恢复了元气。可后来的清规戒律，却说男女授受不亲。"

方明远同圆真大师很随便，禁不住就说笑了："现在让和尚们都去吃奶,就天下大乱了。"

圆真指着方明远,摇头而笑。朱怀镜刚才没听明白,不知圆真说的是牧女给释迦牟尼喂她自己的奶,还是喂牛或其他动物的奶。但心想这僧尼同庙,谁敢保证没有和尚吃奶的时候?

玩笑几句,圆真大师摇着头,像是深沉起来,说:"朱处长刚才说到佛教同世俗的关系,的确有些道理。但从另一种意义上讲,现在佛教受世俗影响太大了。就说我吧,应该清清静静在这里修行,政府却偏给我个正处级待遇。说待遇呢,给个正处级又有些不顺,因为我还是市工商联副主席。我们佛教为什么要划归工商联,我至今不明白。就算划工商联,那我就不该只是个正处级,而应是副局级。当然,我不是说硬要明确我个副局级,说说而已。要说,别的地方,像我这种情况,早进政协常委了。"

方明远说:"这个问题,我可以同皮市长汇报一下。"

圆真忙摆手,说:"谢谢方处长。不是这意思。"

可朱怀镜分明看得出,圆真事实上就是在炫耀自己的正处级,并且还想落实副局级待遇。按这和尚的逻辑,如果他下次真进了政协常委,不又想着要明确副市级待遇了?进了市政协常委,说不定还可当选全国佛教协会理事,还可能进全国政协。这么个下去,说不定他哪天就想当国家领导人了。朱怀镜越琢磨越觉得这事好玩。他倒想再试试圆真的心思,就说:"圆真大师倒也不必谦虚。据我所知,中国历史上,官府对名山大刹的高僧大德封官晋爵是有先例的。少林寺的住持还被朝廷封过大将军哩。"圆真就莞尔一笑,口上含含糊糊地说着这个这个。朱怀镜这下更加明白圆真的心迹了。

聊了一会儿,两人就告辞。圆真依旧同方明远走在前面,朱怀镜走中间,小和尚随后。朱怀镜就想这小和尚怕是专在圆真面前行走的吧?相当于俗界的秘书了。大雄宝殿前面灯光亮些,朱

337

怀镜猛然发现圆真左耳根边陷进去，像是刀伤的痕迹。马上又想起他的左手小指，便猜这圆真怕是俗孽深重，幡然悔悟，遁入空门的吧。出了寺门，方明远请圆真大师留步，圆真一定要送二位上车。

临上车，圆真同朱方二位再三握手，连说辛苦。

朱怀镜觉得有些意思，就问起圆真大师的根底。方明远说："这圆真很有些来历的。他本是北方人，小时候曾是那地方最调皮捣蛋的，一天不打架晚上就睡不安稳。十八岁那年，他头上叫人砍了一刀，手指也叫人砍了一节，还差点儿进了牢房。听说是遇高僧指点迷津，剃度他做了和尚。后来他又去佛学院攻读佛学，读完本科又攻了硕士。上次他说这会儿又在攻博士，相当于我们当干部的读在职研究生。别小看他，你我还是科长的时候，圆真早就享受处级待遇了。"

朱怀镜听了，忍不住笑了起来。他又问："你说圆真是北方人，怎么听不出北方口音？"

方明远说："这人聪明，荆都话他一学就会，这样就显得平易一些，好同众施主打交道吧。"

朱怀镜突然又想起了袁小奇。袁小奇也是位神秘莫测的人物，好久没见到他了，也没有他的消息。只是偶尔听说他现在正云游四海，却不知怎么还赚了钱，前不久他回老家，还为自己村里小学捐款十几万。皮市长似乎很喜欢同袁小奇、圆真大师这类高人打交道。

"喂，怀镜，我想起个事了。这回袁小奇回来了，我找你找不着，你手机关了机。皮市长请他吃了饭，想请你一道作陪的。"

方明远突然这么一说，朱怀镜真吓了一跳。倒不是因为皮市长请客他没去，而是他猛然间觉得这天地之间一定有某种神秘的力量左右着人们的思维。他正想着袁小奇这人，方明远怎么就说到了袁小奇了呢？冥冥之中有什么怪力乱神暗地里沟通着人们的灵魂，还是人与人之间的确存在某种感应呢？记得平时自己正默默地哼着什么曲子，并没有哼出声，马上跟前就有人唱这首歌了。这么说来，人的心理活动，别人总是感觉得到的。官场上总是内心里行事，别人又总可以感应到，这就很可怕了。

"是吗？这么说，中国已经有了张宝胜，有了严新，有了张宏宝，我们荆都真的要出一位袁小奇？"朱怀镜说。

方明远偏过头，望了望朱怀镜，说："怎么了？这袁小奇是你介绍给皮市长的，现在听你这意思，你倒像是不以为然了。"

"没有没有。我只是就事论事。"朱怀镜遮掩道。

进了闹市区，眼前就花花绿绿了。车内没有声浪的侵扰，但浓稠的车流，谄媚的霓虹灯，仍让人感受到城市的喧嚣。朱怀镜记得自己刚来荆都那年，有天心情不好，独自去了荆山寺，也不是去朝拜什么，只想去静一静。他一踏进那树影扶疏的荆山，立即觉得心静如水。进了寺庙，听得木鱼声声，钟鼓如雷。他顿觉振聋发聩，恍若隔世。那天他在寺院里盘桓了好久，直到天黑才下山。下山之后，闻得市声如潮，想起刚才在山上的心境，又觉得恍若隔世了。可他今天奇怪自己刚从那个清静地方而来，却没有异样的感觉。也许是看出僧俗两界都不过如此罢。

车先送朱怀镜到他家楼下。方明远也下了车，让司机先回去，他就几步路了。又约了第二天清早动身的时间。望着小田车子掉头走了，朱怀镜请方明远上楼坐坐。方明远看看手表，说："坐就不坐了。我俩就站在这里说个事吧，刚才路上不好说。龙兴大酒店要的那块地皮，皮杰看上了。他想在那里开发个综合性的娱乐中心。那里的确是块黄金地皮啊。龙兴那边是托你出面找皮市长的，现在只好请你出面同他们说说了。皮杰办的公司叫天马公司，你就说市里早把这地皮批给天马公司了，或说天马公司早同塑料厂联系好了。反正最好不要明说是皮杰要了那地皮,免得影响不好。皮市长同这事本来没关系,可外面人谁肯相信?"

朱怀镜摇头苦笑道:"这下我就真没面子了。人家雷经理和梅经理总以为我朱某人不大不小也是个处长,在皮市长面前也是红人,这事让我去办,肯定没问题。到头来还是泡了汤。"

方明远笑笑,好像也为朱怀镜难堪似的,说:"情况特殊啊!"

朱怀镜也笑笑,只说好吧,我去同他们解释吧。方明远说声这事真难为你了,就回去了。

朱怀镜上楼开了门,香妹还没睡,坐在客厅里看电视。今天他还算回来得早,香妹显得高兴,望着他粲然一笑。朱怀镜明白女人笑的意思,心里不是味道。他已经越来越没兴趣同妻子做那事了。刚同玉琴好的时候,他暗自发誓一定要对得起自己的老婆。妻子是妻子,情人是情人,这似乎是当今很流行的潇洒活法。他内心有些讨厌这种生活态度,事实上又想这么处理自己和两个女人的关系。没想到,现在对自己妻子竟丧失激情了。他心里说不出的尴尬。

香妹倒来水让他洗脸洗脚,又进屋去取了双干净袜子来让他换上,说:"乌县驻荆办的熊克光来过,送了四个脚鱼。这小熊对你总这么恭敬,是不是有所求?"

朱怀镜回道:"小熊这人不错,办事灵活。他嘛,看不出有什么私事求我,工作上的事倒是少不了要让我帮忙的。说到底是张天奇这人活泛。乌县在官场上走的人,要说有出息,只怕张天奇会有大出息。"

香妹听了,脸上似笑非笑的。朱怀镜觉得没话说,就问:"儿子呢?"

"儿子睡着了。你总是这么早出晚归,儿子只怕快不认识你了。"香妹说。

香妹这话口气上像是责怪,其实是心疼他太辛苦了。他当然明白妻子的心思,却不领情,说:"我天天陪着你就好了?这个容易啊,我辞了这个处长就是。"

香妹眼睛愣了一下,脸色也不好了,说:"你别开口闭口就是处长。处长好大的官?老百姓开玩笑说,在政府大院不论哪个角落里丢个炸弹,至少可以炸死十个处长。你以为有个一官半职在老百姓那里形象很好是不是?"

朱怀镜更是火了,嚷道:"好好,我们当官的都不是好东西,都是贪官污吏,都该斩尽杀绝,你去另外找个好东西吧!"

"你今天是不是吃错药了?好好儿回来,我又没说你什么,你就无名火直冒。"香妹显得委屈,要哭的样子,低头进房去了。朱怀镜这下像是猛然清醒了,发现自己真不是东西!的确没什么事,却吵了起来。心情不好吧!想起心情不好,朱怀镜又暗笑自己竟也陷于流俗了。心情不好几乎成了现在的时髦病,人们动不动就一副见谁烦谁的样子,说心情不好。他原先最讨厌这一套,如今自己也不能免俗了。

朱怀镜硬着头皮进了房,脱衣服的时候,心里还赌着气,想今天就另睡一头。可一上床,又不忍心似的,还是钻了香妹这一头被窝。

香妹心里有气,背朝里睡着。朱怀镜正不想做那事,心里求之不得。可躺下一会儿,又可怜起女人来,就去扳她的肩头。香妹犟了一会儿,就转过身子了。她并没有把脸给他,头深深埋进被窝里。朱怀镜觉得自己既然主动扳了她过来,就算仁至义尽了,她再要耍脾气就是她自己的事了。他便软软地搂着她,脑子里想着别的事情。

香妹一动不动,不知是否已经睡着。他乱七八糟想一通,就

341

失眠了。脑子里尽是些稀奇古怪的幻影。屋子里黑咕隆咚，却又分明有许多人在这里走动。从他面前走过的人总是在慢慢膨胀，他们的脑袋几乎有热气球那么大。牛高马大的皮市长穿着红袈裟，端坐在主席台上作《政府工作报告》，满口阿弥陀佛。皮市长正口吐莲花，那红袈裟竟变作一张阿拉伯飞毯，载着皮市长飘在了半空中。皮市长盘膝而坐，双手合十，面带慈祥，口中念念有词。这时跑来一个顽童，仔细一看，竟是皮市长大公子皮杰。皮杰手拿弹弓，眯起眼睛朝空中飘荡的飞毯射了一个石子去，他父亲啊的一声，栽了下来，顿时肝脑涂地。皮杰狂然大笑一会儿，突然把脸青了下来，死死拉着朱怀镜，要他赔父亲。朱怀镜被弄糊涂了，拍着脑袋一想，好像刚才的确是自己用弹弓把皮市长打下来的。低头一看，见弹弓正好在他手中。宋达清就上来铐了他。他拼命地喊："老宋，是我呀！我是朱怀镜呀！"宋达清像是根本不认识他，揪着他的衣领往吉普车里塞。他被推进吉普车的时候，又见皮市长背着手站在不远处，交代公安局长严尚明："朱怀镜这个人要严办。"朱怀镜就拼命叫喊："皮市长，我对你可是忠心耿耿呀！您的事情我从来没有在外面说起半个字。"他似乎又坐在皮市长办公室了，皮市长似笑非笑，说："朱怀镜，我有什么见不得人的事情？我明天派你去中纪委出差，告我一状。"朱怀镜吓出了冷汗，连说："不敢不敢。"

"你怎么了？怎么了？"香妹摇醒朱怀镜。

"我怎么了？"朱怀镜醒来，胸口还怦怦跳，感到背上汗腻腻的。

"我知道你怎么了？可能是做噩梦了吧，又是叫又是喊，好吓人的。"香妹显然忘记了两口子昨晚吵了架，温柔地躺在了男人怀里。朱怀镜打开床头灯看了看钟，已是早上六点多了。没有办法再睡了，等会儿方明远就会来电话的。他便准备起床。香妹问他这么早起来干什么，今天是星期六哩。他说今天还得陪皮市长下乡。

他坐了起来，觉得头有些昏。起床洗了个冷水脸，感觉好些。果然电话就响了，朱怀镜一接，是方明远，说车已在楼下了。他忙下了楼，方明远从车里钻了出来。仍是昨天那辆三菱吉普。两人上了车，开到皮市长楼下。整栋市长楼还没有哪一户亮灯，他们就熄了车灯干等。一会儿，又一辆奥迪车来了，静无声息地停下来。大约过了二十多分钟，皮市长家的灯光亮了。方明远看看手表，说："别急，他们洗漱一下，就下来的。"

朱怀镜说："不急不急。急什么？又不是去赶考。"

皮市长同王姨、皮杰一块儿下来了。朱方二位忙钻出车子，迎了上去。皮市长扬扬手，就上了奥迪车。皮杰把车门轻轻关上，回头对朱方二位笑笑，说："我坐你们的车。"

三菱吉普走前面。朱怀镜看看这辆奥迪，牌照也很陌生。今天这行动简直就是地下活动了。市长同副市长完全是两码事。当上市长，除了秘书，还有警卫，出门都是警车开道。今天这一切都免了。

皮杰很不耐烦的样子，说："这都是老奶奶闹的！好好儿的拜什么佛呢？我爸爸不上山，老奶奶三天两头一个电话来。"

朱怀镜听得出，皮杰这是在为自己爸爸掩饰。他同皮杰打过交道之后，总觉得这位公子看着草包，其实不然，精明得很哩！

天色未明，车辆不多，很快就到了荆山寺。皮市长一行人在寺下石级边下了车，徒步上爬。刚到半山腰，圆真大师已经迎下山来了。

"辛苦您了，皮市长！"圆真大师双手握着皮市长的手，使劲摇晃。

皮市长对圆真很客气，握握他的手，又拍拍他的肩膀，说：

343

"哪里啊,你这是圣灵之地,来一趟就不要说辛苦。"

圆真大师忙说:"皮市长说的是。求佛在己,心诚则灵。"

同皮市长寒暄完了,圆真大师再回头同其他人一一握手道好。随圆真下山迎客的除了昨天那位小和尚,还有两位年轻尼姑,双手合十,安静地站在一边,面带微笑。朱怀镜装作不经意的样子望了望两位尼姑,见她俩生得俊俏,便觉好可惜。朱怀镜想显得庄重些,叫自己不去多望两位尼姑。可他却在暗自想象这两位尼姑若是满头秀发,会是怎么一番模样。立时他脑子里就有两位楚楚动人的女郎了,又忍不住去望望两位尼姑。尼姑就对他点头微笑,就像大商场里勉强推行的微笑服务。这会儿皮市长正叉腰站着,同圆真大师说着闲话。皮市长爬了这一阵子,有些气喘了。

皮市长说声我们上去吧,大家就跟着他往上爬。皮市长毕竟年纪大了,爬坡时腿脚不灵便,年轻人跟在后面有些忌脚,总提醒自己别爬得太快了。圆真见状,上前想扶着皮市长。皮市长却像触了电似的,甩开了手。看来皮市长是不服老的。圆真一定有些难堪,只是没有表露出来。方明远望望朱怀镜,朱怀镜明白他的意思,却只作什么也没看见。

山门大开着,两旁早站了些和尚、尼姑,一律双手合十。皮市长却像没有看见这些人,只顾踱着方步往前走,这气派同他平日在市里的任何地方视察一样。大家见皮市长背着手往佛影泉去,也都随了去。这会儿寺里静得虚无,仍听不见半点水声。谁也不说话,只见皮市长侧着耳朵歪了一会儿头,然后嘴里咂咂地倒吸一口气,感叹说:"这泉水真如佛光,普照众生,却不显形迹。"

圆真忙双手合十,道:"阿弥陀佛!市长高见!皮市长的根器……这个,这个按世俗说法,皮市长的智慧就是与众不同。有佛缘啊!"

皮市长笑笑，摇摇手，不知是谦虚，还是不同意圆真的说法，反正意思含糊。众人就面面相觑。

王姨样子就虔诚多了，脚步都谨慎起来。进了天王殿，迎面就见笑眯眯的弥勒佛。王姨取了三支香点了，跪下长揖三拜，口中念念有词。起了身，把香插在香炉里，再取了张五十块的新票子，投进功德箱里。皮市长背着手站在旁边，目光四处搜寻，像个游客。皮杰也学他母亲的样子，点香作揖。只是他出手还大方些，向功德箱里投的是百元钞票。旁边的小和尚见了，自是念佛不迭。方明远望望朱怀镜，朱怀镜就望望皮市长。皮市长微笑着，显得很有人情味。方明远也点了三支香，跪下拜了三拜。他却只投了十块钱的票子。朱怀镜也只好点了香，跪下作揖，向功德箱投钱。朱怀镜长到四十多岁，这是头一次下跪。他感到有些滑稽，想笑。可他没有笑，心里默念：愿佛保佑我和玉琴恩爱终身。朱怀镜站起来，见皮市长笑得更慈祥了。但皮市长没有跪下，一直背着手站在一旁。

一行人又往大雄宝殿去。先不进殿，而是去了钟楼。灯光不怎么亮，钟上的铭文只可见其隐约。皮市长凑近去看，很有兴趣的样子。全是篆书，一般人认不全。圆真就念道："淳化二年秋，上巡幸荆山寺。当是时也，日月同辉，龙颜慈祥；霜天万里，尽被佛光；众生虔诚，功德无量……"

皮市长听了这几句，说了声好好，不知是称道铭文，还是叫圆真别念了。圆真望望皮市长，停下不念了。皮市长问可不可撞一下钟。圆真说当然可以。皮市长上前，悠起那横悬着的木桩，连撞了七八下。钟声苍茫，如烟如雾，立即笼罩了整个山寺。在场的人表情不禁肃穆起来。听着久回不绝的余音，皮市长不由感叹："听听这钟声，简直是艺术享受！要说佛教，撇开神秘的东西不说，其中科学道理还是有的。只说这钟声，就是艺术。艺术能陶冶人的情操啊！时常听着这震撼人心的钟声，潜移默化，说不定真可以净化人的灵魂哩。"

圆真大师听了双手合十，说："阿弥陀佛！高见高见！皮市长说得的确有道理。这同儒家学说对艺术的理解是相通的。子曰：诗三百，一言以蔽之，曰：思无邪。"

"能让全市人民每天都听到荆山寺的晨钟暮鼓就好了。"皮市长一边下钟楼，一边若有所思地说。

圆真说："荆山寺的晨钟暮鼓，原是荆都十景之一，最受文人喜爱。这钟是宋代的，鼓是明代的。自从这钟和鼓被定为国家级保护文物以后，再也不许敲打了。不过这鼓年代太久远，牛皮老了，也经不起几槌子了。"

皮市长问："重新置一套钟鼓，要花多少钱？"

圆真没想到皮市长会问到这个问题，慌了方寸，迟疑好一会儿，才说："这个嘛，没有算过。我请人算一下，报告给您？"

方明远对圆真暗使了个眼色。圆真会意，忙说："皮市长这么关心我们荆山寺，我们当竭心修持，广结善缘，为我市的精神文明建设做出积极的贡献。我们请求政府拨款，重置钟鼓，将原来的钟鼓搬出钟鼓楼，放在大雄宝殿一角陈列，供游人参观。"

圆真说话总是这么佛俗两界都搭一点边，听来觉得很有意思。朱怀镜心想这圆真的法号该改作圆滑。皮市长不马上表态，圆真就紧张地望着皮市长。皮市长却是谁也不望，进了大雄宝殿。这里供奉的是释迦牟尼佛。王姨又是烧香跪拜，一应如仪。皮杰、方明远、朱怀镜等也跪拜了。

一行人就这么见了佛像就烧香跪拜，一直到了毗卢阁。出了毗卢阁，圆真请大家去客堂喝茶。客堂在方丈室的隔壁，可容百来人。看来早已做好了准备，进门处已摆好一些凳和茶几，备了些水果。大家一一入座，就有几位年轻尼姑过来倒茶、削水果。

朱怀镜总不明白这些尼姑年纪轻轻，为什么硬要出家。他抿了一口茶，发现今天的茶比昨晚的还好喝些。心想这不是因为今天的茶是尼姑泡的。昨晚圆真说没有别的好茶，就只有那种茶。看来这和尚昨晚并没有把最好的茶拿出来。如今和尚也学会势利和市侩了。

大家喝着茶，都望着皮市长。可他并不说什么，只是慢慢地品茶。好一会儿，才说："好茶，好茶。照说，我家里别的没有，好茶还是有的，怎么就喝不出这种味道？"

朱怀镜应道："喝茶也是一种心境。"

大家不便马上附和朱怀镜，只望着皮市长怎么表态。皮市长再喝了一口，说："怀镜说的有道理。我不懂日本的什么茶道，总觉得那是一种繁文缛节。看来他们也是在制造一种氛围，就如怀镜说的一种心境。"

圆真这就马上应和道："有道理，有道理。依我心得，佛就是一种心境。所谓明心见性，重在于心。佛说心中光明，一切光明。心境好了，做什么事就无牵无碍，感觉自然好了。"

皮市长听得似懂非懂，微微点头。又很关切的样子，对圆真说："对宗教工作，我关心不够，你要多提意见。党的宗教政策，我们要不折不扣地贯彻执行。我每次来，都有意无意听你讲讲佛教方面的知识，受益不浅。今天也想听听你的高见，你随意讲吧，明远和怀镜也可同圆真大师探讨一下。年轻人，脑子活些。"

方明远和朱怀镜都说自己不通佛理，洗耳恭听吧。圆真说："佛教说深奥也深奥，佛经浩如烟海，佛法有三藏十二部，修行法门有八万四千个。但说浅近也浅近，有名的禅宗六祖慧能是个目不识丁的粗人，却能成为禅宗衣钵传人。其实我想佛教并不是叫人求神求仙，只是叫人在俗世寻求人生的真谛。所以佛经说，佛法在世间，不离世间觉。过去人们对佛教有个大误解，认为佛教是悲观的，厌世的。其实不然。佛教所提倡的东西，对人类社会的进步很有意义。即使在现在，也是很有意义的。比如说，佛教主张弃恶从善，这对改善社会治安就有好处。佛教主张无缘大慈，就是说对与自己毫无关系的人也要关心爱护，这也正如儒家提倡的老吾老以及人之老，幼吾幼以及人之幼。不仅对人，对天下万物，佛教都主张要有慈爱之心，反对杀生，反对破坏自然。这同现代环境保护意识有共通之处。现在全世界不是都重视可持续发展吗？如果人类早就按照佛教教义做事，人类的生存环境不会糟到这个地步。还有，佛教是最民主的，最自由的。释迦牟尼诞生时开口第一句话就说，天上天下，唯我独尊。这不是说释迦牟尼一个人妄自尊大，他是提出了一个人生哲学问题。人与人之间应该是平等的，不能屈从于别人，而是唯我独尊。人人都做到了唯我独尊，天下不就平等了？所以，这个……我的话不一定对，我想佛教的思想，对于民主政治建设，也是有帮助的。"

圆真越说越玄乎了。不过大家见皮市长不说什么，也不好说什么。可听他说到民主政治建设，朱怀镜就有了疑问，道："比较西方宗教，我就不太明白了。基督教徒们一辈子都在上帝面前俯首帖耳，口口声声上帝啊，我是你的仆人。可偏偏是在那样的宗教国家里酝酿了成熟的民主政治理论，产生了比较有效的民主政体。而我们千百年来信佛，如你所说是提倡平等和自由，可我们国家到了今天，封建意识仍然积重难返！"

圆真嘿嘿一笑，说："原谅我把话题扯远了。不过朱处长提到这个问题，我倒愿意同你探讨一下。这个问题不是一句话可以讲清的。但要从宗教的影响方面分析，我想，这同中国和西方在宗教逻辑和宗教世俗化程度等方面的差异有关。按基督教的逻辑，天下万民同为上帝的儿女，这样大家都是兄弟姐妹，当然是平等的了。所以西方人只在上帝面前下跪，而不在凡人——这些自己兄弟姐妹面前下跪。同时，西方基督教覆盖了全部世俗生活。这个我昨晚还受到朱处长的启发。但按本土中国文化，只有皇帝一个人是天子，相当于基督教所说的上帝的儿子。而天下众生则是天子治下的子民。说句玩笑话，天下万民只能算是上帝的孙子。老子和儿子之间能有平等可言？加上佛教传入中国后，并没有像西方基督教那样进入一切世俗生活。所以中国社会，千百年来，总是由皇帝这个上天的儿子一个人主宰着，由他那里一级一级往下压，当然也就没有平等和民主了。文化也有基因，能够遗传的。"

皮市长朗声笑了，看不出他是赞同谁的观点，只是知道他的心情倒不错。大家就不再说这话题。朱怀镜怕自己刚才提出的问题犯了忌，就注意皮市长的表情。皮市长正细细品茶，神态怡然。各位也只好喝茶，整个客堂就只有咝咝的喝茶声。几个小尼姑一直侍立在侧，随时续水。朱怀镜发现有个小尼姑突然抿嘴笑了，想必她是注意到了某种幽默。他便想起自己有次在天元大酒店吃饭，见服务小姐背着手很规矩地侍立一边，突然觉得很好玩。因为他发现一桌客人个个都吃得嘴脸油光，且各有各的吃相，场面很滑稽。服务小姐们望着这一群人，却不喷嘴而笑，真有本事。朱怀镜就想这小尼姑的修炼还不及酒店的服务小姐。

皮市长放下茶杯，说："可以考虑重置一套钟鼓。"他突然这么说，圆真没反应过来，半天才知道说感谢皮市长关心。朱怀镜心想，这么没头没脑说话，是典型的高级领导语言习惯。他们不用在乎身边的人在想些什么，只顾按他自己的思维走向说话。有时甚至只说个一言半语，语意含糊。下面的人就得时刻竖长了耳朵，随时准备聆听指示。

皮市长喝了几口茶，又说："今年是我市的首届旅游观光年，荆山公园是重点景区。让荆山寺重新响起晨钟暮鼓，可以增添些气氛。我有个观点,旅游要注重文化含量。"

"对对,一个城市,如果不讲究文化建设,从长远讲是没有发展前途的。世界上哪个著名都市,不同时又是文化都市?"朱怀镜说。

皮市长点点头,对圆真说:"我也同宗教局讲讲,你自己也去汇报一下,通过宗教局,向市政府打个报告。"

"好好,我今天就去宗教局。"圆真说。

皮市长哈哈大笑,说:"圆真大师很会办事嘛!怀镜、明远,我们政府工作人员只要有圆真大师这种办事作风,我们的工作就好办了。"

再坐了一会儿,皮市长说:"下山吧。"大家就起身下山。依旧是皮市长走前,圆真陪同着,那两位漂亮尼姑也随在后面。出了山门,皮市长说:"圆真大师,你当政协常委的事,我再同政协说说。你在我市宗教界享有的威望是别人没法比的,你不当选政协常委谁当选?"

圆真说着感谢,忍不住回头望了望朱方二位。朱方二位都微笑着点了点头,意思是祝贺了。

下完石阶,皮市长同圆真握别。圆真又同王姨他们一一握手。皮市长让王姨和皮杰上三菱吉普,自己同方明远、朱怀镜上了奥迪,说还有别的事去。朱怀镜不知还有什么事,不便多问,只管上车。这时,已有游客陆续上山来了。

皮市长说:"这个圆真,和尚还当得蛮地道,比我们有些干部懂业务。你看,听他说点什么,还真能说出些道道来。"

方明远和朱怀镜都应和着,说圆真肯读书,肯想问题。方明远又突然说:"真想不通,那么多年轻尼姑,年纪小小的,就看破红尘了?"

朱怀镜心想原来方明远也一直在注意那些年轻尼姑。见皮市长不说话，他就信口说："我想她们中间有很多只怕是下岗女工吧。找不到事做，到这个地方来，倒是个衣食不愁的清净所在。"

"我市在下岗工人安置方面是很有成绩的，得到过上级的肯定。"皮市长说。

朱怀镜一听，脸刷地红了。皮市长这话实际上是在批评他不该把尼姑说成是下岗女工。但没有解释的必要，就只好说："对对。市政府在安置下岗工人方面下了不少功夫，摸索出了一套经验。不是这样，我市的社会政治环境就不会有这样好。"

皮市长不再在乎这个话题，说："我们去裴大年的制衣公司看看。民营企业要大力扶持啊。"

裴大年的飞人制衣公司在城南，他们得驱车纵贯市区。平时皮市长出门，前面有警车开道，一路畅通无阻。今天就不同了，一路堵车，他们也只得捺着性子。方明远不时地朝朱怀镜暗使眼色，很着急的样子。朱怀镜明白他的意思，是怕皮市长堵得不耐烦。朱怀镜回应他的眼色也只能是无可奈何的。没有警车开道，谁的车子都没法享受特权，因为谁的额头上都没刻着个官职。可见人只要脱离自己的社会角色，谁也不比谁高级多少。朱怀镜想到这一点，就像自己发现了什么人生哲理似的，心里萌生淡淡的快意。转而一想，这其实是最浅显的道理。可就是这最普通的道理，很多人就是不懂。朱怀镜这么翻来覆去一想，就暗自长舒了一口气，往后懒懒地靠了身子，双手叉在下腹处，泰然自若的样子，内心也就不再焦躁，任汽车一路磨蹭。

皮市长其实并不着急，他叫司机放了音乐，是《蓝色多瑙河》。朱怀镜看见皮市长那肥厚的大手正和着音乐，节奏优雅地敲击着车门的拉手，只是并不怎么合节拍。皮市长不说话，谁也不好说什么，只是这么干坐。今天的天气，不开空调又冷，开了空调又热。

几乎跑了一个小时，才到了飞人制衣公司。裴大年早候在公司门口了。可他并没有注意今天这辆陌生的奥迪轿车，还伸着脖子朝远处张望。直到皮市长从车里钻出来，他才像是吓了一跳，哎呀呀地跑了过来。这时，却见陈雁穿着大红外套，同两个男记者从里面出来了。这女人再怎么艳的衣服穿着都妩媚动人，并不显得俗气。皮市长忙挣脱裴大年的手，上去同陈雁握手，说："小陈等好久了吧？今天星期六，这么正儿八经干什么？来随便玩玩嘛，拍什么新闻？"

陈雁笑道："这是我的工作啊，市长！"

皮市长同陈雁握完手，并没有在乎另两位男记者，便转过身去，在裴大年的陪同下视察车间去了。陈雁笑着同朱怀镜、方明远招呼一下，就跑到前面去摄像。扛机子是个体力活，电视台多是男记者干这事。可陈雁可能有摄像爱好，总是争着扛机子上阵。皮市长背着手，视察了西装生产流水线和衬衣生产流水线。在一位漂亮女工面前，皮市长停下来问："你在这里工作觉得怎么样？"

女工答道："不错。"

"你在这里工作多少年了？"皮市长又问。

"两年多了。"女工回答。

裴大年插话说："这是我们这里的技术骨干。她原是市皮鞋厂的工人，三年前就下了岗。后来我们招工，招了她。她干得很好。"

皮市长更有兴趣了，朝女工伸出大拇指，说："你做得好，你的选择是正确的。我们国有企业的职工面对下岗，最关键的是要转变就业观，第一，不要以为只有铁饭碗才是就业；第二，不要以为只有进国有大企业才是就业；第三，这个……不要以为只有干自己的老本行才是就业。"皮市长说罢，同女工热情握手。

女工显得有些激动，又有些腼腆。

皮市长走了几步，又问裴大年："你们厂的工人当中，有多少是下岗工人？"裴大年忙做了介绍。皮市长停了下来，手一扬一扬的，说："你的做法值得大力肯定。民营企业，不仅要成为新的经济增长点，而且要成为接受、安置下岗工人的重要渠道。可以这么说，民营企业是经济体制改革的产物，在目前国有企业面临较大困难的时候，民营企业还要成为国有企业改革的援军。下岗工人不是包袱，而是国家宝贵的财富。他们有丰富的工作经验和熟练的劳动技能，你们民营企业可以把他们作为现成的熟练工使用，各得其所。"

裴大年自是点头不已。他领着皮市长一行视察完了车间，又请大家去接待室用茶。皮市长自然又问了些情况，也就是说进行调查研究。每一个问题裴大年都想多说几句，尽量详细汇报。可总是没等他说完，皮市长又提了新的问题。所以总的感觉是裴大年被皮市长一个一个的问题弄得团团转，竟然满头大汗。

皮市长搞完了调查研究，裴大年说："皮市长，今天是星期六，领导同志们就不要满负荷工作了。我邀请各位去我乡下老家做客。那里条件不好，但空气好，环境好。"

皮市长欣然答应了，望着陈雁，风趣地说："从现在起，我也休息了，你们也就休息了，不准再扛着个机子对我扫来扫去了。你们也一块儿去玩玩吧。"

"对对，我的意思是邀请大家都去。"裴大年生怕失了礼。

陈雁面有难色，说："我们还得赶回去做节目。"

皮市长就望着两位男记者说："那就让两位先生辛苦一下嘛。你们说呢？"

皮市长开了口，两位男记者当然不好意思，只说没事没事的，陈雁就去玩吧。

这时，裴大年过来暗暗拉拉朱怀镜衣袖。

"什么事？"朱怀镜问。

见裴大年神秘兮兮的，朱怀镜只好歪过头去，只听得裴大年耳语道："朱处长，请你同记者说说，让他们把我向市长汇报安排下岗工人那些镜头留下，不要删了，最好能把我的声音也放出来。"

朱怀镜微笑着轻声问："这中间有规矩的，你……"

裴大年说："这个我知道。每人一套西装，一件衬衫，我早放他们车上了。另外每人还有一个红包。"

"好，我知道了。"朱怀镜说完就想去找陈雁，因他同那两位男记者不熟。可陈雁正同皮市长在说话，他不方便上去打扰。这时，皮市长朝这边笑道："你们商量什么大事？完了吗？"

裴大年忙说："没事没事，我们走吧。"

皮市长同陈雁走在前面，说着笑话。出了接待室，皮市长的车已开到门口了。"小陈，你上我的车！"皮市长说。陈雁歪着头一笑，先上了车。皮市长跟着上去了。朱怀镜和方明远就坐裴大年的车。两位男记者自己开车回去了。

裴大年在车上一副忧心忡忡的样子，担心新闻镜头的事。朱怀镜暗自好笑，只好安慰他："贝老板没关系的，等会儿我让陈雁打个电话给他们就行了。那两位先生我也不熟，说了倒还不太好。"

裴大年不好意思似的，说："不哩不哩。"

方明远听着觉得云里雾里，问："你俩搞什么鬼？说的尽是黑话。"

朱怀镜就玩笑道："我们在谋划一个大阴谋。"

裴大年的老家在南郊，从他的制衣厂南去三十公里，一会儿就到了。

这哪是什么乡下老家，分明就是一栋别墅。远远望去是个有围墙的大院，隐约可见里面两层楼的房子，设计很别致。车到门前，电控铝合金栅门徐徐开了。门的一侧拴着两条膘壮的大狼狗，正吐着舌头，愤怒地一跳一跳，似乎随时可以挣脱铁链扑过来。见了这两条狼狗，朱怀镜想裴大年这就很像如今暴发的那种人了。他平生最怕狗的，不禁浑身麻了一阵，便说："老贝，你快下去叫人把狗牵走，万一出了事不得了。"他的意思让人听上去像是担心皮市长安全。裴大年忙下车，叫人把狗牵走了。

"不得了啊！小裴，外国大老板也就你这派头啊！我只在青岛、威海、珠海这些地方见过这种格局的房子。这是德国风格的吧？"皮市长环视着整个院子，说道。

裴大年说："皮市长眼尖，一眼就看出来了。早些年我没发财，去沿海闯世界，见海滨满是这种房子，我真的眼红死了。我想这里面住的是什么人呢？他们凭什么？我发誓自己这辈子一定要拥有这样一栋房子。我真没出息，赚了几个小钱，前年就盖了这栋房子。"

"好好！小裴有志气！"皮市长赞赏着，又怅然若失的样子，"我们这辈子就不指望发财了。冯玉祥虽是个粗人，有句话我很佩服，他说当官即不许发财。我是学建筑的，说实话，这在目前是个发财的专业。我有些同学下海并不早，现在都是大老板了。"

方明远说："皮市长大学时就是个高才生，学生会主席。要是他下海，早不得了啦！"

方明远这话是说给大家听的，他眼睛却总望着皮市长。皮市长摆摆手，表示了谦虚，又说："当官就得有献身精神，要舍得牺牲自己的利益。"

裴大年说："是的是的。你们当领导的就是辛苦，我们老百姓心里有数。"

陈雁的神态就是个纯情少女，像对什么都好奇似的，满院子这里走走，那里看看。皮市长见陈雁这样子，笑得像个慈父。朱怀镜却见这场院虽大，同房子并不怎么协调。他也说不出是树木栽得不好还是草坪太随意，总感觉哪里不对劲似的，就对裴大年说："我建议你请个园艺师来，为你好好设计一下这个院子。专家搞出的名堂就是不一样。"

"对对，我早就有这打算了。"裴大年说着，声音放轻了，"你现在可以同陈雁说说。"

朱怀镜答应了裴大年，刚想过去找陈雁说，马上意识到不太妥。因为他注意到皮市长的眼睛老是随着陈雁打转转。他如果这会儿过去同陈雁耳语几句，不知皮市长会怎么想，他便知趣地远远站在一边，装作欣赏景致的样子。裴大年急得像憋了屎找不着厕所，忍不住想搓手跺脚。他又碍着皮市长，脸上只得赔着笑。

"皮市长里面请吧。"裴大年见皮市长没有兴致再欣赏他家的园景了，忙侧着身子走在前面，引着皮市长一行进屋。

客厅很大，足有五十平方米，让屏风和沙发一隔，倒也显得很有层次，并不怎么空洞。茶几上早摆好了茶果，两位小姐身着制服，背着手侍立在一边。大家望着皮市长缓缓坐下，才谦让着入座。小姐马上过来为皮市长倒了茶。

"小裴，怎么不见你老婆孩子？"皮市长关切地问。

裴大年回道："我打发他们去孩子姥姥家了。乡下人，没见过世面，怕在市长面前丢丑啊！"

皮市长摇头笑笑，说小裴真会开玩笑。朱怀镜慢慢喝着茶，那样子像是专心地听皮市长说着风趣话，暗地里却早分心了。他私下琢磨这客厅的地板及茶几、沙发一应家具。地板像是进口的加拿大板材，沙发、茶几全是红木的。单是酒吧柜里的洋酒至少也值好几万块。没有人流露出一丝的钦羡，都像是见多了大场面的人。朱怀镜当然也就表情漠然地随意扫了一眼客厅。皮市长同大家说了会儿话,显得有些疲倦。

裴大年心细,忙说:"皮市长是不是上去休息一下?"

皮市长懒懒地抬起手,掩着嘴巴打了个哈欠,说:"好吧,你们玩玩牌吧,我就少陪一会儿了。"

朱怀镜说:"皮市长真是太辛苦了。"

皮市长不再多说什么,随着一位小姐上楼去了。陈雁望了一眼楼梯口,低了头喝茶。方明远说:"我们玩牌吧。"

陈雁像受了惊似的,身子微微抖了一下,支吾道:"好好,打牌打牌。"她放茶杯时,手有些发颤。

朱怀镜同方明远对桌,裴大年同陈雁对桌,打扑克,玩的是三吃一。

"玩不玩水?"裴大年洗着牌问道。

几位微笑着你望我,我望你,一时不好出口。朱怀镜心里是不想玩水的,但又怕丢面子,就说:"听贝老板的。"

方明远笑道:"听贝老板的?你只好去当短裤了。还是听我的吧,玩小一点儿,二十块钱一盘。现在玩牌,不玩水就不可思议了。而稍微有些脸面的,至少玩半桶水一盘,哪像我们?二十块钱就玩得手颤了。贝老板,让你见笑了。"

裴大年摇头感叹道:"两位处长真是好领导,玩牌都玩得这么廉洁。"

朱怀镜忍不住幽默起来,说:"这下好了,就连赌博也有廉洁和不廉洁之分了。"

哄堂大笑。

陈雁却不怎么笑,只把脸上的皮肉往两边生硬地扯了一下。牌没抓完一半,见那位小姐下楼来了,依旧站在一边侍应。陈雁一下子红了脸,胸脯高高地隆起,深深地呼吸了一会儿,立即就神采飞扬了。朱怀镜暗自把这些过场看在眼里，心想这女人同皮市长只怕早就有几手了。打了几圈，陈雁叫过司机，说："你来玩吧，我玩不了三吃一。"

司机客气着推让几句，就替了陈雁。裴大年很歉疚的样子，说："陈大记者您就自便！"

陈雁莞尔一笑，就在几位身后转悠，观着阵势。牌虽打得不大，但朱怀镜仍玩得谨慎。裴大年说："朱处长打牌同办事一样，都很认真的。凡我麻烦他的事，他都是关心到底。"

方明远玩笑着附和道："怀镜是位好同志，好同志。"

朱怀镜却立即明白裴大年的意思，这是在提醒他记住同陈雁说那件事儿。可这时，朱怀镜抬头四顾，却发现陈雁不知什么时候已离开客厅了。他再看看几位牌友，都望着他，催他出牌。他便像什么也没发现，从容地出牌。

过会儿，一位西装革履的先生出来，问裴大年："是不是可以用餐了？"

裴大年抬头瞟了一眼壁上的钟，又下意识地朝楼梯口望望，说："等一会儿吧。"

这位先生点头说道好吧，就站在一边看牌。朱怀镜突然觉得这人好面熟，却一时想不起来。这时，裴大年一边抓牌，一边介绍说："这位是天元大酒店的餐厅部经理郝迟先生。"说罢又介绍了在座各位。大家都在抓牌，不方便握手，郝先生便扬手逐一打招呼。

朱怀镜笑道："郝先生还认得我吗？贵人多忘事吧。前不久我同乌县张书记在你那里吃饭，发现你们的茅台酒有问题，是你换了的。你们啊，是蒙得了就蒙吧。"

听了这话，在座的都觉得难堪，郝迟却并不显得尴尬，反而哈哈一笑，说："朱处长，我那是有眼不识泰山。您放心，今后您去天元,只要对我说一声,保证不会有这种事发生。说实话,不是我们有意卖假酒,只是去那里用餐的人都想要派头,生怕酒喝的档次低掉了身份。世界上哪有这么多的真茅台?中国大宾馆有多少?中国茅台酒厂只有一个啊!"

方明远取笑道:"你们卖假酒倒卖出理论来了。"

裴大年打圆场,说:"反正中国打假不靠我们几个人,只要今后我们朋友们去了不喝假酒就行了。这个我可以担保。郝经理够朋友。我说今天有贵客来,请他带几个人来帮帮忙,他二话没说就来了。"

郝迟笑道:"正好我今天也休息,闲着也是闲着,就带了几个厨师来了。"

天元大酒店的人,裴大年随叫随到,朱怀镜不禁暗自佩服这人的神通。记不住玩了好多轮牌了,仍不见皮市长和陈雁下楼来。也不知现在多少时间了。谁也不好意思抬腕看手表,就连墙上的钟也不便抬头去看。朱怀镜感到肚子有些咕咕叫了。

"谁赢了?"突然见陈雁出现在牌桌边。

大家口上啊啊嗯嗯地含糊着。其实刚才陈雁从楼上下来,他们都瞟见了,却只装蒜。这会儿陈雁喊了声,大家就只当才看见她。朱怀镜装作不经意的样子溜了陈雁一眼,见她脸色绯红,头发是新梳过的,摩丝未干,梳印子整整齐齐。见陈雁这模样,他心想只怕还要饿一会儿才能吃中饭。皮市长肯定还会休息一下才能下楼。

不一会儿,却见皮市长红光满面地下楼来了。大家忙放下牌,站了起来。

"皮市长休息得好吗?"裴大年问。

"好好!玩得尽兴?"皮市长走了过来,招呼大家坐下。

朱怀镜瞟一眼墙上的钟,已是下午三点半了。

359

这时，郝迟过来请大家去餐厅用餐。裴大年忙站起来，朝皮市长做了个请的姿势，说："皮市长，吃顿便饭。"

餐厅铺着猩红色地毯，挂着落地暗金色织花窗帘。餐桌、椅子是一色暗红镂花红木的，餐桌中间镶着天然大理石圆盘。裴大年先招呼皮市长坐下，然后示意陈雁在皮市长右手边坐下，再请其他各位入席。大家就了座，裴大年自己才在皮市长左手边坐了。桌上早已摆好了几个冷盘，有鸭掌、酱牛肉、素火腿、腌榨菜、酸豆角等。裴大年问皮市长喝什么酒，皮市长说他喝葡萄酒，大家各取所需。于是大家都说喝葡萄酒。裴大年就说喝葡萄酒好，顺便还说了几句喝白酒的坏处。裴大年便自己起身，取了两瓶人头马来。

热菜尚未上桌，先上了碗萝卜排骨汤。小姐先为皮市长舀了一碗，然后为陈雁舀了一碗，再挨次舀过去。皮市长喝了一口，连说："好汤好汤，怎么平日就是吃不出这个味道？"

裴大年说："哪里哪里，乡里就只有萝卜、青菜之类，皮市长不嫌弃我就欢天喜地了。"

朱怀镜也觉得这汤真的鲜美，平日在大酒店吃不上这口味。过会儿，头道菜上来了，是碗枸杞炖牛肉。裴大年说："皮市长您试试？"皮市长说着大家来吧，就伸筷子夹了一小块，放在嘴里一抿，微微点了点头。裴大年又请陈雁用。陈雁客气着夹了，裴大年才挥着筷子画了个顺时针圆圈，说："大家用，大家用。"大家这才动手去夹，都说味道不错。朱怀镜见这阵势，就知道大家心里都明白陈雁的位置了。官场上的人在任何场合都很敏感自己的位置，朱怀镜心里难免有些复杂。他瞟了眼方明远，见方明远也正望着他。两人就什么事也没有似的点点头，说味道真的不错。

皮市长见郝迟这会儿随上菜的小姐出来了，站在一边点头微笑，就请他入座。郝迟客套几句，也就坐下了。

"怎么平日在你们天元吃不到这种口味？"皮市长问。

郝迟回道："选料和手艺都有原因。随我来的厨师，是在钓鱼台国宾馆干过多年的，今天的菜全是按国宴手艺做的。就说这枸杞炖牛肉，主料是仔菜牛肋骨边的五花肉，切成小方块，再配上大块成年牛的臀肉和牛骨，放入枸杞用小火慢炖。枸杞按说要甘肃产的大枸杞，我们这里一时难得到手，就只好用本地枸杞了，但也是上好的。炖烂之后，拣出成年牛肉和牛骨不用，只留仔菜牛肉。这样烹制的牛肉酥烂，口感软滑，汤汁清澈香醇。"

皮市长再尝了一块，连说好好。郝迟见皮市长高兴，便又说道："国宴菜最讲究选料了。就说这萝卜，一定要是霜降以后的才甘甜清脆。"

小姐上了盘熘油菜，郝迟忙说："这个菜皮市长尝尝，您会喜欢的。油菜本是最普通的家常菜，可按国宴要求就讲究了。选料时不多不少只选三寸半长的，叶子要绿，肉要厚。用的时候去掉菜帮，只留三叶嫩心，将根茎削尖。正宗做法还得插上胡萝卜条，我发现荆都喜欢吃胡萝卜的人不多，就不让这样做了。"

皮市长夹了点熘油菜，果然好吃，就说："小郝懂得蛮多嘛。"

裴大年听皮市长赞赏郝迟，觉得自己很有面子。郝迟更是受宠若惊。见皮市长兴趣正浓，每上一道菜，郝迟就按国宴要求介绍选料和做法。燕窝要泰国的宫燕，鲥鱼得是镇江产的，而且要是端午前后捕捞的，鱼翅要海南的，对虾得是山东的，羊肉要张家口绵羊肉。郝迟说得太多了，就显得有些卖弄。再说大家总不能老听他在这里海吹神侃。皮市长显得有些不耐烦了，点头连说了几声好好。他这好好，你可以听成是对你的赞赏，也可以听成好了好了别多说了。郝迟到底是见多了世面的，听懂了皮市长的意思，站了起来，说："皮市长和各位领导慢用，我去里面打一下招呼。"

皮市长再说声好好，又对裴大年道："小裴，今天菜的味道真的不错，就是太铺张了。要多上点小菜，现在大鱼大肉多了，吃起来反而腻人。"

裴大年忙摇头说："哪里啊，今天也没有什么菜，怠慢皮市长和各位领导了。我知道皮市长平日很节俭的，心想再怎么说今天也算不上公款吃喝，就稍微搞得有特色些。你看，还是挨皮市长批评了。难怪老百姓编了顺口溜说，国家干部就是怪，躲进包厢吃小菜。"

皮市长大笑，大家也就跟着大笑，都说裴大年真幽默。吃完饭，裴大年再留大家玩玩，皮市长说下次吧。皮市长同各位一一握手，还让裴大年叫来里面的厨师，也握了手。客气完了，皮市长再挥挥手，说："小陈走啊。"带着陈雁先出了门。皮市长仍旧同陈雁坐一辆车，裴大年用自己的车送朱怀镜和方明远。郝迟他们开了辆丰田面包车来。裴大年上了车，却望着皮市长的车，等着它开动。方明远就笑道："贝老板，我们的车得走前面啊。"

裴大年脸一红，摇头自嘲道："对不起，我这人少见识啊。"

于是，裴大年的车在前面开路，郝迟的车殿后，三辆车缓缓开出了裴家院子。

裴大年一路上总在客气，说今天不好意思，家里条件有限，献丑了。下次叫人早点准备，搞得像样些，再请各位领导赏脸。可裴大年的谦虚，让人听来总像是炫耀。朱怀镜和方明远只好说哪里哪里，谢谢了多谢了。裴大年突然想起朱怀镜请他赞助李明溪的事，就说："朱处长，你叫你那位朋友明后天来找找我吧。过几天我上课去了。"

"上什么课？"朱怀镜问。

裴大年回头望了朱方二位一眼，笑道："我在读MBA。要适应形势，不读书不行啊！"

朱方二人忍不住对视了一眼。两人虽然不动声色，那意思却是心领神会。想不到这位常把英文字母同汉语拼音读法搞混的裴老板，居然也去攻读工商管理硕士，居然还"安母逼安"。朱怀镜很赞赏的样子，说："不错嘛，贝老板，你这么忙，也这么成功了，还去读硕士。我要是你啊，打死也不读书了。我说你其实也用不着去读书了。曾宪梓先生算是你的同行吧，人家没有去读什么硕士，可人家一发财，社会地位来了，学位自然也来了，美国大学都得颁发他名誉学位哩！"

"朱处长你这是取笑我啊！我怎么敢同人家曾先生比？"裴大年摇着头，摇得很兴奋。

方明远说："贝老板你就别谦虚了，你这么发展下去，会有那一天的。"

玩笑几句，朱怀镜回到正题，说："我叫李先生明天去找你吧。"

这时，方明远的手机响了。"哦哦，行行。"方明远取出手机听了一会儿，说道。

朱怀镜隐约听得手机里有人说六号楼，可他却有意望着窗外，装作心不在焉的样子。其实他心里明白，刚才电话一定是后面那辆车的司机打来的，说皮市长要去荆园六号楼。单是皮市长带着陈雁去当然不妥，方明远也得随了去。皮市长原来常在八号楼活动，现在是在六号楼了。那里有套房子，原是向市长常去休息的地方，现在自然是皮市长的了。朱怀镜还没有去过那套房子，只是听别人把那里说得很神秘。说是那房子设计得很奇特，不熟悉的人，你上了那栋楼可就是找不到那套房子。你进去了出来也会迷路，转来转去老半天还会回到那房间去。

363

果然车快到荆园时，方明远说："怀镜，皮市长叫我过去有事要交代，你就回去休息。麻烦贝老板送送朱处长。"说罢就让裴大年停了车。后面皮市长的车也停了。方明远走过去，拉开前面车门，上去了。

裴大年很有感慨，说："唉，当领导的真是太忙了。说实在的，我们这些人就是再忙，也是为自己赚钱。皮市长他们忙，完全是为了人民群众啊！"

朱怀镜说："还是你们这些人的觉悟高，理解领导。有人就是不理解啊，总以为凡是当官的，就是作威作福的，屁股就不干净。这个……这样吧，我有个朋友从外地来，住在龙兴大酒店，我得去看看。你送我去龙兴吧。"

"行行。唉，你和方处长这些领导也不容易。休息天也没法休息，不是工作就是应酬，加上你又够朋友。"裴大年很是佩服。

一会儿，车就到了龙兴。朱怀镜临下车，裴大年说："不好意思，我给每位领导准备了一套西装，放在皮市长那车上。"

"这么客气干吗？谢谢了。"朱怀镜伸手同裴大年握握，就要下车。可又记起今天拍新闻的事，又说："今天你是看着的，我没机会同小陈说那事。不过我想你的镜头他们也不会剪的。这样吧，万一那个了，我下次叫陈雁专门给你拍个专访。"

裴大年喜形于色，说："这样当然好。朱处长，不是我爱出风头，这是最好的广告。我们生意人，眼里只有生意。从新闻角度报道我，比做广告效果不知要好多少倍！朱处长莫说我俗，我说真话，只要你看得起我，在皮市长面前多为我说几句话，像拍专访这样的事你帮我策划策划，我自然会报答你的。"

"你说到哪里去了。"朱怀镜佯作生气。

裴大年忙拱手赔罪，道："冒犯冒犯，对不起。我就知道会挨你批评的。朋友之间不言钱，好不好？"

朱怀镜下了车,望着裴大年把车开走了,才转身去了玉琴房间。看看手表,已是六点多了。玉琴不知道他今晚会来,还没有回家。朱怀镜也不想再吃晚饭了,有点累,就洗了洗脸,上床睡下了。不一会儿,就呼呼睡去。

玉琴开门进来,朱怀镜就醒了,却佯装睡着。他感觉玉琴走进了房间,在床边坐了下来。他知道玉琴正望着他,脸上不禁有些发痒。玉琴伸手摸了下他头发,他便就势装作被惊醒的样子,眨眨眼睛,兴奋地笑了起来,说:"你回来了?"

玉琴伏过身子亲他,说:"还知道来?我怕你再不来,会找不到门了哩。"

朱怀镜轻拍着玉琴的背,说:"忙哩。我今天一早就同皮市长出去了,才回来。我径直就来这里了。几点了?"

"快八点了。"

朱怀镜忙起身,穿了衣服,说去看看市里新闻。打开电视,荆都新闻刚刚开始。头条新闻就是皮市长视察飞人制衣公司。皮市长笑容满面,在裴大年的陪同下参观厂房和车间。朱怀镜见自己和方明远只在屏幕上一晃而过。播音员报道说,今天是休息天,皮市长轻车简从,深入民营企业飞人制衣公司调查研究。飞人制衣公司坚持名牌战略,他们开发生产的飞人牌西装系列和衬衣系列深受顾客喜爱,并远销海外。皮市长对该公司生产流程、产品销售、经济效益、员工素质等情况作了详细调查,对该公司大量吸纳下岗职工的做法给予了充分肯定。中间播放了皮市长就下岗职工安置问题发表的意见,但裴大年向皮市长汇报工作时只有短短的几个图像,没有声音。朱怀镜猜想这会儿裴大年一定也在看新闻,心里一定不太满意。

这条新闻结束了,朱怀镜就没有再看的兴趣了。玉琴笑道:"你在电视里看上去首长派头蛮足嘛。领导同志还真辛苦,休息日也忙着跑这跑那。"

朱怀镜笑笑,却想起了皮市长、陈雁和那神秘的六号楼。他又想到了玉琴托他办征地的事,不好怎么开口,嗫嚅好一会儿,才说:"玉琴,你托我办的那件事,没有办好。"

玉琴一时没反应过来,凝眉半天,方才说:"你是说征地的事?不是早就听你说差不多了吗?"

朱怀镜并不准备按方明远交代的,说得隐晦些。他如实告诉玉琴:"没有办法,半路杀出个程咬金。皮市长儿子皮杰的天马公司想征了这块地,盖个综合性娱乐中心。你们说出五百万,他四百万就谈妥了。我本想早些告诉你的,因电话里不好说。"

玉琴半天不说话,只望着电视出神。朱怀镜开导说:"算了吧,这龙兴又不是你玉琴自家的,能少操心就少操心。"

玉琴叹道:"是啊,又能怎样?这是没有办法的事啊。如今只要手中有权,赚钱简直太容易了。"

朱怀镜不想继续这个话题,只说:"你先同雷老总说说吧,我有机会再同他说。我建议你说得含蓄些,不要说出皮杰的名字,影响不好。"

朱怀镜知道玉琴也不会按他说的去告诉雷老总的,因为只有说出真相才有说服力,不然谁也不相信皮市长原本同意了的事,怎么后来又变了卦。皮市长真的太像领导了,该说的就说,不该说的只字不提。征地的事皮市长当着朱怀镜的面同意的,现在情况变了,他竟像没事似的。他不再提起,任何人都不方便说了。官场上就是这样,发生过的事,只要领导不想提起,就可以等于没有发生过。

玉琴果然笑了笑,说:"不说真话我怎么同雷老总说?还会弄得你没面子,人家以为你这点能耐都没有哩!"

朱怀镜内心也在乎玉琴怎么去说。如今关于领导和他们家属的传闻实在太多了，并不会因为多这么一则花边新闻就能让他们怎么了。这时朱怀镜的手机响了，他担心是香妹打来的，望望玉琴。一见玉琴的眼神，就知道她也正担心这个。一看电话号码，却是柳秘书长："啊哦，秘书长您好，有什么指示？"

柳秘书长说："没事。今天没休息？陪皮市长出去了？"

"皮市长可能是临时想起要出去一下吧，就叫上了我。"朱怀镜猜想柳秘书长一定是刚才在电视里看见他了。

柳秘书长说："哦，是吗？你有空的话就过来一下，我在家里。有个事情想麻烦你。"

"我正要过来哩。好好，我马上过来。"朱怀镜接完电话，对玉琴吐吐舌头。玉琴有些失望，叹了一声。朱怀镜就说去去就来。他吻吻玉琴，起身出门了。拦了辆的士，径直往政府大院赶。一路上却想不出柳秘书长会有什么事让他办。很久没有专门拜访柳秘书长了。按照他的公共关系处理系统，今天同皮市长在外面一天，虽是工作，却也是交际，算是完成了同 A1 的一次活动。这种活动最合算了。而 B1 柳秘书长，他也该联络一次了。从柳秘书长刚才电话里的口气中他好像听出些什么，似乎柳秘书长对皮市长有些想法。市里领导同志重大活动的日程安排，都是统一研究后，由柳秘书长负责协调的。而皮市长没同他打招呼就独往独来，他的心情难免会复杂起来。朱怀镜想到这里，就觉得自己夹在皮市长和柳秘书长之间有些尴尬。一会儿，的士就到了政府大院门口。朱怀镜急匆匆跑回家，也不同香妹解释什么，就跑进厨房，从水缸里捞了两条脚鱼上来，放进塑料兜，说有急事出去一下。香妹猜得出他是去做什么，也不多问。

到了柳秘书长门口，正好有三位客人出门，柳秘书长站在门口招手，说："好走好走。"见了朱怀镜，就说："怀镜这么快就来了？请进请进。"

进了屋,朱怀镜说:"有两条脚鱼,送给您。"

柳秘书长客气说:"你自己留着吃嘛。"

两人正客气着,小伍出来了,叫了声朱处长好。柳秘书长朝小伍招手说:"洁洁,提进去倒在水缸里。"

朱怀镜头一次听柳秘书长这么称呼小伍。小伍叫什么名字,朱怀镜一直没在意过,大概她名字中有个洁字吧。

朱怀镜坐下,才发现茶几上放着一对楠竹刻的古联。小伍已倒了茶来,递给朱怀镜。柳秘书长神色有些得意,歪着头看着古联,问:"怀镜,你看这个怎么样?有个朋友见我喜欢些古董字画什么的,特意从外面买回来的。"

朱怀镜就站起来,仔细欣赏,见上面刻的是:

春风放胆来梳柳
夜雨瞒人去润花

落款处受损漫漶,只隐隐可见三点水,估计大概是清代的东西。"好好,真的不错。这字很有风骨。我想这对联只怕是清代的。竹板年代久了最易坏的,这竹联能这么完好,真是奇迹。"

柳秘书长说:"现在还不知这联和字出自谁人之手。刚才你进门时碰上那三个人,有两个是文物研究所的专家,他们说有办法考证出来。要是真是哪位大家手笔,这联就不得了啦!"

朱怀镜连连点头,说:"是是。如果不是大家手笔,不会流传下来的。"

可他心里却想,这说不定是当年哪位无名的乡村秀才的风雅之作呢。两人说了会儿古联,柳秘书长说:"怀镜,有个事要麻烦你。我和你余姨自己没有孩子,余姨身体又不好,前几天又进医院了。洁洁这孩子不错,我和余姨都喜欢她。"

柳秘书长说着就拍拍身边的小伍。小伍就有些撒娇的意思，身子往柳秘书长这边靠了靠。柳秘书长抓着小伍的手，轻轻捏着，说："我和余姨想让洁洁做我们女儿。这样我们老了才有个靠。我托你回乌县一趟，一是同洁洁家大人商量一下，请他们同意；二是帮洁洁把户口转为城镇户口，再迁到荆都来；三是迁户口时把她的姓改作柳。我们家洁洁现在早已是柳洁了，是不是？"柳秘书长说着便拍了拍洁洁脸蛋儿。洁洁噘着嘴巴叫了声爸，就把头偎进柳秘书长的肩头。

朱怀镜听了，不怎么多想，忙说："这是大喜事啊，可喜可贺。祝贺你啊小伍，对对，小柳，你碰上这样的好爸爸，真是福气啊。行行，我马上回乌县一趟。"

这事说好了，柳秘书长随口就问起了今天皮市长视察飞人制衣公司的事。朱怀镜感觉柳秘书长看上去像是随便问问，其实心里很在乎。他也就装糊涂，随便说说，给人的感觉像是偶然碰上皮市长正好出去，就叫上了他。

再坐了一会儿，朱怀镜就告辞。他出了门，心想是回家还是去玉琴那里，只犹豫了一下子，就出大门而去。他不想叫的士，一个人沿小巷子往龙兴大酒店走。一路上他总在想柳秘书长收小伍做女儿的事，想象不出余姨会同意。他理解柳秘书长没有儿女的痛苦，也想相信柳秘书长的确需要这样一位女儿。可他感到奇怪的是，自己刚才见这对父女那么亲热，竟感到某种感官刺激。

朱怀镜回乌县，两天工夫就把事情全部办妥了。那里有张天奇说话，什么事都好办。洁洁父母都是老实巴交的农民，家里穷得叮当响，听说自己女儿被城里的大官认作女儿了，还把户口迁到城里去，只差没跪下来感谢老天了。老人家把朱怀镜当成了大恩人，拉着他的手直叫大好人。小伍村里的人听说了，都羡慕得要死。

369

朱怀镜办事这么利索，柳秘书长自然高兴，留他吃了晚饭。就他们两个人，酒杯一端，气氛更是不同了。照样是洁洁做的饭菜，但她身份不同了，斟酒也好，敬菜也好，都是主人的味道。这顿饭下来，朱怀镜觉得自己同柳秘书长的关系更加亲近了。

过了些日子，皮杰天马公司的娱乐中心奠基开工了。按皮杰自己的意思，他公司属下所有经营项目都要冠以天马二字，这娱乐中心就叫天马娱乐城。奠基礼请了龙兴大酒店的雷拂尘和梅玉琴，朱怀镜也应邀到场。方明远被邀请了，却没能出席。他随皮市长去北京开会去了。即便他在家，只怕也不方便出席。他是皮市长的秘书，参加皮杰公司的公开活动不太妥。因为首长夫人是首长的第二形象，首长秘书是首长的第三形象。这是皮市长在首长秘书会上说的。

那天上午九时十八分，奠基礼准时开始。仪式很简短，却也够规格。市内部分政要和知名公司都到场致贺，各大新闻单位都前往采访。自然少不了陈雁到场。朱怀镜便将陈雁叫到一边，说了那天裴大年要求多保留些镜头的事。他是开着玩笑说起这事的，两人就咯咯地笑，引得四周的熟人神秘兮兮地望着他们。朱怀镜马上意识到了某种不妙。他知道，别人说他同全世界任何女人怎么怎么都没关系，就是不能说他同这个女人有什么瓜葛。他忙收敛笑容，正经说："说笑归说笑，但裴大年这人还不错，你能帮他就帮他。反正他出得起钱。他想让你为他做个专题节目，譬如人物专访之类的。这该没问题吧？"

陈雁说："这个当然没问题，我负责为他策划，负责组织制作。"

"那就谢谢你了。朋友之托，成了也算是你帮了我的忙。"朱怀镜知道这种事情，陈雁当然乐意做的，但还是表示了感谢。这事实上等于成全了她的生意。如今想在电视里上正面的新闻报道，相关单位都得花钱。假如你关系没摆平，电视台把你那地方的丑事抖出去了，你想收回影响，也得花些钱。你得让电视台再作报道，说你那里的领导对那个问题如何引起了高度重视，采取了有力的整改措施。所以，现在地市和县里几乎都有专人驻在荆都，专门负责同新闻单位联络，争取为当地多上好新闻。一旦有坏新闻有可能报道，他们就会想方设法让这新闻不得出笼。荆都也派人专驻北京。新闻报道都是如此，人物专访之类的栏目，更有理由收钱了。

仪式很快就结束了，客人们陆续离开。雷拂尘总觉得自己酒店就在旁边，也是半个主人似的，不便马上就走。他就叫玉琴同他一起等一会儿。皮杰等客人走完，就叫了雷拂尘，说："我想去你龙兴喝茶，欢迎吗？"

"哪里啊，请还请不到哩！"雷拂尘忙双手打拱。

皮杰望着朱怀镜说："朱处长，您这会儿没事吧？也喝茶去？赏我脸吧。"

玉琴在这里，朱怀镜当然乐意。却装作有事的样子，先是面有难色，马上又很豪爽地说："算了算了，既然出来了就不管了，奉陪到底吧！"

皮杰就叫司机和另一个小伙子在外等着，自己同一位秘书模样的小姐随雷拂尘他们去了龙兴大酒店。雷拂尘边走边同玉琴轻声商量几句，就带各位进了会客室。很快就有几位小姐进来倒茶。皮杰一一打量了几位小姐，笑道："都说龙兴的小姐漂亮，是真的嘛！"

说罢就望着雷拂尘，神秘地笑。雷拂尘只作不懂皮杰的意思，正经应道："我们很重视服务人员的素质培养，她们在个人仪表、接待礼仪、服务规范等方面，都还不错。不过要同全国一流的宾馆相比，还是有差距的。"

皮杰也就没兴趣再提小姐这个话题了，客气道："两位老总，今后敝公司的娱乐城就同你们搭邻居了，要请你二位多照应我们。龙兴在荆都可是一流的酒店，我们在这里开辟项目，就是想沾你们的光哩！"

雷拂尘忙谦虚道："哪里哪里！皮总经理年轻有为，事业兴旺，我们要多向您讨教啊！我想，您这个娱乐城开业以后，对我们酒店的生意会有很积极的影响。客人就是图个高档的休闲场所，也会选择我们这里住宿。朱处长您说是不是？"

朱怀镜附和说："对对，是这样。服务行业适当集中，或者说合理配套，这样可以发挥集群优势。比方说，永兴商业大厦当年扩建时，隔壁的新天商城有意见，怕永兴抢了他们的生意，还跑到市里领导那里告状，想让市里出面阻止永兴的发展。结果，永兴大厦开业以后，两家的生意都红火了。"

朱怀镜这么一说，几个人便就着这个话题讨论起来，几乎要诞生什么经济理论了。玉琴就笑了笑，说："你们也别玩深沉了。本来很明白的事情，让你们一深沉，别人就听不懂了。"

话题被玉琴打断了，皮杰笑笑，抬腕看看手表，说："那就不打搅你们了，我们告辞。"

雷拂尘留他们玩玩，吃了中饭再走。皮杰说："下次吧，下次我请客！"

皮杰说着就起了身，同各位握手道别。朱怀镜见皮杰伸过手来，就说："我俩就免了吧，等会儿再握。我没来车，还要劳驾您送我回政府哩。"

朱怀镜便上了皮杰的车，一辆豪华型奔驰。他心想这皮杰随便到龙兴大酒店坐坐，同雷梅二位聊聊天，倒是显得很有心计，颇有乃父风度。朱怀镜原来还担心不好同雷拂尘说起征地的事，今天见这场面心中就有谱了。雷拂尘对皮杰唯恐巴结不上，还会有半声屁放？皮杰好像也看出了雷拂尘的心思，索性就便去龙兴大酒店喝杯茶，算是领了他的情。皮杰能如此老到处事，虽然不是他父亲言传身教，却也是耳濡目染，潜移默化吧。

"朱处长，你们处里就一台车吧？"皮杰突然问道。

朱怀镜说："一台桑塔纳，还能有几台？"

皮杰摇摇头，说："廉洁啊！我老爸也真小气！像你们处那么重要，一台车怎么行？这是国家大事，我老百姓管不了。这样吧，你平时出去，老是用公车也不方便。我借一辆车给你，是台奥迪，旧是旧了些，你别嫌弃。说好了，是借给你私人用的。"

朱怀镜从没想到皮杰对他会这么大方，就说："皮老弟，不敢啊，我无功不受禄啊！再说我只会开自行车，连摩托都不会骑哩。"

"开车容易学啊。"皮杰叫了前面座位上的那位小伙子，"小刘，你负责给朱处长办个驾驶执照。先拿了驾照，再学学不就会开了？"

"那我就恭敬不如从命。不过自己用车用上瘾了，到时候我没车了会不适应的。"朱怀镜笑道。

皮杰摆手道："放心吧处长大人！老弟我还有口饭吃之前，这车就无限期借用吧。当然到时候你自己有车了，那又另当别论。"

"我什么时候会有车？"朱怀镜摇头说。

皮杰说："你们当领导的对国家的信心还不如我们普通老百姓？我看好中国未来家庭用车市场，还等着靠这个赚钱哩！"

皮杰口口声声说自己是普通老百姓，听来别有一番幽默。而他说起中国家庭用车的前景，也是皮杰式的幽默。朱怀镜才不相信中国人会这么快就富起来。虽说小车目前进入了少数人的家庭，但那些人绝不是真正意义上的老百姓。正像皮杰，虽无半点

373

官职，却绝不是老百姓。"

说着就进了政府大院，朱怀镜在办公楼前下了车。刚开办公室的门，就听见有人叫朱处长你好。回头一看，见是荆山寺的圆真大师从对门办公室里出来了，笑容可掬地伸出双手迎了上来。朱怀镜握了圆真的手，说："啊呀，是大师呀，让你久等了。对不起，怠慢了。"

"哪里啊，您处里同志们都很客气，听说我是找您的，就让我坐着等。他们说您最近多半是在南国大厦筹备交易会，又打电话去问了。我知道您忙，不让他们找。我就坐在这里等等。"圆真坐下，说道。

朱怀镜说："我一上班就去参加了一个会，才结束。大师有什么事吗？"

圆真从褡裢袋里掏出个信封，说："不就是上次皮市长指示我向宗教局打报告，请求拨款重修钟鼓楼和重置钟鼓的事？我向宗教局领导汇了报，替宗教局代拟了报告。皮市长很忙，我一直没找到他。听说他去北京开会去了。我想是不是把报告放在您这里，请您帮忙转一下？"

朱怀镜说这个没问题，伸手接了信封。圆真大师便双手合十，口念阿弥陀佛，说："谢谢您了朱处长。有你们领导重视和关心，一定会佛光高照，法轮常转。"

送走圆真，李明溪来了。他一进门，就从口袋里取出个信封，说："这是一万块钱，给你。"

朱怀镜见门敞开着，忙接了信封，放进抽屉里，用怪罪的口气说："你这人就是懵懂！在办公室里，也不知注意影响！别人看到了，还以为你向我行贿哩！他们哪里知道原来是我为你的画展到处化缘？"

李明溪嘿嘿一笑，说："我哪想那么多？心中又没有鬼！"

"这是飞人制衣公司赞助的吧？你这回做得倒快。"朱怀镜说。

李明溪笑笑："你骂我好几次了，再不去不要被骂死？"

朱怀镜问了问李明溪自己的准备情况。交易会的日期慢慢逼近了，画展的所有准备都要妥当，不要再拖拖拉拉。问到卜未之老先生，李明溪说："卜老先生多次问起你。"朱怀镜很敬重卜老，就说："哪天去看看他老人家。"没别的说了，李明溪就告辞。朱怀镜留他吃了中饭再走，李明溪说免了吧。朱怀镜就说不送。两人也不握手。朱怀镜忍不住扬扬手说再见，李明溪只是笑笑，就出门了。

中午快下班的时候，宋达清打电话来，说他的车已到政府大门口了，想进来看看朱处长。朱怀镜说："客气什么，进来坐坐吧。"

心里却想今天怎么了，找他的人接连不断。不一会儿，宋达清进门了："朱处长，你好你好！你真是太忙了，想约你吃顿饭，老是约不到您。"

朱怀镜笑道："没有饭吃的人难过，有饭没人吃的人也难过。只有我这请不起别人吃饭的人最好过。"

宋达清笑了笑，说："朱处长又在开我的玩笑了。是这样的，袁小奇先生回来了，晚上请客，一定要请您光临。他怕自己请您不动，就让我卖面子。朱处长，您一定得给我这个面子。"

朱怀镜注意到宋达清不再随便说起袁小奇了，而是称他先生。也许袁小奇真的是个人物了？再怎么是人物，也不应在我朱怀镜面前耍派头吧？又不是不认识，自己不可以打电话来？这意思只在他心里，嘴上只说："别说得那么严重了。有饭吃我还不去？好，我遵命吧。"

宋达清又说："还得请您帮个忙。袁小奇想请请皮杰和公安局严局长。我想他俩只有您能请动。"

朱怀镜就笑道:"老宋,你这是设了个圈套让我钻啊!袁小奇真实目的不是请我,而是请皮杰和严尚明吧!"

"不是不是,绝对不是。袁小奇是真心真意请您的。倒是请皮杰和严局长,他有些犹豫,没有交情,怕人家不给面子。我就壮他胆,说请您帮忙请。袁小奇这人发达起来也像他玩魔术,简直让人不敢相信。他到南边跑了一圈,真的就阔了。上次他回来,向老家学校捐了十几万,风光了一回。这次回来,听说又有捐赠活动。我真怀疑他的钱是变魔术变出来的。"宋达清说起来眉飞色舞,就像在吹嘘他自己。

朱怀镜只是听着,面带微笑,不作一字评论。等宋达清说了好半天,他才说:"好吧,你说是在哪里请。我试着请皮杰和严局长吧。我也不知道他们看不看我的面子。"

宋达清这就放心了,一个劲儿给朱怀镜戴高帽子,说:"谢谢了谢谢了。您就别谦虚了,只要您肯出面,天王老子都请得动。晚上就去天元吧。我说现在也快中午了,我请您出去吃餐便饭?"

"晚上还要见面的,中饭就免了吧。谢谢了。"朱怀镜心里是想同宋达清出去吃中饭算了,因为香妹说了今天中午加班,不回来。但他怕显得太容易请动,倒没面子了,就有意端起架子来。宋达清再客气一会儿,硬是请不动朱怀镜,就说那就晚上见面吧,握手走了。

能不能请动皮杰和严尚明,朱怀镜其实心里没底。他同皮杰倒是关系不错,但请吃饭这事,也得看人家有没有别的应酬。他便先打皮杰手机,把袁小奇请客的事说了。果然皮杰不太想去。朱怀镜不能在宋达清和袁小奇面前丢面子,心想非要请动皮杰不可。他就半真半假摆出老兄的架子,说:"老弟,你再怎么忙也得去一下。袁小奇算是你爸爸的朋友，市长他老人家要是在家，肯定会宴请袁先生的。你老弟的派头也别比你市长老爸还足啊。"

皮杰在电话里一笑，说："我爸爸请他是工作宴请，与我无关。我们老百姓，哪管得了这事？既然是你老兄的面子，我就去吧。你说在哪里？"

朱怀镜也就回之以大笑，说："这才是兄弟了嘛！下午五点半，在天元吧。不过还要拜托你请一下严尚明局长。"

皮杰说："这是什么意思？我是做客的，又不是请客的。"

朱怀镜说："你只当帮我的忙吧。袁小奇想请请严尚明，这意思你还不明白？公安这一块摆平了，他以后在荆都的事好办些。袁小奇是我的朋友，他托我请严局长，我不好推托。可严这个人，我想我是请不动的，只有劳驾你了。"

皮杰一时不肯答应，说这么拐弯抹角地请客，不太好。朱怀镜今天却是发了蛮，一定要他帮这个忙。磨了半天，朱怀镜说："我给你说，公安没摆平，今后袁小奇有什么事，不是找我就是找你爸爸。倒不如今天请了严尚明，以后省事。我的少爷，就劳驾你了。"

皮杰被缠得没法，只好说试试吧，没请动就别怪他。朱怀镜就谢了。他知道只要皮杰答应去请，就一定能请动严尚明。因为皮杰也要面子，不会让人以为他连个公安局长都请不动。

朱怀镜吃了点儿盒饭，回家休息。躺在床上，想起皮杰说的要借他一部车用，就有些兴奋。他打了玉琴电话，说要她抽空教他开车。玉琴觉得奇怪，问他怎么突然想起学车了。他嘿嘿一笑，说："我马上就有车了。是私车，不是单位的车。"

玉琴显然有些吃惊，问："怎么？私车？你是发了横财，还是抢了银行？"

"你这就别管了，反正不偷不抢。我跟你说，我马上就可以

377

拿到驾驶执照了。"朱怀镜神秘道。

玉琴越发不明白了,说:"你车都还开不动,怎么就拿驾照了?开玩笑吧?"

朱怀镜只是嘿嘿笑,不回答她。玉琴也许真的当他是开玩笑,也就不问了。玉琴说:"你真的想学车,倒是可以学学。"两人就约了星期六学车去。闲聊了一会儿,朱怀镜听出玉琴想知道他晚上有什么安排。可他知道她不太喜欢宋达清和袁小奇,就有意回避着。两人心里似乎都明白各自的心思,都不开口去问。朱怀镜心想等晚上应酬完了,脱得了身就去看玉琴。要是现在说晚上过来,万一到时候去不了,倒会让玉琴失望。

下午朱怀镜在南国大厦办公,处理交易会的有关事情。因上午他没来,积了些事情。有些办事的上午来过,没有办成,下午又来了。朱怀镜看出他们尽管笑嘻嘻的,心里却不舒服。他也就装作没看出什么,客气地请他们坐,然后公事公办。下午一忙,很快就过了。宋达清身着便服,开了车来接他。朱怀镜在车上打了皮杰电话,皮杰说他和严局长马上就到。宋达清等朱怀镜挂了电话,连连奉承他的面子就是大。

车到天元,宋达清同朱怀镜下了车。进了酒店门,马上就有小姐过来,领着他俩去了二楼的一间叫紫蔷薇的包厢。一推门,就见袁小奇早同另外三位先生等候在里面了。

"啊呀,朱处长,您好您好!好久没见了,您是越来越发达了。"袁小奇站起来握手迎接。

朱怀镜笑道:"哪里。袁先生倒真的是三日不见,刮目相看。关于你的故事,在荆都可是家喻户晓,传得跟神仙似的。"

"朱县长,你好啊!"朱怀镜猛然听得有人叫他朱县长。他仔细一看,才发现是乌县原公安局长黄达洪。朱怀镜早听说这人被撤掉公安局长职务后,就带了一伙女子到南边卖淫去了,今天怎么出现在这里呢？朱怀镜一时语塞，不知说什么好："哦哦，是黄局长？我们很有几年没见面了吧？"

袁小奇招呼大家坐下，望望朱怀镜和黄达洪，说："哦！原来你们是老熟人？"

黄达洪说："别看朱处长年纪轻，是我的老领导哩！我一时改不了口，又叫他县长了。"

袁小奇哈哈一笑，说："真是缘分啊！现在达洪先生是我公司的保安部经理。这两位是我的秘书兼保镖。"

朱怀镜玩笑道："袁先生你派头不小啊，赛过市长。市长秘书是秘书，警卫是警卫。你手下的却是秘书警卫双料货。"

袁小奇笑着掏出名片递上："朱处长，留个电话给你。"

朱怀镜说道谢谢，接了名片，见上面印着：南海发展有限公司董事长袁小奇。地址和电话是深圳。字体大得有些夸张，而且能用繁体字的尽量用繁体。袁小奇三字没有繁体，大概是个遗憾。黄达洪就势递上名片，也说留个电话，以后好联系。朱怀镜边看两人名片，边点头称道两位发达发达。他心里明白两人口上谦虚，只说留个电话，实则是想炫耀一下。

这时，皮杰让小姐引进来了，他身后跟着秘书小刘和司机。朱怀镜介绍道："这位是皮先生皮总经理。这位是袁小奇先生，南海发展有限公司董事长，号称南国奇人。他的传奇故事你大概听说过。这位是宋达清先生，红桥派出所所长。"皮杰先同袁小奇握手，彼此客套几句。宋达清也许自己觉得身份低了，站在一边有些不自然，拘谨地笑。皮杰同他握手时，他便双手迎上去，很夸张地摇着。

大家坐下寒暄一会儿，严局长来了。他没带秘书，只有司机跟在后面。大伙儿一齐站起来。皮杰第一个伸过手去，说："严叔叔，劳您大驾了。让我介绍一下。这位是袁小奇先生，南国奇人。"

379

"我听你爸爸说过。"严尚明握着袁小奇的手,话却是对皮杰说的。

"这位是宋达清先生。"皮杰说。

宋达清忙握着严尚明的手说:"报告局长,我是您手下的普通一兵。"

"哦?"严局长一时没反应过来。

朱怀镜介绍说:"达清是红桥派出所所长。"

严尚明想不起红桥派出所是哪个局的,支吾道:"红桥?大安区,还是北区?"

宋达清恭恭敬敬回道:"是北区局管的。红桥同大安区交界,很多人都弄混了。"

"对对,是北区局,局长是刘作喜吧。"严尚明说。

皮杰就像介绍自己老朋友一样介绍着袁小奇和宋达清,似乎要让严尚明相信不是随便请他来的,而是确实有几位老朋友想拜会他。黄达洪和另外几位秘书、司机没有被介绍。别的人都不在意,只有黄达洪不太自在。他毕竟是在官场上混过的人,对自己的身份很敏感。朱怀镜看出了黄达洪的心思,就说:"这几位都是袁先生的手下。这位黄先生,是袁先生的保安部经理。"

黄达洪忙站起来握了严局长的手,说:"局长你好!我也是你手下的兵哩!现在下海了。"

"哦?是吗?"严尚明随意问道,却没有多大兴趣。黄达洪望着朱怀镜,意思是想请他进一步介绍。朱怀镜装蒙,微笑着环顾左右,同别人搭话。黄达洪只好自己说:"严局长,我原来在乌县公安局当局长,前几年自己下海了。现在跟着袁先生干,混口饭吃。"

"哦哦!"严尚明望了黄达洪一眼,点点头说,"叫黄什么洪吧?"黄达洪忙笑嘻嘻地回了自己名字,直说严局长好记性。朱

380

怀镜琢磨着严尚明的表情,又望望黄达洪那张笑脸,浑身几乎起鸡皮疙瘩了。心想黄达洪前两年因打牌赌博被撤掉公安局长职务,在全市公安系统发过通报。严尚明对他有印象,肯定就因为这事。刚才朱怀镜有意装糊涂,不详细介绍他,就是怕弄得不好意思。可黄达洪却是个活宝,居然自己要亮亮相。

快上菜了,小姐过来问喝什么酒。大家客气着推让一会儿,都说听严局长的。严尚明说:"那就喝低度五粮液吧。"

没多久,菜上来了。斟好酒,袁小奇举杯说:"欢迎各位的光临,来,我们干了这一杯?"

严尚明说声随意吧。皮杰也说对对,随意随意。袁小奇不便坚持请大家干杯,就说:"那就随意?"

今天的场面本来就是凑合拢来的,又没有明确的主宾。要说依职务依年纪,应以严尚明为尊。但他显得不冷不热,场面就更有些不是味道了。朱怀镜倒是知道严尚明就这德行,并不在乎。记得上次在皮市长家做客,严尚明也是这个样子。可袁小奇他们并不了解严尚明,就时刻注意这位局长的表情,显得有些拘谨。皮杰慢慢看出些名堂了,就不断说笑话,想活跃气氛。宋达清也在中间插科打诨,想博人一笑。大家的目光自然总是集中在严尚明身上。朱怀镜突然觉得今天的场面简直太有意思了。最初也许是袁小奇设了个圈套套住了宋达清,接着宋达清就设了个圈套朱怀镜,朱怀镜如法炮制套住了皮杰,皮杰再去套严尚明。现在就是大家一块儿套严尚明了。严尚明也许以为除了自己,在座都是袁小奇的老朋友了。

袁小奇举了杯,望着严尚明说:"严局长,我在外地发展,需要家乡领导的支持。我一定要敬你一杯酒,请你赏脸。"

不等严尚明开言,皮杰在一旁帮腔说:"袁先生现在生意也做得活,赚了不少钱。听说他每次回乡,都要为家乡捐献一些资金。他仗义疏财，乐善好施，真是菩萨心肠哩！我们都应该向他学习。"皮杰本是想为袁小奇撑面子的，可他说着说着，腔调就成了玩世不恭，甚至有些嘲讽的味道。

大家都听出了皮杰话语中的怪味，却只是装糊涂，都说袁先生的确是个大善人。袁小奇谦虚道："哪里啊！我只是为家乡那些最需要帮助的人尽了自己微薄之力。很不够啊！我这人总是想，一个人的钱再多，一辈子也花不完，为什么不做些好事？"

"哦，对对。"严尚明举起杯子，朝袁小奇意思一下，再抿了一小口酒，并不同他碰。皮杰就说："严叔叔，我们当然是合法经营。袁先生你说是不是？可如今社会上的事一句话说不清，万一有什么麻烦，还是要麻烦严叔叔，是不是？"

皮杰这话，事实上是替袁小奇说的。严尚明夹了点菜送进口里，慢慢嚼了嚼，才说："各位有事，找我吧。"

他脸上仍不怎么有表情，这话听不出是对谁说的，眼睛也没望谁。朱怀镜心想今天这顿饭的气氛怎么也热烈不起来了。也不知严尚明就凭这德行，皮市长怎么会欣赏他的。宋达清和黄达洪始终很起劲儿，几乎有些上蹿下跳了。宋达清最忙，把服务小姐的酒壶都拿过来了，争着为大家斟酒。他每次为严尚明斟酒都手下留情，不怎么斟满。他那微妙的动作和表情，很难用语言描述，只是让人一看就知道是在巴结严尚明。大家就开他的玩笑，说他徇私舞弊，执法不严。严尚明却微微笑了一下，说了句："小宋不错。"宋达清忙点头笑道，承蒙局长错爱，非常感谢。严尚明也许是随口说说，可让宋达清这么一渲染，就把局长的表扬夸张了，似乎他真的得到了上级领导的赏识似的。朱怀镜终于明白，今天请严尚明，只怕是宋达清的主意。可严尚明地位太高了，宋达清抬头一望帽子都会跌下来。严尚明下面隔着七八个层次，才是宋达清这个小小派出所所长。隔着这么多层去拍马屁，那马有感觉吗?

皮杰一直是兴致勃勃的,但他的目光只在严尚明、朱怀镜、袁小奇脸上停留,偶尔也瞟一眼宋达清。其他人再怎么热乎,他也不会把目光投过去。这时,他笑着对袁小奇说:"都听说袁先生身怀绝技,我还从未见识过。今天可不可以让我开开眼?"

皮杰说罢就望望严尚明。袁小奇注意一下皮杰的眼神,也把目光转向严尚明,却见这位大人好像不怎么有兴趣,只是脸上似笑非笑地动了一下。袁小奇便说:"不敢献丑,喝酒吧。"

没想到严尚明嘿嘿一笑,说:"袁先生,都说你会意念移物。你可不可以把小宋身上的枪变到你那里去?"

袁小奇忙拱手说:"哪敢哪敢!我袁某学了些杂七杂八的东西,却不敢在严局长面前卖弄啊!还要我把宋所长的枪弄了来,我没这么大的胆啊!"

严尚明又笑笑,不再提这事了。可他的笑透着股冷气,叫人很不舒服。朱怀镜不知道今天袁小奇怎么不肯表演,一定别有原因,就打圆场说:"今天袁先生是谦虚。他的绝技,我见识过,皮市长也见识过。来来,喝酒,今后有机会,我们再请袁先生露两手。"

严尚明的手机响了。他接完电话,就说:"对不起,我有急事,先走一步了。"说罢就站起来,大家忙稀里哗啦地站了起来,一一同他握了手。

严尚明一走,袁小奇再怎么鼓动,场面还是冷下来了。于是大家都说吃好了。果点都没来得及上,就散了。

皮杰对朱怀镜说:"朱处长,我送您?"

宋达清忙说:"不麻烦皮总吧,我送我送。"

皮杰说:"不客气,我和朱处长同路,我送吧。"

朱怀镜就对宋达清说:"你招呼一下袁先生吧,我跟皮总走。

383

谢谢你了袁先生。"

上了车,皮杰尽说些玩笑话。朱怀镜猜想他心里一定是为严尚明生气,就有意摆出无所谓的样子。因为严尚明是他请来的,却总是不冷不热,等于没有给他面子。朱怀镜也不喜欢严尚明,就说:"严局长这人倒不错的,但不解他的,会以为他不太好打交道。"

皮杰果然来火了,说:"这姓严的确实不好打交道,太他妈的不是东西了,总是那副鬼样子,像全世界人都在巴结他似的。我要不是碍着我老头子,早不这么客气对他了。"

朱怀镜是有意惹他上火的,可皮杰真的发气了,他又安慰道:"皮老弟,就算他姓严的有架子,他也没资格在你面前摆架子。长期干公安的,脸部表情就职业化了,没有什么好脸色的。你也犯不着同他计较。"

皮杰仍不太舒服,说:"我用不着巴结他。我老老实实做生意,违法犯罪的事不干,求他干什么?在荆都我要办点事还得求他姓严的,我这皮字怎么写?我不是仗我老头子什么,就是老头子这会儿下去了,我也照样风风火火。朱处长您是知道的,我老头子对我是十分严厉的,我要不是有这个市长爸爸,很多事情说不定还好办些。"

"是啊,皮市长要求太严格了。"朱怀镜说。

皮杰说:"今天实在是您要让我请他,我没有办法。您是为朋友嘛。"

朱怀镜说:"对不起,让你费心了。今天袁先生主要是想结识一下你。"

皮杰笑道:"朱处长您就别护我的面子了。想接近我的人,多半是想冲着我老头子来的。袁先生同我爸爸早认识了,他若是为着这个目的,用不着再拐弯抹角找我了。他想同严尚明结识一下，倒是真的。"

　　朱怀镜就说："那也不全是这样。不过今天严尚明并没有同袁先生搭几句话。"

　　皮杰说："您放心！只要结上线了，人家自然有办法去巴结的。如今这种人，我见多了。那姓严的也是黑眼睛见不得白银子的，只要袁小奇舍得花工夫，还怕他们成不了好朋友？何况他手下有那位姓黄的。那位姓黄的，我看脸皮特厚，又做得小人。"

　　朱怀镜不得不叹服皮杰："老弟真的是通达人情，深谙世故，看人也准。"

　　皮杰谦虚几句，问小刘："我让你为朱处长办驾照，怎么样了？"

　　小刘说："我同交警队的兄弟说了，他说交两张照片去，马上就办。"

　　皮杰还嫌小刘太拖了，说："你抓紧些。朱处长是我最好的兄弟，他的事就是我的事。"

　　小刘回过头来，恭恭敬敬地说："好好。朱处长，我明天一早就去你办公室，请你准备两张照片好吗？"

　　朱怀镜说："行行。不着急吧，我又不急着用车。"

　　皮杰送朱怀镜到了他家楼下。朱怀镜免不了客气一句，请各位上去坐坐。皮杰自然是说时间不早了，下次吧。朱怀镜下了车，站在那里招招手，望着车子开走。皮杰不住在家里，自己在外有房子，同朱怀镜并不顺路，等于是专门送他回来的。朱怀镜至今不明白，皮杰为什么对他这么够意思。他只在楼下站了片刻，又从大院侧门出去了，抄小路去了玉琴那里。

　　星期六，玉琴正好轮到休息，朱怀镜就请她教他开车去。两人开了皮杰送的那辆奥迪，去郊外武警部队的一个驾驶训练场。朱怀镜在那里有个熟人。

385

今天太阳很好，天气暖和。玉琴只穿了件薄毛衣，下身是牛仔裤，显得很朝气。见了玉琴的装束，朱怀镜就后悔自己不该穿西装。他太喜欢穿西装了，总是一副老气横秋的干部模样。玉琴习惯了他的穿着，也无所谓。

路上，朱怀镜把自己的驾照拿出来亮亮，说："梅教练，我车不会开，驾照早到手了。"

玉琴笑道："腐败！别人学会了开车，再去认认真真地考试，也不一定就顺利过关。还得送礼，不然你老是差几分。你倒好，方向盘都没摸过，就拿驾照了。"

朱怀镜得意地笑。玉琴又半开玩笑道："我说，交警队的这么搞，等于是预谋杀人。"

朱怀镜就取笑玉琴，说："我建议让你去当交警队长，好好刹刹这股歪风。"

这时听到手机响。玉琴拉开手包，发现不是她的手机响。朱怀镜就掏出手机："喂，我是朱怀镜。"

原来是黄达洪打来的电话："朱处长您好。有个事向您汇报。这次袁先生回来，想找个有意义的项目捐献。我想请示一下您，看您能不能为我们出出主意？"

朱怀镜心想这袁小奇又不是不认识我，怎么老让别人打电话找我呢？未免架子大了些吧，便半是讥讽地笑道："有钱还怕没人要？捐献给我吧。"

黄达洪笑笑，说："您朱处长都需接受捐献了，我们不都得去要饭？是这样的，我们手下这些人帮袁先生策划了一下，认为今后的捐献活动，不再像原先那样撒胡椒面。那样没有影响，没意思。所以要搞就搞引人注意的项目，并能上新闻，引起轰动。"

朱怀镜终于明白，为着这事袁小奇真的不方便直接同他通电话，就正经说："这事真得找几个人好好策划一下，电话里一两句话说不清。我现在在外面有事,晚上才能回来。是不是另外约时间?"

黄达洪说:"我们打听过了,皮市长大后天回来。我们想争取在皮市长回来之前把这事定好。"

朱怀镜说:"好吧。是不是今天晚上我们碰一下?你们住在哪里?"

黄达洪说:"我们就住在天元。袁先生住1608,我住1607。我向袁先生报告一下,晚上就恭候您了。"

"不客气。"朱怀镜挂了电话,"这姓袁的越来越会玩了。想不到黄达洪在袁某人手下如此俯首帖耳。"

"你发什么感慨?"玉琴不知道他在说什么。朱怀镜就把袁小奇、黄达洪的事说了个大概。玉琴听了觉得好笑:"怎么回事?这些人搞个什么事,为什么总爱同你商量呢?是你的鬼点子多?"

"哪里啊,他们是冲着皮市长来的。袁小奇的真实目的是想在电视新闻里出现皮市长接见他的镜头。皮市长倒是接见过他多次了,但差不多都是私下活动,没有新闻效应。这袁小奇,是想干大事了。"朱怀镜说。

"那你就这么随人摆布?袁小奇让你怎么着你就怎么着?"玉琴说。

朱怀镜回道:"难得你为我想着这些事。我不是可以任人摆布的。只是袁小奇并不是不认识皮市长,皮市长其实对他还很不错。这事袁小奇不找我策划,也会找别人策划的。与其这样,倒不如我帮他出出主意。多一个朋友比少一个朋友好啊。"

玉琴这就不说什么了,目光注视着前方,认真开车。朱怀镜感觉玉琴心里还有想法,却只是装蒜。他见玉琴的手提包敞开着,隐隐看见里面有照片什么的,就说:"包里有什么宝贝?我能看看吗?"

玉琴说:"别假惺惺了。我还有什么东西可向你保密?"

朱怀镜拉开包,见里面果然装着几张照片,都是他和玉琴的合影,还过了塑。玉琴侧过脸望他一眼,嘴角露着微笑。朱怀镜忍不住心血来潮,伸手摸了摸玉琴的手。

朱怀镜的朋友是位武警支队长,姓李,早已带着一个当兵的等在那里了。朱怀镜介绍了玉琴。握手客套之后,李队长指着那位士兵,说:"他的驾驶技术很不错,是技术标兵,很有教练经验,由他负责教练。"

朱怀镜没想到李队长如此认真,果然是军人作风。

玉琴就说:"这下好了,不用我操心了。"

李队长问:"朱处长自己带了教练?"

玉琴说:"我哪敢充教练?还是辛苦这位战士吧,他有教练经验。不然,我说了半天还云里雾里。"

李队长说了声行,战士就刷地敬了个礼,上了车。朱怀镜也跟着上了车。战士操着南方人的普通话,一二三地讲着有关驾驶要领。

李队长招呼玉琴在一边的太阳伞下喝茶。两人喝了一会儿茶,见奥迪飞快地行驶了一阵,停了下来。接着,车子就慢慢地跌跌撞撞着像只甲壳虫。玉琴知道一定是朱怀镜在驾驶了,就指着车子笑话。车子转了几圈,渐渐平稳了。到了玉琴他们面前,车子却突然颠了一下,喀地停了。朱怀镜从车上下来,请玉琴和李队长上车。玉琴和李队长都玩笑说,不敢上车,还想留着脑袋吃饭。朱怀镜心想让李队长陪着也不是个办法,开了几句玩笑,就说你要是有事就去忙。李队长客气一会儿,就忙自己的事去了,说等会儿一起吃中饭。玉琴便上了车,同战士换了座位,坐在前面。朱怀镜驾着车转了几圈,就说战士辛苦了,请他下车休息。战士很负责,不肯下车。朱怀镜同玉琴递了个眼色,很恳切地请战士下车休息,有问题再请教。战士这才下了车。

战士把车门带上,朱怀镜就笑这小伙子死心眼。玉琴抿抿嘴,睨了朱怀镜一眼,说:"你好没良心!人家可是你的教练啊!"朱怀镜吐着舌头笑笑,开动了车子。

训练场建在一个山头上,山顶是训练场的中心,被推成一个很开阔的大坪。坪的边沿有几个出口,任意一个出口都连着盘山公路。盘山公路模拟各种情势的路况,一会儿上坡一会儿下坡,过了砂石路面又是水泥路面,还有浅水滩、水沟、泥淖、沙滩等。这是个典型的军用汽车训练场。朱怀镜的车一直是在山顶的大坪上开。开了两个多小时,朱怀镜觉得乏味了,想下盘山公路试试。玉琴不让他下去:"你别逞能了。你先得在平地里多开,培养车感,不要急于上路。我说,你起码得在这里开他个把星期,才能上路。"朱怀镜没法,只得听玉琴的。这时见战士在那里招手,朱怀镜把车开过去停下。原来是叫他们吃中饭了。战士上来驾了车,下山去营房用餐。

中饭菜搞得丰盛,但朱怀镜是来学车的,不能喝酒,吃起来就少了许多烦琐。很快吃完了中饭,朱怀镜同李队长握手道:"你休息去,我再练练就回去了。你就不管了。这位战士也可以休息了。"李队长留他们吃了晚饭再回去,见留不住,就说:"那就不客气了,您有时间随时来练就是了,我同训练场打了招呼。"

朱怀镜同玉琴也没休息,就要上山去。上山时玉琴不让朱怀镜驾车,怕他毛手毛脚的出事。上了山,玉琴才把方向盘交给朱怀镜。可开了一会儿,朱怀镜就觉得头重,想休息了。他长期以来养成了午睡的习惯。玉琴就说把车停在一边,你养养神吧。

朱怀镜靠着座椅左扭右扭,总觉得位置不好,躺不妥帖。玉琴就把他扳过来,让他躺在自己腿上。朱怀镜这才感觉舒服了,慢慢睡去。因为天气好,车窗一直是开着的。可坐久了觉得有些

389

寒意，玉琴就开了空调。过了会儿，玉琴怕里面空气不好，又把窗玻璃摇下了三指宽的缝儿。

朱怀镜沉睡着，舒缓的呼吸声依稀可闻。玉琴透过车窗缝儿望着外面，见山坡上新发的茅草茂盛而嫩绿，微风一吹，春水般荡漾起来。太阳的亮光随着微风在草丛上翩翩起舞。一只不知名的小鸟将长长的翅膀极抒情地伸展着，在晴光万道的天幕上盘旋。玉琴莫名地伤感起来，忍不住深深叹息了。

朱怀镜醒了，感觉到了玉琴的情绪，问："琴，你怎么了？"

玉琴抱起朱怀镜的头亲了一口，说："没什么，你睡吧。"

"不，我听到你叹息了。什么时候了？我俩回去算了。"朱怀镜说。

玉琴抬腕看看手表，说："还早，才四点多。"

朱怀镜说："也不早了，我们回去吧。"

路上照样是玉琴开车。她尽量说着高兴的话，可朱怀镜总觉得她心情不太好。"我们有空还来练练。"朱怀镜说。

"好。"玉琴说。

"你要是没空，我们就在市内找个学校的体育场也行。"朱怀镜又说。

"好。"玉琴似乎说不出多余的话。

朱怀镜心想这宝贝儿是越来越难以捉摸了。车进了城区，两人不怎么说话了。玉琴双眼注视着前方，像是在专心开车。朱怀镜却在猜测她那微妙的心思。突然发现前面有人使劲地朝他们招手，玉琴忙把车子靠边，停了下来。玉琴开门下车，就见刚才招手的那个人咿里哇啦地指着车子下面嚷。原来是个哑巴。玉琴弓腰看了看车下，没发现什么异样。她正满腹狐疑，那哑巴又咿里哇啦地指着车子下面叫了。玉琴只好又埋头去看车子下面。还是没发现什么东西。朱怀镜不知发生了什么事，也下了车，同玉琴一块弓腰去望下面。真的没有发现什么。两人有些被弄糊涂了,又围着车子转了一圈,确认没有什么事情,就说管他哩,走吧。再回头一看,刚才那哑巴不见了。两人也不想理会,上了车。走了一段,朱怀镜脑子猛然一想,预感到了什么,忙问:"玉琴,快看看你丢了什么东西没有!"玉琴手往身边一摸,吓了一跳,马上又低头四处搜索一会儿,叫道:"我的包!"玉琴赶快把车停在路边,前前后后地在车里找了一遍,没有发现包。包真的丢了。朱怀镜说:"对了对了,一定是刚才那哑巴调虎离山,顺手偷走了包。"

玉琴耷拉着脑袋,没精打采的。"包里有什么东西?有钱吗?对对,你的手机在包里。"朱怀镜说。

玉琴半天才说:"还有我俩的照片。"

朱怀镜嘴巴突然张开成了一个圆洞,一个惊恐的啊字差点儿脱口而出。玉琴白了他一眼,冷冷地说:"钱没多少,只八百多块。手机也值不了几千块钱。"听玉琴的口气是只可惜那照片。朱怀镜刚才吃惊的表情也是为着照片,但他多半是怕照片流传出去会出什么事儿。玉琴显然是猜着了他的心思,才白了他一眼。朱怀镜也感觉到玉琴疑心他什么了,就故作轻松,说:"既然这样,丢了就丢了。照片我们再照就是。这里正好是宋达清的管区,我打电话告诉他,请他帮忙查查,说不定还能追回来。是谁作的案,他们公安八成心里有数。"玉琴不理他,只是默默地开动了车。朱怀镜知道玉琴不太喜欢宋达清,也不等她说什么,就打了宋达清手机,把事情详细说了。

宋达清很爽快,说:"我马上派人追,快的话,几个小时之内就会有消息。晚上袁先生请我们聊天,说你也去。我们等会儿再见。"

"宋达清说可能追得回来。"朱怀镜有意说得信心十足,好让玉琴高兴些。可玉琴仍不搭理，只顾慢慢开车。车开得慢，后面的车不断地按喇叭。朱怀镜尽量说些高兴的话，可他心里照样不是味道。荆都的治安是越来越差了，满街是扒手、小偷、骗子、娼妓，从来不见那些大盖帽站出来管一下。早几年，荆都市第一次有了巡警，老百姓觉得很新鲜。电视里也煞有介事地大做宣传，似乎人们从此就安全了。可是过不了多少天，那些巡警就懒洋洋地坐在街头的树阴下乘凉了，巡警成了坐警。再过些日子，荆都街头就多了许多的治安亭，那些头戴大盖帽的街头懒汉就坐到治安亭里打瞌睡去了，坐警成了亭警。又过些日子，大盖帽打瞌睡的亭子多了部公用电话，治安亭就成公用电话亭了。

　　朱怀镜还不能自己开车，玉琴把车开回政府大院，停进了机关车队的车库。这车库是朱怀镜找了韩长兴给安排的。朱怀镜说这是一个朋友的车，借他玩玩。他越说得轻描淡写，韩长兴越发认为他有能耐，玩得活，不停地拍他的肩膀。

　　玉琴下了车，微笑着说你回去吧，就独自往大门去了。朱怀镜知道玉琴这微笑是做出来的，因为这是政府大院，过往行人很多，由不得她任着性子噘嘴巴。朱怀镜也不便多说，只好冲着她的背影招招手："你好走啊！"玉琴并不回头，昂着头走了。朱怀镜不由得四处望望，见没人注意他，心里才妥当些。他想要是别人见他冲着一个女人的背影打招呼，而这女人并不理他，情况就复杂了。朱怀镜心里刚刚熨帖些，又忍不住回头望望玉琴。玉琴还没走出政府大院，大门正庄严地树立在离她一百多米远的地方。朱怀镜突然觉得玉琴今天走路的姿势有些异样。朱怀镜转身回家，路上总想着玉琴刚才的样子。对了，玉琴手上不拿包，整个就不自然了。有些女人，手包是她形象的一部分。想起那个丢失的包，朱怀镜心里就沉了一下。那些照片要是流传出去，真的会有麻烦的。

心里怏怏地回到家，见香妹已在做晚饭了。朱怀镜便往沙发里一躺，说："学了一天的车，累死了。"香妹说："累你就休息一下吧。"香妹相信了他的话，他越发有功似的，说话的嗓门也大了起来，叫道："儿子呢？"香妹说："在阳台上吧？知道他在玩什么！"

朱怀镜腾了起来，去了阳台上，见儿子在那里玩变形金刚。朱怀镜正想逗儿子，却发现阳台的一角满满地码着些塑料桶。一看就知道里面装着食用油。他摸摸儿子的脸，让他自己玩，跑去厨房问香妹那油是怎么回事。香妹正在炒菜，说："是四毛从家里带来的茶油，拿去送礼的。"

朱怀镜笑道："四毛也学了些了，只是学的起点不高。现在还拿茶油送礼，就太寒伧了。条件稍微好些的，都用精炼的调和油、色拉油了。"

香妹拿过油瓶，朝锅里倒油。立即听得一阵很爽耳的暴响，一股清香弥漫了整个厨房。香妹耸耸鼻子，说："我闻到茶油香感觉很舒服。什么精炼油都没有这原汁原味的好！"

朱怀镜说："你观念过时了。现在人们讲究卫生第一，口味在其次。流行的是绿色食品，食用油要精炼的，大米和蔬菜要没有污染的。"

"你说的是有钱人，穷人家饭还吃不饱哩。"香妹说。

朱怀镜说："不错，我夫人还很有群众观念嘛。"香妹笑笑，不搭理他了。朱怀镜吐吐舌头，回到客厅里闲坐。突然间，朱怀镜得到了灵感。他想，四毛的两个哥哥，在农村都穷得叮当响。可以让他们专门种些优质稻，不施农药，能产多少就产多少。再让四毛按当地稻谷产量收购，用这些没有污染的米去送礼，人家肯定喜欢。送给谁当然由他朱怀镜说了算。只是这话不好怎么同香妹说。今天肯定没时间说了，晚上还得去天元大酒店。吃了晚

393

饭,朱怀镜说晚上还得出去一下。香妹早习惯他晚上出门了,并不多问。

朱怀镜乘的士去了天元大酒店,径直敲了1608房的门。开门的是黄达洪。袁小奇忙迎到了门口,说:"劳朱处长大驾,不好意思。"朱怀镜进去了,陈雁也在,宋达清早到了,还有作家鲁夫、《荆都科技报》主编崔浩。袁小奇的两位秘书兼保镖也在。大家一一客气了一番,坐下喝茶。这是一套总统套房。别人还没开言,宋达清提起手边的皮包,叫了声朱处长,再同其他人开玩笑说:"对不起,我向朱处长个别汇报一下。"

两人进了卧室,宋达清笑嘻嘻地说:"朱处长,你是吉人自有天相。"说着就从他的包里取出一个女式手包,正是玉琴丢的。朱怀镜简直不敢相信,忙接了过来。刚准备打开,宋达清先说了:"手机和别的东西还在。那几百块钱,他们到手就用得差不多了。那就算了吧。钱不多,他们用了就用了。这也是他们道上的规矩。"

朱怀镜打开手包瞟了一眼,见手机和照片果然都在。因为那照片,朱怀镜心里有些尴尬。但他装作没事似的,绝口不提。这种事不说还好些,越解释倒越添尴尬。"你真是神通广大啊!"朱怀镜有意避开手包里的内容。

宋达清笑道:"什么神通?只要老百姓不说我们匪警一家就得了。辖区内都有哪些混混,我们要是不了如指掌,怎么开展工作?当然要是流窜作案,我们就没办法了。今天偷包的是个团伙,不全是哑巴,但的确有几个是哑巴。他们专门找小车下手,作案手段都是这样,让一个哑巴咿咿呀呀地朝小车打手势,你下车后他就咿咿呀呀指着汽车下面。你就以为汽车出了什么事,忙弓腰下去看。这时,同伙就拉开车门行窃。他们人多,东西一到手,就飞快地往后传。万一被抓住了一个,多半是抓的哑巴。他一是残疾人,你不便对他怎么样,二又不好审问,随你怎么问,他只咿咿啊啊,还胡搅蛮缠。说实话,只要他们不闹大了,我们也不怎么管他们。但我们真的找他们了,他们也老老实实。"

朱怀镜像是听天书,说:"真是无奇不有。谢谢了。"

两人出去,陈雁说:"老宋真会拍马屁,朱处长还没坐稳,就叫你拉去了,鬼鬼祟祟的。"

宋达清笑道:"我这人最大的本事就是拍马屁。我只怕别人说我连马屁都不会拍。"

朱怀镜指指宋达清,说:"你真会开玩笑!你再会拍也犯不着拍我的马屁呀!我朱某人何许人也,值得如此抬举?只要兄弟们不嫌弃就万幸了。"

"只要兄弟们,就不要姐妹们了?"陈雁佯装生气的样子。

朱怀镜对这女人的感觉越来越复杂,说不上喜欢,也不敢脸面上过不去。如今她有意卖俏,他就势玩笑说:"我从来没有把你当女流啊,只当是我的兄弟哩!你们都是文化人,我印象里,中国人书读多了就男女不分的。鲁迅先生称许广平广平兄,好像钱钟书先生称杨绛女士也是先生。"

大家哄地笑了,陈雁扬了扬手,说:"好啊,我一向认为你这人老实,你趁机占我便宜。"

袁小奇笑道:"各位水平都高,妙语连珠。只有我是大老粗,斗嘴皮子斗不过你们。"

鲁夫递了本书给朱怀镜:"朱处长,我新写了本书,是写袁先生的,请你雅正。"

朱怀镜很客气地双手接过书,一看,见书名是《大师小奇》。封面是袁小奇白衣白裤,双手合十,闭目打坐,俨然一位得道高人。再翻开了,见前几页是彩页。第一页竟是袁小奇同北京一位高级领导的合影。再往下翻,全是袁小奇同各界名流的合影。中间自然有袁小奇同皮市长的合影，朱怀镜居然见自己的形象隐隐约约在皮市长后面，正同方明远在说着什么。这是他第一次向皮市长引见袁小奇时陈雁照的相。朱怀镜心里说不出的味道，望着袁小奇笑笑说："了不得了不得，我回去好好拜读。"

鲁夫只当朱怀镜是在向他客套，谦虚道："哪里啊，都是袁先生人奇事奇，我如实记载而已。"

袁小奇淡淡一笑，说："全搭帮兄弟们抬举。今后还要请各位多多爱护才是啊。"

黄达洪说："今天袁先生请各位来叙叙，就是这意思。袁先生乐善好施，每次回来，都要为家乡捐点钱。这次袁先生想再捐一百万。但不想随便就把钱扔了，得捐得是地方，要有意义。我个别都向各位汇报了，请大家一起想想主意。"

朱怀镜听黄达洪说这几句，就想这人不枉在官场上混了二十来年，学到的官话今天用得是地方了。他同每个人个别说这事，也许都把意思直接说了，就是这钱捐出来，得轰动效应，得让皮市长公开接见，得上荆都电视新闻。

大家都望着朱怀镜，指望他发表高见。他却不想说什么，就说："各位发表意见，我们议议吧。"

宋达清见大家都不开腔，就说："我说，还是希望工程。"立即有人表示不同意，说希望工程太老调了，没新意。

"那么就支援残疾人事业？"崔浩提议。大家也觉得不妥。有人提到搞春蕾计划，专门设个袁小奇春蕾基金，支持失学女童；有人说资助孤寡老人；有人讲资助贫困教师。都没能让大家满意。

陈雁便说："我提个建议。你们先别说行还是不行，听我讲讲道理。我说呀，把钱捐给市老干休养所。去那里的是哪些老干部呢？级别太高的不会去，因为他们退下来以后可去的地方很多,用不着去老干休养所。级别太低的又去不了,老干部这么多,还轮不到低级别的干部去休养。那么,去休养的都是那些级别要高不高、要低不低的老干部。给你们说,我去年去那里采访过,发现他们这些人意见大哩!比一般老百姓意见还大,怪话还多。他们一是对在位当权的领导意见大,二是对先富裕起来的那部分人意见大。袁先生把钱捐给老干休养所,让他们搞个建设,叫他们知道先富裕起来的人也不全是没肝没肺的。我想市里领导也乐得有人替政府出钱安抚他们,自然支持你捐献。"

大家一扯,都说这意见好。陈雁受到鼓舞,有些得意,说:"要是捐给老干休养所,我想袁先生至少可以上三次电视。一是捐钱的时候,二是他们搞个什么建设开工典礼的时候,三是工程竣工剪彩的时候。而且三次皮市长都可以堂而皇之地出席。"

朱怀镜感觉自己钻进了别人编织好了的套子里。这个套子里还有北京的高级首长,各界社会名流,皮市长也在这个套子里。现在他自己又被拉进来帮着编织更大的套子,好去套更多的人。而这个套子钻进来之后却不好脱身。因为皮市长是他拉进套子里的,他只好陪着皮市长待在套子里了。

大家说了半天,才意识到朱怀镜没表态,就把目光投向他。他本不想说什么的,可别人都望着他了,他不得不说了:"关键是要选好一个项目。要是没有项目,笼统地捐给老干休养所,说不定就成了所里的办公经费了,他们拿去发奖金也不一定。"

这时袁小奇才说话:"按陈小姐和朱处长的意思,捐给老干休养所是可行的。那么我们就同他们接触一下,看他们有没有合适的项目。"

朱怀镜不想揽这事儿,就含含糊糊地点点头。他知道这些人肯定会请他帮忙联系的,就先发制人:"谁同老干休养所熟悉些?陈雁不是采访过他们吗?"

宋达清笑道:"有钱给他们,还怕人不熟悉?"

朱怀镜说:"不是这意思。人熟些就免得唐突。"

没想到陈雁却硬要拉上朱怀镜:"我可以去一下,他们刘所长我熟。但朱处长得陪着去,您是政府领导啊!"

朱怀镜故作油滑,笑道:"就我俩去?太情调了吧!"别的人就撮合他们,显得有些恶作剧,说非你们两位出马不可。陈雁略显羞涩,望着朱怀镜,看他怎么说。朱怀镜见女人这表情似乎在传递着某种消息,一时间心乱情迷。但他马上想到这事只有他和陈雁两人去,自己似乎成了袁小奇秘书似的,太没面子了。不由得又想起这次袁小奇回来,凡事都是让别人同他联系,像个首长。心想不能听凭他在自己面前如此摆谱。别看这人现在见了面仍是一脸谦恭,但长此以往,有一天他说不定就会颐指气使的。这复杂的心思其实只在朱怀镜脑子里飞快地转了一下,他就打定了主意,说:"我和陈雁跑一趟都没什么,只是我俩毕竟是隔山卖羊,还是劳驾袁先生一道去吧。"朱怀镜说完这话,才发现自己措词太客气了。这时他突然察觉到自己不知从什么时候起,也对袁小奇越发彬彬有礼了。一阵羞愧掠过朱怀镜的心头。

袁小奇很风度地点了点头,说:"不用劳驾二位专门跑去。打个电话,约他们所长出来喝茶吧。我们见了面,谈谈就是了。"

"对对,这样很好。"朱怀镜故意说得响亮,私下却想自己刚才只知道上门去说,就是没有想到打电话约别人出来,显得好没见识。看看袁小奇那沉着的样子,朱怀镜就疑心他会不会在心里笑话自己。朱怀镜心里有些不舒坦了,便再次重申选好项目的重要性,说了三点意见,甚至举了市里扶贫和以工代赈的一些例子。朱怀镜发表了一通高见,见大家都长了见识似的望着他,他的感觉才好了些。听完了他的意见,袁小奇就决定明天晚上约老干休养所刘所长喝茶:"各位都要来为我撑面子啊!"袁小奇客气地请着各位,眼睛却只望了望朱怀镜、陈雁和宋达清。打电话的事就拜托陈雁了。

朱怀镜念着给玉琴送包去,就说不早了,明天再见吧。大家便都说散了。这时,黄达洪招手请各位稍等,说:"袁先生本想请大家去喝茶,但这里说话方便些,就不出去了。这个只当请各位喝茶吧,不好意思。"黄达洪说着就递给每人一个红包。袁小奇便在一旁说着不好意思。大家也不推让,口上客气着都收下了。

朱怀镜突然发现一个男人手里拿个女包,怎么也不是个味道,走起路来手脚几乎都不协调了。下了楼,宋达清问:"朱处长自己开了车来?"

朱怀镜说:"我才学了一天车,就敢上街了?胆大包天哩!"

"要我送送你吗?"宋达清问。

朱怀镜忙说:"不用了,你先走吧。"

鲁夫和崔浩过来同朱怀镜握手打招呼,拦了辆的士走了。陈雁自己来了车,说:"你俩站在那里好好客气吧,我先走了。"

各位都走了,朱怀镜拦了辆的士去龙兴大酒店。他想起宋达清平日都是非送他不可的,今天却只是随便客气了一句。宋达清肯定猜着他是要去玉琴那里,就不好坚持送他了。管他哩,他和玉琴的事迟早有人会知道的。想宋达清也是场面上混的人,不会多事的。这时想起袁小奇送的红包,就拿了出来。还没打开,就私下同自己打赌,猜猜到底有多少钱。他想了想,估计两百元吧。打开一看,竟是一千元!朱怀镜几乎有些激动,双脚便随着的士播放的音乐有节奏地抖了起来。

的士径直开到了玉琴楼下。朱怀镜上了楼,把手包放在背后藏着,拿钥匙开了门。玉琴还没睡,坐在客厅的沙发里,目光显得郁郁的。朱怀镜猜想玉琴下午回来后,也许一直坐在这里发

399

呆。他便做出高兴的样子，弓腰亲亲玉琴，突然将包高高地举在头顶。玉琴眼睛一亮，脸色发红，惊愕地啊了一声。朱怀镜将手包放在玉琴手里说："除了钱，什么东西都没少。钱他们要是没用还可以退，用了就算了，这是规矩。"

玉琴先不说话，忙拉开包，拿出照片一数，说："少了一张照片。我放了五张照片在里面。"

"是吗？"朱怀镜问。

玉琴再翻翻手包，说："我吊着你脖子那张照片不见了。手包是宋达清交给你的？"

玉琴怀疑宋达清拿了一张照片。朱怀镜明白玉琴的意思，却不便说破这事，只说："是的。"

玉琴不说话了，坐在那里发呆。朱怀镜也不好相劝。他想宋达清要是有意拿了一张照片，这个人就真的太阴险了。朱怀镜不便再找宋达清问照片的事，只好自认吃了暗亏。可是让这人抓了把柄，今后就得受制于他了。

今晚朱怀镜本想回去的，可是见玉琴这么个情绪，他就不忍心走了。他知道玉琴的性子，她自己没回过心来的事，你再怎么劝也是没用的。他只好让玉琴洗漱了，上床休息。见玉琴没兴致，他只抱着她温存了一会儿，就让她一个人躺着。他坐在床头，没有躺下，心里乱七八糟的。静坐了一会儿，拿来鲁夫写的《大师小奇》，随便翻了起来。书的目录神乎其神，很吊人胃口。有个目录朱怀镜简直不敢相信：

　　　　手起刀落，身首异处，人却安然无恙。

朱怀镜循着目录，翻到里面，见上面写着：

那天，袁小奇先生在北京弟子顾东阳家做客。顾家住的那个四合院里有好几户人家，他们早就听说顾东阳在南方拜了个高人为师，只是无缘见识。这回知道袁先生去了，男女老少十来个人硬要缠着他亮几手功夫。袁先生不爱显山显水，死活不肯表演。有个小伙子就说："你袁先生只怕徒有虚名，怕露马脚吧！"袁先生还是不愠不火，只管拱手道歉。倒是把他的弟子顾东阳急了，非要央求师傅来两手。袁先生微微一笑，说："硬是要我玩，我就玩个让你们开眼界的。不过有个条件，要请这位朋友配合一下，行吗？"袁先生指指刚才激将他的那位小伙子。小伙子二话没说就点头答应，只问："玩什么？"袁先生又是一笑，说："活取人头。"此话一出，在场的人面面相觑，只当是玩笑。袁先生说："我说的是真的。不过不要怕，死不了人的。"说罢就让顾东阳取了把菜刀来。他伸出一指，试试刀锋，再望着那位小伙子说："兄弟，委屈你了。"小伙子还没明白是怎么回事，只见袁先生手起刀落，脑袋早被砍了下来，滚到一边去了。那没头的身体却端坐在那里，伸手往肩膀上去摸，像是要摸摸自己的脑袋。在场的人全都傻了，背过脸去。想要逃命，脚却钉在地上动不了。只见袁先生过去捡起人头，说道："没事没事，人死不了的。"他捡起人头，吹了口气，再往那人脖子上放。小伙子扭了扭脖子，眼珠子转了转，觉得奇怪，问："你们都这么望着我干吗？"原来他根本不知道几秒钟之前自己的脑袋叫袁先生搬过家……

朱怀镜摇摇头，根本不相信这些胡说八道的事。可下面一章竟说到一位老将军：

一瓶清水，三声喝令，老将军起死回生。

朱怀镜细看正文，见写的竟是与一位身经百战的老将军有关的事：

那是北京的秋天，解放军总政治部的首长请袁先生去305医院，看望久病在床的陈老将军。老将军患糖尿病多年，现在肾功能已经衰竭，并发了尿毒症，生命垂危。老将军的亲属不知从哪里打听到袁先生身怀奇术，又古道热肠，不知有多少人被他从死亡线上拉了回来。他们费尽周折，千方百计找到了袁先生，指望他能给老人带来最后一线希望。袁先生从小就很敬仰这位戎马倥偬大半辈子、立下过无数战功的老将军，一听说老将军用得着他，什么也顾不上，就带着一个弟子飞抵北京。当他走进病房，见昔日威风凛凛的老将军，如今已面如刀削，全身发黑。袁先生不去多想，只发誓一定要让老将军康复。他环视一下病房，见桌上放着一瓶没打开的矿泉水。他过去取了矿泉水，拧开瓶子，走到窗前。众人不知他要做什么，不便问他，只是屏住呼吸望着他。但见袁先生举着矿泉水瓶子，望着窗外，昂首俄顷。突然，袁先生"哈、哈、哈"地叫了三声，手往空中一捞，像抓住了什么，往矿泉水瓶口一捂。他转过身来，说："拿个碗吧。"老将军的家属忙递了碗上去。袁先生往碗里倒了满满一碗矿泉水，很认真地说："让将军喝下它吧。"家属将信将疑，扶起老人，用调羹喂矿泉水。可袁先生在一旁显得有些支持不住，脸色发白。他的弟子知道袁先生因为刚才发功过量，伤了自己身体，就扶着师傅回宾馆休息。临走时，袁先生交代说："那水分三次喝，晚上和明天早上再各喝一次。"第二天中午，老将军的病情真的奇迹般好转过来了。总政首长马上派人去宾馆请袁先生，可他早已走了。袁先生行迹如萍，飘浮不定。

....

这是三年前的事，老将军如今已九十有五，依然精神矍铄。

朱怀镜再翻了一会儿书，见有很多章节他原来在一些报纸、杂志上陆续看过的，编书时做了些剪辑和扩充。书中的袁小奇出神入化，高深莫测，急公好义，乐善好施，被称作神仙、菩萨、奇人、高人、大师。朱怀镜说什么也不相信有这么神乎其神的事，可书中讲述的人和事都有钉子有眼儿，不少人物还是高官名流。他不由得翻到前面的彩页，见那位白发苍苍德高望重的领导紧握着袁小奇的手，笑容可掬。朱怀镜琢磨着这张照片，自然想起了袁小奇同皮市长那张合影的产生过程。如果里面所有照片都是这么产生的，就没有一个人出来说说话？何况里面有高级领导的照片啊。朱怀镜怀疑袁小奇是不是真有这么神，却不得不同朋友们一道帮着造神。

皮市长从北京回来时，袁小奇捐资老干休养所的事宜已谈妥了。老干休养所的设施比较完善，常规活动场所都有了。大家反复商量，决定修个室内网球场。因为休养所刚修建那会儿，网球还有些资产阶级味儿。这几年不知是无产阶级富裕了，还是资产阶级可爱了，老干部们说网球还真不错。天天打门球也不是个味道。

皮市长听说袁小奇要捐款给老干休养所，自然高兴。老干们总说休养所条件太差，平日尽发牢骚。如今让袁小奇捐款建个网球场，也能叫老干们少说些怪话。

皮市长自然出席了捐款仪式。只要有皮市长参加的活动,电视里就得报道,这是规定。于是袁小奇第一次在电视里露面。新闻报道他捐款后的第二天,电视台又给他做了个专题节目。是陈雁策划和制作的,题目叫"他来自白云深处——记南国奇人袁小奇"。陈雁在片头介绍说:小奇其实大奇。他三岁丧父,五岁丧母,小小年纪就开始了流浪生涯。他遍访名山,广结善缘,每遇高人。不知不觉,他长大了,长成了同常人不一般的人……

以前袁小奇有过多次捐款活动,但没有市领导在场,电视没有宣传。他捐款的事迹同他的神秘功法只在民间口头流传。前不久,鲁夫的大作《大师小奇》在荆都市的书摊上面世,买的人并不多。偶尔有人买了,看过之后也是不敢不信,不敢全信。这回袁小奇就成了荆都市家喻户晓的名人了,鲁夫的大作便洛阳纸贵。

四毛不知从哪里知道朱怀镜同袁小奇熟悉,就求表姐香妹,想承包老干休养所网球场的工程。这天吃了晚饭,香妹就把四毛的想法同朱怀镜说了。朱怀镜没说什么,只是笑道:"四毛也知道钻门路了?"

香妹说:"你只说能不能帮帮忙吧。"

朱怀镜知道不答应香妹是过不了关的,只好说:"我试试吧。这也是求人的事,不是我说了算。"他没有多大兴趣帮四毛活动这事。朱怀镜平日的私人应酬,大多是乌县在荆都做生意的老乡买单。最够意思的是陈清业,他每隔一段就会约朱怀镜安排活动,邀几个朋友玩玩。唯独没有让四毛意思过。其实四毛赚得也不少,只是不开窍。朱怀镜开导过他,教他河里找钱河里用,赚的钱分文不往外掏,这钱是赚不长久的。四毛也许只给韩长兴和分管机关事务的厅领导表示过,但从没想过要感谢一下朱怀镜。朱怀镜也并不眼红四毛赚了钱,只是觉得老叫别人买单不太好,四毛要是能够出些力也未尝不可。

这次袁小奇回来待了十多天，荆都市的主要领导差不多都接见了他，很是风光。他还在荆都注册了一家分公司，由黄达洪留下来任总经理。据说这家公司注册手续只一天半就办好了，这在荆都历史上是从来没有过的。后来很长一段时间，荆都市有关部门总爱用这个例子说明他们的投资环境如何如何好，办事效率如何如何高。可这事在民间流传的却是另一个版本，说是袁小奇为了让公司注册手续办得顺利些，说过："就当十万块钱丢在水里吧。"结果花了不到六万块钱，各种手续就一路绿灯地办下来了。袁小奇就笑道："没想到这些人真没见过钱，这么容易就打发了。"

修建老干所网球场的所有事宜也就由黄达洪全权负责。这天，朱怀镜打电话给黄达洪，说了四毛想承包网球场工程的事。黄达洪只迟疑片刻，就说："这事好办，但电话里说不细，见见面吧。"朱怀镜就约了黄达洪吃晚饭，在一家叫北海渔村的海鲜馆。

朱怀镜勉强能开着车上街了，就带上四毛，自己开了车去。到了海鲜馆，他们刚下车，就见黄达洪从的士里面下车，带着一位小姐。黄达洪因为是坐的士来的，觉得不怎么有面子，手脚不太自然。他上来握了朱怀镜的手，不说别的，开口就说："袁先生走的时候说了，下个月就给我从深圳发一台车过来。我说分公司刚开张，就艰苦些嘛。可袁先生说，车是公司的形象，随便不得。"

朱怀镜玩笑说："对对，袁先生说得有道理。艰苦朴素固然可贵，但革命形势发展很快，有些场合别人不看你人就看你车。你就听袁先生的吧。"

两人并肩往海鲜馆里走，黄达洪又回头看看朱怀镜的车牌照，说："你这车不是政府机关的呀？"

朱怀镜说:"一位朋友不要了的旧车,我捡着用用。"

他那语气越不当回事,越让黄达洪惊羡。"行啊,朱处长,您在荆都可是玩得活啊!"黄达洪重重地拍了下朱怀镜的肩,眼睛里几乎放着红光。

找了座位坐下,黄达洪才介绍他带来的小姐,秘书周小姐。朱怀镜便介绍了表弟瞿林。点好了菜,黄达洪就问瞿林的情况。瞿林只说了句自己在政府机关维修队,就没有什么说的了。朱怀镜嫌瞿林讲话不怎么撑面子,就补充道:"瞿林干过多年建筑,经验是有的。但都是跟着别人干,自己没有发展。我原来在乌县,也没关照过他。现在他在政府维修队负责,管着三十来号人,一年只有百来万的维修工程,赚不了多少,只是混口饭吃。"

黄达洪说:"一年有百把万的事做,不错了嘛。这个网球场工程也不大,好在技术不复杂。我可以同老干所那边商量一下。根据协议,工程建设主要听我的。这个没问题。"

一会儿菜就上来了,小姐问喝什么酒。朱怀镜征求黄达洪的意见。黄达洪推让一下,就问小姐这里有什么酒。小姐说:"白酒高档的有茅台、五粮液、酒鬼,洋酒高档的有人头马、爵士……"

不等小姐说完,黄达洪一挥手,说:"行了行了,酒鬼吧。酒鬼真的不错。我上次随袁先生去湖南,那里的朋友向我们推荐酒鬼,我们还不太相信。一喝,还真不错。但价钱也是价钱,比茅台还贵。"

听黄达洪这么一说,瞿林的脸庞和脖子顿时红了,额角冒了汗。朱怀镜怕瞿林这样子让黄达洪看着不好,就故意高声豪爽道:"酒鬼酒鬼!"其实黄达洪并没有注意到瞿林表情的变化,只把烟吸得云里雾里。

朱怀镜又问周小姐喝点什么。周小姐说不喝酒,喝矿泉水就行了。黄达洪也为她帮腔,说她的确不喝酒。朱怀镜这个时候才礼貌地称赞了周小姐的漂亮和风度。周小姐自然是表示感谢了。朱怀镜发现这女人五官还真的不错,只是没有个性,就像商店里的塑料模特,各个部位都符合黄金分割率,却不生动。朱怀镜总想着黄达洪带女人上深圳做皮肉生意的事,就猜疑这周小姐跟着他可能也干净不了。

斟好酒,黄达洪先举了杯敬朱怀镜。朱怀镜抬手挡了挡,说:"今天是我请你,还是我敬你吧。"他本想说今天是请你帮忙的,但怕太掉格了,就说得平淡些。黄达洪笑笑,说:"那就别说什么敬不敬的,同饮吧。"于是邀了瞿林共同举杯,三人干了。

朱怀镜示意瞿林敬酒。瞿林不太活泛,目光躲躲闪闪地望了朱怀镜几眼,才端起酒杯敬黄达洪。朱怀镜心想瞿林平日也不是这样子,怎么到了稍微上些档次的地方就形容猥琐了?凭他这见识闯江湖肯定不行的,还得修炼才是。黄达洪喝了瞿林敬的酒,直说这小伙子朴实,难得难得。朱怀镜听了就知道瞿林给黄达洪的印象太死板。《现代汉语词典》早该修订了,很多语言再不是原来的意义。朴实就是死板,老实就是愚蠢,谦虚就是无能,圆滑就是成熟,虚伪就是老成。瞿林是这番表现,朱怀镜只好自己频频举杯,同黄达洪同饮。黄达洪越喝越豪爽,说话一句高过一句,说他当年在乌县时如何佩服朱怀镜的能力,同朱怀镜的关系如何如何好。朱怀镜不停地点头,说那是那是,或说哪里哪里。其实那会儿黄达洪在县里把头昂到天上去了,在他眼里只有几位主要领导。黄达洪脸色渐渐通红了,眼角上了眼屎,就说起自己被撤职的事:"他妈的,我一心扑在工作上,没有别的爱好,就好搓几把麻将。有人要整我,就抓住这个把柄弄我。现在反过头去看,我那算什么事?这些年我在外面闯,见识的都是有身份有地位的人,他们赌起来,那气派,凭老百姓的想象力根本就想象不到!跟您说朱处长,我在外面越是见得多,就越觉得自己冤!他张天奇要树立敢于碰硬的形象,拿我开刀。拿我垫脚,他的形象就高大了?鸟!不不,朱处长您别劝我,我今天没有喝醉,我清醒得很!我发过誓,这辈子张天奇把我整到什么样子,我有朝一日也要把他整到什么样子。他张天奇就干净?鸟!我手头有他的把柄,只是这会儿时候没到!"

黄达洪的话越来越不中听了,朱怀镜便举起酒杯说:"达洪兄,俗话说,忍人一着,天宽地阔。忍得一时之气,免得百日之忧。大丈夫得忍且忍吧。你现在也不错,而且是个不断发达的势头。小不忍则乱大谋,不要因小失大。来来,喝酒喝酒。"朱怀镜只能说到这份儿上。他交代自己,今天任黄达洪怎么说,他决不让张天奇这三个字从自己的嘴巴里蹦出来。可黄达洪哪里忍得?不停地大骂张天奇,说到张天奇的种种劣迹,似乎都是言之凿凿。朱怀镜便总是用些原则话劝他。

周小姐不怎么说话,只是谁说话的时候,她就专注地望着谁,像在认真地倾听。男人们遇上这种目光都很鼓舞。没人说话了,她就低眉望着眼前的杯盏,很贤淑的样子。朱怀镜就想这女人是在作淑女状。你就淑女吧,不关我的事。

实在劝不住黄达洪,朱怀镜就想早些收场:"达洪兄,我的酒量你是知道的,三五杯下去就不分东西南北了。你喝好了吗?你喝好了今天就算了。"

"酒早喝好了,我只想两兄弟说说话。"黄达洪说。

朱怀镜一边示意瞿林买单,一边对黄达洪说:"今天两兄弟高兴,谈得投机。这样吧,我们找个地方喝茶去,好好聊聊。"

"不喝茶吧,我请客,打保龄球去。"黄达洪说。

朱怀镜说着也行,就见小姐拿了账单来。八百九十八。瞿林接过账单,手便抖了一下。朱怀镜觉得很没面子,高声说:"打个折嘛，这是规矩。好好，不打就不打，瞿林，给她九百。"

朱怀镜说着就扶了黄达洪往外走。他这火看上去是冲着小姐发的，其实是对着瞿林的。见瞿林还站在那里，好像还等着小姐找那两块钱，朱怀镜就说："你后面来吧，自己坐的士回去，我同黄先生还有事情。"

扶着黄达洪上了车，朱怀镜说还邀个朋友一道去。黄达洪说行行。朱怀镜就打了玉琴电话。玉琴迟疑片刻，问去哪里。朱怀镜又问黄达洪去哪里好，黄达洪说："荆都打保龄球就只有去天元了，龙兴、南国、东方都要差些。"朱怀镜就告诉玉琴，过会儿在天元见。挂了电话，朱怀镜说我邀的朋友就是龙兴大酒店的副总梅玉琴小姐。黄达洪笑了起来，忙说："得罪了，龙兴的保龄球也不错。"朱怀镜突然感到头重，只怕开不了车，忙又挂了玉琴电话："玉琴吗？对不起，你还是先坐的士到北海渔村来，我和两位朋友在这里等你。我喝了几杯酒，开不了车了。"

几个人就坐在车上等玉琴。黄达洪说着说着就靠在周小姐肩上鼾声如雷了。朱怀镜回头望着周小姐说："达洪累了，是不是休息？"黄达洪一下就醒了，说没事没事。说过又呼呼睡去。

这时，朱怀镜的手机响了。一接，原来是圆真大师的电话："朱处长吗？我圆真啊。谢谢您的关心，经费报告皮市长批了，我已送到财政局去了，经费马上可以到位。很感谢你啊！最近您能安排个时间吗？邀了方处长，我们一起叙叙，要感谢您才是。"

朱怀镜说："哪里哪里，不要客气。这都是皮市长的关怀。"

黄达洪听朱怀镜随便接个电话就同皮市长有关，酒早醒了，坐直了身子，说："朱处长，皮市长很赏识您啊！乌县在市里工作的人，就您最有前途，也就您最够朋友。"

朱怀镜忙谦虚起来。黄达洪仍是奉承个不停，朱怀镜嘴上应付着，心里却在想圆真这人有意思。如今是这也同什么接轨，那也同什么接轨，和尚也同俗界接轨了。既然你同俗界接轨，我也就同你接轨吧。朱怀镜想到时候同圆真说说，让瞿林把荆山寺钟鼓楼工程承包下来，能赚多少是多少，也好让他学学经验。瞿林在机关维修队干也不是长久之计，谁知道明天是谁管这事？

黄达洪这会儿像是真的醒酒了，问朱怀镜："瞿林他们维修队的资质怎么样？能承包工程吗？"

朱怀镜说："这同政府维修队没关系，还得瞒着政府。可以找个够资质的建筑公司同你们签合同，瞿林向这家公司交管理费就是了。"

黄达洪说："对对，这样也行。现在很多工程都是这么搞的。建筑公司您就负责找吧。"

朱怀镜再一次在心里琢磨这种怪事：他正好想着瞿林的事，黄达洪就问到瞿林的事了。人的心灵之间只怕的确有某种感应？

玉琴很快就到了。朱怀镜同黄达洪、周小姐都下了车，一一见过，握手道好。见朱怀镜喝多了酒，玉琴上车后便偷偷地在他腿上狠狠拧了一下。朱怀镜被拧得生疼，却因有外人在场，不好叫唤。

荆都市第十四届商品交易会如期举行。商贾如云，盛况空前。

李明溪和几位老画家的画展也在商品交易会的场馆内占据了显要展厅，吸引了不少客商。一位日本商人看中了李明溪同吴居一先生合作的《寒林图》。可他价格出到二十八万元人民币，李明溪仍不肯脱手。结果，这位日商分别以六万元和八万元的价格买走了李明溪的另两幅作品，不无遗憾。李明溪的画展成了这次商品交易会最引人注目的新闻花絮。

皮市长亲自参观了李明溪的画展，表现了极大的兴趣。当然其他各位老画家的画展他也看了，而在李明溪的展厅里他却停留了三十多分钟。用陈雁在电视新闻中的话说，皮市长还饶有兴趣地同画家李明溪先生进行了交谈。当时朱怀镜在场，悄悄对陈雁说，李明溪是他的朋友。陈雁心领神会，报道画展时做了巧妙处理，把几位老画家的镜头放在前面，却只是匆匆带过，而在后面却把皮市长同李明溪亲切交谈的场面原汁原味地播了出来，时间长度占这条新闻的一半。同时举办画展的几位老画家看了这则新闻心里有想法，他们只好把这事理解为皮市长关心青年画家，也就不说什么了。只是老画家汪一洲怎么也想不通，说了不少怪话。

玉琴看了这则新闻，也想去看看李明溪的画展。这天晚上，朱怀镜就约了卜未之老先生和曾俚二位，带着玉琴一道去参观。展馆晚上本不接待客人的，朱怀镜是交易会工作人员，同有关方面说说，也就进去了。

李明溪同他的几位学生在展厅里守着。这里一天二十四小时不得离人。见大家去了，李明溪龇牙一笑，迎了过来。玉琴悄悄对朱怀镜说："李明溪笑起来怎么这么难看？"朱怀镜没来得及说什么，李明溪已经走近了。他握了卜老的手，很是恭敬。朱怀镜从没见过李明溪对谁如此尊重。可见李明溪并不是全然不懂世俗礼数，只是他有自己的待人标准。果然，李明溪只同卜老一个人握了手，就一个请的姿势把其他人一并打发了。曾俚同李明溪没见过面，朱怀镜便介绍他们认识。李明溪也只是抬一下手，嘴上哦哦了两声。朱怀镜知道曾俚的个性，也不会计较李明溪的。

李明溪只顾招呼着卜老看画展。卜老最长，大家当然也以他为主，跟在他后面看。这些画其实都是卜老那里裱的，他早已熟稔了，却仍显得兴致勃勃。朱怀镜专心听着卜老和李明溪论画，觉得很长见识。

李明溪的学生们站在一边看热闹。有一位却独坐在角落里看书，头始终没抬一下。朱怀镜注意了一下这小伙子，觉得好面熟，好像是有次在美院树林里见过的那位怪人向可夫。可这人如此孤高，朱怀镜也没有兴趣去主动搭话，只当不认识他。

玉琴觉得展厅布置很别致，同朱怀镜轻声感慨了一句。这话却让李明溪听见了，回头说："梅女士有眼力。这是向可夫一手设计和布置的。就是那位小伙子，是个怪才。"朱怀镜心想那果然是向可夫。大家就一齐望了望向可夫。小伙子仍只顾一个人坐在那里。

玉琴有商业头脑，说："这小伙子今后要是出去搞房屋装修，肯定赚大钱。"

李明溪只是笑笑，没说什么。朱怀镜怕玉琴脸上不好过，就调侃道："这些都是李明溪的得意弟子，要为艺术献身的，哪肯放下架子去搞房屋装修？"

卜老回头拈须而笑，说："人嘛，最重要的是按自己的愿望生活。活得自在，虽苦犹乐。"说着就到了那幅《寒林图》前面。卜老伫立良久，不胜唏嘘，半晌才说："裱这幅画的时候，我就说过，这画了不得，要是流入市面，会创奇迹的。吴居一先生在当今中国画坛的地位大家是知道的，这本已足以说明它现在的价值了。今后明溪先生名气越来越大，这画的身价还会不断攀升。又是名师高徒，珠联璧合，旷世稀有！"

朱怀镜说："这画的价格现在已经出到二十八万了。"

卜老摇头说："二十八万？太便宜了！你是说那个日本人吗？他不识货！"

曾俚问："按卜老的意思，这画值多少？"

卜老说："起码不止二十八万。现在定它的价值为时过早，再过十年二十年，等明溪先生声名大震的时候再说吧。"

曾俚这下就像个记者了，穷追不舍："那以卜老的意思，画作本身的价值并不重要,重要的是画家的名气?而据我所知,现在炒作之风盛行,一夜之间可以诞生很多假名家,当然也可以把一位平庸的画家炒红天。而大多数人的美术鉴赏力不会很高,最容易人云亦云。"

卜老笑道:"曾先生说的是当今情势,我说的是在排除炒作因素情况下,也得让人们更多地了解明溪先生,才能更加认同他的作品。我一直认为明溪的作品已达到很高水准了,只是名气还不太大。当然这只是老朽个人的看法,也许是少见寡识吧。"

曾俚好争论,口口声声向卜老请教,却同卜老辩论了很多美术方面的问题。卜老也并不倚老卖老,很乐意同曾俚探讨。卜老总是很谦虚,每说出自己的看法,都要检讨一番。而李明溪听了曾俚的一些言论,倒对他刮目相看了。朱怀镜就只有在一边听的份儿,惭愧自己美术方面知识太贫乏了。

参观完了画展,朱怀镜和玉琴开车先送卜老回家,再送走曾俚。这几天朱怀镜对家里推说开交易会,住在会上,便夜夜同玉琴在一起。两人回家,打开电视,荆都台的《人生风景》栏目正好播放有关裴大年的专题片,片名有些玄:"裁剪蓝天"。副标题就明白些了:"走近裴大年和他的飞人制衣公司"。朱怀镜叫玉琴先去洗澡,一个人坐下来看电视。

场景:裴大年诗意地走在鲜花盛开的原野。一望无垠的地平线。高天流云。飞人制衣公司厂房。制衣生产线。五彩纷呈的街市。熙熙攘攘的人流。漂亮的女人。潇洒的男人。T型舞台上西洋男女身着名牌服装……雅致的办公室,台灯透着柔和的光,裴大年伏案而坐,手中捧着一本英语教材……

解说:裴大年说,他自小就是个耽于幻想的孩子,总渴望飞翔,想剪取云彩给妈妈缝制漂亮的衣裳。他总割舍不了这童年情节,后来便把自己创业的公司命名为飞人。渴望飞翔的人,总是那些坚强有力的人。但商场是实实在在的竞争，仅有幻想是不够的。裴大年把他那充满创造力的奇思妙想织进飞人品牌的一丝一缕。他说，皮尔·卡丹凭着一把剪刀开天辟地，飞人也能开创自己新的世纪。……有道是"春江水暖鸭先知"。裴大年身处商海，深知未来经济的竞争就是知识的竞争。他不能不说是一位成功者，可他认为要取得更大的成功，就只有不断地充实自己。于是，在百忙之中他坚持攻读工商管理硕士……

朱怀镜越听越觉得像陈雁的手笔。一会儿完了，看看字幕，果然见是陈雁的策划和制作。选在交易会期间推出这个专题片，可谓用心良苦。不知陈雁从中间赚了多少。裴大年因上次新闻节目删掉了他向皮市长汇报那些镜头，很不满意，这回该高兴了吧？他便挂了裴大年的电话："喂，贝先生，我朱怀镜。刚才看了你的光辉形象，很不错的。"裴大年肯定也正坐在电视机旁，乐不可支的语气："这要感谢您啊朱处长！这个片子是您促成的。我给您汇报，这次我在交易会上接的合同不少，多亏您给安排了个好展厅。今晚这个专题片一播，我想明天会有更多的人来找我们的。我得好好感谢您才是。"朱怀镜客气几句，又向裴大年表示了祝贺。

玉琴从浴室出来，正好看到片尾字幕。听朱怀镜打电话，她以为是打给陈雁的，有些吃醋，说："还专门打电话祝贺？她当记者的一年到头天天干这事，你不要天天打电话给她？"

朱怀镜蒙了一下，才想到玉琴肯定是误会了，笑道："你说什么呀？我给裴大年打电话哩！你以为我打电话给陈雁？我吃饱了没事做？"

玉琴这就笑了，坐下来温存。朱怀镜佯装生气，点着玉琴的头说了声女人呀，摇着头进浴室去了。放好水，躺在浴池里，不由得就想起陈雁了。自从喝下这女人的半杯残茶那天起，他就告诉自己，这辈子不能对这女人有任何非分之想。

　　洗了澡出来，朱怀镜想起方明远说过裴大年的一个笑话，就同玉琴说："刚才我在电视里看见裴大年捧着一本英语教材装模作样，其实他二十六个英语字母都认不全。飞人公司员工都知道这样一个笑话。有一天，裴大年问女秘书：有些人名片上的电话号码后面印个 O 和 H，我总弄不清哪个是办公电话，哪个是住宅电话。女秘书反复告诉，他就是记不住。女秘书很聪明，想了个主意。她说，你看这 O 像不像个张开的嘴巴，中国嘛，办公室的意思就是坐在那里看报喝茶，所以电话号码后面印了 O 的就是办公电话；这 H 两边立着两竖，像不像一男一女两个人面对面站着，一男一女就是家，所以后面印了 H 的就是住宅电话。裴大年点点头，像是记住了。可他皱了会儿眉头又问，这 H 中间还横着一个杠儿是什么？女秘书脸一下红了，说这个董事长您自己知道。"

　　玉琴听了，笑得直喊肚子疼。半天才喘过气来，说："你们男人呀，念念不忘的就是身上那横着的一杠！"

　　朱怀镜逗玉琴："你就不念着这一杠？"

　　玉琴红了脸，咬着嘴唇儿笑，白了他一眼说："谁稀罕你那一杠！"

　　这次商品交易会获得了很大成功。用皮市长总结的话说，就是三个"创纪录"：与会的客商，特别是国外境外客商之多创纪录；达成合作意向的大项目之多创纪录；签订的合同总金额之多创纪录。这几天，荆都市的报纸、电视、广播等所有新闻媒体都在宣传本届商品交易会的重大成果，总会引用皮市长说的三个"创纪录"。

　　皮市长这几天太辛苦了。重大项目的签约仪式他得出席，重要客商他得接见，各种宴请活动他也得参加。朱怀镜酒量不错，皮市长总带上他陪宴。这都是方明远在皮市长面前当的参谋。朱怀镜口上怪他出馊主意,弄得他成天云里雾里,心里却很是高兴。这天,最后宴请了一位新加坡商人,皮市长终于长舒了一口气。

宴请结束,皮市长同客人握别之后,进餐厅旁的卫生间小解。方明远就同朱怀镜悄悄说:"这几天皮市长太累了,今晚想让他放松一下。一起去吧。"

朱怀镜一时还不明白是怎么回事,就问:"安排什么活动?"

方明远说:"皮市长没有别的爱好,就喜欢搓几盘麻将。有一段他喜欢打保龄球,没多久就不爱打了。上次去北京开会,他同几位首长和老朋友聚会,打了一次网球,有些上瘾了,只是还不太行。这一段他只要不外出,每天早上去南天体育馆练网球哩。不知他能坚持多久。我看他只对麻将比较专一。"

朱怀镜当然乐意一起去,只是他不敢上桌,就说:"我的技术不行,去了也是看牌的份儿。"

方明远笑道:"今天请你去,就不能只让你看了,要请你上桌啊。"

朱怀镜听了心里顿时发虚,却不敢让方明远看着是怕输钱,只说:"我技术太差,败人家的兴哩。"

见有人从身前走过,方明远又把声音放低了些,说:"皮市长打麻将很注意影响的,有固定的牌友,就是那几位老总,你都见过的。今天我上午约他们时,正好吴运宏和舒杰都出差去了,只有荆达证券总公司的老总苟名高一个人在家。没办法,我就约了裴大年,皮市长同意了。裴大年同我说过多次,有什么活动叫上他。还差一个,就只有请你了。这不好随便找人的。"

朱怀镜说:"加上你正好四位呀?"

方明远摇摇头,正要同朱怀镜说什么,皮市长从卫生间出来了。朱方二位暗自递了个眼色，马上跟在皮市长背后往外走。出门上了车，开车径直去了荆园六号楼。皮市长上了楼，对司机说："你就先回去吧，我晚上就住这里。"司机走了，方明远问皮市长："皮市长您是不是先洗个澡？我同怀镜下去等一下裴大年，他找不到地方。"皮市长说你们去吧。

朱方二位刚出门，就在走廊里碰上了苟名高。他是这里的常客，熟门熟路了。方明远轻声请他先进去坐，皮市长在洗澡。苟名高却不想省掉客套，微笑着同朱方二位一一握了手，再扬扬手进去了。

两人到了楼下，见裴大年已坐在大厅一角的沙发上了。方明远说先在这里坐几分钟吧。坐下之后，方明远把头往前凑着，说："皮市长平日工作辛苦，难得轻松一回。我们请他玩一下，为的是让他高兴。所以大家就要尽量让他赢牌。有个秘密，我们一直瞒着皮市长。我今天告诉你们二位，也请你们保密。打麻将时，我总站在皮市长身后看牌，他缺什么牌，我就做暗示。你们手中有的牌，就不要吝惜。鼻子表示万子，嘴唇表示条子，下巴表示饼子。我一个手指放在鼻子上，说明皮市长需要一万，两个手指放在下巴上说明皮市长差个二饼，依此类推。当然实在顾不过来也没关系的，皮市长不会计较的。我告诉你们了，请一定保密啊，不然让皮市长知道了，不骂死我才怪。"

裴大年忙说："这个当然，这个当然。"朱怀镜却是点头不语，心想难怪好几回看他们打麻将，总是皮市长赢牌！他仍是想着钱的事儿，有心爽快表情却自然不起来。今天正好不凑巧，他身上只带了一千来块钱，上桌经不起几下子的。没想到方明远早为朱怀镜着想了，对裴大年说："贝老板，还要请你帮个忙。今天少了人，怀镜平时不上桌的，他牌打得不行，怕皮市长批评。今天没办法，只好请他代替了。但他没准备，身上没带多少钱，

417

问你借些吧。"

裴大年把头一摇，说："还谈什么借？反正是玩，我给你五千！"说着就要掏口袋。方明远做了个手势，说："上去再说吧，上去再说吧。"三人便起身上楼去。在走廊里，裴大年见两头没人，就数了五千块钱给朱怀镜。朱怀镜说道："不好意思。"接过了钱，心里踏实多了。

方明远走在前面领路，裴大年边走边回头张望，说："这地方好复杂，我下次来不一定找得到。"

朱怀镜说："别说你，我不知来多少次了，还总弄错方向。今天喝了些酒，更是不分东南西北了。"

说着就到了套房门前。敲了门，见开门的竟是陈雁，一手拿着个快削好的苹果。朱怀镜暗自吃了一惊，却笑眯眯地玩笑说："啊呀，陈小姐怎么到的？我们在下面没见你上楼啊。"

陈雁一笑，也不多说，只道："我有特异功能啊！"

陈雁站着把苹果削完，递给皮市长，再挨着皮市长坐了下来。皮市长咬了一口苹果，嚼了几下，才笑道："记者嘛，专门跟踪别人的，怎么能让别人跟踪了？"皮市长这话并不怎么幽默，可大家都觉得他说得有意思，都笑了。这边正玩笑着，方明远早在隔壁摆好方城了，过来请各位入座。朱怀镜怀里装着别人的票子，坦然上了牌桌。

过了几天，方明远去柳秘书长办公室汇报工作。完了之后，柳秘书长说："怀镜，这次我让李明溪搞画展，没有看错吧？结果他的画被买走的最多。"

朱怀镜说："对对，柳秘书长慧眼识才哩！我问过李明溪，他这次一共脱手了十六幅画，最好的卖到八万一幅，最低的也卖到八千。我猜，这回他至少进七八十万块。"

柳秘书长笑笑，却说起上次朱怀镜在他家里见过的那块古匾。柳秘书长同下级说话，和很多领导的风格一样，典型的无主题变奏。他不断地变化话题，像捉迷藏，又像是老鼠逗猫，让下级只能聚精会神地听着。

"有专家考证，认定那是何绍基的手笔。我原来就说过，可能是何绍基的字，有人却说怕是别人模仿的。他们主要是从对联的风格上分析，觉得不像何绍基。人一辈子要经过那么多事，怎么可以从诗文风格上去下结论？太绝对了。陆游有'中原北望气如山'，也有'红酥手，黄縢酒'嘛！"柳秘书长说得有些神采飞扬了。

朱怀镜听了，忙说柳秘书长高见。朱怀镜肚子里没有什么文物知识，但他总觉得那"春风放胆来梳柳，夜雨瞒人去润花"太缺乏大气，哪像何绍基这等大家的货色？不过也真难得说，正像大人物们也会做小人。

"柳秘书长，我知道您珍爱这些古玩字画。要是肯脱手，这古匾只怕价值不菲吧。"朱怀镜说。

柳秘书长却不说话了，掏出烟来，给朱怀镜也递上一支。柳秘书长吸烟的姿势显得很有涵养，几乎叫人看了心里发虚。涵养会让人产生这种感觉，朱怀镜觉得奇怪。两个人对着抽烟，两张脸便云遮雾罩了。柳秘书长嘴巴不动，却分明还有话不想马上说出来。朱怀镜琢磨着柳秘书长的心思，不便立刻动身走。他便说了一会儿古匾，又说李明溪的画如何真的不错，柳秘书长又是如何独具慧眼。朱怀镜说着，柳秘书长只不断地点头。他那头点着点着，嘴巴就优雅地张开了："怀镜，李先生那幅《寒林图》肯卖吗？"

朱怀镜胸口禁不住沉了一下。心想那可是李明溪的宝贝，他肯卖出去？何况柳秘书长的所谓买，同他那张嘴巴里出来的很多话一样，通常是耐人寻味的。朱怀镜的这些心思并没有让脸部表情反映出来。他只是点点头,像是思考又像是应承,其实是在掩饰心理活动。他望着柳秘书长,确信自己的遮掩滴水不漏了,才说:"行行,我同他说说。"

"好吧,谢谢你啊!"柳秘书长说着站了起来,同朱怀镜握了手。他就知道自己应该走了,忙客气几句,出来了。一出柳秘书长的门,心里就十分后悔。自己不该无话找话老是扯着李明溪的事儿说,结果触发了柳秘书长的艺术灵感。他也明明知道柳秘书长的艺术灵感激发出的不是创作冲动,而是占有冲动。朱怀镜埋头往自己办公室里走,几乎是痛心疾首了。有几个熟人迎面打招呼他都没在意。有人后来就在背后说他当个处长,得到了领导赏识,就忘乎所以了,成天铁青着脸不理人。这事儿朱怀镜当然不会知道,人家当面只会说他很随和,很平易近人,就像人们当面说任何一位严厉的领导一样。

回到办公室坐下,邓才刚过来说:"皮市长的论文写好了。"

朱怀镜说:"好好,放在这里吧。"

邓才刚走了,朱怀镜才意识到自己的语气太生硬了。生硬就生硬吧,还用得着去解释一下?他一时没心思看皮市长论文。这是替皮市长写的一篇有关财源建设的文章,《荆都日报》要用的。这篇文章对朱怀镜他们处里搞的财源建设理论研讨征文活动也是意义重大,到时候将皮市长的文章也收入论文集,再配上皮市长的序言,书的权威性自然就出来了。

不过这会儿朱怀镜只想着柳秘书长交代的事。刚才柳秘书长说完想买李明溪的《寒林图》,就同他握手了。一握手他就知道柳秘书长该说的话说完了,他该走了。原来柳秘书长事先说了那么多话都只在打迂回,为的只是那幅画!既然这样,他不说李明溪的事儿,柳秘书长也会提出来的。这么一想,朱怀镜不再为自己没事找事懊悔了。

但他的心头仍然轻松不起来。柳秘书长哪可能出二十八万块钱买那画？他出得起二十八万也不敢拿出来啊！一个政府秘书长怎么会有这么多钱？就算柳秘书长肯出这么多钱，李明溪那里说得通吗？当初日本人想买，他说什么也不肯啊！但既然柳秘书长说出来了，朱怀镜再怎么犯难，还是得跑一趟的。

朱怀镜暂且不去想这事，埋头看邓才刚起草的论文。文字不太长，一万五千字，一会儿就看完了。邓才刚的文墨功夫还真的不错。照说，政府机关里面是看重干部的文字水平的，可这邓才刚就是上不了。从内心里说，朱怀镜越来越佩服邓才刚的能力和人品了。可他不知领导心目中的邓才刚到底是个什么形象，就不敢贸然替他说话。

他拿着稿子，走到邓才刚办公室，表情很好，嘴上却留有余地，说："老邓，稿子我看了，就这些观点吧。你先安排打印一下，我再送皮市长审阅吧。"邓才刚只是谦虚，不多说话。朱怀镜说完事儿又坐下来同邓才刚聊会儿天，这就像写文章，算是对刚才他语气生硬的一个照应。朱怀镜起身告辞，邓才刚就去文印室安排打印去了。

晚上，朱怀镜独自开车去了美院。本想让玉琴陪他去的，但玉琴晚上值班，他只好一个人去了。他远远地就望见李明溪窗口有灯光，上楼却敲了半天门，才见李明溪把门开了一条缝儿，怯生生地朝外张望。见是朱怀镜，才把门全部打开了。

"是不是里面藏了什么人？"朱怀镜进屋就开玩笑。

"人？哪里藏了人？"李明溪睁大眼睛，表情有些惊恐。

朱怀镜望望李明溪，心想这疯子耳朵是不是有问题了。却突然发现屋子比平日更加凌乱了，床、桌子、书柜全部集中到房子中间，没有一件东西靠着墙壁。李明溪靠着书柜站着，望着朱怀镜，目光怪异。

"你怎么了?"朱怀镜问。

李明溪像是没有听懂,问:"怎么了?"

朱怀镜在床沿坐下,说:"屋子怎么搞得这么乱?乱七八糟的东西全堆在屋中间干什么?"

李明溪脸红了,说:"怀镜,你平常老是叫我疯子,我只怕是要疯了。这一段我莫名其妙地胆怯,不管白天晚上,走路时总觉得脚后跟儿拖着一股冷风,叫我不寒而栗。尤其是晚上,总是噩梦不断。每天晚上都梦见有些凶神恶煞的人破墙而入。真的怀镜,我的精神几乎要崩溃了。"

李明溪倦怠的面容、畏怯的眼神、低沉的语调,很有感染力,朱怀镜感觉身上冷飕飕地麻了一阵。但他不想让自己的感动流露出来,反而笑了,说:"你能够说自己快疯了,说明你不会疯的。怎么回事?是不是这次画展发了财,担心有人打劫?"

李明溪脑袋晃动着,看不出是摇头还是点头。他双手抱着肩,给人冬天的感觉。可时令早已是夏天了。

朱怀镜见他这样子,连开玩笑的心思都没有了,正经说:"你这回真的发了,可以考虑买套房子,娶个老婆。你一个人过日子,不是个话。"

李明溪这时蹲在一个角落里了,仍旧双手抱着肩,像是很冷。他就这么蹲在那里,两眼直勾勾的,听着朱怀镜说话。突然,李明溪猛地回头望了身后一眼,像发现背后有一条蛇或别的什么吓人的东西,忙站了起来,回到屋子中间来了。朱怀镜马上意识到自己刚才是对着个空屋子说话,这疯子根本就不在听,而是沉溺在他自己那恐惧的狂想里。朱怀镜心想这李明溪只怕真的会疯,不禁心生怜悯了。"明溪,我不知你问题出在哪里,为什么这么害怕?要是担心你的那些宝贝画叫人打劫,可不可由我替你保管?"朱怀镜觉得自己这话很真诚。

422

说到画，李明溪眼睛亮了一下，可这光亮只像流星一样稍纵即逝。他叹了一声，说："我发现我脑子只怕是有问题了。就说画，有时我把它看成命根子似的，几乎不能容忍别人碰它。可过了一会儿，我又会觉得它不过就是一张纸上涂了些脏兮兮的颜色。所谓艺术，只是人们意念中虚幻的景象。这大概同人们吸毒之后的感觉一样。总是这样，一些稀奇古怪的想法成天在我脑子里翻来覆去，很折磨人。"

如果真像李明溪所说，朱怀镜就拿不准这人此时此刻是清醒还是糊涂了。不过他知道同李明溪说话，该怎样就怎样，绕再多的弯子都没有意义，何况他现在已是似疯非疯了。这么一想，朱怀镜就直截了当地问："明溪，你那幅《寒林图》硬是不肯脱手？有人想买哩！"

李明溪把头重重地摇着，像是里面钻进了许多蚂蚁。他摇了半天头，才说："我就不明白那画真的值得那么多钱！天底下的人只怕都有病了。你不用说谁想买了，你要的话，拿去吧。"

朱怀镜没想到李明溪会这么轻而易举地就把画送给他，惊得嘴巴都合不拢了。他意识到这人只怕是快疯了。又怕他一会儿清醒过来反悔，忙问："那画在哪里？"

李明溪把手懒懒地抬了一下，就没精打采了。朱怀镜顺着他手指的方向，打开书柜下面的门，见里面放着些画。这些宝贝就这么胡乱堆着，朱怀镜感到十分可惜。他翻了一会儿，才翻到那幅《寒林图》。他把画拿在手里，面对一摊烂泥般的李明溪，心里还是有些过意不去。可李明溪两眼茫然，似乎身处另一个世界。见这景况，朱怀镜客气话都顾不上说，只拍拍李明溪的肩，叫他好好休息，就告辞了。出了门，朱怀镜左右两手是两种不同的感觉。他右手拿着《寒林图》，感觉自己简直是握着当代中国美术史的一部分。他想，因为吴居一的缘故，这幅《寒林图》注定会载入中国当代美术史的。而围绕这幅画发生的故事，只要文人们稍加敷衍，就会很具传奇色彩。他的左手因为刚才拍了李明溪的肩，碰着了那暴露而冷硬的肩胛骨，就像触摸到了骷髅，叫他很不舒服。他禁不住勾拢几个指头在掌心擦了擦，想摆脱这种不祥的感觉。

朱怀镜开着车往回赶。他已忘记了李明溪那死硬的肩胛骨，心里只为《寒林图》兴奋。这画太珍贵了，目前已值二十八万人民币啊！美院这一带比较安静，晚上更显清幽了。过往车辆很少，公路两旁的民居掩映在林荫里，窗口的灯光柔和而温馨。朱怀镜却全然没有注意到这番宁静，兴奋的情绪在他的脑海里汹涌着。突然，朱怀镜两眼一亮，脑子一震，感觉几乎进入了另一重天地。原来，他驾车拐了一个弯，前面就是车流如织、霓虹闪烁的大街了。离街口还有几百米，朱怀镜把车靠边停了下来。眼前熙熙攘攘的景况，竟叫他感到无比落寞。真是莫名其妙！这么神经兮兮的，是不是受了李明溪的感染？他想放松自己，便使劲地摇头，大笑着自嘲。别这么小家子气！别这么神经病！可他的自嘲并不奏效，落寞的心境里又增添了几分惆怅。在他眼里，前面夜总会和酒楼的霓虹灯将大红大紫演绎成一种叫人绝望的凄艳。他感觉鼻子里面有些发酸，似乎眼泪快流下来了。可他的眼睛只是随着鼻子里的那阵酸楚微微地热了一下，流不出一滴泪水。刚才在李明溪那里，那疯子的情绪真的感染了他，他十分同情这位朋友，可他却用玩笑掩饰了。这世界，没有真诚的却在假扮真诚，有真诚的却要掩饰真诚。

朱怀镜独自感叹了好一会儿，直到真的认为自己很可笑了，才开车继续赶路。他将车顶前方的小镜子扳下来，对着镜子扮出一副老成而严肃的脸。他确信这副面孔同他熟悉的那些面孔摆在一起，人们看不出什么区别的。

进了政府大院，朱怀镜看看手表，才八点多。还早，干脆把画送到柳秘书长家里去算了。他先把车子停进车库，再往柳秘书长家里去。路过办公楼，见皮市长的办公室亮着灯光。朱怀镜猛然有一阵尿急的感觉，双腿发僵，肛门紧缩，背上生汗。心想，这画为什么要送给柳子风呢？怎么不可以送给皮市长？朱怀镜忙去自己办公室，取了打印好了的皮市长论文，拿着画去皮市长办公室。上了楼，又担心柳秘书长是不是也同皮市长在一块儿。他便回头看了看柳秘书长的办公室，黑着灯。他猜想柳秘书长没有来，要不然他的办公室也会亮着灯的。

果然只有皮市长一个人在办公室批阅文件。见朱怀镜敲门进去，皮市长抬头招呼一声："怀镜，有什么事？"仍旧低头看文件。

朱怀镜回道："按您的指示，给《荆都日报》写了篇文章，送给您审阅。"

皮市长抬头望着朱怀镜，笑道："我就不看了吧。你起草的，我放心。"他话是这么说，手却伸了过来。

朱怀镜便把文章递了上去，说："还是请皮市长过过目，不然我心里没有底。"

皮市长接过文章就准备低头了。朱怀镜知道，皮市长一低头，他就得告辞。他便没等皮市长把头低下去，抢着说："皮市长，还有个事要向您汇报。这回商品交易会上，日本商人出高价都没有买走的那幅《寒林图》，李明溪先生送给我了。我说太昂贵了，受之有愧，李先生却说情义无价，叫我拿来。我和李先生是很好的朋友。拿回来以后，我想我哪配受这么好的东西，还是送给皮市长您吧。"

皮市长的头果然低不下去了，而是枕在高高的皮靠背上，朗声笑道："怀镜会说话，怀镜会说话。"

425

朱怀镜便把画小心打开，让皮市长再欣赏一会儿，又徐徐卷了起来，放在皮市长的桌上。皮市长微笑着点点头，说："就是吴居一的名字值钱啊！"朱怀镜忙说是是，心里却为李明溪叫冤枉。皮市长关于这幅画只说了这么一句，就不说了，而是扯到一些工作上的事情。朱怀镜知道皮市长关于工作上的事也是随便说说的，为的只是避开老是谈论那幅画。因为那画目前毕竟值二十八万，说多了难免尴尬。朱怀镜对皮市长随便说的工作上的事很认真地回答了几句，说尽快落实皮市长的指示，不再打搅了。

朱怀镜回到自己办公室，给柳秘书长挂了电话，说刚从李明溪那里回来。不巧，那幅画已经被人买走了。李明溪不肯说是谁买走的，也不愿说卖价多少，说是买画的人交代过了。柳秘书长只说没关系的，辛苦你了。朱怀镜听得出，柳秘书长语气平淡，却无限遗憾。

回到家里，香妹倒了水让他洗了洗脸。这些天有些累，他想早些睡了。刚睡下，李明溪打电话来了："喂，我说，那画你要好好收藏啊。"

朱怀镜一听就知道李明溪这会儿清醒了，一定很后悔。他想，让李明溪以为这画还在他手里，说不定这疯子哪天就会要回去的。他想让李明溪死了这条心，就说："我说过是有人想要买这幅画，你偏说不要钱，送给我。是谁要你知道吗？是皮市长。这画已经挂在皮市长书房里了。"

李明溪"啊"了一声，说："他要？就是怀着不亦乐乎的心情的皮市长？天哪，那幅画简直明珠暗投了。"

朱怀镜便骂李明溪："你别狂妄了，你总把谁都不放在眼里。这次你要是没有皮市长和柳秘书长的关心，办得了画展？你红得了？中国的事情，做什么都得加强领导，你不服不行！"

两人在电话里打了一阵嘴巴仗，谁也说服不了谁，就放了电话。他俩平时的争论仅仅只是为了争论，图个嘴巴快活。

香妹听出些名堂，就问是什么宝贝，这么值钱。朱怀镜便告诉了香妹，惹得香妹啧啧了好半天。香妹的啧啧声让朱怀镜猛然间想到为什么不把这画留下来自己收藏着呢？这画现在就价值不菲，今后还会升值。可自己根本想都没想过要自己留下来，只一门心思想着送人。可见自己到底是个奴才性格！这么一想，朱怀镜内心十分羞愧，没有一丝睡意了。

朱怀镜现在每天的日程都排得很紧。一大早，他得开车接玉琴一道去工人文化宫练网球。这是朱怀镜的主意。他对玉琴说，要提高生活质量，每天搞些运动。而天天打保龄球，的确又太奢侈了，就打网球吧。玉琴欣然同意了。朱怀镜内心却是另一番打算。因为皮市长最近也迷上网球了，每天清早都去南天体育馆打一会儿。朱怀镜想让自己网球技术提高了以后，再去南天打，好陪皮市长玩。所以暂时就去工人文化宫。不过那里虽说是工人文化宫，真正去玩的只怕没有多少工人。工人们正愁着下岗哩，有谁天天跑去打网球？朱怀镜白天当然坚持工作，把事情办得市长和秘书长们十分满意。柳秘书长在干部大会上多次强调，办公厅的工作做得好不好，就是看领导满意不满意。晚上，朱怀镜要么陪皮市长打牌，要么同皮杰、裴大年、黄达洪、宋达清他们吃饭、喝茶、打保龄球。晚上的活动玉琴不一定都参加，场合适宜她就去。朱怀镜感觉白天的工作都是很日常的，没什么真趣，有意义的生活是在八小时以外。难怪《红楼梦》里写的尽是些喝酒、吟诗、过生日的事。贾政他们都当着官，对他们的公务活动，书上往往一句话就交代了，要么是"贾政才下衙门，正向贾琏问起拿车之事"，要么是"却说贾政自从在工部掌印，家中人尽有发财的"。

转眼到了七月份，一场大洪水再次席卷了荆都市的几个地市。若有地区受灾严重，而乌县的灾害又说是百年不遇。整个抗洪救灾工作持续了二十多天。洪水退去后，市政府号召全市人民迅速投入灾后恢复和生产自救。乌县的张天奇最会出经验，一边部署全县人民修复水毁工程，他们的成功做法就一边在《荆都日报》上登载出来了。皮市长本来就赏识张天奇，他便亲自带领有关部门的领导去乌县视察工作。最近，市里的领导总是频繁地去乌县，当然是冲着那里的种种经验去的。可是懂得官场套路的人心里明白，张天奇快要升官了。因为市里领导走马灯似的去乌县，为的是给张天奇的提拔制造舆论氛围。有人说张天奇将任若有地委副书记，有人却说他会去当副专员。朱怀镜知道内幕，但不是很知心的人问起，他总是三缄其口。这次去乌县本来没朱怀镜的事，但皮市长知道他是乌县人，也带上了他。

　　皮市长这次下去与以往不同。他说，大灾刚过，满目黄汤，群众生活十分困难。我们要发扬艰苦奋斗的作风，不要把排场搞得张张扬扬的。他指示各单位都不得自带小车，一律坐政府的大客车去。可政府大客车是国产的，没有空调，大热天的，有些部门的领导年纪大了，坐着受不了。柳秘书长就指示行政处长韩长兴去工商银行借了一辆日本产大客车。所以这次皮市长下去真的是轻车简从了。只有一辆警车在前面开道，后面是一辆新闻采访车。警车还是要的，不然路上的安全没有保障。新闻采访车也是要的，因为把领导的指示通过新闻播出去也是指导工作的方法，并不是有人理解的那样只是为了上镜头。

　　朱怀镜同方明远没有坐前面的警车，也坐在了大客车里。只是他俩是年轻些的人，就坐在最后面。警车里只坐了皮市长的警卫瞿继朋。陈雁也没有坐后面的采访车，因只有她一位女士，大家就让她坐在前面皮市长的身边。上车后，大家说笑一会儿，就说到国产汽车和进口汽车的质量问题，感叹中国汽车业的前途。

一听说这汽车是政府向工商银行借的，就引起了有些部门领导的感慨。工商银行的李行长也在场，可水利局的郭局长却并不避讳，也不怕皮市长听了不高兴，说："皮市长，政府的汽车不如银行的，这说明个问题。当然，我不是说我们市政府怎么、我们工商银行怎么。我是说，目前这种体制决定了政府权力集中不够，部门分权太多。"

郭局长尽管说得很方法，也不无道理，可他这话一说，本来轻松的场面，骤然间不是个味道了。一时间没有任何人说话，几乎可以让人听见汽车空调的声音。所有的人都有些不好意思，等着谁说些什么冲淡气氛。皮市长回头笑了笑，说："老郭说得很有道理。我认为，现行体制的确需要改革，但部门的同志也需要转变一个观念，那就是，自己就是政府的一部分。我曾经批评过一位部门领导，他总是喜欢说你们政府你们政府，好像他那个部门就不是政府部门。政府是什么？政府难道就是我们几个市领导？政府是由政府单位组成的。体制改革不是一朝一夕的事，我们不能等到体制全部理顺之后才服从政府统一号召。所以，我经常强调一个观点，那就是，在体制转轨时期尤其要强调纪律，步调一致。"

大家这才放松些，都说皮市长说得对。其实就是这些人有时只顾部门利益，不听政府打招呼。大家说话是漫谈式的，说着说着就说到痞话去了。因为都是一定层次的领导，说什么都很随便。又因为车上坐着一位漂亮的女士，大家说痞话的劲头更足，一个比一个野。郭局长意识到自己刚才说的话让皮市长脸上不好过了，也叫在座的各位同人不好意思，就有意显得轻松些，讲了个笑话。他说有位考古学家对儿媳妇有那意思。儿媳妇向婆婆诉苦，婆婆想了个主意，如此如此交代了儿媳。有天，考古学家的儿子出差去了，婆婆回娘家去了。晚上，儿媳妇就故作风情，暗示公公晚上去她那里。晚上黑灯瞎火，公公兴冲冲地摸了进去，二人干了起来。考古学家边干边喜滋滋地感叹，说嫩一点味道硬是不一样。突然，房里的灯亮了，原来是自己的老婆躺在下面。老婆朝考古学家扇了一耳巴子，说，亏你还是考古学家，明明年代早了二十多年都考证不出！顿时满堂大笑。皮市长听了，笑着批评人，叫大家只准说到床沿下面，裤带上面。他这一说，立即就有人把他这话概括为关于痞话的一上一下原则。一上一下，不言自明，大家都笑了，说这是今天诞生的经典笑话，又说皮市长极大地丰富了民间口头文学宝库。

　　按平常惯例，若有地委、行署领导应到地区边界迎接皮市长，乌县领导应到县界迎接。但皮市长吩咐说一切从简，不要搞这些繁文缛节。于是，地县都免了例行的规矩。皮市长一行赶到乌县已是上午十一点钟，他们没有按县里的安排先去宾馆休息，直接去了修复水毁工程的工地。若有地委书记吴之人和张天奇早已迎候在那里了。这是乌水河被冲垮的一段堤防，远远地就见红旗招展，人山人海。皮市长见了这场面，十分满意，兴致勃勃地走向劳动着的群众。一位白发苍苍的老太太挑着一担土，颤巍巍的。皮市长见了，忙上前问老太太："老人家，您好啊！您这么大年纪了，也来参加修复堤防？"老太太却只是不停点头鞠躬，连声说："人民政府好，各位领导好！"皮市长接过老太太的担子，亲自挑了一担土。张天奇忙交代身边县里的同志，请他们招呼老太太回去休息。立即就有人搀着老太太走了。老太太却不肯走，用力地想挣脱。朱怀镜在后背见了整个过程，心里为张天奇捏了一把汗。原来，这老太太是乌县城里有名的夏疯子。朱怀镜记得自己很小的时候这老太太就是个疯子了，成天在城里晃荡，哪里有热闹就往哪里凑。她同你说话，头两三句像清白人，说上几句就乱七八糟了。城里人逢上做红白喜事，最怕夏疯子来搅和,见她来了就一边好言相劝,一边派人飞快地去叫她自家人来领她回去。刚才皮市长向夏疯子亲切问候时,朱怀镜注意到张天奇的脸色几乎发白了。幸好皮市长没时间同夏疯子多聊,只听到了她的两句清白话。皮市长挑了一担土,在场的厅局长们谁也不敢袖手旁观,也纷纷接过群众的担子,每人挑了一担。然后,皮市长走到群众中间,举手致意,说:"同志们辛苦了!我代表市委、市政府,向你们表示慰问!我高兴地看到,乌县的群众不怕苦,不畏难,充满了战斗信心。工地上年龄小的有十几岁的中学生,年龄大的有七八十岁的老太太,令我十分感动,也让我很受教育。我相信,有各级党委、政府的正确领导,有我们实干苦干的广大群众,我们一定能够战胜困难,恢复生产,重建幸福的家园!"陈雁和她的同事则扛着摄像机,随着皮市长前后跑着。

皮市长视察完了工地,已是中午一点多了。驱车进城,只见街道整洁,市面如常,没有水灾的痕迹。皮市长非常满意,回头对坐在后面的张天奇说:"很好啊,大灾过后不见灾,说明你们工作做得到位。旧社会,每逢大灾,人民便流离失所,面呈饥色,甚至饿殍遍野。"

回到宾馆,皮市长进房间稍事洗漱,就去餐厅就餐。皮市长见上了白酒,马上皱了眉头,说:"天奇同志,我们不能前方吃紧,后方紧吃啊!"张天奇忙叫人撤了白酒。不喝酒吃饭就干脆多了,一会儿就散了席。

皮市长的房间是二楼的一间大套房,旁边就是会议室。隔着会议室,这边就是一排双人间。朱怀镜和方明远被安排在会议室这一边的头一间,为的是离皮市长近些,好随叫随到。来的只有陈雁一位女士,被安排在楼下,一个人住了一间双人间。方明远四处察看了一下,和朱怀镜说:"陈雁一个女同志住在下面不太妥,不如我俩同她对换一下,让她住上来。"朱怀镜会意,说这样合适些。方明远把这事几分钟就办好了。陈雁提着行李上来，客气道："那就委屈你们二位了。"方明远玩笑说："别客气，照顾女士可是男人的美德啊！皮市长要是打电话找我们，你就告诉他我们的房号吧。他这会儿正休息，我就不告诉他了。"

皮市长中午只休息了个把小时，下午听取乌县关于这次洪灾的汇报。县里是张天奇为主汇报，自然是汇报连续不断的几次大的降雨过程，降雨量达到多少毫米，乌水河水位达到多少米，超过历史最高水位多少，全县淹没或冲毁农田、房屋、堤防、公路、桥梁及农田基础设施多少，死难群众多少，直接经济损失总计多少，最后请求市政府解决专项救灾款、救灾粮、救灾化肥等多少。接着，部门的同志发表意见，说的都是原则话，他们都等着皮市长最后拍板。县里和市直部门的同志都说了，皮市长这才说，当然在新闻报道上会称作皮市长发表重要讲话。皮市长首先充分肯定了乌县县委、县政府在大灾面前显示出的坚强有力的领导，再是高度赞赏乌县各级各部门在大灾面前体现出的相互支持、紧密配合的精神，最后指出全县人民在大灾面前表现出了艰苦奋斗、团结实干的精神。讲到人民群众，皮市长声情并茂："我们的群众太好了！同志们！我们的群众觉悟真高！同志们！在工地上，我亲眼见到一位七八十岁的老太太也在那里参加劳动，我问她这么大的年纪了怎么也上工地了，这位老太太没有豪言壮语，只是一句话，人民政府好，各位领导好。多么朴实的群众，多么自觉的人民！我们相信，有这样的好群众，什么困难也难不倒我们！"

但下面人感兴趣的并不是皮市长的这番表扬，尽管这是重要讲话。他们关注的只是皮市长说完这些话之后的干货。于是，张天奇他们全神贯注地听着皮市长拍板，解决救灾款、救灾粮、救灾化肥若干。皮市长边拍板边点着有关部门领导的名字，请他们负责落实到位。皮市长说完，张天奇带领县里的同志热情鼓掌，感谢市政府的亲切关怀。朱怀镜知道，皮市长拍板的这些救灾钱物能够兑现多少，还得看县里怎么办事。如果以为这是皮市长拍的板，如同钉子钉的还拐了弯，部门肯定照办，那就错了。不过现在早没这样不见世面的基层领导了，他们马上会跑相应的部门。尽管皮市长是点着这些部门领导的名拍的板，县里的领导还得挨家儿去拜他们的码头，不然事情不好办。部门办事有部门的套路，给你办他们可以讲出一千条理由，不给你办他们可以讲出一万条理由。

散完会，就是晚饭时间了。皮市长先去房间洗漱。张天奇跑到朱怀镜和方明远房间，说："请二位帮忙，我们一起去请示一下皮市长，今天晚上是不是上些白酒。有几位老局长我是知道的，每餐不喝几口眼睛都睁不开。又是晚上，喝点也不妨吧。"朱怀镜和方明远都只是笑笑，同他一道上楼去。敲门进去，皮市长刚从卫生间出来。张天奇小心地把上白酒的意思说了，那样子像是生怕皮市长批评。其实他心里并没有那么怕，只是为了衬托皮市长的清正廉洁。皮市长果然就微笑着批评人了，说："天奇同志，大灾当前，百事从简。"张天奇继续请示："各位领导跑了一天，很辛苦。不多摆吧，每桌只一瓶白酒。"皮市长笑笑，说："天奇啊，我硬是磨不过你。好吧，只能一瓶。"看看时间，应下去吃饭了，张天奇就请皮市长去用餐。

入了席，皮市长见上的是湖南名酒酒鬼酒，脸色严肃起来。张天奇见了，知道皮市长是怪酒太高档了，却只作糊涂，无话找话说："只一瓶，就一瓶。"皮市长说："把这酒撤了，上你们自己的酒不是很好吗？"张天奇口上这个这个几句，就叫宾馆经理换乌县产的乌水春酒。朱怀镜听说换乌水春，立即没有胃口。那酒质量太差了，喝过之后口干头疼。

一会儿,服务小姐端着白色斟酒壶上来了,给各位斟酒。朱怀镜不想喝,用手捂了杯子。张天奇劝道:"朱处长别客气,尝尝家乡酒吧。这几年我们酒厂不断改进技术,乌水春的质量有所提高。你试试吧。"这么一说,朱怀镜就不好意思了,只得要了一杯。张天奇举了杯,向皮市长一行道了辛苦,表示感谢。朱怀镜轻轻抿了一口,发现乌水春的口味真的变了,很好喝。果然皮市长也是这种感觉,说:"不错嘛,乌水春并不差。"大家都说这酒不错。朱怀镜这就放心喝了。仔细一品,感觉这酒就是酒鬼酒的风味。朱怀镜心里有谱了,却没有任何表露。在座都是喝惯了高档酒的人,酒一沾嘴就猜得出品牌,只是都在装糊涂。

皮市长喝着这爽口的乌水春,对乌县酒厂这几年提高产品质量表示满意。几杯下肚,皮市长来了兴致,讲起了酒鬼酒的掌故,说:"去年我去湖南考察,参观了生产酒鬼酒的湘泉酒厂。这个厂的确不错。后来我又听湖南的同志讲了这么个事,让我很有启发。大家可能不知道,湖南酒还有种不太有名的品牌,叫锦江泉,我记不起是他们哪个地区产的了。这酒虽说名气不大,却是上过国宴的。我喝了,也不错。其实最初湘泉酒厂是向锦江泉酒厂学的技术,包括酒的配方。可是为什么湘泉酒厂后来名声大震,而锦江泉酒却默默无闻了呢?这里有个原因。原来,锦江泉最初叫锦江酒,可江西也有个锦江酒,早就注册了商标。这样一来,湖南的锦江酒不仅不能注册商标,不能做广告宣传,还被认为是侵了权。湖南和江西这两家锦江酒为这商标争论呀,协商呀,打官司呀,闹了好多年。结果没有一方让步。湖南的锦江酒没有办法,可又不能随便放弃锦江这个响当当的牌子,最后只得在'锦江'后面加上个'泉'字。可经过这么一折腾,锦江泉酒丧失了市场竞争的大好时机,湘泉酒厂早已徒弟超师傅了。这就给我一个启示:商品固然要重视质量,但营销工作也是至关重要的。所以说，我们乌县的乌水春酒，并不是质量不行，一定要把营销工作抓上去。"

大家都说皮市长的意见很正确。张天奇表示一定认真贯彻皮市长的指示。郭局长因为来的时候在车上说错了话，便总是表现得很活跃，想消除阴影。等张天奇表态完了，他忙说："这酒真的不错，只要按照皮市长的意见办，也能创名牌。我就觉得这酒不比酒鬼酒差。"他这话却又是弄巧成拙，叫张天奇脸上讪讪的。皮市长摇摇头，说："这酒的质量是有所提高，但同高档酒相比，还有一定差距。"张天奇这就自然些了，举了酒杯，望着皮市长说："我们酒厂正在组织技术攻关，争取尽快使乌水春的质量再上一个台阶。"

吃完晚饭，洗漱完毕，方明远邀朱怀镜到各位局长房间走走。朱怀镜只同财贸系统的局长们熟悉些，其他部门的不太熟，走走也好，就同他一起去了。方明远同他们都熟悉。先去了工商银行李行长房间。李行长洗完了澡，正用毛巾在搓头发。见朱方二位来了，李行长就说："皮市长晚上不活动一下？"朱怀镜望望方明远，说："今天皮市长一天都还没休息，中午都在看文件。让他休息吧。"三个人便说了一会儿话。没说多久，方明远说："李行长今天也很辛苦的，早点休息吧，我们不打搅了。"两人便告辞。刚准备开门，就有人敲门了。开门一看，朱怀镜认得，是乌县人民银行和工商银行的两位行长，来拜码头了。

两人便又去了郭局长房间。里面早已坐着两个人了，一介绍，是乌县水利局的两位正副局长。朱方二位说没事没事，过来随便看看。郭局长问："皮市长晚上怎么安排？"方明远说："他今天很累，让他休息吧。"见里面人多，两人没有坐下来，只站着聊了会儿，又去串另一个门。两人就这么一一串了一圈，每位局长房间都去了。只是没有去陈雁房间。朱怀镜忽然明白方明远

435

的用意，原来他是不想让各位局长晚上去打搅皮市长休息。方明远做得老练，朱怀镜也就不点破。当官的通常在外面比在机关显得随便些，局长们知道这是同皮市长接近的好机会，只可惜让方明远巧妙地统统挡了驾。

两人回房，已经有人等在门口了。是乌县国税局的局长龙文，他是来看望朱怀镜的。龙文是朱怀镜当副县长时一手栽培的，在朱怀镜面前一向恭敬。方明远见他俩是老朋友见面，自己坐在这里不方便，就说到小瞿那边去一下。小瞿同警车司机同住一间房。朱怀镜问龙文工作还顺利吧？龙文说还行吧，天奇同志很支持他的工作。又说县里局一级干部，就他资格最老了。朱怀镜见龙文有些踌躇满志，就知道张天奇一定是向他许了什么愿了，说不定想让他当个副县长什么的。两人正扯着，张天奇敲门进来了。见龙文在这里，张天奇就问："老龙，你去看了你们市国税局马局长了吗？"龙文说："准备马上就去哩。"张天奇忙说："还没去？快去快去。我正要向朱处长汇报工作哩。"龙文便笑嘻嘻地出去了。原来张天奇要求乌县各局的局长们都得去拜见他们上级部门的领导。可见张天奇深谙官场套路，事事都做得周全。朱怀镜知道龙文不是先去看望市国税局马局长，而是先来看望他，心里自然受用，对龙文这人更加多了几分好感，也觉得自己没看错人。

朱怀镜见张天奇客气了几句，脸色凝重起来，猜不出他有什么大事要说，就用一种探询的目光望着张天奇。张天奇叹了一声，把头偏过来，轻声说："怀镜，出了点麻烦。"张天奇虽口上说得轻描淡写，但却显得心事重重。朱怀镜吓了一跳，问："什么事？没什么大问题吧？"张天奇摇摇头，说出的却是天大的事。

原来，但凡上面有领导下来视察，下面就紧张兮兮，如临大敌，从汇报材料、视察现场、生活起居到安全保障等都要一一作好准备。当然也得看来的是哪个层次的领导。一般地区领导下来，通常只要作好汇报准备，生活安排妥当就得了，安全保卫任务不大，只需防止有人缠着领导告状。市以上领导下来，那就吓死人了，工作和生活方面的各种准备当然不敢马虎，最叫人提心吊胆的是安全保卫。安全保卫的规格自然又因来的领导级别高低而有所区别。但是下面会办事的，只要是上面来的领导，他们往往在安全保卫规格上破格安排，不用警车开道的，也让警车在前面呜呜地叫得简直白色恐怖，不用公安和武警站岗的，也给你三步一岗五步一哨。这不是送钱送物请吃请玩，并不有违廉洁；况且中国早在两千五百多年前就已礼崩乐坏，没有谁会追究你接待礼仪超规格。张天奇很重视接待工作，他套用那句外交无小事的名言，经常说接待无小事。这次，接到市里通知，说皮市长要来乌县，张天奇亲自部署了接待工作，指示有关部门分头落实。清理街头乞丐、疯子、算命先生的任务由公安局和民政局负责。以往，每逢上面有领导要来，公安局和民政局就将那些街头乞丐、疯子、算命先生等收容起来，供养几天。但这几年县里财政越来越紧张，而且将这些五花八门的人供养几天也很麻烦，所以只要上面来人，县里就将这些街头流浪者集中起来，用汽车往外地遣送几百公里。乌县通常是把这些人往梅次市境内送，因为梅次市每次上面来领导都把这些人往乌县送。两地便送来送去，几乎成了报复性行动了。等那些流浪者从遣送地再回到乌县城里，差不多都是十天半月以后了。当然也有人就这么永远没回乌县了。朱怀镜当年还在乌县时，遣送流浪者的办法已经被谁发明出来了。他最初听到这种做法，还觉得很不人道，只是这不是他分管的工作，不好多说什么。公安和民政将那些人集中起来以后，半是哄骗，半是强制，将他们拉上汽车。汽车行至几百公里以外的荒郊野岭，到了梅次市境内，再哄他们下车，说是让他们解手、吃中饭。等这些人一下车,司机就嘭地关上车门,开着车飞快跑回乌县来了。那些瞎子、跛子、疯子骂声连天也没有人听见。这回为了迎接皮市长的到来,乌县对整治街头秩序非常重视。因为既然灾后恢复工作做得好,街头就不得有乞丐等闲杂人员。所以,由公安局和民政局各派一位副局长亲自押车,将街头流浪者送往梅次市。但是谁也没有料到,汽车在中途翻下悬崖,车上四十六名流浪者和两位副局长、司机全部遇难。

"谁想到会这样呢?"张天奇说话的声调都变了,像大病初愈的人有气无力,"幸好我们租的是客运公司的车,现在往上报的只是客运交通事故。"

没想到张天奇白天在皮市长面前笑嘻嘻的,内心却背着这么重的包袱。朱怀镜便宽慰道:"既然能这样遮掩过去,应该没事吧?"

张天奇摇头道:"本来没事的,就是你那同学曾俚!"

"怎么又是他?他消息这么灵通?"朱怀镜问。

张天奇说:"这个曾俚,只怕是有毛病吧。他这次正巧回来了,是办他弟弟的一个事。他弟弟在煤矿,现在下岗了,在家闲着。他找县政协王主席,想给老弟找个工作。王主席向我反映这个事。我想在外工作的同志,家里有事,县里能解决的就尽量解决吧。我同几个领导一商量,想把他老弟调到县房产局来。碰巧这回死的那个司机同曾俚家是邻居,这事就让他知道了。本来,我们已做好了两个副局长和司机家属的工作,他们家里有什么困难,尽管提出来,县里尽量解决。现在人家家属倒不说什么了,曾俚硬说要将这事曝光。这些当记者的,怎么就不知道以大局为重,以稳定为重?只知道添乱!曝了光他曾俚得了什么好处?他家里的事还要不要县里关心?我原来没想到你会来,准备送走皮市长马上跑去请你帮忙的。我知道你们同学关系好,他或许能听你的话。"

朱怀镜感到这事真不好办,他知道曾俚只认死理,不肯通融。但他的确为张天奇着急。这事不捅出来还好说,一捅出来张天奇的提拔只怕就黄了。"时间上顾得过来吗?等我们回荆都去,曾俚不早发稿了?"朱怀镜说。

"还来得及,他还在这里,住在县武装部招待所。我派人去请他吃饭,居然请不动。他回来一直住在家里的,怎么又住招待所了?"张天奇望着朱怀镜,目光是在请求。

朱怀镜看看手表,说:"事不宜迟,我去一趟吧。但是我不敢保证能够说服他。"

两人出来,张天奇的汽车早已等在外面。张天奇亲自送朱怀镜到了武装部大门口,让他一个人下了车。张天奇陪着去不合适。朱怀镜让张天奇去忙,不用等他了。他按张天奇说的房号敲了门。曾俚开门,没想到是朱怀镜,很吃惊的样子。乌县有线电视台正在播放新闻,朱怀镜说了句今天上午到的,就坐下来先看新闻。工地上,只见皮市长笑容可掬,向一位担着土的老太太问好。老太太点头不迭,说:"人民政府好,各位领导好!"皮市长接过老太太的担子挑着,大步往前。曾俚凑近看了看,笑了起来,说:"这不是夏疯子吗?难怪了。真有意思!"曾俚笑容又马上收敛起来,"怪了,这回夏疯子怎么没摔死?"

朱怀镜本想两人先聊些别的,再切入正题。但曾俚自己提到这事了,他就说:"曾俚,你管那么多闲事干吗?"

不料曾俚冷冷一笑,说:"闲事?简直惨绝人寰!我一直以为你良知未灭,没想到你浸染官场越久,越……唉!"他没有说下去,摇头叹了一声。

朱怀镜同他争论惯了,并不生气,只说:"你用不着以这种不屑的口气说官场。官场有它自己的游戏规则,你不懂,不是你凭常规可以理解的。"

曾俚没好气，指着电视说："你看看你看看，整个新闻节目，全是老百姓点头哈腰，打拱不迭，感谢这个感谢那个。老百姓受了灾，你们送点救济物品去，老百姓就得感激涕零。我一看到这种蓄意导演的电视新闻就恶心。你们恰恰把关系弄颠倒了，你们吃的穿的用的，花的都是纳税人的钱，是你们应该感谢老百姓！我很欣赏克里姆林宫那位老清洁工，她说她的工作同叶利钦的工作差不多，叶利钦的工作是收拾俄罗斯，她的工作是收拾克里姆林宫，都是为老百姓服务的，没有必要一做点事就得在电视里张张扬扬地亮镜头。自己亮镜头还嫌不过瘾，还得拉老百姓出来烘云托月！说白了，这是封建意识，自己是父母官，老百姓是自己治下的子民。"

朱怀镜笑了起来，说："我听说你来了，马上跑来看你，却只听你演说。"

曾俚夸张地拱手道："多谢了！你别假惺惺了好不好？我知道你是受人之托。那些流落街头的人，除了贫穷，他们还有什么罪？就要这么对待他们？政府没有能力让他们丰衣足食，难道就不能让他们保留乞讨的权利？世界各国，哪怕是发达国家，也有乞丐，也有疯子，也有神汉巫婆。这没有什么大惊小怪的。没有谁苛求政府解决所有社会问题，因为这不可能。法国比我们发达吧？但巴黎的香榭丽舍大街照样乞丐如云。法国政府并没有为了面子把这些乞丐送到外地去，他们只是采取向乞丐收税的办法控制那里的乞丐数量。"

朱怀镜发现好言相劝不会奏效，也不想同他进行这种没有意义的理论探讨，就直话直说："曾俚，我佩服你的道义。我也觉得这事不该发生。但我跟你说，官场中人的思维方式就是面对现实处理问题，别的以后再说，甚至永远不说。你是乌县人，家里有事就得有求于乌县领导。这事你不闻不问，百事好说，不然，你家的事情就不好办！"

曾俚头往沙发靠背上一搭，叹道："我知道，你指的是我弟弟调工作的事。我不肯求人，但我只有两兄弟，我老母亲以死相逼，硬要我出面找县里领导。老母亲哭哭啼啼，说我不争气，四十多岁的人了，媳妇都娶不上。弟弟上要养老，下要养小，又没有工作了，不只有死路一条？我是没有办法，才硬着头皮找了政协王主席。如今他们却用这作为条件同我交换，真是卑鄙！家里也见我仇人样的，我只好住到这里来了。"

朱怀镜说："你不能说人家卑鄙什么的。还没发生这事，县里就答应给你弟弟调工作了。县里没有几个好单位，让你弟弟进房产局，够可以的了。这说明县里领导是看重你的。偏偏在这节骨眼上，你硬要同人家对着干，谁都会卡着你的事不办。人之常情啊。你弟弟的实际困难你能不考虑吗？你老母亲为这事真的有个三长两短你良心会安宁？"

曾俚使劲地拍打后脑，非常痛苦的样子，说："好了好了，你别说了。我说怀镜你是怎么回事？你怎么总给张天奇当说客？上次皇桃假种案的事，你缠着我说，这回又是你。"

朱怀镜笑笑，说："你说反了。因为都是你，人家才找我说。谁都知道我俩的关系好。其实好什么呢？见面就叫你鞭笞得体无完肤。"

"真的，我不明白，你怎么老是要维护张天奇这种人呢？是你们私交很好吗？"曾俚问。

朱怀镜一时不说话，意味深长地望了曾俚一会儿，说："什么这种人？其实你对他并不了解，只是本能地反感。是不是你有天生的厌官情结？要说交情，我同他的交情远远不如我同你的交情。从严格的感情意义上说，我同他甚至可以说没有交情。但碰上这种事，我只能向着他，说服你。"

"为什么？可以告诉我吗？"曾俚问。

朱怀镜笑笑，说道："如果能说服你，我倒想同你探讨一下这个问题。其实我平时也没细想过这中间的道理，今天就来个自我心理解剖吧。你应该知道，如今在官场上要想有所作为，靠你一个人埋头奋斗、苦干傻干肯定不行，得编织一张互利互惠的关系网。当然你说这是结党营私也行，反正就是这么回事，褒贬不同而已。像张天奇这样风头正劲的人，谁都会乐意把他拉到自己的网内来。那么我有什么理由不帮他呢？天知道我自己哪天就倒了霉，兴许也用得上他帮忙。再说，这事虽与皮市长没关系，但的确又是为了接待皮市长而出的事，为什么要把这事捅出来让皮市长难堪呢？皮市长对我也好，对张天奇也好，都是意义非同寻常的人物。还有，这事没拱出来屁事没有，一旦拱出来，肯定会处理几个责任人，并且牵涉到那么多人，社会影响太坏。何必不省些事呢？你别用这种眼光瞪着我，你要是在我这位置上，你也会这样做的。"

曾俚摇头叹道："怀镜，你居然这么麻木了？最可悲的是，你们这么多年都是这样对待这些人的，竟然没有一个人告状！这回死了那么多人，大家居然保持沉默！中国老百姓要到什么时候才真正觉悟？"

"曾俚，你别玩深沉了。我们中国人温饱问题都还没完全解决哩！"朱怀镜一副故作潇洒的样子，几乎有些玩世不恭。看看时间，已是十一点多了，他换上一副真诚的面孔，说："曾俚，说真的，我从心眼里佩服你的侠肝义胆、你的社会良知。但面对现实你应该明白，有些事情嘴上说说可以，写写文章可以，却是认真不得的。就说这个事情，你把它捅出去了，除了处理几个人，除了给当地政府添些麻烦，没有其他任何意义。难道中国的民主进程就从这个事件上推进了？只不过把你老弟快要到手的饭碗砸掉了。"

曾俚听罢，双手捧着头，使劲地摇。朱怀镜看得出他真的很痛苦，不忍心再刺激他，便断断续续说些安慰的话。曾俚一言不发，两眼望着电视出神。电视里正播着很无聊的电视剧，谁也没在意看。房里的空气像是闷热了许多。两人正沉默着，听得有人重重地擂门，叫道曾俚你滚出来。朱怀镜不知道出了什么事，吓得张大了嘴巴。曾俚起来开了门，一条黑脸汉子冲了进来，指着曾俚的鼻子臭骂。朱怀镜一听，更是吓得两耳发响。原来曾俚的老母亲想不开，服了毒药，正在医院抢救。这黑汉子是曾俚的弟弟，只骂道："我不求你了，你只赔妈妈的老命！妈妈要是有个三长两短，我要喝你的血！"

朱怀镜忙劝开两兄弟，拉着曾俚奔医院去。小县城没有的士，叫车又来不及，两人拦了一辆人力三轮车。曾俚已吓蒙了，一句话都说不出，只是朱怀镜催着车夫快点快点。

两人直奔急救室。走廊里黑压压地站着许多人，叽叽喳喳地议论着。曾俚劈开人群往病房里挤，朱怀镜也跟了进去。只见老人家平静地躺在病床上，鼻子和手脚都插着管子。里面没有医生，四周站着的像是曾俚的家人。他们都怒视着曾俚。看样子抢救工作已经结束。曾俚走到床头，伏身跪下，把头埋在老人家的枕边。朱怀镜看得出，曾俚哭了。

一会儿，有人推门进来了，病房里有了小小的骚动。朱怀镜回头一看，见是县政协的王主席带着两个人进来了。王主席同朱怀镜是老熟人，两人先握了手，轻声问好。朱怀镜上去拍拍曾俚，说王主席来了。曾俚抬头站了起来，两眼红得像在流血。王主席同曾俚握了手，说："张书记指示了，要全力以赴抢救老人家。我刚才专门找院长和几位医生谈了下，了解了情况。他们说还算万幸，抢救及时，没有危险了。"王主席反复安慰了曾俚和曾俚的家人，同大家一一握了手，说明天再来看看，就走了。

王主席走了不久，曾俚请朱怀镜回去休息。朱怀镜客气地说没事的，再待一会儿吧。曾俚就拉着朱怀镜往外走。外面仍有很多人，小声说着这事。

"听说是为她大儿子，大儿子不听话。"

"大儿子四十多岁了，还光棍一个。"

"自己找不到老婆，家里大人介绍的，他又不肯要。"

"哪一个是他大儿子？是那个高的还是矮的？"

朱怀镜感觉背上痒痒的。后面有很多双眼睛望着他和曾俚，有很多双手朝他们指指戳戳，猜着他俩谁是那个逆子。看来外面人并不知道曾俚老母亲是为了什么事服毒，人们都在胡乱猜测，以为老人家是为曾俚找老婆的事想不开服了毒。说明县里将翻车的真相瞒得天紧。

曾俚把朱怀镜一直送到医院大门外面，拍拍朱怀镜的肩膀，哽咽道："这事我不管了！"他说完就抬头望着天空。天空正好有一道流星，画着凄凉的弧线，消失了。朱怀镜很内疚似的，不敢再提那件事，只是默然以对。他知道曾俚抬头望天是为了掩饰眼中的泪水，便不忍心看他，低头说你回去好好照顾老人家吧。

朱怀镜独自走在街上，心里充满悲怆。心想曾俚在为着正义慷慨陈词的时候，他家中的老妈妈却正因为他的正义走向死亡。而在急救室走廊里那些叽叽喳喳的人眼中，曾俚简直就是怪物。如此现实，除了让人世故、猥琐和庸俗，还能叫人怎么样呢？

朱怀镜连打电话给张天奇回话的兴趣都没有了，只一个人在街上低头走着。一种莫名其妙的悲凉感重重地冲击着他，叫他鼻腔发酸，两眼发涩。他尽量走在树的黑影下，不想同熟人打招呼。乌县尽是他的熟人。

朱怀镜走进宾馆大厅,张天奇正好从电梯里出来,后面跟着秘书小唐。两人握了手,就到大厅一角的沙发里说话。小唐只远远地站在一边。朱怀镜说:"我说服了他,他答应不管这事了。"张天奇说:"谢谢你啊朱处长。"两人都没有提曾俚母亲服毒的事,免得尴尬。朱怀镜没有心情说话,就客气说:"张书记你今天忙了一天了,回去休息吧。"两人便再次握手。朱怀镜回到房间,感到精疲力竭。方明远已经上床,说不定还没睡着,但两人不再搭话。朱怀镜进卫生间洗漱,望着镜子里的自己,体会不了往日那种自鸣得意的成熟感和优越感,反而觉得镜子里的这个男人好无聊。

后来的几天,皮市长一行去了若有地区的几个受灾县市,吴之人一路陪同。乌县那位七八十岁的老太太给皮市长的印象太深了,他每到一地都要说起她,而且很动情。他说同志们,老太太那么大的年纪了,还要主动参加修复水毁工程。这说明我们的人民太好了,他们是理解政府的。他们受了这么大的灾,不怨天,不尤人,真诚地感谢政府,感谢领导。多么质朴的感情啊!朱怀镜一次次地听着,一次次地感受着官场的滑稽。这几天他情绪不好,尽管没有流露,但脑子里想什么什么变味。他感到很累,很想就这么冬眠了。

皮市长在下面一共跑了四天,回来时正是星期五晚上。朱怀镜没有回家,径直去了玉琴那里。香妹反正不知道他回来。玉琴一见朱怀镜,就说他瘦了,而且又瘦又黑。朱怀镜并不多说,只道身体不太适,就在这里昏昏沉沉地睡了两天。

这天早晨,朱怀镜同玉琴打完网球,驾车回家。玉琴突然问:"怀镜,李明溪是不是真的有些精神反常?"朱怀镜奇怪玉琴怎么突然问起这话来了,惑然道:"怎么?"玉琴说:"前几天,我在街上碰见李明溪,本想同他打招呼的,可他一个人做贼似

445

的，挨着街道边的墙根儿走，还不断地回头，那样子就像怕后面有人跟踪。人也瘦得不像样儿了，我都怀疑不是他了。"

"是他，肯定是他。我早几年就喊他疯子了，只怕会不幸言中。"朱怀镜想起那天在美院见到李明溪的景况，内心很感慨。他默然一会儿，说："我想最近抽个时间，约李明溪、曾俚玩一次。说实话，在荆都要说朋友，他们俩才是我什么话都可以说的朋友。这两位朋友最近都有些不太好过。"玉琴不知曾俚有什么事了，就问："曾俚怎么了？"朱怀镜不好多说，只道："他老母亲身体不好。"

"玩什么好呢？老是吃饭多没意思。"玉琴说。吃饭的烦恼朱怀镜更甚，更何况最近上面在抓廉政建设，出入高档娱乐场所不太妥当，他便玩笑道："是啊！白酒更兼红酒，到黄昏，杯杯盏盏。这次第，怎一个喝字了得！"玉琴听得不太明白，却知道他在发酸气，笑话他书读多了。两人说笑着，顺路在一家小店里吃了早点。朱怀镜将玉琴送到龙兴，自己赶回去上班。

后来几天，两人一见面就商量怎么个玩法。朱怀镜似乎这时候才意识到要按自己的性子玩一次还真不容易，而平时的所谓玩，多半是为了应酬。直到星期四，两人才决定干脆沿着荆水河驱车去郊外，找个清澈的河段游泳。定了下来，朱怀镜就打电话约李明溪。李明溪要死不活的样子，自然推托了半天。朱怀镜劝说了好一阵子，李明溪答应了，却让朱怀镜也邀一下卜未之老先生。朱怀镜说卜老那么大年纪了，怎么游得了泳？李明溪说他也不会游泳，朱怀镜就答应也邀一下他老人家。曾俚好说，朱怀镜一约他就答应了。于是，星期五晚上，朱怀镜开车接了李明溪，两人一块儿去拜访卜老先生。

卜老的孙女儿开了门，认得他俩，客气地请两位进屋坐。小姑娘领着客人往里屋走，说："爷爷在他自己屋子里喝茶哩。"还没到卜老房前,小姑娘就叫道爷爷来客了。卜老应了声请请,人却没有出来。小姑娘推了门,却见卜老正挥毫泼墨。朱怀镜两人自然放轻脚步,小心进去了。卜老搁了笔,请两位坐。小姑娘就倒了茶来。

"卜老好雅兴啊。"朱怀镜说着,放下茶杯,过去看卜老写的字。却见写的是卜老自己新赋的一首诗:

> 后庭有树才不堪
> 一年一度挂榆钱
> 秋来借取三五万
> 求田问舍去荆山

落款是雅致堂主人卜未之八十三岁,某年仲夏。李明溪也凑上来欣赏,连说好字,好诗。卜未之连连摇头,说:"歪诗酸腐,自娱而已,并无实际意义。要说这诗,还受了明溪先生的影响哩。"朱怀镜便想起李明溪那"欲结草庐荆山下,种得老梅半亩寒"的蹩脚诗。心想这一老一少,真是迂得可爱。卜老的雅致堂可谓日进斗金,老人却自嘲他穷得捡榆钱儿。

朱怀镜笑道:"荆山的地价今年又涨了,真的是寸土寸金了,不是一般人有钱去买的。"

卜老朗声大笑,然后稍一凝目,落笔在诗后题道:

涂鸦自娱,见笑大方。怀镜君说荆山地价狂飙,非常人敢问津也。老夫复学张打油凑成几句:荆山有土寸寸金,有钱有势你去争;我辈只啖风与月,黄卷三车留儿孙。

朱怀镜抚掌而笑,暗自佩服卜老这么大年纪了,还如此才思敏捷。李明溪反复念着这首打油诗,直道"我辈只啖风与月"堪称佳句。

屋里有些热,老人家又没有用空调。朱怀镜有些发胖,早汗涔涔的了。卜老见了,就说干脆去后面院子说话。两人便各自端着茶杯,随卜老到了后院。原来卜老诗里写的后庭并非虚拟。月正中天,满庭清辉。小院并不太宽,但在这拥挤的荆都,已经很不错了。小院角上有一棵大榆树,另有芭蕉一丛,老梅数树,错落坪间,很是随意。连着小院的也是一些平房,不挡风,也不遮眼。一边置有石桌石凳,坐下可以观花,可以望月。朱怀镜说好地方好地方。卜老说:"我们家本来是临街当铺的,后来城市规划一变,就被挤到这角落里来了。好在我也喜欢清静,正好合意。雅致堂行内人都知道,要来的再远再偏也绕着弯子来了。"

"这就叫酒好不怕院子深呢!"朱怀镜奉承道。卜老自然是谦虚着。再下来不免是谈诗论画,又只是卜老和李明溪两人切磋心得,朱怀镜只是间或插上几句。他听了一会就觉索然,却又不想显得自己太俗,只好歪着脑袋作文雅状。他感兴趣的倒是这小院,太有韵味了。这时正好有凉风掠过,蕉叶沙沙,梅树弄姿,月影摇曳。心想今晚应该带玉琴来。月光下的玉琴,肌肤必定跟牛奶似的。

今晚李明溪并不显半丝疯意,他同卜老说天说地的就说到石涛了。李明溪谈到石涛的一画论,把中国画天人合一,心物相应的道理说得玄玄乎乎,又说石涛一画论的哲学根基在老庄和《周易》,云云,朱怀镜越听越昏头。李明溪说得正在兴头上,卜老说:"今天怎么就说到石涛了,算是机缘吧。我有幸藏有苦瓜和尚石涛画一幅,平时从不拿出来给人看的。两位稍等。"

卜老起身进屋了。一会儿,廊檐下的一盏灯亮了,卜老抱着个长匣子走了出来。卜老把匣子小心地放在石桌上,只见匣子暗红发亮,想是上好木料做的。卜老轻轻合着双手,半天没打开匣子。朱怀镜见李明溪屏住呼吸,几乎有些紧张了。卜老像是进行某种宗教仪式似的，神色肃穆，把匣子的扣锁一个一个掰开。终于打开了匣子，取出一个古黄色卷轴。徐徐展开，见是一幅《高山冷月图》。但见群峰如堵，崖生怪柏，冷月如钩，似藏禅机。右上方题有石涛自题七绝一首，多处已漫漶不清：

   栖栖乞食□复秋
   禅疴沈沈苦云游
   月冷峰高小乘□
   六十独行□□□

  落款题道："庚辰暮秋清湘大涤子写"。另钤印章几枚。左下方又题有小字若干。朱怀镜只隐隐知道清初大画家石涛号苦瓜和尚，但他不懂甄别古画，便认真看了题诗和落款。李明溪却像着了魔，先是站着端详半天，再就凑近去细细审视。好半天，李明溪才倒抽一口凉气，点头不止，却默不作声。朱怀镜心想这画一定很贵的，就问："石涛的画在市面上是什么行情？"说了这话他又怕俗了自己，好在卜老并不迂腐，淡然一笑，说："那也得看作品。我查阅过几乎所有有关石涛的资料和石涛的画。从收藏印章上看，至少经了三个人的手。我见识浅，不知这三位何许人也。也许是民间有闲有钱的藏家吧。可以说，这幅画是拾遗补阙的珍品，价值非同小可。"

  朱怀镜听着好奇，问："这画怎么到了您老手里？"

  卜老摇摇头说："这是非分之物！说来有个故事。五七年冬天，有位先生把这画送到我店里，说是要修补一下。我打开一看，见是石涛的画，吃了一惊。画有几处破损了。我说只怕要些日子才补得好，那位先生说没事的，只要能补好，时间长些没事。我花了整整一个月，才把这画补得同原样似的。可是，那位先生从此再也没有来过。那些年月，社会不太平。我猜想有兴趣有资本收藏古画的，多半都会成倒霉鬼。天知道那位先生哪里去了，反正他再也没有来过。我只好把这画保存了下来。我从来没有把这画当做是我自己的收藏，就连拿出来给朋友们看都觉得不厚道。连我家里人，只有我大儿子知道我手头有这么一幅画。我交代他，这画是别人的，说不定人家哪天就来取了。我百年之后，这画就让他代为保管。我立了条死规矩，家里哪怕穷到要饭了，也要把人家的画保管好，不准把人家的画卖了活命。今天我心血来潮，让两位看了这画，两位可要保密啊！夜里露水太重，收起来收起来。"卜老说罢就把画卷了起来。李明溪却像中了邪，望着月光下的梅树发呆。

朱怀镜想起前不久在报上看到的一则消息，说："市面上字画赝品太多。报上报道，凡·高有幅《向日葵》被日本一家公司以四千万美元买走。有位英国专家经过近一年的研究，断定这画是假冒的。凡·高生平只作过六幅《向日葵》，加上这幅假的就有七幅了，显然不可能。这幅假《向日葵》最初的拥有者是凡·高同时代的一位法国画家。"

卜老刚要说什么，李明溪像是突然清醒了，说："你说的这事可能有。古玩古董就怕同时代仿冒的，最难甄别。"

卜老说："朱先生说那位英国先生研究了近一年，这幅《高山冷月图》我可琢磨了四十多年。"

朱怀镜有些不好意思了，忙说："我不是那意思。凭卜老的学养和经验，怎会看走眼。"

卜老摆手道："学养谈不上，只是见得多一些。"李明溪便向卜老请教古书画甄别知识。卜老谦虚几句，说了些要领。朱怀镜一听，简直太复杂了，要深谙各个朝代的世风、画风、绘画用材、各个画家的个人特点，以及当时建筑风格、衣冠服饰、起居习惯等等。心想让李明溪没完没了地请教下去,三天三夜都没得完。眼看时间差不多了,朱怀镜先拿别的话题岔开,再随意说道:"我和明溪,还有两位朋友,想趁明天休息时间,到外面去郊游。想请卜老同去,看您老的兴趣?"

卜老哈哈一笑,说:"谢谢了。我老不上路的,同你们年轻人一道去,不合适啊!还是你们几位尽兴吧。"

朱怀镜本来就觉得卜老一道去不太合适,这只是李明溪的主意。见卜老客气,朱怀镜就不再坚持了。

朱怀镜送李明溪回美院,路上想是回家去还是去玉琴那里呢?一时拿不定主意。前面就是十字路口了,正前方是去玉琴那里的路,左拐弯是回家的路。他便在心里打赌:自己的汽车离路口停车线十米以内,正前方是绿灯,就去玉琴那里,否则就回家去。结果他的汽车刚开到路口,正前方的红灯突然绿了。他想,上天安排,还是去玉琴那里吧。很久没有同香妹在一起痛痛快快地过了,他心里到底有些不安。他便想,自己刚才打赌之后,没有改变车速,他的选择对两个女人是公平的。他知道这样自我安慰好没道理,却仍这样想着。

玉琴没想到他今天晚上会来,因为今天下班时他挂了电话给她,说明天清早就去接她,这就等于暗示他今晚不来了。玉琴总想,爱上一个男人怎么总是不知满足?她弄不明白天底下的女人是不是都是她这样子。有一段时间,朱怀镜几乎每晚都在她这里,只是周末回家去。她便想周末有男人陪着多好,女人的周末多么重要!有一阵子,朱怀镜平时很忙,顾不过来,可周末总陪着她。她又想,家里应该天天有个男人,男人是女人的空气,离开男人真会窒息。

玉琴已经上床了,朱怀镜叫她别起来,自己跑去洗了澡,再进房来休息。两人抱着温存会儿,玉琴说:"下午上面头儿来谈了话，老雷去商业总公司任副总经理，让我任龙兴总经理。"

朱怀镜说："是吗？祝贺你。"玉琴说："祝贺什么？又不是当什么大官，只是头上多些责任而已。"朱怀镜就像刚才知道的样子，表情也淡淡的。其实这是他活动的结果。他从未同玉琴说起过这事，怕她有想法。而玉琴呢？也早猜着朱怀镜肯定在中间做了工作，只是嘴上不说破。他们俩在这些事情上自觉地心照不宣，免得俗了两人的爱情。他们总在努力相信，两人的爱情是圣洁的，不存在任何交易，哪怕是一丝世俗的私心杂念。

朱怀镜礼节性地表示了祝贺，就把话题转了，说："卜老家里那个后院很美，尤其是那月光。久居城市，对月光几乎都陌生了。月光还是乡下的好。我小时候都是在乡村度过的，乡村没别的稀罕东西，却有绝好的月光。夏夜的月光下，满是纳凉的人们。靠在竹椅上，手摇着大蒲扇，无牵无挂，百事不想。再也找不到这样的地方了，再也找不回这样的心境了。"

玉琴关了灯，拉开窗帘，月光慢慢地就流进屋里来了。她趴在朱怀镜身上，一手托着下巴，做遐思状，说："其实我小时候，龙兴这块地方还不太繁华，后面不远处就是田垄了，夏夜遍地蛙鸣。"玉琴动情地描述着自己的童年，背景当然是夏夜的月光下。朱怀镜感觉玉琴也在有意回避她提拔的话题，如果挑明她这个总经理是朱怀镜为她争来的，她会很伤自尊心的，更重要的是这似乎玷污了他俩的爱情。她不想承认这个事实。

这个晚上，朱怀镜满脑子的月光，玉琴却睡得似乎很安逸。

次日清早，两人破例没有去打网球。洗漱完了，开车出去，找个地方吃了早点，先去接曾俚。曾俚上了车，朱怀镜问他妈妈好些了不。曾俚说大问题没有，只是老人家身体本来就不太好，这回这么一弄，更加虚了。这事说起来影响情绪，朱怀镜安慰了几句，就换了话题。一会儿到了李明溪楼下，朱怀镜下车使劲喊了几声，没有响动。他一个人上楼去，敲了半天门，李明溪才开了门。依旧是小心地把门开着一条缝儿，贼虚虚地望着外面。"老大早了，你还睡着？快下来吧，我不进来了。"朱怀镜便下楼去等。又是老半天，李明溪才磨磨蹭蹭地下来了。

"只是游泳的话，还要费这么大的劲？找个游泳馆多省事。"曾俚说。

朱怀镜说："游泳馆太不卫生了。"

"荆水河也并不见得干净。"曾俚说。

玉琴说："看看吧，有干净的地方就游泳，不然出来散散心也好。一年四季闷在城里，多难受。"

李明溪说："随你们怎么着，我反正不会游泳。"

朱怀镜忘记李明溪说过自己是个旱鸭子了，就说："那你哑巴了？我同你商量，一直是说出来游泳。你早说我们可以安排别的活动呀？这活动是专门为你和曾俚安排的。你呀！"俗话说，玩笑笑假不笑真，朱怀镜嘴巴里的"疯子"二字到喉咙口却咽了回去。他担心李明溪精神只怕真的有些问题了。

汽车往西溯荆水而上，出了荆都市区，渐显田园风光。找了个僻静处，下车看了看，见河水仍然浑浊，只好上车继续西行。曾俚说只怕找不到干净地方。朱怀镜说反正只当散心，走走停停，有合适的地方就下去。中途又下去好几次，见河水都不干净。朱怀镜便有些懒心了，同玉琴换了位置，让她来开车。曾俚和李明溪都不是善于开玩笑的人，而同他们正经讨论什么话题又难免过于认真，显得枯燥。气氛就有些沉闷了。朱怀镜突然觉得自己简直自作多情了，担心这两位朋友心情不好，拉他们出来散心。可这两位朋友却并不显得有多大兴趣，坐在车上快打瞌睡了。朱怀镜现在交往的人实在太多，但他真正能轻松相处的只有玉琴、李明溪、曾俚，还有卜未之老人。这四个人，李明溪生活在梦幻里,曾俚生活在理想里,卜老生活在古风里,玉琴呢?朱怀镜不忍心去问她生活在什么里面。朱怀镜情绪有些灰了,闭上了眼睛。最近他的心情总是阴晴不定。有时候觉得自己混得不错,有身份、有地位、有情人,还有了汽车,每天的日子都过得很有色彩。有时候又会突然空虚起来,认为自己如同行尸走肉,放浪形骸。

"你们看,这里有条小溪!"玉琴突然叫道。三个男人都睁开了眼睛,顺着玉琴手指的方向往外看。果然见一条小溪从左边的山涧里潺潺流出。停了车,四人下车看了看,见溪水清澈,汇入荆水竟是泾渭分明。回望山涧,但见峰高树密,层林披拂,清幽迷人。玉琴说:"我们何不干脆沿着溪水进去玩玩?说不定曲径通幽呢?"这正合李明溪性子,连说好好。曾俚没有主意,就说随大家的意。因为这是玉琴的提议,朱怀镜自然乐意进去看看。但这车怎么办呢?停在路边肯定不安全。朱怀镜下去探了一下,见一条青石板路让荒草覆盖着,沿溪伸向山涧深处,刚好可容小车通过。

仍旧由朱怀镜开车,他的车技早超过玉琴了。车子徐徐前行,玉琴说万一车子陷在里面了那才好玩哩!朱怀镜笑着说你说点好话行不行。看不清路面,只有摸索着前行,齐人高的艾蒿、巴茅纷纷披靡,刮得汽车两侧哗哗作响。两边的山梁越来越高峻,人在车里望不见峰巅。玉琴摇落车窗,想伸头出去望望天空,却怕旁边的杂草划了头。朱怀镜感觉下面的石板路宽敞而平坦,便纳闷起来,心想这么一条好路怎么就荒废了呢?曾俚也有同感了,说这么好的地方怎么就没有人呢?李明溪把头压得低低的,想尽量看清外面。这么慢慢行走了大约个把小时,也不知进来了多远,见前面树木掩映处好像有个亭子。大家都看见了,都把目光拉得长长的,却不说话。朱怀镜眼尖些,看清了的确是个亭子，才说是个亭子哩！大家就说是个亭子，真的是个亭子。朱怀镜感觉到了某种激动，却不敢提高车速，怕万一碰上个石头，车子就报废了。终于开到了亭子前面，大家兴奋地下了车。朱怀镜说了声小心看着，怕蛇。玉琴便尖叫着跳了起来，一把抓住朱怀镜。朱怀镜笑道，没那么多蛇，小心点就行了。

这是个石亭，杂草已漫过石阶，爬进亭子里面，很有些破败苍凉意味。亭子上面刻有"且坐亭"三字。迎面两个石柱上刻着一联：

来者莫忙去者莫忙且坐坐光阴不为人留
功也休急利也休急再行行得失无非天定

"有意思，有意思。"曾俚说道。李明溪将对联反复念了好几遍，又拿手比画着每一个字，点头不止。朱怀镜跑过去，发现亭子另一面还有一联：

惯看千古人逐鹿
闲坐清溪鬼吹箫

朱怀镜觉得这副联也有些意思。正琢磨着，听得曾俚在一边喊道："快来快来。"朱怀镜、李明溪、玉琴不知他发现了什么好东西，忙循声而去。原来杂树深处有一怪石，高约丈许，一面书有"鬼琴石"三字，一面刻有《鬼琴石记》。朱怀镜便觉得这联有些费解。明明是鬼琴石，如何联里又说是"鬼吹箫"呢？曾俚看着《鬼琴石记》，念了几句，感觉有些味道，便取笔抄录。但风雨剥蚀，文字大多阙如：

荆水之阴有水汇焉□为清溪朔溪而上□□奇石石有七窍风过□□萧然铮然瑟然□□；□□月白风清独坐溪渚□流水汩汩忽闻石琴鼓也□□杜宇夜寒风高□□如猿泣□□人生悲音□□□□世莫奇之呼曰鬼琴筑亭于斯□□□太学士郭玖亻□□□□即望□□

　　曾俚一边抄录一边断断续续念着。缺字太多，几位研究半天，隐约猜测上面文字记载的是奇石的七个孔让风一吹，能发出声音，如鬼鼓琴。数了数，果然有七个窍孔。但并不听得这怪石发出什么声音。朱怀镜说："也许是以讹传讹。"曾俚看了看四周情势，说："不见得就是讹传，也许因为树木遮蔽，风流不畅，就发不出声了。"李明溪刚才一直不做声，用手逐个儿摸着字，猜测阙如的是什么字。这会儿听了曾俚的话，他说："不如我们将前后的树砍掉，听听是不是有这么美妙的声音。"朱怀镜笑了起来，说："你做梦吧！再加上你这么十个李明溪，我们砍一天也砍不完！"李明溪便恨恨的，摇头晃脑。

　　回到石亭，曾俚和李明溪又反复琢磨两副对联。朱怀镜知道李明溪的对联还做得可以，偶尔也凑两句挂在壁上。却不知道曾俚也如此喜爱对联。曾俚说："看且坐坐这副对联，我想起在湖南黔阳芙蓉楼见过的一副对联。那联写的是：天地大离亭千古浮生都是客；芙蓉空艳色百年人事尽如花。消极是消极了些，却写出了某种人生况味，叫人读了肝肠百回。"

　　朱怀镜说："曾俚的记性真好，过目不忘啊！"

　　曾俚说："那也不一定。我是喜欢的东西过目不忘，不喜欢的就是你耳提面命我也记不住。我有时也假作风雅，对上几句。自己满意的也是那年去湖南，我随全国政协视察团采访，在岳阳楼作的两句。领导同志很有兴致，挥毫题咏。东道主讲客气，让我也题几句。我想起李白有'巴陵无限酒,醉煞洞庭秋'的诗句,就信笔题了'洞庭千秋醉,文章万古醒'。当时有人私下说我这两句是那天题得最有水平的。我自己其实知道,'醒'若换个平声字就好了,但仓促间不及细想,也就算了。东道主说各位领导所有的题咏都将精心装裱收藏。我想我那对联过不了夜就会被人丢了的。我不过是随行记者,又不是领导。有位领导题的是'洞庭扬起改革波,君山涌现开放潮',可能真的会被收藏。我倒是因为这对联惹了点小小麻烦。有人后来拿我这对联做我的手脚,说我思想倾向有问题。因那会儿我正好写了几篇说真话的文章,叫有些人不高兴。有人就说我那对联是自命高明,以为举世浑浑唯我独清。现在当然没有人拿一两句话做把柄治你的罪,但却在心里记了你的账,用一些很世俗的法子来治你,让你受着很世俗的困惑和折磨,叫你连最世俗的日子都过不安宁。这就是无可奈何的现实。"

不料曾俚几句话下来就到严肃话题了,朱怀镜听着很累。他明白曾俚说的也许在理,但在他看来这都是司空见惯的事,不值得大惊小怪。李明溪不谙世事,玉琴不关心这类话题,朱怀镜不应和,曾俚也就深沉不下去了。李明溪望着四围青山出神,曾俚便说:"这一定是条古官道,不知顺着这条路通到哪里。好好的一条路怎么就废了呢?"朱怀镜说:"曾俚你同明溪好好讨论一下这个问题,我和玉琴去那边搜索搜索,看是不是有什么发现。"

朱怀镜捡了根棍子开路,领着玉琴朝溪的方向走去。两人披荆斩棘,走了约百十步,便闻流水叮咚。再行十来步,撩开高过人头的艾蒿丛,两人同时呀了一声。原来这里有一个清湛的水潭。水潭不大,横顺三十来米,因水太清澈,倒叫人看不出它的深度。对岸是陡峭的崖壁,往上直达山巅。"多好的天然游泳池!"玉琴兴奋地说。朱怀镜说:"对对。小是小了些,好在干净,清净。"玉琴说:"说小也不小,游泳馆里的游泳池不就这么大?"两人站在潭边,闭上眼睛,大口大口地做着深呼吸。这里的空气也格外新鲜,带着水的清凉。朱怀镜说:"请他俩一块儿来游泳吧。"

朱怀镜和玉琴回到石亭,见那两位已在下围棋了。"谁还带了围棋来?"朱怀镜问。曾俚说:"我包里随身带的,不是有意带来的。"朱怀镜便把那边发现水潭的事说了,请两位过去游泳。曾俚说:"我就不去了。不去还可以想象一下《小石潭记》的意境,一去了可能就是那么回事。明溪不会游泳,我俩就下棋吧。"朱怀镜便望望玉琴,玉琴给他一个眼色。两人便过去打开汽车后箱,取了游泳服。朱怀镜低声叫玉琴先进汽车里去换衣服。玉琴轻声说:"就我俩,过去换吧。穿上游泳服,路上腿不要刮得生疼?"玉琴又把果点和矿泉水拿了出来,放在李明溪和曾俚身边。

到了潭边,玉琴脱衣服时下意识地望了望四周。朱怀镜笑她太神经兮兮了,这里只有上帝看见我们。玉琴也觉得自己好笑,说这是女人本能。她才准备穿上游泳服,朱怀镜抢了过来,说干脆不穿算了。玉琴红了脸,说那怎么行?万一那两位过来了怎么办?朱怀镜说他俩都是迂夫子,不会过来的。玉琴说什么也要穿游泳服,朱怀镜只好把游泳服递给她。

两人试探着下了水,才发现水潭原来很深。朱怀镜很多年没有游泳了,觉得胸口叫水压得紧紧的,身子显得很沉。而玉琴的双腿鱼尾一样灵巧地摆动着,两手向前舒展,并不动作。到了潭中央,玉琴慢慢地浮出水面。她踩着水,摸了摸脸,举手叫朱怀镜过去。朱怀镜向玉琴游去,他尽量想让自己的动作轻松些,可下半身飘不起来。快到玉琴身边了,玉琴却又向对岸游去了。他只得继续向前游。这边没处落脚,玉琴一手附在崖壁上,侧着身子朝朱怀镜笑。朱怀镜气喘吁吁地游到岸边,连说老了老了不行了。玉琴笑话他年纪轻轻的充什么老。朱怀镜笑笑，说："不骗你，真的感觉不行了。小时候我在水里比泥鳅还灵活。好多年没下水了，胸口硬是让水压得慌。"玉琴伸手过来托着朱怀镜，说："是吗？锻炼少了。今后我们游泳呀，网球呀，保龄球呀，什么运动都做些，别老待在床上。"玉琴本意是说别总是睡懒觉，可说出之后就发现这话会让朱怀镜钻空子的。果然朱怀镜笑了，说："好吧，别老待在床上。"他表情鬼里鬼气，逗得玉琴笑喘了。说笑会儿，玉琴说："我们是来游泳的啊，游吧。"玉琴来回游着不过瘾，便顺岸包着水潭游。她游得轻松自在，不断地变化着姿势。只要不游得太快，朱怀镜还能跟上。两人且游且停，打水仗，说话，开玩笑。玉琴间或又会撒撒娇，鱼一样在朱怀镜怀里乱撞。这么玩着玩着，朱怀镜气力越来越足了，一次次地潜入潭底摸鹅卵石。玉琴看中了两个石头，一个有着奇怪的花纹，一个晶莹剔透如白玉。朱怀镜兴头正高，玉琴却有些累了。朱怀镜问玉琴是不是回且坐亭去。玉琴说不想马上就回去，这地方多好。岸边正好有个光滑平整的大石头，可容三四人躺卧。朱怀镜搂着玉琴过去，躺下，让玉琴伏在他的身上。玉琴趴了一会儿，也翻身同朱怀镜并排躺着。头顶是一线天，白云从东边山顶飘来，很快就挂在西边山顶上了。朱怀镜心想，望着这飘忽的云朵，哲人或作家们总要想起些什么，不然就对不起神奇的造化了。可他凡骨俗胎，只感觉心旷神怡，却说不出什么。他突然发现玉琴也一直不做声，像在沉思，就问她为什么这么深沉。玉琴真的就叹了一声，说："我刚才在想，总见报纸报道什么什么地方又有人被外星人掳走了，还说有人叫外星人掳走之后又被送了回来，却被外星人像洗磁带一样洗掉了所有关于外星的记忆。我想，外星人怎么就不把我俩双双掳走呢？神话说，洞中方七日，人间已千年。再过若干年，外星人又把我俩送回来，故人都已作古，我们还像现在这样年轻，多好。"玉琴说罢又深深地叹了一声。朱怀镜本来觉得玉琴这想法古灵精怪，挺好玩的。可是见她的神情绝不像在编造美丽的神话，他的心也就有了种往下沉的感觉。这可怜的女人生活在狂想里！朱怀镜这么想着，一阵悲凉的感觉重重地袭来心头。他动情地搂过玉琴，说着绵绵情话。玉琴被感动了，在他的怀里啜泣起来。他闭上眼睛，深深地叹息着，为自己这废话般的情话羞愧不已。而玉琴以为他感动了，便为他的感动而愈加感动，爬到他身上狂乱地亲吻他。当玉琴吻着他的脖子和胸脯时，他睁开了眼睛。白云、青山、流泉、鸟鸣，多么美妙！朱怀镜激动起来，伸手去脱玉琴的游泳服。玉琴美目微合，仰卧在石板上，双手向朱怀镜张开。太阳藏进了白云里，山涧更添了几分清凉，似乎也含蓄了许多。

　　两人头一次在如此美妙的胜境里甜蜜，感觉说不出的快意。太阳出来了。阳光下的玉琴，肌肤白得几乎透明，像凝着一层亮亮的水珠，不小心一碰就会渗出清清爽爽的水汁来。朱怀镜轻轻抚摸玉琴，细细回味着刚才的甜蜜。

　　估计时间不早了，两人才恋恋不舍地回且坐亭去。李明溪和曾俚还在对弈，远远望着疑是两位神仙。"谁赢了？"朱怀镜老远就问。曾俚回头笑了一下，并不说话。李明溪头也不回，低头琢磨着。玉琴见那些果点两人动都没动，就说："两位下棋当得饭？"她说着就蹲下去，取出水果、蛋糕、面包，说："吃吧，水果我都洗过了的。怕不干净呢，还有水果刀，自己动手削吧。"

　　两位棋仙还没有反应，朱怀镜便给他俩一人塞了个梨子。两人这才嘿嘿一笑，放下棋子，吃起东西来。曾俚咬了口梨子，嚼了几口，还没咽下，忍不住说话了："明溪棋好！"李明溪嘴里也包着一口梨子，含含糊糊说："哪里哪里，你的棋艺不错，让我学了不少。"

朱怀镜没想到今天李明溪如此谦虚。李明溪和曾俚边吃东西边切磋棋道，朱怀镜不懂围棋，听着便觉玄乎，没有意思。又觉得像面对两位高人雅士，自己倒俗气了，在玉琴面前好没面子。他记得前人有首诗说的是下棋，想说出来风雅一番，却一时想不起来了，只好干巴巴看两位仙翁般人物论棋。未完的棋局对峙在那里，风一吹，上面就落了些枯枝败叶。

朱怀镜的记忆一下子就被触动了，想起了那首诗，是明朝高僧雪苍大师的。他便在心里默默念了两遍，确认准确无误了，才从容笑道："看这残局，我想起明朝雪苍大师的一首诗：深山无人一残局，山中松子落棋盘。神仙更有神仙着，到底输赢下不完。"

曾俚听了，歪着脑袋默然一想，点头道："这诗有意思，有意思。依我看，明溪先生就很有些仙风道骨，他的棋艺真的不错，可他下棋全不在乎输赢。"

李明溪只是淡淡一笑。朱怀镜便玩笑道："我早就说过明溪仙风道骨。你看他那肩胛骨，向上高高地耸起，不是神仙般人物，谁有这么好的骨架子？"

李明溪笑着回击道："我吃自己的饭，肚子里没有一丝民脂民膏，当然胖不了。"

曾俚为朱怀镜辩白："怀镜我了解，他倒没搜刮多少民脂民膏。按低标准要求，他还算个好官。"

曾俚这话尽量想玩笑着说出来，可他天生不会开玩笑，让人听起来觉得很生硬。朱怀镜听了也不怎么难为情，笑道："承蒙夸奖，不胜荣幸。"

吃了些果点，时间也不早了，朱怀镜说是不是打道回府？几位都说玩得高兴，回去吧。玉琴拿了个塑料袋，把丢在地上的果皮、纸屑、矿泉水瓶等仔细收拾了，放进汽车后箱。男士们见了，口上不说什么，心里很是赞赏。

回来感觉很快，一会儿就进城了。朱怀镜照例是先送李明溪和曾俚回家，再送玉琴回龙兴大酒店。玉琴下车把垃圾拿下来，望着朱怀镜。朱怀镜明白玉琴的眼神，可他想回去，说："垃圾麻烦你丢了。我就不上去了。"玉琴不说什么，点了点头。

星期一，朱怀镜在二办公楼前碰见方明远。方明远神秘兮兮地拉他到一边问："前天你跑到哪里去了？我找你怎么也找不着。你的手机打不进去，我怀疑你钻到地底下去了。"

朱怀镜猛然意识到去那种偏僻山沟里玩是件很没面子的事，那种原汁原味的野趣在现代娱乐方式面前显得很不时髦。朱怀镜差不多有些口吃了，说："前……天？前天我同几位朋友到乡下钓鱼去了，那里手机收不到信号。什么好事找我？"他打量着方明远身上崭新的绅浪衬衣，心想又是在哪里捞的。

方明远说："袁小奇回来为灾区捐款。皮市长接见了他，还请他吃了饭。昨天中午，袁先生请你、我、皮杰、公安局严局长、宋达清等几位吃饭。我找不到你，没办法。袁先生很遗憾。他说上次老干所网球场开工典礼你正好出差了，没见着你。后来又回来一次，为公安110捐车，也没碰上你。"

朱怀镜只好说："来日方长。你们几位尽兴就行了。还有谁在场？"

"除了我们几位，袁先生方面就只有黄达洪和袁先生的两位保镖。黄达洪说认得你，同你关系不错。袁小奇我真佩服，你我都知道严尚明那个人最不好打交道，可他同袁小奇就像兄弟样的，说话很随便。袁小奇提出让他在荆都的分公司挂靠公安局，严尚明一口答应了。皮杰平时在你我面前还算不错，他在别人面前却是衙内派头。可他对袁小奇也不错。"方明远说着很是感慨。

朱怀镜明明知道上次大家见面，严尚明一副水泼不进的架势,对人爱搭不理的,这回就同袁小奇兄弟一样了。这中间的文章不言自明了。"是啊,同严尚明打交道,比同市长打交道还难些。袁小奇真是神人。"朱怀镜笑道。

方明远说:"那宋达清要当公安分局的副局长。严尚明在酒桌上拍的板。"

"是吗?那要让宋达清出点血才是。"朱怀镜说。

这时方明远四处望望,说:"袁先生很客气,给每人送了一千块钱的购物券。你的我拿来了,不敢贪污你的。"

朱怀镜接过购物券,塞进口袋,道了感谢。方明远说今天皮市长还得去看几个企业,就上楼去了。朱怀镜回到自己办公室,他明知道是一千块钱的购物券,还是拿出来数了数。心想袁小奇出手这么大方,莫说严尚明,就是阎王爷也会成为朋友的。过会儿,报纸送来了,一连三天的报纸,厚厚的一沓。朱怀镜先翻开星期六的《荆都日报》,上面登载了袁小奇为灾区捐款的消息。他这回捐了两百万,是荆都这次灾后收到的最大一笔个人捐款。袁小奇哪来这么多钱?他发迹没多长时间,能赚多少钱?朱怀镜去另一间办公室安排工作,正好两位部下也在议论袁小奇捐款的事,他们说这袁神仙的钱只怕是变戏法变来的,不然怎么这么不心疼?朱怀镜笑笑,他们就不说了。

吃了晚饭,朱怀镜去玉琴那里,想把那一千块钱的购物券送给她。开门进去,不见一丝灯光,便以为玉琴还没回来。开灯去卧室一看,见玉琴躺在床上。朱怀镜说:"这么早就睡了?"不听玉琴回话,朱怀镜跑去床头,见玉琴病恹恹的,眼睛微微睁着。朱怀镜吓了一跳,俯身抚摸着玉琴,问:"怎么了?哪里不舒服?成这个样子了?"玉琴摇头的力气都没了,只眨了眨眼睛,说道:"前天我们玩了回来后,下午感觉就不好,浑身无力,到晚上就开始发烧。人整个儿昏昏沉沉,噩梦不断。总梦见自己泡在一个冰冷的水潭里，就像我俩游泳的那个水潭，有好多水蛇在那里游来游去，吓死人了。用了两天药，不发烧了，人就像没了骨头似的，挺不起来。"

朱怀镜搂起玉琴，感觉她全身软绵绵的，肌肤似乎也松弛了。"你这两天吃东西了吗？"朱怀镜问。玉琴摇头说："没胃口。想着吃东西就恶心。"朱怀镜说："那怎么行？你好好想想，这会儿吃得下什么？人是铁，饭是钢啊。"玉琴仍是摇头，不想吃任何东西。朱怀镜想起自己生病时只想吃稀饭，就说："想不想吃稀饭？银杏大道有家台湾老板开的阿里山快餐店，听说那里的稀饭做得好。我去给你买一份来。"玉琴抓着朱怀镜的手，说："难得跑，不要去。有你在身边，我感觉会好些的。"朱怀镜亲亲玉琴，说："别说傻话了，不吃怎么行？你先躺着，我马上回来。"

朱怀镜下楼，驱车去了银杏大道的阿里山快餐店，买了份皮蛋虾仁粥。回来开了门，见玉琴已起床了，坐在客厅里，望着他温柔地笑。玉琴专门梳洗过了，换上了干净的睡衣。朱怀镜进厨房取了碗筷，先盛了一小碗端到玉琴面前。玉琴刚想伸手，朱怀镜把她的手压住了，说："你别动，我来喂你吧。"

朱怀镜小心地一口一口喂着玉琴，眼神里满是爱意。喂到小半碗，玉琴就有些气喘了，额上渗满了汗珠。朱怀镜拿了靠垫塞在玉琴背后，让她舒舒服服地靠着，先休息一会儿。然后他打开冰箱，见里面有梨子，便拿了一个，一边削一边说："梨子好，吃着清爽。狠狠地咬一口，嚼得满嘴脆脆的，凉凉的，甜甜的，那个味道，哟……"他有意夸张着，嘴巴里还咂咂地响。梨子削好了，切成小片儿，放在小碗里，拿调羹喂玉琴："吃点儿梨，爽口爽心又开胃。"玉琴早笑了，说："听你就像做广告似的，我不想吃也想吃了。"玉琴吃了几片梨，胃口真的就好些了，便又吃了半碗稀饭。朱怀镜晚上不走了，留下来陪玉琴。他暂时没有提送她购物券的事。

三四天以后，玉琴身子才完全恢复。这几天朱怀镜晚上都去侍奉玉琴，要么在那里过夜，要么待晚一点再回去。这天见玉琴气色精力好多了，朱怀镜就说："玉琴，为了庆祝你身体康复，去给你买件衣服吧。"玉琴说："你有这番心我就满足了。算了吧，我又不是没衣服穿。"朱怀镜却是非要去买不可，拉着玉琴下了楼。朱怀镜驱车去了荆都最够档次的太阳城商厦。玉琴说："怀镜你是不是捡了金子？这里衣服好贵的，凡是我看得中的，差不多都是千儿八百的。"朱怀镜笑道："那就买个千儿八百的吧。"那一千块钱的购物券正是太阳城商厦的，他不说出来。

上了女装部，玉琴尽量捡便宜的选，可不论是衣、裤还是裙，都是好几百的价。朱怀镜却都嫌档次太低了。最后玉琴看中了一件香港产的墨绿色真丝连衣裙，价格是一千零八十八。玉琴试了试，她皮肤白皙，长相典雅，穿上显得很贵气。可她嫌太贵了。朱怀镜不由分说，去收银台交了款，当然自己再垫上八十八块钱。

买好了衣服，不再多转悠，径直回家。两人心里都有数，在商场里待得太久了，说不定就碰上熟人。正是俗话说的，夜路走多了，总有一天会碰鬼。

玉琴自然特别高兴，上了车就偎进朱怀镜的怀里。玉琴心里很甜，嘴上却还在为裙子的价格唠叨，说："裙子是好，就是太贵了。女装的价格怎么越来越高得没边了。"其实玉琴自己平时买的衣服也都是高档货，价格都在千元左右，因为她的工作多半是面子上的事。但这钱让朱怀镜出，她就觉得太贵了，因为他一个月的工资不到一千块。朱怀镜笑道："高档女装贵有贵的道理。因为高档女装都是漂亮女人穿的，而商家都知道一个漂亮女人身后至少站着一个傻男人。"玉琴乐了，说："你也是这么一个傻男人?"朱怀镜玩笑道:"雷锋叔叔说得好,我甘愿做革命的傻子!"以后好些天,玉琴都叫朱怀镜傻男人,两人觉得很好玩。回到家里,玉琴让朱怀镜先洗澡。朱怀镜说玉琴的身子还有些虚,两人一块洗,他为她擦身子。玉琴就撒起娇来,软软地瘫进朱怀镜的怀里。

朱怀镜先将玉琴洗了,抱她去床上,再回浴室自己洗。等他洗完回来,玉琴却站在卧室中央,望着朱怀镜笑。她没有穿睡衣,穿的是刚买的墨绿色连衣裙。朱怀镜过去一把搂起女人,深情地亲吻。

这天,朱怀镜在外面同朋友们吃了晚饭,回到家里。瞿林来了,坐在那里看电视。儿子放了暑假,晚上不做作业,也在看电视。香妹避着瞿林和儿子,拉朱怀镜到里屋说话。"今天小伍到家找我帮忙。"香妹表情很神秘。朱怀镜问:"哪个小伍?"香妹说:"就是柳秘书长家的保姆呀?"朱怀镜笑着说:"人家现在是柳家的女儿,姓柳了,叫柳洁!"香妹说:"对对,我倒忘了这事了。你知道吗?柳洁身上有了,求我帮忙,带她去医院做了。小姑娘头一次有这事,吓得不得了。"朱怀镜听了,心里有数,却不想多说这事,口上只哦哦两声。香妹又问:"柳洁不是只在家里做事吗?又不同外面接触,怎么会呢?"朱怀镜说:"人家是千金小姐了,怎么会还待在家里做家务?早在市财政局上班了。"香妹点点头说:"这就对了。可能她在外面交了男朋友吧。"朱怀镜哪相信柳洁是在外面有了人,但他把这话只放在心里,对香妹说:"我俩不要管人家这些事。人家柳洁是相信你,才找你的。你只当没有同我说起过这事,不然我同小柳经常见面,不好意思的。"

两人说完话出来,朱怀镜问瞿林网球场和钟鼓楼施工的事。瞿林便一一说了,都还算顺利。朱怀镜又问他哥哥的优质稻种得怎么样。四毛又仔细说了。朱怀镜说:"别小看我告诉你哥哥的那种种田方法。最近我看到一份资料,正好专门介绍加拿大一位农业专家,他在自己的种植园里不施农药,不用化肥,甚至也不除草,也不翻耕,一种蔬菜收摘了,就在现成的坑里种上另一种蔬菜。他那里出产的农产品是绝对无污染的绿色产品,在加拿大很畅销。要是你两个哥哥会做,完全可以把他们的责任田经营成生态农业园,照样能发财。"瞿林笑笑说:"姐夫说的,在我们乡下叫懒人阳春。做懒人阳春的,每个村都有一两户,都是最懒最穷的人家,人见人嫌。"朱怀镜听着不高兴了,说:"我说的同懒人阳春完全是两码事。懒人阳春是放任不管,生态农业并不是不管,相反,还要更加细心管理。"瞿林自知刚才的话惹得姐夫不舒服了,忙赔不是。朱怀镜却借着火头教训瞿林:"你要真正闯江湖,样样都要学点,要谦虚。我红一天,只能保你一天,最终还是要靠你自己。我和你姐姐不图你给我们什么好处,只图你自己能够独立闯事业。说得难听些,我像帮你这样给别人帮忙,人家不要千恩万谢?人家送我些什么,我也心安理得。俗话说得好,河里找钱河里用。只有收入,没有投入,这是不可能的。你要学会交朋友,离开我也有人能给你帮忙,那就差不多了。我和你姐姐工资只有这么多,我又不是个贪别人钱财的人,有时应酬起来都觉得困难。今后你自己能办事了,那是另一回事。就目前来说,我活了你才能活。所以有些时候,你也得为我和你姐姐分些忧。"瞿林听懂朱怀镜的话了,说:"姐夫放心,你有什么应酬,说声就是。"朱怀镜笑笑,不冷不热地说:"那我和你姐姐就得时常向你开口?"瞿林脸顿时红了,支吾半天,说:"那……那……我每次结了账,送给姐夫……"瞿林话没说完,朱怀镜板起了脸孔,说:"你话说到哪里去了?我就这么想你的钱?开口向你索贿了?"瞿林无所适从了,红着脸,望望姐夫,又望望姐姐。香妹猜不透男人的心思,不好具体说什么,只道:"四毛你姐夫是这个脾气,都是为你好。"瞿林脸仍是红着,说:"哪里呢?姐夫姐姐这么护着我,我心里不有数?"

于是不再说刚才的话题,几个人干干地坐着看电视。琪琪擦擦眼睛说要睡觉了。瞿林就起身说:"姐夫姐姐休息吧,我回去了。"朱怀镜便又没事似的交代他一定要注意工程质量。瞿林点头称是。

送走瞿林,招呼儿子睡了,朱怀镜两口子也想休息了。进了卧室,香妹责怪朱怀镜:"四毛也这么大的人了,你说他也得讲究个方法。没头没脑就那样凶人家,太伤人家面子了。"朱怀镜说:"他太死板了。你不知道上次我同他请黄达洪吃饭,他那个猥琐样子,真丢人现眼!我有时应酬,他是得出点力。可他硬要把话说得那么透!难不难听?世界上的事情,有的是做得说不得,有的是说得做不得,有的是又要说又要做,有的是说一半做一半。他瞿林要想在江湖上混饭吃,要学的东西还多哩!"香妹忍不住笑了,说:"这么玄妙,莫说瞿林,我都不懂。"朱怀镜也笑了起来,说:"你不懂的东西还多哩!你就慢慢学吧。睡觉!"

最近,朱怀镜的朋友们尽是喜事。张天奇终于升任若有地委副书记,分管政法;宋达清任了公安分局副局长,终于到了副处级了;雷拂尘任市商业总公司副总经理,到了副局级;玉琴正式出任龙兴大酒店总经理,也是正处级;袁小奇当选为市政协委员,而且直接进入政协常委;黄达洪因为他的分公司挂靠市公安局,最近被授了二级警督警衔;就连圆真大师也进了市政协常委,虽然没有明确副市级,但圆真已很是高兴了。朋友们自然是轮着请客了。最先请客的是袁小奇,因为他马上得赶回深圳去。接着是黄达洪请,雷拂尘同玉琴一起请的。张天奇因为太远了,一时请不了客,却专门同朱怀镜通了电话,说一定到荆都来感谢朱怀镜。圆真毕竟是出家人，大家都说不要他请算了。最近朱怀镜碍着廉政建设的风头没过，每遇人家请客，他总是要客气着推辞一番，说还是免了吧，意思心领了，最后没有办法似的表示恭敬不如从命。

宋达清是最先提出请客的，却被排在了最后。朱怀镜考虑有些日子没同柳秘书长在一块吃饭了，就想拿宋达清的里子做自己的面子，把柳秘书长也请了去。宋达清听说有机会同柳秘书长结识，自然巴不得，欣然同意了。这天下午上班不久，朱怀镜便跑去柳秘书长办公室汇报工作，完了之后，说："柳秘书长，最近我看你忙得不得了，早就想请你出去轻松一下，只是一直不敢开口。今天晚上没有安排的话，我请你？"柳秘书长想了想，说："都有哪些人？注意一点。"朱怀镜便把可能到场的人说了，无非是严尚明、雷拂尘、方明远、宋达清、皮杰、玉琴、黄达洪等。柳秘书长不认识宋达清、玉琴和黄达洪三位，便问他们怎么样。朱怀镜明白柳秘书长是怕人员太杂了影响不好，因为廉政建设风头没过，便说："除了黄达洪，都是相当级别的干部。他们同我都是好朋友，我很了解他们。黄达洪是袁小奇在荆都的全权代表，人很不错的。"其实朱怀镜并不希望有黄达洪在场，只是因为这次宴请是上次雷拂尘请客时在酒桌上说好了的，那天黄达洪也出席了。柳秘书长听朱怀镜这么一说，便答应了，说："好吧，下午我一直在办公室。"

朱怀镜想想柳秘书长的意思，觉得去太豪华的地方不太妥当，便打电话同宋达清商量。宋达清原本打算安排在天元的，他说请的都是些有脸面的人物，不去天元对不起人民对不起党。朱怀镜说："干脆这样，今天就去个小地方，我请算了，下次形势方便些，你再请我们去天元，还是原班人马。"宋达清说："那怎么行呢？还是我请。"宋达清见朱怀镜坚持要请，就只好说他改天再请。朱怀镜便同他约好在荆水东路的刺玫瑰酒家。这是朱怀镜的乌县老乡陈清业开的酒家，地方偏了些，但环境不错，菜的味道也好，最有特色的菜是各式蛇味。

快下班时，朱怀镜去方明远那里，准备同他一块儿去请柳秘书长。皮市长去市委开常委会去了，方明远没有随去，留在办公室处理信函，两人说话方便些。方明远问地点定在哪里？朱怀镜说刺玫瑰酒家。方明远同朱怀镜去过那地方，知道那里菜品味道不错，只是档次显得低了些，就问："你怎么不让柳秘书长自己定地方呢？"朱怀镜听出方明远话里另有意思，就试探道："你是说柳秘书长……"方明远神秘一笑，说："你不知道？要是让柳秘书长自己定地方，他一定会去伊甸园。"伊甸园朱怀镜去过，那里以餐饮为主，兼营茶屋，地方不大，却很有情调，有位漂亮的女老板。他本不想多问的，可是见方明远笑得有些鬼，分明是有消息想要发布。他便轻声问："这中间是不是有文章？"方明远笑道："你是真不知道还是假不知道？伊甸园那位女老板夏小姐，是柳秘书长的人。厅里有人私下给柳秘书长取了个外号叫亚当，因为那夏小姐名字正好叫夏娃。"朱怀镜抿着嘴巴笑了。

两人去了柳秘书长那里，柳秘书长还在伏案批阅文件。朱怀镜和方明远都说柳秘书长日理万机，太辛苦了。柳秘书长伸了懒腰，笑道："自己命苦，只当得了这么个辛苦官，怎么办？只有老老实实干了。"柳秘书长说着就站起来收拾桌上文件。朱怀镜说："柳秘书长，按你的意思，不去豪华地方，就去我一个朋友开的酒家。地方小些，环境还可以，口味也不错。"柳秘书长客气道："随便吧，随便吧。"方明远问："柳秘书长你是自己车去还是……"柳秘书长说："我同小张说了，他在下面等着。"

朱怀镜和方明远随柳秘书长驱车往刺玫瑰酒家去。路上有一会儿时间，不说话无聊，柳秘书长便同朱方二位随意聊聊工作上的事。谁都知道这种交谈纯粹只是为了避免尴尬，便都不往深处谈，多是说着对对是是好好。不久就到了酒家，老板陈清业迎了出来。柳秘书长让司机小张先回去，等会儿要车再打他的传呼。因是政府的车，停在酒家门口，影响不好。进了一间大包厢，见雷拂尘、皮杰、玉琴、宋达清、黄达洪几位已到了。柳秘书长说声让各位久等了，再同大家一一握手。朱怀镜就逐一介绍。柳秘书长同雷拂尘、皮杰二位认识，他们握手时就多客气了几句。玉琴是今天唯一的女宾，柳秘书长自然也要多说几句场面上的恭维话。

都入了座，宋达清说："严局长给我打了电话，说北京来了客人，他得作陪，来不了啦，要我向大家表示歉意。"朱怀镜见柳秘书长点了点头，装作没听见宋达清的话，也不说什么。他猜想柳秘书长肯定有些不舒服了，就玩笑道："老宋你一定没有跟严局长说柳秘书长也会来吧？不然严局长再忙也得来的。"柳秘书长这下才觉得有了面子，笑道："哪里哪里。上面来了人，老严得应酬，这是工作。什么时候都要把工作放在首位。"大家点头称是。

朱怀镜请柳秘书长点菜，柳秘书长大手一挥，说："点就不要点了，请他们只拣有特色的菜上就是了，只是不要太铺张了，够吃就行。"他这么一说，博得满堂喝彩，都说柳秘书长实在、豪爽。老板陈清业就进去吩咐，一会儿又出来了，说马上就好。他刚才始终站在旁边，望着各位领导很客气地笑。朱怀镜觉得没有必要把柳秘书长介绍给他，心想他们之间层次相差太远了。不想柳秘书长倒是很平易近人，问道："老板贵姓？"朱怀镜忙介绍："这位老板姓陈，叫陈清业，我的老乡。他在荆都搞了好几项业务，生意都不错。这个酒家只是他的一个项目。"柳秘书长便点头赞赏。陈清业忙谦虚道："承蒙领导们关照，生意还过得去，还需努力。"方明远因为来过多次，同陈清业熟悉，也搭话说："你这酒家生意一直不错嘛。"陈清业说："酒家最近差多了，搞廉政建设嘛。我是老百姓，说话没觉悟。我想，廉政建设要搞，不要影响经济建设嘛。再搞一段时间廉政建设，我们就只好关门了。"柳秘书长听着乐了，笑了起来。大家都笑了。陈清业不知大家笑什么，有些手足无措，忙掏出烟来给大家敬烟。

头道菜上来了，只见一个大盘子上架着两个小盘子，一边是切成小片的乌鸡，一边是大块大块嫩白鸭肉。"这菜看着舒服，怎么个叫法？"小姐报道："黑白两道。"柳秘书长嘴巴张了一下，马上笑了起来，说："有意思有意思。"朱怀镜琢磨柳秘书长肯定有想法，只是不想扫大家的兴，不说而已。他便玩笑似的说："这里的特色就是菜的名称有点邪，味道却不错。"柳秘书长说："无妨无妨，只要不违法就行。"大家便又说柳秘书长是位开明领导。朱怀镜问喝什么酒。柳秘书长说喝葡萄酒，夏天喝白酒太难受。朱怀镜便问陈清业有什么葡萄酒，只管上最好的。陈清业说好一点的洋酒只有轩尼诗，牌子不响，味道不错。朱怀镜望望柳秘书长，说行行，上吧。他知道轩尼诗其实价格也并不低，大瓶的一千二百多块一瓶。柳秘书长知道是朱怀镜请客，喝这酒太贵了，就说："现在流行葡萄酒掺雪碧喝，味道还纯和些。再说了，这么贵的酒喝净的几个人喝得起？我们什么时候都要坚持实事求是。"朱怀镜说了几句没事的，又说："那也行，就掺雪碧吧。柳秘书长真是难得的好领导，什么时候都替我们下面人着想。"酒一时没有兑好，朱怀镜请柳秘书长先尝尝菜。柳秘书长夹了片乌鸡肉一嚼，再夹了块鸭肉一嚼，连连点头说："黑白两道好，黑白两道好。"

斟好酒，朱怀镜请柳秘书长发话。柳秘书长说："你是东道主，当然是你发话呀。"朱怀镜便举了杯说："今天有幸请到柳秘书长,我感到很荣幸。没有别的意思,感谢各位领导和朋友长期以来对我的关心。我先敬大家一杯。"朱怀镜说罢一口干了。柳秘书长却说随意吧,只喝了一小口。其他各位不好意思不干,都仰脖子干了。吃菜歇息片刻,朱怀镜又举起杯子,说:"报告柳秘书长,今天还有个意思,是我向他们几位表示祝贺。雷总升市商业总公司副总经理,梅女士出任龙兴大酒店总经理,老宋升公安分局副局长,老黄生意不错,还被授了二级警督警衔。"柳秘书长听罢,放下筷子鼓掌,大伙也跟着鼓掌。鼓完了掌,柳秘书长说:"没想到今天有这么多喜事。老雷高升的事我知道了,文件经过我的手。今天真是个好日子,值得好好祝贺。"几位加官晋爵的都表示了感谢和谦虚。喝了这轮酒,柳秘书长又玩笑道:"祝贺是应该的,但你们都得请客啊!"几位忙说应该应该,到时候一定请柳秘书长赏脸。柳秘书长笑道:"有饭吃是好事,我会来的。但是不急于这一段吧,来日方长。"朱怀镜知道柳秘书长说的来日方长,是想等抓廉政建设的风头松动些了再说。他心里却先害怕起来,这吃不尽的饭喝不尽的酒真有些让人受不了。朱怀镜对这种应酬一直很矛盾,心里着实烦,可真的没人请他这里喝酒那里喝茶,他又会觉得自己活得好没身份。这时又上来一道菜,是蛇和鳜鱼和在一块儿清炖,一问菜名,小姐说叫"鱼龙混杂"。柳秘书长这回嘴巴都没张一下,立马开怀大笑。

柳秘书长少有的豪兴,所有话题都是他掌握着,气氛闹得很热烈。雷拂尘虽年纪同柳秘书长差不多,现在也副局级了,却很是恭敬。皮杰本是随便惯了的,也见多了大场合,但今天是朱怀镜请客,又有柳秘书长在场,他也很君子。其他几位更不消说了。玉琴不方便同朱怀镜坐在一块,有意回避着,同宋达清一块坐在他的对面。也许是喝洋酒的缘故吧,今天席上的喝法也显得斯文些。东道主朱怀镜敬了几杯之后,不再有人提出来干杯,都是小口小口优雅地抿着,听柳秘书长高谈阔论。柳秘书长的口才本来就好,几杯洋酒落肚,更是口吐莲花了。朱怀镜微笑着注视柳秘书长,不时点头,一副受益匪浅的样子。可他猛然发现柳秘书长眼睛的余光总在玉琴身上游移,便明白这位领导的兴奋并不来自洋酒,而是因为面前有这么一位漂亮的女人。有女人在场,柳秘书长向来兴致很好,不过做得比较含蓄。含蓄差不多等于艺术,有领导艺术的领导往往是含蓄的。朱怀镜感觉自己笑得十分难受了,却只能朝柳秘书长笑。大家正绅士般品着酒,说着笑话,小姐又上了一道菜,只见一盘大小不一焦黄香酥的丸子,看着很舒服。不待有人提问,小姐报了菜名:"混蛋称皇。"柳秘书长听了觉得有意思,便问:"怎么叫这菜名?"小姐解释道:"这是鸡蛋、鸭蛋、鹌鹑蛋三种蛋黄混在一起做的,所以叫混蛋称皇。"柳秘书长纵声大笑,说:"真是刁钻得可以。幸好当今没有皇帝了,不然这可是要杀头的啊!好!这菜名到底还有点反封建的意思。吃吧。"柳秘书长先尝了尝,连连称道:"这混蛋称皇也很好!"大家这才谦让着去尝,都说混蛋称皇好,混蛋称皇好。

整个儿下来就这么不断地上着黑色幽默的菜,大家吃得简直乐不可支了。终于,一瓶大轩尼诗喝完了,朱怀镜说再来一瓶。柳秘书长怎么也不让再开了,说:"今天的酒恰到好处,恰到好处,谢谢了。"朱怀镜问问大家是不是吃好了,再说声不好意思,就叫小姐买单。小姐刚去吧台,陈清业过来了,说:"今天难得这么多领导光临寒店,就算我请客吧。"朱怀镜把手摇得像扯鸡爪疯,说:"不行不行,说好了我请的。"他觉得今天既然是请柳秘书长,人情就一定要做得真心真意,非得自己买单不可。陈清业见朱怀镜这么蛮,只好让小姐送单子过来。小姐将夹板恭恭敬敬送到朱怀镜手上,说:"一千八百八。"大家便望望桌上的碗盘杯盏,说不贵不贵。朱怀镜掏出一千九百块钱递给小姐,说:

"对对，不贵不贵。不要找了。"心里却想这些人说不贵，一则不是花他们的钱，二则是摆摆见多世面的派头。方明远毕竟是当领导秘书的，见场面差不多了，他便早打了司机小张的传呼。

大家起身握手道别，再次道谢。陈清业同各位道了感谢，叫朱怀镜："朱处长，上次那个事，我想同你说说。就两句话。"朱怀镜蒙头蒙脑地跟陈清业去了另一间没人包厢，问："什么事？这么神秘？"陈清业掏出一沓钞票，说："朱处长，这钱你不拿回去就见外了。你的面子老弟我替你做了，你就不要再说什么了。"朱怀镜正推让着，方明远在外面叫他了，陈清业便把钱塞进他的兜里了。朱怀镜不便多推辞，也顾不上说谢谢，只对陈清业做了个鬼脸，匆匆出来了。

再次握别。人一喝了酒通常比平时更讲客气。朱怀镜暗示玉琴："梅总，拜托你等会儿给那个傻家伙打个电话。"玉琴笑道："你放心陪秘书长吧，我会打的。"柳秘书长过去又一次同玉琴握手，说："在荆都这么多年，居然没有发现龙兴有位这么漂亮的总经理。真是遗憾。"这话听上去像是玩笑，大家便笑了。只有朱怀镜笑得心里酸不溜丢。

各自上了车，分头回家。朱怀镜和方明远仍是坐柳秘书长的车。车子走了一会儿，小张问是径直回去，还是去哪里。柳秘书长问朱方二位："你们今晚还有安排吗？"朱怀镜玩笑道："听秘书长安排，还有谁敢安排我们？"柳秘书长便说："我们干脆上伊甸园喝茶去。"朱怀镜心想方明远说的果然真有其事。方明远说："对对，喝喝茶好。"朱怀镜也忙说："喝茶去喝茶去。伊甸园那地方不错，氛围很好。"他本想说那地方很有情调的，临出口就改作氛围了，生怕沾着那个情字，让柳秘书长疑心他知道了什么。柳秘书长亲自挂了手机："小夏吗？对对，是我。我同几位朋友过来喝茶。四位，对对四位。"

475

一会儿到了伊甸园，车子没有停在正门前，却往旁边开去。那里有道侧门，徐徐打开了。车子进去，门又一声不响关上。下了车，朱怀镜发现这是个幽雅的后院，灯光明灭处，一个丰腴的女人笑吟吟地站在那里。这必定是夏娃了。柳秘书长快走近她了，她便上前几步，伸过右手，却并不是握手，只是拉着柳秘书长的手。左手便在柳秘书长肩上轻轻拍打了一下，像是发现那里落满了灰尘。柳秘书长让夏娃拉着，走在前面，朱怀镜三位便同他俩适当拉开些距离。

夏娃领着四位进了二楼的一间包厢。这是那种类似老式戏院的包厢，正面是通向走廊的门，背面却敞着，凭依栏杆，可以望见下面的散座，散座顶头正对着包厢的是个低矮的舞台，有乐队在那里演奏曲子。几位坐下，马上就有小姐送茶过来了。柳秘书长告诉夏娃："这位是朱处长。"朱怀镜便朝夏娃点头致意，心想方明远、小张同她早是老熟人了。果然方明远和小张也正同夏娃点头致意。夏娃只是将头微微勾了下，表情也很淡。她紧挨着柳秘书长坐着，一手看似有意又似无意地搭在柳秘书长胳膊上，同柳秘书长说着悄悄话。轻柔的曲子月光般流淌着，浸润了一切。大概夏娃说着什么让柳秘书长很高兴了，他轻轻拍了她的手，女人就掩着嘴无声地笑。朱怀镜感觉柳秘书长和夏娃那样才是这种场合喝茶的情调。方明远偶尔凑过头来同朱怀镜说话，朱怀镜往往只同他说一两句，就马上把头竖起来。方明远以为朱怀镜很着迷这里的音乐，便不再打搅他，也慢慢地品着茶，欣赏着音乐。朱怀镜是尽量避免同方明远交头接耳的，怕柳秘书长以为他俩在说他什么。灯光幽暗，朱怀镜看不清夏娃的长相，只是可以感觉出她身子的曲线随着坐姿魔幻般变化着，每一种姿态都楚楚动人。想这女人人前如此仪态万方，人后必定风情万种了。朱怀镜暗自感到一种冲动，很想玉琴了。可玉琴的电话还没有打来，他脱不了身。

朱怀镜陪着柳秘书长坐了约个把小时,手机响了。一接,正好是玉琴的,他便说:"哦哦,我在外面有事呢,行行,好吧。"柳秘书长轻声问:"怀镜有事吗?有事你先走吧。"朱怀镜轻轻说道:"家里电话,说家乡来了几个人,在家里等我。不是当紧的事,我那位不会来电话催我的。"此等情境,不必过多客套,朱怀镜只无声地朝大家扬扬手,就出来了。小张随了出来,问要不要送一下。朱怀镜说不必了,叫个的士飞快到了。

朱怀镜坐在的士里,猜想柳秘书长今晚只怕要在这里陪夏娃过夜了。他真担心到时候方明远和小张怎么脱身,两人总不能坐在包厢里等个通晚吧?那么只有柳秘书长到时候打发方张二位先回去了。官当到了一定级别,身边有一两个情妇,似乎已成风气了,只是大家心照不宣而已。领导的隐私对身边最亲近的部下并不保密,其实也保不了密,因为领导总不至于一个人坐着的士跑去幽会吧?相反,部下们大凡都会因为领导对自己不避隐私而感到受宠若惊,更加效忠上司。聪明的上下级,就是谁也不点破这种事。这就像在公共场所有人放了个很响的屁,谁都清楚这声音是谁的屁股下面发出的,谁也都会凭着起码的修养表示充耳不闻,但如果有谁忍俊不禁,说这是谁谁放的屁,那就太没有意思了。不过下级有了情妇,还是不敢让上级知道的。这也可以拿放屁来打比方。家里大人放了个屁,没有人敢说什么。小孩子放了屁,大人会说这孩子!

快到龙兴大酒店了,朱怀镜猛然想起那天在柳秘书长家里见过的那副古对联,便独自幽默起来:柳子风,你是"春风放胆来梳柳",我且"夜雨瞒人去润花"。

这天上午,朱怀镜约了裴大年来办公室。事情本可以电话里说的,朱怀镜故作神秘,说电话里不方便。裴大年不一会儿就驱车而来。因朱怀镜说了要同他单独谈，裴大年便让秘书和司机在车里等候。

"什么好事，朱处长？"裴大年进门边坐下边问。

朱怀镜看看门，又过去把门稍稍掩了一下，轻声说："这事本不是什么秘密。为了鼓励和促进个体私营经济发展，市政府决定重点扶植十大私营企业。主要扶植措施是在投资方面予以倾斜，在税收方面给予照顾。我初步算了算，单就税收优惠方面，每年可以让你公司少缴税四五百万。据我掌握的情况，按你们公司的规模和生产经营情况，要进入这'十大'，是可上可下的。目前这事正在摸底，没有最后敲定。你可以及早做做工作，争取进入'十大'。"

裴大年听着脸帮子早通红了，眼珠子显得特别光亮："啊呀呀，朱处长，有这种好事？感谢你感谢你朱处长。每年四五百万，哪里去赚钱？这事还要请你帮忙啊！"

朱怀镜说："到时候我自然要帮忙的。现在你只心里有数，最好不要说谁同你说过这事。"

裴大年沉默片刻，说："朱处长，这事怎么做工作，你有什么高见吗？我听你的。"

朱怀镜笑笑，说："你贝老板办事精明，谁不知道？还要问我？这事最后都得皮市长拍板，我建议你打个报告，先汇报一下你们飞人公司的生产经营情况，再汇报下一步发展的目标，最后谈一下困难，请求市政府给予扶植。皮市长白天很忙，你晚上去一下他家里。反正你在皮市长面前也随便了。当面汇报，相机而行。"

裴大年会意，忙点头说："好好，我马上照办。事情成功了，我一定重谢朱处长。"

朱怀镜笑道："你这话说到哪里去了？你我朋友之间，有事还不相互照应些?这事说来,一是工作,二是感情。就不要讲客气了。"

两人再闲话一会儿,裴大年就告辞了,边朝门口走边拱手,一再表示感谢。临出门,朱怀镜摇手示意一下,裴大年就不再说感谢了,开门而去。两人的表情都神秘起来。

送走裴大年,朱怀镜暗自兴奋。他知道裴大年说的感谢,决不会是空话一句的,这人办事一贯出手大方。这大概也是他的成功秘诀之一。朱怀镜正独自高兴着,李明溪打电话进来,说他在政府大门口,被武警拦住进不来。朱怀镜只得放下手头的事,去大门口接他。发现李明溪又长发披肩了,虾着腰站在那里,腋下夹着个报纸卷成的纸筒。朱怀镜过去同武警说一声,领他进来了。

"你这样子,难怪会被拦住了。怎么又瘦又黄?"朱怀镜在路上说。

李明溪摇头说:"还是那种感觉,一天到晚背脊凉飕飕的,像有股冷风追着我不放。怕不是碰鬼了?白天云里雾里,晚上睡不好,万难入睡了却是噩梦不断。那天从且坐亭回来以后,噩梦更多了,总梦见很多蛇盘着我转,吓死人。"

朱怀镜听着嘴巴张得老大,问:"你也总梦见蛇?"

"对呀!你也总梦见蛇?"李明溪问。

朱怀镜忙说:"没有,我没有。"他不想说出玉琴晚上也梦见蛇,因为这事太玄乎了,李明溪本来就同疯子差不多了,不能让他的脑子里再装些稀奇古怪的东西。

进了办公室,朱怀镜给李明溪倒了杯茶,问:"今天怎么有空出来?事先也不打个电话给我。"

李明溪说:"我又不是你的领导,要你准备什么,打什么电话?我作了幅画,给你看看。"他说罢便打开纸筒,原来报纸里包着的是幅画。朱怀镜凑过去一看,见画的是他们几位游且坐亭

479

的事，却无端地加上了卜未之老先生。亭子也不是那个破败的亭子，周围也没有杂生的灌木和草丛。一条宽阔平展的青石板路延伸在山谷中，路边的且坐亭就像一只刚刚落地的大雁，修长的翅膀没来得及收拢。亭边的鬼琴石峥嵘嶙峋，黑洞洞的窍孔眼睛一样怪异地张望着。亭子里面，卜老站着像位仙翁，手端茶杯，似乎猛然听见了什么，侧起了耳朵；曾俚和李明溪正在对弈，突然曾俚手举着棋子停住了，歪起脑袋望着外面；李明溪是背着的，一头长发乱纷纷地披散着，不知是何种表情；朱怀镜和玉琴像是正读着鬼琴石上面的文字，却忽然发觉了某种奇异，回头望着后面。几位的神态让人感觉有某种奇妙的声音在空中回荡，让他们着了魔似的。朱怀镜觉得那应该就是鬼琴石的怪诞音乐吧。画名题作《五个荆都人》。后面有长长的题款，略记郊游的事。整个画面似乎含着一股巫气，同李明溪惯常的画风迥然有异。最神秘莫测的是李明溪给自己画的背影，似乎像幽灵一样在画上飘浮。看不见他的神态，却可以让人感觉出他的表情。

朱怀镜看罢，很是感叹，却问："你怎么想起要画这个？"

李明溪说："每天晚上总是梦见我独自在且坐亭里，很多蛇围着我爬来爬去。我想是不是自己冥冥之中同那里有某种机缘？忍不住就画了。"

朱怀镜见李明溪整个儿神秘玄妙，懒得再同他说这事儿了，只问："你是要去卜老那里裱画吗？"

"是的。反正顺路，就来看看你去不去。"李明溪说。

朱怀镜看看手表，时间差不多到中午了，就邀李明溪去外面随便吃了点饭，再开了车，两人一道去卜老那里。

卜老见两位去了，很是高兴，招呼他俩进去坐坐。朱怀镜说："坐就不坐了，您老正忙哩。"李明溪把画打开，卜老一看，见自己也在画中，笑道："我是神游啊。"可他仔细一看，微微皱眉问:"你们是去了且坐亭?"朱怀镜发现卜老神色不好,觉得有些蹊跷,问:"怎么?卜老……那地方……"卜老略作沉吟,笑道:"信则有,不信则无。你们真不知道那地方?"朱怀镜和李明溪相互望望,茫然摇头。卜老说:"两位不是荆都本地人,也难怪。途经且坐亭的那条路原是一条古官道,很有些历史了。那官道通南达北,且坐亭边原来还有客栈,很热闹的。到了清嘉庆年间,出了一桩怪事。一天夜里,有位客人敲门投店。店老板开门一看,门口站着个人脏兮兮的像个叫花子,就喊小二轰人家出去。那客人说我衣兜里有钱,为什么不让我投宿?店老板哪肯信,嘲笑说,你说你长了一身虱我还相信,你说你有钱鬼才信!客人也不恼,只说,好吧,这个地方今后不会有人来了。店老板哪里在意这叫花子的话。就在第二天,且坐亭南边一里多地方的一线天合拢了,把官道堵死了。出了这等怪事,惊动了官府,忙征集民工开挖。结果更加奇怪的事来了,白天挖开的地方,晚上又合拢了。官府猜想这肯定是神仙作怪,也害怕起来,不敢再派民工去挖了。从此再也没有人敢从这里经过。我倒是不太相信有这种怪事,只怕多半是传说。不过一线天是真的合拢了,我猜想原因要么是地震,要么是泥石流,要么是山体滑坡,肯定不会是什么神力。听说那附近老百姓却很相信这事,死也不敢去那地方。说是哪年有几个年轻人不相信那地方就是去不得,便一起去那里。结果回来以后,每天晚上都噩梦不断,总梦见自己让很多蛇缠着,有人竟然就这么长病不起,恹恹地就死了。只有一个人晚上没有做噩梦,别人就说他头上有团火,要成大人物的。那人后来果然就发达了,大富大贵。都是民间传说,信不得,信不得。"

　　李明溪早神情惶惶的了,说:"真的,我夜里总梦见蛇,很多很多蛇……"

"真的？"卜老大吃一惊。

因为李明溪平白无故地把他老人家也画进且坐亭里去了，朱怀镜怕卜老心里想着不好受，便笑着打圆场："哪里，你信他！他很长时间就是这样子了，一天到晚跟见了鬼似的，望着什么怕什么。"

卜老关心起李明溪来，说："明溪，你得去看看医生。"

李明溪摇摇头，不知表达着什么意思。卜老有生意要接，朱怀镜同李明溪就告辞了。朱怀镜驾车送李明溪回去。李明溪一路上木头木脑，一言不发，眼神直勾勾的一片茫然。

下午上班，朱怀镜打了曾俚电话，问他这一段好不好。自从那天从且坐亭回来，两人一直没联系过。曾俚声音低沉，说话没有底气，说："一天到晚跟病人样的。晚上睡不好，老是做噩梦，奇怪的是总梦见自己一个人孤零零蹲在且坐亭里，眼前有很多蛇爬来爬去。"朱怀镜听了几乎倒抽一口气，但他没有多说什么，只是平淡地安慰了曾俚几句。他不想在李明溪、玉琴和曾俚三人之间点破这桩怪事，免得真的生什么意外。朱怀镜一个人坐在办公室，假装翻着手头的文件，心里却在想这怪事，越想越觉得奇怪。又想着卜老讲的那个掌故，就想自己正好也是回来之后没有做噩梦的人，是不是也是头上有团火，注定要发达的？早些年外地那位高人也说他此生必定大有作为，难道真会应验？朱怀镜暂时忘记了他来荆都最初几年的落魄，也忘了玉琴和两位朋友的不祥，沉醉在美好的向往里了。

最近一些日子，报纸上经常登载一些反对伪科学的文章，朱怀镜很留意看。不少科学家拍案而起，痛斥种种封建迷信和装神弄鬼的特异功能。那些曾经被炒得神乎其神的高人，什么张宝胜、张宏宝、海灯法师、严新等，纷纷曝了光。原来大家被愚弄了。朱怀镜嗅到了某种味儿，暗自想，袁小奇的西洋镜只怕也会被人拆穿的。真的那样，那些有头有脸的人面子往哪里摆？看着那些报纸，朱怀镜总会想着这些问题，内心有种莫名其妙的兴奋，似乎幸灾乐祸。可冷静一想，朱怀镜又为自己的兴奋感到奇怪。袁小奇到底是他的朋友，而且袁小奇同皮市长过从甚密。

荆山寺的钟鼓楼终于竣工了，那沉寂已久的晨钟暮鼓又在荆山寺回荡起来，让上山的游人多了几分兴奋。圆真大师专程下山，找到方明远，想请皮市长拨冗光临，视察一下钟鼓楼。当时皮市长正在开会，没时间接见圆真。方明远很客气地请圆真坐了一会儿，说说闲话，再客气地送他到楼下。却见圆真是开自己寺里的桑塔纳来的。原来，也是因为皮市长的关心，荆山寺最近购置了这辆小车。等皮市长散会出来，方明远便把圆真下山的事汇报了。皮市长说："最近太忙，有时间去看看也行。你告诉圆真，政府对宗教事务是关心的，他有什么困难，反映就是了。只是最近去不了荆山寺。"方明远便给圆真挂了电话，转达了皮市长的指示。圆真自然感激不尽。事后方明远同朱怀镜闲扯时说到圆真下山请皮市长的事，两人觉得很好玩的。一市之长，诸事繁杂，千头万绪，哪有时间上荆山寺视察你那钟鼓楼？这圆真也像政界的头头脑脑，有事没事喜欢找领导汇报汇报。如今荆山寺香火鼎盛，寺院每年都还搞些建设，庙宇被修葺如新。圆真自己也有头有脸，经常出入市政府和市政协机关，为政府建言献策。荆山寺开山一千五百多年，从来还没有一位住持如此风光过，说明汇报同没汇报就是不一样。

这天晚上，朱怀镜正好在家，瞿林来了。香妹问瞿林吃晚饭了没有，瞿林说吃过了。朱怀镜请瞿林坐，还递了支烟给他。朱怀镜平时很少给瞿林递烟的。瞿林抽了几口烟，刚想说话，却被烟呛了，咳了起来，额上的青筋顿时暴露出来。想必是有些紧张。待他咳嗽平息了，就微喘着说："这次钟鼓楼没赚什么钱，今天结了账,只得十来万。"

听他说到这里,朱怀镜跑去将客厅通往儿子房间的门关了,说:"只有这么大的工程,能赚这么多,不错了。你先做做这些小工程,学学经验。"

瞿林忙说:"是的是的。姐夫事事为我着想,我知道。我能在这里做些事,全是姐夫关照。这是五万块钱,姐姐姐夫拿着吧。"

尽管瞿林说话注意绕了弯子,但还是说得太直露了,朱怀镜听着太刺耳了,说:"瞿林,你这样就太见外了。我早就说过,我和你姐姐帮你,并不是图你给什么好处。都是一家人嘛。"

香妹也说:"一家人,不要这样。"

瞿林说:"我就是想着是一家人,就不分你我了。我能赚一点,就让姐姐姐夫也分享一点。我知道姐夫做人太正派,没有其他收入。这钱不多,放在那里,有事也可以应急。"

朱怀镜说:"你硬是霸蛮,就给你姐姐吧。她总是说我这里应酬,那里应酬,钱只有出的没有进的。"

瞿林硬是把钱塞进香妹手里,然后说:"我知道你们平时开支也大。姐夫有些应酬也是为了我。再说,我来荆都这么久,在这政府大院里见的听的也多了。正是俗话说的,没吃过猪肉,也看见过猪跑。现在就靠玩得活……"

朱怀镜见瞿林越说越放肆,面呈得意之色,似乎有些教导别人的意思了,就打断了他的话。但毕竟刚收过别人的钱,语气还是很客气:"你知道这些道理就好。我同你说过,今后毕竟是要靠你自己去闯的。你要学会同别人沟通感情,交朋友。平时说说话,谈谈心的朋友当然可以君子之交淡如水,但生意上的朋友,还是要讲究个礼尚往来。"这样,说话的气氛很自然地就成了朱怀镜教导瞿林了。当然是很客气的。今天朱怀镜同瞿林说了很多话，还同他拉了家常，交代他赚了钱，要好好孝敬老人。朱怀镜越说越像一位很关切很仁爱的兄长了。瞿林也有些感动了，因为这位当着大官的表姐夫从来没有对他这么亲热过。香妹当然也很高兴。她觉得马上就把钱送进去藏起来不太好，摆在明处又碍眼，突然来个客人看着也不妥，就把一沓票子放在屁股后面坐着。朱怀镜同瞿林说话时，暗自算了账，香妹手里存折上已有二十一万块钱，加上今天这五万就是二十六万了。这还不算他手头的私房钱。朱怀镜不免有些得意了，暗自琢磨着一种有钱人的感觉。香妹一直是个幸福感很强的女人，能干的丈夫，聪明的儿子，一天天优裕起来的生活，这一切都让她感觉着自己做女人的成功。也许是因为屁股下面那沓票子有着奇特的功效吧，香妹今晚的脸色特别红润，朱怀镜心里升腾起了那种久违了的冲动。可是瞿林没有马上就走的意思。朱怀镜便问起网球场工程的情况。瞿林说工程差不多了，只等着同黄达洪结账了。朱怀镜私下担心袁小奇的事说不定哪天就露了馅了，想问问网球场的工程款是否全部到位了。可他才收了人家的票子，不便提及同票子有关的话，就有意避开，只用兄长的口吻说："做事要善始善终，来不得半点马虎。特别是快完工了，更是大意不得。质量上不要留纰漏，免得让人抓了把柄。这个这个……好好干吧，把这事真正当成一份事业来干，会有出息的。"朱怀镜这话的韵味就像领导作报告的结束语，瞿林自然而然地站了起来。朱怀镜也站起来，说："不再坐一会儿？"瞿林说："不早了，姐姐姐夫休息吧。"朱怀镜便说："好吧，好好干。"瞿林本不该多说什么了，最多点点头就行了，可他在开门时却支吾着说："那个……这个……网球场……结了账结了账再说……"朱怀镜万万没想到瞿林会这么蠢，情急之中竟乱了方寸，说："不……不……这个……好吧，好吧，休息吧。"他点着头，手却摇着。

关了门，朱怀镜望着香妹哭笑不得。香妹说："这个四毛，说话办事是真的不老练。"朱怀镜笑道："这是你自己看见的，不是我编的吧？什么话他都要说出来，又要说透，而且不分时机，不分地点，不分对象，让你难堪。"香妹说："我们不计较他吧。乡下人，没见识。不过这也说明他实在，肚子里没有弯弯儿。"香妹到底是做表姐的，还想护着瞿林的面子。朱怀镜也不好多说什么，只是刚才陡然涌起的冲动早没有了。

网球场加紧施工的时候，袁小奇在策划着怎样把这事儿弄得影响大一些，不能让一百万元票子不声不响就花了。老干所平时本来就不引人注意，刘所长也很乐意把这事弄得热闹些，因为这网球场毕竟可以算作他的政绩。于是，黄达洪受袁小奇之命，早早地就同刘所长磋商，还多次征求朱怀镜、方明远、陈雁等几位的高见，拿了好几套方案。大家认为最佳方案是请皮市长参加剪彩仪式，届时举行荆都市首届老干网球赛，并请皮市长同袁小奇进行一场表演赛。陈雁跑去一说，皮市长欣然同意了。

过了些日子，网球场终于竣工了。于是，卜定佳期，袁小奇专程回了荆都。朱怀镜被作为嘉宾邀请了，可事不凑巧，那些天他正好随司马副市长一道下基层调查研究去了，没能出席剪彩仪式。他只是在下面宾馆看电视时，看到荆都新闻里播了这条消息。皮市长和袁小奇同时出现在荧屏上，共同为网球场剪了彩，接下来两人便进行网球表演赛。新闻节目的镜头当然不会很长，但袁小奇能以这种方式同皮市长一块儿亮相，已经很不错了。司马副市长的秘书小江和朱怀镜同住一个房间，他看了这条新闻，神秘地笑笑，说袁小奇是个谜。小江只是这么隐晦地说了一句，没有下文了。朱怀镜佯装糊涂，含含糊糊地哦了声。他猜想小江是话中有话，只是不便明说。小江敢这么说，说不定是听司马副市长说过什么。关于司马副市长同皮市长之间的微妙关系，朱怀镜经常听见。尽管人们议论这种事情的时候非常含糊，也并没有提到什么具体细节，但已是越来越多的人知道这两位领导是面和心不和。朱怀镜早就感觉到自己正一天天陷入尴尬境地。皮市长很赏识他，可他的工作职责却是为司马副市长服务。他必须学会走平衡木。

　　过后几天，朱怀镜还没有回机关，又在另一地的宾馆，从服务小姐送来的《荆都日报》上看到一篇报道：《悠悠桑梓情，拳拳赤子心——袁小奇，一个平凡人的故事》。袁小奇怎么一下子就是平凡人了？看了标题，朱怀镜就猜到这则报道是精心策划的。文章的作者是新面孔，朱怀镜不认识这人。一个神力无比的人，这会儿却是平凡人了。朱怀镜读完这篇报道，见里面只字不提袁小奇的神秘功法，只把他刻画成一位满怀爱心、乐善好施的大善人，简直是个活菩萨。这一段，报刊上对伪科学的声讨文章仍是不断，而且出面撰文的多是些学界宿儒。

　　那天朱怀镜回到荆都正是下午六点多钟。他心里挂着玉琴，想马上跑去看看她，可他心里像装着别的什么事似的，还是回家去了。香妹见他回来了，很是高兴，忙接过他的包，为他倒水洗脸。香妹告诉他说："瞿林前天晚上来过，送了六万块钱来。他说本来赚了近二十万，刮油水的多了，他到手的就没多少了。黄达洪他给了五万，是黄达洪开口要的。老干所刘所长也伸手了，他给了他一万。黄达洪说陈雁为这个项目出了力，也应表示一下，他说给了她两万。"朱怀镜抬起一张湿漉漉的脸，没好气地说："你就不该收他的钱。我早就说过，我们不是为了图他送个几万块钱才帮他的。"香妹不知道朱怀镜发的是什么火，望着他不说话。朱怀镜便又埋下头去洗脸。他是怪瞿林不该把给谁送了多少都一五一十地说出来，多难听！江湖上跑的人，事情做了就做了，嘴上还说什么？

吃过晚饭，朱怀镜想今晚就不出去了，好好陪一会儿香妹。这么想着，他心里暗自歉歉的。儿子去自己房间做作业去了，他两口子坐在沙发上看电视，手抓在一起捏了一会儿。香妹脸上泛着红晕，很像一个幸福的女人。只要朱怀镜待在家里，能感觉到他的存在，能呼吸到他的气息，她就知足了。香妹说："你这几天不在家，柳洁来家里玩过几次。""是吗？"朱怀镜随口问道。香妹说："我起先以为她没有事，只是来玩玩。后来就听出些意思了。她是想让我给她介绍男朋友。我答应试试，看看我们那里有没有合适的小伙子。"朱怀镜警觉起来，说："做媒的事往往费力不讨好，你不要管这闲事。"香妹说："有好小伙子的话为什么不成全人家呢？"朱怀镜不好明说，只道："反正你不要管人家的事。她现在是柳家的女儿了，柳子风自己会有安排。我们去搅和，反而不好。"

两口子正拉着家常，电话响了。朱怀镜去接了，是张天奇，"哦哦，张书记，你好你好！你在若有还是在荆都？"

张天奇说："在荆都，刚到的，住在荆园。你晚上不出去吗？我想来看看你。"

朱怀镜忙说："哪里哪里，还是我过来看你吧。你住在哪间房？"

"还是我到你家里来吧。"张天奇说得很恳切。

朱怀镜不好再推托，只好说在家恭候。香妹听说张天奇要来，忙起身收拾客厅，拿出水果摆上。张天奇毕竟已是地委副书记，竟然上门来拜访，朱怀镜心里难免有些得意，觉得自己很有面子。朱怀镜感觉有股气从喉头咕噜咕噜往下钻，直蹿肛门。这股气在肛门边一堵，他便想上厕所了。朱怀镜总是这样，一激动就屎急尿慌。他只好扯了纸，去蹲厕所。从荆园宾馆来这里没有多远，驱车一会儿就到，朱怀镜担心张天奇马上就到了，自己却

488

蹲在厕所里，会很难为情的。可越是这么想着心里就越急，半天也拉不干净。这时，听得外面张天奇来了。朱怀镜只好草草了事，净手出来。却只见张天奇一个人坐在沙发里。朱怀镜正要问，张天奇看出了他的疑虑，说："我让他们在下面等着。"朱怀镜知道他说的是他的秘书和司机，就说："怎么不叫他们上来呢？"张天奇摇摇手说："没关系的。"张天奇接过香妹递过的茶，喝了口，问了些客气话，就玩笑着对香妹说："小陈，我同怀镜去里面说话，对不起啊。"朱怀镜不知张天奇有什么大事要说，只好请他去了书房。坐了下来，朱怀镜笑着问："张书记有什么好事？"张天奇叹了一声，说："怀镜，出了点小麻烦。"张天奇狠狠地吸着烟，浓浓的烟雾将他那张平日里很有涵养的脸衬托得有些阴沉。他这表情不像是出了小麻烦。朱怀镜没有问下去，也默默地吸着烟，望着张天奇，等他下面的话。

张天奇吸了会儿烟，才缓缓说道："这几年，为了跑项目，我们花了些活动经费。特别是高阳水电站，跑市里和北京不下二十次。谁都清楚，现在事情不好办，不花些活动经费是办不好的。还好，高阳水电站明年总算可以动工了。但是，麻烦也来了。有些经费财政上不好处理，我让国税局想点办法，就只一两万块钱。我是交代国税局局长龙文办的。龙文却把这事交给了城关税务所的所长向吉富。没想到向吉富想的办法是收税时大头小尾，侵吞税款。这狗东西竟借机为自己捞了两百多万，说都是县里拿去跑项目去了。这事终于被捅出来了。真查起来，就会查到我的头上。"

朱怀镜听了，觉得没什么大不了的事，便说："到你手里就一两万块钱，又是用做县里跑项目的活动经费，我想没关系的。你是廉洁惯了，对自己要求严啊！"

张天奇轻松不起来，仍是叹气喧天："话是这么说。我自己虽没沾一分一文，但我刚到地委副书记位置上，就让人来查经济问题，也不太好。何况侵吞税款，性质严重。"

"那么你的意思……"朱怀镜试探道。

张天奇说："我知道龙文一直对你很尊重，只有你的话他听得进去。"

朱怀镜这才知道张天奇的意图。他原来还以为张天奇是专门登门来看望他的，却是自作多情了。他想这事不好办。向吉富真侵吞那么多税款的话，必死无疑。人命关天，不可能草草结案，必定要查个水落石出。这就难免不带出张天奇。钱虽不多，也没进张天奇私人腰包，但侵吞税款非同儿戏。更可怕的是一旦有风声说张天奇牵涉这个案子，一夜之间，各种稀奇古怪的说法就会在乌县风行起来。流言就像瘟疫，很快会在若有地区乃至整个荆都市流传开来。市里领导也长着耳朵，自然也会听到关于张天奇的传言。当官不可能不得罪人，那些平日里对张天奇有意见的，说不定就借机落井下石，索性再举报他些事情。于是传言就越来越像那么回事了，说不定就有哪位领导批示立案查一查张天奇的问题。张天奇没什么问题还好说，真有什么问题，这一查麻烦就大了。俗话说，常在河边走，哪能不湿鞋？何况有些事情平日看着没什么大不了的，真往桌面上一摆就说不过去了。即便是龙文的嘴巴堵住了，向吉富的嘴巴可是长在他自己的脑袋上。一个反正是死路一条的人，谁能保证他不疯狗一样乱咬一气？朱怀镜想了想，问："张书记，办这事你同向吉富碰过面吗？还有哪些人知道这事？"

张天奇说："我只同龙文讲过，请他想办法支持一下。没想到他是这么想办法的，更没想到他找的是向吉富这样的浑蛋。别的人可能还不清楚这事，我也没同县里其他领导通气。乌县班子你清楚，有个别人喜欢弄手脚，所以当时我想通了气反而不好。"

朱怀镜笑道："既然这样，我说，你就连那一两万块钱都不要认账。"

"这样行吗？"张天奇疑惑道。

朱怀镜说道："向吉富反正是死路一条，不在于多你这一两万块钱的罪。他如此胆大包天，罪该万死，咎由自取。你是为县里办事，没有什么值得自责的。风气如此，大势所趋，不是哪一个人想改变就能改变的。我建议，你什么事都不知道，就让向吉富那小子一个人去死吧。"

张天奇问："龙文知道内幕，他那里怎么办？"

朱怀镜说："我尽快找龙文，做他的工作。相信他还是会给我面子的。"

张天奇长长地舒了口气，说："那就拜托你了，怀镜！我真的很感谢你怀镜，我有好几桩麻烦都是你帮忙摆平的。"

朱怀镜笑道："这话说到哪里去了？要说，我还得向你道歉哩！"

"这话怎么说？"张天奇感到纳闷。

朱怀镜笑道："给你惹麻烦的都是我的朋友啊！"

张天奇哈哈大笑，道："你这是开玩笑了！"

今晚两人说的这些事儿，完全是私房话的气氛。这种气氛最能让人把关系拉近，说些掏心的话。张天奇同朱怀镜平日在面子上本来就不错，自从上次朱怀镜帮张天奇摆平了翻车的事，两人距离更近了。今晚两人却是更加亲密了，说了很多知心话，多是感叹官场风气。张天奇似乎城府大开，说了许多在他平时绝对不会说的话："怀镜，你在市里工作，接触的层次高，知道的事情更多。我们到上面办事，哪一处不要打点？而且越到上面越不得了。有的人开口要钱连弯子都不绕，就连我们送礼的人听着都难为情，只觉得脸上发热。有回我给北京一位领导的秘书送了四万，他客气话都不说一句，还冷冷地说，给我几条烟钱，我就拿了。听那口气，他妈的还嫌少！我被弄得面红耳赤，那小子却没事似的同我打官腔，我真佩服他们这些人能修炼到这一步。那小子把京片子说得字正腔圆，就像嘴巴里衔着个猪卵子，说，首长对你们很关心，你是乌县吗？对对，他老人家知道荆都有那么个地方。怀镜你看，他妈的我当时也是个县委书记，好歹也管着把万人，可到了那帮王八蛋眼里，简直就是个上访的老百姓！"

朱怀镜笑道："是啊，北京人嘛，见的大官太多了。不是有顺口溜说吗？到北京才知道自己官小，到深圳才知道自己钱少，到海南才知道自己身体不好。何况那些领导秘书？上面领导秘书我没打过交道，下面是领导有多大，秘书有多大，有些秘书比领导架子还大些。正是俗话说的，阎王好说，小鬼难缠。"

张天奇说："怀镜这话有道理。但我也见过大鬼小鬼都难缠的。"

"是吗？"朱怀镜好生奇怪，歪起脑袋望着张天奇，等着他说下去。张天奇却并没有继续说，只是叹了一声避开了这个话题，摇头晃脑地发起感叹来。朱怀镜知道这话再说下去可能犯忌，也不便深问，只好附和着张天奇，表示无限感慨。张天奇说："老百姓都说做官好，哪知道做官的苦处？上面关系没处理好没人用你，同僚关系没处理好没人帮你，下面关系没处理好没人服你。要是当政府领导，还得考虑选票。又不是好好工作就会有选票，得靠平日修行，同下面各级领导混得兄弟似的。单就是处理方方面面关系，就得让人费尽心机。如今工作困难又多，那就更不用说了。"张天奇软软地靠在沙发里，头有气无力地耷拉着，说话间总是不停地叹息，"难怪古人做官总有中途归隐的啊！同你老弟说实话，要是能够自由进退，我倒真想回老家算了。只可惜如今你想归隐也无处可归了。"

朱怀镜被张天奇的话感染了，也觉得官场真的没意思，说："是啊，有时真的感到累，是心累。很想找个没人烟的地方，什么也不管，什么也不想，好好睡他几天几夜。"

张天奇像是突然清醒了，竖起了身子，抽出一支烟，啪地打燃了打火机。打火机的响声是钢质的，很悦耳。他吸了几口烟，抖擞起来，说："怀镜，话是这么说，我们最终还得面对现实。到了你我这份儿上，都只能把很多事情很多想法放在心里，咬紧牙关来处理一些问题。"

朱怀镜说："对对。我马上打电话给龙文，让他明天就来这里。我不方便回去同他说。"

张天奇说："这样也好，免得太张扬了。怀镜，领导对你有考虑了吗？"

朱怀镜面显惭愧，不好意思了，说："我任正处长时间不长，主要是副处级拖久了。要上个台阶，只怕一时不可能。"

张天奇说："用干部，原则性要讲，灵活性同样要讲。有能力的，就得破格。如果都按干部晋升的任职年限办，从一般干部干到国家领导人，不都得胡子一大把？国外三四十岁的总统都不少哩！皮市长对我不错的，有些话你自己不好说，我说说没事的。我哪天有机会替你说说这事。我知道皮市长对你更关心，但别人说也有别人说的作用。"

朱怀镜感谢道："皮市长对你很赏识，我知道。有你说话，这自然好。张书记在这里还有几天？"

张天奇道："明天上午还有些事要办，下午就赶回去。你就别客气了。怀镜，我对你有意见了。你我不是一两天的朋友了，别老是叫我张书记，还是兄弟相称好。你还是叫我天奇吧。"

朱怀镜摇手道："不行不行。你我兄弟自然是兄弟，但官场规矩还得讲。你张书记注定是成大器的人，下次你当到市长、市

493

委书记，或者更大的官，我怎么开口叫你的名字？不成体统啊！"

张天奇晃头一笑，说："莫说我没那能耐，没那野心，就算当到再大的官，兄弟还是兄弟。再说了，你别只奉承我，你老弟更是前程无限啊！"

朱怀镜谦虚了几句，再说："还是叫你张书记好。这会儿叫你名字，下次等你当到更大的官了，觉得叫你名字不合适了，又来称你职务，变来变去，倒显得我这人阴阳不定。"

这话说得张天奇哈哈大笑："怀镜呀，你真有意思。我明天上午还有些事要办，下午就赶回去。你就不要管我了。我下次来再请你，还邀几位朋友，好好叙叙。"说罢，张天奇起身告辞。来到客厅，张天奇对香妹爽朗笑道："小陈，你最辛苦了，我知道。怀镜很忙，顾不了家里，家庭重担全在你肩上。"香妹笑着说："哪里啊，我忙什么？不就是一日三餐吗？女人家，不就是这种日子吗？还是你张书记，重任在肩啊。"张天奇哈哈大笑了，说："贤妻良母啊！怀镜有福气！"

开了门，张天奇抬手止住朱怀镜，不让他送下去。朱怀镜非送不可，张天奇轻声说："别送了，我没说到你这里来哩。"朱怀镜明白了，无声而笑，望着张天奇下楼。在楼梯拐弯处，张天奇招手笑笑，昂首挺胸地下去了。那派头，依然是位很有身份的地委副书记，似乎刚才说想归隐的是另外一个人。

朱怀镜进屋，香妹问："什么大事，两人躲到一边去说？"朱怀镜知道这事露不得半点风声，就说："没什么大事。好久没见面了，一起说说话。在这里说，不冷落你了？"香妹说："张书记还真讲感情，升了官了，还上门来看你。官场上的人，多半是人一阔，脸就变。"朱怀镜心想人家哪里是专门来看你？嘴上却笑道："人一阔，脸就变。鲁迅先生这话把有些人的嘴脸硬是说死了，但到底还文气了些，还不如我们老家的话来得生动形象。"

香妹问:"我们老家怎么说的?我没有在意。"朱怀镜说:"我们老家形容有些人的脸容易变,就说那人手一抹,脸就翻。"香妹琢磨一会儿,会意而笑:"对对,就像川剧里的变脸。的确生动。"朱怀镜便同香妹讨论着家乡方言的艺术魅力,举了很多原汁原味的例子,不再去说张天奇讲不讲感情。朱怀镜看了看手表,已是十一点多了。对龙文他不用考虑是否唐突,便挂了电话去,请他明天务必来荆都一趟,有要事面谈。龙文二话没说,答应明天一早就赶过来。

第二天上午十点多钟,龙文到了,带着司机径直来到朱怀镜办公室。朱怀镜起身握手、倒茶。客套几句,朱怀镜带司机到隔壁办公室去坐着喝茶,回来将门虚掩了,说:"龙文兄,我就开门见山吧。专门烦你来一趟,是想说说向吉富的事。"

"向吉富的事?他同你……"龙文不明白朱怀镜怎么关心向吉富的事。

朱怀镜笑道:"向吉富同我没关系。直说了吧,天奇同志找到我,希望我同你商量一下,这事怎么遮掩过去。"

听说张天奇,龙文冷冷一笑,说:"张天奇?他现在知道求我了?朱处长,对你,我龙文是从心眼里敬重。如果是你的事,你就是让我赴汤蹈火我也在所不辞。但张天奇的事,我还是站远一点吧。"

朱怀镜不知龙文怎么对张天奇这么大的火,便问:"上次我去乌县,你不是说天奇同志对你不错吗?"

龙文哼了声,有些激动起来,说:"如果倒回去几个月,张天奇就是让我把脑袋提给他,我眼睛都不会眨一下,自己拿刀砍下来,双手递给他。现在,他官是越当越大了,我再也不敢同他打交道了。"

听这话,朱怀镜猜想龙文同张天奇肯定是有过节了。他没有问下去，只望着龙文。他知道龙文会说下去的。龙文喝了几口茶，平息一下自己的情绪，接着说："我原来真的以为他对我不错。他个别找到我，说县里上去争取项目，需要活动经费，有些开支财政上不好处理。我照办了，交代向吉富去办。向吉富平时最听我的话，他那个所也是税源最好的所。我也没仔细过问向吉富怎么想办法，但就是没想到向吉富这么浑蛋。张天奇多次同我个别说，会考虑我的待遇，要我好好干。我就是见他这么关心我，他哪怕是放个屁我都当圣旨。结果呢？他把财政局长提了个副县长，拍拍屁股走人了。他一走，从外县调来了新县委书记蒋伟。一朝天子一朝臣，蒋伟到任没多久，就把我调到财委任副主任。我找过张天奇，请他为我说说话，他却向我打官腔，说蒋书记刚到任，地委应支持他的工作，维护他的威信，不应干涉县委的人事安排。他拿腔拿调地给我讲了个把小时的大道理。财委你知道的，一个虚单位，又是个副职。跟你说朱处长，被张天奇愚弄的人不止我龙文一个，乌县部委办局和乡镇很多负责人都是满腹牢骚。有回我同几个人一起吃饭，大家一说起张天奇就咬牙切齿。他任县委书记几年，整个儿是玩江湖。所有部下都觉得张书记这人不错，很关心自己。这人真会演戏，有时你觉得他简直就是位大慈大悲的布道者。直到他自己升官了，人走了，大家才如梦方醒，明白自己被愚弄了。原来在他手下白干了几年，什么好处没捞着，还浪费了感情。"

龙文正愤愤然，朱怀镜不便劝解，听凭他讲下去，想待他发泄发泄，再慢慢开导他。龙文一脸苦笑，说："也真佩服张天奇。他在乌县几年，把县里面子上弄得政通人和。他如今升了官走了人，有意见的也不好明说，只好在一边发发牢骚。不就是没有提拔你吗？你有意见哪里提去？官场上，什么意见都好提，就是这个意见不好提。你提了这意见，反说你向组织伸手哩。他妈的口口声声组织，什么蝇营狗苟的事都可以借组织的名义来做，冠冕堂皇！"

龙文越说口越没遮拦了，朱怀镜抬手压压，让他轻点声。龙文这就不说了，掏出烟来，递给朱怀镜一支。朱怀镜便掏出打火机，两人客气着点了烟。龙文说到组织时的愤然，朱怀镜也曾有过。他清楚地记得自己从前在香妹面前十分激愤地说到过组织，意思同龙文差不多。但他今天却不想让龙文说下去。他听着甚至有些刺耳。他慢慢吐了几口烟雾，很体贴地说："龙兄呀，大道理我们兄弟间不用说，但老弟想劝你几句。再怎么着，你现在还端着国家的饭碗，你就不能全由着性子说话做事。我理解你的牢骚，但你老是这个情绪，对你不利啊！"

龙文说："我看透了，无所谓了。"

朱怀镜笑笑，说："别这么说嘛！人一辈子，哪有时时都顺心的？你受了委屈，我知道。但是啊，还是我刚才说的那句话，你端着国家的饭碗，凡事就由不得你。俗话说，端人碗，服人管啊！听我一句吧！话说回来，你要是不想吃这碗饭了，自己出去干个体户，说什么由你去。现在好歹这一点还行，当老百姓，说话还算自由。可是口上说说，没用啊！不就是图个嘴巴快活？牢骚话多了，反倒显得自己没用，何必呢？"

龙文面呈愧色，嘴上却照样很硬："我有话就是要说，怕什么？"

朱怀镜说："这不是怕不怕的问题。真说了，谁又怕谁呢？世界上的事情，如果都要问个怕不怕，那就麻烦了。这是意气用事啊！老话说人活一口气，但也说忍得一时之气，免得百日之灾啊！我说龙兄，凡事得先考虑于人于己有没有利。再说了，张天奇也没私吞一厘一毫，全用在跑项目上去了。即使查到他头上了，只是让他面子不好过，动不了他半根毫毛的。况且钱也不多,就一两万……"

"什么?"龙文眼睛睁得天大,从包里掏出个笔记本啪啪地拍着,"一两万?他同你说只有一两万?经我手交给他的是一百三十五万!我笔笔都有记录的!"

"啊呀!"朱怀镜也吃了一大惊,"一百三十五万?"他一时不知说什么好。张天奇分明只说一两万块钱,他怎么也没想到会是一百三十五万!张天奇说的连零头都不止!那么张天奇为什么没有同他交实底呢?朱怀镜也有了种被愚弄的感觉。

龙文说:"向吉富也真是个浑蛋。我原来最信任他了,准备推荐他当副局长。他的工作也的确出色,各项工作年年都在局里排第一,也很听我的。没想到,我让他想办法弄点钱,给县里作特殊经费,他却自己也从中捞了一大把,居然捞的比给县里的还要多!"

朱怀镜默然点头,像在听龙文说话,又像若有所思。他想张天奇既然要请我帮忙,怎么不交个实底呢?朱怀镜总想不通这事。但他不相信张天奇存心要骗他,人家不说自然有不说的道理。也许张天奇原本就一分钱都不想承认的。既然如此,只要我答应帮忙,说钱的多少就没有意义了。数目大了说起来难听,倒不如说小些。朱怀镜反复一想,觉得自己的分析有道理。那么自己昨晚建议张天奇一分钱都不要承认,其实正中了他的下怀了。如此说来,自己的建议就是自作聪明了。这个张天奇,真是老谋深算啊!朱怀镜内心很不是滋味。

但不管怎样,张天奇这个忙他还是要帮的。"龙兄,"朱怀镜没有望龙文,眼睛向着窗外,"你想过没有?这事认真查起来,你自己会有什么结果?"

龙文叹道:"唉!我不是没有想过自己的责任,这几天我没有睡过一个好觉哩。但我想着有张天奇垫背,也就踏实了。我再怎么，也只负有领导责任，说大点就是犯了玩忽职守罪吧。我想好了，不在乎了。他张天奇能去坐牢，我也就去坐牢吧。没有人找我就算了，我也落得清净。要是有人找我，我就和盘托出。目前这个案子还没有司法介入，只是税务内部监察部门在调查。外面也没有人知道，应该还没有向地委汇报，张天奇的耳朵真长。"

　　朱怀镜想，凭张天奇的心计，他既然存心不认账，说不定自有他的把握。"你每次把钱送给张书记，有手续吗？"朱怀镜问。

　　龙文摇头说："我的麻烦就在这里。按当时情况，他不给手续，我能问他要吗？当时张天奇在我心目中简直就是圣人，我没有任何戒心。他为了县里的建设，总是在外面跑，多么辛苦，我感动都还来不及哩。现在想来，当时真有些鬼迷心窍。再说，我从向吉富那里接过钱也没有任何手续，也就不在乎张天奇给不给手续。这个……这个……要说，我当时也有私心杂念。我想，有的人为了当官，给上司都要送，我这是拿国家的钱送给上司给国家办事，何乐而不为呢？"

　　朱怀镜听着感觉哭笑不得，说："龙兄呀，你是个聪明人，做事怎么这么傻呢？"

　　龙文追悔莫及的样子，说："圣人也有被尿憋傻的时候。"

　　"既然如此，"朱怀镜说，"你也就死不认账算了。你想想，万一查起来，张天奇什么也不认，不是你自己的事了吗？你只是单方面登记了，能说明什么问题？这充其量只能算是办案线索，做不得法律证据的。我说，这事就算水落石出，向吉富必死无疑。张天奇轻则撤职，重则判几年刑。你呢？按你自己说的玩忽职守罪，也得委屈你进班房待几年。你说张天奇坐得牢，你也就坐得牢。我说龙兄，别把自己性命看轻了。谁的生命都不比别人贱。与其那样，倒不如来个死不认账，让向吉富一个人去死算了。不是我心狠，他反正是死。只要你不认账，线索只到你这里就断了，同张书记就没有任何干系。既然同他没有任何干系，他就用不着避什么嫌，很方便过问这个案子。他正好管政法，过问案子天经地义，这个案子很快就会干净利落地结案。只要杀了向吉富，一了百了，大家干净。"

龙文不说话了，一个劲儿抽烟。朱怀镜也不急着说什么，让他一个人想想去。朱怀镜想这张天奇平时办事老练惯了，怎么就想着让国税局出活动经费呢？如今哪个地方不是明着拿财政的钱往上面送礼？也不知当时张天奇是怎么想的。

"朱处长，只好依你的意思了。"过了好半天，龙文有气无力地说，"今天我得开口问你要酒喝了。中午……我俩……我俩喝几杯吧。"

朱怀镜放心了，忙说："好好。干脆，我兄弟俩也不讲究，就去我家，家常便饭，喝几杯。"朱怀镜看时间差不多了，就挂了香妹电话，告诉他龙文兄弟来了，让她早些回家，做几个菜。

朱怀镜放下电话，请龙文家里去。龙文却不起身，招手让朱怀镜坐下，说："朱处长，我还有句话要说。如果是给你帮忙，我就是垫钱垫米都得帮。但这是帮张天奇，我就得开口。他张天奇也得帮帮我。"

朱怀镜说："这好办，你要他帮什么，只管同我说，我一定转告。"

龙文说："我不想在财委当这个副主任。他张天奇原是暗示我任管财贸的副县长的，现在我也没这个野心了。国税局局长的位置我也不想回了，那张椅子我现在想着都觉得烫屁股。你叫他同蒋伟说说，让我去任财政局局长。朱处长，你别骂我辜负你的教育，变得这么庸俗了，伸手要官。下面情况你可能不知道了，现在下面的官靠买，光伸手要是要不到的。在乌县想当个局长，不花个八万十万，是当不了的。这同沿海比起来，算便宜的了。

前不久我见报纸上曝光了沿海某个地方,一个乡镇书记的职务值三十多万哩!现在乌县,就只有档案局、统计局、文化局等几个局局长的价码可能便宜些。想当县委书记、想当县长,不照样得花钱?钱是肯定要花的,只看你怎么花。他张天奇当到地委副书记,就没有花钱?那些钱即便是跑项目去了,也是花钱办了公家的事,结了个人的缘。谁又保证他没有给上面有些领导送钱呢?谁又保证他自己没有从中间捞呢?谁又保证他没有向其他部门伸手要过活动经费呢?不花个七八百万、上千万,地委副书记就轮到了他头上了?"

龙文越说越激愤了,朱怀镜笑着阻止他,说:"别的我们不管了,言归正传。你的意思,我一定向张书记转达。而且我可以向你打包票,保证你到财政局去任一把手。"

龙文说:"好,有你朱处长这话,我落心了。走,去你家喝酒去。"

朱怀镜站起来,突然想起件重要事来,说:"龙文兄,还有个事我俩说说。你的那个登记簿……我是说,怕万一到时候办案的人玩起蛮来去你家搜查,就是个问题了。我是说,把这事往最坏处考虑。"

龙文想了想,说:"朱处长,这个……这个,我不瞒你,我还得做最后的自我防卫准备。万一到时候向吉富死咬住我,张天奇又不认账,我怎么办?这个簿子我还得留着。"

朱怀镜说:"我说过,只要你不认账,线索到不了张书记身上,事情就好办了。他一关照下来,案子会办得很干净,你不会为难的。但为了以防万一,我建议你还是把那簿子毁了。如果你还有担心,你可不可以相信我,把那簿子交我保管。别人怎么也想不到我们之间有什么牵扯的。"

龙文低着头,又掏出一支烟来。朱怀镜替他点上了烟,说:

501

"龙文兄,你这就是不相信我了。你看不出,我的确是在帮张书记,但同时也是在帮你?我知道我自己做的事,其实是在帮你们建立攻守同盟。我无意中就成了你们的同党了。这事与我无干,我何苦呢?说句良心话,乌县好不容易出了张天奇这么一位有前途的领导,我们都得维护。地方上有个人在政界搞上去,也是造福桑梓的事啊!万一这簿子落到办案人员手里,你自己也就脱不了干系了。你想想,我就连自己都牵扯进去了,你对我还有什么不放心的呢?"

龙文沉默半天,掏出了那个簿子,交给朱怀镜,说:"这簿子我一直锁在家里的。这两天我总是神经兮兮,担心有人会偷走它,就随身带着。朱处长,我这是等于把自己的身家性命交给你了。"

朱怀镜接过簿子,揣进口袋里,神色肃穆起来,说:"好兄弟,你就放心吧。我还得说一句,你肯定会马上面临严峻的考验,你一定要挺住。不说为别人,也为你自己,为你家人。"

龙文仰天长叹,说:"这都是张天奇害的!如今世道,偏偏是这种人得势。好吧,我既然答应了,就不会软下来的。我死也会挺住的。"

朱怀镜感觉有些悲怆意味,却笑道:"好好,从现在起,我俩谁也不说这事了。走走,回家去,只管喝酒。"朱怀镜过去叫了龙文的司机,说:"不好意思,让你一个人冷落了。"司机人老实,只道哪里哪里,领导谈工作嘛。

吃完中饭,龙文就赶回去了。下午上班,朱怀镜挂通了张天奇电话:"张书记吗?我怀镜,给你汇报个事。"

"什么汇报?你是市里领导啊,有什么重要指示?"张天奇轻松地开着玩笑。

朱怀镜说:"是这样的,乌县原国税局局长龙文同志,我很了解他。这位同志工作能力很强,前不久被安排到县财委任副主任。我想，这位同志年富力强，正是干工作的时候，应该给他压压重担。你能不能向县委建议一下，让他到县财政局任局长？"

张天奇说："对对，这个同志我也了解。行嘛，我可以同蒋伟同志说说这事。但最终还得尊重他们县委的意见啊。"

朱怀镜说："这个自然。张书记，我是随便说说。对不起，给你添麻烦了。"

"哪里。还有别的事吗？"张天奇问。

"没有事了，没有事了。谢谢。"朱怀镜一语双关，却表现得不动声色。电话里说话不安全，两人这么没事似的打了一场哑谜，把要说的事说了，要通报的信息也通报了。

放下电话，朱怀镜掏出那个神秘的簿子，翻开一看，见龙文到底还算有心人，把每一次交钱的时间、地点、双方说了什么话，都一一记录下来了。干脆毁掉它算了，朱怀镜想。他左右看看，见不方便在办公室焚烧，就想去厕所里蹲着，一点点撕碎了，放水冲走。他扯了手纸，去了厕所，选最里面的蹲位蹲下，关了门。他取出簿子，一项一项细看，见每次有十多万的，有五万八万的，多是龙文送到张天奇家里，也有几次送到他办公室。张天奇次次都要求龙文注意方法，别把好事办坏了。龙文总是打包票，说万无一失。待朱怀镜看完全部记录，他便不想毁这簿子了。心想干吗毁了呢？天底下不会有第三个人想到有这么个东西留在他手里的。何不保存着？世界上的事情谁料得准？说不定哪天这玩意儿能派上什么用场也不一定！朱怀镜感到一阵莫名其妙的激动。一激动，就真的有便意了。今天他总觉得自己办成了一件大事，很有成就感，便全身放松，痛痛快快地拉了个干净。完事了，回到办公室，将那簿子锁进保险柜里。

晚上，朱怀镜很想去看看玉琴。好些天没有去看她了，心里有时堵得慌。几个月前，玉琴刚接手总经理位置，就碰着市里抓廉政建设,生意冷淡,营业额一天比一天减少。就有人开始说风凉话:女人就是女人,干不了大事。玉琴偏是个要强的,拼着老命想办法,非把生意做上去不可。她成天起早贪黑,每天都是精疲力竭的样子。人也瘦了一大圈。两人原来坚持每天清早去打网球的,现在也不去了。偶尔聚聚,彼此都不能尽兴。朱怀镜看着为玉琴着急,却爱莫能助。还算好,廉政建设风头很快就过去了,龙兴大酒店的生意慢慢红火起来。可是奇怪,两人亲热起来却迟迟找不回原来的感觉。每次,朱怀镜临去之前,都兴冲冲的,想着两人的事,就满脑子形象思维,恨不能马上就见到玉琴。可几乎没有一次叫两人感觉淋漓尽致的。他今天下午本来很兴奋,后来想着张天奇的事,越想越害怕。他担心自己的情绪影响玉琴,便待在家里了。这个晚上,朱怀镜通宵没有合眼。窗外落叶沙沙,秋越来越深了。白天他没想那么多,只一心为张天奇帮忙。现在觉得自己那么苦口婆心劝导龙文,差不多只是在炫耀口才和智慧。深夜里,人的思维很夸张,又容易沮丧。想象着这个案子移交司法部门后可能发生的情况,朱怀镜便害怕起来。他盼着天亮,见了太阳,感觉或许会好些吧。

第二天,正好是星期六。朱怀镜迟迟才起了床,脑袋涨涨地发痛。吃了早饭,不知要做什么。他念着玉琴,却不想去她那里。自己的情绪太坏了,去了两人过不好的。再说玉琴也忙。可这么待在家里,也憋得慌,还会让香妹起疑心。朱怀镜便找了个借口独自出去了。

一个人走在街上,神色凝重,没有目的。偶尔见了熟人,便马上换上一副笑脸,打个招呼。走着走着,就到了市政协大院外面了。好久没见曾俚了,想干脆进去看看。

政协院子里面也已是秋叶满地,又是休息日,颇有几分冷清。朱怀镜径直上了政协办公楼三楼的荆都民声报社。他原想曾俚一定又窝在房里看书的,却见他待在办公室里,正伏案写着什么。曾俚见了朱怀镜,忙起身请他坐。"休息日,也忙着写大文章?"朱怀镜问。曾俚摇头说:"哪是什么大文章,几句感想而已。对不起,开水是昨天的,冲不起茶叶,将就着喝杯白开水吧。"曾俚说着就倒了杯白开水递给朱怀镜。两人不怎么拘礼,朱怀镜便拿过曾俚面前的稿子,见曾俚正在写一篇随笔,题目是《谁该忏悔》。他才看了几行,曾俚便叹了声,拿着张报纸,说:"怀镜,我昨天晚上看了这篇文章,感慨万千,夜不能寐。一九六二年,陕西鄠县三位农民,写了这篇文章,叫《当前形势感怀》。文章不到一万字,但它所表现的理论勇气和爱国之情真叫人感动。他们声明不是报喜,而是报忧,并针对当时的经济困难提出了其实可行的对策。后来我们国家推行的家庭联产承包责任制、取消价格双轨制、放开市场等等,文章里都有阐述,甚至还提出了社会主义初期的概念。他们怀着拳拳爱国之心,把这篇文章寄给了当时的公社党委、县委、地委、省委和中央。可是,就是这样一篇文章,却被当局定为大毒草。中国当代思想史上,这也被称作光辉文献,那也被称作光辉文献,我说这篇《当前形势感怀》才真正称得上中国思想史上的光辉文献。历史应该记住这三位农民的名字,他们是杨伟名、贾生财、赵振离。三个人后来受尽迫害,杨伟名还被活活整死了。我由此想起当年为马寅初平反时,一位国家领导人看了有关马寅初的案卷,不由得感慨万千,含着眼泪说,共产党应该起誓,不能再迫害知识分子了。"

朱怀镜接过报纸,看着这篇让曾俚大动感情的《当前形势感怀》。曾俚却仍只顾他自己说话:"这三位农民,杨伟名只读过三年私塾,贾生财不识字,赵振离小学文化。但他们的理论见识应该令当时和现在的一些所谓理论家、思想家汗颜。真正的理论从来都是朴实的,而不是玄而又玄的概念堆积,更不是某种个人意志的膨胀。我甚至认为,目前中国思想界、经济界没有真正的理论家。那么多的当红学者,要么是奏折派,只知看上面的眼色,见上面需要什么理论,他们就抛出什么货色;要么是注经派,尖着耳朵聆听圣旨,然后引经据典把圣旨理论化;要么是牙慧派,仗着懂了几句外语,从国外的理论餐桌上收拾些残汤冷羹,一锅煮了,再热腾腾地端出来。面对这三位农民,历史应该忏悔,现实应当羞愧。"

朱怀镜一边听着曾俚发感慨,一边看完了三位农民在三十多年前写的文章,触动果然很大。但他只是淡然一笑,说:"当时这三位农民没有被立即处决就不错了。"

曾俚惊愕道:"你还说这种话?看了这篇文章你竟无动于衷?可见你久在官场,麻木不仁了。"

朱怀镜说:"不是麻木不仁,我是客观地分析这事。政治服从需要,并不服从理性。我在一本书里看到这么一个故事。有个西方国家当年也很专制,却偏出了一位很有思想的作家,这位作家写了大量不正统的书,惹怒了当局。当局派一位官员去找这位作家交涉,因为这位官员是作家小时候很要好的朋友。这位官员先是直言不讳,指责老朋友的书籍是如何大逆不道,荒谬绝伦,搅乱视听,危害国家,奉劝作家不要再散布这些谬论了。作家愤怒地陈述,说自己的思想是如何地符合民意,顺应历史,并且说自己将因这些著述而不朽,遗臭万年的恰恰是现在这逆历史潮流而动的反动政府!那位官员便冷冷一笑,说:'老兄,难道世界上的人就只有你聪明?谁不知道你说的句句在理?但现实不需要你的理论。如果你不听劝阻,我们可以让你在历史中不朽,但你得马上从现实中消失。'"

曾俚听了,怔怔的,怅然若失,半天才扬首浩叹:"是啊,有位哲人说过,人类理性有两个源头,而社会发展只有一条河床。"

朱怀镜本来是准备出来散散心的，顺道看看曾俚，不料一见面又听他讲这么沉重的话题，真是没劲儿。曾俚的确令人敬佩，却不会让人喜欢。朱怀镜又拿起曾俚的随笔，看了起来。曾俚从三位农民当年的遭遇说开去，借题发挥，文笔很是犀利。文章没有写完。"曾俚，"朱怀镜放下稿子，笑了起来，"你的文章真有些鲁迅风骨哩。"曾俚淡然一笑，谦虚道："哪里啊，怎么敢同鲁迅先生比？"朱怀镜越发笑了："你当我是在称赞你？确实，我们从小接受的教育就是要学习鲁迅先生。后来我才慢慢知道，这话说说可以，当不得真的。鲁迅先生是真学得的？你别傻了。我……"朱怀镜没说完，手机响了。一接，是方明远打来的："喂，怀镜，皮市长要去打网球，他指名要你也去。"朱怀镜忙站了起来，问："在哪里打？你现在在哪里？"方明远回道："还是去南天体育馆。我在皮市长家楼下，皮市长马上下来。你在哪里？"朱怀镜说："你们别管我，我自己来就是了。"关了手机，朱怀镜准备告辞，笑着对曾俚说："老兄，我说你呀，别管那么多的事。你愿意委屈自己呢，写点应景文章，在工资外挣点稿费，把自己日子过好一点。不想委屈自己呢，就躲在家里由着自己的性子写，可别忙着拿出来发表，藏之名山，传之后人吧。我知道你关心国家大事，但是就像你不能真学鲁迅一样，当不得真的。谁真的要你关心国家大事？我们都是小人物，就安安分分地过日子啊。记住我的话，不会错的。"

朱怀镜把愤怒的曾俚丢在办公室，独自下楼，快步走出大院，拦了辆的士，直奔南天体育馆。也怪，朱怀镜不再疲惫，心情也好多了。进网球馆门时，他在心里同自己打赌，今天要是陈雁不在场，他就是龟儿子。

皮杰的天马娱乐城竣工开业了。朱怀镜和方明远都被邀请参加开业典礼。但皮市长关照两位不要去，免得无端地生出什么话来。他们只好同皮杰解释了。皮杰发了老头子一通牢骚,说过一段专门请二位一次。可司马副市长应皮杰恭请,去了,亲自为娱乐城剪了彩。他是分管财贸的市政府领导,参加开业典礼似也在情理之中。这已让皮杰挣足面子了。朱怀镜是过后才知道司马副市长去为娱乐城剪彩的,觉得中间的文章耐人寻味。因为他知道皮市长和司马副市长两人私下里不和睦。依着老百姓,两人若是有意见,你家有事,我眼睛都不朝你那一方望。可官场上的事,按常人的思维往往是想不通的。那就不去想吧。天马娱乐城从开业那天起生意就很是兴隆。这里有高级餐厅、保龄球馆、游泳馆、歌舞厅、KTV包房、茶屋、桑拿浴等,各种服务一应俱全。

向吉富贪污税款案果然办得滴水不漏。案发三个月以后的一天晚上,朱怀镜正在天马娱乐城打保龄球,接到龙文的电话,说向吉富已被处决。这时的龙文早已是乌县财政局局长了。按照朱怀镜的嘱咐,龙文在案子未结之前没有给他打过一个电话。这三个月朱怀镜也不太好受,他同玉琴总过不好,似乎所有的甜蜜都已随风而逝,再也追不回来。两人却舍不得分手,都在努力想让对方满意。都是很成熟的人了,怎么说分手就分手呢?可所有的努力都是徒劳的。两人似乎都是在用理智维系着感情,不想显得太孩子气了。这同夫妻间碍于家庭观念不想轻率离婚差不多。情人关系到了这一步,也许是不祥之兆吧。方明远隔几天就叫朱怀镜一道陪皮市长打打网球,这会让他获得几个小时的快乐。陈雁是每次都在场的,望着她在球场上轻巧地腾跃,她那迷人身段的造型瞬息万变,令人回肠荡气。不过朱怀镜这种时候的愉悦并不完全是因为陈雁。他是这样一种人,哪怕自己有天大的事不开心,只要同领导在一起,什么都暂时烟消云散。其实,让他不开心的是同玉琴的感情,让他担心的却是向吉富的案子。他希望早日接到龙文的电话,却又怕接到他的电话。甚至有些后悔自己多管闲事。龙文也很谨慎,在自己顶过调查难关之后,仍然不敢给朱怀镜打电话。硬是等到向吉富在枪声中倒下了,他才在当天晚上打电话过来。两人在电话里也不像专门说这事儿,而是老朋友聊天,偶尔说到乌县最近的新闻,随便说起向吉富因什么什么罪被处决了。

朱怀镜现在终于知道事情了结了,本可以放心了,可他内心莫名其妙地悲凉起来。今晚在一起打保龄球的还有雷拂尘、方明远、玉琴、宋达清、黄达洪,都是皮杰请来的。大家玩得很高兴,却只有朱怀镜和玉琴是强作欢颜。玉琴的不开心还因为龙兴大酒店的生意。龙兴的生意冷淡一段之后本来好起来了,可天马娱乐城一开业,她那里的餐饮、保龄球、歌舞厅和KTV包房生意又冷火秋烟了。如今,荆都的新贵们把上天马玩当成了一种时尚,这儿门前通宵都是车水马龙。每到黄昏,门前的停车场里靓女如云。她们浓妆艳抹,秋波频频,随时就召。这些女郎是荆都的候鸟,哪家夜总会的气候适宜,她们就飞向哪里觅食。偌大一个荆都,也只有天马能够为这些候鸟提供最好的气候。玉琴坐在自己生意对手的保龄球馆里消遣,心情可以想见。

打完三局保龄球,皮杰又请大家去唱歌。朱怀镜想自己今天哪里有唱歌的心情,就说算了吧,改天再玩。可其他几位先生还余兴未尽,想再玩玩,不让朱怀镜走。玉琴给了朱怀镜一个眼色,意思是她想先告辞了。朱怀镜暗自点头,让她先走。于是,玉琴向皮杰道了感谢,先走了。皮杰便领着几位去了KTV包房。一位小伙子忙跑了过来,像位部门经理。皮杰交代了几句,小伙子就去了。皮杰笑道:"唱歌没有小姐作陪,气氛不对。每人请位小姐。"大家便客气,说不用请,自己玩吧。朱怀镜推辞得最恳切,说:"皮总,我们都是几位好朋友,随便玩玩就是了,请什么小姐?"皮杰便笑道:"怕什么?玉琴又不在这里。"听着这

509

话,朱怀镜脸一下红了。几位便望着朱怀镜笑。皮杰自知失言,便圆场道:"玉琴说有事先走了,我也就不勉强留她。有位女士,大家就玩不尽兴了。"几位正说笑着,经理小伙子领着五位小姐进来了,一个个歪着挺着扭着摇着站在大伙儿面前。皮杰说:"各位随便挑吧。"大伙儿先是客气,说让老总先挑,言语间隐去了皮杰的姓氏。皮杰却摇手谦让,说客人优先。几位便开始挑人。朱怀镜还有些不好意思,半天不曾动作,他们几位是早已玉人在怀了。皮杰便问朱怀镜:"张老板,你是不是看不上?看不上再去叫。"方明远一手拍着他怀中小姐的脸蛋儿,一手指着朱怀镜笑道:"这位张老板呀,心目中有个模子在那里摆着,眼光高。"说话间皮杰已挑了一位,只剩下一位了,站在那里有些发窘。朱怀镜觉得让小姐难堪也不太好,便朝那小姐招招手。小姐莞尔一笑,过来了。朱怀镜暗自笑自己傻,明知道躲不过的,何不早些下手挑了?到头来捡了个别人挑剩下的。这位小姐脸蛋子身段都不错,只是微胖,就被几位先生花中选花比下去了。小姐坐下来,手便放在朱怀镜的手心里,柔声问:"先生唱歌吗?"朱怀镜歌唱得不好,轻易不在外面瞎叫喊的,就说:"小姐唱吧,我欣赏欣赏就行了。"这小姐的手很是酥软,缎子一样,捏着很舒服。这会儿,方明远已在同他的小姐合唱《心雨》。方明远即兴改了歌词,唱得很逗,大伙儿都笑了起来。朱怀镜这位小姐挑了那首《真的好想你》,说把这首歌献给身边这位朋友和在座所有朋友。大伙儿便指着朱怀镜开玩笑。这小姐的歌还真的不错,不愧是在场子里混的。小姐唱着唱着,手便越抓越紧,让朱怀镜感动起来。小姐唱完了,博得满堂喝彩。下面就是雷拂尘和小姐唱《康定情歌》。黄达洪和宋达清早带着小姐出去跳舞去了。小姐见朱怀镜歌也不想唱,就邀他出去跳舞。两人下了楼,正好一曲慢四开始。小姐手往朱怀镜肩上一搭,头便微微弯着,仰视着他,浅浅地笑。朱怀镜也望着她,笑着,却找不出一句得体的话来。小姐轻轻说:"先生还有些拘谨,放松些吧。"朱怀镜说:"没有哩,我很高兴。"小姐说:"能让先生高兴就好。我们啊,就怕自己不能让客人高兴。"说话间,小姐又把身子靠近了些,高耸的胸脯在他的胸膛上摩擦。一曲下来,朱怀镜不想上去唱歌了,干脆在这里跳舞算了。两人就随便找了个没人的卡座坐下了。小姐把头半靠在朱怀镜怀里,说:"看得出,先生是位很自珍的人。"朱怀镜不知小姐指的是什么,问:"何以见得?"小姐说:"你对我很尊重。"朱怀镜就着这个话题问:"那么你们希望碰着哪种男人呢?"小姐抬起头,微笑着望着他,再又偎进他的怀里,说:"希望碰上你这样的男人。"朱怀镜便把小姐搂了一下,说:"感谢小姐看得起。"这时,灯光骤然间暗下来了,轻柔的音乐抒情地奏起。小姐拉着朱怀镜进了舞池,整个人儿扑进了他的怀里,紧紧搂着他。朱怀镜感觉着女人酥胸的挤压,脑子里一片空茫。女歌手哀婉地唱着《今晚你把我带走》:

　　…………
　　这样的夜晚
　　我不想一个人过
　　月光如水啊
　　清风如水
　　这样的夜晚最令人孤独
　　…………

舞曲很长,女歌手的歌完了,曲子还在进行着。刚才两人都没说话,现在歌声停了,小姐便凑在他耳边说:"今晚你把我带走。"朱怀镜心里一震,想尽量放尊重些,可下面却很不听话,硬硬地挺起来了。小姐把他抱得更紧了,下身紧贴着他,轻轻地扭着。朱怀镜装糊涂,只道小姐是在说歌词,便说这歌好听,没有回答她。小姐又说:"先生,我知道你们几位是很尊贵的客人,我们要好好侍候。"朱怀镜问:"这话怎么说?"小姐说:"有人关照过,要让你们开心,你们愿怎么开心就怎么开心。"朱怀镜胸口狂跳起来,却故作镇定:"谢谢你小姐,我很开心。"

　　曲子完了,两人仍回卡座。有了刚才这番经历,小姐更是没有顾忌了,索性吊着他的脖子,把一条腿搭了过来。朱怀镜的手没处放,只好很自然地搭下来,放在小姐的腿上。小姐咬着他的耳朵说:"你摸摸我的腿嘛,我的腿很够味的。"朱怀镜哪敢如此放肆,万一熟人见了,多不好,便玩笑道:"小姐浑身上下都很够味,岂止你的玉腿。"小姐便把腿放下来,头靠在朱怀镜肩上,笑道:"先生很会奉承女人,只是太谨慎了。先生,按我们规矩,不该打听客人姓名的。我见先生是位君子,要是你信得过我,可不可以留个电话?"朱怀镜为难了,便用话搪塞道:"要是有缘,今后还会见面的。我可不可以请教小姐芳名?"小姐笑道:"先生好聪明啊,自己不显庐山真面目,却来问我的名字。其实交际场上,逢场作戏,哪有真话?我在场面上见人多了,好坏还是分得出的。男人嘛,只要同他说几句话,多少就知道几成了。"朱怀镜觉得小姐这话有点意思,便问:"那么依你看,我是好人还是坏人?"小姐说:"你要我说真话还是说假话?"朱怀镜笑了起来,说:"当然是想听真话了。"小姐咯咯一笑,说:"你嘛,想做坏人又做不来,算是个好人吧。"朱怀镜拍拍小姐的手,说:"谢谢小姐看得起。"小姐便伏在他耳边说:"先生,叫我李静,十八子李,安静的静。你就叫我名字吧。叫小姐,太没情调了。"

　　两人坐着说了会儿话,又去跳舞,相依相偎地在舞池里飘来飘去。李静总是在说着绵绵情话,似乎同她跳舞的男人不是萍水相逢,而是她相恋已久的情人。朱怀镜早已心猿意马,却在心里交代自己一定要守住底线。李静喃喃道:"好想同你过夜。"朱怀镜心早动了,却不想冒这个险。但就此作罢,到底不舍,便想试试这女人深浅,问:"怎么过夜?哪里都不安全。"李静说:"这里有地方。我也可以跟你走。你愿意的话也可以跟我走。"朱怀镜说:"我很喜欢你,但今晚不方便。你告诉我怎么找你,过几天我打你电话。"李静便说:"好吧,我等会儿给你留个电话。"朱怀镜见李静似乎很真,怕她太失望了,便说了些道歉的话。跳完这曲,朱怀镜说上去看看。

回到包房,却只见雷拂尘同小姐相依相偎地在唱歌。李静拿过手包,取出一张名片,送给朱怀镜。朱怀镜拿过一看,见名片正面只有名字和电话、手机、寻呼机号码,背面印着一句话:当您怀念这个夜晚,请您 Call 我。朱怀镜心想这个女人,把这种事情还弄得很情调呀!这时,雷拂尘歌唱完了,同朱怀镜打招呼。朱怀镜请他们二位自便,又同李静说话。他想等皮杰回来,同他打声招呼,先回去了。再待下去,怕自己守不住。可皮杰半天没有回来。朱怀镜手机响了,一看号码,是玉琴打的。他忙接了,说马上回来。李静玩笑道:"你家监察局长叫你?"朱怀镜抱歉地笑笑说:"对不起,我先走了,后会有期。"雷拂尘站起来,问怎么不再玩一会儿?两人客气几句,握手说了再见。李静陪朱怀镜下楼,直送到门口,情意绵绵,说:"我等你 Call 我。"

朱怀镜驾着汽车开出一段路,兜了个小圈子,再折回来,开进了龙兴大酒店。他在车上挂了皮杰手机,道了谢。皮杰当然笑他太拘谨了,不敢尽兴玩。朱怀镜也不想显得太老夫子气,只说家里有事。

玉琴还没有睡,坐在客厅里等他。"云里雾里了吧?"玉琴噘着嘴巴佯作生气。朱怀镜拍拍她的脸蛋儿,说:"云里雾里了我

513

还回来？早登仙去了。"

玉琴脱了朱怀镜的衣服，开了水让他去洗澡。朱怀镜躺在浴池里，不禁想起了李静。那女人很肉感，也很会风情，一定别有一番风味吧。如此动人的女子就被那几位仁兄挑剩下了，可见他们眼力到底不行。选女人单凭眼观恐怕还是不行，也得像中医一样望闻问切才是。朱怀镜闭着眼睛擦着自己身子，慢慢竟动情起来，心中不免恨恨的。玉琴送睡衣进来了，朱怀镜便朝她张开双手。玉琴望一眼他下面那硬挺挺的玩意儿，抿着嘴巴笑。朱怀镜便说："你坏家伙，笑什么呀？憋死我了！"玉琴仍是笑着，慢慢脱了衣服。

这一回两人过得不错。完事之后，玉琴面如桃花，让朱怀镜抱着去了卧室。两人抱在一起静静躺了会儿，玉琴不经意叹了一声。朱怀镜问："你怎么了？"玉琴说："没什么。明明是生意上的对手，还要老朋友似的同人家去应酬，真是滑稽。"朱怀镜说："你事业心强，我知道。但凡事也不必太认真了。什么叫事业？跟你说，对这个问题我是越来越糊涂了。从前我们理解的事业是为什么什么奋斗终生。现在呢？唱高调不切实际了，可人们实际起来又太实际了，就是四个字：升官发财。我是在官场上混的，平时说到事业，就觉得很空洞。人们评价你事业成功的标准就是看你当多大的官。可我的确没有把当多大的官看成是什么事业。你呢？生意场上做的，照说事业就是发财了。可你这企业是国家的，同自己发财没有多大关系。再说，如果赚钱就是事业，那么我们何必绕那么大的弯子去高谈阔论什么事业？现在你的生意被皮杰争去了，是没有办法的事，也不是你无能。你只要尽自己的力就是了。"玉琴叹道："话虽这么说，但人活一口气。雷拂尘任总经理，这里生意兴隆，轮到我就生意清淡，我脸面往哪里放？最伤脑筋的是，生意如果不好，员工就会人心惶惶，我在这里过得下去？"朱怀镜笑道："话说回来，皮杰即使这样，也是同你们公平竞争。做生意，不可能没有竞争的。"玉琴不高兴了，说："你是说我们竞争不力？你怎么知道就是公平竞争？我们从一开始就不是公平竞争你不知道？我们是最先有意向征这块地的，他却用低于我们的价格征了地。这中间公平在哪里？就说现在，整个荆都市最漂亮的三陪小姐都一窝蜂似的往天马去，这中间名堂你猜不出？还会有哪家酒家、宾馆如此大胆？这又哪来的公平竞争？"玉琴的语气是质问式的，让人听着不好受，朱怀镜的情绪也坏了起来："你怎么回事？我随便说什么，你总要驳得我体无完肤才罢休。我没有别的目的，只是想让你开心。我俩能在一起待一会儿其实不容易，何必总要说些不高兴的事呢？说到底，有些事情不是你我这些人能够改变的。大势所趋，有什么办法？"玉琴不做声了，不知是委屈还是被说服了。朱怀镜也懒得去理她，躺在那里望天花板。最近两人总是话不投机，说着说着就生气。朱怀镜甚至觉得自己越来越俗气了，总是为着一两句无关痛痒的话同玉琴争执。有时为了劝玉琴，他说的一些话也许并不代表自己的本意，只是顺着她的话，拿社会上流行的说法去宽解她。有时同她争起来了，就仅仅只是为了争执了，也就不管什么道理不道理，只要能当炮弹的话都会从他的嘴巴里迸出来。每次，最先沉默的都是玉琴，然后打破沉默反过来安慰他的也是玉琴。朱怀镜便会在心里自责，暗自发誓今后再不同她赌气了。

可是今天，玉琴背过身去，半天都不说话。朱怀镜有些不忍了，扳过玉琴。玉琴浑身软沓沓的，滚了过来，眼睛却闭着。她瘦了，眼眶陷了进去。朱怀镜心疼起来，搂起玉琴，说："好了，我俩再不争这些空话了。你的生意，急是急不好的，慢慢想办法吧。"玉琴像是不生气了，叹了口气，往朱怀镜怀里拱了拱，抱着他睡了。

朱怀镜也感到很累，迷迷糊糊地就要睡去。却猛然想起龙文打来的电话，不由得一惊，醒了。内心感慨一会儿，就想这事只能这样了，别管那么多，睡吧。可怎么也睡不着。他想今晚这同一张夜幕下，向吉富已成一具僵尸，从这个世界永远消失了；自己同玉琴相依相偎，忘情销魂；身为乌县财政局长的龙文也许正放心落意睡着大觉，朱怀镜从电话里听得出他暗自庆幸自己过了关；张天奇呢？他这会儿在干什么？

朱怀镜清早去办公室没多久，接到一个不幸的消息。卜未之老人大儿子卜知非打来电话，说卜老先生昨晚去世了。朱怀镜闻讯大惊。卜知非拜托他转告李明溪。朱怀镜答应了，说了些安慰话。接完电话，朱怀镜坐在办公桌前，好久不知要做什么。卜老身体那么健朗，怎么说走就走了呢？

李明溪接到朱怀镜的电话，半天说不出话。好一会儿，才说："是真的吗？"这话本来问得好笑，朱怀镜却笑不起来，说："谁同你开这种玩笑？这样吧，你写副挽联吧，落我俩的名字。我再按荆都规矩买些礼品。我中午下了班再来接你。"

十点多钟，柳秘书长打电话来，请朱怀镜去一下。朱怀镜忙放下手头的事，去了柳秘书长办公室。柳秘书长起身同他握了手，很是热情。朱怀镜不知柳秘书长有何事交代，就笑着问："秘书长，有什么重要指示？"柳秘书长笑了笑，不马上答话，过去掩了一下门，请朱怀镜坐下，然后自己也坐下，这才说："今天没有指示，专门同你扯扯。怀镜，你的工作不错，各方面素质都很好，组织上是很满意的。我同皮市长经常说到你，皮市长也同意我的看法。办公厅最终还得靠你们这些年轻人啊。"

朱怀镜不知今天柳秘书长到底要说些什么，很想听他马上点题，别再山重水复了。可柳秘书长说了半天，说的都是对朱怀镜的评价，尽是些表扬的话。朱怀镜不能总听着这些话不吭声，这样显得太不谦虚了。可柳秘书长说起话来口若悬河，滔滔不绝，很难让人插上嘴。朱怀镜明知柳秘书长不抽烟，却给柳秘书长递烟。他便趁柳秘书长摇手说不抽不抽的空儿，谦虚了几句："感谢柳秘书长的教育和栽培。我做的每一件工作，都是因为有领导支持，有领导撑腰。说句心里话，在您手下工作，是一件很愉快的事，累是累了些，但累得心情舒畅。有您这样的领导，是我们干部的福气。"

柳秘书长摆摆手，笑道："哪里啊，是你自己工作出色。我这人没别的本事，只是知道理解人，关心人，肯用人。干部成熟了，就要重用，就要提拔。"

朱怀镜听出些味儿来了，却不敢相信事情会有这么快。便想，也许柳秘书长是想同他谈谈别人的提拔吧，便说："是啊，柳秘书长在用干部上是很有口碑的。同志们都说您识才、惜才、爱才、重才。干部的成长在于培养啊。"

柳秘书长有了刚才这番烘云托月，这会儿就把文章结穴了，说："怀镜，按说，你任正处级实职时间不长，应缓一步。但厅党组认为，像你这样有潜力的干部，不妨破格。我们考虑，给你压点担子，提你任个副厅级研究员。我已把党组的初步意见向皮市长汇报了，皮市长表示同意。"

朱怀镜胸口怦怦地跳了起来。运气这么好，这的确出乎他的意料。他知道自己的脸红了，却也不怎么窘。心想自己在柳秘书长面前，脸要红就红一回吧，反倒显得敦厚质朴。就像小孩在大人面前幼稚就幼稚一点吧，倒可爱些。柳秘书长说清了组织意图，就端起了茶杯，注视着朱怀镜。这个时候，柳秘书长把对话空隙主动留出来了。朱怀镜这就得马上表态了，便红着脸，语气却还平和，说："感谢柳秘书长。我自知努力不够，还有很多不足，却让领导这么器重，真有些诚惶诚恐。"

柳秘书长说:"我这是先同你透个风,不算正式找你谈话。我们厅里用干部,这些年一直坚持走民主路线,先由干部推荐。这个你是知道的。"

这个程序朱怀镜当然知道。从科级干部中提处级干部,就先在相应处室全体干部中投票进行民意测验;从处级干部中提厅级干部,民意测验就在各处负责人中间进行。看上去够民主的,其实中间文章不少,大家心里都清楚。科级干部提处级,民意测验纯粹是走过场,领导不想提你,你哪怕有百分之百的支持率都枉然了。可从处级干部中提厅级,投票情况一般还是会认真对待。毕竟处级干部没有科级干部那么好对付。但不论提哪级干部,有关领导都会很有方法地透些风出去,甚至做些说服工作,让大家心里有个数,服从组织意图。朱怀镜对投票没多大把握。他任正处级时间短了,这么快就提拔他,别人肯定有看法。朱怀镜说了许多感谢的话之后,又说:"柳秘书长,您做领导的了解我,但各处的负责人不一定都了解我。您是知道的,我这个人平时只是埋头工作,不太注意和外处室的同志联络。所以还得请柳秘书长做些工作才是,不然我估计我的票数肯定不会太多。"

柳秘书长点头说:"我会找同志们个别扯扯的。我说,你上了,你认为处里谁出任处长合适些?"

朱怀镜没想到柳秘书长会问这个问题。他琢磨着柳秘书长的表情,想猜出他的意图,却实在猜不出,便谨慎地说:"要是从内部产生的话,我个人意见,邓才刚同志比较合适。这个同志工作能力不错,事业心也还不错……"朱怀镜见柳秘书长眉头皱起来了,就换了口风,"这个同志要说不足,就是统筹协调能力可能差了些。布置他一项工作,他可以很出色地完成,但要他出个什么新点子,或者通盘考虑处里工作,就有些顾不上了。"

柳秘书长含蓄地一笑,说:"怀镜,你小看他的了,邓才刚的本事大得很哩！而且人品也好，一身正气，嫉恶如仇。"

朱怀镜听了这话，几乎产生错觉，以为柳秘书长真的很赏识邓才刚。但他马上从柳秘书长嘴角的笑容里看出了一丝讥讽，便后悔自己为邓才刚说话了。柳秘书长已不再关心这个话题，同他说起别的事了。

从柳秘书长那里回来，朱怀镜心情仍没能平静。邓才刚过来，向朱怀镜汇报《财政论坛》一书的发行情况。朱怀镜组织的领导干部财源建设理论与实践研究征文活动搞得很像回事。大部分论文都在《荆都日报》上发表了，还组织评委评了奖，上上下下的领导同志皆大欢喜。过后又将论文结集出版，《财政论坛》是请示皮市长定下的，并由皮市长题写了书名。再加上皮市长亲自作了序，这书的发行自然方便了。这些具体工作都是邓才刚抓的，现在发行工作已结束。一算账，包括发行收入、财政拨的活动经费、企业赞助，赚的不算很多，但年终发奖金是不愁了。朱怀镜和颜悦色，直道老邓辛苦了，内心却很同情这位可怜人。朱怀镜一直不明白，领导为什么对邓才刚如此不欣赏。在他看来，不管论德论才，邓才刚都是应该重用的好干部，却硬是把他放在副处长的位置上压着。也许他的时运还没到吧。朱怀镜想想自己前几年，不也是这般要死不活的吗？

中午，朱怀镜去机关食堂买了份盒饭，匆匆吃了，开车出来，去商场买了一床水鸟被用作祭礼。然后赶去美术学院接李明溪。爬上楼去，见李明溪的房门敞开着，很是意外。一进门，不及看见李明溪，先见地上一副挽联：

惯看丹青知黑白
永入苍茫无炎凉
——朱怀镜李明溪敬挽

519

朱怀镜微微点头，暗自佩服李明溪。上联单看字面，已很贴切了，更妙的是"知黑白"三字一语双关，道出卜老的人格风范。下联写卜老仙归却不显凄婉，也正合卜老的放达散淡。朱怀镜文才平平，却因同李明溪、卜未之他们混久了，也看了些吟诗作对的杂书。他终究很少雅兴，却对平仄之类摸了个大概。他看李明溪作的挽联，意思都很好，平仄似有毛病。"入"字是个仄声字，这里要用平声才对。"茫"和"无"两个字是平声，这地方都应是仄声。他也不说出来，只是点头称赞。朱怀镜看罢挽联，抬头搜寻一圈，才发现李明溪蹲在一个角落的书柜边，正望着他，怯生生的像见了陌生人。屋子里依然是乱七八糟，似乎还散发着某种怪味。"明溪你没事吧？"朱怀镜问。

李明溪也不搭腔，磨磨蹭蹭站了起来，问："就走？"也没等朱怀镜答话，他便小心地叠起了挽联，出门了。朱怀镜替他关上门，跟在后面下楼。上了汽车，李明溪自言自语："人这一辈子……"朱怀镜想听他是不是有什么高论，却听不到下文了。此时此刻，李明溪的脑子里说不定满是些关于生命的哲思妙悟，而且必定怪诞而深刻。他没有说出来，朱怀镜只是侧过脸，望望他那陷进眼眶子里的略显浑浊的眼珠子，似乎就闻到一股哲学味。

离卜老的家门口还有几个铺面，远远地就听到哀婉的唢呐声了。办佛事道场吹唢呐，实在是先人们很智慧的发明。佛事道场的唢呐本不讲究成曲成调，只是套着锣鼓木鱼，悠悠扬扬地伴上一两声，便天生地凄切，催人泪下。朱怀镜感觉鼻腔里酸酸的一阵发痒，不禁歔欷起来。

孝男孝女们见朱怀镜和李明溪二人前来吊唁，齐刷刷跪下，大声悲号，哭声震天。哭声让唢呐声一和，更是悲怆了。朱怀镜眼帘涩涩的，很快就湿润了。他忙上前拉起孝男孝女们，请他们

520

节哀。一位五十岁上下的男人被拉起来之后，就同朱李二位握手，表示感谢。朱怀镜便猜想这男子必是卜知非了。他俩从未正面打过交道。李明溪送上挽联，朱怀镜送上祭礼。看热闹的邻居凑上来看看挽联，并不明白挽联的意思，都说这字写得漂亮。那位果然是卜知非，他看了挽联，便知来的是父亲生前要好的两位忘年之交，就自我介绍了，再次感谢。请两位到一旁坐下喝茶。

灵堂是在雅致堂前面临街搭起的一个棚子。荆都寻常人家老了人，都是这样在自家门前搭个棚子做灵堂，这似乎也成一种风俗了。雅致堂自然是歇业了。灵堂正面大书"当大事"三字，两旁挽联写的是：

仙翁御风西去
荆水无语东流

卜知非见朱怀镜和李明溪在看上面挽联，忙说："这是我自己凑的两句，不好。两位先生送的挽联才合父亲平生志行，我马上叫人把先生送的挽联换上。"朱怀镜见李明溪不做声，就说："换倒不必，挂在旁边就是了。"卜知非硬是客气，叫人过来，将原来的挽联取下来挂在一边，把李明溪写的挽联挂在灵堂正面。朱李二位陪卜知非说说话，无非是些安慰话。孝女们在一旁哭号，是荆都传统的哭丧调儿，说尽了卜老平日里的好处。那位年纪稍长的妇人，想必是卜知非的夫人，哭得最里手，居然句句押韵："……老爹爹啊（是）老爹爹，您（是）十五六岁（是）出家门啊，一个包袱（是）一个人，学徒您（是）去了北京城。辛辛苦苦（是）一个月啊，光洋啊（是）两块半，牙齿缝缝您（是）省饭菜。好不容易您（是）学了艺啊，老少一家您（是）不容易，年年月月您（是）不歇气。到老您（是）还要受一难

521

啊，斗您批您（是）台上站，说您想（是）把天来变。男男女女（是）都不孝啊，劳您（是）还把艺来教，好让子孙（是）莫把饭来要。大放有心（是）您老走啊，家业自有（是）人来守，守着烂铺（是）月月有啊……"听着这哭号，卜知非也不避着客人，眼睛一红，哽咽起来，说："我这老婆，嫁到我家快四十年了，糟糠之妻，知道父亲创业艰难。"朱怀镜也很受感动，叹息几声。荆都妇人哭丧，朱怀镜头一次听见，觉得很有风味。句中"是"是语气词，相当于民歌里的"哪个"或"哟"。更有意思的是在荆都土话中居然残存着古代语法，卜知非夫人哭的"大放有心"的"有"还是上古时候的语中助词。

　　李明溪始终不怎么说话，总是望着卜老的遗像。朱怀镜见卜知非一家都把他和李明溪看做贵宾了，就觉得老是坐在这里不方便，给人家添麻烦，便问："老卜，你有什么要我们帮忙的，只管说就是。"这本是要告辞了说的客气话，不承想卜知非真有事要帮忙。他很无奈地摇摇头，说："朱先生……啊啊朱处长，有件事看您能不能帮个忙。我今天上午去了殡仪馆，尽是麻烦。我们不在他们那里设灵堂，只是佛事道场完了之后送去火化，他们却硬是要我们租灵堂。其实也无所谓租不租，就是要我交钱。我想实在谈不下来，就出个小灵堂的租金算了。可他们不让，硬要我租大灵堂。我记得我母亲去世那年，那会儿管得紧，不准在自己家里设灵堂，一律要在殡仪馆办丧事。我们因为亲戚朋友多，想租个大灵堂，他们觉得我们好笑，说是大灵堂要相当级别的领导才能用。现在倒好，也不讲领导不领导了，只要能捞钱，他们巴不得把整个殡仪馆都租出去。光是这租金还好说，还有更不讲理的。我母亲也葬在殡仪馆的公墓里，我们想把父亲同母亲合葬，这是老人家的心愿。我们想自己请人施工，他们说这也不行，得交两万多块钱，由他们负责施工。其实我们自己施工，花一两千块钱就行了。另外还得在他们那里租花圈、买小白花。全按殡仪馆说的办,包括老人化妆费、火化费等,得花五六万。这还不包括墓地征用费,因为这是合葬,不用新征地。若重新征地,不花八万十万下不来。这些都是他们明文规定要收的,还不包括给工作人员打点。不打点不行,关系弄僵了,他们不马上给你火化,说得排队,有意跟你拖时间,那就还得收遗体停放租金,每天又是多少多少。朱处长,在荆都,一般老百姓莫说活,死都死不起了。说实在的,花几万块钱我们也不是花不起,只是这事想着气不顺。实在谈不好,我只好违背父亲意愿,把他拖到乡下,花钱买块风水宝地,土葬了。反正土葬是老人们求之不得的事。"

朱怀镜很是气愤。他一时想不出什么办法给卜知非帮忙。他还未开言,卜知非又说:"那些人态度才叫恶劣,简直就是阎王爷派来的人。他们说,你这钱硬是要交的,这是钉子钉了的。我就想了缓兵之计,回来想想办法。临走他们说你就是让皮德求来说情也是没用的,他到时候也得送到这里来。你听这话难不难听?"

朱怀镜哼了声,说:"这些人,真是无赖!老卜你别急。我想想办法。"这时,有人过来请朱怀镜和李明溪去吃饭。原来按荆都风俗,家有丧事,便开流水席。来吊唁的,送上祭礼,登记了,就去吃顿饭。卜家的流水席开在自家后院里。朱怀镜说吃过饭了,谢谢了。却想着李明溪一定还没有吃中饭,就说:"明溪,你没吃饭吧?你去吃吧,我在这里同老卜说说话,等你。"李明溪也不客气,随人进去了。卜知非望着李明溪的背影说:"这位李先生我父亲也经常讲起,是个才子。"朱怀镜笑笑,说是的是的。他猛然想起殡仪馆那片也是宋达清他们局里的管区,说不定他有办法,就试着挂了电话,细说了情况。宋达清说:"殡仪馆我还真的从来没有打过交道。那一片属我们月塘派出所管,我联系一下,让他们马上去办一下。"朱怀镜说:"那就先谢谢你了。我等你电话啊。"

"真是没想到,卜老身体那么健朗,"朱怀镜叹道,"怎么说走就走了呢?"

卜知非掩泪道:"你不知道啊,父亲一辈子吃尽苦头,可他性子随和,乐观开朗,从来不跟自己过不去。想不到最后还是抱恨而去。"

朱怀镜不明就里,问:"卜老还有什么大愿未了?"

卜非知说:"你不知道,我老父亲早年接过人家一幅古画来修补,后来就一直没见那人来取。时间一晃就四十多年了,父亲一直替人家保存着那幅画。那是清代石涛的一幅画,叫《高山冷月图》。据父亲说,这是石涛的一幅佚画,很珍贵。老人家说这是人家的东西,绝不可以据为己有。父亲只把这画给我看过,全家上下再没有别人知道家里有这东西。不承想,一个礼拜前,这幅画突然不见了。父亲当天就卧床不起了。只有我一个人知道有这画,这画就丢得奇怪了。父亲在床上病恹恹的,什么东西都不肯吃,睡了七天,就闭眼去了。父亲也没别的话同我说,只在临终前对我说了一句话:人生在世,知是易,知非难啊!想我父亲给我起了这么个名字,自有他对人生的看法。可惜我天生愚鲁,慧心不够,很让父亲失望。"

听说卜老因失画而终,朱怀镜脑子里一震,脸不由得红了。似乎是他偷了人家的东西。卜知非说再没有别的人知道这东西,他就不好说他见过这画了。幸好李明溪不在场,要不然他肯定会说见过那画,那倒无端地惹出是非了。这事就有些玄妙了。朱怀镜问:"家里还丢了别的东西吗?"卜知非摇摇头说:"别的东西没丢。家里没放现金,家具器物没有人要的。如今连贼都不同以前了,偷就得偷现金。"

两人正说着话，朱怀镜电话响了，原来是宋达清打来的，说事情摆平了，让卜家去个人，下午到月塘派出所找周所长，周所长陪他一道去殡仪馆办手续，保证没问题了。朱怀镜没想到事情这么快就搞定了，真佩服宋达清办事的能耐，说了感谢。卜知非听说事情真的办妥了，自是高兴，脸上有了笑容。可毕竟这不是笑的时候，马上就平静了脸，说着很恳切的感谢话。朱怀镜事后知道，月塘派出所周所长接到宋达清的电话，不敢怠慢，马上开着车亲自去殡仪馆交涉。殡仪馆起初也是强硬，周所长就说好办，马上要看殡仪馆临时用工的暂住证。殡仪馆的脏活累活尽是雇的农民工做，共有好几十，哪里办过暂住证？周所长也不恼，笑着请他们下午马上去派出所办暂住证。同时每个没办暂住证的临时工罚款五千块。月塘那一带人都知道，碰上周所长办事，不怕他瞪眼，就怕他发笑。周所长这一笑，殡仪馆领导马上出面了，连说对不起。事情就好说了，他们答应只收卜老家的火化费，而且随到随烧。这是后来朱怀镜同宋达清吃饭，在酒桌上偶尔听说这事的。听罢办事经过，朱怀镜直摇头，说这真是黑吃黑啊。宋达清笑着纠正，说是红吃黑。在场的人就凑热闹，说要说红都是红，殡仪馆和公安都是政府管的。

李明溪揩着嘴巴出来了，朱怀镜就说时间不早了，下午还要上班，告辞了。卜知非起身再次同二位握手，谢谢谢谢，拱手不迭。

在车上，朱怀镜问李明溪："你知道卜老是怎么死的吗？"

李明溪像是听不懂这话，张嘴鼓眼的，反问："死了就是死了，还怎么死的？"

朱怀镜白他一眼，说："卜老藏的那幅石涛《高山冷月图》丢了，不吃不喝，睡了几天就去了。"

"画？"李明溪没头没脑地说了一个字，不做声了。

525

送走李明溪,朱怀镜仍回办公室。总想着卜老临终说的知是易,知非难,不胜感叹。朱怀镜想自己身在官场,多是让你知是,而用不着你知非。久而久之,大凡官场中人,平生就只知道聆听指示,点头称是了。卜老一生,虽是平头百姓,却最懂天地间的大道理。

快下班的时候,卜知非来电话,说殡仪馆的事联系好了,非常感谢。朱怀镜自是客气,说不必言谢。这时他还不知道月塘派出所是怎么办好事情的,只是暗自感慨,心想难怪很多领导同志都喜欢同公安人员交朋友。放下电话,他正提着公文包要走,方明远进了他的办公室,开玩笑说:"怎么,急着回去帮老婆做饭?"

朱怀镜便放下公文包,说:"哪里哪里。有什么指示?请坐请坐。"

方明远说:"这几天皮市长很忙,我随他东奔西走,想见你都没时间。没事,只想同你扯扯白话。"

朱怀镜便递烟,心想方明远一定是知道他要提拔的消息了。果然方明远神秘一笑,说:"朱兄,你又有好事了,祝贺你啊!"

朱怀镜摇头笑道:"谢谢方兄弟。我朱某能有今天,都是仰仗兄弟你提携啊。"

方明远摆手道:"哪里啊,你要谢就得谢皮市长。皮市长对你可是非常器重啊。我听他同柳秘书长多次说到你提拔的事。当时不太明朗,我不方便同你讲。"

朱怀镜听得出,方明远明着是为皮市长卖人情,其实也是在为自己表功。他指着方明远笑道:"原来方兄对我也留一手啊!"

"哪敢?"方明远话锋一转,"今后朱兄就是我的领导了,得你多多栽培我才是啊。"

听了这话,朱怀镜明白方明远心里不太熨帖,只是不太好说。兄弟二人,如今朱怀镜要升了,他自己虽是皮市长秘书,却仍是副处级。也许说不上嫉妒,但心里至少有些酸溜溜的吧。朱怀镜自己清楚,他的时来运转,的确是因为皮市长的看重,而这一切都同方明远有很大关系。他不便明着安慰方明远,这样倒像看出他心理不平衡似的,就说:"我两兄弟就别说客气话了。我知道你的后劲比我足,你才是可为大用的材料。我呢?勉强混个厅局级,没大出息的。"

方明远却叹了声,说:"唉,官场凶险,这官当也好,不当也好。跟你说个绝密,财政局的班子,这回只怕要一窝端了。"

"为什么?我倒是一点风都没听见。"

方明远说:"财政局的投资公司,出了大事。投资公司的经理昨天已被收审了,据说所有局领导都会牵进去。"

"经济问题?"朱怀镜问。

方明远说:"还能有什么问题?现在的事,不是经济问题还能有什么问题?只要出了经济问题,什么生活作风问题、以权谋私问题、渎职问题等等才会连着出来。经济问题没出来,一切问题都掩盖着,身边有女人那是人家有本事。"

朱怀镜也不怎么吃惊,如今听谁出了事都似乎是件很正常的事。只是财政局的蓝局长资格很老,在市里领导面前很有面子,真扳得动他?便说:"我同蓝局长工作联系多,知道他关系很硬。他同司马市长在一起,简直是兄弟一般,他同皮市长也不错。"

方明远笑道:"他同皮市长只是工作关系,同司马倒是私交不错。"

朱怀镜听出些弦外之音来,却不便点破。最近常听到有人议论皮市长同司马副市长私下不和,看来这案子一定有更深层的背景了。他斟酌了一下措辞,旁敲侧击:"皮市长对这案子态度如何?"

方明远说:"皮市长态度坚决,说要一查到底。"

朱怀镜暗自揣度,皮市长说的一查到底的底,大概就是司马

527

副市长了。两人因了这个话题感叹了一阵子,各自回家了。本来就没什么事,方明远是专门来扯谈的。但朱怀镜走在路上,总感觉有些不是滋味,倒不是为财政局的案子,而是猜测着方明远的心思。

回到家里,见儿子躺在沙发上睡着了,不见香妹。去厨房一看,冷锅冷灶。再去卧室,却见香妹和衣睡在床上。朱怀镜一惊,怕是香妹病了,忙问:"香妹你怎么了?"摇了摇,香妹眼睛却闭着。他越发害怕了,去摸香妹的脸,看烫不烫。没承想香妹一把扒开他的手,身子往里面背过去了。朱怀镜就知道香妹一定是为着什么事生气了,就说:"干什么呀?你说话呀?"他问了好一会儿为什么,香妹才呜呜哭了起来。朱怀镜更是慌了手脚,心想一定是他同玉琴的事让她知道了。其实他早就料到,这事迟早香妹会知道的,也不太紧张,坐在床边等死,只是脑子里一片空茫。香妹哭了好一会儿,才抽泣着说:"你天天说忙,说忙,我也就信你的,由你早出晚归,由你整夜整夜地在外面混。我还心疼你,说你太忙了,叫你注意身体。你倒好,居然在外面玩……玩起……玩起妓女来了。我说都说不出口!"

朱怀镜听得两耳嗡的一响,说:"你乱说什么?谁玩妓女了?我朱怀镜在外面交往的女人都是妓女?你说话得干净些!"

"你做都做了,还说我说得不干净!"香妹说着,一下子坐了起来,指着床头柜,"你自己看看,这是你带回来的!"

朱怀镜拿起床头柜上的一张名片一看,原来是那天晚上在天马娱乐中心玩的时候,那位李静小姐留的。当时他随意往衣兜里一塞,没有在意,事后也没想到拿出来丢了,却让香妹洗衣服时发现了。他想惹祸的就是名片后背印的两行字:当您怀念这个夜晚,请您 Call 我。知道香妹并没有发现他同玉琴的事,稍稍放心些了。但这名片的事也不好怎么解释。看着这两行字,人家还真会以为他同那女人有过怎么样一个夜晚了哩。朱怀镜沉默一会儿，说："我只想告诉你，我没有做过什么对不起你的事。这张名片，自然是有来历的，但并没有你想的那么复杂。我也不想具体解释什么，信不信由你。"香妹听他语气这么强硬不免又伤心起来，仍旧躺了下去。朱怀镜不再多说，去厨房下面条。面条做好了，拉儿子起来吃，给香妹端了一碗到床边去。香妹却仍不起床，向隅而泣。朱怀镜哧哧哧哧吃完了面条，想起自己毕竟同玉琴有那事，而且曾在桑拿房里做过那事，自觉愧疚，心里有些不忍了。又去卧室劝香妹。他一次一次地把香妹身子扳过来，香妹一次一次犟着翻过去。重复了好多次，香妹再拗不过了，不再动弹，却伏在男人怀里呜呜地哭出声来。朱怀镜清楚，只要香妹愿意伏在他怀里哭了，和解就到了八成了。他便不停地抚摸着女人的背，说着解释和宽慰的话，只是没有具体说出名片是怎么回事。他想要是说穿了，就把男人们平时在外面取乐的法子和盘托出了，事情就更麻烦了。哪个女人放心自己男人晚上同别的女人相拥相抱地在娱乐场里混？她们深信一个道理：自古英雄都难过美人关，何况如今的男人多半都是狗熊呢。慢慢地，香妹由呜呜地哭，变成了无声地抽泣，最后就是静静地躺在男人怀里了。面条早成糊糊了，朱怀镜说："我去重新给你下一碗？"香妹抬起头，噘起嘴巴说："我买了牛肉，本想今晚炒着吃的。我要吃你做的牛肉面。"朱怀镜笑了起来，说："好好，我马上做去，正宗红烧牛肉面！"他知道香妹这会儿已是在他面前撒娇了。她最喜欢吃他亲手做的红烧牛肉面。

朱怀镜下厨房做牛肉面时，香妹已起床为儿子倒水洗脸去了。儿子洗漱完了，自己去房里做作业。红烧牛肉面一会儿就做好了。等香妹吃完面条，脸早烫得发红，再也不生气了。朱怀镜今天表现特好，不让香妹再进厨房，一个人洗了碗，还倒水让香妹洗脸。两人洗漱完毕,坐在沙发里看电视,说话。香妹温柔地靠在朱怀镜怀里,抚摸着他,略带羞涩地说:"我今晚好想要。"朱怀镜也就搂起香妹,说:"我俩今晚好好做一次,争取满分。"香妹就说:"破电视没什么看的,我想休息了。"朱怀镜就过去交代儿子做了作业自己睡了,抱着香妹去了房间。

今晚,两人就像刚经历过一场鏖战的战士,整个身心都放松了,最需要爱的抚慰。配合是少有的和谐,香妹的情绪一次一次冲向高潮,如痴如醉。两人心情愉悦,说了好多话,直到夜深了,才沉沉睡去。突然,一阵电话铃声吵醒了他们。香妹接了,递给朱怀镜,说是个男的找你。朱怀镜想是谁发疯了这么晚来电话。拿过电话一接,见是李明溪。心想果然是个疯子,口上却不好说。"明溪呀?什么大事?"朱怀镜问。

李明溪说:"怀镜,你赶快来一下。"

"现在几点了?天快亮了哩。"朱怀镜感觉眼睛特别涩。

李明溪声音有些发抖:"怀镜,我……我好害怕……"电话突然断了,传来嘟嘟声。联想起李明溪发抖的声音,这电话的嘟嘟声就显得很恐怖。朱怀镜放下电话,怔怔地望着香妹。香妹不知发生了什么事,也张大眼睛望着他。朱怀镜说:"是李明溪,我得去一下。"香妹问:"什么事?"朱怀镜想了想,说:"事情也许没什么,也许是他疯病犯了。""怎么?李明溪什么时候疯了?"香妹知道李明溪,可从来没听说他疯过。朱怀镜一边穿衣一边说:"疯还没疯,我想他离疯没多远了。他是一时清醒,一时糊涂,让人看着可怕。有什么办法呢?他在荆都举目无亲,就我这一个朋友。"

朱怀镜看看手表,已是凌晨三点多了。他下楼去车库开了自己的车,直奔美院。这时街上车辆稀少,车开得快,三十分钟就到了。他飞快地爬上李明溪的宿舍楼,敲门喊道:"明溪,我是怀镜。明溪，我是怀镜。"一会儿，门开了，却没有开灯，里面黑洞洞地吓人。朱怀镜摸着门框边的开关，开了灯，只见屋子中央堆着一堆卷轴，却不见李明溪。"明溪！明溪！"朱怀镜叫了好几声，李明溪才从门后背慢慢拱了出来。他穿得单薄，双手抱肩，浑身发抖。

"出什么事了？"朱怀镜关上门，问。

李明溪没答话，指着地上的卷轴，说："这些画，你拿去，替我保管。"

朱怀镜被弄得没头没脑，问："为什么？好好的要把画让我保管？"

"我怕。"李明溪眼睛四处一睃，"老是有人想从窗子上爬进来。"

朱怀镜过去看了看窗子，说："不可能呀！有贼的话他从门上进来不还方便些？窗子他怎么进来？"他想李明溪只怕是快疯了。他叫李明溪坐到床上去，披着被子。李明溪的眼睛要么躲躲闪闪，要么呆滞地望着某个地方不回神。不时说出一两句分不清东西南北的话。朱怀镜拿不准这人到底怎么了。他陪着李明溪坐了好一会儿，快凌晨五点了，说了些安慰话，起身要走。李明溪突然非常可怜的样子，说："把这些画带走吧。"朱怀镜想了想，只好依他的，答应代他保管这些画。他来回搂了三趟，才把地上所有的卷轴搬到车上。李明溪也不帮忙，只是一动不动地坐在床上，两眼傻乎乎地望着朱怀镜进进出出。

朱怀镜回来的路上，把车开得很慢，心情有些灰。李明溪也许是个天才，却真的是个疯子。他不了解这个世界，世界上也没有人了解他。自己作为李明溪的朋友，却从来没有进入过他的内心。这么久以来，不知李明溪成日里独自生活在怎样的精神世界里。也许，在他那个独特的世界，充满着凄风苦雨、掠地惊雷。

531

李明溪的眼神总在朱怀镜面前晃来晃去，几乎让他发生错觉。那双眼睛那么迷茫无助，有时又那么恐怖怕人。朱怀镜想让自己别再去想那双眼睛，可那双眼睛就像充满着魔力，让他挥之不去。朱怀镜无可逃避地琢磨着那双眼睛，感觉那双眼睛就像两面神奇的魔镜，把这大千世界全都幻化成阴曹地府，狰狞可怖。

过后几天，朱怀镜常打李明溪的电话，总没有人接。他真担心李明溪出事了，可他白天工作忙，脱不了身，晚上又有应酬。直到星期六，朱怀镜才邀了玉琴一道去看望李明溪。他一个人甚至怕去那里了。两人赶到李明溪宿舍敲了半天门，不见有人回应。过会儿来了一位老师模样的男人，奇怪地问："你们找谁？"听说是找李明溪，那人越发奇怪了，问："你们是他什么人？他疯了，送进疯人院了，你们不知道？"

"啊？"朱怀镜尽管早有心理准备，却仍是吃惊不小。玉琴脸都吓青了，嘴巴张得天大。

朱怀镜很客气地对那人说："我俩是李明溪的朋友，我是市政府的。我想见见你们学院领导，请问怎么找？"

那人说："休息日，他们不在办公室，不好找。这样吧，你下楼往右走，过去五百米左右靠左手有栋宿舍，外面爬满了爬山虎。院长住在那里，你问问就知道了。"

朱怀镜谢了那人，又问："请问你们院长贵姓？"

那人用一种别有意味的眼神望望朱怀镜，才一字一顿地说："院长叫汪一洲！"那人说完转身走了。朱怀镜这才明白那人刚才眼神的意思是觉得他太没见识，连汪一洲都不知道。汪一洲在荆都可谓是大名鼎鼎，著名金石家、画家。朱怀镜当然知道汪一洲，只是在他心目中，文化界的名流同世俗的官职是风马牛不相及的，从来没有把汪一洲同什么院长联系在一起。上次同李明溪一道举办画展的就有汪一洲，朱怀镜看那汪一洲不过就是对李

532

明溪心存嫉妒的一位老画家而已。

朱怀镜同玉琴很快就找到了汪一洲的宿舍，按了门铃。门是双层的，铁门里面是木门。木门开了一条缝，一位头发花白的老先生隔着铁门探出半个脑袋打量，问："请问找谁？"朱怀镜很礼貌地说："请问你是汪院长吗？"老者没有答话，只问："请问你两位是谁？有什么事？"朱怀镜说："我们是李明溪的朋友，想了解一下李明溪的情况。"老者不太情愿，说："今天……这样吧，你两位去找一下楼下的周副院长好吗？"朱怀镜只好掏出名片递过去，说："我们只想耽搁你几分钟，大概了解一下就行了。"老者眯着眼睛看了名片，脸色就客气些了，开了门，请两位进去坐。

"我是汪一洲。"汪一洲招呼两位坐下，要去倒茶。朱怀镜说不用倒茶了，不要客气，坐坐就走。汪一洲仍倒了茶，放在两人前面的茶几上，说："李明溪是个怪人。我没想到他还有朋友，还是市政府的朋友。"

朱怀镜问："我去了他的宿舍，有位老师说他疯了，是真的吗？"

汪一洲摇摇头，叹了一声，说："是真的。我们前天把他送到精神病医院去了。李明溪这人平时就太怪僻了，从不与人交往，把自己幽闭起来，天马行空，独往独来。又固执，听不得任何人的意见。又傲慢，同事们他谁都瞧不起，总是抬着头来来去去。同事们没有人知道他的生活状态，也没有人知道他的家庭状况。他特别是最近几个月，整个人就像幽灵似的飘来飘去，又不知道早晚，不知道冷热，不知饥渴。每次上课都要学生去叫他，不然他根本不知道自己还有课。这几天状态更糟了，日里夜里不停地在校园里走来走去。有人专门观察过他，说他一个人走在校园里，总像怕人跟踪似的，缩头缩脑，走几步一回头，贼虚虚的。有些女生见了他都怕，躲都躲不及。我在这以前找他谈过几次，想开导他。但都是我一个人说，他望都不望我。朱处长，我有责任啊，政治思想工作没做好。"

"哪里啊，汪院长不必这样，他要害疯病，别人再开导也是没有用的。"朱怀镜觉得好笑，心想一个人要疯了，同思想政治工作有什么关系？真是不论怎么有慧心的人，一沾官气，说话就牛头不对马嘴了。朱怀镜自己是官场中人，这些话听官场人说说倒还顺耳，出自一位画家之口就有些不是味道了。"真没想到他会疯。我平时只知道他这人怪，与众不同，没想到会这样。前不久，雅致堂的卜未之老先生过世，我同李明溪一道去了，他还写了副很不错的挽联哩。"

汪一洲笑道："李明溪同卜未之也熟？那也是个老疯子。他一个裱画的，不过就是个匠人，却对画坛指手画脚，任意臧否。"

朱怀镜听着很是尴尬，笑道："画我不懂，没有发言权。"他同汪一洲说了这一会儿话，心里就不太喜欢这人，不想多坐了。汪一洲却还有说话的意思，道："朱处长，高校日子不好过啊，经费紧张，教师的医药费都保证不了。像李明溪这样，一人住院，要用掉好些人的医药费指标。我这院长不好当啊。"朱怀镜知道麻烦来了，说："你这学院是中央财政负担的，市里顾不过来啊。"汪一洲却笑道："也希望市政府关心关心啊。"朱怀镜怕这人难缠，就直说了："汪院长，你可以向市政府打报告。我可以帮你递递报告，这个倒可以做得到。"汪一洲忙拱手表示感谢。朱怀镜先站了起来，免得再自找麻烦，然后说："打搅汪院长了。我们现在就去精神病医院看望一下李明溪。我这朋友在荆都无亲无故，还望你多多关心啊。"汪一洲点头说："自然自然，这也是我的责任啊。"

两人上了车，玉琴说："这位汪院长说话好不中听。还是个见人缠，头次见面，他就开口问你要钱了。"玉琴忍不住一笑，

"他哪里知道,这位朱大处长身上除了皮和肉,就只有骨头了,哪有钱给他?"朱怀镜自嘲道:"是啊,市政府一个小小处长,有什么权?兵头将尾。不过,这汪一洲也不一定就是真的向我汇报。有些人是汇报有瘾,见了政府的人就要汇报几句。正是俗话说的,见了庙门就磕头。"

到了精神病医院,简单办了探视手续,两人随医务人员去了病房。朱怀镜平生第一次到精神病医院,见这里的病房几乎同牢房差不多,铁门铁窗,寒气森森。这间病房里有六张病床,床上的病人或坐或躺,见了穿白大褂的医生,如见不祥,抖抖索索,有的竟钻进被子里去了。病人都穿着白底蓝条号衣,朱怀镜看得眼花,一时看不清李明溪是哪一位。医生指一下最里面背朝里躺着的那位。朱怀镜问可不可以进去。医生说行,但得让他陪着。玉琴望着朱怀镜,有些害怕的样子。朱怀镜说没关系的,有医生在一起,这些人不会胡闹的。于是医生走前面,朱怀镜同玉琴紧随其后。玉琴到底有些紧张,死死抓着朱怀镜的手。

"明溪,明溪……"朱怀镜叫道,李明溪却纹丝不动。朱怀镜便伸手将李明溪的身子扳了过来:"明溪,我是怀镜呀!我看你来了。"

李明溪目光痴呆,不知道望人,只死瞪着天花板。朱怀镜拉起李明溪的手摇了摇,伏下身子望着他的眼睛说:"明溪,明溪,我是怀镜,朱怀镜,你的朋友。你没事的,你好好休息休息就会好的。"

"怀镜?"李明溪像是突然清醒了,"怀镜?快帮帮我。汪一洲对公安局说我疯了,把我关监狱里来了。他陷害我,我怎么会疯?我李明溪何等人物?怎么会疯?他才疯哩!汪一洲是疯子。快快,我这里有份状子,你把我带出去,送到北京去。我一定要告倒汪一洲。"李明溪说着就爬了起来,在枕头下面,床铺下面乱翻一气。翻了好一会儿，李明溪歪起了头，若有所思的样子，然后颓丧地耷下脑袋。医生扶着李明溪躺下，示意两位出去。

出了病房，医生说："这个病人从进来那天起就是这个症状，时不时又东翻西翻说要找状子，要告谁告谁。"

朱怀镜问："他是不是真的病了？"

医生觉得这话问得奇怪，笑了起来："这会有假？你不看见了他的表现？什么公安局呀、监狱呀、告状呀。"

朱怀镜谢过医生，仍是放心不下，便只好打着市政府的牌子，找了医院院长，请求他们好好关照李明溪。

回来的路上，玉琴感叹朱怀镜对朋友真好。朱怀镜说有什么办法呢？李明溪没有别的朋友了。两人不免又说到汪一洲。朱怀镜说李明溪的病固然是他自己的原因，但只怕同学院环境也有关系。汪一洲自视资深，压制后学，简直就是荆都画坛一霸。朱怀镜对此早有耳闻。眼看着李明溪越来越红了，他肯定不能容忍。

最近，办公厅里的处长们见了朱怀镜，都会悄悄拉着他神秘地说："请客呀！"朱怀镜不好多说，只是笑笑，或说："请多关照。"他当然要客客气气，指望着人家投他的票。这遮遮掩掩说的就是朱怀镜快提拔的事，但大家一般都不说破，意会而已。组织上希望处长们知道些风声，好让大家到时候投票心里有个底。但又不能太明着来，倒显得用人民主是在弄虚作假似的。听说前几年有位处长不明事理，也是逢着要提拔厅局级干部了，他大大咧咧地在外面说谁谁这回时运来了，要怎么怎么的了。结果厅领导找他谈话，狠狠批评了他，说他太无组织无纪律了，在人事问题上乱说乱猜。人事问题，可是最严肃的问题啊！所以这种事情多是组织上对下面人打哑谜，下面人也只能心里有数，以哑对哑，不可声张。

朱怀镜到底心里把握不大，便有意无意到一些处室串串。这天上午，他借故去了刘仲夏那里。刘仲夏非常客气，起身握手，像是来了远道贵客。

"怀镜，先祝贺你啊！"刘仲夏倒了茶，递过一支烟，轻声说道。

朱怀镜谦虚说："不敢啊，你是我的老领导哩。"

简短对话过后，两人相视而笑，意味深长。他们并没有就这个话题多说下去，马上转到别的话题上去。其实也就是闲扯。如今官场中人，即使趣味相投的，多半不会像古人那样挑明了，对天盟誓，义结金兰，生死与共。他们只会隔三岔五碰到一起坐坐，说说闲话。闲话看似毫无意义，其实是在彼此暗送秋波，让两人都明白你我关系不错。这样倒也好。因为，往大了说，我们都是革命同志，来自五湖四海，为了同一个目标，走到一起来了，怎么可以搞小宗派？往小了说，既然没有结义，到时候万一失和了，彼此都不会因背信弃义而自责。

从刘仲夏那里出来，正好碰上韩长兴。韩长兴一把拉住他，要请他去办公室坐坐。朱怀镜本不想去他那里坐的，因为韩长兴是乌县老乡，不管怎样都会投他一票。可韩长兴这人口没遮拦，同他闲话多了，说不定就会出鬼。可让韩长兴拉住了，朱怀镜没办法，只好领他的情。

一进办公室，韩长兴就把门掩了，兴奋地说："朱处长，太好了，太好了，我为你高兴。恭喜恭喜，到时候我把在荆都工作的乌县老乡，能联系上的都联系上，喝几杯酒，共同祝贺你……"

听着这话，朱怀镜几乎有些紧张了，生怕隔墙有耳。却不好扫人家的面子，他只好笑着，故作神秘地指指隔壁。韩长兴这就把声音放轻些，说："没关系，听不见的。真的啊，你是乌县的希望和骄傲啊。"

朱怀镜不想让他再说这个话题，道了谢之后，就转移话题，问："韩处长最近没有回乌县吗？"

朱怀镜本是随便问问的，韩长兴却很认真地回了他的话，还说出一段公案来："我上个星期回去了一次。告诉你，这次在县里听说了一件事，真有意思。七月份，乌县发生了一次交通事故，不知你注意到了没有。当时这事处理了，没事了。没想到这回被人捅出来了，原来是县里为了迎接皮市长下去视察工作，把街上的疯子、瞎子、跛子、叫花子，还有算命先生等，全集中起来，用汽车往外地送。不巧，车在路上出事了，人全摔死了。这次上头派人下来追查，县里的领导都推说不清楚这事。只有管民政的应副县长，人太老实，说几个县领导议过这事。这下好了，大家都说不知道这事是怎么办的，只有应副县长知道，责任就落到他头上了。地委书记吴之人专门找应副县长谈了话，叫他以大局为重，暂时受点委屈。应副县长深知事情严重，哪肯个人受过？吴之人便保证应副县长只委屈一年，一年之后官复原职，并且今后不影响提拔。应副县长反复考虑，觉得自己再怎么拗不过组织，个人命运反正是组织掌握着的，就硬着头皮认了。这样一来，往外地遣送流浪者就是应副县长一个人擅作主张了。这下他的麻烦就大了，弄不好还要判刑。"

朱怀镜暗自吃惊，却不动声色。那位应副县长朱怀镜也很熟悉，知道这人还算正直，只是太没心计了，同事们都在背后说他马大哈。这人沦作替罪羊，也在情理之中。朱怀镜不得不佩服张天奇的手段了。"唉，真想不到会有这种事！"朱怀镜像是很感叹，"不过，我想这事毕竟发生在我们自己家乡，说来也不好听，我们自己就不要帮着扩散了。"

韩长兴很赞同朱怀镜的意思，说："对对。我回来之后，还只同你说过这事哩。说真的，这种草菅人命，然后又让人替罪的事，同外人说起来真的脸上都不好过。朱处长，你是处处都为家乡着想啊，叫人佩服！"

朱怀镜串了几个处，仍回到自己办公室。见处里几位部下在闲扯，朱怀镜也凑了过去。坐办公室的，一天到晚也憋得难受，偶尔也会碰到一起说说闲话。朱怀镜不会太责怪他们。他有时还会同他们一块说说笑话，也算是沟通上下级之间感情的方法吧。只是他不会同大家泡得太久，说笑一会儿，感觉放松得差不多了，他的笑脸就平淡下来，转身往自己办公室走。其他同事也就马上结束闲扯，一一回房，各就各位了。他用不着把笑着的脸马上拉下来，只需将脸部肌肉复原到正常状态，部下就心领神会了。今天他进去，听大家正在说天马娱乐城。

"那里一到晚上，群鸡云集，简直可以开百鸡宴了。"

"天马的名气大得很，听说有的香港老板到了周末，专程飞过来，就是为了尝尝天马的鸡。"

"听说那里是皮市长儿子开的？难怪。"

…………

朱怀镜听了觉得这种议论太不好了，便皱了下眉头，把本来抱在胸前的手放下来，往后一背，转身走了。他回到自己办公室坐下，侧耳听得闲扯的部下都回自己办公室去了。这是他头一次皱起眉头打断部下们的闲话。事关皮市长形象，他自然不会听之任之了，况且皮杰又是他的朋友。其实这些人说说，对皮市长也无大碍。官当到这个级别，哪是下面有些什么议论就能怎么样的？何况当不当官，同下面本来就没有关系，而是上面的旨意。只是如果真的让皮市长知道财贸处对他有微辞，朱怀镜在皮市长面前就不好意思了。他相信今天自己的脸色已态度明朗了，部下至少再也不会当着他的面说这事了。他想过几天，处里开会时，他再重申一下维护领导威信问题。道理可以尽往大处说，具体意思不用点明，大家心里自会有数。他若是明着要求大家维护皮市长的形象，倒显得没水平了。

电话响了，不料是汪一洲打来的，说刚接到精神病医院电话，李明溪跑了。这下不得了，李明溪疯疯癫癫的，四处乱跑，不出事才怪！朱怀镜急坏了，忙同邓才刚打了个招呼，开了处里的车直奔精神病医院。上班时间，公事当然用处里的车，要是情理之中的私事，他也用公车。一来节约自己的开支，二来也免得老开自己的车显得张扬。最近因财政局窝案一发，廉政建设的风头又紧些了，凡事还是谨慎些好。人在官场，影响第一。人家只见你天天开着私车，谁知道你的车是怎么来的？你总不能见人就解释这是一位朋友送的吧？即便谁有这么多精力逢人就解释，你一张嘴巴也抵不上千万张嘴。

到了精神病医院，只是问了情况，没有多少用。院长说李明溪要小便了，一位医生陪他去了厕所。哪知医生自己却想大便了，就交代李明溪小便完了之后别动。等他大便之后站起来，发现人早没了。去病房一找，哪里有人？朱怀镜听了心里很生气，可他没说医院应对这事负责，他想这话该由美院来说。

朱怀镜马上开车去了美院，找到了汪一洲家里。汪一洲很是自责的样子，说："我们有责任啊！我本来想派个人陪护的，医院说用不着，我们也就不坚持了。再说，请个人陪护，也要开支，学院经费紧张。我当时就不该有这个考虑。唉！"

"汪院长，你们学院采取什么措施找人了吗？"朱怀镜问。

汪一洲说："我正准备同几位副院长研究，派一些教师出去寻找。过几天就放寒假了，到时候我们可以考虑多派些人出去。"

朱怀镜听着心里就有火，人命关天的事，他还在温开水泡茶慢慢来！可毕竟是面对一位头发花白的长者，朱怀镜尽量克制自己，说："汪院长，我建议你们马上同派出所联系一下。报警比不报警好，多一条办法比少一条办法好。"

汪一洲忙说："对对，我们马上同派出所联系。"

朱怀镜想了想，说："我有个办法，不妨试试。我想说不定李明溪到时候自己回到美院来了呢？精神病人，说不定的。我想去李明溪房间等候他，碰碰运气。不知有没有办法进他的房间？"

汪一洲支吾几声，说："事情不会这么巧吧？他现在只怕东西南北都不分了，自己还找得回来？"

"不一定，我想试试。不麻烦你们，我个人去等他。"朱怀镜说。

"这个……这个……"汪一洲像是有些为难，"是这样的朱处长，我们学院住房紧张，有些新分进来的年轻教师都是两三个人住一间。现在李明溪反正住院了，我们就把他的房子暂时空出来让一位教师住了……"

哪能这样呢？朱怀镜终于忍不住了，脸都发青了，说："汪院长，这就不对了。李明溪是你们的教师，只是生病住院了，你们就把他的房子让给别人住了，这怎么行呢？"

"我们只是……这个……只是暂时借给别的老师住一下，等他出院，马上还他的。"汪一洲说。

朱怀镜说："既然是分给李明溪的房子，就不能在不征得他同意的情况下随意让给别人住。说句不中听的话，要是他知道自己离开一段，房子就被人家住了，不疯都会疯哩。"

汪一洲见朱怀镜态度硬，他心里自然不舒服。但自己明显输理，只好找个台阶自己下："我当初就说这样做不太妥当，但几位副院长说李明溪反正一时半刻回不了学院，房子空着也是空着。我也就依了大家的意见。"

朱怀镜心想面子反正撕破了，自己这辈子也不会有求你汪一洲的时候，再怎么山不转水转我也不会转到你汪一洲手下来，他

541

就更加严肃起来,说:"汪院长,李明溪是市里很重视的青年画家,皮市长对他相当赏识。我当天就把李明溪的病情向皮市长汇报了,他当场指示,一定要好好为他治病。我把他的指示向医院传达了。现在他人丢了,当然这主要是医院的责任。但你们把他的房子让人占了,就不对了。现在时间还早,请你安排住在里面的老师搬出来。我晚上再来。"

汪一洲见朱怀镜在皮市长面前说得上话,而且李明溪的病还惊动了皮市长,自然有所顾忌了,便答应说:"我去做做工作,让那位教师搬出来。你晚上来我这里取钥匙吧。"

朱怀镜回来时,在路上打了玉琴电话,把事情说了。玉琴也很生气,说汪一洲哪像个知书达理的人。她想晚上陪朱怀镜去李明溪的房间。朱怀镜不让她去,太辛苦了,而且让人家去说也不太好。他心想自己晚上一个人傻等在那里也没意思,想来想去只有曾俚可以陪他了。他知道曾俚晚上一般不出去的,但怕万一事不凑巧,便先打了电话去,叫曾俚晚上在办公室等他,有事请他帮忙。朱怀镜回到办公室,独自坐了一会儿,也做不成什么事,心里为李明溪着急,又为汪一洲生气。下班了,回家同香妹说了晚上要去找李明溪,她也不好相拦,只得快快做了晚饭吃。

朱怀镜草草洗了脸,开车去了市政协。曾俚今天才知道李明溪早疯了,很是惋惜。听说汪一洲一位堂堂画家,竟是如此人物,曾俚显得有些吃惊。他这个人迂得很,总以为学问好的人品一定好。"我猜想,汪一洲只怕根本就不希望李明溪病治好。"曾俚白着眼睛琢磨这事,"如今李明溪跑出去了,汪一洲说不定正暗自高兴哩!要是李明溪从此失踪了,那才遂了他的心愿。真是的,人只要一沾官气,良心就泯灭了。"

朱怀镜对此虽有同感,但话从曾俚嘴里出来,他听着就不舒服,说:"曾俚,你别什么事就拿官场出气。官场里的人也是人,不是神仙。"

"是啊，"曾俚笑了起来，"你承认官场里的人也是人就行了。问题是官场里的人通常不把自己当做普通的人。"

朱怀镜站了起来，说："好吧好吧，我们俩争论这些有屁用！走走，我们走吧。"

朱怀镜再见到汪一洲时，两人又很客气了。听说曾俚是位记者，汪一洲忙握了他的手，请他今后多多关照他们学院。曾俚不是见面就热乎的人，淡淡地说了声不客气。汪一洲把钥匙交给朱怀镜，问："我们想派位老师帮助你们，征求你们的意见。"朱怀镜说："谢谢了，用不着。李明溪同我俩是朋友，见了我们，他精神或许会轻松些。"

两人开门进了李明溪的房间，见里面是刚搬过家后的常见景象，遍地垃圾。也不知汪一洲他们把李明溪的家具搬到哪里去了。朱怀镜突然想到，汪一洲擅自打开李明溪的门，或许另有所图，只怕是打他那些画的主意。朱怀镜找了两张凳子，擦干净了，两人坐下，不知说些什么才好。

"曾俚，"朱怀镜说，"乌县翻车那件事，上面最后还是知道了，正在追查。"

曾俚也不怎么吃惊，只道："真是老天有眼。只是我不相信真的会有什么处理，不过就是故弄玄虚地哄一下老百姓算了。"

朱怀镜便把应副县长被拉出来顶罪的事说了。曾俚听着很是愤愤然，倒不为别的，而是为应副县长的软弱感到莫大的悲哀，那咬牙切齿的样子真恨不得揪住应副县长搧他几拳："这人真窝囊！硬是舍不了这个官当？硬是怕得罪了谁？有种的，就把真正有罪的人抖出来！为什么要代人受过？太不值得了。"

朱怀镜说："这也怪不得应副县长软弱，大多数人处在他那样的位置，都只能如此。再说了，不少官场上的人，除了能够照着报纸上学说几句官话,没别的本事,你不让他当干部,他还真没办法活。既然只能当干部,就不妨使尽手段当大干部了。所以说,不能笼统地说官场上的人只想当官。"说罢又苦笑起来,"我两个朋友真有意思。在李明溪眼里,整个世界都是荒诞不经,十分可笑的,所以他到头来疯了。你曾俚呢?眼睛老盯着官场,总是愤世嫉俗。不知你会不会疯?"

曾俚却是妙语惊人:"人有时候能够疯,是福气。汪一洲这样的人把持美院,我完全想象得出,李明溪一定受了不少委屈。这只怕是他变疯的外部环境。他如今疯了,就连在他原来看来荒诞不经的世界都不存在了。他陷入一片空茫,这或许是解脱。可是,有福气疯的毕竟只是个别的,大多数人处于欲疯不能的境地。怀镜,我知道这时候你已把我当疯子看了,你的眼神早告诉我你的想法了。你朱怀镜不敢说自己活得自由自在,你总在受人控制;我曾俚平生最大的愿望就是自由自在地生活,做无愧于良心的事,说无愧于良心的话,可是这个追求正是我这些年苦难的缘由;李明溪照说应是最超脱的了,他却最先疯了。怀镜你别摇头,我知道你不相信我的话,可你得相信事实。莫说陷入各种名利场的人,就连凭自己力气捞饭吃的那些最底层的人,也不得清净,他们也在种种势力的威风下面过日子。"

朱怀镜懂得曾俚的意思,也深有感触,但他的思维习惯让他说出连自己都不太相信的话:"你说的所谓控制,其实就是管理。为了维护社会秩序,管理是必要的。"

曾俚冷冷一笑,说:"如果仅仅是管理,那就万福了。"曾俚分明还有潜台词没有说出来,朱怀镜已感觉出了他的意思,也就不再追问。

遍地的垃圾在灰暗的灯光下有些面目狰狞,朱怀镜的脑海里生出许多恐怖的幻想。他忽然想起了卜未之先生,便说:"卜未之老先生已经作古了。"

曾俚很是惊愕:"啊呀!他老人家……卜老先生我接触不多,却很敬重这位老人。一位仁厚洒脱的长者啊!我总觉得他老人家简直是位逸民。"

在这样一个满是垃圾的房间里说起新故的朋友,朱怀镜有一种特别落寞的感觉,禁不住长叹一声。"还是明溪最能了解卜老先生,他写的挽联是'惯看丹青知黑白,永入苍茫无炎凉'。"朱怀镜说罢便望着黑洞洞的窗口,似乎在琢磨某种无边无际的苍茫。

曾俚凝眉半晌,点头说:"'知黑白','无炎凉'。好!只可惜世道总是黑白不分,炎凉无常。怀镜,我有时不明白,你是在权力场上走的,怎么同卜老、明溪这些人也交往得这么深?"

其实莫说曾俚,朱怀镜自己有时也感到奇怪。他的交往圈子越来越大,可冷静一想,能让他心灵感到熨帖的朋友少得可怜,不过就是明溪、卜老、曾俚,当然还有玉琴。如今卜老走了,明溪失踪了。一阵苍凉掠过心头,朱怀镜浑身发冷,却故作轻松,有意笑道:"那么在你看来,我朱怀镜就是俗不可耐的人?同文人墨客们交往仅仅是附庸风雅?"

曾俚却是很认真,说:"那倒不是。依我看,你朱怀镜骨子里还是个文人,免不了有理想的一面,善良的一面。但在中国,文人入仕,因为总受一种文化情结的驱使,容易天真和幼稚,到头来不会善终的。"

朱怀镜见话题越发玄乎和沉重了,便笑着做了个篮球裁判暂停的动作。曾俚就不做声了,站了起来,双手抱胸,走到窗口。他低头望着窗外,腰微微弓着,背影很有些孤独。朱怀镜心想这位朋友只怕注定要潦倒终生了。曾俚那个痛苦的心灵里塞满了国家前途呀,社会责任呀,却从来没有想过自己的日子怎么过。朱怀镜从心眼里敬重曾俚，但并不以为然。

"明溪能到哪里去呢？"时间不早了，朱怀镜显得很焦虑。

曾俚回过头来，说："我想，明溪是不会回到这里来的。他是为了逃避而出走，再不会自投罗网了。怀镜，我有时真的羡慕那些疯子。我们政协大院对门，常年坐着一位疯子。那疯子总是坐在同一棵梧桐树下，目不转睛地望着政协大院，神态祥和。我猜想，在那位疯子的意念里，这政协大院也许就是他的王国，他就是一位至高无上的国王。他也许成天都想象着他在自己王国里享尽奢华。人幸福不幸福就在于自己的感受。我想凭那位疯子的感受，他就是世界上最幸福的人了。"

朱怀镜摇摇头叹道："我想疯子也因人而异啊。明溪即使疯了，也成不了一位自我感觉幸福的疯子。他只会成天想象自己被某种不明不白的邪恶追逐着，他便没日没夜地逃，直到耗尽生命。"

曾俚听朱怀镜这么一说，颇感无奈："唉，你说的有道理。我刚才想，人能够疯是福气。看来，疯也不能逃避苦难。"

朱怀镜笑道："你是否意识到自己的性格很矛盾？你尽管愤世嫉俗，嫉恶如仇，人生态度却是积极的。可你总想着逃避现实。生活是不容逃避的啊。"

曾俚苦笑道："的确如此。可有时除了逃避又能如何？前不久，我收到一个县的广播站站长寄来的一篇稿子，反映他们那里边远山区群众的困难生活。作者还寄了些照片来。看着那些触目惊心的文字，那些惨不忍睹的照片，我心里很难受。我编了这篇稿子，并写了编者按，呼吁要认认真真抓好扶贫工作。可是，稿子到了社长那里，就被压下来了。我问社长这稿子为什么不能发，社长说这个县是市里才批准达标的小康县，发这篇文章，影响不好。我忍无可忍，同社长吵了一架。可是吵了架，除了让社长记我一笔小账,又能怎样?面对这种现实,我除了逃避,还能做些什么呢?"

朱怀镜不想多说,只道:"你这就太不通世事了。"

"世事!"曾俚有些愤然,"大家都这么圆滑,吃亏的是老百姓。事后听说,那个县的县委书记专程赶来荆都感谢我们社长。自然是请吃送礼,皆大欢喜了。可是,那位写稿子的广播站站长却被撤了职,下放到山区乡镇去了。那位县委书记还在常委会上说,一个文人,会写几个字,还想拿笔杆子造反不成?"

朱怀镜知道自己说服不了曾俚的。曾俚在他眼里整个就是不识时务。朱怀镜不时看手表,心里为李明溪担忧。已是初冬了,夜越深天越冷。不知李明溪穿的是什么衣服。这会儿,也许李明溪正佝偻着、抖索着,在荆都的某个黑暗肮脏的巷子里狼狈而行吧?曾俚在房间里走来走去,垃圾的霉味被扬了起来,在屋子里弥漫着。朱怀镜望着曾俚深沉的样子,本想嘲笑他几句的,却又不由得有些感动。"曾俚,"朱怀镜也站了起来,走到窗口去吹风,"曼德拉是我非常敬佩的一位政治家。别人问他为什么选择了和平对话而不是武力实现种族和解,他说起自己小时候的一个小故事。一天,老师在一块大白布上涂了一个小黑点,然后问同学们看见了什么。同学们异口同声地说:一个小黑点!老师却说:不!这是一块大白布!黑色只是白布上面微不足道的一小点。曼德拉说,这个故事对他一辈子都产生了重要影响,让他明白,生活中美好事物始终像阳光一样无处不在。于是他不管自己经受多大苦难,始终乐观、豁达、宽宏、忍让。"

曾俚背着手停了下来,望着朱怀镜说:"我们现在连说真话的环境都不具备,其他就免谈了。"

朱怀镜耸耸肩,笑笑,不说话了。看来李明溪是不可能回来了。"我们回去算了,傻等也没有用。"朱怀镜说。

朱怀镜先送走曾俚，再往回赶。本想去玉琴那里算了，但见时间太晚了，怕吵了玉琴，就想回家去算了。等他爬上自家宿舍楼梯，又有些后悔回来。

朱怀镜进厨房洗脸时，似乎还可以闻到自己身上的垃圾味。开了卧室的灯，见香妹头倚在枕头上，感觉她整个五官都松松垮垮地歪着。朱怀镜突然感到这张脸是如此寡淡无味。他越发后悔不该回家来了。香妹醒了，梦呓般说了句回来了，一转身又朝里睡去了。朱怀镜也不答应，出了卧室，坐在沙发里抽烟。烟才抽到半支，他猛然想起李明溪的画了，便起身打开柜子，翻出那幅《五个荆都人》，挂在墙上。他一个一个人物琢磨过去，最后是李明溪的背影让他欲罢不能。李明溪长发披肩，衣衫不整，腰微微弓着。哪怕这世上所有人都认识李明溪，也还有一个人没有见过李明溪的背影。这个人就是李明溪自己。可偏偏是李明溪把自己从来没有见过的背影画得如此出神入化。朱怀镜久久凝视着李明溪，似乎产生了幻觉，那背影慢慢空灵起来，云朵般轻轻飘起，又在荒郊野岭踽踽而行，勾着的脑袋间或回转过来，一双恐惧的眼睛黑洞洞地怕人。

此后的日子，朱怀镜总担心着李明溪，时常向汪一洲过问他是否回来了。但始终没有李明溪的消息。

然而李明溪的失踪也并没有妨碍朱怀镜平日里的好心情。毕竟他快提拔了，春风得意的感觉让他总觉得有什么好事情要同人家说。有时碰上熟人，他会情不自禁地叫住别人。可当他同人家热情地握手时，却发现没什么可说的，便毫无意义地彼此寒暄。经过了这么几回，他就交代自己沉着些，免得让人家看着是得意忘形了，或是在有意笼络人心。

幸好他及时调整了自己的心态与表现，不然洋相就出得更大了。原来，他怎么也没有料到，在处长会上投票时，他的得票没有过半数，提拔落空了。

投票情况没有当场公布。散了会，好几位处长都拍朱怀镜的肩膀，轻声开玩笑，要他请客。朱怀镜便微笑着重重握了他们的手，暗示了友好，什么也没说。投票结果是第二天柳秘书长告诉他的。"你要正确对待，怀镜同志。你的工作不错，领导心里有数。千万别因为这事影响情绪影响工作啊。"柳秘书长说了许多勉励话，朱怀镜虚心听着，真诚地点头。可他内心的感受真的没法形容。

朱怀镜从柳秘书长办公室出来，碰上好几位处长。他没事似的同人家打招呼，心里感觉被这些人愚弄了，只想骂娘。他尽管不知道到底是哪些人投了他的票，哪些人没投他的票，可在这种特殊的心境下，碰见谁都觉得假惺惺的。他回到办公室，泡了杯浓茶，喝得哗哗响，满头冒汗。一会儿，韩长兴敲门进来了，坐下来，望望门外，低声气愤地说："他妈的，有人就是嫉妒！"

不知韩长兴消息怎么如此灵通？朱怀镜怕别人听见了不太好，忙摇摇手，叫韩长兴别说了。韩长兴不管那么多，只是把声音压得更低了："皮市长赏识你，有人就说你是皮市长的二秘书，这就是嫉妒嘛！"

这倒是朱怀镜没有想到的。如此说来，肯定有人见他同皮市长过从密切，看着不舒服，索性不投他的票了。这机关大院，谁都想削尖了脑袋往市长们那里钻，可又谁都看不惯天天围着市长们转的人。知道有人嫉妒他同皮市长的交情就行了，不必点破。朱怀镜也不追问这话是哪里来的，也不问具体细节，更不为自己辩解，只说："韩处长，感谢你的关心。外面说什么，让他们说去，我只当没听见。"见韩长兴那表情，分明还想详说细述，好讨个人情。可是见朱怀镜并不感兴趣似的，就不便说下去了。韩长兴直夸朱怀镜大将风度，宰相肚里能撑船。非常时刻，朱怀镜不想同韩长兴多说这事,就说了几句客气话,把他打发走了。

刚送走韩长兴,裴大年来了。朱怀镜热情地伸出双手同他握了,再倒了茶,说:"贝老板,恭喜你的公司进入市里重点扶植的十大民营企业名单。"

裴大年把门轻轻掩了一下,坐下说:"感谢你的关照啊朱处长。今天我是专程来感谢你的。"

朱怀镜忙摇手道:"老兄你说到哪里去了?我俩谁跟谁?"

裴大年说:"对对,我两兄弟谁跟谁?有福同享,有难同当。我现在还能赚几个钱,你就别嫌弃。"裴大年说着就从包里拿出一个大信封包,往朱怀镜桌上一丢,轻声说:"别说多话,收起来收起来。"

朱怀镜很为难的样子,微微一笑,半推半就,一手扯开抽屉,一手轻轻一扒,就将信封包扒了进去。裴大年这就笑得更加义气了,说:"好兄弟,这就是好兄弟。"就像什么事也没发生过,两人喝茶抽烟扯谈一阵,裴大年就告辞了。

下了班,朱怀镜直等到办公楼的人都走尽了,才关了门,拿出信封包,见里面装着五沓百元钞票。不用数,这是五万块。他打开保险柜,将钱往里面一丢,正好压着龙文的那个笔记本。这个笔记本记录着张天奇天大的秘密。

朱怀镜锁上保险柜,忍不住咬牙切齿一阵,内心升腾起一种快意,感觉就像报复了谁似的。

晚上,朱怀镜去了玉琴那里。他今晚有些反常,几乎通宵没睡,要了玉琴三次。玉琴依着他,每次都表现得欢快。事实上她直到最后一次才找到感觉,一边娇喘着叫道怀镜你今天是不是疯了,一边体味着男人的雄壮,直把自己送到了云雾里。

此后好些天,朱怀镜越想越愤然,总想找机会同皮市长说说自己提拔的事。可皮市长白天太忙,朱怀镜找不着由头去他办公室汇报。晚上去么？单是去说自己的事情显得有些唐突。皮市长虽然对他不错，但人家毕竟是市长。他不可能专门上市长家里去说自己提拔的事，而没有正经事情却又上门去几乎是不可思议的。一个市长不可能没什么事单是坐下来同你扯谈。大凡上门去的，要么是有公事专门汇报，要么是送点什么去孝敬市长大人。不论哪种情况，通常只能完事就走，不多作停留。事实上你也不可能多作停留，你坐下没多久，下一拨上门的人已按响门铃了。皮市长算是比较平易近人的领导，晚上拜访的人更多。朱怀镜左思右想，觉得还是设法送点什么去。可最近市里发生了好几起厅局级领导的贪污受贿案，特别是市财政局的窝案被传得沸沸扬扬，皮市长在好些场合都强调了廉政建设问题。在这种气氛下去皮市长家里送礼，似乎不太妥当。朱怀镜主意想尽了，最后心想还是给皮市长家送些优质大米去吧。他让瞿林的哥哥种了些没污染的优质大米，原来就是打算送给皮市长这些领导享用的。可是，后来瞿林真的送了几百斤大米来，朱怀镜又觉得送不出手了。大米谁稀罕？不是个值钱的东西！有些事情就是这样，起初想起来头头是道，过后一想就觉得好笑了。就像人们夜里睡在床上会把很多事情想得天花乱坠，一觉醒来面对真实的阳光，就什么都不对劲了。那几百斤大米就这么在朱怀镜家阳台的角落里堆了两个多月，没有送出去一包。今天朱怀镜反过来一想，送些不值钱的大米去，显得随便，算是个上门的好由头。只要他坐下来，皮市长说不定就会过问他提拔的事。

这天晚上，朱怀镜知道皮市长没有出去，扛着一袋米去了。小马开了门，叫道朱处长好。王姨听得小马叫朱处长，从里面出来了，笑道："小朱好久没来玩了。什么好东西？这么一大包扛着，也不嫌累！"

朱怀镜把大米放下来，说："不是什么好东西。我家表兄自己搞了个生态农业园,种的庄稼一概不用农药、化肥,是真正的绿色食品。这大米是优质香米,我先煮着尝了,味道还真不错,就送袋来让王姨尝尝,看怎么样。"

王姨早满面笑意了,说:"小朱就是心眼儿细,比我两个儿子懂事多了。"

王姨请朱怀镜坐,小马早倒上茶来。这时,皮市长书房的门开了,裴大年从里面出来,说着打搅市长了。皮市长走在他身后,说道小裴好走。朱怀镜知道裴大年最忌讳别人把他的姓标准地读作赔,好在皮市长只是叫他小赔,没叫他老赔。生意人在官场上行走,小赔是要赔的,只要不老赔就行了,这也是句实话。朱怀镜马上意识到自己来得不是时候。王姨也站起来招招手说小裴好走。裴大年边走边点头微笑致意,快走过客厅了,才发现坐在沙发上的朱怀镜,忙站住了:"哟,是朱处长?"朱怀镜便像才看见他似的,说:"哟,是贝老板。"两人握手,客气几句。

裴大年出了门,皮市长回头笑道:"怀镜来了?"朱怀镜笑着说:"来看看市长。"王姨才要说什么,皮市长又问朱怀镜:"我总听别人叫裴大年什么背老板。裴怎么读作背呢?你刚才好像也叫他背老板。"朱怀镜叫贝老板叫习惯了,早不觉得有什么稀奇了。如今叫皮市长一问,觉得很好玩,便把裴大年忌讳别人把他的姓按标准字正腔圆读出来的掌故说了。皮市长和王姨听罢,哈哈大笑。皮市长说:"这个裴大年,真有意思。读贝就好?人家听成背时的背怎么办呢?真是越是发财的人越怕散财。你怀镜也心细,始终坚持读贝。"

"可不是哩!怀镜这孩子,事事心细,比我们两个儿子明白事理多了。"王姨便把朱怀镜表兄搞生态农业园,朱怀镜送了袋优质香米来的事一五一十说了。皮市长听了,非常高兴:"好啊,普通农民懂得搞生态农业,生产绿色食品,这个好啊。怀镜,你多鼓励他们。他们要是有什么困难,政府可以帮助。"朱怀镜知道他表兄的所谓生态农业,无非就是按他说的不用农药,不施化肥,也不中耕除草,能产多少就产多少。也就是瞿林笑话他的懒人阳春。可他在皮市长和王姨面前说成个生态农业园,听着就像那么回事了。朱怀镜见皮市长这么有兴趣,倒显得紧张了。因为如果皮市长真的重视起来,认真过问,他就下不了台了。朱怀镜忙说:"感谢皮市长关心。我表兄目前只是在探索阶段,经验不足,不敢盲目扩大规模。到时候需要扩大规模,如果他们县里支持不过来,我会麻烦市长您。"朱怀镜这话的潜台词就是说他会找县里领导帮忙,感谢皮市长好意了。他实在怕皮市长真的关心这事。他知道自己表兄真要搞什么生态农业园肯定是要泡汤的。皮市长自然也理解了朱怀镜的意思,便说了句应该应该,就把话题由朱怀镜表兄生态农业园这个微观问题,转向全市农业现代化这个宏观问题了:"我们市里的经济主要是工业,农业比例并不大,因此就有条件向农业多投入些。发展现代农业,我们市里如果不走在全国前列,说不过去啊!"朱怀镜点头不止,直道皮市长高瞻远瞩。

说了些别的闲话,皮市长果然就扯到朱怀镜这次提拔的事了,说:"我没想到会是这个结果。柳子风同志没有把工作做好。"

朱怀镜说:"感谢皮市长关心。不过我知道柳秘书长还是为我做了不少工作的。只是……说得不那个,这机关里有股不太好的风气。"朱怀镜说到这里,有意停顿了。一来告状诉苦的事他的确不太好一下子说出口,二来想看看皮市长有没有兴趣听他讲下去。皮市长却很关心是股什么风:"你说说看。"朱怀镜这才说道:"有那么一些人,对领导身边的人有成见,总在一边说三道四。说实话,我自己检讨,平时在市长您面前请示汇报很不够,

553

总是您有事叫我我才到您面前露脸。这本是不应该的。可即使是这样，也有人在背后说我闲话，给取了个外号，二秘书。"

皮市长一听火了，脸都涨红了，说："什么话？干部就不可以同我皮德求接触了？那我不要成孤家寡人了？真是荒唐！"

王姨也在一边说："有些人真是吃了饭没事干，净说些是非。机关大院里的干部，按说觉悟都很高的，怎么鬼话也这么多呢？"

"怀镜你放心，不要有思想包袱。"皮市长脸色很快恢复了常态，语气平和，"你的事，我管定了！"

朱怀镜忙说："感谢皮市长！不管怎样，我一定努力工作，决不给市长您丢脸。"

不宜久坐，朱怀镜起身告辞。王姨交代他常来玩。朱怀镜临出门时对王姨说："这米试试怎么样，要是味道好，今后您家的米我包送了。"王姨说："哪里啊，别这么客气。"朱怀镜诚恳地说："没事的。米么，又不值钱。外面的米，主要是怕污染。首长身体要紧啊！"这话题本来就不用有什么结果的，便一个说谢谢谢，不用不用，一个说没什么没什么，含含糊糊就相视而笑了。皮市长没有起身，靠在沙发上，望着出门的朱怀镜慈祥地笑。

关于今晚的拜访，有两个细节后来常常在朱怀镜的脑海里浮现。一是裴大年猛然发现了他，眼睛里掠过似有还无的慌乱；二是皮市长目送他出门时，慈祥地微笑。

李明溪的行踪最终都没有人发现。可因为曾俚的一个长篇报道，李明溪成了名动一时的新闻人物。一时间，全国很多报刊都转载了曾俚的大作《画家之谜——一个童话的终结》。在曾俚的笔下，李明溪是一位杰出的青年画家，笔凝古意，墨含春秋，画风卓然。画家性情乖张，独行特立，不伍流俗，嬉笑人生，终以癫疯的方式使他痛苦的灵魂得到了解脱。曾俚给读者留下了一个谜团：李明溪的大量画作神秘地散失了，不知落入谁手。同是这篇报道，不同的人有不同的读法。汪一洲琢磨这篇文章，总觉得曾俚在影射他，说他压制和刁难李明溪，把一位才华横溢的青年画家逼疯了。但是曾俚笔法曲折，说不上有意攻击谁，汪一洲只好吃了哑巴亏。可美院里多的是明眼人，深谙曾俚笔意所在，总在一边议论这事。汪一洲苦恼几日，想出一计，索性自己命笔，写了一篇为李明溪叫好的文章，找一家权威报纸发表了。这样，至少外界以为汪一洲对李明溪如何如何的猜疑就可以消除了。汪一洲毕竟是画坛耆宿，他的文章一出来，立即引得北京和外省几位老画家应和。吴居一先生自然不会亲自写文章，却对记者谈了他对李明溪的评价，赞赏有加。吴先生乃当今画坛泰斗，他论人论画可谓金口玉牙。于是，一批老画家成了画坛上惜才若金的开明先生。一些青年画家读了曾俚的文章，则撰文作惺惺之惜，大有兔死狐悲之感，几乎掀起了画坛一批才子对李明溪的集体膜拜。事不凑巧，这年还有一位青年诗人卧轨自杀，一位青年作家突发心脏病暴亡，这些连同李明溪的失踪，被称作是当年文化界的三大事件。于是，那些专门生产思想的报刊专栏作家，譬如全国各地各式各样的曾俚们，便借题发挥，撰文对当代中国知识分子的精神状态、生存环境作深刻反思，几乎要搞成一场思想讨论了。多年以后，有思想史论者甚至把这件事说成是后来那场轰轰烈烈的人文精神大讨论的先声。而那些玩画的藏家从曾俚和后来有关的大量文章中读到的却是投机和财富。李明溪的画正像那位暴亡作家的小说一样成了出土文物。李明溪的画作流入市面的并不多，就更显得珍贵了，价格直线飙升。

朱怀镜怀着幽默和欣喜的心境静观对李明溪的新闻炒作。他知道李明溪被炒得越焦越糊，他手中财富就会越大。他真巴不得这场新闻炒作旷日持久，把李明溪推向经典和永恒。但新闻毕竟是位喜新厌旧的浪荡公子，不会对谁钟情到底。到了次年三月市人大会和政协会召开的时候，荆都的报刊上再也见不到李明溪的名字了。就连朱怀镜也只是偶尔想起这位失踪的朋友，猜想他这会儿是流落他乡了，还是早已冻死在某个荒野了。

这是本届人大和政协的第二次会议，没有牵涉人事问题，本来可以开得很顺利的。不承想，中途节外生枝，两个会议都弥漫着火药味儿。当然，老百姓从电视新闻中感觉不到什么，该作的报告都作了，该通过的决议都通过了，两个会议照样是全市人民政治生活中的大事。

异常气氛首先是从政协会议上散发出来的。近来，政协主席张先觉同市人大主任李光同、市长皮德求的关系越来越微妙。通常，人大会议比政协会议开得有气派。人大代表住的宾馆高级些，会议伙食丰盛些，发的纪念品也会多些。纪念品都是市里的一些企业赞助的，这些企业的头儿通常是人大代表。每次政协会议，委员们都会意见纷纷，觉得自己比人大代表低了一等。这次政协会议开到第二天的时候，就有委员听说人大会议那边今年发的纪念品会更多，每位代表各有衬衣一件、领带一条、皮鞋一双、白酒两瓶、香烟两条。而政协会议这边，已有着落的纪念品就只是每人白酒一瓶、香烟一条。于是，委员们在讨论工作报告的时候，自然就对政协委员的地位问题表示关注了。当然，市一级政协委员，大多还算是有身份的，发表起意见来措辞温文尔雅，似乎谁也不在乎一双破皮鞋什么的。而张先觉却是明察秋毫，见微知著。于是，他临时决定，在次日的大会上作了一次关于切实改进政协会风的讲话。张主席的开场白是高度评价政协多年来一贯坚持的好会风，要求大家继续发扬。随即提出了新的要求。首先是要求委员们认真开好会，坚持想大事议大事，积极献言献策。最后话锋一转，强调坚持廉洁的会风，并约法三章：第一，不准超标准安排会议餐；第二，不准发会议纪念品；第三，不准安排高档娱乐活动。张主席语言很有艺术，短短三十分钟的口头讲话几乎达到了煽情的效果，会场气氛被弄得庄严肃穆。尽管张主席只是就会风讲会风，委员却是心领神会，明白他的意思是针对人大会议的，便对他的意见表示赞同了。所以从当天中餐开始，政协会议改革就餐方式，开自助餐。委员们各自拿着盘子、勺子、筷子，依次领取食物。大家的表情似乎有种崇高感，场面几乎有些悲壮。早已运抵会议后勤组的纪念品，按照张主席的意见，全部物归原主。预定的三个晚上娱乐活动也被取消了。

人大会议就被推到一个尴尬境地了。人大李主任感到很恼火，找到皮市长议这事。皮市长意见，让人大办公厅去个领导，同政协协商一下。于是人大办公厅王主任奉命去找政协周秘书长，建议政协会上纪念品还是照发，两个会议平衡一下，发一样的东西。周秘书长说，关于廉洁会风的约法三章，是委员们提议的，主席团会议表示同意，而且张主席也在会上宣布了，不便再推翻。协商没有成功。李主任便再次找皮市长商量，说人大会是不是也不发纪念品算了？皮市长说代表们多是基层的同志，到市里来开一次会不容易，还是照发吧。

个中曲折在政协委员们中间悄悄传开了，一股义愤的情绪便在暗自生长着。义愤是针对人大的。委员们听说人大会的纪念品照发不误，便越发觉得政协廉洁会风的约法三章意义重大。某种不可名状的气氛在政协会上弥漫着，几乎有些群情激愤了。各组讨论的焦点便一次比一次更加集中到了反腐败问题上，起初只是谈一些现象，后来慢慢就点到具体的人和事了，甚至形成了政协提案。事情就复杂起来了。本来，最近由于财政局等单位腐败案件的发生，反腐败已经成为全市的热门话题。可人大会和政协会是议大事，定大事的，不能开成反腐败会议。事先，为了保证人大、政协会议按法定程序圆满完成议程，市委领导专门研究过，决定"两会"暂时回避反腐败问题。按照市委指示，人大和政协领导事先都吹了风，要求大家集中精力想大事，议大事，不要过多讨论一些具体的个别的问题。宣传部门早早就开始了配合，清洁荧屏，清洁报刊，只发正面报道，特别重点宣传上次人大会和政协会以来各方面的重要成就。会议期间，人大代表和政协委员所议话题凡是涉及反腐败的都不予报道。会议开到第四天的时候，政协会议几乎开成了反腐败的主题，而人大会仍是按部就班按程序顺利召开着。

朱怀镜在人大会上服务。这天晚上，张天奇邀他去房间扯谈，正好他自己老弟提拔的事需要找张天奇，就马上去了。一见面，朱怀镜就拱手赔罪："对不起张书记，前两天都忙，想来看你也没时间。"

张天奇笑道："你是市里领导，是要比我们忙些啊。"

朱怀镜摇头说："张书记你就别取笑我了。我是会议服务人员，专门为你服务的啊。"

"对啊，人们常说，领导就是服务嘛。"张天奇仍是玩笑。

"这是典型的政治欺诈广告哩。领导就是服务，服务不是领导。"朱怀镜笑道。

说笑一阵，张天奇轻声道："怀镜，你受委屈了。有能力的人必然有人嫉妒，这是很正常的事。我在皮市长面前说过你的事。他对你很关心，说你这年轻人不错。"

朱怀镜忙道了谢。其实他不知张天奇到底是不是在皮市长面前说过他的事。不过听张天奇刚才说起皮市长的表态，也像那么回事。因为像张天奇这样向皮市长建议人事问题，皮市长一般不会明确答复的，只会说句怀镜这年轻人不错。这话最多只能理解为一种暗示。一来人事问题是严肃的事情，皮市长不会随便泄密；二来皮市长也不会轻易把提拔朱怀镜这个人情送给张天奇，要做人情也只能由皮市长自己来做。皮市长早说过，朱怀镜的事情他会负责到底，可这话说过好几个月了，还没有见到动静。朱怀镜心里急也没有用，只好相信皮市长自有安排。

朱怀镜猛然感到无话可说，甚至连请张天奇帮他老弟忙的事都不便开口了。他同张天奇算是好朋友，而且他也帮过张天奇很多忙。可张天奇在地委副书记的位置上坐的时间越长，给朱怀镜的感觉就越陌生，同他说话也就有些找不到感觉了。自从上次朱怀镜帮他了结向吉富贪污税款案后，两人见过几次面。可每次两人都只是邀几位朋友凑在一起喝喝酒，对那件案子半个字都没提及。张天奇在私下也没对朱怀镜说过一句感谢的话，就像没发生过这件事。朱怀镜有时想这也许正是张天奇的老到之处。因为那毕竟不是什么说来好听的事，过去了就过去了，不必再提及。可有时又觉得张天奇薄情寡义似的，不用你出钱出米，再怎么着在两人场合也应说句感谢的话。朱怀镜最初偶尔有过念头，将龙文留在他那里的笔记本交给张天奇，让他自己去销毁。这样的话，张天奇会更加感谢他的。但后来他没有这个想法了，他要将那个笔记本私下保存着。他望着张天奇，突然发现这人也修炼得一身高级领导功夫了。因为刚才在朱怀镜揣摸他的时候，他居然悠闲自得地抽着烟，似笑非笑，一言不发，毫无窘态。倒是朱怀镜终于发现自己很窘，便找了句最落套的话问："张书记最近还好吗？工作顺利吗？"问了这话，朱怀镜才觉得自己多没出息，怎么就不知道同他斗斗法，看最后谁忍不过了，先说出话来。看来根本原因还是在于职务高低不同吧。没办法，身在官场，职务意识总能渗透到人的每个毛孔。

张天奇很有涵养地把大背头往后一抹，微微一叹，说："还好吧。只是个别小人在捣鬼。黄达洪那个人，你是知道的，他现在只要回到乌县去，随便在什么场合，都会臭我。蒋伟这个同志也不讲原则。他去乌县任县委书记，是我推荐的，这个他自己是知道的。可是在对待黄达洪的问题上，他就没有处理好。黄达洪现在跟着袁小奇发了财，说是要回到乌县去投资。蒋伟刚去，只想在招商引资上早些出政绩，就把黄达洪当做财神菩萨了。黄达洪是在我手上被处分了的，他现在回去就要争回面子，提出要让县委领导到县界出迎，而且要警车开道。蒋伟真是有奶就是娘，居然不讲原则，完全照办。一个当年因打牌赌博被撤了职的公安局长，后来又去深圳做鸡头的人，却让县委书记陪着，警车开道，在乌县风风光光地兜了几天风。我事后找蒋伟谈过，蒋伟说他也没办法，县里需要投资。再说黄达洪这人过去怎么样他不清楚，他只知道现在的黄达洪公司挂靠市公安局，人的编制也在市公安局，而且有警衔。他手中还有同北京和市里高级领导的合影。怀镜你看，也不知怎么搞的，上面居然有人还给黄达洪授警衔，真是荒唐！更不可理解的是，当时因为黄达洪擅自离职，久劝不归，被除了名。现在他怎么又成了市公安局的干部了？即使是落实政策，也得回乌县去落实嘛！"

关于黄达洪的东山再起，朱怀镜是最知内幕的。一切都是市公安局长严尚明给办理的，宋达清在中间帮了他很大的忙。可又正是朱怀镜和皮杰帮着黄达洪和宋达清二人同严尚明接上头的。朱怀镜知道黄达洪这人什么事都做得出，却没有想到他居然要回乌县如此风光一番，真是小人得志！报复张天奇的话，朱怀镜早就听黄达洪说过，却不知道他到底掌握着人家多少把柄。"张书记你放心，黄达洪这人嘴巴子硬，不过就是说说而已。你又没有事值得他说的，怕他干什么？"朱怀镜想探探黄达洪到底抓住了他什么把柄。

张天奇说："我能有什么事让他说？只是干部群众不明真相，

会让他搅乱了视听。再说了，听凭这么个无赖随便往我们领导干部身上泼污水，倒显得我们党和政府软弱，长此以往会让老百姓觉得没信心。涣散人心啊！"

张天奇把自己遇到的麻烦无限拔高到了党和政府生死攸关的问题上去认识了，朱怀镜听着觉得好笑，他便只好又重复那句话："怕他说什么？由他说去。"

张天奇说："是啊，我也是这么想的。可有些话他说得难听，有些同志听了很义愤，要我制止他哩。何况中国有句老话，三人成虎啊！"

朱怀镜想知道黄达洪到底说了些什么，可张天奇自己不说，他也不便问。不过从张天奇的神情中，朱怀镜感觉得出，他其实很在意黄达洪说他的坏话。人在官场，有人在背后说三道四，本不是一件值得大惊小怪的事。但张天奇如此在乎，肯定自有隐情。说不定黄达洪并不完全是恶意中伤他，而是的确掌握着他什么见不得人的事。张天奇不说，朱怀镜就装糊涂，换了话题："张书记，我有件事请你帮忙。我老弟朱怀玉，在你手上被提为镇长。对他你是了解的。他如今当镇长也有两年多了，最近县里调整乡镇领导班子，能不能给他加点担子，去哪个乡镇任个党委书记？"

张天奇笑道："这个好说，我同蒋伟打个招呼就是了。不过话又说不死，蒋伟这人年轻，有点个性。我叫他堵一下黄达洪的嘴，让他别再乱说。蒋伟口上答应得好好的，可能就没有说。"

朱怀镜明白了，张天奇其实是想让他出面同黄达洪说说。黄达洪这个人，一定是要能够降住他的，他才听你的话。朱怀镜知道自己是降不住黄达洪的。上次朱怀镜请他帮忙，把干休所的网球场工程承包给瞿林，他居然也伸手从中要了一笔。这就说明黄达洪并不怎么把他朱怀镜放在眼里。听张天奇的意思，分明是在同他做交换。朱怀镜心想这张天奇真的不够朋友，只有你帮他的，没有他帮你的。要他帮你，你就得为他做点什么。为了老弟的前程，只好同他做交换了。朱怀镜在官场这么多年，深知什么叫关键时刻。提拔的紧要关头，就是关键时刻。只要关键时刻有人说话，你就能飞黄腾达。不然，平时再怎么敬业，都是枉然的。人生苦短，只要错过几个关键时刻，年纪就一大把了，一切抱负都落空了。关键时刻其实就是某个上午，某个下午，或某个晚上，决定你命运的人坐在会议室里开会。有人极力主张提拔你，而且通过了，你就走运了。要是没人为你说话，你就等下一次吧。下一次往往是两三年以后。人生在世，有几个两三年？官场中人，到了这个时候很能理解光阴似箭之类人生哲理的。于是每当这种关键时刻，有些人就特别讲究办事效率，一个晚上会跑好几家领导家里汇报。

这事怎么摆平呢？朱怀镜一时心里没底。想了想熟识的人，只怕只有严尚明降得了黄达洪，而严尚明又只有皮市长降得了。真是一物降一物。朱怀镜没想清楚这事到底怎么办，就同张天奇商量：“张书记，我想了想，黄达洪只怕只有严尚明严局长的话他听得进。严尚明我们倒是常在一起吃饭，只是自己人微言轻，我同他说说，他肯帮忙吗？"

张天奇说：“你怀镜是皮市长面前的红人，他哪有不给你面子的？"

张天奇这是在说客气话。不过听他这话，朱怀镜更加明白他是一定要请自己帮忙了。"其实，只要皮市长对严尚明说一声，就没事了。"朱怀镜说。

"这个不妥。为我这点小事，惊动皮市长，不太妥。"张天奇摇头道。

的确，让皮市长知道张天奇在下面口碑不好，也不是个话。

何况，可能惊动皮市长的就绝不会是什么小事。但朱怀镜反过来一想，其实皮市长不用知道什么，只要他对严尚明说，尚明同志，组织上培养一个干部，不容易啊，要爱护才是。这样百事就结了。问题是皮市长根本就不知道有黄达洪这么个人。而且，严尚明只怕也不想让皮市长知道有黄达洪这么个人。"张书记，你是管政法的，同公安局应该有联系的，严尚明你很熟吧？"朱怀镜问。

"熟是熟，但都是工作往来，没有私交，不方便说这些事。"张天奇说。

朱怀镜说："我有个建议，你看怎么样。黄达洪是个匪性很大的人，宜软不宜硬。我想，干脆你放下架子，我约严局长、黄达洪，再来几位朋友，吃顿饭。事先我把事情同严尚明说说，到了饭桌上，严尚明不用多说，只要点一下，黄达洪就明白了。"

张天奇略作沉吟，点头笑道："这样也好。黄达洪我也有好些年没见面了，看他发达到什么样子了。"

"那就这么定了。就在这几天，我先约了他们。"朱怀镜说。

张天奇应道："行行，我听你安排吧。你老弟的事，你放心吧。蒋伟再怎么有个性，用个把乡镇书记，我这地委副书记的话，他还是要听的。"

说好了这事，朱怀镜又觉得没话可说了。他想找个借口，告辞算了。正在这时，韩长兴带着两位乌县老乡敲门进来。朱怀镜起身同他客气几句，就说你们有事要扯吧，我先走了。韩长兴说没什么事，来看看张书记。家乡领导来市里开会，在荆都工作的一些有脸面的或自以为有脸面的老乡，多半会来看望一下的。这是最合算的感情投资，日后家里有什么事要办，也好开口。这是官场上套路了。

朱怀镜回房间看看，没有事情了，准备去玉琴那里。正要出

563

门,有人敲了门。开门一看,见来的是鲁夫。"大作家,你怎么有空来了?"朱怀镜招呼道。

鲁夫说:"朱处长,我找你好一会儿了。我问了半天,才知道你住在这间房。我敲了你好几次门了,你都不在。"

"对对。我出去了,才进来。找我有什么大事?"朱怀镜说着便请鲁夫进房坐。

鲁夫坐下来,脸色就凝重起来,半天不开口。朱怀镜倒了杯茶给他,说:"我知道你大作家是无事不登三宝殿的,一定是有什么事。"

鲁夫喝了几口茶,摇了半天头,才说:"朱处长,我是没有办法才找你的。袁小奇这人他妈的真不是东西!《大师小奇》你是看过的。当初他说得好好的,说付我两万块钱稿费。可是,书出了这么久了,帮他出了名,让他财源滚滚,却一分钱的稿费都不付给我。我知道他这次来开政协会了,想找找他。可他却面都不肯见!"

"这就奇怪了!袁小奇如今是声名显赫的慈善家,侠义心肠,乐善好施,怎么会吝惜一两万块钱?"朱怀镜大惑不解。

鲁夫冷冷一笑,说:"哼,慈善家!"

听鲁夫这不屑一顾的口气,朱怀镜不禁有些兴奋。他想听听鲁夫说说袁小奇到底是怎么个人物,便说:"我在人大会上,没有去政协会那边。这次袁小奇回来,我们还没有见过面。你的意思,是不是要我传个话给他?"

鲁夫说:"我是万不得已才想着麻烦你的。这么长时间了,我不知打过好多电话给他,可他就连电话都不肯接我的。没办法我就写信,可我的信也是泥牛入海。这一次,他要是不给钱,就别怪我不客气。"

朱怀镜不知鲁夫说的不客气是什么意思,但相信他只怕多半是虚张声势。凭袁小奇现在的势力，鲁夫是奈他不何的。朱怀镜想从鲁夫嘴里知道些袁小奇的隐秘，便欲擒故纵："鲁夫先生，事情总会有个办法解决的，你还是理智些。不管你怎么看，袁小奇现在是社会名流，你若是采取什么简单办法，不会收到好效果的。你们两位都是我的朋友，我不希望你们把事情弄得大家脸上不好过。你别误会，我这不是干涉你，只是给你建议。"

"那要看袁小奇最后怎么解决这件事。其实两万块钱，不是个大数目。我鲁夫是写字为生的，钱不多，但也不太寒碜。问题是袁小奇这人的做法太看不起人了。我这只是要我的劳动所得，并不是在求他施舍。还慈善家！"鲁夫仍然话中有话，却不说出来。

"那么鲁夫先生，在你看来，袁小奇到底是怎么个人物？"朱怀镜只好直接问他了。

鲁夫又是冷冷一笑，说："他是什么人，我没有义务揭露。他如果欺人太甚了，我也就只好诉诸报刊，揭穿他的西洋镜了。"

朱怀镜追问："你不妨同我说说看。袁小奇是宋达清和你们几位朋友介绍我认识的。我虽然同他常打交道，但真正了解他只是从你书中。难道你书中写的事还有假不成？"

鲁夫笑道："自古到今，书上的话有几句是真的？"

真是千古奇论！朱怀镜感到不可思议，说："以讹传讹的书有，但凡事不可绝对。"

鲁夫说："我最近读了些俄罗斯反映苏联政治内幕的书，才发现苏联的政治教科书和历史教科书全是谎言。大家都在说谎，为什么就不准我说谎？袁小奇若是识相，我就手下留情，就让他谬种流传吧，不然我就实话实说了。"

这就叫做文人无行吧！朱怀镜发现鲁夫说这话的时候，脸色红都不红一下。也许是脸皮太厚，血色透不出来吧。第一次见识到文人的脸皮也会这么厚，朱怀镜暗叹大开眼界。"你这么一会儿真，一会儿假，要人们到底相信你什么？正是那句老话说的，谬种流传，误人不浅啊！"

鲁夫说："朱处长，恕我直言。你就是思想太正统了。你们总希望一种潮流，一种思潮，一种观念，一种信仰，等等。不现实啊！那些文化多元的国家，人们思想活跃，并没有把社会乱到哪里去。我们千百年来什么都强调大一统，也没有把社会统到个什么好地方去。一文不可能兴邦，一曲不可能亡国。没那么严重啊！"

朱怀镜笑道："既然鲁夫先生这么直爽，我不妨问你。且不说作家的社会责任，但作家总得考虑自己的声誉吧？比方说，娱乐界混的有些人，不管那些男女到底是个什么人，但为了自己的作品在市场上有个好卖点，也得请人专门搞形象设计，有的塑造成道德先生，有的装扮成纯情少女，有的故作浪荡公子。不论哪种形象，总能迎合很多人。这正是俗话说的，林子大了，什么鸟都有。可从来就没有人扮成出尔反尔的人。"

鲁夫哈哈大笑起来，说："我可以扮成觉悟了的社会良知。中国并无宗教精神，却是个最能容忍忏悔的民族。"

朱怀镜是个一听到玄虚之论就头大的人，马上把话题拉具体一些："鲁夫，你的大作《大师小奇》洋洋三十万言，难道就没有一件事是真的？"

鲁夫故作幽默说："方块字是真的，没有一个错字。文笔也是真的，我很得意我的文笔。有人评价，近些年全国出过很多这一类的书，有写张宝胜的，有写严新的，有写海灯法师的，有写张宏宝的。没有一本书有我这本书耐看。要说里面的内容，我自己都搞不清真与假。里面的离奇故事，都是他袁小奇自己和他的弟子说的，我只是在表现手法上做了些处理。说句大实话，袁小奇也的确不是平常人物。当时他就是凭三寸不烂之舌，说得我相信了他。加上我们这些写文章的人，有个毛病，就是进入一种写作愉悦之后，就信马由缰了，只想把文章弄得漂亮些。无意之中，把假事弄得更假了，只怕也是有的。"

朱怀镜哭笑不得，发现这位鲁大作家可能也是位病人。至少神经不太正常吧。可鲁夫马上说了些比任何人都正常的话："朱处长，我知道袁小奇现在同上上下下达官贵人都有联系，根基很牢。正因为这样，我如果放弃了沉默，会让很多人难堪的。所以，还是烦你递个话，让他顾忌些。"鲁夫脸上阴阳怪气的。

朱怀镜头一次意识到袁小奇如果真的是只戳不得的纸灯笼，就连他自己也会陷入窘境。袁小奇的发达简直是个奇迹，让朱怀镜感到这世界真的越发莫名其妙了。袁小奇越是大把大把地赚钱花钱，他越是觉得这位神秘人物背后必定隐藏着许多不可告人的东西。他总有种想探测究竟的欲望，甚至巴不得袁小奇早些露出马脚。朱怀镜明白自己这种心理并不出于什么正义感，也许是灵魂深处卑污的本性吧。看见别人发了财，人们总希望他赚黑心钱的劣迹早些昭然于世；看见漂亮女人，人们总怀疑她是位勾引男人的老手。可是这会儿，鲁夫阴阳怪气的表情，让朱怀镜觉得自己正被一群刻薄的人围着看笑话。朱怀镜首先想到的皮市长会怎么看他。是他把袁小奇介绍给皮市长的，如果鲁夫把这位大名鼎鼎的活神仙、神功大师、慈善家的老底揭了，上至北京的某老某老，下至皮市长，都被照进哈哈镜里去了。北京那些人哪怕把手杖戳得天响，也不关朱怀镜的事。朱怀镜担心的是皮市长会怎么样。可以想见，朱怀镜在皮市长心目中肯定大打折扣，他的副局级只怕就遥遥无期了。朱怀镜比任何时候都清楚地意识到，从上到下，没有人愿意袁小奇露出庐山真面目。维护谎言，成了众多体面人的共同利益。

"鲁夫先生，你理智些。我答应你，帮你去找找袁小奇。我相信袁小奇不会在乎一两万块钱的。你千万别急着发什么文章说这说那，那样对谁都不好。"朱怀镜说。

"那好，就拜托朱处长了。有消息，你挂我电话吧。"鲁夫说。

朱怀镜说："行行，你把电话留给我吧。"

鲁夫说："我不是给你留过电话吗？"

"对不起，我的电话号码本忘了带了。"朱怀镜敷衍道。其实他把鲁夫的名片早不知丢到哪里去了。名片就像上级文件，太多太滥了，就没有人看重，多半往抽屉里一丢就不管了。而发名片的人也像上级发文件的部门，多是认为自己很重要，总是郑重其事的。

鲁夫递给朱怀镜一张名片，起身告辞了。朱怀镜看时间，还早，才九点多钟。好几天没去玉琴那里了，真有些想念。可又想文人们多半有些神经质，说不定鲁夫一觉醒来，猛然发现自己的形象很高大，用不着为区区两万块钱低三下四，干脆他妈的呼唤真理算了。若是这样，事情就糟了。反正不晚，去找一下袁小奇吧。同政协会务组一联系，才知道袁小奇并没有住在会议安排的房间。朱怀镜便挂了黄达洪的手机。原来，袁小奇自己在天元大酒店开了房间，黄达洪也在那里。黄达洪说你稍等，我同袁先生说一声。过了好一会儿，黄达洪回话说，袁先生欢迎朱处长光临。挂了电话，朱怀镜很不舒服。这袁小奇架子也太大了，我朱怀镜找他，还得通报！

朱怀镜没有带车来，下楼拦了辆的士。到了天元，乘电梯直上八楼。楼道口有两位保安站在那里，拦住了朱怀镜，问他找谁。朱怀镜说找袁小奇。保安说对不起，袁先生说今天不见客人。朱怀镜心头早有火了，可同保安争起来又失自己身份。他压着火头，自我介绍了。保安并不在乎他是市政府处长，只说对不起，我们对客人负责。朱怀镜便有些忍不住了，正要发作，黄达洪走来了,老远叫道:"朱处长,对不起对不起,我才要下去接你哩。袁先生在等你。"两位保安这才立正鞠躬,齐声道歉。

走在走廊里,黄达洪告诉朱怀镜,袁先生每次回来,都是热门新闻人物,休息呢休息不成。没办法,只好在这里包一层楼,请酒店的保安把关。朱怀镜却想,这都是屁话!人大会和政协会的住地都有公安人员负责保卫,来客都需登记,并不是谁都可以进去的。袁小奇不过是故作神秘,抖抖威风罢了。

门一开,见里面客厅里坐了好些人,有些是朱怀镜见过的,他们是袁小奇的手下。多是些新面孔,都显得面目不善。袁小奇靠在沙发上笑道:"啊呀,朱处长,你好啊!"直到朱怀镜快走近了,他才慢慢站了起来,握手道好。

朱怀镜刚才在楼道口本来就不高兴了,这会儿见袁小奇半天不起身,显得怠慢,心里越发恨恨的,便玩笑道:"袁先生的架子可是越来越大了,我差点儿都进不来了。"

袁小奇摇摇手,朗声一笑:"哪里啊,朱处长真会批评人。我袁小奇能有什么架子?对不起,这次一来就开会,没有来得及拜访你。我知道朱处长很忙,没事不会来找我的。朱处长有什么事?请指示。"

朱怀镜笑道:"说指示不敢。有个小事情,想单独同袁先生说说。"

"好吧。我也正好有事向你汇报。"袁小奇话音刚落,其他人就起身点点头回自己房间了。朱怀镜奇怪袁小奇骨瘦如柴,一副鸦片烟鬼模样,怎么把这些五大三粗、凶神恶煞的人治得服服帖帖。

"什么指示?"袁小奇比刚才客气多了,亲自为朱怀镜点了烟。朱怀镜心想这袁小奇真是演技超群,他也许有意要让手下弟兄们知道,自己在政府官员面前是怎么个架势。朱怀镜也就故意端起政府官员的架子,懒懒地靠在沙发上,慢吞吞吸了几口烟,才把鲁夫索稿费的事说了。

袁小奇听罢,鄙夷地摇摇头说:"这些文人,难怪让人看不起!为了两万块钱,搞得天摇地动。他早惹得我心烦了,如今又来烦你朱处长!"

朱怀镜不想同袁小奇讨论文人如何,只把直话说了:"我的意思,就只是两万块钱的事,给他吧,省得麻烦。"

袁小奇说:"朱处长,不是我不给。钱我是给了,中间别有原因。书是荆都科技出版社出的,当时说好了,我付给出版社十万块钱,他们赚钱亏本我不负责。鲁夫的稿费由出版社付。书出来后,因为我的名气大,书很好销,出版社赚了一笔大的。可是出版社借口《大师小奇》是自费出书,他们不负责稿费。出书事宜都是鲁夫自己联系的,只怪他自己办事不老练,没有同人家签合同,结果口说无凭,出版社不认账。鲁夫找出版社要稿费要不到手,就反过来找我。一两万块钱,我不在乎,可得有个给的理由。我不能因为人家说我是慈善家,见人就给钱是吗?帮助失学儿童,我给钱;帮助孤寡老人,我给钱;支援灾区,我也给钱。可是鲁夫这稿费不明不白,我不能给。"

听了袁小奇这番话,朱怀镜明白了他的处世之道。也就是说,能给他带来名利的钱,再多也给;否则,钱再少也不给。就像有些国有企业的老总,为了在外面树立自己开明企业家的形象,可以到处捐款赞助,简直成了救苦救难的观音菩萨,可对本企业职工的生活困难却漠不关心。看样子,只有对袁小奇晓以利害,可又不能把话说得太露了,毕竟他头上那顶慈善家帽子是官方戴上去的,而朱怀镜自己正好是官方的人。他考虑了一下措辞,说:"袁先生,俗话说,小鬼难缠。万一鲁夫什么也不顾忌了,写篇说坏话的文章到外面一发,皮市长面子上不好过的。当领导的，最注意的就是影响。我看，你还是给他两万块钱算了。"

袁小奇笑道："我明白朱处长的意思。你是说怕鲁夫写文章说他自己那本书全是胡编乱造的？那他就写吧。到头来只会让人家说他不是东西哩！我还可以站出来证明那本书的确是假的，我还可以去法庭告他把我描绘成三分不像人、七分不像鬼的神汉哩！笑话！"

想不到袁小奇自己点破了这层意思，朱怀镜便感觉这人原来骨子里是个无赖。"袁先生，何必要把事情弄到这地步呢？对谁都不利。既然你说到这意思，我就说，书的真假，我不关心。我关心的是一旦鲁夫在这事上做文章，同你有联系的所有领导、朋友都会陷入尴尬境地，当然也包括你自己。不瞒你说，我最关心的还是皮市长怎么看这事。所以，你还是付他两万块钱算了。"朱怀镜说。

袁小奇沉默片刻，终于松口了："好吧，我就当看你朱处长的面子。"说罢就打电话叫来了黄达洪，让他明天拿两万块钱付给鲁夫。袁小奇笑道："朱处长，我很佩服你，为朋友舍得出力。"

朱怀镜说："袁先生，不是我讨你的人情。要说朋友，你和鲁夫都是朋友。但在这件事上，我是为你考虑的。"

袁小奇说："谢谢你朱处长。"回头又对黄达洪说，"达洪你十分钟之后叫弟兄们过来，我们消夜去。我同朱处长还有话要说。"黄达洪走了，袁小奇神秘兮兮起来，"朱处长，政协会上的气氛不对头，成天讨论的是反腐败，有件事是冲着皮市长的。今天下午有人讲到皮杰的天马娱乐中心，说那里是荆都最大的淫窝。我估计，明天会有委员提案的。我想找皮市长汇报这事，他忙，找他不到。"

朱怀镜吃了一惊，却没有表露出来，说："有些人对领导干部子弟经商有成见。说句实话，平民百姓子女是人，领导干部子女也是人。只兴平民百姓子女做生意，就不准领导干部子女做生意？其实天马我去过，并不是外面说的那么回事。好吧，我向皮市长汇报一下。袁先生，我先替皮市长感谢你。"

"哪里的话，皮市长对我很关心，对他忠心，是应该的嘛。朱处长，这几天我们政协廉洁会风，伙食太差，我吃了几餐下来，口里都流清水了。我们一起去消消夜吧。"袁小奇说。

朱怀镜想马上去找皮市长汇报，便推说还有事，谢谢了。下了楼，见时间已是十一点了，这会儿找皮市长不太适宜。他先打了方明远的手机，问这会儿皮市长在哪里。方明远先不告诉他，只问有什么事。朱怀镜说这事不大也不小，电话里不好说。方明远想了想，让朱怀镜去荆园六号楼，他在楼下厅里等他。

朱怀镜坐的士飞快地去了荆园六号楼。方明远已在楼下等着了。两人在旁边的沙发里坐下，小声说了一会儿。方明远点头考虑了一下，说："我刚才报告皮市长了，说你有要事找他。我俩上去吧。"

两人敲了门，开门的竟是陈雁，一身睡衣。陈雁说道请进，完全是主人味道。走过大厅，才看见皮市长穿着睡衣，正伏案批阅文件。陈雁给朱方二位倒了杯茶，进卧室里去了。

"什么事这么急，怀镜？"皮市长日理万机的样子，眼睛半天才从文件上抬起来。

朱怀镜便把政协会上的情况细细说了。皮市长听罢，非常气愤："这个皮杰，尽给我惹麻烦！政协委员们提的意见是对的！荆都市区，应是全荆都的首善之区，怎么能让腐朽的生活方式如此大行其道？你们传我的指示，今晚马上封了天马娱乐中心，看到底问题有多大！该怎么处理就怎么处理，绝不姑息！"

朱怀镜和方明远面面相觑，不知说什么才好。皮市长站起来，来回踱了一会儿，站在客厅中央，缓和了语气说："这个问题今晚不能过夜，一定要处理。两会正在召开，不能让这个问题成为两会的热点话题，影响会议正常召开。两个会议会相互传染的，今天是政协会上议论这个问题，明天就到人大会上了。反腐败的情绪传染起来比二号病还快。请你两位连夜同公安部门联系一下。怀镜不是同分局的宋达清同志熟吗？要他亲自督阵。你们去吧。"

两人出来，去了隔壁方明远的房间，商量这事怎么办。方明远说："皮市长这不是说的意气话，这事今晚一定要办的。这样吧，我们先去天马找皮杰，把他老爸的指示传达了，让他自己有个数。然后我们再去找宋达清，同他商量一下怎么行动。原则是天马今晚要查封，但不能让皮市长难堪。"

两人便飞快地奔天马娱乐城而去。这会儿已是午夜十二点，娱乐场所的男男女女们玩兴正酣。

第二天，关于天马娱乐城被查封的消息在人大代表和政协委员中间传播开了，而且差不多都知道是皮市长亲自下令给公安部门的。对此事却是各有各的评价。有人说皮市长是在演戏，做出一副大义灭亲的样子；有人说皮市长哪是在封天马，而是在封人大代表和政协委员的嘴巴；当然也有人说皮市长敢于对自己儿子下手，铁面无私，难能可贵。不过说这话的多是头上有一定职务的领导，也多是在公开场合，用那种很官方的语言。说法尽管很多，但人大会和政协会上总算没有人再说天马娱乐城的事了。

政协会上反腐败的话题却还是没有压下来，很快就传染给人大会了。两会的提案和议案很大一部分是有关反腐败的，而且也不是一般性的建议，都点到了具体部门或人和事。市政府一些手中掌有实权的部门，比如计委、财政、建委、国土等，几乎成了众矢之的。事态既然如此，市委和市政府就该有个态度了。市委

573

书记陈寅生和市长皮德求在人大会上专门就反腐败问题讲了话，全体政协委员列席了会议。陈书记主要讲了反腐败的重要意义和市委反腐败的决心。皮市长接下来讲，按惯例首先自然要对陈书记的讲话作简要概括和高度评价，无非是说陈书记的讲话高瞻远瞩，高屋建瓴云云。有人就在下面议论，还有什么"高"？高谈阔论！不过皮市长再讲下去，就很实在了，大家喜欢听。皮市长说，有少数领导干部自律不严，见利忘义，见色起意。他说从最近发生的几起领导干部经济案件看，有一条规律，就是人人都有情妇，有的甚至不止一个情妇。金钱总同美色搅在一起。要洁身自好啊，同志们！

不管怎样，人大会和政协会还是要圆满结束的。又是一次团结务实的大会，一次开拓进取的大会，一次把各项事业推向全面发展的大会。

散会的当天，朱怀镜约了严尚明、张天奇、袁小奇、皮杰、宋达清、黄达洪等在龙兴大酒店吃晚饭。他事先同严尚明把张天奇的意思说了。严尚明同张天奇本来就熟，两人工作又有联系，免不了需要相互关照，便满口答应从中撮合。朱怀镜和张天奇、宋达清三人先到了，坐在包厢喝茶说话。玉琴专门出来陪着。一会儿皮杰到了，见了宋达清，就玩笑道："宋局长，辛苦你了，三更半夜的，还亲自率领弟兄们去我们天马检查指导工作。"宋达清却不好意思了，握着皮杰的手使劲摇了摇说："对不起，骚扰你了。你老爸也太认真了，非要我们连夜执行任务。唉，要是所有领导干部都像皮市长这样，老百姓就满意了。"

"老百姓满意？我也是老百姓啊，我就不满意。做他的儿子，别想捞什么好处！"皮杰很是生气。

张天奇说："的确，皮市长要求自己家人太严了。领导难当啊，我们都要体谅皮市长。皮总，你更要体谅你爸爸啊。"

皮杰无可奈何的样子，苦笑一声，说："感谢张书记教导。你是当领导的，自然体会深刻。家里只要有人沾一点官气，全家人都得夹着尾巴做人。我算是遵纪守法的了，可我老爸还总是动用专政工具来对付我。"

皮杰这话又让宋达清手足无措了，只知嘿嘿地笑。朱怀镜便玩笑道："皮杰兄，别老觉得委屈了。你们这些高干子弟夹着尾巴做人，老百姓就能昂首挺胸做人了？"

皮杰指着朱怀镜大笑起来，说："好啊，怀镜兄，在你眼里，我们这种人同人民群众就是敌我矛盾了。我也是人民的一分子啊，你要不要看我的工会会员证？"

说笑着，袁小奇和黄达洪到了。黄达洪一进门，来不及介绍袁小奇，先"啊呀呀"一声，握了张天奇的手，说："是张书记啊，你好你好！"张天奇也很是热情，道："达洪啊，早就听说你发达了，果然气派不凡。"看他俩场面上一来一往，不知情的人根本就不知道他们之间有过节。

张天奇同袁小奇没有见过面，朱怀镜替他们介绍了。张天奇把手伸了过去："久闻袁先生大名，幸会幸会。"袁小奇握着张天奇的手使劲一摇，豪爽道："张书记，你好你好。我们虽未见过面，可常听朱处长说起你。"他说着就望望朱怀镜。朱怀镜便点头而笑，私下却说谁同你说起过张书记？这袁小奇不愧是江湖老手，他这种瞎话谁也不会点破的。张天奇愿意相信朱怀镜常说起他，显得他很有影响，很有面子；朱怀镜也只好默认了，倒在张天奇面前讨了个人情。"正好我同张书记的名字共着一个'奇'字，"袁小奇放下张天奇的手，恭请他先入座，"最大的莫过于天，所以张书记是大奇，我袁某只是小奇。托张书记的福了。"大伙儿一齐笑了。

这时严尚明到了，进门就拱手致歉。大家都站了起来，请严尚明入座。相互让了让，最后请严尚明坐了首席，次者张天奇、袁小奇。其他各位随意就座。各位带来的司机安排在隔壁，另开了一桌。玉琴客气着问问各位，就招呼服务小姐上菜。大家都说不喝白酒，便上了葡萄干红。

朱怀镜举了杯，感谢各位赏脸，请大家先干一杯。自然有说干的，有说不干的。朱怀镜就说头一杯，干了吧。严尚明今天爽快，一仰脖子干了。朱怀镜早干了，亮着空杯子晃了一圈，说严局长都干了，我看谁不干。大家只得干了。严尚明听着这话，心里很受用，很风度地笑着。

喝红酒，气氛轻松自在些，随意举杯，随意说话。喝了一会儿，严尚明越发高兴了，说："今天正好是八位，算是八仙了。正好又有一位女士，梅总就是何仙姑了。"这话本不太幽默，可严尚明能有此等表现，已很不错了。大家笑了起来，其实只是礼节。

朱怀镜抓住这话借题发挥："如果不是高攀，我们都是兄弟。你说是不是严局长？俗话说，八仙过海，各显神通。可我们这八仙之间要的是同舟共济。对不对，严局长？"

"朱处长说得好。"严尚明点点头，"我严某要仰仗各位，请各位多多关照。袁先生，你大名鼎鼎，在外面没有办不了事的，这我严某清楚。若在荆都，万一碰上什么麻烦，你说声。梅老总，你生意上要是有关系要摆平，你找我找小宋，都行。张书记是地方大员，我的工作需要你支持的地方多。你一直很支持我，我很感谢。小皮、怀镜我就不用说了。达洪常驻荆都，有事别客气。对了，你同张书记是老乡吧？听说你在他们那里也有生意？跟你说，在若有碰上什么不方便的，你只管找张书记，他是我的老朋友了。袁先生是你的老总，你自然要听他的。在荆都，你多听听我的，没错！这个……袁先生不会有意见吧？去若有呢，你就听张书记的。怀镜说得好,同舟共济,我们在一条船上。"

朱怀镜高高地举起杯子,说:"好!严局长说得好!我们今天真的算是八仙会了。"

各位都举了杯,说严局长言之有理,就像聆听了上级领导指示一样,纷纷发表学习体会,表态拥护严局长。黄达洪专门举杯同张天奇碰了,很是诚恳:"张书记,我黄达洪本是你一手栽培的,只怪我自己不争气,硬要自己出来闯江湖。好在我这人运气好,碰上袁先生、严局长,让我至少还有口饭吃。今后要请你多多关照。"

张天奇笑道:"达洪说到哪里去了。你以后去若有,就不要客气,找我吧。"

黄达洪这人朱怀镜了解,虽是个土匪性子,但到底在地位高的人面前还是心虚的。要是比他高一等的人伸出一条腿来,他便什么也不顾了,巴不得抱住粗腿往上爬。最老到的要数严尚明,假装糊涂,只当什么事都不清楚,就把两人的过节轻描淡写地化开了。朱怀镜觉得很长见识,他原来想着这事很难处理的。

皮杰总是拿宋达清开玩笑,要他写份汇报材料,向市政府详细汇报那天晚上在天马检查的情况,看到底有多大问题。宋达清笑嘻嘻的,说天马不照样开业了吗?早没问题了,还用汇什么报?严局长便以叔辈身份数落皮杰,说你爸爸这是爱护你。你那里要是真有违法行为,下次不要宋局长去了,我亲自带领局直属大队去。尽管严局长脸色严肃,大家却只当玩话来听,都笑了起来。严局长便也笑了。袁小奇始终是随和地笑,笑容间似乎又透着几分神秘。但他再也不在酒桌上玩什么玄乎其玄的花样逗人了。大家其实并没有忘记他是位有神奇本领的人物,只是碍着他目前身份,不再好意思开口让他玩节目了,似乎那样等于是让他耍猴戏。玉琴作为酒店老总,也是主人身份,总帮着朱怀镜劝酒劝菜。大家尽欢方散。

朱怀镜送走各位，自己借故留下了。玉琴有些怪他，去了房间，便生起气来："你呀，今天要不是请客，也不会来看我的。"

朱怀镜直喊冤枉："我每天晚上都想来看你。我一个人睡在荆园也是睡，何必不过来搂着个人儿睡？只是这几天太忙了，每晚都忙到深更半夜。太晚了，又怕吵了你，就不来了。"

玉琴不相信他这么忙，问："你以往都说会前忙些，真到开会了就没事了。这回怎么这么忙？"

朱怀镜不便细说这次人大会和政协会的内幕和花絮，只假言敷衍了。

朱怀镜心里总悬着自己提拔的事，便想多找些机会在皮市长面前行走。他明知道事情不会这么快，但急切的心情总有些按捺不住。可最近皮市长总是在下面调查研究，没有待在机关。朱怀镜只能每天在电视新闻里看见皮市长。平时皮市长下去，都是事先安排好了日程。哪天到哪天，路线怎么走，视察哪几个点，在哪里汇报，在哪里住宿，一应事宜都得安排妥帖。每到一地，都得拍板定些项目，给些钱物。这都是惯例了。可这次皮市长说，得下去务务虚，好研究一些问题。于是他只带了一位副秘书长和秘书方明远，另外就是警卫吴参谋和司机老刘，真的是轻车简从。当然电视台还是要去人的，去的自然又是陈雁。日程也就没有细细研究，下去看情况办。朱怀镜同方明远打过几次电话，都是随便扯淡，他其实是想知道皮市长哪天回来。可电话打多了也不好，因为方明远多半是紧跟在皮市长身边，不方便接这些无关紧要的电话。

有天晚上，朱怀镜从办公楼下走过，见皮市长办公室的灯亮着。心想，皮市长是不是回来了？上楼一看，却发现是服务小姐在打扫卫生。

今天朱怀镜忙了一天，感觉有些累，哪儿也不想去，在家吃过晚饭，看了电视新闻联播，稍稍坐了会儿就早早上床睡了。香妹收拾了家务，也上床睡了。没想到两人躺在床上莫名其妙地发生了口角。朱怀镜觉得没意思，穿衣下床。一个人在沙发里坐了会儿，越想越觉得没意思，便出门下楼了。他觉得奇怪，香妹现在越来越不在乎他晚上出去了。

暮春的夜晚寒意仍浓，朱怀镜在楼下转了一会儿，便想去玉琴那里。走过办公楼，发现皮市长办公室的灯又是亮着的。怎么这么晚了服务小姐还在打扫卫生？不可能，只怕是皮市长真的回来了。看看时间，已是十一点多了。皮市长也太辛苦了，这么晚了还在办公。朱怀镜想上楼去看看皮市长，却又怕打搅了领导。犹豫一会儿，他还是壮着胆子上楼去了。门虚掩着，一敲门，没有回应。朱怀镜就想往回走，又很不心甘。推门进去，外面这间是方明远的办公室，不见任何动静。又见里间门也是虚掩着的。这下朱怀镜真有些忐忑了，不敢去推那扇门。可这情形是不容迟疑的，要么趁皮市长没看见轻手轻脚走了，要么推门进去，多考虑一秒钟就会多一些尴尬。朱怀镜一咬牙，脸上一热，推开了虚掩的门。

宽大的办公桌前，皮圈椅光溜溜地空在那里。灯光毫无意义地照耀着。朱怀镜顿时有种做贼的感觉，满心恐惧，拔脚就想逃离。就在他转身之际，眼睛的余光瞥见办公桌下像是有只皮鞋的影子。再定眼一看，却发现是只脚。朱怀镜心脏跳到喉咙口了，跑过去一看，原来是皮市长倒在办公桌下。

"皮市长，皮市长，您怎么了？"朱怀镜蹲下去问。

皮市长没有答应，纹丝不动蜷在地毯上。朱怀镜想到了最可怕的事，忙伸手摸摸皮市长的额头，有些发凉。一定是什么病急性发作了。赶快打电话给值班室！可他刚提起电话，又放下了。

他低头闻闻皮市长的嘴,看是不是有酒味。心想如果皮市长只是因为喝醉了酒,他打电话给值班室,弄得天摇地动,那就不好了。可是没闻见一丝酒味。事不宜迟,朱怀镜抓起了电话。又怕打值班室电话误了时间,便想直接打机关医院电话。可机关医院的医生水平太臭,他便拨了114,问了市急救中心电话号码。

"喂,急救中心吗?我是市政府办公厅。这里有位领导突然发病晕倒了,不省人事,请你们马上派人来。政府大门口有人等候你们。"朱怀镜打电话时显得相当冷静。

急救中心简单问了一下病人的情况,说马上就到。

打完急救中心电话,他略一迟疑,又打了机关医院电话,怕万一急救中心那边出了差错就麻烦了。

然后才打电话给值班室,再给柳秘书长打了电话。柳秘书长声音黏黏的,像是已经睡过一觉了,可他听朱怀镜把事情一说,啊了一声,立即就清醒了:"怀镜,我马上就到,你赶快通知机关医院。"

"我怕误事,先通知了市急救中心和机关医院,再来报告您的。"朱怀镜说。

"好好,这就好。我马上到。"柳秘书长语气比朱怀镜慌张多了。

柳秘书长到的时候,机关医院的医生还没有现身。柳秘书长刚要发火,朱怀镜过来小声说:"我们不懂得急救常识,不敢翻动皮市长,就让他躺在那里。急救中心的医生马上就会到的,我说好了到大门口去等候,省得他们半天找不到地方。"听朱怀镜这么一说,柳秘书长也不好发火了,怕惊着了病人。朱怀镜飞快地跑下楼去。快到大门口,就听到急救车呜呜叫着开来了。朱怀镜感到一下子轻松了。站岗的武警没有见过这场合,仍是照章行事,伸手拦车说要检查证件。朱怀镜跑上去大喊一声:"让开让开，你不认字?"

武警战士偏头看了看车子，忙放下了手。朱怀镜示意汽车往里开。汽车没有停下来，门却打开了。朱怀镜一边引路，一边说："你们真快，谢谢你们了。是皮市长，一个人在办公室办公，突然晕倒了。请你们一定要冷静沉着。"

"请放心，我们会尽力的。"其中一位男医生说话了，其他几位木然地望着他。

车到办公楼前停下，医务人员飞快地打开后门，扛着担架、氧气瓶及一应急救随朱怀镜上楼。楼上已等着好些人了。柳秘书长想同医务人员打招呼，却见他们个个神色严肃，就只好作罢了。

"这位领导，请你在门口把关，不准任何人进来。"刚才在车上说话的那位医生把朱怀镜当成这里管事的头儿了。看样子这位医生是负责人。

朱怀镜不好意思了，忙说："我们柳秘书长在这里负总责。我替你们守门吧。"

那位医生说话间就已经戴好了口罩，只露着两只眼珠子，朝柳秘书长点了点头，进去了。柳秘书长挥挥手，让大家都下楼去待命，只他和朱怀镜在这里守着。

这时，机关医院的几位医生来了。柳秘书长脸色陡然间铁青起来，望都不望他们。这场面很让人难堪，朱怀镜有些忍不过，就对他们说："急救中心的医生正在抢救。你们就在外面等等吧，看他们需不需要帮忙。"

"要他们帮什么忙？平时争起职称来，都说自己应上正高、副高，关键时候派不上用场!"柳秘书长依然不望他们。

朱怀镜便打圆场，对几位医生说："你们下楼去待命吧。"

几位医生像是获得了解放，却又不敢赶快离开，缩头缩脑一会儿，才蹑手蹑脚下楼去了。

"这些人，没有一个有真才实学的！"柳秘书长情绪仍是激动。

朱怀镜说："对机关医院，大家的看法很不好。有人说，这些医生都是些点菜医生。"

柳秘书长听不明白，问："什么点菜医生？"

朱怀镜笑道："不会看病，病人倒知道自己患的什么病，要用什么药，点着药名叫他们开处方。所以叫他们点菜医生。"

柳秘书长觉得幽默，忍不住笑了起来，然后叹道："这些医生，很多都是凭着各种关系进来的，素质本来就不高。加上长期在政府院子里待着，业务水平没上去，衙门习气倒学了不少。堂堂市长病倒了，他们居然也是这个态度，普通百姓那还消说？"

朱怀镜没想到柳秘书长会把这事说得这么透，可他只能听着，不便多作评价。毕竟机关医院也是柳秘书长自己所管工作的一部分。

"要不要告诉王姨？"朱怀镜问。

柳秘书长说："还是等等吧。等情况稳定了再说，免得云仪同志担心。"

两人静下来不说话的时候，气氛就特别紧张。医生们已进去个把小时了，仍不见任何消息。朱怀镜不想往坏处想，可偏偏总往坏处想。他发现柳秘书长的双眉总是挤在一块儿，便猜到他也肯定在往坏处想。两人只是心照不宣罢了。

大约两个多小时以后，门才开了，那位负责的医生出来了。柳秘书长和朱怀镜忙站了起来，望着这位医生，却不敢问话。医生说："是大面积心肌梗死。病情稳定了，但还没有完全脱险，得马上送急救中心去。"

"好！一切听你们医生的。需要我们做些什么？"柳秘书长说。

医生说:"你们随两个人去吧。唉,皮市长到底还算命大。要是迟通知我们十几二十分钟,后果不堪设想。"

柳秘书长便望了眼朱怀镜,点点头,然后说:"好吧,就我们俩随去吧。"

医务人员小心地抬着皮市长,下楼上了急救车。坐在车上,柳秘书长意味深长地握了一下朱怀镜的手。

医生只按他们的职业要求处理这一切,可现在情况稳定了,柳秘书长的政府意识便又上来了。他问医生要了急救中心主任的电话,拨通了:"喂,向主任吗?我是市政府秘书长柳子风。皮市长突发大面积心肌梗死,经过你们中心现场抢救,情况基本稳定了。现在正在送往你们中心途中。请你亲自安排一下病房,做好一切准备。"

柳秘书长关了手机,坐在那里就感觉不是味道了。因为车上所有医生的表情都有些奇怪,他们大概看不惯这种政府行为。朱怀镜看出这层意思,却也只好陪着柳秘书长难堪。病人需要安静,不然他会说些笑话打破这僵硬的场面。

一会儿就到了急救中心,好几位医生已等在大厅门口了。一位矮胖的医生迎上来同柳秘书长握手,朱怀镜便猜这人只怕就是急救中心的向主任了。果然是向主任,同柳秘书长是老熟人。

皮市长被送进高干病室的急救室。柳秘书长和朱怀镜只能坐在走廊里等候。向主任觉得难为情,便在进急救室的时候朝柳秘书长笑了笑。柳秘书长表示理解,扬扬手示意他进去亲自督阵。

柳秘书长被弄得有些晕头转向了,拍拍脑袋,便挂了常务副市长成仁的电话:"喂,成市长您好。我老柳。对不起,这么晚了打搅您。是这样的,皮市长在办公室办公时,突发大面积心肌梗死,情况很危急……"

成副市长听完柳秘书长的报告,说马上赶到医院,并让柳秘书长打电话叫车。

柳秘书长在打电话叫司机的时候,一边对朱怀镜说:"你打电话给方明远,把情况同他说说,要他马上去皮市长家接云仪同志来医院。今天这事,方明远是有责任的。"

朱怀镜知道柳秘书长是怪方明远晚上没有陪着皮市长加班。

没多久,成副市长同王姨几乎是同时到了。皮杰也来了,搀扶着他妈妈。王姨眼皮发红,想必在车上哭过了。成副市长和柳秘书长安慰了王姨,再让方明远去找医生安排个房间,先让王姨休息。王姨却坚持要进去看看老皮。成副市长就劝道:"云仪同志,你要冷静,克制一下。现在医生正在全力抢救,我们不能进去。你先休息,等可以进去了,马上通知你。"这时方明远已安排好房间了,回来带着王姨去休息。方明远因为没有陪皮市长加班而感到很不自在,好像皮市长落到这步田地都是他害的。

安顿好了王姨,成副市长说:"子风,我俩研究一下。我看要成立个治疗领导小组。我任组长,你和卫生局马局长任副组长,再就是市人民医院、医大附属医院、市急救中心等单位的负责同志为成员。领导小组下面设立专家小组,由卫生局长提名,把市里有关方面的医学权威全拉上来。"

柳秘书长说:"事不宜迟,我马上通知领导小组和专家小组的人员到位。现在是凌晨三点半,就定在四点半开会怎么样?"

成副市长说行。柳秘书长便让朱怀镜打电话给卫生局长,让卫生局长再通知有关专家。朱怀镜手头没有卫生局长家的电话,方明远没声没响地掏出了电话号码本子,告诉朱怀镜。朱怀镜知道方明远心里难堪,因为柳秘书长不太理睬他。

"喂,请问是马局长家吗?"朱怀镜问。

接电话的是个女的,很不高兴,看样子是马局长夫人:"发什么神经?现在是什么时候?"

"对不起，对不起，是成市长有紧急事情要找马局长。"朱怀镜只好搬出成市长了。

马局长这才接了电话。朱怀镜便把成副市长的指示一五一十地说了。马局长很吃惊的样子，然后很是客气，说马上带领有关人员准时赶到。

打完电话，朱怀镜去上厕所，方明远也同了去。朱怀镜知道他是想试探一下柳秘书长说了什么。方明远当领导秘书多年，最善察言观色，早从柳秘书长脸上看出些什么东西来了。朱怀镜却想多一事不如少一事，没有必要把柳秘书长说的话告诉他。话传来传去会传出麻烦的。方明远自然也不便问他。两人就并排站在小便池边，稀里哗啦一阵，提了裤子，相对而笑。

可总得说些话，朱怀镜就说："真的好险。我本来是失眠，起来到院子里走走。见皮市长办公室的灯亮着，就想上去同你扯谈。一去，不见你，再推开里间门，就见皮市长倒在地上，再迟十分钟，只怕就坏事了。"

方明远很后悔的样子，说："这次皮市长在下面很辛苦。今天，对对，昨天下午才回来。我问他还有没有事，他说让我休息。所以我晚上就没有来了。平时他晚上加班，我要么在办公室里坐着，要么在值班室看电视。"

"这也怪不了你啊！"朱怀镜说。

两人说着就到了急救室门口了，便不说了。柳秘书长在不停地看手表，样子很焦急。成副市长在走廊里踱来踱去，像位将军在指挥一场残酷的战斗。

这时，向主任出来了，摘下口罩，刚准备向柳秘书长汇报，马上又看见了成副市长，眼珠子就在两位领导之间递了几个来回，谁都怕得罪似的，说："向成市长和柳秘书长报告，皮市长不会有大问题了。家属可以进去看一下，其他同志就不要进去了。里面还不能离开医生。"

成副市长点点头,过来握住向主任的手,说:"感谢你,感谢你们全体同志。这样,老向,我刚才同子风同志商量,成立个领导小组,你参加一个。领导小组下面设专家小组,专家由卫生局马局长定。他们马上就到,我们先开个紧急会。"

向主任连连点头:"这样好。皮市长是累的啊!我马上叫人安排会议室。"

成副市长同向主任说话时,柳秘书长瞟一眼方明远,再对朱怀镜:"怀镜,你去请云仪同志吧。"

方明远待在这里没意思,也随朱怀镜一道去王姨房间。王姨哪里是在休息,坐在那里一个劲儿抹眼泪。皮杰轻轻捶着妈妈的背,让她放心,说没事的。"王姨,皮市长完全脱险了。医生说您可以进去看一下。"朱怀镜过去拉着王姨的手说。王姨听了,揩干眼泪,说着谢谢谢谢,便起身出门。

这时,卫生局马局长和几位院长、专家到了。"辛苦你们了,三更半夜的把你们叫来。"成副市长过去同他们一一握手。马局长摇着头说:"你们领导同志辛苦啊!皮市长这都是累的!"几位院长也都说是啊是啊,都是累的,市里领导太辛苦了。院长们同马局长一样,毕竟头上顶着官帽子,就得感叹市领导辛苦了。几位专家都是老先生,眼睛和脸庞都皱巴巴的,一副没睡醒的样子。他们不是揉眼睛,就是打哈欠,没有谁说什么领导辛苦之类的话,有些没精打采。朱怀镜起先只是觉得几位专家的脸色耐人寻味,马上又看出他们似乎并不乐意参加这专家小组。正是从几位专家的脸上,朱怀镜忽然感觉到了某种滑稽,心想政府遇事就成立领导小组,真有意思。

领导小组和专家小组开联席会去了,朱怀镜和方明远仍留在急救室门口值班。方明远终于忍不住了,问道:"怀镜,柳秘书长好像很不高兴?"

朱怀镜说:"没有吧?我也觉得他今天脸色不好看,大概是心里急。这么大的事!"

"唉!"方明远无限感慨的样子,"市长也不是人当的啊!一年到头,没有一天闲着的。加上皮市长事事认真,弦绷得太紧了。他都快六十岁的人了,不知道他哪来这么好的精力,我跟在他屁股后面跑都觉得有些吃不消。"

朱怀镜说:"是啊,皮市长这个人太敬业了,我们这些人有时想想他,都有些惭愧。我也想,这么大年纪了,精力为什么还这么好?"

今晚方明远很不好受,总觉得自己就像罪魁祸首。当然他自己没有说出这层意思来。他总是说皮市长的千般好万般好,似乎这样便可以赎罪似的。朱怀镜从来没有见过方明远这个样子,他笑是笑着,却可怜见的。心想你方老兄这会儿说得再多,柳子风也听不见。朱怀镜内心又好笑,又同情,便有意附和着方明远,你一句我一句,把皮市长说成焦裕禄了。

领导小组和专家小组的联席会散了,几位专家一道去病室看了一回出来,在楼道里碰会儿头,便散了。成副市长和柳秘书长也准备走。柳秘书长交代朱怀镜和方明远再坚持一会儿,马上会派人接班的。朱怀镜很想知道开会研究的情况,可柳秘书长不可能同他细谈,细谈了便有上级向下级汇报工作的意思了。他便只好小声地问柳秘书长:"没事吧?"

柳秘书长说:"没事。"

成副市长和柳秘书长走了,朱怀镜和方明远又坐在急救室门口的走廊里漫谈皮市长的事迹。没有医生许可,他们不好擅自进去。两人谈着谈着,朱怀镜忽发奇想:原来英雄模范人物也是很容易总结出来的。

直到清早八点半钟，两位接班的人才慌慌张张地赶来，向朱方二人问长问短，很吃惊的样子。他们是今天去办公室上班，才听说皮市长住了医院。但他们的慌张多半是装出来的。市长生命危在旦夕，谁敢表现得漫不经心呢？

朱怀镜累得不行了，回家什么也没吃，便倒在床上。刚迷迷糊糊要入睡，忽然想到什么，一下惊醒过来了。"我这次是救了皮市长的命啊！"朱怀镜一个通宵都在担惊受怕，毕竟这是人命关天的事。可他这会儿却有些兴奋了，像在一场鏖战中立了头功，就等着通令三军予以嘉奖了。他几乎是被极度的兴奋弄得精疲力竭才呼呼睡去的。

朱怀镜一觉醒来，已是下午三点半。他急忙穿了衣服，就往外跑，就像怕误了天大的好事。边下楼边打电话叫司机开车过来，送他去急救中心。他在楼下等了会儿，处里车子便到了。坐在车上，腹中空空地作痛，便下车在路边买了两个包子。没睡好，饿是饿，吃却吃不下。也只好慢慢地吃了。

赶到急救室，正好王姨和方明远从里面出来。王姨见了朱怀镜，眼泪一滚出来了，拉着他的手呜呜哭了起来。朱怀镜心头一紧，心想坏了！却听王姨呜咽道："怀镜啊，谢谢你啊！这次不是你，老皮他就没命了！"

朱怀镜这才松了口气，忙说："王姨，这都是皮市长自己命大，您放心吧。"

方明远挽着王姨说："王姨，您还是去休息一下吧，一夜都没睡啊！怀镜，你先在这里坐坐，我送王姨去休息。"看方明远这样子，早已恢复了状态，俨然有些半个主人的意思了。

王姨却说："我一时睡不着。怀镜，你过来，我想同你说说话。"

进了休息室，王姨问："怀镜，那么晚了，你怎么想着去老皮办公室看看呢?"

朱怀镜说:"说来也巧,我平时不怎么失眠的,昨天晚上硬是睡不着。心想下来走走,走累了好回去睡觉。我走到办公楼下,见皮市长办公室灯亮着。我想这么晚了,皮市长还在加班,也不知道注意身体。我有好些日子没有见到市长了,就想上去看看他。一敲门,没有人应。我还担心皮市长正同哪位领导在商量重要工作,不方便开门哩。我本想下楼算了。要是平时碰到这种情况,我真的就下楼了。可就是怪,我忍不住推门进去了。你看,事情就是这么凑巧。说来说去,是皮市长的命大。"

王姨双手合十,念了几声阿弥陀佛,说:"是菩萨保佑啊!是菩萨不让你睡觉,让你去救我老皮啊!皮杰他奶奶是信佛的,她老人家听说了,只说是菩萨保佑。不是菩萨保佑,哪有这么巧的事呢?怀镜,你是属什么的?"

"我属牛,今年四十一岁。"朱怀镜说。

王姨眼睛一亮,抚掌而笑,说:"这就更巧了!皮杰奶奶听说他儿子这样子了,请了算命先生到家里算了算。她老人家最信这一套了。你们年轻人现在不信这事,今后会信的。我年轻时候也不信,后来就有些相信了。命这东西,不由你不信的。你猜那算命先生怎么说?他说我老皮同属牛的人在一起就会遇难呈祥,大吉大利。"

朱怀镜注意到方明远有些不自在了,便一再说:"哪里啊,王姨,都是皮市长自己命大。"

皮市长在急救中心住了二十来天,情况大为好转了,便转去市人民医院。领导生病住院,对有些人来说是个机遇。每天便有很多人去医院看望皮市长。医院觉得这样对皮市长的身体恢复很不利,便报告了成副市长。成副市长同柳秘书长商量,决定派办公厅的同志全天候值班把守,不让来人打扰皮市长。反复考虑,又决定安排武警战士执行这项任务。因为凡是前来探望皮市长的，差不多都是厅局领导、企业老板和各方面社会名流，这些人办公厅的干部多半认识，他们下不了面子。武警战士值班就不同了，他们威风凛凛往那里一站，凭你怎么说，他们只有一句话："对不起，我们没有接到命令。"正是老话说的，秀才碰上兵，有理讲不清。那些想好了有一肚子漂亮话要在皮市长病榻前说的体面人，只好满心遗憾，悻悻而归。

方明远、警卫吴参谋和司机老刘三个人自然是天天守在医院。朱怀镜一下班也待在医院。尽管派武警值班，上医院来探望的人还是天天不断，都被武警战士挡了回去。那些人便很失望。有时候，被挡在门外的这些探望者碰上了王姨、皮杰或是朱怀镜他们，虽然仍进不去，却会拉着他们说一大堆皮市长太辛劳了之类的话。说这些话本是人之常情，可是天天听着探望者用那种夸张的表情和语言说出来，谁都会倒胃口。

陈雁和理发师傅小张的老婆是个例外，他俩可以随时去皮市长病榻前问寒问暖。陈雁都是晚上来，让朱怀镜或者方明远陪着，在皮市长病榻前坐上一会儿，说说话就走。张师傅的老婆是朱怀镜最近才知道的一个女人。原来皮市长对张师傅理发手艺很满意，四五年了一直是在他那里理发。张师傅人又灵活，有时也会往皮市长家里走走。皮市长念他是普通百姓，对他也很是客气。一个理发师傅，对堂堂市长实在没有什么可企求的，只是觉得自己在这么大的领导面前很有面子，就像受了天大的恩惠，感激得不得了，逢人便说皮市长是位好领导。张师傅替皮市长遍树口碑，起初的目的大概只想满足自己某种心理，不料却渐渐红火了他的生意。人们对待官员、大款、名人之类的心情最说不清，尽管时常会愤愤地说起这些人，可是凡同这些人有某种联系的东西，人们仍会很有兴趣。多一个人知道张师傅是专给皮市长理发的，他也许就多了一位顾客。如今皮市长住了院，最先张师傅携老婆来探望了一次，后来就让老婆每天清早送一束鲜花来。这样似乎做得太过了些，外人看着都有些不好意思，可张师傅老婆却是风雨无阻，准时准点捧着鲜花，笑吟吟地出现在皮市长病榻前。有天清早，张师傅老婆又手捧鲜花来了。皮市长醒来不久，朱怀镜和方明远在一旁招呼着。皮市长很是高兴，交代张师傅老婆不要天天送花，难得破费，也难得麻烦。这女人眼泪一滚出来了，说："皮市长辛辛苦苦为百姓操劳，病倒了，我自己做不了什么，只是力所能及，送束花，祝愿市长早日康复。"皮市长也有些感动，连说谢谢。方明远忙说："皮市长，您不能激动。"女人便破涕而笑，说："皮市长不要嫌弃我和小张的心意啊。"皮市长点着头笑了。这女人走后，皮市长很是感慨，说："这就是普通百姓的感情啊！多么淳朴！"朱怀镜原来想劝劝这女人不要天天送花，可是听皮市长这么一说，他便打消了这个念头。他不清楚皮市长是有意糊涂，还是心理感觉迟钝了。朱怀镜只要看见这女人手捧鲜花赶来，他便满身鸡皮疙瘩。

皮市长住院不让别人探望，这事在外界一传，人们便觉得我们有位好市长。谁都清楚，有些领导住一回院，比做一笔大买卖赚的还多。而且是无本生意，赚的都是纯利。尽管这也许只是他们的一个小进项，也很让一些人眼馋或愤恨。

皮市长深夜累倒在办公室，这事不同的人听了又是不同的反应。有人说皮市长的确是位勤勤恳恳的好领导，有人却说他自己身体不好怪谁？更多的人却对这事没有任何感想。可是，种种反应仅限于很小的范围。偌大一个荆都，知道皮市长生病住院的，毕竟只是极少一部分人。人就是怪，那些领导天天在电视里亮相，人们看着就烦。但隔上些日子不见他们在荧屏里现身了，又会生出各种猜疑。通常第一个反应就是：他是不是被抓了？如今

591

说谁被抓了都不会觉得奇怪。种种猜疑会在一夜之间孵化成千奇百怪的谣言。谣言的繁殖能力极强，各种流言飞语在白天和黑夜的空气中交配，马上诞生新的物种。

最初察觉到关于皮市长谣言的是朱怀镜。玉琴打电话告诉他，说外面有人说皮市长如何如何了，话很难听。朱怀镜把这事报告给柳秘书长。柳秘书长听了面色凝重，把这事报告给成副市长。成副市长听了，发了一通感慨，把这事报告给市委书记。市委书记听了做了三点指示：一是请成副市长召集皮市长治疗领导小组和专家小组多研究几次，尽快让皮市长康复出院；二是责成医院进一步采取积极有效的医疗措施；三是请新闻舆论单位做些适当的工作。这事都由成副市长一一落实。

市委办公厅、政府办公厅、宣传部、经贸委、体改委等几家抽调骨干力量，同电视台的工作人员忙了一天一晚，将近几年包括皮市长在内的有关领导下企业视察工作的电视资料全部调出来，精选若干，编辑在一起，配上解说词，反映市里领导对企业改革的思考和决策过程。次日晚上，荆都电视台在黄金时间推出了大型系列专题报道《企业改革备忘录》的第一集：《决策者们的思索》。荆都的市民们又在电视里看见了皮市长的音容笑貌，才知道皮市长并没有被抓起来。

以后的两个月，市里有什么大会，皮市长便写信。信自然不是市长亲自写的，市长还天天躺在病床上，他一时还出不了医院。治疗领导小组每周一开例会，成副市长尽量抽时间参加，柳秘书长却是每次都得到场。专家们起初不太有兴趣参加这样的会议，但同成副市长接触多了，人也就熟了，感觉也就好起来。当然感觉再好没有实际意义，但同成副市长熟了，说不定哪天会变得有实际意义的。

报纸送来了，里面夹着一封信，是曾俚寄来的。朱怀镜拿着信封捏了捏，薄薄的，不像是寄的报纸。这就有些奇怪了，曾俚不会写信给他的。这年头，能够收到朋友的信，算是很奢侈的事。拆开信封一看，才知道曾俚早已离开荆都了。

怀镜：

你好！

不辞而别，请你原谅。荆都这地方我待不下去了，还是走了的好。

我离开这里的具体原因，说起来无聊，就不说吧。这世道，像我这种人总会被人拿一些我说来都觉得无聊的法子治得束手无策的。

我从来就不善于玩，哪怕小时候别人玩游戏，我也是站在一旁看热闹。这也许很宿命地决定了我一辈子都只能看别人玩。满世界都在玩，玩权术，玩江湖，玩政治……玩！玩！玩！成功的就是玩家！玩，成了一个很轻薄的字眼，此皆轻薄世风所致。

岂止轻薄！

我不屑于玩，一本正经地想做些对得住良心的事，却偏偏在别人眼里，我反倒成了不通世事的老顽童。真是滑稽！

还是走了吧。

你是否还记得我说过的一位哲人的忧虑：如果出类拔萃的人都腐化了，那么还到哪里去寻找道德善良呢？——这作为我的赠言吧。

致礼！

曾俚

朱怀镜把这封短信看了两遍，弄不清曾俚为什么说走就走了，事先也不通个口风。他想自己在曾俚眼里居然算出类拔萃的人，真有意思。朱怀镜摇头苦笑一下，真不知道自己优秀在什么地方。朱怀镜私下自嘲着，突然发现自己今天似乎有些不对头。他平时尽管表现得谦虚谨慎，骨子里其实很自负的。可是看了曾俚的信，怎么都觉得自己庸碌凡俗。朱怀镜好像发现了自己内心深处的虚弱。

事后很久，朱怀镜偶然从政协的朋友那里知道，曾俚在报社锋芒太露，让社长很不高兴。社长说曾俚自命清高，以社会良心自居，全然不顾及报纸的生存困难，总是惹祸。原来，政协会议结束后，鲁夫投了一篇文章来，内容是给袁小奇曝光的。曾俚把文章编了，送给社长。社长一看，大为光火。袁小奇是政协常委，政协自己的报纸却要发这样的文章，这还了得？曾俚就同社长吵了起来，说政协常委又怎样？只要他是牛鬼蛇神，天王老子也要把他的真面目暴露出来！文章当然发不出来。这已不知是曾俚第多少次同社长争吵了。曾俚很不甘心，自己写了篇言论文章，发表在南方一家很大胆的报纸上。文章虽云遮雾罩，可知情人一看就知道是在笔伐袁小奇。袁小奇倒是装聋作哑，却让政协张主席敏感起来，专门找报社社长谈了一次。在对待袁小奇的问题上，张主席同皮市长观点是一致的。政治家之间就是这样，一边吵架，一边握手。

于是，社长秉承张主席的旨意，重新调整了曾俚的工作。话当然说得很客气，说他是名编辑，名记者，人缘好，关系广，让他去广告部，不再编稿子。别的同事都巴不得能去广告部，那是个挣钱的好地方。可曾俚偏是个敬业的人，并不在乎赚钱。就这样，别的同事拍着他肩膀，祝贺他去了个好地方，他却一纸辞职报告递了上去。

朱怀镜想那鲁夫也真不是东西，讲得好好的，给他两万块钱，他不再提袁小奇的事。可他钱到手了，照样写文章来添乱。这种文人的发表欲简直走火入魔，一门心思想着文章变铅字，全不讲游戏规则！

朱怀镜拈着曾俚的信，想象不出这回曾俚会去哪里。曾俚四十好几的人了，大学毕业二十多年了，一直这么漂泊。曾俚的毛病就是太不切实际，固执地用他认定的是非标准，一厢情愿地评价和迎战现实。这就注定他随便走到哪里，都显得非常可笑。现实已经如此，大凡遵从真理的人，都会像三岁小孩说大人话一样显得幼稚可笑，只是又比小孩少却了几分天真可爱。这便是曾俚自己说的老顽童吧。

"开始吗？"邓才刚进来问朱怀镜。

"好，开始吧。"朱怀镜站起来，同邓才刚一道往会议室去。昨天已经决定了，今天下午开个全处干部会，推选五好家庭和模范夫妻。不知是哪位领导的儿子一年结三次婚还没有媳妇过年，还是哪位领导的女儿老跟别人跑了，反正上面有人突然觉得家庭道德建设非抓不可，今年要在干部中间评选五好家庭和模范夫妻。根据厅里布置，每个处室推选五好家庭一个，全厅范围内推选模范夫妻一对。模范夫妻名额很有限，据说还要参加更上一级评选，最后在省市选手中角逐出全国十佳夫妻。

朱怀镜把精神传达了，便请大家提名。场面沉默了分把钟，邓才刚带头发言："我先谈点个人意见。我们处里，家庭关系都处理得不错，夫妻恩爱，家庭和睦，子女上进。总之都不错。但相比之下，我觉得朱处长家庭更有代表性，我个人意见，我们处里的五好家庭推朱处长家庭。厅里的模范夫妻，我想首推柳秘书长夫妻。柳秘书长的爱人余姨，长年瘫痪，而柳秘书长工作又忙，他里里外外都要顾上，真不容易。更难能可贵的是两人的感情几十年如一日，恩恩爱爱，相敬如宾，是我们每一位年轻干部的楷模……"

邓才刚这么一说,接下来发言的都顺风倒了,一致推选朱怀镜家庭为五好家庭,推选柳子风夫妻为模范夫妻。朱怀镜最后拍板,自己谦虚了好一会儿,但大家坚持推选他们家庭,他只好感谢同志们了。而对推选柳秘书长夫妻,他当然是非常赞成的,而且还就自己所见所闻,很有感情地讲了柳秘书长夫妻如何相濡以沫。会议开得很短,个把小时就散了。要不是官场中人讲话讲究起承转合,时间还会更短些。回到办公室,看见桌上曾俚的信,才想起自己刚才在会上的表现,不由得苦笑着想:老同学,我并不是你所认为的出类拔萃的人,腐化了就腐化了吧。

皮市长突然打了电话来,让他去一下。皮市长从来没有亲自给朱怀镜打过电话,平时都是方明远代劳的。朱怀镜竟然一时没有听出皮市长的声音,弄得很慌乱。朱怀镜放下电话,忙往皮市长那里去。一路上便想皮市长今天有什么大事要找他呢?私下猜着是不是自己的好运来了,却不敢这么肯定。

敲了门,听得皮市长说了声请进,他便进去了。不见方明远在里面。"请坐吧。"皮市长起身要给倒茶,朱怀镜忙拦住了,说:"自己来,自己来。"他便给皮市长杯子里添了茶,再为自己倒了一杯。

皮市长靠在沙发上,抹了抹头发,半天不说话,只严肃地望着他。朱怀镜弄得好紧张,疑心是不是自己有什么事让皮市长知道了。

"怀镜,那个天马娱乐城,你听到什么说法吗?"皮市长问。

朱怀镜这才知道皮市长的严肃只是因为天马娱乐城,并不关自己的事,心里便轻松了。可他不知皮市长是什么意思,不敢贸然答话,便说:"我倒是没听说什么。"

皮市长显得有些义愤,说:"天马娱乐城不能这么搞!老百姓意见很大，我手头的举报信就有不少！上次两会期间，我下令查过他们，也没查出什么名堂。我想，这个娱乐城，不能再让天马公司搞下去了。再让他们搞下去，非出大乱子不可。我的意见是，让龙兴大酒店买下娱乐城。当然这得让龙兴自愿，不搞行政命令。你同龙兴的梅老总很熟，同商业总公司分管龙兴大酒店的副总经理雷拂尘也很熟，就请你同他们把意向先说说。具体的再让天马总公司同龙兴大酒店自己去谈，我们不干涉。"

朱怀镜说："行行，我同他们两位说说吧。"他话说得从容，耳根却忍不住有些发热，心想皮市长怎么知道自己同玉琴很熟？正是柳秘书长家那幅古联的意思，上级是"春风放胆来梳柳"，下级只能"夜雨瞒人去润花"。这事让皮市长知道到底不太好。可反过来一想，就像皮市长始终没有说到皮杰的名字，一副公事公办的样子，那么大家就心照不宣吧，也没有必要在乎皮市长知道他同玉琴怎么样。

"好吧，这事就麻烦你同他们说说。注意点方法，不要让他们误以为我们在施加影响。"皮市长说。

皮市长"好吧"二字刚出口，还没说出下文，朱怀镜就明白首长的指示完了，自己应该告辞。皮市长在办公室比在家里严肃些，朱怀镜也没感觉有什么不自然的，很恭敬地站了起来，说："市长您忙吧，我走了？"

回到办公室，朱怀镜马上挂了玉琴电话："玉琴吗？我过来吃晚饭，方便吗？"

玉琴笑道："方便之门永远向你开放。"

朱怀镜大笑起来，说："你这个坏家伙，怎么也学着说野话了？"

"谁说野话了？"听玉琴的语气，她真不知道这话野在哪里。

朱怀镜就笑道："好吧，我过会儿再告诉你吧。"

坐一会儿下班了，出来准备去玉琴那里。他在办公楼前碰上方明远，说："明远，几天没见到你了，这么忙？"朱怀镜没有说刚才到皮市长那里，他意识到皮市长不希望更多的人知道这事情。

方明远说："忙什么？还不是跟着皮市长东跑西跑。我正准备找你哩。皮市长想看看《南国晚报》上的一篇文章，题目是《却说现代登仙术》，说是写的袁小奇。听说那位作者是您的同学，原来在我们政协报社工作，最近好像辞职了。我找了好些天，没找着这篇文章。您同这些人熟些，烦您帮个忙吧。"

没想到曾俚一篇小小言论文章，竟引起这么多上层人物的关注。可见很多领导同志对袁小奇还是十分敏感的。如果鲁夫那篇文章发表了，那不要闹得天摇地动？就像这事真的同自己有脱不掉的干系似的，朱怀镜也想马上找到那篇文章，看看曾俚到底说了些什么。今天时间已来不及了，只好等明天再去找吧。他却不说死，只说："好吧，我找找试试。"心里暗忖，不知到底哪些单位订了《南国晚报》，只怕要到荆都图书馆和《报刊精粹》编辑部去找。

同方明远别了，朱怀镜开车去了龙兴大酒店。自己开门进了玉琴家，却见玉琴还没有回来。玉琴现在忙多了，一般不可能按时下班的。朱怀镜自己倒了杯茶，坐在沙发里看报纸。沙发边的报篮里有一沓报纸，朱怀镜拿过来翻了翻，居然见了一份《南国晚报》。真是有运气。可又怕这是玉琴在街上买的零报，便打了玉琴电话："喂，我到了。""早知道你到了，我看见你的车开进来的。我现在一时走不开，等会儿才行。"玉琴说。"没事的，你忙吧。我问你，你订了《南国晚报》？""订了，怎么？"朱怀镜说："你能找齐最近两个月的《南国晚报》吗？"玉琴说："能。我的一套不全了，办公室还有一套。等会儿带回来吧。"

玉琴直到晚上八点钟才回来，一手搂着报纸，一手提着饭菜。"本想忙完之后，同你出去吃饭的。可你忙着找报纸，怕你有什么事，就提些饭菜回来算了。将就些吃吧。"玉琴说。

朱怀镜接过报纸，说："怎么平日我都没有见到你这里有《南国晚报》呢？"

玉琴一边摆着饭菜，一边说："你现在越来越忙了，总是来去匆匆，什么时候安心坐下来看过报？"

朱怀镜笑笑："好好，都是我的不是。我今天就好好看看报吧。"接过玉琴盛好的饭，边吃边翻报纸，从最近的日期翻起。玉琴问他有什么大事，连吃也顾不上。朱怀镜只是抬头笑笑，表情神秘。玉琴也就不问他了，一声不响地吃饭。气氛倒是很家常。还没找到要找的文章，却翻到了曾俚的另一篇文章《且说新贵》。粗粗一读，还有些意思。

……报社领导决定从明年开始，把报纸的阅读群落定位为城市贵族。不久，我便离开了这家报社。这二十多年，我总是在退却和逃遁。

我的常识里，城市贵族在当今中国好像还是一个云遮雾罩的概念，但我想那些津津乐道城市贵族的人们，本身骨子里必定有股酸腐的贵族气。

曾几何时，当今中国有那么一些人就贵族气了。我注意到有位据说很有名的教授居然也撰文为贵族气张目，说当代中国文坛需要一种贵族精神。他的大意是说，托尔斯泰倘若不具备贵族气质，就出不了伟大的《战争与和平》《安娜·卡列尼娜》《复活》，当然也不可能成就什么托尔斯泰主义。这位博学的教授显然忘记了就在诞生托尔斯泰的同一片土地上也诞生了高尔基。

高尔基似乎不是贵族,他的出身好像比一般的平民更加平民,但这并不妨碍这位大文豪创作出彪炳千秋的《母亲》。高尔基之所以成为高尔基,也并不在于他刻意地要培养自己的贵族意识,而在于他对劳苦大众命运的关怀。相反,托尔斯泰之所以成为托尔斯泰,恰恰因为他具有浓厚的平民意识。什么叫贵族精神?我想象不出贵族能有什么"精神",贵族给我的印象是脸色苍白但脖子梗得很直,在平民面前通常仰着鼻子,翻着白眼。

　　外国且不管他,我想至少在当今中国,所谓贵族早已是个散发着腐臭味的词了。但时下患有逐臭癖的人并不鲜见。所以那位教授虽然只是说文坛需要贵族精神,但这"精神"很容易传染的。其实也不怪这位教授文章的传染,有些人早就像贵族老少爷了。这就让我又想起那张准备改为城市贵族读物的报纸。我想象不出,明年我们看到的那张报纸将是怎样一副面目?是不是成日里登些个喝了法国酒怎么打法国酒嗝?阔太太打哈欠捂嘴巴是用手背还是手掌?有情妇的男人怎样哄住妻子?发情的巴儿狗女主人怎么去呵护?如此这般似乎就是当下自诩为城市贵族的人们最引为风雅的生活情趣了。如果只要富裕了就是贵族,我巴不得中国人全成贵族。问题没有这么简单。与贵相对应的是贱。有人想当贵族,他们必然寻思着怎么去奴役卑贱的人。所以那些耽于声色犬马的城市贵族还是少些的好。我再说不出更多的理由,只记得晋代的士族们开始吃药了,司马氏的江山就快完了;八旗子弟只知道遛鸟了,爱新觉罗家的天下也就快黄了。

　　其实天下之大,一张报纸要弄什么城市贵族也无妨,一篇文章鼓吹什么贵族精神也大可由他去。只是整个社会千万别忘记了人民大众。不管是往日帝王的天下,还是如今人民的天下,如果忘记了人民大众,天下就不成其为天下。据说抗日战争时有位政治家说过,中国要用无数无名的华盛顿去塑造一个有名的华盛顿。这话比"一将功成万骨枯"来得欧化多了也艺术多了,但历史早已证明,中国老百姓不吃这一套。自然中国也就没出过这样一位有名的华盛顿。

  民本这个话题事实上已经很古老了,说多了几乎让人觉得虚伪。但它时常被人忘记。譬如官样文章常见的套路是,在什么什么的正确领导下,在什么什么的大力支持下,在什么什么的什么什么下,某某工作取得了重大成绩。看上去方方面面都点到了,只有人民群众被忽略不计。似乎只要谁加强了领导,用不着人民群众流血流汗,这个社会就五谷丰登、财源滚滚、河清海晏、天下太平。那么人民群众天天休公休假好了。我想这类官样文章,开篇就是几个"在……下",行文呆板倒在其次,实质上是暴露了大小官员的一个心理隐衷:不厌其烦地多说几个"在……下",为的是怕得罪了头上的诸位尊神。礼多人不怪嘛。可唯独只有人民群众不怕得罪。这是否也有些贵族气呢?我想这不是在钻牛角尖,也不是小题大做。因为官场代表一个社会的主流文化,其影响是决定性的,也是深远的。如果仅仅只是个别肚子经常很饱的人滋长了贵族气倒也无妨,怕只怕大大小小的官员们都这么贵族气了。

  朱怀镜被弄懵懂了,不知曾俚的离开,到底是因为同社长关系僵了,还是因为不赞同社长改变办报方向。也许两方面原因都有吧。这也符合曾俚的性格。这篇文章倒是很为曾俚树了形象。不过这种形象也早有些过时了,陌生的人会觉得这人迂,熟识的人干脆就讥笑了。朱怀镜想这曾俚晚生了几十年,或者早生了几十年，反正不适应目前时世。

朱怀镜把这张报纸抽出来，继续往前面翻。饭快吃完了，才翻到那篇《却说现代登仙术》。

…………

如今的中国人真是幸福，他们身边隔三差五地会冒出个活神仙来。活神仙们呼风唤雨、上天入地、意念运物、祛病避邪、起死回生……真是无所不能。当年大兴安岭大火灾，幸得一位活神仙运功降雨，才不至于烧掉半个地球。日本大阪大地震早让中国一位活神仙算准了时间，可日本人硬是不相信，活该倒霉。海湾战争胜负如何，中国一位活神仙早就胸有成竹，奉劝伊拉克不要打了，可萨达姆竟一意孤行。要是世界各国人民都像中国人这么信奉我们的活神仙，岂止中国人幸福，全人类都会很幸福的。

可是最近几年，各种传媒又隔三差五让一些活神仙曝光，说这些人原来是装神弄鬼，骗人钱财。老百姓就不知信谁的了。如今，好些有名的没名的活神仙都倒了。

还有没倒的吗？有！没倒的活神仙，只不过再也不自命活神仙了。这种人现在的头衔通常是慈善家、社会活动家、政协委员。

明眼人看得清楚，活神仙的倒与不倒，全在乎他们登仙术的高下。大凡如今倒下了的活神仙，当初大多是在民间活动，用官话说，他们是走群众路线。而现在仍很风光的那些活神仙，从一开始就在各级官员府第出入，走的是上层路线。要评论两条路线的高下，难免犯忌，但哪条路线行得通，外国人不一定清楚，中国人肯定人人明白的。

…………

有个论点据说很有哲理：历史就是遗忘。当某某慈善家同某些高级领导一道端坐在大会主席台上的时候，整个社会都在暗示人们遗忘他曾是一位活神仙。

　　历史靠遗忘保持荣光，这些官员靠遗忘护住面子。

　　…………

　　活神仙这类怪物，不但出产在中国，外国也是有的。日本有麻原彰晃，美国有太阳神殿，印度有撒以巴巴。

　　…………

　　文章看完了，饭也吃完了。朱怀镜把两张报纸塞进了自己的包里。难怪有些人这么紧张！朱怀镜本能地意识到，这篇文章不能给皮市长看。就把那篇《且说新贵》送给他看看，搪塞一下吧。皮市长日理万机，一篇文章找不到就找不到了吧，他不会太在意的。朱怀镜纳闷的是，曾俚的文章只字不提谁的名字，可方明远怎么说是写袁小奇的呢？看来袁小奇是何等货色，大家都心照不宣。

　　玉琴去厨房洗了碗筷回来，两人坐着看电视说话。皮市长交代过要注意方法，朱怀镜便不急于说起天马娱乐城的事。玉琴显得有些累，朱怀镜就说："早些休息吧。"玉琴说："困是有些困，可刚吃了饭，还是坐坐吧。"

　　"曾俚离开荆都了，你也不告诉我一声？"玉琴说。

　　朱怀镜说："他事先也没同我说，只是在临走时写了封信给我。我收到他信的时候，早不知他在哪里了。"

　　玉琴说："你的朋友，都有些怪。"

　　朱怀镜叹道："只有这几位怪朋友，才是我平生交过的真正的朋友。世情如此，哪有什么真朋友？最初还有些同学关系不错，但日子久了，各自的社会地位发生了变化，就连同学也不断分化了。而同在荆都工作的乌县老乡，说白了都是利益关系。大家出来了，都说是老乡，要如何如何相互关照。真的就让这些人回到乌县去，还不是你整我，我整你？什么老乡！唉！算上卜老先生，我真正的朋友就只曾俚、李明溪、卜老这三个人。如今他们死的死了，疯的疯了，走的走了。"

"还有我呢？"玉琴说。

"傻孩子，你哪是朋友？你是我的爱人啊！"朱怀镜说着，抱起了玉琴，"玉琴，你太累了，我抱你去洗澡好吗？"

玉琴坐了起来，说："还是我自己去洗吧。我还得去找你的睡衣。"玉琴说着起身去了卧室。两人不太像从前那样浪漫，过得像一对很平常的夫妻。

玉琴将睡衣递给朱怀镜，自己先进浴室洗澡去了。朱怀镜独自坐了一会儿，有些冲动起来，推门进了浴室。他蹲下来为玉琴搓了一会儿背，玉琴说："你也来洗吧。"朱怀镜便出来脱了外面衣服，穿着里衣进去了。

两人总喜欢一同躺在浴池里洗澡，又总能让两人激动。几乎是老一套了。玉琴趴在朱怀镜身上，长舒一口气，说："好舒服啊！我一天到晚太累了，真想睡他几天几夜！你摸摸我的背，拍拍我的屁股吧，哄一哄我。唉，真恨不得把筋骨抽尽了，全身松松垮垮地黏在你身上，就这么黏着你……"

朱怀镜便在玉琴身上抚摸起来，抚摸她的胳膊，她的背脊，她的屁股。他轻轻地拍打着她的屁股，说着情话，像呵护孩子。他怕凉着了玉琴，不时用毛巾浸了热水，淋着她露出水面的背脊。玉琴这时又翻过身来，仰卧在他身上。朱怀镜便爱抚着她的乳房、她的小腹、她的大腿。他抚摸着她的肚脐眼儿，那是一轮柔和的浑圆的满月。他记得在哪里看见过的小知识，便说："玉琴，女人像你这样的，肚脐眼儿浑圆的，说明卵巢功能好，最会生孩子的。"

他正说得陶醉,却隐隐感觉玉琴的身子沉了一下。原来他无意间触及了玉琴最敏感的神经。朱怀镜不便再作解释,只好装糊涂,把玉琴身子慢慢地翻了个儿,再深深地亲吻她。

"擦干了,去床上吧……"玉琴的声音柔柔的。

朱怀镜先潦草地擦了自己,再细心擦干玉琴,抱起她去了卧室。他克制住急切的心情,从容地把玉琴放在床上,然后温柔地亲吻,爱怜地抚摸。玉琴在他的撩拨下哼哼哈哈,微微地扭动和颤抖。朱怀镜激动而不失清醒,他感觉着玉琴的忘情,几乎有一种成就感,甚至为自己的成熟和艺术而骄傲。直到玉琴开始紧紧地拥抱他了,他才一边喊着好孩子好孩子,一边慢慢地给了她,就像仁慈的上帝。玉琴完全浸淫在无边的幸福里,闭着眼睛,什么也不想看,什么也不想听。朱怀镜一直在她耳边软语绵绵,他说些什么,已没有意义,她感觉到的只是一股热浪,一阵狂飙,一种什么也说不上的激越。玉琴突然哼哼着问:"你说我说……说……野话,我……我说了什么……什么……野……野话嘛!"

朱怀镜笑了起来,夸张地动着那个部位,说:"傻孩子,你说永远向我大开方便之门啊!你不是用这个来方便的?这不是你的方便之门?"

"你好坏,这么美妙的事,让你说得好难听。"玉琴说着便狂野起来,不停地叫着你坏你坏。朱怀镜更是推波助澜,境界弄得风起云涌。

朱怀镜刚平躺下来,玉琴便爬了上来,疲沓沓的像个橡皮人。他知道她太辛苦了,撑着这么大的酒店,生意又不好做。她静静地休息了一会儿,朱怀镜才把她放下来,揽在怀里,问:"最近生意好些吗?"

"不见得怎么好,坏也没坏到哪里去。勉强挺着吧。"玉琴说。

朱怀镜安慰道:"你也别太着急,别把自己累垮了。生意都不好做,我看别的酒店也不怎么着。"

玉琴苦笑道:"你别宽我的心了。自从天马娱乐城开业以来,我们的餐饮、保龄球、歌舞厅、桑拿都不行了,甚至客房生意也受到影响。"

朱怀镜像是突然想起来似的,问:"玉琴,你想过把天马娱乐城买下来吗?"

"买下来?真没想过。他们生意这么红火,舍得卖吗?"玉琴说。

朱怀镜说:"那也不见得。天马公司的摊子铺得太大,顾不过来。我前不久听皮杰说起过这意思。"

玉琴想了想,说:"这不是件小事,我一时拿不定主意。再说,这么大的交易,商业总公司也要过问的。"

"这样,你先想想这事,我出面和皮杰说说意向。不管怎样,我建议你们可以接触一下。"朱怀镜说。

玉琴说:"莫太急于接触,得谨慎些。"

朱怀镜说:"你的考虑是对的。但我想,既然皮杰有这意思,说不定迟早会脱手的。这就倒不如你们酒店接手,不然,不管谁接手,都是你们的对手。"

"也是这个道理。我找几位副总先商量一下。"玉琴说。

既然玉琴答应同几位副老总先商量,朱怀镜便不再说这个话题了。

第二天上午,朱怀镜专门去了商业总公司,同雷拂尘扯着扯着,就扯到天马娱乐城的事了。尽管朱怀镜很注意方法,雷拂尘一听就知道他是带着某位人物的旨意去的。雷拂尘当然没有把这层意思说破,只是就事论事,说他会支持龙兴大酒店买下天马娱乐城。

下午一上班，朱怀镜就去了皮市长办公室，站在皮市长的办公桌边。皮市长正在看他找的那张《南国晚报》。报纸是中午下班时朱怀镜交给方明远的，只说那篇文章找不到，找了另外一篇。他先是打算自己把报纸送给皮市长，可仔细一想，觉得不妥。他同皮市长之间不应该说起有关袁小奇的敏感话题。何况把报纸交给方明远，也等于给了他一个人情。

皮市长见了朱怀镜，抬头笑道："这篇文章写得不错。这位曾俚是个什么人？觉悟很高嘛！是啊，我们始终都要想着人民大众啊！"

朱怀镜估计皮市长也许知道曾俚是他的同学，不好装糊涂，只好说："让我看看，是哪两个字？"他凑过头去看了看报纸，"他呀，就是我的同学，原来在我们政协的报社，已经辞了职，不知到哪里去了。"

"我们政协报社原来还有这样的人才？走了就可惜了。"皮市长很是惋惜。

朱怀镜当然清楚皮市长并不是真的很赏识这类人才。无论哪一位领导，让曾俚这么一位人才成天陪在身边，他睡觉都会睁着一只眼睛。"曾俚我清楚。其实我们同学当中，要说文才，曾俚只是中流。他的特点是胆子大。"朱怀镜有意这么说。

"是吗？"皮市长用简短的两个字就结束了刚才还饶有兴趣的话题，继续看文件了。

朱怀镜望着皮市长亮亮的前额，说："皮市长，我上午分别同小梅、老雷把意思说了。他们很乐意那样，说好好研究一下。我看双方最近可以接触一下……"

朱怀镜话没说完，皮市长哦了一声，头却仍然低着。朱怀镜不知是否该说下去，有些手足无措。他进门后一直是站着的，难堪起来这姿势更不好受，手脚发硬，不知放哪里才好。"行啊……"皮市长终于含糊着吐出两个字，头依依不舍地从文件夹里抬了起来，望着朱怀镜慈祥地笑了。朱怀镜僵硬的四肢这才放松，点头出来了。出来后他总在想，天马娱乐城的事，本是皮市长专门找他去说的，而且这是皮市长头一次亲自打电话给他，可见这事何等重要。可是，今天皮市长似乎有些心不在焉，好像他不太关心这事了。他不可能真的不关心了吧？也许是皮市长起初表现得比较关心，这会儿既然朱怀镜已经按他的旨意办了，他就应该显得平淡些。像皮市长这种水平的高级干部，处事总是这么轻重照应，跌宕有致的。这是政治家们在领导艺术上体现出的诗意。对自己尊敬的领导，朱怀镜总是很理解的。

一个多月时间，天马娱乐城同龙兴大酒店磋商了好几次，协议条款越来越明朗。玉琴处事谨慎，每次协商会后，她都要向雷拂尘通报情况。雷拂尘表态总是很原则，玉琴心里不怎么有底。但收买天马娱乐城她是打定算盘了，心想这样也许是龙兴大酒店的长久之计。可是今天，皮杰终于亮出了底牌，她却没有信心了。皮杰出价两千八百万元，玉琴嫌太贵了。

当天晚上，朱怀镜在家吃过晚饭，去了玉琴那里。原来就在他吃晚饭的时候，皮杰打了电话来，把今天协商的情况告诉了他。玉琴照样很忙，已是八点多了，还没有回来。朱怀镜独自坐着看电视。荆都电视台正播着个专题文艺节目，叫《人间真情》。朱怀镜本没有兴趣看下去的，正想换台，却见一位女演员开始演唱《牵手》，他就想听听。这首歌如果是苏芮原版，他百听不厌。

歌只唱了一段就停下了，旋律却萦回不尽。这时，一位西装革履的中年男人推着一辆轮椅，徐徐走向舞台中央。轮椅上坐着一位身着洁白婚纱的妇人。少女们簇拥着他们。朱怀镜看清了，那正是市政府秘书长柳子风夫妇。

男女主持人上台来了。

男主持：
他们有两颗相爱的心
却只拥有一双腿
他们相依相偎着
走过了无数的寒暑
无数的坎坷

女主持：
二十五个春秋啊
数不清的日日夜夜
他们也许少了些花前月下
少了些海誓山盟
但他们绝不缺少爱情

男主持：
是的，他们比任何一对夫妻
都不会少些什么
更多的风雨让爱情之树
愈加枝繁叶茂
…………

灯光渐渐暗下来，《牵手》的歌声再次唱起。追灯亮处，又见一位先生推着轮椅上来了，轮椅上依然坐着一位身着洁白婚纱的夫人。灯光越来越亮，才发现柳秘书长早推着夫人下去了，两位主持人也下去了。现在上台的原来是一对男女舞蹈演员，随着《牵手》的旋律起舞，轮椅成了道具。镜头不时亮一下台下贵宾席上的柳秘书长夫妇和各对十佳夫妻。

接着又介绍一对夫妻，也是配着文艺表演。节目还编排得很有水准。朱怀镜看了几个节目，毕竟不太感兴趣，就换了频道。一会儿，玉琴也就回来了。

玉琴洗漱了一下，坐下来同朱怀镜说话。朱怀镜不急于问起天马的事，只先扯些别的话。他知道过会儿玉琴自己会说起的。果然玉琴就说了："皮杰真吃得咸，要价两千八百万！"

朱怀镜问："到底值多少，你心里有数吗？"

玉琴说："这得评估。可他这也是请专业人员评估的，怎么说呢？评估报告我看了，一眼就看出问题。譬如说保龄球馆的设施，估价八百六十万。哪值得这么多？他们是十二球道的场子，十二个球道一共不到四百六十万元。算上装修，依荆都造价，最多不到九十万元。这么一算，整个保龄球馆的设施价值最多五百五十万元。光这一项，就高估了三百一十多万元。我想他们餐厅、歌厅的设施都会这么高估的，还有整个房子造价也会高估。另外，报告上还专门列了一项无形资产三百万元。我只是买它的房子和设施，又不是收购他们天马公司，或是同他们天马公司合股。我们根本不会考虑使用天马公司的牌子，也不准备采用他们的管理方式，哪里谈得上什么无形资产？"

朱怀镜听得有些意思了，笑道："你的生意经还蛮熟嘛！账算得丁是丁，卯是卯。按你的意思，多少才愿接受？"

玉琴说："我大致算了一下，按他这个数，我们至少吃亏一千万。"

朱怀镜有些吃惊："怎么？有这么大的悬殊？"

"你以为是几碗盒饭钱？"玉琴苦笑起来。

朱怀镜说:"生意上的事我不懂。但我想,他们要高价也自有道理,反正肯定不会原价卖给你们的。他们就算是做一回房地产,当然是溢价出售了。"

玉琴说:"道理自然是这个道理,但也别吃得太咸了嘛!一千万!一般人说起这个数字舌头都会打哆嗦。"

朱怀镜说:"我建议你们再谈谈。谈生意嘛,是要靠谈的。"

玉琴笑了起来说:"你呀,比谁都心急。你今天怎么回事?让我感觉就像是皮杰派来的商业间谍。"

朱怀镜捏了把玉琴的脸,说:"你这傻孩子,我就是当商业间谍,也只会当你的间谍呀!"

他感觉自己的脸有些发热,便掩饰着把脸贴过来挨着玉琴亲热。玉琴拍了他一板,说:"别老说这事了,说得我头都大了。我问你今晚是住下来还是要走?住下来就快洗澡去。"

朱怀镜油嘴滑舌起来:"你方便之门为我开着,我哪里舍得走?"

玉琴便伸过手来,哈他痒痒。

第二天上午,朱怀镜一上班就打了皮杰电话,把玉琴的意思说了。当然没有说得太细,他毕竟心里有些梗梗的,就像自己在出卖玉琴似的。当天下午,朱怀镜随司马副市长下基层去了。一去就是五天。五天当中,他每天都会抽时间给玉琴打电话。但因为担心手机不安全,两人只说些平常话,也没有说到天马娱乐城的事。

回荆都是星期六,朱怀镜把行李往办公室一放,就去了玉琴那里。他原以为玉琴不会在家的,想给她个意外。可他推开门进去,却见玉琴躺在床上。这会儿正是中饭时候,玉琴怎么早早地就睡下了呢?朱怀镜上前去,见玉琴原来醒着,眼眶子有些陷下去了。

"怎么？你莫不是病了？"朱怀镜手伸进被窝里，捏着玉琴的肩头。

"没什么，只是感到很累，想睡觉。"玉琴声音很是吃力。

朱怀镜抱起玉琴，说："还嘴犟，看你这样子就不对头。病了几天了？吃什么药了吗？"

玉琴勉强一笑，说："别紧张，真的没事。我还上着班哩。"

"你这样子，又消瘦了许多！"朱怀镜在玉琴的脸上不停地抚摸着。

玉琴说："别担心，没事的。告诉你，天马娱乐城我们买下了。昨天成的交。"

"多少的价？"朱怀镜问。

玉琴闭上眼睛，说："两千八百万。"

"怎么？一点儿价都没砍下来？"朱怀镜也感到吃惊了。

玉琴摇摇头，没有说话。朱怀镜也不知说什么才好，只是就着被窝揽着玉琴，轻轻地拍打。好一会儿，玉琴问："你还没吃中饭吧？家里也没什么菜，我给你下碗面条吧。我是不想吃了。"

"你不吃怎么行呢？想吃什么，我来弄。"朱怀镜说。

玉琴说："真的不想吃。饿一餐死不了人的，你放心吧。你不让我来你就自己动手吧。冰箱里有鸡蛋你煎两个，将就着吃一顿吧。"

朱怀镜关了手机，安安心心陪了玉琴两天。玉琴是没办法闲着的，虽是周末，也得勉强撑着去招呼酒店生意。只是人确实有些憔悴，每次出门便小心化了妆。

星期一，皮杰来电话："朱哥吗？听说你回来了，却找不到你。娱乐城还是卖出去了，感谢你啊。这娱乐城总让我老头子看着是坨眼屎，今后他再也没什么说的了吧？"

朱怀镜说："感谢我什么？都是你自己善于谈判。老弟，你是商业奇才啊！"

"朱哥过奖了。你晚上有空吗？我想请你玩玩，表示我的谢意。真的朱哥，没有你在中间斡旋，我和梅总连谈都谈不下来啊！朱哥，你那位梅总可精呀！"皮杰哈哈大笑起来。

朱怀镜只是装糊涂，含糊道："老弟你……老弟你……哈哈哈哈！老弟，专门请我就太见外了。今后多的是见面机会，改日吧！"

皮杰笑道："朱哥您这就是拿架子了。说好了，今晚吧，仍是在天马娱乐城。那里现在还是交接期，我也算半个主人吧。"

朱怀镜便只好说："恭敬不如从命了。"

快到中午的时候，皮市长打电话过来叫朱怀镜。这是皮市长第二次亲自打电话给他。上次皮市长打电话来，朱怀镜以为是自己好运来了，竟暗自欢喜。这回他就不敢再心存这份侥幸了。

"到下面跑了几天？"皮市长靠在椅子里，双手叉在小腹处。

皮市长这么随意问问，也是寒暄的意思。朱怀镜却不能随意回答个是就了事了，便很得体地回答说："这次司马市长主要是下去看看二季度财贸任务完成情况。总的来说还不错，下面普遍认为今年市里财贸会议定的几条政策好，同志们很有劲头。"

"哦……行！"皮市长点点头，让人既可以理解为他肯定了朱怀镜的汇报，又可以理解为他结束了这个话题。当领导的，短短两个字就有如此丰富的含义，难怪一篇报告下来往往就高屋建瓴，博大精深了。朱怀镜长期在领导身边工作的，最大的特长就是善于体会领导意图。听皮市长说到"哦……行"，他就不再说下去了，很恭谨地站着聆听指示。

"怀镜请坐吧。"皮市长说。

朱怀镜平时进皮市长办公室，一般是站着，听完指示就走。皮市长也很少顾及礼节，请他坐下来。一市之长太忙了，没有时间同身边工作人员说太多的话。这回皮市长特意让他坐下,也许还有大事要说了。

这时听得外面有响动,知道是方明远从外面回来。皮市长便叫道:"小方,快下班了,你先走吧。我同怀镜还扯一些事情。"方明远这才知道朱怀镜在里面,朝里探着头笑笑,走了。朱怀镜便有些受宠若惊的感觉,似乎自己在皮市长心目中的位置比方明远更胜一筹。

"怀镜,"皮市长面色慈祥,语调平缓,就像拉家常,"你的能力比较全面,工作很不错,作风也扎实,我是满意的。我说过,你的事,我会负责到底。我说话算数。我同有关领导通了气,准备让你去财政局任副局长。财政局的班子是彻底换了的,全部是从地市领导中安排来的。还空着一个副局长职位,你去吧。我觉得你熟悉财政工作,在县里当过管财贸的副县长,有实际经验。到市里又当财贸处处长,熟悉财贸系统情况。你的理论水平也不错,我看你写的一些文章也好,你主编的财源建设那本书也好,都不错。这个安排,你自己考虑怎么样?"

朱怀镜胸口早怦怦跳了,说:"我听从皮市长安排。我个人没有什么可考虑的,对皮市长的器重只有万分感激。我不会说太多的漂亮话,反正一条,我是您用的人,走到哪里都不会给您丢脸!"

皮市长笑道:"这个我相信。不过一条,你还年轻,像你这个年纪,直接从处长提到重要厅局任副局级实职,不太多。所以我交代你一条,就是自始至终都要戒骄戒躁,谦虚谨慎,与人为善。怀镜,我这只是个别向你通个气。就在这几天,组织部门会来考察你的。"

朱怀镜明白皮市长的意思,就是交代他自己别先到外面多嘴,要严守组织机密。"我会注意的。"朱怀镜这话说得含糊,却

614

也是多重意义：既有注意表现的意思，也有注意保密的意思。反正皮市长听着满意，站起来握了朱怀镜的手说："那就这样，你先去吧，我过会儿走。"

朱怀镜下楼来，心情的欢快自不用说了。只顾着暗自高兴，竟沿着走廊走过头了。为了不显得失态，干脆跑进走廊顶头的厕所里小解了。洗手时，望了望镜子里的自己，真的是红光满面，印堂发亮，一副吉祥发达的相。撩头发的时候，他有意微微皱了下眉头，掩饰脸上的得意。毕竟是下班的时候，走廊里满是准备回家的同事。

回家的路上，朱怀镜交代自己，这事组织上没有正式谈话，就连老婆都不要告诉。不过他向老婆保密，考虑的倒不是组织原则，而是想再次试试自己是否具有大领导的心理素质。去年他得知自己要任财贸处长时，他交代自己先别急着同老婆说。可到底忍不住，回家就说了。这回他暗自同自己打赌，如果忍住了没有说，说明自己在官场还算可塑之才；如果忍不住说了，说明自己修炼不够。

回家时，香妹正准备下米做饭。"回来了，也不打个电话告诉我一声。你晚进屋一步，我就没下你的米。"香妹说话越来越缺乏温柔感了。好在今天他的心情好，并没有回她的腔，只是笑笑。一会儿儿子回来了，朱怀镜便拉着儿子问些关心他学习的话。香妹做家务是把快手，三个人的饭菜没多久就上桌了。吃了中饭，朱怀镜午睡，老习惯。可哪里睡得着？总想着去财政局任职的事。财政局可是个好地方，他做梦都没想过皮市长会把他安排到这样一个好地方去。香妹斜靠在床头看杂志。他背靠着她侧卧着，闭上眼睛假寐。尽管脑子里翻江倒海，身子却纹丝不动，也不同香妹说半个字的话。一个中午下来，终于证明自己也许真具备当大领导的心理素质。却也发现有喜事闷在心里不同老婆

615

讲，原来是件很难受的事。

晚上赴皮杰的约。无非是喝酒、打保龄球、唱歌跳舞，逢场作戏而已。自然有小姐陪，小姐很靓丽，也很会撩人，却找不到遇见李静的那种感觉。应酬完了，同小姐道别，向皮杰道谢，开车回家去，心里竟空落落的。不免想起几句很流行的顺口溜，是说三陪小姐的：见面笑嘻嘻，搂着像夫妻；小费到了手，去你妈的B。多没意思！李静留下的名片早被香妹扔了。可朱怀镜是学财经的，对数字天生地敏感，记电话号码几乎有特异功能。他一直没有忘记李静的电话号码，只是从来没有打过。无聊的时候，他会想起那个女人，甚至想打她的电话试试，看到底会有什么奇遇。他越是经常这么想着，就越是警惕自己，千万别做傻事。他怕自己万一哪天无聊至极，会打那女人电话的，于是就想忘记她的电话号码。可这事实上等于经常复习功课，李静的电话号码他怎么也忘不了啦。

过了几天，组织部来人考察朱怀镜。找去谈话的人，都是办公厅人事处安排的，多是各处负责人。柳秘书长专门授意过人事处长："找那些能够客观评价干部的同志去谈情况。"这话上得书，见得人，冠冕堂皇，人事处长却心领神会。他们知道柳秘书长的意思，就是不要找那些喜欢讲怪话的人。现在的人其实早学乖了，他们当着组织部的人，自然会说尽好话，往往还会归纳个一二三，把考察对象说得跟圣人似的。谁都清楚自己并不是基督徒跪在牧师面前忏悔，面对的是跟自己一回事的凡人，甚至是品质并不如自己的凡人。谁敢保证说了真话不被组织部的人传出去呢？说不定来考察的人中间正好哪位就是考察对象的朋友或亲戚呢？

组织部的同志在办公厅考察了一天，工作搞得很扎实，情况也了解得很透彻，发现朱怀镜真是位德才兼备的好干部。当面考察同无记名投票,完全是两回事。

同事们便又拍着朱怀镜的肩膀,祝贺他高升,要他请客。朱怀镜只是笑,不多说话。他知道用干部这事,文件没下来,什么话都不要说。

这回倒是利索,没有让朱怀镜悬着心过久等待。不到半个月,任命文件下来了。朱怀镜在这批任用的干部中名字排在最前面,文件标题就是《关于朱怀镜等同志任职的通知》。文件真的下了,叫他请客的人倒少了。大概因为文件没有下来之前,拍他肩膀的处长们同他还比较随便,可以开开玩笑。都是同级干部嘛!可现在他真的是副局级干部了,而且是财政局的副局长,处长们便明白朱怀镜现在是个什么分量了。他们立即有了自知之明。世界是不断发展变化的!大家都是马克思主义者,这个辩证唯物主义常识还是懂的。现在情况变了,不是让朱怀镜请客,而是要找机会请请朱副局长,以后有事好有个关照。

所以,朱怀镜只宴请了皮市长和柳秘书长等几位领导,感谢他们的栽培。接下来就是别人请客了。要请他的人又多,他真有些安排不过来。很多人的热情他只好婉言谢绝,实在驳不了面子的就拨冗光临。张天奇还专程赶到荆都来祝贺朱怀镜高升,隆重地宴请了他。严尚明居然也在天元大酒店摆了一桌,请朱副局长赏光。这位严局长现在同朱怀镜相见,不再总是那副很职业的面容,显得很和善。柳子风、雷拂尘、皮杰、方明远、宋达清、刘仲夏、裴大年都请了他。袁小奇听了黄达洪的报告,也特意飞了回来,说凑个热闹。最有意思的是圆真大师,朱怀镜升迁的消息传到那清净佛地,他也打了电话来,说非请客祝贺不可。朱怀镜推了好半天硬是推不掉,只好约了方明远陪着一道去了。圆真带了两位漂亮尼姑作陪,就在山下一个叫做碧云斋的酒楼叫了一桌。朱怀镜去了才知道这碧云斋酒楼原来是荆山寺办的经济实体。不能委屈朱局长和方处长吃素，圆真出了主意，一桌两制：一边是酒肉，一边是斋食。可吃到半路，朱怀镜和方明远再三劝，再三激，圆真也就酒肉穿肠过，佛祖心中留了。

　　白天餐餐有人请客，晚上又有人登门。来的多是财政局的一些处室负责人，拜码头的。也有财政局一般干部上门的，很是殷勤。朱怀镜还没有正式过去上班，上门的人他都不熟悉，都需要他们自我介绍。这种就连朱怀镜都感到尴尬的场面，来的人却多半做得很自然。朱怀镜便猜想这种场面他们也许早经历过很多回了，不然没这么熟门熟路。他们都是如今社会上适应能力最强的人，能量不可忽视。如果当领导的认为他们不过是些溜须拍马的势利小人，不必放在心上，甚至还要硬充正派，不重用这种人，那就太天真太迂腐了。官场上，领导总希望看到自己振臂一呼，马上应者云集。哪怕是个假相，也要尽量造成这种局面，显得自己很有威信，众望所归。朱怀镜早悟出了这个道理，知道上门的这些人将让他一踏进财政局的大门，就显得很有威信。所以这些陌生的部下上门来了，他尽管心里别扭得难受，样子却很是热情。他知道每天都会有人来拜访，于是晚饭以后的活动安排他都谢绝了，早早地就回家来。这自然落得朋友们取笑他是模范丈夫。大凡头上有些个官衔的男人，别人笑话自己怕老婆什么的，他们口上总会辩解几句，心里是舒服的。这等于别人称赞你夫妻关系好，你在外面没有女人，你是位作风正派的君子。领导干部外面没有女人，多么难能可贵！所以每当朋友们留不住朱怀镜了，说他惧内，他的辩解便有些像谦虚了，似乎刚受了表扬。朱怀镜有时回来晚了些，便感觉四周有人正在暗中窥视着他。他猜想也许早有人守候在他家附近的树阴下或角落里，不时用手机往他家里打电话，试探他是否回来了。

　　这些日子，香妹总是很快活。男人荣升了自是好事，更让她高兴的是朱怀镜不管赴多少饭局,晚上总是回家。她知道男人现在是财政局副局长了,不像在办公厅隔了不久就要写材料,晚上也难得回来。

朱怀镜总是这么忙,连玉琴那里也去不了。他只好打电话告诉玉琴,他将去财政局任副局长。玉琴因刚接手天马娱乐城,也正忙得两脚不沾地,只在电话里说了几句祝贺的话。听她的语气,不像朱怀镜料想的那么惊喜。

方明远接任了财贸处长,厅里为皮市长另外安排了一位秘书。这位秘书姓余,叫余志,很年轻。邓才刚调保卫处任副处长。朱怀镜猜得出,调走邓才刚,多半是方明远的主意。邓才刚在财贸处干了多年,总是副处长,也该动一下了,不然方明远同他不好共事。朱怀镜一直猜不透邓才刚为何这么背时,老是提拔不了。保卫处实在不是个好地方。政府大门口三天两头堵着上访请愿的群众,保卫处的人没一天是好过的。

朱怀镜现在等待着去财政局报到,财贸处的工作他已同方明远交接了。这些天没有具体事做,每天只是去办公室遛遛,看看报纸。可请客的事还没有个了断,几乎每天都有人打电话来约他。朱怀镜几乎有些疲惫了,懒得每天都去应酬,多半都推托了。再说面子大的朋友,要请的早已请过。这几天,开始有财政局的部下约他吃饭了。约他的多半又是上过门的人。朱怀镜一思量,觉得这事还是谨慎些好。对这些人毕竟不识深浅,他们上门来了,同他们很客气地聊聊,倒也无妨。可一旦往饭桌上一坐,难免要说许多话,而对不太熟识的部下说多了话不太妥。所以凡是部下约他吃饭,他都谢绝了,话说得十分客气。

今天是星期五,朱怀镜有意推掉所有应酬,想抽时间同玉琴相聚。他早早就告诉了玉琴,说他晚上过来,同她一块儿吃晚饭。不料快下班时,邓才刚跑来说,请朱怀镜一起吃顿饭。这是朱怀镜万万没有想到的。便不太好推托。他只好临时告诉玉琴，吃了晚饭再过来。

邓才刚也没再约别的人作陪，只有他俩，去了天元大酒店顶层的摩天旋转餐厅，找了个临窗的座位。这里是荆都最高的建筑。黄昏将近，喧嚣了一天的城市沉醉在某种暧昧的色调里，好像晚饭后匆匆出门的少妇，正站在街头的梧桐树下等待她的情人。

"才刚，其实没有必要来这么豪华的地方，随便找个环境好些的小店就行了。"朱怀镜说。

邓才刚笑道："没什么，就我们俩，我还是请得起的。"

叫菜的时候，朱怀镜便一再客气，不让叫多了，也不准叫高档菜。邓才刚见朱怀镜这么客气，也只好依了他。于是两人只叫了四菜一汤，多是家常菜。选酒的时候，邓才刚坚持要喝白酒，朱怀镜也只好由了他，叫了一瓶剑南春，低度的。

斟好第一杯酒，邓才刚举了杯说："怀镜，祝贺你高就，干了吧。"

朱怀镜不好说彼此彼此之类的客气话，因为这回调邓才刚去保卫处，实在是对他的不公，便只好说谢谢了。

说了些无关紧要的话，朱怀镜才准备回敬，邓才刚先举了杯，说："这一杯酒，感谢怀镜你这一年多来对我的关照。"

朱怀镜心生愧意，忙说："哪里哪里，小弟我人微言轻，没有尽到责任啊。"两人举杯一碰，干了。

朱怀镜建议喝酒的节奏放慢些，不然三两杯就醉了。他掏出烟来，递给邓才刚一支，先给他点了。"才刚，你去那边上班了吗？"朱怀镜尽量问得平静些，想让邓才刚体会出这是真正的关心。

邓才刚先不说话，却是举了酒杯，说："我正要敬你第三杯酒。这杯酒算是别离酒吧。怀镜,我受够了。保卫处我不想去了,政府这地方我也不想待了。先别说多话,干了这一杯吧。"

朱怀镜吃惊不小,竟不知说什么话。邓才刚回头交代身后的侍应小姐:"你请自便吧。我们自己斟酒。"小姐走了,邓才刚才长叹一声,"怀镜,说句实在话,我今天请你出来坐坐,一来是我俩共事这么久,很愉快。这是缘分吧。二来是我心里有些话想找人说说,闷在心里憋得慌。共事这么久,你的为人,我也看出几成了,敬佩你。我想有些话也只有同你说说了。我是不想再在政府里干的人了,其实同谁说,说与不说,都没有意义。但我这几天闷得难受,要找人说说,才舒服些。"

朱怀镜安慰道:"才刚,我说,你还是冷静些好。"

邓才刚苦笑道:"这几年,我够冷静的了。你才四十出头,我是快五十岁的人了。常言道,官到处级止,人到五十休。对于官场,我早已厌倦。说来可悲,在官场干了大半辈子,才终于知道这不是我待的地方。这二十多年,完全是个错误。"

知道邓才刚无非是想说说心里话,朱怀镜也就没什么顾虑了,说:"我是后来才进市政府的,有些情况我不清楚。我只是感觉到你在这里很受委屈。怎么回事呢?我一直不明白。"

邓才刚举起酒杯亮了一下,自己干了,让朱怀镜随意。好半天,他才说:"拿领导们的话说,就是我这人不成熟吧。有两桩事,让我在政府再也翻不了身。第一桩,是好几年前了,我说了句奇谈怪论:领导干小事,秘书想大事。我说市里领导们都是'四子'领导,跑场子、画圈子、剪带子、批条子。一天到晚,跑到这个会议上说几句,跑到那个会议上说几句,就像在舞厅里跑场子的三流歌手。我说的画圈子,是讲他们成天出了会海爬文山,在文件上画圈圈。再就是到处剪彩,这就是剪带子。还有就是这里需要多少资金,那里需要多少钢材、水泥,领导们都忙于批条子。我觉得,这'四子'对于市政府的领导来说,都是小事。他们的大事是考虑全盘、考虑长远。可是这些大事是谁在考虑呢?是政府的秘书班子,是这些笔杆子们成天坐在家里搜肠刮肚,冥思苦想。这样搞,政府的工作怎么搞得好?我也知道这些话不可能通过正式渠道反映给谁,想都没这样想过,只是在同事们中间开玩笑说说。可是就有人汇报上去了。这些话当然犯了大忌。第二桩,那年市里开展反腐倡廉征文活动。我也天真,真的就写了篇文章,还煞有介事地提出了治理腐败的十点建议。但因为我的文章针对性太强,让一些领导不太高兴。听说,评议文章的时候,办公厅的一位领导作为评委出席了。评到我的那篇文章时,市纪委书记轻轻地问了问,这是个什么人?我们厅里那位领导自然听出纪委书记的意思了,轻描淡写地说了几句。评委们都心领神会,一致认为我的文章没有正确估价我市反腐倡廉工作的成绩,对我文章中提出的建议则避而不谈,就否决了。这本是件小事,可有些人却非常敏感。后来竟然有人传出风凉话,说我可以调到香港廉政公署去。从这件事我看出,有些领导的心里,反腐败不过是做样子。"

朱怀镜这才明白,难怪有回柳秘书长说起邓才刚时是那么个口气,原来他在领导的心目中是个目无官长而言论偏激的人。朱怀镜也听说过领导干小事、秘书想大事的话,却不知典故出自邓才刚之口。朱怀镜记得好像自己也在哪里说过这类话,幸好没有人汇报上去。为官之道,最要谨慎的是祸从口出。他同情邓才刚,也知道他说的话句句在理,却不好作什么评价,只含糊道:"才刚,是这么个现实,没办法啊。"

邓才刚又喝下一杯酒,说:"现在,有血性的人少了。我并不故作正经,知道自己也不是个慷慨激昂、特有正义感的人,只是有时心血来潮图嘴巴痛快。票子、房子、荣誉、地位都让人家支配着，你能不老老实实听话？我知道自己得罪了上面，就想学乖些，紧闭口，慢开言，只管埋头做事。可是晚了，我的印象在他们心目中早定格了。我考虑了半个月，不想再在政府干了。"

"你有什么打算？才刚，我劝你还是再考虑一下，不要意气行事。"朱怀镜说。

邓才刚望着窗外，说："就像我们坐在这旋转餐厅，换一个角度，又是另一番风景。我何必死守在这里呢？只要不再想当什么官，一切都好办了。我有律师资格，早些年还当过兼职律师。也打过些漂亮官司。我有位朋友在南方做生意，已经做得很大了。他老早就拉我入伙，当时我有顾虑。他最近又同我联系，我答应过去，出任他们公司的副总，主要帮他打理法律方面的事情。尽管也是帮人家打工，却自由些，好干就干，不好干我走人。"

朱怀镜也望着窗外。天早黑下来了，炽烈的灯火正燃烧着拥挤的建筑物，整个城市就像堆满燃透了的蜂窝煤。而城市的上空，飘忽着粉红色的雾霭，像一位哀艳的妇人。邓才刚看上去似乎很轻松，而朱怀镜感觉到的气氛却是悲壮落寞的。"才刚，说实话，我用不着在你面前讨什么人情，但我想告诉你，我是为你说过话的。但是，还是那句话，我人微言轻啊！"朱怀镜说。这倒不是假话，朱怀镜的确推荐过邓才刚担任财贸处处长，只是见柳秘书长对这位仁兄一点不感兴趣，他便改了口风。这一半因为朱怀镜不得不看柳秘书长的眼色说话，一半也没有必要为了邓才刚而落得自己没趣，反正他也改变不了柳秘书长对谁的看法。

邓才刚点了点头，那样子显然有些醉眼蒙眬："怀镜，谢谢你。我知道你也是没有靠山的人，能够这么顺利，已很不容易了。……唉，我只有离开这里，干些乐意干的事情，心里会踏实些的。"

邓才刚去意已决，朱怀镜便不再相劝，举了杯："才刚，既然如此，我这杯酒借花献佛，祝你一切顺利，万事成功！"

今天朱怀镜算是彻底了解邓才刚了，也证实了他原来的判断。这是个很正派、很能干、很有骨气，而且也有自己思想的人，可惜都枉然了。平日里，邓才刚似乎不声不响，并不起眼。谁知道他还会有这么多自己的想法？他的想法也许有些离经叛道，可襟怀坦白，天地可鉴。邓才刚最终还算有勇气，走出了这一步。谁又知道还有多少个邓才刚表面上恭恭敬敬，心里满是委屈，却只好一直这么委屈着？朱怀镜怕邓才刚喝多了会再说出格的话，便不让他独自喝了，总是同他对着喝。一瓶酒，只要他多喝几杯，邓才刚不至于酩酊大醉的。终于瓶干酒尽了，邓才刚还要叫酒，朱怀镜阻止了。付了账，两人喝了杯茶，离席而去。

朱怀镜叫了的士，去了玉琴那里。远远地望见玉琴房里的灯，他便怀揣小鹿了。上了楼，开了门，一眼望见茶几上摆着玫瑰。朱怀镜正感到奇怪，又见墙角花架上也放着玫瑰。这时，玉琴从浴室里出来，穿着粉红色睡衣，长发松松绾起，脸庞微红而光鲜，浅浅地笑，格外地妙曼可人。

"今天是什么日子？"朱怀镜上前搂起玉琴。

玉琴浑身散发淡淡的清香，她把嘴凑过来轻轻地吻了，柔声道："今天是个很温馨的日子。"

朱怀镜去浴室洗了澡出来，玉琴已站在卧室门口，依然是浅浅地笑。她双手往前一伸，头便随之微微昂起，鼻子、嘴巴、胸脯都往上翘了起来，只有眼睛似乎慢慢往后退去，像在不停地招手。朱怀镜不忍心破坏这美妙的仪态，也双手轻轻伸了过去。玉琴就这么拉着他的手，慢慢地往卧室里退去。

卧室里灯光是浪漫的，好像飘浮着薄薄的玫瑰色。床显然是专门布置过了，宽大的席梦思上铺着洁白的毯子，几乎有种辽阔的感觉,朱怀镜不禁联想起广袤的草原和策马狂奔的骑手。当窗的梳妆台上,又是一束红玫瑰。朱怀镜早沉醉了,整个人儿化成汪洋恣肆的河流,浩浩东去,纵情起伏。玉琴像一条母鱼,为了寻找那湾着床产子的水域,跳跃于湍急的滩头,欢快地溯水而上。

朱怀镜去财政局报到上任,是组织部长带着去的,有些意味深长。一般只有正局级干部上任,组织部长才亲自带着去,而厅局副职上任通常是由副部长陪同去的。过了几天,皮市长又专门到财政局视察工作,作了几点指示。司马副市长随后也去了财政局。局里上上下下的干部便明白,新来的朱副局长非同一般。他们的猜测很快得到证实。财政局领导重新进行了分工,朱怀镜分管预算、行财、企财、党务、人事和机关日常事务。他在领导班子中排位虽然在最末尾,可实际权力却像是二把手了。

朱怀镜真当了财政局副局长,也有些紧张。好在他学的是财经,又管过多年财贸,人也灵泛,很快也就适应了。再说具体业务有分管处室各负其责,他只要拍板时不显得是个外行就得了。大凡上面派了新领导来,下级的眼皮上总是挂着一把秤的,随时都在称你到底有几斤几两。朱怀镜凡事总能说出个一二三,又知道尊重人,下面干部都说他很懂业务。领导怎么能不懂业务?可往往在群众嘴里,懂业务似乎成了对领导干部的最高评价。这说明群众对领导的要求其实并不高,只要你不是个大草包就行了。朱怀镜听下级称赞他业务水平高,觉得有些好笑。他想这就像一般领导的字都是鬼画符,偶尔见了哪位领导的字稍微周正些,下级就会惊叹这位领导简直是书法家了。

玉琴酒店的生意也越来越好了。朱怀镜常常介绍些会议给龙兴大酒店承办,这算帮了玉琴的大忙。只要一年到头有会议养着,宾馆的客房生意就不愁了。朱怀镜管着行政事业单位经费,只要他方法得当，介绍些会议是不成问题的。当然按龙兴大酒店的规定，介绍了大宗业务是有提成的。朱怀镜觉得收这钱不太好，可玉琴说她是按酒店多年的规定办事，他也就收了。

朱怀镜搬进财政局的一套四室两厅的新房。自己是才提拔的副局级干部，凡事都该注意，房子也就不怎么装修。只是香妹嫌家具太旧了，便把沙发、桌椅、柜子、床铺等全部换了新的。如今东西贵，钱不值钱，只是买了些该用的家具，就花了差不多十三四万。一算账，香妹有些心疼。朱怀镜安慰说，钱是人挣的，也是人花的，花了就花了吧。

朱怀镜不方便把自己的汽车停到财政局去，他怕别人不明真相，以为他是个贪官，不然哪来的私车？他现在有专车，本可以把那辆车还给皮杰，可想着有时还是用自己的车好些，再说有私车的感觉也是很有意思的，还是把那车留着。那车便仍停在政府车库里，要用的时候去开就是了。

一个偶然的场合，朱怀镜听说作家鲁夫死了，而且已死了快大半年。鲁夫早同老婆离了婚的，一个人过着，死了好些天，人们撬开他的家门，才发现他趴在阳台上，人都有股味儿了。法医一检查，说是喝酒醉死的。他那已经改了嫁的老婆跑来为他料理了后事，不相信鲁夫是醉死的，说他平日不太喝酒的，怎么会醉死呢？朱怀镜屈指一算，鲁夫死的日期，正是曾俚离开荆都前后，也就是鲁夫写了那篇想让袁小奇曝光的文章之后。从此鲁夫的文章再也见不了天日了。朱怀镜听说这事的时候，只当是街头轶闻，没说什么，就像他并不认识这个人。心里却产生某种联想，可他只让那种联想隐藏在喉头以下，不让它蹦到舌头上来。

朱怀镜听说了鲁夫死讯不久，市里召开了慈善总会发起暨成立大会。袁小奇回到荆都，捐款四百万元，当选为慈善总会副会长。裴大年捐款五十万元，被列为慈善总会发起人之一，成为慈善总会终身理事。还有十几位企业家，因为捐款而成为终身理事。这些慈善的人们都坐在主席台上。朱怀镜也坐在主席台上，因为财政也拿了几百万作为慈善总会的启动经费。朱怀镜也被列为慈善总会发起人之一。市里领导在热情洋溢地阐述慈善事业重要性的时候，朱怀镜却有些心猿意马。这个社会终于容忍了慈善，办起了官方性质的慈善总会，也算是一个进步。可是望着台上坐的这些慈善家，朱怀镜心里别是一番滋味。

朱怀镜对如今每天都在发生的咄咄怪事，只是闷在心里感慨，嘴上并不说什么。他越来越明白沉默是金的道理。朱怀镜就这么在副局长的交椅上四平八稳地坐着，日子过得很自在。

朱怀镜做官的感觉正好，有件事情震动了他。皮杰出国了，他先是移民去了南美洲某国，此后又去了第三国、第四国，直至没有人知道他去了世界的哪个角落。皮杰走得隐秘，事先朱怀镜没有听到半点风声。

玉琴听朱怀镜说皮杰移民去了国外，很是吃惊，眼睛瞪得老大，脸色都有些变了。朱怀镜好生奇怪，他实在想象不出皮杰的出国同她有什么关系。

没有不透风的墙，关于皮杰出国的事终于在外界传播开了，而且越传越神。说是皮杰卷款几个亿，隐姓埋名，不知跑到哪个国家去了。朱怀镜听到的传言有好几种版本，但基本情节是说皮杰卷款潜逃了。原来天马公司的自有资产并不太多，全靠银行贷款支撑。他这一走，公司就只剩下个空壳了，银行贷款等于丢在了水里。

朱怀镜最近没有去皮市长那里，不知他们夫妇现在怎么样了。这天晚上，朱怀镜去了皮市长家。小马开了门，叫声朱局长好，低头把他让了进来。小马的表情已让朱怀镜感觉到了一种不祥气氛。

皮市长和王姨正坐在沙发里,没有起身,只望着朱怀镜,打了招呼。没有开电视,又只开了一盏壁灯,客厅显得冷清灰暗。

"怀镜,今天有空过来坐坐?"皮市长说。

朱怀镜听出这话似乎有怪罪的意思,忙说:"几次想来,打了电话,小马都说您不在家。"

他说着就望着小马。小马会意,帮着遮掩:"朱局长打过好多次电话哩。"

小马倒了茶给朱怀镜端上,自个儿进里面去了。

"皮市长和王姨身体都好吗?"朱怀镜发现这话问得很生硬,却又找不到更得体的话来。

皮市长说:"还好。怀镜,在外面听到什么话吗?"

皮市长问话从来不是这么直来直去的,朱怀镜越发感觉到了事情的严重。看得出,皮市长也猜到他是为了什么事来的,也就不绕弯子,直说了:"外面的传言对皮杰不利。我是不相信,皮杰同我也常在一起玩,我了解他。"

皮市长叹道:"他是我的儿子,我都没能了解他啊!外界传言是真的,只是具体细节有出入。有人说他带走了好多好多亿,没那么多。初步查了下,可能有四千多万。检察院正立案调查。"

朱怀镜心里一怔,脑子都有些发木了。王姨哭了起来,说:"这孩子,要这么多钱干什么呢?我和老皮平时总是教育他要安分守己做生意,不愁吃,不愁穿,就行了。他可好,弄了那么多钱,还跑到国外去了。"

皮市长蜷在沙发里,似乎体积也缩小了许多,没有平日里看上去那么高大了。他背着壁灯,两只眼睛黑洞洞的,不知流露着什么神情。朱怀镜猛然间觉得,皮市长这模样完全是一位寻常老头儿了。他不知怎么安慰这两位老人,只望着墙上的壁灯叹气。朱怀镜感觉到阴影中的皮市长正望着他,便觉得眼前那灰暗的灯光格外刺眼。

"事情已经这样了，有什么办法呢？皮市长，我有个建议，不知该说不该说。我想，能不能找个合适的人，同检察院打个招呼。"朱怀镜试探着说。

皮市长摇头说："王子犯法，与庶民同罪，打什么招呼？何况他只是我皮德求的儿子！唉，只要这个案子就事论事，不再借题发挥下去，就万福了。怀镜，最近你要是有空，多到这里来坐坐。"

朱怀镜点头应道："好好，我会常来看看的。"

王姨说："怀镜哪，你还年轻，前程不可限量，凡事都要谨慎，千万不要像有些人那样，贪小利，忘大义。到头来那样只会害了自己啊！我和老皮，几十年没拿别人一分一厘冤枉钱，硬硬邦邦几十年，不也过来了？老皮一直对我说，你是个人才，他对你可是寄予了厚望的。莫怪我王姨说得难听，一定要珍惜自己的前程，事事小心，处处留意啊。"

朱怀镜说："谢谢王姨啊！这世上除了我老母亲，也只有王姨才会对我这么说哩。我知道我们年轻人的毛病，就是容易忘乎所以。经常听听王姨这种忠告，会清醒些的。世风变化太快了，现在年轻人的确不像皮市长和王姨这个年龄段的人了。你们年轻的时候，哪样苦没吃过？你们现在能够保持好作风，都是磨炼出来的啊。"

"怀镜啊，我和老皮枉然一世啊，到头来一个儿子都不在身边。好在老皮还有你这样的好同事，总算有个说话的人。"王姨说着便拉起朱怀镜的手，轻轻拍着。

朱怀镜心里有根神经真的被触动了，说："王姨，您和皮市长就把我当你们的儿子吧。有什么事，我随叫随到。皮市长对我的恩，我是怎么也报答不完的啊。"

629

皮市长说话了:"哪里啊,怀镜。你的进步,都是因为你自己工作能力出色。我呢,只不过当了个敢于用人的开明市长而已。这都是我应该做的!"

就着这意思说下去,话题就到了知恩图报上面。自然也就会说到有些人以怨报德,过河拆桥,没心没肺,可恶可恶!

王姨同朱怀镜正感慨着世态人情,皮市长突然叹了一声,低声说道:"怀镜,雷拂尘出事了。"

"啊?"朱怀镜不知雷拂尘出了什么事,一脸惊疑。皮市长把头靠在沙发上,说:"今天下午,检察院已经把他带走了。他涉嫌受贿。这个人能力倒是不错,是个人才,在他的任用上,我是说了话的。没想到他在钱字上过不了关。唉,真不争气!他的老对手打着灯笼找他的毛病,他自己偏偏就不过硬。眼看着要出事了,他托人找我。他自己不干净,我保得了他?"

"到底有多大问题?"朱怀镜问。

皮市长说:"检察长向我汇报过,初步掌握,有百把万块钱。龙兴收买天马娱乐城的时候,他还向皮杰伸过手。"

王姨感慨说:"人哪,一定要自重。人生一辈子,吃得了多少?用得了多少?要那么多钱干什么?我就不明白,这些人为什么见了钱就守不住自己了!"

朱怀镜感觉脸皮有些发僵,手都没地方放了。当初是他将雷拂尘引见给皮市长的,没想到雷拂尘这么快就栽了。朱怀镜觉得是自己弄得皮市长没面子。看得出,皮市长因为自己为雷拂尘的任用说过话而难堪。

从皮市长家出来,朱怀镜踌躇再三,还是想去玉琴那里看看。前几天听说皮杰出国了,玉琴那么敏感,朱怀镜一直想不通。却又不便多问,怕引出不愉快的话题。今晚他知道雷拂尘收了皮杰的钱,某种担心在他内心隐隐膨胀着。

玉琴正躺在沙发里，见朱怀镜开门进去了，才坐了起来，望着他笑。看她的笑容，朱怀镜便猜测到她刚才一定是一个人在独自发呆。"怎么？一个人又不听音乐，又不看电视，在玩深沉？"朱怀镜故意轻松着。

"在想你啊！"玉琴笑道。朱怀镜坐下来，捧起她的脸，拍了拍。这张脸没有脂粉的掩饰，显得虚弱，有些发黑。他想，天知道她一个人歪在这里想什么心事，反正不是在想我！

朱怀镜想先把气氛弄好些，尽量说些开心的事。可玉琴呢，笑是在笑，却笑得很吃力似的。朱怀镜见玉琴反正是这个样子，便干脆把皮杰卷款潜逃的事说了。不料玉琴啊了一声，嘴张了老半天，脸色陡然发起白来："四千多万？"

朱怀镜说："我估计，皮杰这个案子一发，真查起来，可能会牵扯到一些人的。这么大的案子，绝不会是孤立的。"

玉琴像是不在意朱怀镜在说着什么，头往他肩上一靠，说："你今晚不走了吗？不走我们就休息吧，也不早了。"

"不走了，我想好好陪陪你。"朱怀镜只作没事似的，感慨起来，"没想到，雷拂尘平时老老实实的，也出事了。"

"他出什么事了？"玉琴刚想站起来，又坐了下去，吃惊地望着他。

朱怀镜说："这年头还能有什么问题？没有政治问题，女人不成问题，只有经济问题。他受贿，人已被关起来了。他这个人也是的，皮杰钱他也伸手要。"

玉琴脸色陡然涨红了，立即又发起白来，半天不说一句话。朱怀镜握着她的手，冰凉冰凉的。他内心的担心越发明白和强烈了，表面上却很平静。"休息去吧，老雷虽是朋友，但他出了这种事，我们都无能为力。"他感觉她的身子软软的，就抱起她往卧室去。

631

他掀开被子，把玉琴放了下来。他把她放下来是什么姿势，她便是个什么姿势蜷着，动也不动一下，疲沓沓的像摊泥。他替她脱了衣服，把她身子摆弄清通了，再跑去洗漱间草草洗了一下，回来钻进被窝里。他侧着身子半躺着，一边亲吻，一边抚摸着她，不说话。玉琴没感觉似的，只是闭着眼睛，好像连呼吸都显得很微弱。朱怀镜猜想她心里一定有事，也就不觉得她这是冷淡，不然他早生气了。玉琴平着躺了好半天，才慢慢侧过身子，伏在朱怀镜身上。

他便搂起她，问道："玉琴，你是不是有什么不顺心的事？"

玉琴摇摇头说："没有哩。"

玉琴不肯多说一句话，朱怀镜又只好不停地温存着。玉琴不像平日那样，总是把柔嫩温润的舌头伸出来叫他吮吸。今晚他吻到的总是两片嘴唇，干巴而发凉。她的舌头有时吐出一个滑溜溜的尖儿，朱怀镜便用力想衔住它，可怎么也衔不住，便让它慢慢缩进去了。他热情地吻着，像只采蜜的蜂，顽强地吸着花蕊间并不饱满的甜汁。

终于，玉琴像从冬眠中苏醒过来，长舒一口气，翻身爬到了朱怀镜上面，亲吻起来。她伸出舌头，在朱怀镜的脸上一遍遍地舔着。朱怀镜只想衔着她的舌头不放，可她的舌头像位匆忙的旅行家，只在他的嘴边稍作停留，又担风袖月远行去了。玉琴越来越忘情，目光迷离，满脸通红。她先是柔情似水，继而惊涛骇浪。玉琴今晚的狂野和迷醉令朱怀镜好生奇怪。他感觉自己不再是挥舞指挥棒的音乐大师，而只是在为一曲激越奔放的女高音独唱伴奏。

玉琴最后几乎要虚脱了，半天喘不过气来。朱怀镜把她揽在怀里，轻轻抚弄她的胸口，替她顺气。玉琴闭着眼睛躺了一会儿便大汗淋漓。朱怀镜心痛起来，下床找了条干毛巾捂在被窝里把她揩干了，再抱她去浴室洗了个澡。玉琴什么也不说，任他抱上抱下。

玉琴背对着他，弓成一团，朝里躺着。她那雪白的背脊便露着风。他怕她着凉，将胸口紧紧贴上去，搂着她，手仍在她的胸口抚弄。他猜想她的胸口一定堵着什么，需要他的爱抚。好大一会儿都感觉不到她的动静，他想她也许睡着了，便慢慢停止了爱抚。手却没有收回来，仍搭在那个最温柔的地方。

玉琴却慢慢转动了身子，翻了过来，一双深深陷进眼窝的眼睛可怕地望着他说："怀镜，今后……我俩再也不要往来了。"

"什么？"朱怀镜禁不住大声问道。

玉琴又闭上眼睛，轻声说道："我有这个想法不是一两天了，只是一时说不出口。我俩好好过完这个良宵，就分手吧。请你不要再问为什么。"

朱怀镜哪忍得住不问为什么。他坐了起来，靠在床头，把玉琴搂过来，让她枕在他的腿上。他一次一次地问："到底这是为什么？"玉琴总不开腔，眼睛死死闭着，像已沉沉睡去了。朱怀镜便拿话来激她，说她是不是另外有人了。玉琴也不恼，照样闭上眼睛躺着。朱怀镜不问她了，也不激动了，头高高仰起，靠在床头，也闭上了眼睛。他陷入了一种很恐怖的情绪，内心阴森森的。但似乎这种情绪又很浪漫，他细细咀嚼着内心深处的那份孤独、怅惘和哀伤，直教自己身子慢慢开始发凉。这一刻，他感觉自己真的是个情种。

"我们约好要去一个美丽的伊甸园。"朱怀镜琢磨自己的声音，很有些抒情，"我们手牵着手出发了。上帝仁慈的目光一直照耀着我们，我们走过的路只有鸟语花香。我们在森林里睡去了，进入了共同的梦境。可是，我一大早醒来，突然发现你不见了。你一个人走了，离开我走了。我四顾茫然，不知归路！"

玉琴睁开眼睛，嘴角露出一丝怪异的笑："你快成诗人了。我没读你那么多书，说不了你那么好听。有天我去厨房，正好在蒸包子，热气冲天，香味四溢，就像进入了仙境。我便想，爱情就像这蒸包子一样，揭开锅子，等热气散尽了，香气也没了，就剩下慢慢凉下去的包子了。吃包子的人，选包子是选里面的馅，是肉馅？素馅？糖馅？我俩选的肉馅。"

朱怀镜没有想到如此怪诞而直露的比方，竟出自玉琴之口。他这回真的如大梦初醒，明白自己陷入了一种不知所措的境地，内心说不出地惶惑和慌乱。他想尽快逃离这里，再也不见这个女人。原来这女人刚才是用狂放的情欲在同他作最后的诀别。他想下床而去，可是玉琴的头仍枕在他的腿上，手在他的小腹处轻轻抚摸。他便有些不忍了，低头望着玉琴，说："玉琴，自从我第一次拥抱你那天起，我就知道自己的生命同你融在一起了。我离不开你。玉琴，我们早已水乳交融，不是说分手就可以分手的。你刚才说的，我愿意当玩笑话来听。告诉我，你是不是碰到什么麻烦了，让我们一起来想办法对付。"

玉琴坐了起来，伏在朱怀镜的怀里，泪下如注："怀镜，我知道你早就猜到会有什么事发生了，你只是不忍心说出来，一定要我自己讲。我收了皮杰二十万块钱。你说雷拂尘向皮杰伸手，不可能。是皮杰用钱收买了他。雷拂尘也许可能向别人伸手，但不会向皮杰伸手的。"

预感终于被证实了，朱怀镜也忍不住流下了眼泪。他太爱这女人了，明白这事对玉琴意味着什么。他说不出什么安慰的话，只把她抱得紧紧的，好像她正在慢慢化成水，而他要拼命地捧住她，不让她从手指缝里流走。

玉琴抽泣着说："我知道会有这一天的。你那天说皮杰出国了，我就预感到事情可能会发生了。我们收买天马娱乐城，明眼人一看就知道是桩吃亏的买卖。皮杰同我谈了好多次，我都没松口。最后，皮杰送了二十万块钱来，说雷拂尘也同意了，请我给个面子。我就知道雷拂尘一定收了他的好处。我想，我要是收了钱，做了这桩买卖，迟早会出事。我要是不收，雷拂尘也会把收的钱退回去。而这桩买卖，皮杰要是硬要做成，肯定会做成的。最简单的办法，就是不让我做这个总经理，让别人来做。怀镜，我毕竟是凡人啊，不是圣人。我怕失去总经理位置，也心存侥幸。我想怎么别人受贿都没有事，偏偏我收了就出事呢？没办法，我只好收了，同意做成这笔买卖。我也本可以不收他的钱，仍同他成交的。可是，雷拂尘会记恨我，也会防着我的。再说，我想他皮杰一下子就白白多赚了一千万，我干吗要那么清高？皮杰这种人才是这个社会真正的害群之马呀！"

朱怀镜很是心疼，搂紧玉琴说："你聪明一世，糊涂一时。你怎么这么傻呢？你想想，你平时在人们心目中，是个多么出色的女子！发生了这种事，人们会把你所有的好都忘记，只会说你为了自己得到二十万，不惜让国家赔进去一千万！唉，玉琴呀！你有什么打算？说说吧，我俩一起想办法！"

玉琴揩干了泪水，不哭了，说："我想过了，没有办法救我。这种事一旦被发现，还有什么办法？我只好等着检察院来人提我了。我想过自首，也没有用的。怀镜，事情我都告诉你了。你早些走，不要等到天亮。你再也不要来找我了，也不要打电话给我，免得平白无故地牵扯进去。我想过不了两三天，我就不在这里了。钱我一分都没动过，我明天就去银行取出来。只要检察院的人一到，我就连人带钱都让他们带走。怀镜，你把我再抱紧些吧，我想就这么同你安安静静地抱在一起，永远也不分开啊！"

朱怀镜抱着玉琴，懊悔和内疚沿着他的背脊蛇一样往上爬，最后紧紧缠着他的脖子，叫他呼吸不得。他觉得是自己害了玉

635

琴。他不该在她和皮杰之间撮合,不该劝玉琴同皮杰做这笔交易。他也不该去找雷拂尘,暗示皮市长的意思。现在回想起来,似乎皮市长并没有明说要他同玉琴和雷拂尘说些什么,一切都像是他自作主张。他觉得很对不起玉琴,却不敢向她说声道歉的话,害怕他这一提醒,玉琴真的就怪他了。两人一刻也没合眼,就这么拥抱着。很快就是凌晨三点多了。玉琴望一眼床头的钟,一把抱紧了朱怀镜,就像知道自己大限将至的人,忍不住呜呜哭了起来。朱怀镜不停地吻着这张泪脸,爱抚她,劝慰她。

"怀镜,我从来没有如此害怕过时间,从来没有如此害怕过天明。我感觉钟上的秒针像把刀,正咔嚓咔嚓割着我的心脏。怀镜,我今生今世,还能见到你吗?"玉琴抬起一双泪眼,可怜见地望着他。

朱怀镜望着她说:"玉琴,我是你的怀镜。你听我说,只要想简单些,痛苦也好,幸福也好,一切都会过去。玉琴,我要你向我保证,不论遇到多大的打击,一定要坚强。不管别人怎么看你,你玉琴在我眼里,永远是冰清玉洁。害你的是这个社会,应该对你的苦难负责的是那些有权支配这个社会的人。我们都是平凡人,没有能力改变这一切,但一定要珍惜自己的生命。玉琴,请你一定向我保证,不论怎样,你一定要想得开,千万不能做傻事。"

玉琴不回答他,只揩干了泪水,躺了下去,手伸向朱怀镜,"我要……怀镜……我要你。你再好好给我一次吧……"朱怀镜哪有心思做这种事?但他只好顺从她的意思。他抚摸着玉琴,感觉她其实也没有情绪。她是想麻醉自己,还是想在临别之际做好最后一件事?两人抱在一起相互抚摸,在床上滚来滚去。朱怀镜夸张自己的热情,尽量调动着情绪。玉琴今晚的手好像特别修长,她抚摸的动作格外舒缓悠扬。他很清楚,玉琴也在夸张她的激情。最后那一刻,他俩总算物我两忘,淋漓尽致。

天快亮了,玉琴目光满是哀婉,推了推朱怀镜:"你走吧,时间不早了。"

朱怀镜一把搂起玉琴,恨不能把她塞进胸窝里去。他知道玉琴在这世上没有一个亲人,如今又遭此大难。多么可怜的女人!

朱怀镜穿好衣服,玉琴早在床上哭成一团了。她不敢放声大哭,只好紧紧咬着枕头,默默饮泣。这可怜样儿真令人心碎。朱怀镜再次上前,将她的头抱过来,贴在胸口。玉琴咬着他的衬衣,手在他背上使劲地抠。朱怀镜一直强忍着哀伤,现在再也忍不住了,泪水夺眶而出。

玉琴使劲地把他往外推,他只得咬咬牙走了。天还没有完全亮,朱怀镜没有地方可去,只好在街上溜达。初冬的早晨,寒气袭人。朱怀镜感觉不到冷还是不冷,人有些麻木了。

好不容易挨到七点多钟,朱怀镜拦了辆的士。离财政局大门还有段距离,他下了车,从容地朝大门走去。传达室老头见了他,招呼说:"朱局长清早散步?"朱怀镜随和地扬扬手,说:"对对,随便走走。"

他没有回家,径直去了办公室。一上班,行财处聂处长送来一个材料。看了一会儿,便有些支持不住了。他强打精神看完了材料,打电话叫聂处长过来。聂处长接过材料,翻了翻,说:"朱局长的工作作风值得我们学习,雷厉风行。当然,主要是因为朱局长熟悉业务,看材料就快了。"朱怀镜笑笑,也不多做谦虚。聂处长客气几句,刚要走,朱怀镜说:"我要出去一下,你叫小陈开车到楼下等我。来了个朋友,原来在下面的老同事,去看看。"聂处长问:"需不需要我替你买单?"处里都有小钱柜,分管局长有些不方便在局里开支的应酬,也常常由处里承担了。朱怀镜笑道:"谢谢,不麻烦你们了。需要请你买单我会不客气的。"聂处长点头笑道："那行。我去找小陈吧。"小陈是朱怀镜的专车司机，他只要打电话给小陈就行了，本不用聂处长去叫。可下属总是乐意领导叫他做些跑腿的事的，朱怀镜便总是照顾下属的这种心理。不一会儿，聂处长过来回话，说小陈已等在楼下了。朱怀镜说声谢谢，便夹了包，去局长办公室说了声，就下楼了。

朱怀镜让小陈送他去银杏园宾馆。这是财政局的宾馆，离财政局机关约十五分钟车程。上了车，朱怀镜打了宾馆吴经理电话，说他马上过来。一会儿就到了，吴经理早恭候在大厅外面了。朱怀镜叫小陈回去，要车再叫他。吴经理笑嘻嘻地迎上来，同朱怀镜握手。见朱局长的车马上开走了，吴经理便又笑嘻嘻地冲着车屁股同小陈打招呼。下属就连领导的司机都不敢得罪的，唯恐有所轻慢。

"吴经理，我这几天很忙，有好多紧急文件要看。我在办公室几乎不得安宁，老是有人找，想躲到你这里看两天文件。"朱怀镜说。

吴经理忙说："好啊，好啊。我马上安排房间。"吴经理跑去服务台说了声，马上带着朱怀镜上了八楼，叫服务员开了最里头的一个大套间，"朱局长，这个套间偏是偏了些，好在安静。"

朱怀镜放了包，看了看，心里很满意，却说："没有必要安排大套间嘛，给个标准间就行了。"

"我没这个胆量，只给朱局长安排标准间。"吴经理玩笑着，又说，"局领导在这里都有个套间，有时太忙了就躲到这里来安心办几天公，有时家里找的人多了，就躲到这里来休息休息。就您没有来这里了，我还怕朱局长不满意我这里的条件哩。要是朱局长觉得将就着行，这套间您就用着，外面谁也不会知道您在这里的。"

朱怀镜说:"我来了就临时开房吧。我又不是天天来,太浪费了。"

吴经理说:"这个朱局长就请放心。反正客房常年住不满的,空着也是空着。我已同服务小姐说了,等会儿会送片钥匙过来。您平时来的时候,自己开门,方便些。那我就先告退了,您就安心在这里办公,不会有人来打搅。有什么指示,您随时打我电话就是了。"正说着,小姐就送钥匙来了。服务小姐并不认识朱怀镜,只知道这是一位很尊贵的客人。也用不着让她明白朱怀镜的身份。

吴经理一走,朱怀镜就上床躺下了。他已困得不行,实在熬不住了。他想这吴经理实在会办事。这大套房三百八十块钱一天,一年就是十三万多。局里正副局长六位,一年就是八十多万。既然住在这里,免不了还要吃,有时还要招待客人,至少也得花一二十万。这么一算,光是局长们在这里睡觉吃饭,一年就得百把万。朱怀镜太累了,脑门子隐隐作痛,心脏也很难受,没有心力想太多,迷迷糊糊算着账,便呼呼睡去了。

朱怀镜不知道,他正酣然大睡的时候,玉琴已被检察院的人带走了。玉琴一早去办公室打理一下,就提着保密箱去银行取了那二十万块钱。她把保密箱锁进办公室的保险柜里,坐在那里喝茶。副总经理过来说:"有几个事情需要商量一下。"玉琴没有心思,说:"下午吧。"十一点的时候,玉琴透过窗户,看见一辆检察院的警车开了来。玉琴不再害怕,也不显得惊慌,起身打开保险柜,取出保密箱,放在办公桌上。

几天以后,朱怀镜才知道玉琴被收审了。他并不吃惊,只是心里莫名其妙地紧张,似乎自己也会有什么麻烦。这天,朱怀镜在家里吃晚饭,神色很严肃。香妹怕他心里有什么事,也不敢多问他。一家三口埋头吃饭,只听得筷子磕碰碗碟的声音。他心情的确不好，但本可以在家人面前掩饰一下的，可他因为有话要对香妹说，便故意酝酿这种气氛。吃完了饭，只有两口子在场了，朱怀镜认真地望了香妹一眼，说："香妹，可能有事要发生。你在外面不论听到什么，都要挺住。"

香妹脸都吓白了，嘴巴张得天大，半天才问："什么大事？说得这么可怕？"

朱怀镜长舒一口气，说："要说也没什么了不得的。事情都是针对皮市长的。也许别人会通过整皮市长身边的人，达到整皮市长的目的。我既然身在官场，既然受到皮市长的器重，必要的时候，就免不了受委屈。"他把事情说得很严重，却又并不具体说些什么。朱怀镜明知道自己是在故弄玄虚，可说着说着，便真的进入了某种情绪，觉得自己很高尚、很气节。

香妹紧张得不得了，说："这几天老不在家，我也没机会同你说上几句话。我在外面听到皮市长大儿子的传闻倒是不少。说他带着好几个亿的公款跑到国外去了，不知是真的吗？"

朱怀镜不正面回答，只说："事情没那么简单，这都是在弄皮市长的手脚。不论什么话，你只听着就是了，不要同人家一起去议论。你身份毕竟不同。"

见香妹太害怕了，朱怀镜又有些不忍。他安慰了她几句，就说去皮市长家看看。朱怀镜出门时，香妹站在门口，望着朱怀镜的背影，半天不关门。她的目光里充满着恐惧和忧虑，就像一位革命者的妻子知道丈夫将去从事一项崇高而危险的事情。

王姨开了门，客气地笑了笑。客厅里照样只开着灰暗的壁灯，没有看见皮市长。王姨把门掩了，用嘴努了努里面。朱怀镜明白，皮市长一个人在书房里。王姨带着朱怀镜走到书房外面，敲了门，告诉说："老皮，怀镜来了。"

皮市长靠在皮圈椅里，抽着烟。朱怀镜立即紧张起来，意识到也许发生什么严重事情了，因为皮市长本来早已戒了烟的。皮市长示意他坐下。听得王姨在外面接电话，说："老皮不在家，还没有回来。"朱怀镜知道王姨把别的造访者都谢绝掉了，内心不由得升腾起一种庄严感。士为知己者死啊！

"怀镜，你来得正好。现在情况越来越明显，有人把矛头指向我。"皮市长逼视着朱怀镜，似乎他就是把矛头指向皮市长的那个人。朱怀镜第一次见识到皮市长的威严。没想到，他在家里同香妹无中生有说的那些话，竟然这么快就应验了。他故意告诉香妹可能发生的事情会是权力斗争，只是怕他同玉琴的风流事传出来了，也好让香妹弄不清真假。他为香妹早早地布好了迷魂阵。

皮市长毕竟很长时间没抽烟了，抽了一会儿就咳得不行。王姨听见了，推开门，心痛地望着丈夫，默然而立。皮市长扬扬手，王姨轻叹一声，关门出去了。

"皮市长，您把心放宽些。俗话说，桥归桥，路归路。皮杰的事就是皮杰的事，让他们查去好了。说得那个些，领导干部子女做生意，又不是皮杰一个。同更大的高干子女相比，皮杰这点事算得了什么？小巫见大巫！再说了，皮杰现在人在何方都不知道，他们查也是白查。"朱怀镜安慰道。

皮市长很生气的样子，说："有人说龙兴收买天马娱乐城，是我皮德求一手操纵的！"

朱怀镜表现出义愤："怎么可以这么说呢？这件事我最清楚了。这些人，总得实事求是嘛！"

皮市长微微一笑，说："我估计有人会来找你问些情况的。雷拂尘在里面说你找过他，专门谈龙兴收买天马娱乐城的事，而且说你是去传达我的意思。"

朱怀镜显得非常气愤："雷拂尘怎么可以这么说呢？我是同

他闲扯的时候，偶尔说到这事的。这并不违法呀？皮杰也是同我在一起玩的时候，随便说到他想把娱乐城卖给龙兴大酒店。这也不违法呀？说到底这只是桩商业买卖，是他们双方谈拢来的。即便皮杰没有您这个特殊背景，买卖也得成交。价格合理不合理，同别人没关系，都是他们双方自己谈判的。皮市长您放心，随便谁来找我，我都是这个说法。"

"怀镜，对你，我是放心的。"皮市长满意地点点头，又像是突然想起什么，"裴大年和袁小奇这两个人怎么样？"

皮市长前后两句话，听上去就像没有联系，朱怀镜却是心领神会。那意思就是说，对你朱怀镜放心，对裴大年和袁小奇就不太放心了，同时暗示朱怀镜在中间做些工作。朱怀镜虽是明白了皮市长的旨意，却又不便明说自己找他们两位说说。这等于点破了皮市长的担心，那样倒像是他知道皮市长同裴袁之间有什么说不清的事似的。他略加沉吟，才没事似的说："裴大年约了我好多次了，说要请我喝杯茶。今天他又约了我，我说今天没空，答应他明天晚上。袁小奇有些日子没回荆都了。他在荆都的分公司经理黄达洪是我的老部下、老乡，很尊重我。袁小奇对这位姓黄的很信任。"朱怀镜这番话不着边际，不过他相信皮市长听得懂。皮市长果然听懂了，意味深长地望了朱怀镜一眼，递过一支烟来。

"怀镜，梅总经理在里面倒是没多说什么，也没说你找过她。她倒算个女中豪杰，自己做事自己当。一个好同志，叫皮杰害了，可惜。"皮市长很是惋惜。

朱怀镜看皮市长的眼神，像他知道自己同玉琴关系似的，内心有些尴尬，不便多说，只道："这个人的确不错。"

"怀镜，今后一段时间，我不叫你来，你就不要到我这里来了。"皮市长说。

朱怀镜会意，含含糊糊说："我在外面会注意的。"

从皮市长家出来，朱怀镜没有回家，去了银杏园宾馆。看看时间还早，便打了裴大年电话，约他来一下。裴大年说行行，马上过来。他对朱怀镜一向恭敬，现在更不用说了，朱怀镜已是大权在握的财政局副局长。朱怀镜交代他不要带任何人，自己开车来。裴大年听出事情也许很重要，忙加上一句："二十分钟就到。"

二十分钟，朱怀镜是踱着步度过的。他脑子里很乱，要考虑一下怎么同裴大年说话。他想找裴大年，说是为了皮市长，倒不如说是为他自己。裴大年平时办事出手大方，但毛病就是嘴巴不紧，喜欢在外面吹牛，说自己同哪位领导关系如何如何的好。如今谁都明白，有钱的人同有权的人关系好意味着什么。朱怀镜想来想去，考虑只怕不能转弯抹角地同裴大年说话了。情况非常，只好直话直说。就说皮市长，今天虽然仍是含蓄，比平日却是直露多了。成熟的政治家从不敞开自己的心扉，别人无法知道他们心里到底想些什么。今天的皮市长当然并不是不成熟，而是事情到了不能再玩领导艺术的地步了。但不管怎样，就像大艺术家气质天成，皮市长再怎么直露，仍比常人含蓄多了。艺术通常是含蓄的，就像皮市长嘴巴里慢慢吐出的烟雾。

裴大年敲门进来，向朱怀镜道好。朱怀镜客气地握了他的手，为他倒了茶。"对不起，这么晚了，还劳驾你跑一趟。"朱怀镜跷起二郎腿，保持必要的矜持。

"说哪里去了。没有紧要事，朱局长不会随便吩咐我的。"裴大年那探询的目光在朱怀镜的脸上游移。

朱怀镜却感觉裴大年的目光像蚊子一样在他脸上爬来爬去，不是个味道。他头一次在裴大年的目光里察觉到商人的狡黠，而这位仁兄平时给他的印象总是多少有些愚钝的，几乎使他疑心这样一个人怎么会腰缠万贯。但这种感觉稍纵即逝，裴大年马上又是一副粗笨样儿坐在他面前了。也许是自己今天太敏感了吧，朱怀镜想。他半天没说话，裴大年便有些拘谨了，望着他憨憨地笑。朱怀镜也笑笑，说："其实也没什么具体事。我想问你，你最近在外面听到别人说皮市长家什么事吗？"

裴大年显然没想到朱怀镜会问这话，又猜不透他的意图，支吾好一会儿，才谨慎地说："这个……这个……听倒是听到些话，我是不太相信。有人说皮杰跑到国外去了，还带了好多钱走。我听了觉得奇怪，打过皮杰手机，停机了。后来向朋友一打听，知道他真的出国了。我想高干子弟出国是很平常的事，朱局长您说是不是？"

朱怀镜说："你听说的事不假。问题是，有人在中间搞鬼，想打皮市长的主意。皮市长对你我都是有恩的，你说是不是？可是，我就知道，有个别人，在皮市长那里得到了不少好处，现在却帮着别人说皮市长坏话。"

裴大年忙说："这种人，太可恶了。人生在世，什么最珍贵？不就是个感情吗？"

朱怀镜大加赞赏："对对，贝老板说得对。有些人，只知道见风使舵。也不想想，人生一世，不是一天两天，而是几十年。谁知道谁今天红的时候，明天不倒霉？谁知道谁今天黑的时候，明天不走运？"

裴大年点头说："是啊，俗话说，花无百日红，人无一世兴。又说，三穷三富才到老，三起三落才得了。谁能够保险自己一辈子都行顺水船？我就最恨那些见了红屁股就捧，见了黑屁股就踩的人。"

朱怀镜笑道："贝老板说得在理。再说了，像皮市长这种身份的人，是谁想弄倒就弄倒的？虎死还英雄在哩！何况皮市长远远没有到要收拾残局的地步。给你说个故事，是真事。我原来在乌县当副县长时，有位建筑包头，赚了不少钱。可是就一件事，他把自己弄垮了。有年，他承包县人民医院住院部大楼，赚了不少。后来有人举报卫生局长和人民医院院长收了他的贿赂，找他到检察院问话。他禁不住检察院那一套攻势，就把给卫生局长和人民医院院长送钱的事招了。结果，卫生局长和医院院长都被判了刑。这样一来，谁还敢包工程给他？从这以后，他就再也揽不到工程了。没隔多久，检察院又以偷漏税收的罪名，把这包头抓了，判了他七年徒刑。"

裴大年哼了哼，表示对这包头的不屑："这种人，太不会玩了。这是最大的犯规嘛！若是我碰到这种事，就是刀架在我脖子上也不会说嘛。说了有什么好处？害了朋友，也害了自己。"

听了这话，朱怀镜知道达到目的了，用不着再明白地交代他什么了。他便避开这个话题，只同裴大年闲扯，扯得两个人像亲兄弟一般。裴大年巴不得有这样一位官运亨通的年轻副局长同他如此亲密，高兴得不得了。两人扯得很晚，裴大年临走时说明天去看看皮市长。朱怀镜叫他这一段别去，只要心里向着皮市长就行了。裴大年点头不止。

朱怀镜想明天再约见一下黄达洪，请他近日专程南下一趟，向袁小奇渗透一下皮市长的意思。只要巧妙地晓以利害，黄达洪会欣然照办的。其实朱怀镜对袁小奇并不担心什么，因为他深知其人其道。虽然朱怀镜不清楚皮市长到底在什么事上不放心袁小奇，但就凭袁小奇目前的身份，相信他也不会轻易让自己充当尴尬角色的。谁也不愿意同官场腐败的新闻联系在一起，何况袁小奇呢？他想叫黄达洪南下，只是让袁小奇心里有个数。

朱怀镜澡也懒得洗了，上床睡觉。夜已深沉，他没有半点睡意，玉琴那双深深陷进去的眼睛，总在黑暗中哀怨地望着他。即使在约见裴大年时，他心里也总在想着玉琴。不知铁窗里的玉琴怎么样了。她是不是更加消瘦了？她是不是也在想着他？多么可怜的女人！想着玉琴平日里千般的好，朱怀镜禁不住潸然泪下。

朱怀镜每天都担心检察院的人会来找他，日子过得战战兢兢。人也日见清瘦了。他内心凄凄惶惶，外面却要强撑着。多是住在银杏园，一天洗两三个澡。他想多洗澡人会显得精神些。头发梳得溜光，打上摩丝。好久没服用秦宫春了，现在为了提神，每天服三支。部下见他瘦了，都说他身材越来越好了。朱怀镜便说自己每天坚持打网球，自然会减肥了。部下们便佩服他的毅力，又说他坚持体育活动，这才是现代人的生活方式。

皮杰、雷拂尘、玉琴成了荆都市最近的热门话题。他们的故事，一百个人说出来，有一百个版本。起初流传最多的是皮杰的故事，故事里除了金钱，自然要加上女人，说他的床是特制的，七尺长，一丈宽，每晚都有两三个漂亮小姐陪着睡，而且每晚都是新鲜的。玉琴出事后，她便成了人们议论的中心。人们议论漂亮女人的兴趣更浓，故事也编得越来越呈桃红色。朱怀镜听到的可能是个足本故事，说玉琴美妙动人，男人见了没有不掉魂的。她没有结婚，也从没正经谈过男朋友，可她床上从没少过男人。又说有位市领导的秘书，长得一表人才，总在外面拈花惹草。有回，玉琴同这位秘书在舞会上认识了，两人相见恨晚，当天夜里就滚作一团了。玉琴从此便用大把大把的票子养着这位领导秘书，她自己也从这位秘书手上得到不少好处，很快就从一个服务员提到酒店总经理位置。人们把玉琴出任总经理之前的身份，说成个普通服务员，大概合乎常人的心理：他们总以为这类漂亮女人原本都是浅薄的花瓶，搭上强有力的男人便出人头地了。朱怀镜听到这些话很愤恨，却不敢解释半个字。好在故事里这位秘书并不姓朱。关于玉琴的所有故事里，基本情节是她同一位领导秘书私通，但姓氏却赵钱孙李经常换。朱怀镜后来在不同场合多次听到这个故事，那秘书却是一会儿姓王，一会儿姓张。有回朱怀镜同朋友吃饭，酒桌上又有人说到玉琴的故事。说到领导秘书姓什么，他们便说朱局长是从市政府出来的，对领导的秘书都熟悉，最有发言权。朱怀镜只是笑笑，拿话支吾了。有人便开玩笑，说那位秘书是韩国前总统朴正熙的同宗，姓朴（嫖）。朱怀镜听着背上发冷汗，却又只好附和着笑。

三个案子迟迟不见有什么结果，人们却仍然兴致勃勃地传播着与案子有关的故事，版本日益翻新。经济案子都是很复杂的，不可能很快结案。重要犯罪嫌疑人皮杰至今不知身在何方，看来这三个案子不知要拖到什么时候才水落石出。听说雷拂尘得知皮杰一直没有下落，便一再翻供，案子更加扑朔迷离。三个案子是联在一起的系列案，玉琴再怎么坦白交代，也不可能将她的案子先结了。朱怀镜突然发现很长时间没听见别人在他面前说玉琴的故事了，心头暗自紧张起来。他意识到，也许越来越多的人已经知道，同玉琴相好的那个男人就是他，而不是哪位领导的秘书。

朱怀镜真有些度日如年了。就在他诚惶诚恐的时候，检察院终于找上门来了。不过，因为朱怀镜毕竟是位副局级领导，检察院不好随便找他问话。这天下午上班不久，检察院厉副检察长很客气地打电话给他，问他能不能安排个时间，想找他了解皮杰、雷拂尘、梅玉琴的有关情况。朱怀镜心里一惊，语气却很镇静，满口答应了，只是他坚持请检察院的同志到财政局来，他手头工作忙，走不开。厉副检察长说行，马上就来。

放下电话，朱怀镜手忍不住有些发颤。他发现自己这个状态不行，便在办公室里踱步，想放松自己。细细一想，自己同这三

647

个案子并没有关系,没有必要这么紧张。也许因为他从来没有以某种特殊身份同检察院打交道吧,心脏总是很不争气地怦怦跳。他是一急就想大小便的,立即就屎急尿慌了,肛门和腰背都胀痛起来。他便钻进了厕所。财政局的局领导办公室配有厕所,比市长办公室还要高级。当年财政局办公楼修好后,内部有人告状上去,财政局长还受了纪律处分。朱怀镜蹲在厕所里,恨不能将体内所有东西都排个干净,好让自己轻松得像个氢气球。他很感谢那位挨了处分的前任局长,真是牺牲他一个,方便代代人。大便完了,又洗个冷水脸。他将脸浸在冷水里,用毛巾使劲搓,搓得两颊发红。这样一折腾,朱怀镜彻底放松了。他对着镜子梳了下头发,正正衣冠,做深呼吸,气沉丹田,然后从容地出了厕所,端坐在办公桌前,拿出一个文件夹来批阅,一副日理万机的样子。

听到了敲门声,朱怀镜很有修养地应道:"请进。"

门开了,正好是厉副检察长同两位检察官。朱怀镜先合上文件夹,再站起来同三位一一握手,说着客气话。三位入座,朱怀镜拿起电话:"小李,过来一下。"马上就进来一位小姐,大概就是小李了。朱怀镜说:"给三位客人倒茶。"小李望着三位热情地笑笑,忙倒了茶,一一递上。朱怀镜本可以自己倒茶的,可他为了缓解气氛,也想拿一个架子,便叫了小李过来。

厉副检察长介绍了随来的两位处长,就开门见山了:"耽误您时间了朱局长。关于皮杰、雷拂尘和梅玉琴的案子,可能朱局长也听说过了……"

朱怀镜马上笑道:"我听说的都是路边社新闻。外面有人说,皮杰带了几个亿的公款逃了,都是从财政局直接划走的。外界传闻都是百姓说朝廷,想当然,荒诞不经。具体情况,我还不清楚。"

厉副检察长也笑了，说："现在外界说法很多，说明群众很关注这几个案子。市委、市政府的领导也追得紧。所以，我们检察院感到压力很大，还请朱局长多支持才是。"

朱怀镜问："不知我能帮上什么忙？"

厉副检察长说："朱局长，先请您别有什么误会。据雷拂尘交代，说皮杰、他，还有梅玉琴，他们同您的私交都不错。我想请您谈谈，是不是掌握一些同他们案子有关的情况？"

"对对，我同这三位平日交往都比较多。但也只是在一起吃吃饭，打打保龄球。"朱怀镜便把他同三个人的交情说了。他像在说故事，说了些他们三位的轶闻趣事，很好玩的。朱怀镜嘴里说出来，皮杰很贪玩，也很够朋友。雷拂尘办事老成，人很豪爽。玉琴开朗大方，办事泼辣。这些显然不是厉副检察长他们想听的。朱怀镜也猜得出，他们慢慢会提一些具体问题。

果然，厉副检察长很讲究措词地发问了："朱局长，我们想核实一个具体细节。据雷拂尘交代，说在龙兴收买天马娱乐城之前，您同他说过这事，是吗？"

"对，说过。"朱怀镜想都没想，爽快地回答了。

"您能详细说说当时的具体过程吗？"厉副检察长问。

朱怀镜先是笑笑，再说："我不清楚这同案子有什么关系，但我仍然愿意说说。皮杰同我常见面，在一起要么吃饭，要么喝喝茶。有天他同我说，天马公司的摊子铺得太大，顾不过来，想收缩战线。他说天马娱乐城，生意做得红火，有人看不过，老是挑刺。又说他爸爸对他的娱乐城天大的火，叫人查过封过，事后见面就说他。所以，他不想再经营它了。想来想去，打算同龙兴大酒店谈谈，看他们那里吃得下不，卖给他们算了。我说这个主意好，也免得皮市长经常为你这个娱乐城操心，而且毕竟你的身份特殊，影响也不好。他便开玩笑，说我也同他爸爸一个鼻子出

649

气，老是教训他。这事是在闲扯的时候扯的，他说了，我听了，就这么回事。后来，我同雷拂尘扯谈时，不知怎么扯着扯着就扯到皮杰了。因为都是经常在一起玩的朋友，容易说到朋友间的一些事情。我随便说到皮杰的这个想法。雷拂尘听了很感兴趣，说他原来还在龙兴的时候就有这个想法，只是以为皮杰肯定不会把这么个好地方脱手的，他就只是一厢情愿地想想罢了。至于后来他们是怎么谈的，最后是什么价格成交，我就不清楚了。可以这么说吧，龙兴收购天马娱乐城的事，我自始至终都知道。但仅仅只是知道。"

厉副检察长点头斟酌再三，才问："皮市长事先知道这事吗？"

朱怀镜便明白厉副检察长的真实意图了。果然有人想把矛头指向皮市长。他回答说："这个我就说不准了。按常理说，皮市长毕竟是皮杰的父亲，儿子有什么事，会同父亲说。但据我了解，皮市长两个儿子，他最欣赏的是去美国留学的二儿子皮勇，他对皮杰一向严厉。皮杰也知道父亲不满意他，没什么话同父亲说。皮杰不太住在家里，几乎很少同父亲碰面。我知道皮市长的夫人王姨，为他父子俩的关系还很伤心。"

厉副检察长所有的提问，都被朱怀镜这么轻巧地敷衍过去了，真是滴水不漏。厉副检察长自然不太满意，最后当然非常感谢朱怀镜，说耽误了他的时间。

送走厉副检察长他们三位，朱怀镜舒了口气，又不禁为自己应对自如而得意。他又钻进了厕所。这回是如释重负地小便，听着顺畅而流的水声，他感到特别痛快。对着镜子再次整理自己，感觉这张脸瘦是瘦了，却仍然很精神。他发现自己到底是个腰杆子邦邦硬的大丈夫，没什么能难倒他。他想今天回家吃晚饭，在家里好好睡一觉，同香妹说说话。这一段，他天天服用秦宫春，却从来没有萌生春意。面临这种局面,哪有心思风花雪月?有时,他甚至为自己的荒唐懊悔不已,发誓今后再也不沾别的女人。这会儿,他想着回家睡觉,竟有些蠢蠢欲动了。

下班回家,不见香妹,却见她的包放在茶几上。知道她回来了,便喊了两声。不见回答。朱怀镜便往卧室里去更衣,隐隐感觉阳台上有人。过去一看,正是香妹坐在那里,低着头,双肩微微耸动。

"你怎么哭起来了?"朱怀镜抚着她的肩头问。

香妹撩开他的手,依然把头埋着。也许她听到什么话了!朱怀镜心里一阵慌乱,竟然比面对检察官的时候紧张多了。他在她身后默默站了一会儿,又问:"说话嘛,只是哭,叫我怎么办?"

香妹嘤嘤地哭出声来了:"全世界都知道了,就我一个人蒙在鼓里!"

"知道什么了?"朱怀镜装作糊涂。

香妹擦了把脸,眼泪汪汪地抬起头来:"你说清楚,你同梅玉琴到底是怎么回事?"

朱怀镜笑了起来,说:"我还以为你说什么哩!我比你还早些听说梅玉琴的事哩。最初说她同方明远,后来又听说她有谁谁,反正说跟她好的男人多着哩,就是没听人说她同我。我跟你说过,有人在搞鬼。梅玉琴同我、方明远、皮杰,都是很好的朋友。我们了解她,她既不是贪得无厌的受贿犯,也不是风流浪荡的坏女人。她阴差阳错地落到这步田地,我想中间自有隐情。现在她落难了,人人都向她吐口水,说她为了自己得到二十万,不惜让国家损失一千万,说她专门勾引有钱有势的男人。这个小梅你不了解,她是个孤儿,没有任何亲人。现在出了这种事,连一个关心她的人都没有。外人只知道朝她泼污水。人言可畏呀!"

香妹鼻子一哼,说:"你倒蛮同情她!难道她是被抓错了?"

651

朱怀镜说:"我并不是说她抓错了。在同一个罪名下,不同的人有不同的具体情况。哪怕是杀人犯,有时他杀的人的确该千刀万剐,但他照样犯了死罪。小梅是受了贿,但她绝不是个见钱眼开的罪犯。"

这时听到儿子在喊妈妈,朱怀镜忙出来说:"琪琪你去外面玩一会儿回来,爸爸妈妈有事。"

香妹揩干了眼泪,追到门口,叫住儿子:"别出去了,外面风大,冷死了。"

儿子望望爸爸,又望望妈妈,无所适从的样子。香妹便伸过手,拉着儿子回来了。朱怀镜知道香妹的脾气,两口子再怎么赌气,决不会让儿子受苦的。她会暂时休战,等做好饭,一家人吃了,儿子做完作业,上床睡了,战争重新开始。

今天香妹没那么从容,这事的确在她来说太重大了。她只勉强吃了一碗饭就放了碗,进厨房收拾去了。朱怀镜知道她是一个人躲进厨房流眼泪。他也没胃口了,交代儿子慢慢吃,也放了碗。朱怀镜望着儿子吃完饭,将碗筷收了,送进厨房。香妹拿了块抹布,低头在里面四处抹。朱怀镜也不知说什么好,只好出来了。香妹半天不出来,老待在厨房里。朱怀镜在客厅待着,不知所措。儿子懂事了,看出爸爸妈妈在赌气,也不说话,坐在那里,低头抠着沙发。朱怀镜进厨房给儿子倒水洗脸,见香妹还在那里四处抹着。儿子洗了脸,朱怀镜交代他去自己房里,做好作业,早些睡了。

香妹将灶台、厨房四壁、吊柜抹了一遍又一遍,只是不抬头。朱怀镜站在厨房门口,说:"这事我同你说清楚了,希望你相信。现在人家落了难,我们不要帮着别人损人家。"

香妹又哭出声来了:"我不是听一个人说,而且说得有鼻子有眼,具体情节都有了,你叫我怎么相信你?"

朱怀镜说:"你也不想想,这种事情,别人越是说得有具体情节,就越是瞎说。如果我同小梅真有那事,谁能知道什么具体情节?是我们被谁在床上抓了,还是我同她风流的时候床底下躲着人?为什么在别人没出事的时候没人说,现在才有人说?明显是有人在搞鬼嘛!"

香妹低着头说:"相信不相信,都没什么意思了。你想怎样就怎样,过不好我们就分开过算了。我不要你一分钱,儿子我养得活。"

朱怀镜不论再说什么,香妹都不做声了。他感到很没有意思,一个人上床睡了。今晚,香妹没有上床来,她去儿子房间了。

朱怀镜的日子过得很没有生气了。他在局里,似乎依然是位受人尊重的副局长,部下们见了他总是点头微笑着打招呼。他感觉人们仍然关注着三个热点案子,只是大家都回避在他面前谈论。多年的领导干部经历,让他养成了昂首挺胸、目不斜视的习惯。他从不左顾右盼,从不回过头去看后面。可他总感觉自己从容走过之后,那些同他点头微笑的人,也许正回头神秘兮兮地望着他的背影。他中午总是去银杏园休息,一个人睡在床上望天花板。他需要想清许多东西,却越来越糊涂。脑子里总是乱糟糟的。晚上回家睡觉,也总是一个人睡。香妹没什么话同他说,他想同她说些什么又总是搭不上火。这天夜里,一个人睡着很没有意思,便索性起床去了银杏园。

银杏园的床宽大而柔软,躺上去便萌生某种欲望。朱怀镜拥被侧身而卧,闭上眼睛就想起玉琴了。玉琴在他脑海里是一长串定了格的特写镜头,每个镜头都令他喉头发烧。太难受了,他只好睁开眼睛,让这空空荡荡的现实驱散他脑中的幻象。可这也不怎么奏效,下身挺得难受。他下了床,在地毯上不安地走动,像发了瘾的吸毒者。外面歌舞厅传来幽怨的歌声。朱怀镜马上想起了李静，那个丰腴香艳的伴舞女郎。他感觉身上有股火辣辣的东西再也压抑不住了，忍不住闭上眼睛，趴上床去，咬着牙齿喘粗气。恨不能马上找了李静来，同她风情一个通宵。似乎被褥有种肉体的质感了，就像李静细腻温润的肌肤。打电话给她！当他萌发这个念头时，止不住浑身颤抖。可是，最近遭遇的事情太多，很长一段时间没有想起李静的电话，有些淡忘了。他便同自己打赌，要是想不起她的电话号码也就罢了，要是想起了说明同她还有缘分。他用被子蒙着头想了好久，仔细地回忆。李静的名片上有手机号码、传呼机号码和家里的电话号码。他想了好久，才隐隐记起了李静家里的电话号码。可是真要挂电话他又有些害怕了，心里怦怦直跳。最后他咬咬牙，还是抓起了电话。"喂，你好，我李静。"听着这饴糖般甜而柔滑的声音，朱怀镜手直发抖。他胆怯了，忙放下了电话。他气喘吁吁地坐在床头，唇焦口燥。怔怔地坐了一会儿，他又恨自己怎么这么胆小，连话都不敢同她说一声。"当你怀念这个夜晚，请你Call我。"他反复想着这句话，弄得浑身难受。无可奈何，他去了洗漱间，正像《红楼梦》里说贾琏，两个指头告了消遣。

　　回到床上，脑子木木地躺了一会儿，感觉全身都在瓦解、崩溃，心情便灰暗起来。悔恨像浑浊而肮脏的洪水，汹涌而来，没头没脑地淹没了他。他悔恨刚才的无聊，悔恨自己做过的很多事情。他熄了灯，让自己陷入无边的黑暗。

　　几天以后，朱怀镜接到市纪检委电话，说是明副书记请他去一趟。朱怀镜说马上就来。放下电话，他感觉双腿有些发虚，不知道又会有什么事情发生。纪检委找他，他只有乖乖地去，不敢像对待检察院一样，请别人上门来。尽管已是法治社会了，可当领导的似乎更害怕纪检委。朱怀镜叫了司机小陈，说出去一下。

上了车，朱怀镜才没事似的说去市纪检委。他感觉身子有些往下垮，便故作优雅地靠在座椅上，手在扶手上轻轻敲着。内心却莫名其妙地由猜疑到担心，进而是恐惧了。因为有些领导干部就是被纪检委传唤时被检察院收审了，而且这边人一被扣，那边搜查办公室和住宅的人马就赶了去。朱怀镜越想越害怕，便想想自己办公室和家里有什么东西见不得人。没来得及想清楚，车已到了纪检委了。朱怀镜交代小陈在下面等着，他一会儿就回来。他这么说，既是为自己壮胆，也是免得小陈有什么疑虑，更想求个吉利。踏上纪检委办公大楼的台阶，朱怀镜又想上厕所了。他左右一看，见一楼的厕所在最栋头。越往栋头去，光线越暗，朱怀镜有种走向地狱的感觉。进了厕所，却又不知是要大便还是要小便。稍作迟疑，钻进了大便间去小便。这时候才发觉自己并没有便意。厕所里充斥着卫生丸的怪味，他为了放松自己，也只好眯上眼睛做深呼吸。一定要镇定！他反复交代自己。呼吸一会儿厕所里卫生丸的气味，感觉才轻松些。

上了二楼一问，有人告诉他，明副书记在小会议室。朱怀镜推门进去，见明副书记已坐在里面了，还有两位干部。发现并没有检察院的人，他心头稍微轻松些了。明副书记正同两位干部说着什么，没有马上打招呼，等朱怀镜说了声明书记久等了，他才站起来，伸过手来握手。

"请坐吧，"明副书记自己也就坐下了，"怀镜同志，找你来，有些事情想了解一下。请你配合组织。"

听说配合组织，朱怀镜便猜到这回不是了解别人的事，而是他自己的事了。心里不免又紧张起来，脸也有些发热了。"行，明书记想了解什么，尽管指示。"

明副书记望着他，脸色和蔼，目光里却透着严肃："怀镜同志，你的工作，组织上是满意的。这个我们今天就不多说了，只

655

了解一些具体问题。龙兴大酒店的总经理梅玉琴被检察机关收审了，你一定知道了。我们想了解一下你同梅玉琴的个人交往情况。在座的都是纪检委的同志，你不必有什么顾虑，如实说吧。"

朱怀镜心里又开始打鼓了，他知道纪检委不会随便过问干部这类问题的。是如实说，还是搪塞一下算了？他几乎不及细想，本能地开始自我保护："我同梅玉琴很熟，经常同她，还有别的一些朋友在一起吃饭。要说交往，无非就是大家在一起聚一聚，没有什么特别的情况值得细说。"

明副书记笑了笑，说："怀镜同志，你应该清楚，要是真如你说的，我们没有必要问你这个问题。何况，你们的个人关系还很可能同其他一些事情有牵连。请你好好想想。"

朱怀镜也笑了笑，尽量用一种很随便的口气说出很严正的话："明副书记，我不知道组织上要了解的是个什么性质的问题。就我同梅玉琴的个人关系而言，说到底是我们个人之间的事，不牵涉什么严重问题。"

明副书记说："我听明白了，你想说的是，这是你的隐私，别人没权干涉。不过我想提醒你怀镜同志，如果你是普通老百姓，没有人来过问你的隐私。但你是相当层次的领导干部，情况就不同了。何况，你们的个人关系还很可能同其他一些事情有牵连。"

朱怀镜越发紧张了，却仍不想如实说出他同玉琴的关系。他认定这是两个人的事情，只要两个人中间有一方不承认，别人是没有办法弄清楚的。何况现在还没有迹象表明玉琴已公开他们的关系了。他即兴编了一个他同玉琴如何认识、如何交往的故事。他承认自己同玉琴的关系比较密切，这都是因为玉琴同他说过自己的身世，她是个孤儿，没有任何亲人。他把她当做自己的亲妹妹一样关心和爱护。玉琴也像对自己哥哥一样尊敬他。

明副书记当然没有因他的故事而感动,而是亮出了底牌:"怀镜同志,我看你是不准备如实说清问题。你看看这是什么。"

明副书记叭地将一沓照片摊在桌上。朱怀镜下意识地微微抖了一下。这都是他和玉琴的一些合影,多是亲亲热热搂在一起的。他立即明白,这些照片一定是检察院从玉琴住宅里搜查出来的。他没有话说了,额上渗出了汗珠。会议室里没有一点声音,气氛很尴尬。

"怀镜同志,"明副书记语调温和起来,"这个问题,组织上并不准备追究。组织上对干部是爱护的,是珍惜的。培养一个干部,不容易啊!检察院把这些照片交给我们后,我们是严格保密的。我们请你自己谈这个问题的目的,一是想看看你个人的态度,二是向你敲敲警钟。怀镜同志,组织上对你是寄予厚望的,你一定要自珍自重啊!"

朱怀镜的心理防线崩溃了,却仍然保护着尊严,用纯粹的官话表明自己的态度:"我虚心接受组织上的批评。对这个问题,我将深刻反省,并愿意接受任何处分。"

明副书记说:"现在还没到谈处分的时候。这个问题先谈到这里。下面请你谈谈你同皮杰的关系。"

听明副书记这么一说,朱怀镜反倒松了一口气。可他马上又意识到,也许纪检委真正想了解的是他同皮杰之间有什么问题。刚才过问他同玉琴的事,可能只是想先在心理上制伏他。好在他心里有底,知道自己同皮杰的案子没有任何瓜葛,便很诚恳地说:"皮杰走到这一步,我是没有想到的。也可以说,我的警惕性不高吧,对他没有任何察觉。不过,要说到我同他的关系,只是很好的朋友关系。别人都说他这个人傲慢,可他在我面前却是很不错……"

明副书记显然不想听他说这些,打断了他的话:"听说你有辆私车，可以说说来历吗？"

朱怀镜回道："那车是皮杰的。"

明副书记问："皮杰怎么想着要送车给你？"

朱怀镜马上申明："不是送的，是他借我用的。这是辆旧奥迪，他不用了，一直闲着。有回扯谈的时候，说到车子的事，他说我平时自己有事用公车也不太好，就说把这旧车借我用。我想也行，反正他也不用，闲着也是闲着。有辆旧车平时应急也方便些。我这人就是这样，自己有事，不用公车的。"

明副书记先不问这车到底是不是借给他的，却问皮杰是什么时候把车借给他的。朱怀镜想了想，说："去年三、四月份吧，具体时间记不清了。对了，你们可以看看我的驾驶执照，正好是办证那会儿借给我的。"朱怀镜说着就掏出了驾照，递了过去。明副书记迟疑一下，伸手接过了驾照。他瞟了一眼驾照，就递给另外两位部下。他似乎对驾照并不感兴趣。两位部下凑着头看了驾照，交还给朱怀镜。明副书记说："这么说来，皮杰借车给你，没有任何目的？"

朱怀镜笑了起来，说："我看不出他有什么目的。以皮杰的特殊身份，他有什么事用得着求我？他这个人就是豪爽，有时可能也是头脑发热吧。"

明副书记想了想，又问："怀镜同志，我们不会随便怀疑一个同志。据我们掌握的情况，你在龙兴收购天马娱乐城的事上，帮过皮杰的忙。说得更明白一点，是有人反映你向雷拂尘和梅玉琴做过说服工作，还打着某位背景人物的牌子向他们施加过压力。因此，可以这么认为，在这桩使国家财产蒙受巨大损失的不公平交易中，你可能充当了某种不应该充当的角色。"

朱怀镜很吃惊的样子，说："明书记，这个问题请组织上一定弄清楚。你关心皮杰借我车用的时间，是不是怀疑皮杰是用这辆旧车作为向我的回报？我请组织上注意一个基本事实，他借车给我，同龙兴收购天马娱乐城，时间上差不多相隔一年。他借车给我时，根本就没有想到有一天他会把自己雄心勃勃建起的娱乐城卖掉。至于我是不是帮他做了说服工作，我向检察院的厉副检察长解释过，相信他一定向你汇报过。我现在还可以把过程一五一十地再汇报一次。"明副书记点点头，他便将上次同厉副检察长说过的话原原本本重述一次。

"组织上愿意相信每一位同志，但你要经得起组织上的相信。我们也希望情况就是你说的这样。"明副书记显得十分的善解人意，"怀镜同志，我再问问你，真是这样吗？没有人指使你同雷拂尘和梅玉琴去说这事？"

朱怀镜说："反正皮杰从来没有让我去说。我想象不出还有谁会叫我去说了。明副书记，既然有人反映某位背景人物指使我，你可不可以透露一下这个背景人物是谁？"朱怀镜自然明白，他们一再暗示的这个人就是皮市长，但他一定要让这话从明副书记嘴巴里出来。

明副书记考虑了一下措词，很方法地说："这个……这个……我们想弄清的问题，就是要维护领导同志的威信。有人反映你打着皮市长的牌子，压着雷拂尘和梅玉琴接受皮杰出的价格。这事也许皮市长自己并不知道，可在外面影响很不好。"

很明显，对皮市长下手的人已经形成一股势力了。厉副检察长是这个态度，明副书记也是这个态度。明副书记口口声声要维护领导同志的威信，事实上却只想给皮市长罗织罪名。朱怀镜很清楚，他要是顺着这些人的意思，把皮市长抖出来，对他自己没有半点好处，反倒会落下个恩将仇报的骂名。于是，他很感慨的样子，说："领导同志的日子也真不好过啊！明书记，你们考虑领导同志的威信，我非常拥护。我在皮市长身边工作的时间长，皮市长平时对部下要求严格，人倒还随和。可是，他在皮杰面前就完全是位严父形象。大家都知道，两会期间，天马娱乐城被封了，关门整顿了几天，就是皮市长亲自下令，让公安去封的。皮杰很怕他父亲，简直不太敢见他的面。所以，要说皮市长插手龙兴收购天马娱乐城的事，我是不会相信的。"

明副书记看看时间，说："我们当然希望情况如此。这样吧，你回去以后，把今天向我们谈的情况写个报告给我。给你两天时间，够了吧？"

朱怀镜没想到还要写个报告，心里不太情愿，也只好接受了。说得好听些是写报告，其实就是写交代材料，或者说是写反省材料。

朱怀镜下楼来，见了停在原地的小车，就做出兴高采烈的样子。上了车，对小陈说："纪检委认为我们局新班子上任后，廉政建设抓得不错，要我作个汇报。我以为很快就结束的，没想到一扯就是一个上午。"小陈一边发动车子，一边奉承说，新班子真的不错，重新树立了财政局的形象。

朱怀镜没有回家去，让小陈送他去了银杏园。他没有胃口，不想吃中饭。躺在床上，望着天花板发了一会儿呆，才猛然地意识到今天是这辈子最屈辱的日子。关于他同皮杰的事，他可以理直气壮地说话。可是在他同玉琴的事上，只好听凭明某人教训。他还得态度诚恳地承认错误！这种事情，让人家抓到把柄，只好由人家指指点点。这就像在荆都发生过的一个真实故事。某局有个老处长，快到退休年龄了，这人一辈子老老实实，从没干过半点出格的事。有回，别人请客，硬要请他去洗桑拿。他从来就不知道桑拿是怎么回事，死活不肯去。请客的人很热情，非让他去不可。老处长没办法，只好领情了。结果，老处长的桑拿洗得很舒服，大开眼界，一高兴，就给桑拿女郎拿了张名片。后来，那位桑拿女郎被公安抓了,要她供出二十名嫖客就放人。那女郎便拿出老处长的名片凑了个数。结果,老处长就被公安抓去问话。老处长痛心疾首,说自己一辈子清清白白,问心无愧。公安人员便教训他晚节不保。老处长发火了,说你们他妈的天天花天酒地,醉生梦死,纸醉金迷,日日洞房,夜夜新郎,倒有脸说我晚节不保!我还只是晚节不保,你们一天节也没保过!老处长的家人送了五千块钱罚款才把他领回去,他怎么也想不通,没几天就活活气死了。朱怀镜同玉琴的关系,自然不是老处长同桑拿女郎的关系。同是男女之事,性质天壤之别。朱怀镜又想起一事。荆都市的公安人员在宾馆抓了一对男女,原准备罚一千块钱了事的。临时公安人员又问这是他们第几次在一起同宿。那对男女说是第一次。公安人员把脸一横,说,第一次?罚五千!那对男女便问,这是什么道理?公安人员解释说,你们若是经常在一起睡觉,说明你们是情人关系,只是非法同居,从轻处罚。如果是第一次在一起睡觉,肯定就是卖淫嫖娼了,要从重处罚。一位领导在会上讲话引用了这个例子,语重心长地告诫说,这就是法制啊同志们!要转变观念啊同志们!朱怀镜同玉琴自然也是情人关系,但到底不是可以大白于天下的事,让人家知道了,嘴巴就硬不起来了。别人可以代表组织一本正经地先教训你一通,然后马上跑去同他自己的情妇幽会。谁叫你背时倒运?

晚上,朱怀镜回到家里,香妹仍然不太理他。他已习惯两个人不说话,也就无所谓了。晚饭冷冷清清地吃了,朱怀镜去了办公室。他准备快些写好给纪检委的报告,早些交差早些了却心事。可是打开电脑,真不知怎么写了。关于同玉琴的事,怕白纸黑字让人抓住铁的把柄;关于同皮杰的事,也怕措词不注意让人钻了空子。两桩事情都很简单,本来两三千字就可以交代清楚,他却一稿再稿,反复斟酌,仔细推敲。直到深夜两点多钟,这份三千来字的报告才让自己满意。打印一份出来，再仔细检查一次，觉得已经过得去了，便将电脑里的原稿删除了。望着电脑屏幕上一片空白，朱怀镜仍是疑神疑鬼，便又删除了备份文件，心里这才安稳。他找来信封封好报告，放进自己随手带着的公文包里。他仍不想马上回家去，靠在沙发上闭目沉思。感觉背膛阵阵发寒，才知道办公室的暖气早停了。其实晚上十点办公室就停止供暖了，朱怀镜在寒气袭人的办公室里待了四个小时。这时他感觉特别冷，浑身颤抖。不能再坚持下去了，便夹上公文包回家去。

　　仍然是一个人睡觉。被子冷得像泼了水，朱怀镜缩作一团，忍不住轻声地嗨嗨叫唤。被窝慢慢暖和了，才好不容易睡去。

　　第二天醒来，感觉头痛脑热。他知道自己病了。他不想让香妹知道，想勉强撑着起来。可是，在他下床穿裤子时，突然两眼一黑，重重地栽了下去。香妹听得响声不对劲，忙赶了过来。其实摔下去以后也就清醒了，朱怀镜却闭着眼睛不想马上起来。香妹没说话，蹲下来扶他。摸着他的身子，烫得像炭火似的。香妹也就不再赌气了，说："你是病了。感觉怎么样？"

　　"没什么，可能只是感冒。"朱怀镜说着，就让香妹扶着起来了。他还想穿好衣服，香妹却不让他穿了，扶他仍躺到床上去。

　　香妹一再坚持要去医院，朱怀镜也就同意了。他也正想躺在那里好好休息几天。香妹打了个电话，小陈马上开车赶了过来。

　　走的时候，朱怀镜让小陈把公文包带上。去医院一检查，他患的是重感冒，高烧四十一度。医生说朱局长体质好，耐热，要不一般人到这么高的体温，早发狂了。朱怀镜勉强笑笑，感觉却是越来越不行了，发现眼前的人都有几个脑袋。诊断完毕，医务人员都走了，香妹也去了医生值班室，朱怀镜叫过小陈："我公文包里有个信封，你拿出来。来，让我看看……对对，就是这个。麻烦你送到纪检委去,交给明副书记。你说我病了,住院了,就不亲自送了。"

小陈走后,朱怀镜就昏昏沉沉地睡去了。

朱怀镜隐隐约约听见有很多人在床边说话,他想睁开眼睛打招呼,眼皮却重如千钧。

"朱局长太辛苦了。"

"对对,他这人就是只顾工作,不讲休息。"

"昨天晚上,他工作到深夜。"

"就是住院了,还要带着公文包来。他高烧四十一度,人都糊涂了,还不忘记要我把一个报告送到纪检委去。"

朱怀镜脑子一震,像是一下子清醒了。他终于听出最后一个声音是小陈。完了,不知围在他床边的都有哪些人。局长?哪几位副局长?还有一些处长?朱怀镜就像进入一个很熟悉的梦境;他想逃跑,双脚却像棉花做的,软绵绵的提不起来。

朱怀镜住了一个星期的医院。他体内的感冒病毒慢慢清除了,而关于他的一些谣言却像暴发性传染病的病毒,正以几何倍数裂变。几乎全局上下都在交头接耳,说朱局长被检察院和纪检委找去谈了话,他的问题很严重。至于什么问题,自然有很多种说法。说法再多,也是万变不离其宗,无非金钱和女人。就像任何伟大的真理,从圣地传播出去之后,就是真理的变种了。种种源自财政局的消息,在外面打了一个转,就丰富多了,精彩多了。最精彩的说法是朱怀镜被关起来了。有人还津津有味地说到了朱怀镜被逮捕时的情节,很有戏剧性。说是检察官进了朱怀镜的住宅,问,请问你是朱怀镜吗?其实提问的这位检察官就是朱怀镜的同学,提问只是法律程序。朱怀镜回答,我是朱怀镜。检察官便出示了逮捕证,说,朱怀镜,你因涉嫌受贿罪、流氓罪,被逮捕了。请你在逮捕证上签字吧。朱怀镜摆着领导架子,轻蔑地看了检察官一眼,在逮捕证上签了字。然后,朱怀镜就像视死如归的革命者一样,问,检察官先生,可以给我一支烟吗?检察官递给他一支烟,并替他点了火。朱怀镜吸着烟,从容地往窗前走去。他双手叉在腰间,凝望着远方,就像革命者在默默祝福远方的革命同志。他伸手去推窗户,想呼吸一下新鲜空气。可是,就在他抬手的时候,几位检察官一拥而上,将他掀翻在地,喀嚓!给他铐上了手铐。原来,检察官以为他想跳楼。可怜朱怀镜这番大义凛然的表演最后以狼狈就擒而告终。

朱怀镜自然听不到关于他的种种谣言。他这次虽是小病一场,人却像从另一个世界回来的。他有种不好准确表达的感受,好像一切都发生了某种玄妙的变化,包括部下的笑容和眼神。他把这种感觉深藏起来,脸上依然是和蔼的微笑。人们又在电视里看见了朱怀镜,仍然器宇轩昂的样子。有人便以为原来关于朱怀镜的种种说法都是谣言。有人却说朱怀镜不是没问题,只是一时弄不倒他。只要有靠山,再大的问题都会大事化小,小事化了。香妹在他住院的时候对他还算体贴,自他出了院,她又冷冷的了。这些天,香妹想必又在外面听说什么话了,回家以后脸色更是难看,只是照样不太同朱怀镜搭腔。朱怀镜在外面听见的都是同工作有关的话,别的什么也听不到了,就连平时喜欢开几句玩笑的部下见了他也只是干干地笑几声。从局长和几位副局长的脸上他是不可能看出什么的,他们都是道行深厚的人,轻易不会让人看破半点玄机。可是他无论置身何处,似乎空气里都弥漫着某种怪异的东西,叫他浑身不舒畅。

终于有一天,皮市长打电话请他上家里去一趟。仍然是在皮市长的书房里,皮市长接见了他。

"怀镜，因为我家的事，让你受委屈了。"皮市长满脸歉疚。朱怀镜第一次发现皮市长的脸上又多了三块老年斑，两边太阳穴各一块，右边耳根下还有一块。

朱怀镜说："哪里呢？皮市长对我的知遇之恩，栽培之德，我从没报答过啊。我只是如实反映情况，没有顺着他们的意思为你栽赃而已。"

皮市长笑道："情况我都知道了，你是承受了不少压力的。有人想把我整倒啊！"

朱怀镜疑惑道："皮市长，我一直懵懵懂懂，不知这股阴风是从哪里刮来的？"

皮市长避而不答，只叹道："只怪自己有养无教啊！没有皮杰的事，谁想弄我也弄不倒。告诉你，他们没有完全弄倒我，但也总算可以满意了。最近市里的班子会有变动。我会去政协，担任主席。市长由司马同志接任。人大李主任退休，政协张主席去人大负责。"

"怎么这样安排？唉，上面……唉！"朱怀镜很气愤。

皮市长笑了笑，很放达的样子："也好啊，我正想好好休息休息了。这么多年，一直忙忙碌碌，身体也有些吃不消了。你不同啊，怀镜，这还年轻，很有前程，一定要继续努力，不可以学我这么消极。"

"怎么会是司马出任市长呢？他在现任政府班子中，排在后面啊。"朱怀镜很是不理解。

皮市长说："司马能力强，组织上任用他，是对的，我是从内心里服从的。怀镜，今后多向司马同志汇报啊。"

朱怀镜感觉到了某种气味，怕皮市长这是在试探他，便说："皮市长，我想，你到政协去以后，干脆把我也调去，任个政协副秘书长，也好继续为你服务。"

皮市长连连摆手："不可以，不可以，绝对不可以。你还没到休息的年龄，怎么想着去政协呢？我说怀镜，你要向方明远学习。方明远比你就灵活多了，他任财贸处长后，同司马同志关系搞得很不差。现在司马要当市长了，方明远很快会上去的。"

朱怀镜琢磨皮市长的话，觉得他对方明远也许是有看法了。难怪皮市长家出了这么大的事，方明远从没露过面！而且他隐隐感觉出，司马也许正是弄皮市长手脚的人。对他们两人的过节，朱怀镜早有耳闻了，只是没想到司马能有这么大的能量。可见政治这碗饭的确不是那么好吃的，任何一个对你点头哈腰的人，都可能是正在从背后向你捅刀的人。"皮市长，"朱怀镜万般感慨的样子，"我一个农家子弟，自小吃苦。参加工作这么些年，干到了副局级，满足了。别说我胸无大志，我没野心。我看重的是领导对我是不是看得起。皮市长你别说我这人狂妄，再大的领导，也还得有个我是否看得起的问题。我最看不起那种从后面搞人家的人。所以，你还是把我放在身边算了。"

皮市长点点头说："怀镜，我就看重你的仁义和忠厚。但是，怀镜，你还年轻，不要全由着性子。人要有个性这是对的，但也要讲策略。你记住我的一句话：为官之道，贵在能忍。我了解你这个人，就行了。你在外面没有必要太犟，灵活些吧。"

"好吧，我听皮市长的话，看能否改掉自己的个性吧。"朱怀镜很想了解皮杰、雷拂尘、玉琴三个人的案子到底怎么样了，便问，"也不知皮杰现在到底在哪里？"

其实皮市长最忌讳别人问他皮杰的下落，可是朱怀镜问到这话，他只当是种关心。但他照样回避正面作答，只说："皮杰没有下落，他们三个人的案子就结不了。看来是场马拉松了。所以说，怀镜，事情还没有过去啊。"

朱怀镜听懂了皮市长的意思，便说："皮市长放心，无论怎样，我都是那些话。实事求是嘛！"

朱怀镜告辞的时候，王姨亲自为他开门。临出门，王姨拉着他的手，很是动情，像一位慈母："怀镜，你要好自为之啊！事事小心，处处谨慎。清清白白做人，老老实实做事。老皮和王姨我对你都是抱有很大期望的，你要好好干啊！"听着王姨这番话，朱怀镜鼻子都有些发酸了。

朱怀镜是坐的士来的，仍坐的士回去。他一路上总想着皮市长脸上越来越多的老年斑。这位令他十分尊重的领导，再也不是从前那红光满面的样子了。不知是因为感情因素作怪，还是别的原因，他现在越来越相信皮市长自己本是干干净净的了。的确，皮市长从来没有让他做过一件见不得人的事。他同方明远帮皮杰的忙，也许并不是皮市长的本意。

朱怀镜以为自己是最先知道市里领导班子会要变动的。后来他注意听了外面的议论，才知道这早已是公开的秘密了。这天下班回家，香妹板着脸说："有句话，我说起来可能难听。你愿意听就听，不愿听只当我是放屁。人家说，你是皮德求的人，现在皮德求倒了，你朱怀镜也会跟着倒的。我娘儿俩不会在你最困难的时候离开你，我只想交代你，不要再在外面逍遥了，下班后好好待在家里。"

这话本也入情入理，只是陡直了些，朱怀镜听着特别反感，"我是谁的人？父母生，父母养，我能是谁的人？再说了，皮德求没有倒，我朱怀镜也不会倒！你别管别人幸灾乐祸！"

话不投机，朱怀镜夹着公文包，又出去了。他没别的地方可去，只好上银杏园傻睡。很长一段日子，朱怀镜几乎没有回过家门，天天住在银杏园，三餐也在那里吃。

有天中午，朱怀镜在外面吃了盒饭，仍回银杏园休息。他是一年四季都坚持午睡的。他夹着包，昂首挺胸地上楼去，掏出钥匙开了门。他把公文包放在茶几上,进洗漱间洗了脸,推开了卧室的门。门一开,他啊了一声。一对男女正赤条条绞在床上呼哧呼哧干得正欢。朱怀镜飞也似的逃遁。跑到门口,忙又跑回去取公文包。听得那男人在里面叫骂。

朱怀镜钻进电梯,异常恼怒。电梯里只有他一个人,他便咬牙切齿的。他想马上找到吴经理,骂他个狗血淋头。出了电梯,发现自己到了一个从没有来过的地方。这里阴森灰暗,堆满杂物,散发着刺鼻的霉味。朱怀镜心头一紧,难道出鬼了?四周看了看,竟不知往哪里走。试着转了一圈,才发现了出口。原来,朱怀镜情急之中按了负一楼的键,跑到地下室来了。出了地下室,朱怀镜发现自己已站在银杏园左侧的花园边了。经历了刚才这番虚惊,朱怀镜不想再去找吴经理了。心想人一背时,喝水都会硌脱牙齿。他埋头走了一圈,见这花园树木还可以,就拣个地方坐了下来。冬日的阳光懒懒的,漫不经心地照耀着万物。朱怀镜注视着一片落叶,想尽量激发心中的诗意。他原本没有酸不溜丢的诗人情结,只是想转移注意力,不再烦恼。可是,刚才碰到的事太晦气了,哪是一片枯叶就可以让他心平气和的?按家乡的说法,碰见男女交媾是最不吉利的,必将背时倒运。家乡说男女之事为蛇相缚,因此有民谚说:蛇相缚,快脱裤。意思是说想要破此晦气,就得当着交媾男女的面脱一下裤子再离开,以邪镇邪。朱怀镜当然不会当场脱裤子,因为他并不相信这一套。他气愤的是吴经理,竟然把这个套房另外安排人住了。想到吴经理,朱怀镜又气得不行了,拳头捏得格格响。可又的确不方便去找他发脾气,真的争执起来,大失风度。还是记住皮市长交代的那句话吧:为官之道,贵在能忍。能忍大丈夫,肯让真英雄。不过,吴经理竟然敢如此待他,只怕不是没有来由的。朱怀镜隐隐感觉到了某种不祥。他站了起来,回头望望不远处的银杏园大厦,似乎每一扇窗户背后都有一双眼睛望着他。他忙挺起了腰，一手夹包，一手倒背，踱着方步优雅地走了。

果然，过了几天，朱怀镜接到通知，去中央党校学习半年。早些年，乌县有位县长得罪了上面某位领导，上级想把他调到地区去安排个闲职。可这位县长很得民心，人大代表便联名告状抗议上级违背民意。上面见硬办法行不通，就用软办法，送这位县长去市委党校学习半年。那位县长也无话可说了，只好自认吃了哑巴亏，卷起行李去党校报到。因为上党校学习是多么严肃、多么重要的事情啊。半年间，县委书记秉承上面意图，走马换将，县长的根基就倾覆了。等县长学习回来，再也控制不了县里的局面，只好自己乖乖地要求调走。现在皮市长也左右不了朱怀镜的命运了，只叫他学会进退揖让之道。其实皮德求的所谓进退之道，正是他自己现在的心得吧，因为就在朱怀镜去北京没多久，他就就任政协主席了。

朱怀镜从党校学习回来，正是盛夏季节，荆都闷热得像个火炉子。他的心情比这天气还要坏上十倍。他原来分管的工作早已分解给其他各位副局长了，现在重新安排他分管机关工会和离退休工作。他原来大权在握，现在只是摆样儿了，走在财政局的办公大楼，人都像矮了半截。

也没有从前那么忙了，待在办公室里，成天只是读书看报而已。人也慵懒了，总想打瞌睡。觉得办公室的空调也像世态人情，忽冷忽热，便老是拿着遥控器调来调去。屎尿无端地多了起来，老往厕所跑。不需要经常出去应酬，下班便待在家里。香妹就像过早地到了更年期，脾气躁得很。两人偶尔睡在一起，也是公事公办。他的那种欲望早已寡淡如水了。自然再也没有人送秦

669

宫春，人更成天蔫蔫的，挺拔不起来。朱怀镜借口天气太热，总是一个人在书房里睡。每天吃了晚饭，就钻进书房里看闲书，困了就躺在沙发上睡了。香妹便说他老是待在书房里看书，是不是还要读博士？他只图省事，对香妹的骂骂咧咧不去理会。真吵起来，隔壁同事听了，不知又会编出什么故事来。他常常把李明溪的画一幅幅拿出来看，不尽感慨。没有玉琴的消息，就连演义色彩的街头传闻都听不到，不知她变成什么样儿了。尽管玉琴受贿的事是铁证如山，但朱怀镜总觉得她是无辜的牺牲品。他把那幅《五个荆都人》挂在了书房里，每天都要凝望好几次。他也从来没有像现在这么宿命和消沉，觉得悲喜、沉浮、聚散、恩怨、得失，仿佛都有谁在一旁暗中安排。万般都是命，半点不由人啊！

　　朱怀镜原来觉得朋友很多，现在他们都很忙，没时间同他见面了。只有裴大年来看过他，是想咨询一件事。裴大年问他，到底当人大代表好，还是当政协委员好，因为人大和政协都想吸收他。朱怀镜说都无所谓，哪样都行，因为做生意的，只是为了有个政治身份，有时候方便些。裴大年硬要他拿个倾向性意见，朱怀镜就说，反正都一样，你就不如当政协委员算了，因为皮主席对你到底了解些，说不定还可以给你个政协常委。裴大年觉得他说的很有道理，就说干脆当政协委员算了。

　　四毛不再在政府维修队做事了，因为韩长兴不再是行政处长了。这天晚上，四毛找上门来，先是问他哥哥的生态农业园还要不要搞下去。意思很明白，他以为朱怀镜现在背时了，再也用不着那些绿色食品去送礼了。什么生态农业园！朱怀镜现在听起来简直是件滑稽的事。他说就算了吧，上半年收成，请你哥哥算个账，我按正常收成补差价。他说到这里停了一下，看看四毛是否客气几句。见四毛点着头不作声，他的话也就硬了起来，说从下半年起，他自己爱种什么种什么吧。四毛说那就这样吧，语气就像在外交谈判桌上,全然没有从前的那种敬畏。朱怀镜便在心里冷笑,暗想如今就连四毛也可以随便对他怎样了。他不想再同四毛多说一句话,准备下逐客令了。不承想四毛还有话说。他说他自己现在没事可做了,想在荆都租个门面做生意,只是手头钱不够,想问表姐、姐夫借些钱。香妹问他要借多少,四毛支吾半天,说还差十四五万,想问表姐借十万块钱。朱怀镜真后悔自己帮了这个小人。他说了声你问你表姐有没有钱借吧,便起身去了书房。四毛没有从香妹手上借到钱,说了些难听的话走了。朱怀镜一个人待在书房里生气。这就是香妹的弟弟!可他没法去说香妹什么,都怪他自己现在落魄了。他想香妹也一定不好受,说不定正在抹泪呢!

　　日子看不到任何起色,朱怀镜有些心如死灰了。他去过皮家几次,每次都碰上皮主席在研习书法。皮主席总是有意回避谈论任何实际话题,两人碰到一起便多是无关宏旨的清谈了。看来皮主席已准备参破红尘,逍遥自在了。既然如此,他对朱怀镜就再也不可能有什么庇护。事实上他也是心有余而力不足了。围绕权力人物,都会形成一个生态圈,衍生各类物种。权力人物一旦失势,生态圈就不复存在了,那些赖以生存的物种就会退化、变种、迁徙、绝迹。其实也没有必要描述得这么复杂,老话一句就够了:树倒猢狲散。皮德求的门庭没有从前那么热闹了,但他毕竟仍然身居主席位置,上门的人还是有的,只是换成了另外一些物种了。听说陈雁在电视台不太好待了,也就不再做记者,成了袁小奇的秘书,跟着袁老板满世界飞。记得袁小奇曾经给陈雁看过骨相,说她今生必将大富大贵。她现在跟了袁小奇是否就是大富大贵了?她富肯定早富了,贵却未必。原来乌县送给皮主席家的保姆小马也走了,据说乌县给她安排了个正式工作。王姨说自己现在也还动得了,不用再请保姆了。只有圆真大师还经常往皮主席那里去坐坐,陪皮主席谈佛论道。皮主席现在多过问宗教工作,倒也是业务对口了。荆山寺有些重大佛事活动,皮主席总是欣然前往。他不必像原来那样每年拜佛都是秘密成行。最近荆山寺准备重造释迦牟尼佛,皮主席出任了"荆山寺敬造释迦牟尼佛功德委员会"名誉主任。

偌大一个世界,如今似乎只有这个书房属于朱怀镜了。每当他独坐在书桌前,总感觉这逼仄的书房容不下他内心里疯长的孤独。他没日没夜地体味着孤独,便越来越觉得孤独是一种可以触摸到的实物了,如同一个巨大的水母,透明得让他看不见,可它那无数带刺的触角无时无刻不在向他挥舞。他原来在政府住的是三室两厅的处级干部房子,搬到财政局就住在四室两厅的局级干部房子了。算算面积,刚好多了这间书房。有天晚上,他烦躁不安地在书房走来走去,猛然想到自己奋斗这几年,不过就是多了这间小小的书房,简直太没意思了。这间斗室好像就意味着副局级,他现在是天天睡在副局级上面了。

一天深夜,他突然从似睡非睡中惊起,莫名其妙地感觉到了某种希望。他马上翻箱倒柜,找出自己原来在政府工作时用过的工作日志,那是别人看不懂的密电码,记载着他的关系网。也就是他精心编制的那套所谓《公共关系处理系统》。他一个一个人琢磨,一次一次摇头,竟然找不出一个可以帮他走出困境的人。原来因为皮德求的原因,这套系统崩溃了,就像电脑出现了病毒。但他仍不死心,一连几个夜晚都在研究这套瘫痪的系统,可总是令他沮丧。最后,他把唯一的希望寄托在张天奇的身上。

倒霉的倒霉了,走运的照样在走运。张天奇新近又有高就,调荆南市任市委书记。荆南市是荆都市的南大门,那里出过好几位大干部,是块风水宝地。大凡调往那里任一把手的,别人都会刮目相看。张天奇已很久没有同朱怀镜往来了,他调任新职,也没有给朱怀镜打个电话。朱怀镜倒是犹豫再三，给张天奇打了电话去祝贺。张天奇却是满口哈哈腔，说难哪，这里工作基础好，要开创新局面，有压力啊！朱怀镜知道张天奇说荆南工作基础好，其实是在玩拍马艺术，因为前任书记刚被提拔为荆都市的副市长，接替司马市长管财政。朱怀镜不得不佩服张天奇，人家原来不光同皮德求处得好，同市里其他领导都处得好，不至于像他朱怀镜，只紧跟一个人，太不保险了。

　　这几天召开市委全会，张天奇开会来了，朱怀镜想见见他。朱怀镜帮过他太多的忙，现在自己陷入僵局了，他也应该帮忙斡旋一下。他相信凭张天奇现在的地位和能量，完全可以帮帮他。他除了找张天奇帮忙，也再找不出第二个人了。那套可笑的《公共关系处理系统》已被他气愤地扔到垃圾堆里去了。可是朱怀镜仍有些矜持，不想显得太没面子。会议头三天，朱怀镜按兵不动，想看看张天奇是否会打个电话来。只有四天会议，直到第三天下午，仍不见张天奇打个电话来。朱怀镜便有些心寒了，想这世态人情真是没法说去。他感觉心窝里的肉在一块一块地掉。过了今天晚上，这次就没有机会找到张天奇了。因为明天散会了张天奇不会在这里住宿，他会马上回荆南去。机会往往在一念之间，错过了就错过了。朱怀镜思量再三，顾不了那么多了，便硬着头皮去了张天奇下榻的宾馆。

　　敲门进去，有人在张天奇的房间说话。张天奇热情地站起来同他握手，很是客气。那人见张天奇喊着朱局长，知道来的不是一般人物，就告辞了。

　　"好久不见了，怀镜越来越精神了。"张天奇笑道。

　　这几个月，朱怀镜经常听别人说他越来越精神了，其实是他比原来瘦多了。他心里苦涩难言，脸上却灿烂得很："哪里啊，倒是张书记你越发显得年轻了。"

张天奇笑道:"我长你好几岁啊,还年轻?"

朱怀镜说:"你不光年龄年轻,政治生命更年轻。你是地市领导中唯一有硕士文凭的,是知识型领导,你现在这个级别只是个开始,前程不可限量啊。"

张天奇显然爱听这话,却谦虚地摇摇头,又说:"我正准备读博士。"朱怀镜很是佩服的样子,说:"张书记的好学精神太可贵了。"张天奇自然是说哪里哪里,似乎从来没有过朱怀镜替他把关硕士毕业论文的事。两人客气话说了一大堆了,张天奇端起茶杯喝茶,才记起应给朱怀镜倒茶。朱怀镜摆手说不用了,要喝自己来。张天奇觉得不倒茶太失礼了,硬是倒了杯茶。

"怀镜啊,我新到荆南,困难很多,还要你们财政局多多支持啊!"张天奇说。

朱怀镜很难为情的样子,笑笑说:"张书记,这话你早几个月说,我朱怀镜做得到,现在,情况不同了。"

张天奇便说:"怀镜,你别大权在握,就把老朋友忘了。我反正会找你的。"

朱怀镜不相信张天奇不知道他现在的境遇,他是在装糊涂。市里主要实权厅局的头头脑脑,谁管什么,谁说话算话,地市的领导一清二楚。没有这本账,他们没法上市里办事。朱怀镜猜想张天奇装糊涂也许是为了避免尴尬。这事说来的确不是味道,可朱怀镜今天打算厚着脸皮了,便一阵长叹:"一言难尽啊,张书记啊。"随后拉开了话题,把自己现在的处境道了个明明白白。张天奇低头听着,不时感叹一句:"怎么这样?"

朱怀镜说完了,张天奇便豪气万丈地安慰道:"怀镜,没关系的,目前情况只是暂时的。你还年轻,一定会柳暗花明。"

朱怀镜需要的不是几句无关痛痒的安慰,但又不好贸然求他,便先试探道:"张书记,以你的意见,我现在该怎样办?"

张天奇一副老谋深算的表情，说："韬光养晦，伺机而起。"

朱怀镜听着身上便起鸡皮疙瘩，心想这哪是什么高见，只不过是他脑子里正好装着这两句自以为很儒雅的话，拿出来搪塞罢了，还可以同时卖弄一下。什么韬光养晦，伺机而起！当今社会哪里还让你有时间从从容容当隐士？稍一耽误，年纪大了，一切都不可能了。朱怀镜今天是下了很大的决心才来的，不肯轻易罢手，便只好直话直说了："张书记，老弟正是落难的时候，还指望你提携啊！"

朱怀镜的意思已经很明白了，张天奇却装糊涂，只当这是客气话，哈哈一笑，说："老弟真会开玩笑，你是市委管的干部啊，我怎么去提携你？"

朱怀镜笑道："张书记，谁不知道你在上面的面子？你是说得上话的。"

张天奇仍是推托："怀镜，慢慢来吧。只要有机会，我会替你说话的。"

张天奇开了这张空头支票，朱怀镜一时倒不好再说什么了。但他仍不死心，一定要张天奇回答一句硬话。他暗自咬咬牙，生出一计。他口上不再提这事，只向张天奇道了谢，再同他聊些别的话。两人正漫不经心地聊着，朱怀镜突然想起什么似的，说："张书记，有件事我一直没有机会同您说。上次处理那件事的时候，龙文带了个笔记本来见我，上面记载着他给您的活动经费的情况，金额、时间、地点、您说了什么、他说了什么，都一清二楚。我听您说过只有一两万块钱的事，他却记载了一百三十五万元。我当然不相信他的。我当时问他，为什么把这本子随身带着？他说向吉富的案子发了，他说不定马上会受到牵连，怕检察院突然袭击搜查他办公室，只好随身带着。我就说，既然如此，你何必不把它销毁了？他说还要留着，在关键时候用它来救自己，只是现在还不想让它落到检察院手里。我当时怕他带着这本子，到了关键时候真的抖出这本子，就给您添麻烦了，就请他把本子放在我手里。他要我保证，他万一要用这个本子的时候，我一定还给他。我答应他可以。我当着他的面，把本子锁进了我的保险柜。您知道，就是到了那个时候，我也不会再把本子给他的，因为我相信您张书记。我事一多，也就忘了把这本子销毁了。后来这事情平息了，我也就忘了这个本子。我调进财政局的时候，清理东西，见了这本子，就把它带回家里想销毁它，因为办公室里不方便这么神秘兮兮的您知道。可是我的书籍乱七八糟的太多了，竟然不知道弄到哪里去了。张书记，我哪天有时间，再仔细找找，把它销毁算了，免得万一真的弄丢了就不好了。"

张天奇的脸色早已红黑如枣了，听朱怀镜说完，他便是很冤枉的样子，非常气愤地说："这个龙文，当初真该让他陪着向吉富一道去了算了。我这么相信他，以为他没问题，都是向吉富一个人搞的鬼，没想到他也从中捞了这么多。唉！现在向吉富死口无对了，也没办法对龙文怎么样了。只怪我识人不准啊！怀镜，感谢你啊。你找到那个本子，就把它交给我吧。"

朱怀镜答道："行，交给你也行，我替你烧了也行。"朱怀镜早打定主意了，不会把它交给张天奇，也不会烧了它。到时候张天奇问起，就哄哄他说烧了，叫他摸不准那烫手的玩意儿到底还在不在人间。只要张天奇不能确认朱怀镜手中到底还有没有那本子，他们俩就会永远是好朋友。就像朱怀镜自从知道宋达清手中可能拿着一张他和玉琴相依相偎的合影，他就永远只能做宋达清的好朋友一样。好在如今宋达清手中的照片也没用了，因为朱怀镜同玉琴之间的事早已不是新闻了。而且宋达清也用不着朱怀镜了，他早已是公安分局的副局长。

张天奇的语气体贴许多了，却仍绕了个弯子，不让自己显得像是被朱怀镜吓唬了:"怀镜,你自己有个具体设想吗?我想你要在市直厅局里面回旋,可能难度大些。你可以考虑到地市去任个职吗?"

朱怀镜早就想过干脆趁自己年轻,到地市去干几年。换个环境,说不定又是另一番天地。只是他这几个月简直动弹不得,有这个想法也没有人说。不过这会儿张天奇说出来了,他也不想表现得很愿意,倒显得穷途末路似的。他仰天长叹一声,说:"实在不行,也只好这样了。"

张天奇便说:"你如果愿意去地市,我倒可以做做工作。俗话说,退后一着,天宽地阔,何况去地市任职不见得就是退。"

"那就请张书记帮忙玉成了。"朱怀镜说。

张天奇说:"行,我保证帮忙。不过怀镜,你也不要太急。我知道你受了些牵连,尽管没你的事,影响肯定是有的。这就需要冷却一段,让人们淡忘那些事情。再就是还有个运作过程。我想至少要个半年六七个月吧。你还年轻,再委屈个半年没问题的。我在你这个年纪,还只是正处级哩,你早就是副局长了。"

两人谈得越来越投机,后来居然谈到一些有关高层领导的敏感话题,头都凑到一块儿。不是好朋友,有些话题是不会轻易谈论的,因为官场的人们比谁都懂得什么叫为尊者讳。两人聊到很晚,尽兴方散。

朱怀镜回家洗澡的时候,对着镜子忍不住发笑,点着自己说这个人好卑鄙。只好这么卑鄙了,谁让张天奇是这种货色呢?洗澡完了,仍是去书房。他找出龙文的那个本子,翻开看了看,感觉就像玄奘从西天取回的原版经书,太珍贵了。拿着这个本子仔细玩味一番,再用个牛皮纸信封小心装好,锁进柜子里。

运作过程漫长而复杂，颇多周折曲直，朱怀镜的心脏似乎越跳越高，最后差不多衔在嘴巴里了。直到次年二月，朱怀镜听到准确的佳音：市委准备安排他去梅次地区任地委副书记。财政局最先知道这个消息的是局长，他专门跑到朱怀镜办公室，神秘兮兮地祝贺了一通，又真诚地表示了遗憾，说不能同这样一位好同志共事了。

过后几天，几乎全局的人都知道了这事，因为朱怀镜感觉部下们的表情有了些微妙的变化。有天，局办公室主任送个文件给朱怀镜看，进门就说："朱局长的空调怎么不太管用？是不是开低了？好冷。"朱怀镜说："没关系，这里一会儿冷，一会儿热，我早习惯了。"主任便怪那位管后勤的副主任不管事，忙说："我马上叫人来修理一下，让朱局长感冒了，就是我们办公室的责任啊。"朱怀镜笑道："算了吧，反正到春天了，天气越来越暖和了。"主任说："那怎么行，今天下午就来人修。"

香妹仍是不见欢颜。有天夜里，朱怀镜正在书房里整理书籍，香妹进来了，冷冷地说："你又开始走运了，我祝贺你。"

朱怀镜听她的语气有些怪，停下手中的活，说："你怎么这样说？就像对外人似的。"

香妹说："我早就是你的外人了。"

"你今天怎么了？"朱怀镜问。

香妹说："我早就是这样子。这一年多，你不太顺，我如果说离开你，别人还以为我这人没良心。现在你时来运转了，我俩好好商量一下吧。"

朱怀镜说："商量什么？我俩已经陌生人一样过了一年多，该想通的事早该想通了，还计较什么？"

香妹说："我是想通了，没什么同你计较的了。你一个人去当你的官，我一个人带着儿子过。"

"你怎么这么犟呢？发生过的事情再也不会发生了，这两年对我的教训太大了。你还担心什么呢？"朱怀镜有些急了。

香妹却很冷静："不同你在一起，我就没什么担心了。"

这个晚上，两人就这么一来二去，说了个通宵，总是这些话，没有个结果。朱怀镜没想到原来几乎有些逆来顺受的香妹，最后竟如此倔。他情绪越来越激动，却怕邻居听见，压着嗓子同香妹叫喊，手舞足蹈，面红耳赤。她却仍是平静地同他说话。她的平静让他害怕。

三月初，朱怀镜的正式任命通知下来了，香妹就下了最后通牒，说要是协议离婚不成，她就单独向法院递状子，请求法院判决。朱怀镜便只好采用缓兵之计，说他现在刚刚接到任命通知，就忙着办离婚，说来不像话。等他正式上任以后，在适当的时候，两人再作商量。香妹只好答应了。

最近组织部的几位部长很忙，一时抽不出人送朱怀镜去报到，他便在家静候。自然又有朋友要设宴为朱怀镜饯行。那些很忙的朋友，现在又有空闲了。有了这番经历，朱怀镜明白了很多事理，不太愿意应付这些场面了。所以每每有人约他吃饭，都设法推了。越发觉得自己同玉琴、李明溪、曾俚、卜未之几位感情的珍贵。可他们如今死的死了，疯的疯了，走的走了，落难的落难了。每念及此，朱怀镜总百般感怀。他躲瘟疫似的躲避宴请，弄得连电话都不敢接了，紧张兮兮的。可就是待在家里，也不得安宁，每天晚上都有人来拜访。上门来的多是从梅次专门赶过来的地直部门和县市领导。新去的这位朱书记对他们个人的前程将产生重大影响也说不定，他们拜访朱怀镜的心态同买原始股差不多。也有的人也许已经不怎么得宠了，趁朱书记还未上任就先上门露个脸，说不定就找到了新靠山。对这些未来的部下，朱怀镜倒是十分客气。他很明白，所谓领导水平是靠领导的指挥和部下的服从共同构成的，假如部下不配合，你领导水平再高都是枉然了。每次送走客人，朱怀镜都要把他们的名片拿出来再细细看一次，一个个再对一次号，回忆一下谁是谁。这很重要。下次碰上，能一口叫出他们的名字，会让他们受宠若惊的。谁都希望自己在领导心目中印象深刻，因为干部个人的前程就取决于领导的印象，而不是别的任何因素。

香妹只要有人上门来，总把苦脸扮作笑脸，看座倒茶很是周全。每次几乎让朱怀镜产生错觉，以为香妹不再赌气了。可是等客人一走，香妹又是个冰人儿了。

有天晚上，张天奇专门打电话来，问朱怀镜东西找到没有。朱怀镜说早就找到了，因为考虑一时碰不了你的面，就把它烧了。张天奇沉默了几秒钟，才问，烧了？马上就对朱怀镜表示了感谢。朱怀镜感觉出了张天奇的怀疑，他拿不准那玩意儿是否真的化为灰烬了。朱怀镜需要的就是张天奇的怀疑。接完电话，朱怀镜在书房里来回踱步，突然觉悟起来，好像没有必要躲着那些要宴请他的人。他似乎茅塞顿开了，对朋友的含义有了全新的诠释。这回没有张天奇这样的朋友，他是翻不了身的。第二天，倒是他自己打电话约了柳子风、严尚明、宋达清、方明远、黄达洪、裴大年等各位，在天元摆了一桌，说是感谢各位领导、各位兄弟长期以来的关照。朱怀镜这一桌摆了，下面的宴请就接着来了，自是朋友们逐个儿轮流做东。朱怀镜便又成天云里雾里了。醉眼蒙眬间，朱怀镜感觉朋友们胸前挂着的高级领带，尖尖的，随时会变成一柄剑，飞将过来。

宋达清请客那天，他亲自开车来接朱怀镜，完了又亲自开车送朱怀镜回家，同刚认识他的时候一模一样。回来的路上，车上没有别人，宋达清问朱怀镜想不想见一见玉琴？朱怀镜早已不再为这事难堪了，只是长叹一声，说怎么见得了她？宋达清说他可以安排一下，看守所有他的朋友。朱怀镜说那就明天吧，他现在随时都可能离开荆都去梅次。

想着要去见玉琴，朱怀镜就有种想哭的感觉。回到家里，他把自己关在书房，痛痛快快地哭了一场。可也不敢放声大哭，只是让眼泪流了个淋漓尽致。香妹在外面听见了他的抽泣声，只当他是发酒疯，不去理会。

第二天吃了早饭，宋达清准时来接他，驱车去了市第三看守所。这个社会什么都讲级别的，包括犯罪后关在什么地方。这个看守所是专门关押副处级以上和局级干部的，玉琴的经理职务相当于行政正处级，所以她也很荣幸地关在这里。这似乎也说明企业家在任何时候都是受到尊重的。

朱怀镜在一个小会议室里等候。这里当然不是探视室，因为他的特殊身份，加上宋达清的朋友帮忙，朱怀镜享受着特别待遇。没过多久，门开了，玉琴进来了。门被人拉上了，玉琴站在那里不动，很陌生地望着他。她头发理成了短短的西瓜皮，脸蜡黄而浮肿，眼睛像小了许多，身上的蓝棉袄显得臃肿。朱怀镜从来没有想到玉琴会成这个样子。他想象她只会是瘦了，而不是全身浮肿。他走过去，拉着她的手，就在门口的凳子上坐下来。她的手冰凉，眼睛很干涩，似乎挤不出一滴水来。

"玉琴，你……受苦了……"朱怀镜半天才找到这么句话。

玉琴没有说话，目光呆滞地望着别处。

"玉琴，你要注意身体啊。"朱怀镜说。

玉琴仍是望着别处。

朱怀镜伸手摸摸玉琴的脸，像摸着晒得半干的蔫萝卜。玉琴把他的手拿下来，捏了半天，才有气无力地说："我总梦见且坐亭。我原来梦见那里，感觉是个噩梦，进这里以后，能梦见那个地方，感觉是个福气。这世上没有比那里更好的地方了。怀镜，你能代我去那里看看吗?"

"行,我等会儿就去看看。"朱怀镜连忙答应了。他本来早想好了许多话,这会儿都说不出来了。那些话也许多少带了些让人脸红的浪漫,却也是真心的。但是,他的浪漫在顷刻间被堵在喉头下面了。没有比玉琴现在这番模样更能让人害怕生活的真实和残酷了,使人不敢相信这世界还有什么东西叫浪漫。可是,当玉琴这么痴痴地说到且坐亭,他不再为自己的浪漫而羞愧了。

两人说不出太多的话,只是手握在一起使劲地捏。当玉琴让人领走时,望着她那有些佝偻的背影,朱怀镜感觉是在同她永诀。巨大的悲怆叫他浑身冷飕飕地发麻。

开车出来,朱怀镜靠在座椅里半天不说话。宋达清也说不出什么安慰话,只是让他想开些。朱怀镜最多只是叹息几声,脸黑着。宋达清的哪根神经被触动了,也长叹一声,说:"我同玉琴打了多年交道,知道她是个很不错的女人。她落到这一步,我是万万没想到的。怀镜,这个社会有股看不见的魔力,总想把人变成鬼。就说我自己吧,我知道有很多人恨不得把我煮了吃了。有人说我心狠手辣,什么事都做得出。我承认我就是靠这点狠劲儿在世上混。可我并不是从娘肚子里出来就是这个样子啊。刚从警官学校毕业,分配在一个基层派出所。因为我的业务能力不错,没两年就当上了所长。我想好好干,保一方平安。哪里有案子我就带着兄弟们往哪里跑,一年到头忙得晕头转向。我自以为工作出色,很有成就感。哪知道,年底上面一检查,说我的辖区内发案率最高,社会治安最差。结果,那年我那个所被评定为最差所,属于整改对象。所里所有人员全年的奖金都没了,兄弟们恨死了我。原来,别的所对一般案件根本不受理,一年到头专门抓嫖抓赌,收取罚款,结果经济收入上去了,社会治安好了。案件不受理,自然就没有发案率,上面当然说那些地方社会治安好了。这还只是我刚参加工作时，社会给我上的第一课。以后碰上的事情，说起来就有本书了。我得在社会上生存下去，而且还想比别人生存得好一些，我能做什么？我没法改变环境，只好适应环境。现在，我耀武扬威地从我的辖区内走过去，明知道有人在背后指指戳戳，我也只好这样忘乎所以了，头都不能回一下。"

朱怀镜在宋达清的膝头上拍了几下，表示了理解。他真的发现宋达清这人其实本质上并不坏。能说谁是真正的坏人？可有时人们只好坏起来，别无选择。"达清，还要麻烦你一下。你能不能把车借我用一天。我有个事要一个人去办一下，用你的警车方便些。"朱怀镜没有说有什么事去，他知道那是他和玉琴之外任何人都不可理解的事情，别人听了简直匪夷所思。

宋达清侧过脸，望了一眼朱怀镜，说："你这状态，开车行吗？"

"没问题，我还不至于连车都开不了。我只要静一静，就行了。"朱怀镜说。

宋达清便说："那好，你小心点。我就在这里下车。你别管我，我有办法回去。"

宋达清下了车，朱怀镜掉过车头，很快就到了荆水河边了。他沿着河溯水而上。车开得很慢，就像散步。这些日子，他的命运出现了转机，一年多的郁闷总算到了头，可他的心情仍然复杂得像这个纷乱的世界。有时独自面对漫漫长夜，他会突然发现自己的灵魂其实早就沉沦了，可在世人眼里，他依然体体面面、风风光光。他只能把自己的灵魂包裹在保养得很好的皮囊里，很儒雅、很涵养地在各种庄严场合登堂入室。香妹提出离婚，他烦恼了几日，也就不把这事放在心上了，只是担心闹起来影响不好。今天见玉琴成了这番模样，他内心却感到了真正的痛楚。他没有理由背负香妹，也没有理由忘记玉琴。香妹是那么温柔贤淑，而玉琴却那么丝丝缕缕地嵌入了他的灵肉。玉琴简直是莫名其妙地就成了他的生命中最重要的女人。在最倒霉的日子里，他甚至想自己落到这步田地，是不是老天对他的报应？他悔恨过很多事情，却始终不认为同玉琴是桩荒唐事。最绝望的时候，他几乎让自己相信他同玉琴不过是逢场作戏罢了，可他想着身陷囹圄的玉琴，感觉到的的确确是心脏生生地痛。

快到进入且坐亭的谷口了，朱怀镜警觉起来，留神着窗外。山势越来越高峻，树林也愈发葱郁了。早开的山花像含笑的村姑，鸟雀顽皮地翻飞着像在逗人。朱怀镜感觉应该到了那个谷口了，却怎么也找不到。是不是刚才不小心走过了头？朱怀镜停车琢磨一下，再往前开。越往前走，越觉得不对头了，又掉头往回开。往回走了好长一段路，仍是不见谷口在哪里。他这么来回走了好几趟，总找不到那个清泉潺潺的谷口。朱怀镜简直有些惶恐了，疑心自己是不是只在梦中到过那个地方。这时，远远地看见一个人，长发披肩，穿着宽大得不合身的羽绒中裣，背着画夹，低着头，一偏一偏，踽踽而行。这个背影好熟悉！朱怀镜眼睛一亮，身子不由得沉了一下。李明溪！是李明溪！朱怀镜加快车速，开到李明溪身边停下，上前重重地拍了他一板。回过头的是一张陌生的脸，白了他一眼。等这人绷着脸甩开他，低头走了，他又依稀觉得这张脸真在哪里见过。朱怀镜抬起头，望着炫目的太阳，恍恍惚惚，一时间不知身在何处。